ALEXANDRE DUMAS

DIE
BARTHOLOMÄUSNACHT

Roman

Aus dem Französischen
von Christine Hoeppener

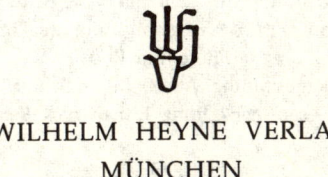

WILHELM HEYNE VERLAG
MÜNCHEN

HEYNE ALLGEMEINE REIHE
Nr. 01/9273

Titel der Originalausgabe
LA REINE MARGOT

Der Band erschien bereits unter dem Titel
»Königin Margot«.

Copyright © by Aufbau Verlag Berlin und Weimar
Wilhelm Heyne Verlag GmbH & Co. KG, München
Printed in Germany 1994
Umschlagillustration: aus dem Film »Die Bartholomäusnacht«
Copyright © NEF-Filmproduktion GmbH
Photo: Luc Roux
Umschlaggestaltung: Atelier Ingrid Schütz, München
Gesamtherstellung: Elsnerdruck, Berlin

ISBN: 3-453-08481-0

1

Das Latein des Monsieur de Guise

Am Montag, dem 18. August 1572, wurde im Louvre ein großes Fest gefeiert.

Die sonst so finsteren Fenster des alten Königspalastes waren hell erleuchtet; die angrenzenden Plätze und Straßen, sonst so vereinsamt, wenn es von Saint-Germain-l'Auxerrois neun Uhr geschlagen hatte, waren vollgestopft mit Leuten, obwohl es auf Mitternacht ging.

Das bedrohliche, drängende und lärmende Menschengewühl glich in der Dunkelheit einem dräuenden, hochgehenden Meer mit tosenden Wogen; und das Meer strömte über den Quai, ergoß sich durch die Rue des Fossés-Saint-Germain und die Rue de l'Astruce, und seine Flut umspülte den Fuß der Louvremauern und schlug im Zurückströmen an das Fundament des gegenüber aufragenden Palais Bourbon.

Trotz des königlichen Festes und vielleicht sogar gerade deswegen stieg aus der Volksmenge so etwas wie eine Drohung, denn noch ahnte niemand, daß diese Feierlichkeit, der sie nur als Zaungäste beiwohnten, das Vorspiel zu einem in acht Tagen stattfindenden Fest war, bei dem sie sich als geladene Gäste von ganzem Herzen ergötzen könnten.

Der Hof feierte die Hochzeit von Madame Marguerite von Valois, der Tochter König Henris II. und Schwester König Karls IX., mit Henri von Bourbon, König von Navarra. Am Vormittag hatte der Kardinal von Bourbon auf einer eigens zu diesem Zweck vor der Kathedrale Notre-Dame errichteten Tribüne die beiden Gatten durch die für die Prinzessinnen des königlichen Hauses von Frankreich üblichen Zeremonien vereinigt.

Diese Heirat hatte alle Welt in Erstaunen versetzt und einigen, die klarer sahen als andere, viel zu denken gegeben; man konnte die Versöhnung zweier so feindlicher Parteien, wie es in jenen Tagen die protestantische und die katholische waren, nicht recht begreifen und fragte sich, wie der junge Prinz von Condé dem Herzog von Anjou, dem Bruder des Königs, den Tod seines in Jarnac durch Montesquiou ermordeten Vaters vergeben werde. Man fragte sich auch, wie der junge Herzog von Guise dem Admiral de Coligny den Tod seines in Orléans durch Poltrot de Méré ermordeten Vaters vergeben werde. Mehr noch: Jeanne von Navarra, die beherzte Gattin des schwachen Antoine von Bourbon, die ihren Sohn Henri in dem Gedanken an eine künftige Verbindung mit dem Königshaus erzogen hatte, war vor kaum zwei Monaten gestorben, und ihr plötzlicher Tod hatte viel Gerede verursacht. Überall wurde gewispert und an manchen Orten laut ausgesprochen, daß sie nach der Entdeckung eines gräßlichen Geheimnisses von Katharina von Medici aus Furcht vor der Enthüllung durch wohlriechende Handschuhe vergiftet worden sei, die ein gewisser René, ein in derlei Angelegenheiten erfahrener Florentiner, hergestellt habe. Die Gerüchte hatten sich noch weiter ausgebreitet und verstärkt, als nach dem Tod der großen Königin auf Bitten ihres Sohnes zwei Ärzte, deren einer der berühmte Ambroise Paré war, die Erlaubnis erhalten hatten, die Leiche zu öffnen und zu studieren – mit Ausnahme des Hirns. Wenn aber Jeanne von Navarra durch ausströmenden Geruch vergiftet worden war, so konnte nur das Hirn, der einzige Körperteil, der von der Autopsie ausgeschlossen war, die Spuren des Verbrechens offenbaren. Ich sage Verbrechen, weil niemand daran zweifelte, daß ein Verbrechen begangen worden war.

Das war noch nicht alles: König Karl hatte mit besonderer Beharrlichkeit, die dem Eigensinn gleichkam, auf diese Heirat gedrängt, die nicht allein den Frieden in seinem Königreich wiederherstellen, sondern auch die bedeutendsten Hugenotten Frankreichs nach Paris ziehen sollte. Da einer der Gatten der katholischen und der andere der reformierten Kirche angehörte, mußte man sich wegen der Erlaubnis notgedrungen an Gregor XIII. wenden, der damals den Papststuhl in Rom innehatte. Der Dispens ließ auf sich warten, und die Verzögerung beunruhigte die verstorbene Königin von Navarra nicht wenig; so kam sie eines Tages mit ihren Befürchtungen, daß der Dispens niemals kommen werde, zu Karl IX., der ihr antwortete: „Seien Sie unbesorgt, liebe Tante, ich verehre Sie mehr als den Papst und liebe meine Schwester mehr, als ich den Papst fürchte. Ich bin zwar kein Hugenott, aber deshalb noch lange kein Dummkopf, und wenn sich der Papst taub stellt, werde ich Margot bei der Hand nehmen und Ihrem Sohn nur protestantisch zur Ehe geben."

Diese Worte hatten vom Louvre den Weg durch die ganze Stadt genommen und die Hugenotten hoch erfreut, die Katholiken jedoch bedenklich gestimmt; sie fragten sich im geheimen, ob der König sie nun wirklich verriet oder womöglich eine Komödie spiele, die eines schönen Morgens oder Abends einen unerwarteten Ausgang nehmen werde.

Nicht erklären konnten sie sich vor allem die Haltung Karls gegen den Admiral de Coligny, der seit fünf oder sechs Jahren einen erbitterten Krieg gegen den König führte; obwohl der König einst auf seinen Kopf einen Preis von fünfzigtausend Talern gesetzt hatte, schwor er jetzt nur noch auf ihn, nannte ihn seinen Vater und verkündete laut, er werde von nun an ihm allein die Kriegführung anvertrauen; das ging so weit, daß sich Katharina von Medici, die bisher die Handlungen, Willensäußerungen und selbst die Wünsche des jungen Königs geregelt hatte, allen Ernstes zu beunruhigen schien, und zwar nicht ohne Grund, denn in einer Stunde überschwenglicher Vertrauensseligkeit hatte Karl über den geplanten Flandernkrieg zu dem Admiral geäußert: „Mein Vater, vor einer Sache müssen wir uns hüten: Meine Mutter, die Königin, die ihre Nase, wie Sie wissen, überall hineinsteckt, darf nichts von diesem Unternehmen erfahren; wir müssen es so geheimhalten, daß sie nicht das geringste erfährt, denn eine Unruhestifterin wie sie würde uns alles verderben."

So weise und erfahren er war, hatte Coligny einen solchen Vertrauensbeweis nicht für sich behalten können; und obwohl er sich nicht ohne argwöhnische Bedenken nach Paris begeben hatte, obwohl bei seiner Abreise von Châtillon eine Bäuerin schreiend vor ihm niedergefallen war mit der flehentlichen Bitte: „Ach, lieber, guter Herr, geht nicht nach Paris, denn dort werdet Ihr sterben, Ihr und alle, die mit Euch gehen!" – war allmählich der Verdacht in seinem wie auch im Herzen seines Schwiegersohnes Téligny erloschen, den der König mit Freundschaftsbeweisen überschüttete, den er Bruder nannte, wie den Admiral seinen Vater, und wie die meisten seiner Freunde duzte.

Abgesehen von einigen grämlichen und mißtrauischen Geistern, waren die Hugenotten der Meinung, daß der Tod der Königin von Navarra auf eine Rippenfellentzündung zurückzuführen sei, und die weiten Säle des Louvre umfaßten eine große Anzahl dieser tapferen Protestanten, denen die Hochzeit ihres jungen Oberhauptes Henri eine unerhoffte Wiederkehr ihres Glücks zu verheißen schien. Der Admiral de Coligny, La Rochefoucault, der junge Prinz von Condé, Téligny und die Vornehmsten der Partei triumphierten, nun jene im Louvre allmächtig und in Paris willkommen zu sehen, die König Karl und die Königin Katharina noch vor drei Monaten an höhere als Mördergalgen hängen wollten. Nur den Marschall de Montmorency suchte man vergeblich unter seinen Brüdern, denn kein Versprechen hatte ihn zu verlocken, kein Schein zu trügen vermocht; er blieb auf seinem Schloß l'Ile-Adam und gab als Entschuldigung für seine Zurückgezogenheit die noch nicht geringer gewordene Trauer um den Verlust seines Vaters an, des Großkonnetabels Anne de Montmorency, der in der Schlacht bei Saint-Denis von Robert Stuart durch einen Pistolenschuß getötet wurde. Doch da das Ereignis bereits mehr als drei Jahre zurücklag und die Empfindsamkeit damals keine Modetugend war, hielt man von diesem über jedes Maß verlängerten Schmerz, was man davon halten wollte.

Übrigens gaben die Umstände dem Marschall de Montmorency unrecht: Der König, die Königin, der Herzog von Anjou und der Herzog von Alençon entledigten sich ihrer Aufgabe als Gastgeber bei dem königlichen Fest geradezu bewundernswert.

Der Herzog von Anjou nahm von den Hugenotten wohlverdiente Komplimente über seinen Anteil an den Schlachten bei Jarnac und Montcontour entgegen, die er vor Vollendung seines achtzehnten Lebensjahres gewonnen hatte, als in jüngerem Alter als seinerzeit Cäsar und Alexander, mit denen er verglichen wurde, wobei aber wohlbemerkt die Sieger von Issus und Pharsala schlechter abschnitten. Der Herzog von Alençon ließ seine heuchlerisch freundlichen Augen aufmerksam umherwandern; die Königin Katharina strahlte vor Freude und überschüttete in ausgemachter Geberlaune den Prinzen Henri von Condé mit Glückwünschen zu seiner kürzlichen Heirat mit Marie von Clèves; selbst die Herren von Guise lächelten den schrecklichen Feinden ihres Hauses zu, und der Herzog von Mayenne unterhielt sich mit Herrn de Tavannes und dem Admiral über den nächsten Krieg, den Philipp II. zu erklären mehr denn je in Betracht gezogen wurde.

Durch all diese Gruppen ging und kam, den Kopf leicht zur Seite geneigt und mit offenem Ohr für alle Gespräche, ein junger Mann von neunzehn Jahren mit schönen Augen, sehr kurz geschnittenen schwarzen Haaren, dichten Wimpern, krummer Vogelnase, einem spöttischen Lächeln und gerade erst sprießendem Flaum und Backenbart. Dieser junge Mann, der sich bislang erst in der Schlacht von Arnay-le-Duc ausgezeichnet hatte, wo er sein Leben in die Schanze schlug, und der heute Glückwünsche über Glückwünsche entgegennahm, war Colignys Lieblingsschüler und der Held des Tages; vor drei Monaten, zu der Zeit also, da seine Mutter noch lebte, nannte er sich Prinz von Béarn, jetzt hieß er König von Navarra, und eines Tages würde er Henri IV. sein.

Hin und wieder verdüsterte eine flüchtige Wolke seine Stirn; zweifellos erinnerte er sich, daß seine Mutter seit kaum zwei Monaten tot war, und weniger als irgend jemand zweifelte er, daß sie vergiftet worden war. Aber die Wolke blieb nicht lange und verschwand wie ein wehender Schatten; denn die zu ihm sprachen, ihn beglückwünschten und ihn streiften, waren eben jene, von denen die beherzte Jeanne d'Albret ermordet wurde.

Wenige Schritte von dem König von Navarra entfernt, nahezu ebenso nachdenklich und ebenso bekümmert, wie sich jener fröhlich und offen zu sein mühte, sprach der junge Herzog von Guise mit Téligny. Mehr vom Glück begünstigt als der Béarner, hatte er mit zweiundzwanzig Jahren fast den Ruf seines Vaters, des großen Franz von Guise, erlangt. Er war ein Edelmann von hohem Wuchs, der sich nach der Mode kleidete, mit kühnem, stolzem Blick und so selbstverständlich majestätischer Haltung, daß sein Anblick einen Vergleich mit den anderen Fürsten herausforderte, die sich neben ihm wie gemeines Volk ausnahmen. Ungeachtet seiner Jugend sahen die Katholiken in ihm das Oberhaupt ihrer Partei, wie die Hugenotten den eben geschilderten jungen Henri von Navarra als das ihre betrachteten. Als Prinz von Joinville hatte er unter seinem Vater, der in seinen Armen starb und den Admiral de Coligny als seinen Mörder bezeichnete, bei der Belagerung von Orléans die erste Feuerprobe abgelegt. Und wie Hannibal hatte der junge Mann einen feierlichen Eid geschworen: den Tod seines Vaters an dem Admiral und seiner Familie zu rächen und ohne Rast und Ruhe jene, die seiner Religion angehörten, zu verfolgen. Er hatte Gott gelobt, sein Würgengel auf Erden zu sein bis zu dem Tag, da der letzte Ketzer ausgerottet wäre. Nicht ohne Staunen vermerkten daher die Anwesenden, wie der sonst seinem Wort so getreue Prinz jenen die Hand reichte, denen er ewige Feindschaft geschworen, und wie er sich vertraulich mit dem Schwiegersohn dessen unterhielt, den zu töten er seinem sterbenden Vater versprochen hatte.

Aber ich sagte bereits, daß dieser Abend voller Überraschungen war.

Ausgestattet mit der Fähigkeit, die Zukunft vorauszusehen, die den Menschen glücklicherweise nicht gegeben ist, und dem Talent, in Menschenherzen zu lesen, was bedauerlicherweise nur Gott vermag, hätte ein so erlesener Beobachter als Teilnehmer des Festes wahrhaftig einem der sonderbarsten Schauspiele in den Annalen der traurigen menschlichen Komödie beigewohnt.

Dieser Beobachter fehlte in den Sälen des Louvre, aber nicht auf der Straße; dort beobachtete er mit flammenden Augen und grollte mit drohender Stimme. Und dieser Beobachter war das Volk, das mit seinem durch den Haß geschärften Instinkt die Schatten seiner unversöhnlichen Feinde verfolgte und ihre Umrisse so deutlich vor Augen hatte wie ein Neugieriger vor den Fenstern eines Ballsaales die Silhouetten der Tanzenden. Die Musik berauscht den Tänzer, und ihr Rhythmus bestimmt seine Schritte, aber der Neugierige sieht nur die Bewegung und lacht über den Hampelmann, der sich ohne Sinn und Verstand abstrampelt, denn der Neugierige hört ja nicht die Musik.

Die Musik, die die Hugenotten berauschte, war die Stimme ihres Hochmuts.

Der Flammenschein der Nacht vor den Augen der Pariser war das Wetterleuchten ihres Hasses, das die Zukunft erhellte.

Und obwohl drinnen weiterhin alles eitel Fröhlichkeit war und obwohl jetzt ein noch freundlicheres und schmeichelhafteres Raunen durch den Louvre lief, so galt es doch nur der jungen Braut, die ihren Hochzeitsstaat, den schleppenden Mantel und den langen Schleier, abgelegt hatte und eben, von ihrer liebsten Freundin, der schönen Herzogin von Nevers, begleitet und geführt von ihrem Bruder, Karl IX., der sie seinen vornehmsten Gästen vorstellte, in den Ballsaal zurückgekehrt war.

Die Braut war die Tochter Henris II., die Perle in der Krone Frankreichs, Marguerite von Valois, die König Karl IX. in seiner liebevollen Zuneigung niemals anders als „meine Schwester Margot" nannte.

Einen so schmeichelhaften Empfang hatte gewiß niemand besser verdient als sie, die in diesem Augenblick zur neuen Königin von Navarra gemacht worden war. Marguerite war zu jener Zeit kaum zwanzig Jahre alt und schon Gegenstand der Hymnen aller Dichter, die sie mit Aurora oder Venus verglichen.

Und wirklich hatte ihre Schönheit nicht ihresgleichen an diesem Hof, an den Katharina von Medici, um aus ihnen ihre Sirenen zu machen, die schönsten Frauen gezogen hatte, die sie nur finden konnte. Marguerite hatte schwarze Haare, eine leuchtende Haut, von langen Wimpern verhängte Buhlaugen, einen fein gezeichneten Purpurmund und einen anmutigen Hals, sie war von üppigem und zugleich geschmeidigem Wuchs, und in ihren Seidenpantöffelchen steckten Kinderfüße. Die Franzosen, die sich ihres Besitzes erfreuten, beobachteten voller Stolz die Entfaltung einer so herrlichen Blume auf ihrem Boden, und die Fremden, die Frankreich besuchten, kehrten zurück, geblendet von ihrer Schönheit, wenn sie Marguerite gesehen, und verblüfft von ihrem großen Wissen, wenn sie mit ihr gesprochen hatten. Denn Marguerite war nicht nur die schönste, sondern auch die belesenste Frau ihrer Zeit, und in aller Munde war das Wort eines gelehrten Italieners, der beim Abschied, nachdem er sich eine Stunde lang italienisch, spanisch, lateinisch und griechisch mit ihr unterhalten hatte, begeistert ausgerufen hatte: „Den Hof sehen, ohne Marguerite von Valois zu sehen, ist weder Frankreich noch den Hof sehen."

Daher mangelte es König Karl IX. und der Königin von Navarra nicht an schönen Reden; denn es ist ja bekannt, welch wortreiche Redner die Hugenotten waren. Durch all das Gerede drangen viele Andeutungen über die Vergangenheit und viele Forderungen für die Zukunft an das Ohr des Königs; doch mit seinen fahlen Lippen und seinem schlauen Lächeln antwortete er nur: „Da ich meine Schwester Margot dem Henri von Navarra schenke, habe ich meine Schwester allen Protestanten des Königreiches zum Geschenk gemacht."

Ein Wort, das die einen beruhigte und bei den andern ein Lächeln hervorrief, denn es enthielt in der Tat einen doppelten Sinn: zunächst die Meinung des Landesvaters, von der Karl IX. nach bestem Wissen und Gewissen nicht abgehen wollte, zum andern aber auch einen für die junge Frau, ihren Gatten und jenen, der es aussprach, beleidigenden Sinn, denn es gemahnte an heimliche Skandale, mit denen die Hofchronik selbst noch das Hochzeitskleid von Marguerite von Valois zu beschmutzen verstanden hatte.

Indessen unterhielt sich Herr von Guise, wie wir bereits sagten, mit Téligny, brachte jedoch dem Gespräch keine so beharrliche Aufmerksamkeit entgegen, daß er nicht mehrmals den Kopf gewandt hätte, um einen Blick auf die Damengruppe zu werfen, in deren Mitte die Königin von Navarra glänzte. Wenn der Blick der Prinzessin dem des jungen Herzogs begegnete, schien eine Wolke ihre liebreizende Stirn zu verdunkeln, um die funkelnde Diamantensterne eine zitternde Aureole woben, und ihre Ungeduld und Erregung ließen eine unbestimmbare Absicht erraten.

Prinzessin Claude, Marguerites ältere Schwester, die seit einigen Jahren mit dem Herzog von Lothringen verheiratet war, hatte diese Unruhe bemerkt und begab sich zu Marguerite, um sie nach der Ursache zu fragen, doch da jetzt jedermann der Königinmutter Platz machte, die, auf den Arm des jungen Prinzen von Condé gestützt, hereinkam, fand sich die Prinzessin weit von ihrer Schwester zurückgedrängt. Die dadurch entstandene allgemeine Bewegung benutzte der Herzog von Guise, um sich seiner Schwägerin, Madame de Nevers, und damit Marguerite zu nähern. Madame Lothringen, welche die junge Königin nicht aus den Augen gelassen hatte, sah jetzt, wie statt der Wolke, die sie bereits auf ihrer Stirn bemerkt hatte, eine heftige Röte über ihre Wangen lief. Indessen kam der Herzog immer näher, und als er nur noch zwei Schritte von Marguerite entfernt war, drehte sich diese, die ihn mehr zu fühlen als zu sehen schien, um, wobei sie sich nach Kräften bemühte, ihrem Gesicht einen ruhigen und sorglosen Ausdruck zu geben; der Herzog begrüßte sie ehrerbietig und murmelte mit leiser Stimme, indem er

sich tief vor ihr verneigte: „Ipse attuli", was soviel bedeutete wie: „Ich habe es mitgebracht" oder „ich bringe es
selber".

Marguerite machte dem jungen Herzog ihre Reverenz
und ließ, als sie sich wieder erhob, die Antwort fallen:
„Noctu pro more." („Heute nacht wie gewöhnlich.")

Diese leisen, von dem riesigen, steifgefältelten Kragen
der Prinzessin wie durch die Windungen eines Sprach-
rohrs aufgefangenen Worte wurden nur von dem vernommen, an den sie gerichtet waren; doch so kurz das
Gespräch auch gewesen war, enthielt es zweifellos alles,
was sich die beiden jungen Menschen zu sagen hatten,
denn nach diesen wenigen Worten trennten sie sich wieder, Marguerite mit verträumterem und der Herzog mit
strahlenderem Gesicht als zuvor, ehe sie sich gegenüber-
gestanden hatten. Dies kleine Zwischenspiel ereignete
sich, ohne daß ihm jener Mann, den es am meisten anging,
offenbar die geringste Aufmerksamkeit schenkte; denn
der König von Navarra hatte nur Augen für eine einzige
Frau, die einen fast ebenso zahlreichen Hof wie Marguerite von Valois um sich versammelt hatte, für die schöne
Madame de Sauves.

Charlotte de Beaune-Semblançay, Enkelin des unglücklichen Semblançay und Gattin des Simon de Fizes, Baron
de Sauves, war eine Ehrendame Katharinas von Medici
und eine der gefürchtetsten Bundesgenossinnen der Königin, die den Feinden der Königin, wenn diese ihnen
kein florentinisches Gift zu verabreichen wagte, den Liebestrank einflößte; klein, blond, bald sprühend vor Lebhaftigkeit, bald niedergedrückt von Schwermut, aber immer bereit zu Liebe und Intrige, den beiden gewichtigen
Angelegenheiten, die seit fünfzig Jahren den Hof der drei
aufeinanderfolgenden Könige beschäftigten, war Madame
de Sauves in der vollen Bedeutung des Wortes und dem
ganzen Reiz seines Sinnes von ihren schmachtenden oder
flammensprühenden blauen Augen bis zu den kecken,
rundlichen Füßchen in den Samtpantöffelchen Frau und
hatte sich seit einigen Monaten so vollständig aller Gaben
des Königs von Navarra, der damals erst am Beginn sei-

ner amourösen wie auch seiner politischen Laufbahn stand, bemächtigt, daß Marguerite von Navarra, die strahlende, königliche Schönheit, im Herzen ihres Gatten nicht einmal mehr Bewunderung fand; und sonderbarerweise hatte Katharina von Medici – selbst bei einer so von Dunkelheiten und Geheimnissen erfüllten Seele mußte sich jedermann darüber verwundern –, während sie den Heiratsplan ihrer Tochter mit dem König von Navarra verfolgte, nicht aufgehört, seine Liebschaft mit Madame de Sauves nahezu unverhüllt zu begünstigen.

Doch trotz dieser mächtigen Hilfe und ungeachtet der leichten Sitten jener Zeit, hatte die schöne Charlotte bisher widerstanden, und dieser unbekannte, unglaubliche und ungewöhnliche Widerstand hatte mehr noch als ihre Schönheit und ihr Geist im Herzen des Béarners eine Leidenschaft erweckt, die sich in sich selbst zurückzog, da sie nicht erhört wurde, und aus dem Herzen des jungen Königs Schüchternheit, Stolz und sogar die halb philosophische, halb lässige Sorglosigkeit getilgt, die den Grundzug seines Charakters bildete.

Madame de Sauves hatte erst vor wenigen Minuten den Ballsaal betreten; zuerst war sie aus Verdruß oder Schmerz entschlossen gewesen, keineswegs dem Triumph ihrer Rivalin beizuwohnen, und hatte ihren Gatten, der seit fünf Jahren Staatssekretär war, unter dem Vorwand eines Unwohlseins allein zum Louvre gehen lassen; doch als Katharina von Medici den Baron de Sauves ohne seine Frau bemerkte, forschte sie nach den Ursachen, die ihre heißgeliebte Charlotte fernhielten, und nachdem sie erfahren hatte, daß es sich nur um ein leichtes Unwohlsein handele, schrieb sie ihr ein paar Zeilen, denen die junge Frau notgedrungen Folge leisten mußte. Wie sehr sich Henri zuerst auch über ihre Abwesenheit betrübte – als er Monsieur de Sauves allein eintreten sah, atmete er doch erleichtert auf; aber gerade in dem Augenblick, als er sich seufzend dem liebenswerten Geschöpf näherte, das er von nun an, wenn auch nicht zu lieben, so aber doch als Gattin zu behandeln verdammt war, sah er, der ihr Erscheinen durchaus nicht mehr erwartete, Madame de Sauves am Ende des Saales auftauchen; er blieb wie angenagelt stehen, die Augen auf diese Circe geheftet, die ihn wie mit einem Zauberband an sich kettete, und statt sich seiner Frau zuzuwenden, ging er mit einer zögernden Bewegung, in der mehr Erstaunen als Scheu zu liegen schien, auf Madame de Sauves zu.

Die Höflinge, die den König von Navarra, dessen entflammbares Gemüt sie bereits kannten, der schönen Charlotte entgegengehen sahen, hatten nicht das Herz, sich der Begegnung hindernd in den Weg zu stellen; sie entfernten sich gefällig, so daß Henri im selben Augenblick, als Marguerite von Valois und der Herzog von Guise die bereits erwähnten lateinischen Worte wechselten, bei Madame de Sauves ankam und mit ihr in sehr verständlichem, wenn auch mit Gascogner Akzent gefärbtem Französisch eine bedeutend weniger geheimnisvolle Unterhaltung begann.

„Ah, meine Freundin!" rief er aus. „Da sind Sie nun doch gekommen, und gerade, als man mir sagte, Sie wären krank, und als ich jede Hoffnung verloren hatte, Sie zu sehen!"

„Euer Majestät wollen mich glauben machen", erwiderte Madame de Sauves, „es wäre Sie sehr schwer angekommen, diese Hoffnung zu verlieren?"

„Donnerwetter, das glaube ich wohl!" erwiderte der Béarner. „Wissen Sie denn nicht, daß Sie die Sonne meiner Tage und der Stern meiner Nächte sind? Wahrhaftig glaubte ich mich eben in der tiefsten Dunkelheit, als Sie plötzlich erschienen und alles erleuchteten."

„Und dennoch ist es ein schlechter Streich, den ich Ihnen spiele, Monseigneur."

„Was wollen Sie damit sagen, meine Freundin?" fragte Henri.

„Ich will damit sagen, daß man sich als Herr der schönsten Frau von Frankreich einzig und allein wünschen müßte, das Licht verlösche und mache der Dunkelheit Platz, denn nur in der Dunkelheit erwartet uns das Glück."

„Sie Böse, Sie wissen sehr wohl, daß dieses Glück nur

in den Händen einer einzigen Person ruht und daß diese Person über den armen Henri lacht und ihn verspottet."

„Oh!" erwiderte die Baronin. „Ich sollte im Gegenteil meinen, daß diese Person Spielzeug und Spott des Königs von Navarra gewesen ist."

Henri war verblüfft über ihre feindselige Haltung, überlegte indessen jedoch, daß sie Verdruß verriet und daß sich hinter dem Verdruß die Liebe verbirgt.

„Sie machen mir wirklich einen ungerechten Vorwurf, liebe Charlotte", sagte er, „und ich begreife nicht, wie ein so schöner Mund zugleich so hart sein kann. Glauben Sie denn, ich wäre diese Heirat eingegangen? Heiliger Strohsack! Nein! Ich nicht!"

„Vielleicht ich!" erwiderte die Baronin mit so scharfer Stimme, wie nur die Stimme einer Frau klingen kann, die uns liebt und uns vorwirft, daß wir sie nicht lieben.

„Daß Sie mit Ihren schönen Augen nicht weiter gesehen haben, Baronin! Nein, nein, es ist nicht Henri von Navarra, der Marguerite von Valois heiratet."

„Wer denn sonst?"

„Heiliger Bimbam! Die reformierte Kirche den Papst, das ist alles."

„Nein, nein, Monseigneur, auf Ihre Wortspielereien lasse ich mich nicht ein: Euer Majestät lieben Madame Marguerite, und ich mache Ihnen das auch gar nicht zum Vorwurf, Gott behüte! Sie ist schön genug, um geliebt zu werden."

Henri überlegte einen Augenblick, und während er überlegte, hob ein leichtes Lächeln seine Mundwinkel.

„Baronin", sagte er, „mir scheint, Sie suchen Streit mit mir, und zwar ganz zu Unrecht; denn sehen Sie, was haben Sie getan, um meine Ehe mit Madame Marguerite zu verhindern? Nichts; im Gegenteil, Sie haben mir nie eine Hoffnung gelassen."

„Und daran habe ich recht getan, Monseigneur!" erwiderte Madame de Sauves.

„Warum denn?"

„Natürlich, weil Sie sich heute mit einer anderen vermählen."

„Ach, ich heirate sie, weil Sie mich nicht lieben."

„Wenn ich Sie geliebt hätte, Sire, müßte ich in einer Stunde sterben!"

„In einer Stunde? Was wollen Sie damit sagen, und welchen Tod würden Sie sterben?"

„Vor Eifersucht ... denn in einer Stunde wird die Königin von Navarra ihre Frauen fortschicken und Euer Majestät die Edelleute."

„Und Sie beschäftigen sich wahrhaftig mit solchen Gedanken, meine Freundin?"

„Das habe ich nicht gesagt. Ich habe nur gesagt, daß sie mich entsetzlich beschäftigen würden, wenn ich Sie liebte."

„Nun", rief Henri, außer sich vor Freude über dies Geständnis – das erste, das er von ihr hörte –, „und wenn der König von Navarra seine Edelleute heute abend nicht fortschickte?"

„Sire", erwiderte Madame de Sauves und sah den König mit einer Verwunderung an, die dieses Mal nicht gespielt war, „Sie sagen ganz unmögliche und überaus unglaubliche Dinge."

„Was kann ich tun, damit Sie mir glauben?"

„Sie müßten es mir beweisen, und diesen Beweis können Sie mir nicht geben."

„Doch, Baronin, doch! Beim heiligen Heinrich! Im Gegenteil, diesen Beweis werde ich Ihnen geben", rief der König, wobei er die junge Frau mit einem flammenden Liebesblick verschlang.

„Oh, Euer Majestät!" flüsterte die schöne Charlotte mit leiser Stimme und schlug die Augen nieder. „Ich verstehe nicht ... Nein, nein! Es ist unmöglich, daß Sie sich dem Glück entziehen wollten, das Sie erwartet."

„Angebetete, in diesem Saal gibt es mehrere Henris", erwiderte der König, „Henri von Frankreich, Henri von Condé und Henri von Guise; aber es gibt nur einen Henri von Navarra."

„Ja, und?"

„Nun, wenn Sie diesen Henri von Navarra die ganze Nacht bei sich hätten?"

„Die ganze Nacht?"

„Ja, wenn Sie ganz sicher wären, daß er nicht bei einer anderen ist?"

„Ach, wenn Sie das täten, Sire!" rief die Dame Sauves.

„Ehrenwort, ich tu's."

Madame de Sauves hob ihre großen, von wollüstigen Verheißungen feuchten Augen und lächelte den König an, dem berauschende Freude das Herz erfüllte.

„Nun", fragte Henri, „was würden Sie dann sagen?"

„Oh! Dann", erwiderte Charlotte, „dann würde ich sagen, daß mich Euer Majestät wahrhaft lieben."

„Heiliger Strohsack! Sie werden es sagen, denn es ist so, Baronin."

„Aber wie soll das nur geschehen?" flüsterte Madame de Sauves.

„Bei Gott, Baronin, haben Sie nicht eine Kammerfrau, eine Untergebene, irgendein Mädchen, auf das Sie sich verlassen können?"

„Ja, ich habe Dariole, die mir so ergeben ist, daß sie sich für mich in Stücke reißen ließe, eine wahre Perle."

„Sagen Sie dem Mädchen, daß ich ihr Glück machen werde, wenn ich König von Frankreich bin, wie mir die Astrologen geweissagt haben."

Charlotte lächelte, denn zu jener Zeit stand der Béarner in bezug auf Versprechungen bereits im Ruf eines Gascogners, das heißt eines Aufschneiders.

„So", sagte sie, „und was wünschen Sie von Dariole?"

„Von ihr wenig, für mich alles."

„Und was?"

„Ihr Zimmer liegt über dem meinen."

„Ja."

„Sie soll hinter der Tür warten. Ich werde dreimal leise anklopfen, sie wird öffnen, und Sie werden den Beweis erhalten, den ich Ihnen versprochen habe."

Madame de Sauves schwieg einige Sekunden, dann warf sie, als wolle sie erst Umschau halten, ob auch niemand sie höre, einen Blick auf die Gruppe, in der sich die Königinmutter befand; doch so rasch es auch geschah, es genügte Katharina und ihrer Ehrendame, sich mit den Augen zu verständigen.

„Oh", sagte Madame de Sauves mit einem Sirenenklang in der Stimme, der in Odysseus' Ohren das Wachs hätte schmelzen lassen, „wenn ich nun Euer Majestät auf einer Lüge ertappen wollte ..."

„Versuchen Sie es, liebe Freundin, versuchen Sie es ...!"

„Meiner Treu! Ich schwöre, daß es mich schwer ankommt, dem Verlangen zu widerstehen."

„Lassen Sie sich besiegen: Niemals sind die Frauen so stark wie nach ihrer Niederlage."

„Sire, ich halte mich den Tag, da Sie König von Frankreich sein werden, an Ihr Versprechen zu Darioles Gunsten."

Henri schrie auf vor Freude.

Im selben Augenblick, als dem Béarner dieser Schrei entfuhr, antwortete die Königin von Navarra dem Herzog von Guise: „Noctu pro more. Heute nacht wie gewöhnlich."

Henri entfernte sich so glücklich von Madame de Sauves, wie der Herzog von Guise Marguerite von Valois verließ.

Eine Stunde nach diesem doppelten Zwischenspiel, das wir eben schilderten, zogen sich König Karl und die Königinmutter in ihre Gemächer zurück; gleich darauf begannen sich die Säle zu leeren, und die Galerien zeigten ihre Marmorsäulen bis zum Fuß. Der Admiral und der Prinz von Condé wurden von vierhundert hugenottischen Edelleuten durch die grollende Menge heimgeführt. Dann ging auch Henri von Guise mit seinen lothringischen Edelleuten und den Katholiken, von Freudenschreien und dem Beifall des Volkes begleitet.

Marguerite von Valois, Henri von Navarra und Madame de Sauves blieben, wie wir wissen, im Louvre.

2

Das Zimmer der Königin von Navarra

Der Herzog von Guise führte seine Schwägerin, die Herzogin von Nevers, in ihr Haus zurück, das in der Rue du Chaume, gegenüber der Rue de Brac, lag, und nachdem er sie ihren Frauen überlassen hatte, begab er sich in seine Gemächer, um die Kleidung zu wechseln, das heißt einen dunklen Mantel überzuwerfen und sich mit einem dieser kurzen und spitzen Dolche, die man damals „das Ehrenwort eines Edelmannes" nannte, zu bewaffnen; doch als er den Dolch von seinem Platz auf dem Tisch nahm, bemerkte er zwischen Klinge und Scheide ein kleines zusammengefaltetes Billett.

Er öffnete es und las: „Ich wünschte, Monsieur de Guise kehrte diese Nacht nicht in den Louvre zurück oder versähe sich andernfalls zumindest mit einem guten Panzerhemd und einem guten Degen."

„So, so", murmelte der Herzog und wandte sich zu seinem Kammerdiener um, „das ist eine sonderbare Warnung, Monsieur Robin. Haben Sie die Freundlichkeit, mir zu berichten, wer in meiner Abwesenheit hier eingedrungen ist."

„Nur ein einziger, Monseigneur."

„Wer?"

„Monsieur Du Guast."

„So, so! Mir kam es doch gleich so vor, als kenne ich die Schrift. Und du bist sicher, daß es Du Guast war? Du hast ihn gesehen?"

„Mehr noch, Monseigneur, ich habe mit ihm gesprochen."

„Gut, dann werde ich seinem Rat folgen. Mein Panzerhemd und meinen Degen."

Der mit solchem Kleidungswechsel vertraute Kammerdiener brachte eins wie das andere. Der Herzog zog erst das Panzerhemd an, dessen geschmeidiges Metallgewebe nicht dicker als Samt war; darüber zog er Hosen und ein Wams in seinen Farben Grau und Silber, lange Stiefel, die ihm bis zur halben Wade reichten, bedeckte sich mit einem schwarzen Samtbarett ohne Federn und Edelsteine, hüllte sich in einen Mantel von dunkler Farbe, steckte einen Dolch in den Gürtel und gab einem Pagen, dem einzigen Begleiter, den er mitnehmen wollte, den Degen zu tragen; so machte er sich auf den Weg zum Louvre.

Als er den Fuß auf die Schwelle des Hauses setzte, hatte der Wächter von Saint-Germain-l'Auxerrois eben die erste Morgenstunde verkündet. Trotz der vorgerückten Stunde und der damaligen Unsicherheit der Straßen blieb unser abenteuerlustiger Prinz unterwegs unbehelligt und erreichte wohlbehalten und sicher das gewaltig aufstrebende, massige Gebäude des alten Louvre, in dem nach und nach alle Lichter erloschen waren, so daß es zu dieser Stunde in bedrückendem Schweigen und Dunkel lag.

Vor dem Königsschloß zog sich ein tiefer Graben hin, auf den die meisten Fürstenzimmer des Palais blickten. Marguerites Gemächer lagen im ersten Stockwerk.

Aber dies erste Stockwerk – zugänglich, wenn nicht der Graben gewesen wäre – befand sich dank der Verschanzung in einer Höhe von beinahe dreißig Fuß und deshalb außerhalb der Reichweite von Liebhabern und Dieben, was jedoch den Herzog von Guise nicht hinderte, entschlossen in den Graben hinunterzusteigen.

Gleich darauf hörte er, wie ein Fenster zu ebener Erde geöffnet wurde. Das Fenster war vergittert, aber eine Hand erschien, hob einen Eisenstab heraus und ließ durch diese Öffnung eine seidene Schnur niederfallen.

„Bist du's, Gillonne?" fragte der Herzog mit leiser Stimme. „Ja, Monseigneur", erwiderte die Stimme einer Frau, ebenfalls sehr leise.

„Und Marguerite?"

„Sie erwartet Euch."

„Gut."

Nach diesen Worten gab der Herzog seinem Pagen ein Zeichen, der sogleich seinen Mantel öffnete und eine Strickleiter entrollte. Der Prinz knüpfte ein Ende der Leiter an die pendelnde Schnur. Gillonne zog die Strickleiter hoch und befestigte sie, und nachdem der Prinz seinen

Degen in den Gürtel gehängt hatte, begann er hinaufzuklettern, was ohne Zwischenfall vor sich ging. Hinter ihm wurde der Stab wieder eingesetzt und das Fenster geschlossen, und der Page streckte sich, nachdem er seinen Herrn ungehindert in den Louvre hatte einsteigen sehen, zu dessen Fenstern er ihn zwanzigmal auf dieselbe Weise begleitet hatte, in seinen Mantel gehüllt, im Schatten der Mauer ins Gras und zum Schlaf nieder.

Es war eine dunkle Nacht, und aus den schwefel- und elektrizitätsgeladenen Wolken fielen hin und wieder große laue Tropfen.

Der Herzog von Guise folgte seiner Führerin, die keine geringere als die Tochter des Marschalls von Frankreich, Jacques de Matignon, und die innigste Vertraute Marguerites war, vor der die Königin kein Geheimnis hatte; allgemein wurde angenommen, unter der Vielzahl von Geheimnissen, die ihre unverrückbare Treue bewahrte, wären so schreckliche, daß sie durch diese gezwungen sei, auch die anderen zu hüten.

Weder in den unteren Zimmern noch auf den Gängen gab es noch Licht, nur ein fahler Blitz erleuchtete von Zeit zu Zeit die dunklen Räume mit einem flüchtigen bläulichen Widerschein.

Der Herzog, immer noch von seiner Führerin bei der Hand geleitet, erreichte schließlich eine in die dicke Mauer eingelassene Wendeltreppe, die vor einer unsichtbaren Geheimtür zu Marguerites Vorzimmer endete.

Das Vorzimmer lag wie die unteren Räume in tiefster Dunkelheit.

Als sie dort angekommen waren, blieb Gillonne stehen.

„Haben Sie mitgebracht, was die Königin wünscht?" fragte sie mit leiser Stimme.

„Ja", erwiderte der Herzog von Guise, „aber ich werde es nur Ihrer Majestät geben."

„Dann kommen Sie und verlieren Sie keinen Augenblick!" sagte aus der Dunkelheit eine Stimme, die den Herzog erschauern ließ, denn er erkannte Marguerite.

Gleich darauf wurde ein violetter, mit goldenen Lilien bestickter Vorhang aufgehoben, und der Herzog sah im

Halbdunkel die Königin, die ihm ungeduldig entgegenge-
eilt war.

„Da bin ich, Madame", sagte der Herzog.

Rasch verschwand er hinter dem Vorhang, der wieder
herabfiel. Nun war es an Marguerite von Valois, den Besucher weiter in ihre Gemächer – die ihm übrigens wohlbekannt waren – zu führen, nachdem die an der Tür zu-
rückgebliebene Gillonne ihre königliche Herrin mit auf
den Mund gelegtem Finger beruhigt hatte.

Da Marguerite die eifersüchtige Unruhe des Herzogs
nicht entgangen war, führte sie ihn bis in ihr Schlafzimmer, wo sie stehenblieb.

„Nun", fragte sie, „sind Sie zufrieden, Herzog?"

„Zufrieden, Madame ...?" fragte er zurück. „Ich bitte
Sie! Was sollte mich veranlassen?"

„Dieser Beweis, den ich Ihnen gebe", entgegnete Marguerite mit leicht verdrießlicher Stimme, „daß ich einem
Mann gehöre, der am Abend seiner Hochzeit und selbst
in der Hochzeitsnacht so wenig Wert auf mich legt, daß
er nicht einmal gekommen ist, um sich für die Ehre zu bedanken, die ich ihm erwies – nicht weil ich ihn erwählte,
aber weil ich ihn als Gatten billigte."

„Oh, Madame", sagte der Herzog bekümmert, „beruhigen Sie sich, er wird kommen, vor allem, wenn Sie es
wünschen."

„Und das sagen Sie, Henri?" rief Marguerite. „Sie, der
Sie besser als jeder andere wissen, daß das Gegenteil richtig ist? Wenn es mich danach verlangte, was Sie mir unter-
schieben, hätte ich Sie dann gebeten, in den Louvre zu
kommen?"

„Sie haben mich gebeten, in den Louvre zu kommen,
Marguerite, weil Sie jede Spur unserer Vergangenheit zu
tilgen wünschen, und das Vergangene lebt nicht allein in
meinem Herzen, sondern auch in der silbernen Truhe, die
ich Ihnen bringe."

„Henri, muß ich Ihnen erst sagen, daß Sie mir nicht wie
ein Fürst, sondern wie ein Schüler vorkommen?" erwiderte Marguerite und sah den Herzog fest an. „Ich sollte
leugnen, daß ich Sie geliebt habe? Ich sollte eine Flamme

auslöschen wollen, die vielleicht einmal sterben wird, deren Widerschein aber nie vergeht? Denn die Liebe von Leuten meines Ranges erleuchtet und verschlingt mitunter das ganze Zeitalter, dem sie angehören. Nein, nein, lieber Herzog! Sie können die Briefe Ihrer Marguerite und die Truhe, die ich Ihnen gegeben habe, behalten. Ich fordere die Briefe in der Truhe nicht zurück, außer einem, und den auch nur, weil dieser Brief für Sie wie für mich gleich gefährlich ist."

„Alle gehören Ihnen", sagte der Herzog, „suchen Sie also den heraus, den Sie zu vernichten wünschen."

Marguerite durchwühlte rasch die geöffnete Truhe und zog mit zitternder Hand nacheinander ein Dutzend Briefe heraus, wobei sie sich damit zufriedengab, nur die Anschriften zu lesen, als riefe ihr allein der Anblick dieser Anschriften ins Gedächtnis zurück, was die Briefe enthielten; als sie am Ende dieser Prüfung angelangt war, sah sie den Herzog an und sagte totenblaß: „Monsieur, der gesuchte ist nicht darunter. Sollten Sie ihn zufällig verloren haben, denn daß Sie ihn preisgegeben hätten …"

„Welchen Brief suchen Sie, Madame?"

„In dem ich Ihnen schrieb, Sie sollten sich ohne Säumen verheiraten."

„Um Ihre Untreue zu rechtfertigen?"

Marguerite zuckte die Achseln. „Nein, sondern um Ihnen das Leben zu retten. Als ich Ihnen schrieb, der König habe angesichts unserer Liebe und der Anstrengungen, die ich machte, um Ihre künftige Verbindung mit der Infantin von Portugal zu hintertreiben, seinen Bruder, den Bastard Angoulême, kommen lassen und ihm zwei Degen gezeigt und gesagt: ‚Mit diesem tötest du heute abend Henri von Guise, andernfalls werde ich dich morgen mit jenem töten.' Wo ist dieser Brief?"

„Hier", erwiderte der Herzog von Guise und zog ihn aus seiner Brust.

Marguerite riß ihn fast aus seinen Händen, öffnete ihn gierig, überzeugte sich, daß es der bewußte war, stieß einen Freudenschrei aus und hielt ihn an die Kerze. Sogleich bemächtigte sich die Flamme des Papiers, das im nächsten Augenblick verbrannt war; und als fürchte Marguerite, man könnte den unvorsichtigen Rat selbst noch in der Asche aufstöbern, zertrat sie die Reste mit dem Fuß.

Der Herzog von Guise hatte seine Geliebte bei dieser fieberhaften Tätigkeit nicht aus den Augen gelassen.

„Nun, Marguerite", fragte er, als sie am Ende war, „sind Sie jetzt zufrieden?"

„Ja, denn jetzt, da Sie die Fürstin von Porcian geheiratet haben, wird mir mein Bruder Ihre Liebe verzeihen; wie aber hätte er mir die Enthüllung eines solchen Geheimnisses verziehen, das ich in meiner Schwäche für Sie nicht die Kraft hatte, Ihnen zu verbergen."

„Das ist wahr", sagte der Herzog von Guise, „damals liebten Sie mich."

„Und ich liebe Sie noch, Henri, ebensosehr und mehr denn je."

„Sie?"

„Ja, ich; denn nie brauchte ich mehr als heute einen ernsthaften und ergebenen Freund. Ich bin Königin und habe keinen Thron; ich bin eine verheiratete Frau und habe keinen Gatten."

Der junge Fürst schüttelte traurig den Kopf.

„Aber wenn ich Ihnen sage, wenn ich Ihnen wiederhole, Henri, daß mich mein Gatte nicht liebt, mehr noch, daß er mich haßt, mich verachtet! Übrigens scheint mir Ihre Anwesenheit in dem Zimmer, in dem er sein sollte, der beste Beweis für diesen Haß und diese Verachtung."

„Es ist noch nicht spät, Madame, und der König von Navarra braucht Zeit, um seine Edelleute zu beurlauben; wenn er bis jetzt nicht gekommen ist, so wird es doch nicht mehr lange dauern."

„Und ich sage Ihnen", rief Marguerite mit wachsendem Ärger, „ich sage Ihnen, daß er nicht kommen wird."

„Madame", rief Gillonne, die die Tür geöffnet und den Vorhang gehoben hatte, „Madame, der König von Navarra verläßt sein Zimmer."

„Oh, ich wußte es, ich wußte, daß er kommen würde!" rief der Herzog von Guise.

„Henri", sagte Marguerite mit atemloser Stimme und griff nach der Hand des Herzogs, „Henri, Sie werden sehen, daß ich eine Frau von Wort bin und daß man sich darauf verlassen kann, was ich einmal versprochen habe. Gehen Sie in dies Kabinett, Henri."

„Madame, lassen Sie mich fort, solange es noch Zeit ist; bedenken Sie, daß ich bei seinem ersten Liebesbeweis aus dem Kabinett stürzen werde, und dann Gnade ihm!"

„Sie sind verrückt! Gehen Sie dort hinein, gehen Sie, sage ich Ihnen, ich stehe für alles ein!"

Damit stieß sie den Herzog in das Kabinett.

Es war höchste Zeit. Kaum hatte sich die Tür hinter dem Fürsten geschlossen, als der König von Navarra, von zwei Pagen begleitet, die acht rosa Wachskerzen in zwei Leuchtern trugen, lächelnd auf der Schwelle des Zimmers erschien.

Marguerite verbarg ihre Unruhe in einem tiefen Hofknicks.

„Sie sind noch nicht zu Bett, Madame", fragte der Béarner mit seinem offenen, fröhlichen Gesicht, „sollten Sie mich erwartet haben?"

„Nein, Monsieur", erwiderte Marguerite, „denn noch gestern sagten Sie mir, Sie wüßten sehr wohl, daß unsere Heirat eine politische Verbindung sei, und Sie würden mich niemals zwingen."

„Ganz recht, aber das ist durchaus kein Grund, um nicht ein wenig miteinander zu plaudern – Gillonne, schließen Sie die Tür und lassen Sie uns allein."

Marguerite, die sich gesetzt hatte, stand auf und streckte die Hand aus, wie um den Pagen zu befehlen, daß sie bleiben sollten.

„Soll ich Ihre Frauen rufen?" fragte der König. „Ich werde es tun, wenn Sie es wünschen, obwohl ich Ihnen gestehen muß, daß ich die Dinge, die ich Ihnen zu sagen habe, lieber unter vier Augen mit Ihnen besprechen würde."

Damit näherte sich der König von Navarra dem Kabinett.

„Nein!" rief Marguerite und trat ihm ungestüm in den

Weg. „Nein, es ist nicht nötig, ich bin bereit, Sie anzuhören."

Der Béarner wußte, was er wissen wollte; er warf einen raschen, tiefgründigen Blick nach dem Kabinett, als hätte er trotz der Tür, die alles verhüllte, in seine tiefsten Tiefen dringen wollen; dann wandte er die Augen seiner schönen Gattin zu, die bleich vor Entsetzen war. „Also dann, Madame", sagte er mit völlig ruhiger Stimme, „plaudern wir ein wenig."

„Wie es Euer Majestät beliebt", erwiderte die junge Frau und sank zurück, sobald sie in dem von ihrem Gatten bezeichneten Sessel Platz genommen hatte.

Der Béarner setzte sich neben sie.

„Madame", fuhr er fort, „was auch viele Leute sagen mögen, ich glaube, unsere Heirat ist eine gute Heirat. Ich passe zu Ihnen, und Sie passen zu mir."

„Aber …", wandte Marguerite erschrocken ein.

„Folglich müssen wir", fuhr der König von Navarra fort, ohne anscheinend Marguerites Zögern zu bemerken, „einer gegen den andern wie gute Verbündete handeln, weil wir heute vor Gott Treue gelobt haben. Ist das nicht auch Ihre Meinung?"

„Natürlich, Monsieur."

„Ich weiß, Madame, wie umfassend Ihr durchdringender Verstand ist, ich weiß, daß der Hof ein Boden für gefährliche Abgründe ist; nun, ich bin jung, und obwohl ich keinem je etwas Böses angetan habe, besitze ich zahllose Feinde. In welchem Lager, Madame, habe ich die zu suchen, die meinen Namen trägt und mir am Altar Liebe geschworen hat?"

„Oh, Monsieur, könnten Sie glauben …"

„Ich glaube nichts, Madame, ich hoffe, und ich will mich überzeugen, daß meine Hoffnung begründet ist. Sicher ist, daß unsere Heirat nur ein Vorwand oder eine Falle ist."

Marguerite fuhr zusammen, denn vielleicht war auch ihr dieser Gedanke in den Sinn gekommen.

„In welchem Lager?" wiederholte Henri von Navarra. „Der König haßt mich, der Herzog von Anjou haßt mich,

34

der Herzog von Alençon haßt mich, und Katharina von Medici haßte meine Mutter zu sehr, um mich nicht gleichfalls zu hassen."

„Monsieur, was sagen Sie da?"

„Die Wahrheit, Madame", erwiderte der König, „und ich wünschte – damit man nicht glaubt, ich ließe mich über den Meuchelmord an Herrn de Mouy und den Giftmord an meiner Mutter dumm machen –, ich wünschte, jemand wäre hier und könnte mir zuhören."

„Ach, Monsieur", erwiderte Marguerite rasch und mit dem ruhigsten und lächelndsten Gesicht, das sie zu zeigen vermochte, „Sie wissen doch sehr gut, daß außer Ihnen und mir niemand hier ist."

„Und das ist es gerade, worauf ich mich verlasse, das ist es, weshalb ich Ihnen zu sagen wage, daß ich weder auf die Schmeicheleien des Hauses Frankreich noch auf die des Hauses Lothringen hereinfalle."

„Sire! Sire!" rief Marguerite.

„Nun, nun, was gibt es, liebe Freundin?" fragte Henri, ebenfalls lächelnd.

„Nur, daß solche Unterhaltungen sehr gefährlich sind, Monsieur."

„Nicht unter vier Augen", erwiderte der König. „Ich sage Ihnen also …"

Marguerite saß sichtlich wie auf Kohlen, sie hätte jedes Wort auf den Lippen des Béarners zurückhalten mögen, doch Henri fuhr in seiner scheinbaren Biederkeit fort: „Ich sage Ihnen also, daß ich von allen Seiten bedroht bin: bedroht durch den König, bedroht durch den Herzog von Alençon, bedroht durch den Herzog von Anjou, bedroht durch die Königinmutter, bedroht durch den Herzog von Guise, durch den Herzog von Mayenne, durch den Kardinal von Lothringen, bedroht von aller Welt. Man fühlt so etwas instinktiv, Sie wissen das, Madame. Nun ja, gegen alle diese Bedrohungen, die sich über kurz oder lang zu Angriffen auswachsen werden, kann ich mich mit Ihrer Hilfe verteidigen; denn Sie werden von all jenen Personen, die mich verabscheuen, geliebt."

„Ich?" wiederholte Marguerite.

„Ja, Sie", entgegnete Henri von Navarra mit lückenloser Biederkeit, „ja, Sie werden von König Karl geliebt, Sie werden vom Herzog von Alençon geliebt, wie er ausdrücklich betont, Sie werden von der Königin Katharina geliebt, und vom Herzog von Guise werden Sie schließlich auch geliebt."

„Monsieur", murmelte Marguerite.

„Was ist daran erstaunlich, daß alle Welt Sie liebt? Die ich Ihnen eben aufzählte, sind Ihre Brüder und Verwandten. Seine Verwandten und Brüder lieben ist nach dem Herzen Gottes leben."

„Worauf wollen Sie hinaus?" fragte Marguerite bedrückt.

„Ich will auf das hinaus, was ich Ihnen gesagt habe: Wenn Sie mir, ich sage nicht eine Freundin, aber eine Verbündete sein würden, könnte ich allem trotzen; wenn Sie mir dagegen feindlich gesinnt wären, dann bin ich verloren."

„Oh! Ihre Feindin? Niemals, Monsieur", rief Marguerite.

„Aber meine Freundin auch niemals …?"

„Vielleicht."

„Und meine Verbündete?"

„Ganz gewiß."

Damit wandte sich Marguerite dem König zu und reichte ihm ihre Hand.

Henri nahm sie, küßte sie galant und hielt sie fest, mehr von dem Verlangen zu erforschen als einem zärtlichen Gefühl bewegt.

„Ich glaube Ihnen, Madame", sagte er, „und begrüße Sie als meine Verbündete. Man hat uns verheiratet, ohne daß wir uns kannten, ohne daß wir uns liebten; man hat uns verheiratet, ohne uns, die verheiratet wurden, zu fragen. Wir müssen daher durchaus nicht wie Mann und Frau leben. Wie Sie sehen, Madame, komme ich Ihren feierlichen Gelübden zuvor und bekräftige heute abend, was ich Ihnen gestern sagte. Dagegen verbünden wir uns aus freien Stücken, ohne daß uns jemand dazu zwingt; wir verbünden uns als zwei Menschen ohne Falsch, die einander schützen sollen und zueinander stehen; so haben Sie es doch wohl im Sinn?"

„Ja, Monsieur", antwortete Marguerite und versuchte ihre Hand zurückzuziehen.

„Nun", fuhr der Béarner fort, wobei er die Tür zum Kabinett nicht aus den Augen ließ, „da der erste Beweis eines ehrlichen Bündnisses schrankenloses Vertrauen ist, Madame, möchte ich Ihnen den Plan, den ich gefaßt habe, um all diese Feindschaften siegreich zu bekämpfen, bis in die geheimsten Einzelheiten unterbreiten."

„Monsieur ...", murmelte Marguerite und drehte sich jetzt ebenfalls und gegen ihren Willen nach dem Kabinett um, während der Béarner, der seine List gelungen sah, in seinen Bart lächelte.

„Was ich also tun möchte, ist folgendes", fuhr er fort, ohne anscheinend die Unruhe der jungen Frau zu bemerken, „ich möchte ..."

„Monsieur!" rief Marguerite, wobei sie sich rasch erhob und nach dem Arm des Königs griff. „Erlauben Sie, daß ich erst Atem hole ... die Aufregung ... die Hitze ... ich ersticke."

Und wirklich war Marguerite bleich und zitterte, als sollte sie ohnmächtig auf den Teppich fallen.

Henri ging auf ein etwas entfernt gelegenes Fenster zu und öffnete es. Das Fenster erhob sich über dem Fluß.

Marguerite folgte ihm.

„Schweigen Sie! Schweigen Sie, Sire! Um Ihretwillen!" flüsterte sie.

„Aber, Madame", sagte der Béarner und lächelte auf seine Art, „sagten Sie mir nicht, wir sind allein?"

„Ja, Monsieur, aber haben Sie denn nichts davon gehört, daß man mit Hilfe eines in der Decke oder in der Mauer angebrachten Rohres alles mit anhören kann?"

„Gut, Madame, gut", erwiderte der Béarner rasch und ganz leise. „Sie lieben mich nicht, das ist wahr; aber Sie sind anständig."

„Was wollen Sie damit sagen, Monsieur?"

„Wenn Sie fähig wären, mich zu verraten, brauchten Sie mich nur weiterreden zu lassen, weil ich mich dann selber verraten hätte. Aber Sie haben mich gehindert. Und ich weiß jetzt, daß hier jemand versteckt ist, ich weiß, daß Sie eine ungetreue Ehefrau, aber eine treue Verbündete sind, und in diesem Augenblick, muß ich gestehen", fügte der Béarner lächelnd hinzu, „habe ich Treue in der Politik nötiger als in der Liebe."

„Sire …!" murmelte Marguerite verwirrt.

„Gut, gut, wir werden später darüber sprechen", sagte Henri, „wenn wir uns besser kennen."

Dann fragte er mit erhobener Stimme: „Atmen Sie jetzt leichter, Madame?"

„Ja, Sire, ja", antwortete Marguerite leise.

„So will ich Ihnen nicht länger lästig fallen", sagte der Béarner. „Ich schulde Ihnen Achtung und Vorschuß auf die gute Freundschaft; nehmen Sie bitte beides, wie ich es Ihnen entgegenbringe, von ganzem Herzen. Legen Sie sich jetzt zur Ruhe, ich wünsche Ihnen eine gute Nacht."

Marguerite schlug die von Dankbarkeit glänzenden Augen zu ihrem Gatten auf und reichte ihm die Hand.

„Abgemacht", sagte sie.

„Ein freimütiges politisches Bündnis ohne Falsch?" fragte Henri.

„Freimütig und ohne Falsch", antwortete die Königin.

Dann ging der Béarner zur Tür, und Marguerite mußte ihm wie verzaubert und von seinem Blick gezogen folgen. Als der Vorhang zwischen ihnen und dem Schlafzimmer herabgefallen war, sagte Henri schnell und mit leiser Stimme: „Ich danke Ihnen, Marguerite, ich danke Ihnen. Sie sind eine wahre Tochter des königlichen Hauses von Frankreich. Ich gehe ruhig. Wenn ich auch Ihre Liebe nicht besitze, so wird es mir nicht an Ihrer Freundschaft fehlen. Ich verlasse mich auf Sie, wie Sie sich auf mich verlassen können. Adieu, Madame."

Henri küßte die Hand seiner Frau, wobei er sie sacht drückte, und kehrte mit leichtem Schritt in sein Zimmer zurück, wobei er im Gang leise vor sich hin murmelte: „Wer zum Teufel ist bei ihr? Der König, der Herzog von Anjou, der Herzog von Alençon, der Herzog von Guise – ein Bruder oder ein Liebhaber oder beide? Ich könnte mich beinahe ärgern, daß ich die Baronin um das Rendez-vous bat; doch da ich ihr mein Wort verpfändet habe und Dariole mich erwartet … Einerlei, ich fürchte nur, sie wird ein wenig verlieren, da mich der Weg zu ihr durch das Schlafzimmer meiner Gattin führte, denn, heiliger Strohsack!, diese Margot, wie sie mein Schwager Karl nennt, ist ein anbetungswürdiges Geschöpf!"

Und mit Schritten, in denen sich eine leichte Unschlüs-sigkeit abzeichnete, stieg Henri von Navarra die Treppe hinauf, die zu den Gemächern der Madame de Sauves führte.

Marguerite folgte ihm mit den Augen, bis er ver-schwunden war, und ging dann in ihr Zimmer zurück. Sie fand den Herzog an der Tür des Kabinetts, und sein An-blick ließ ihr beinahe das Gewissen schlagen.

Der Herzog war ernst, seine düstere Stirn verriet bittere Sorge.

„Heute ist Marguerite noch unparteiisch", sagte er, „in acht Tagen wird uns Marguerite feindlich gegenüberste-hen."

„Ah, Sie haben gelauscht?" fragte Marguerite.

„Was sollte ich denn sonst in diesem Kabinett tun?"

„Und Sie meinen also, ich hätte mich anders betragen, als sich die Königin von Navarra betragen sollte?"

„Nein, aber nicht so, wie sich die Geliebte des Herzogs von Guise betragen sollte."

„Monsieur", erwiderte die Königin, „ich kann meinen Gatten nicht lieben, aber niemand hat das Recht, von mir zu verlangen, daß ich ihn verrate. Ehrlich gesagt, würden Sie die Geheimnisse der Fürstin von Porcian, Ihrer Gat-tin, verraten?"

„Schon gut, schon gut, Madame", sagte der Herzog und schüttelte den Kopf. „Ich sehe, daß Sie mich nicht mehr wie damals lieben, als Sie mir mitteilten, daß der König ge-gen mich und die Meinen eine Verschwörung anzettele."

„Der König war stark und ihr wart schwach. Jetzt ist Henri der Schwache und ihr seid die Starken. Ich spiele immer dieselbe Rolle, wie Sie sehr wohl sehen können."

„Nur wechseln Sie von einem Lager ins andere."

„Ein Recht, Monsieur, das ich mir erwarb, als ich Ihnen das Leben rettete."

„Gut, Madame, und wie Liebende bei der Trennung alles zurückgeben, was sie empfingen, werde ich Ihnen das Leben retten, wenn sich die Gelegenheit bietet, und wir sind quitt."

Damit verneigte sich der Herzog und ging, ohne daß sich Marguerite auch nur rührte, um ihn zurückzuhalten.

Im Vorzimmer fand er Gillonne, die ihn an das Fenster zu ebener Erde führte, und im Graben seinen Pagen, mit dem er ins Palais Guise zurückkehrte.

Unterdessen trat Marguerite träumerisch ans Fenster.

„Welch eine Hochzeitsnacht!" murmelte sie. „Der Gatte flieht mich, und der Liebhaber verläßt mich."

In diesem Augenblick erschien auf der anderen Seite des Grabens aus der Richtung des Tour de Bois nach der Mühle von Monnaie ein Schüler, der, die Hand auf der Hüfte, im Vorbeigehen sang:

> „Warum, wenn ich die Lust gebar,
> zu beißen in dein schwarzes Haar,
> zu küssen deinen Traubenmund,
> zu kosen deines Busens Rund,
> mußt du, wie hinter Klostergittern
> ein Nönnchen, mir das Herz verbittern?
>
> Wem hortest du der Augen Glanz,
> wem deiner Brüste Wogentanz,
> die Stirn, das Zwillingslippenpaar?
> Willst du dereinst, der Jugend bar,
> wenn Charon dich ans Ufer bringt,
> daß Pluto deine Küsse trinkt?
>
> Nach dieser letzten Fahrt, mein Kind,
> ist deine Schönheit in den Wind,
> ein blasser Mund, ein trüber Blick,
> wie dächt ich wohl daran zurück,
> wenn du mich unter Schatten narrst;
> daß du mir einst die Liebste warst.

Drum wandle heut noch deinen Sinn
und laß dem Leben den Gewinn,
verwehre mir nicht deinen Mund
und küß dein sprödes Herz gesund;
bereuen wirst du sonst im Tod,
daß es so grausam sich entbot."

Marguerite hörte traurig lächelnd dem Lied zu, dann, als sich die Stimme des Schülers in der Ferne verlor, schloß sie das Fenster und rief Gillonne, sie möge ihr beim Auskleiden behilflich sein.

3

Ein König und Poet

Der nächste Tag und die folgenden vergingen mit Festen, Balletten und Turnieren.

Die Vereinigung der beiden Parteien hielt an. Schmeicheleien und Rührungen hatten vermocht, daß die wütendsten Hugenotten den Kopf verloren. Man hatte Pater Cotton mit dem Baron von Courtaumer speisen und schwelgen sehen, und der Herzog von Guise fuhr in voller Harmonie mit dem Prinzen von Condé die Seine hinunter.

König Karl schien seine gewohnte Schwermut abgelegt zu haben und konnte sich nicht mehr von seinem Schwager Henri trennen. Die Königinmutter schließlich war so fröhlich und so beschäftigt mit Stickereien, Geschmeiden und Federgestecken, daß sie darüber den Schlaf verlor.

Die Hugenotten, ein wenig verweichlicht durch dies neue Capua, begannen seidene Wämser zu tragen, Devisen aufzupflanzen und vor gewissen Balkons zu paradieren, als wären sie Katholiken. Allerseits war eine der reformierten Religion günstige Reaktion zu bemerken, die so weit ging, daß man glaubte, der ganze Hof werde protestantisch werden. Selbst der Admiral hatte sich trotz seiner Erfahrung wie die anderen davon einmummen lassen, und es war ihm so sehr zu Kopf gestiegen, daß er eines Tages zwei Stunden lang vergaß, an seinem Zahnstocher zu kauen – eine Beschäftigung, der er sich gewöhnlich von zwei Uhr nachmittags, dem Augenblick, da er sein Mittagessen beendete, bis acht Uhr abends, dem Augenblick, da er sich zum Abendessen begab, überließ.

An jenem Abend, da sich der Admiral zu dieser unglaublichen Vergeßlichkeit gegen seine Gewohnheiten hinreißen ließ, hatte König Karl IX. zu einem Essen in kleinem Kreis Henri von Navarra und den Herzog von Guise eingeladen. Danach war er mit ihnen in sein Zimmer gegangen und erklärte ihnen eben den ausgeklügelten Mechanismus einer Wolfsfalle, die er erfunden hatte, als er sich plötzlich unterbrach und fragte: „Kommt denn der Herr Admiral heute gar nicht? Wer hat ihn gesehen und kann mir etwas über ihn sagen?"

„Ich", erwiderte der König von Navarra, „und falls Euer Majestät über seine Gesundheit beunruhigt sein sollte, so kann ich Sie beruhigen, denn ich habe ihn heute früh um sechs Uhr und abends um sieben gesehen."

„Ei, sieh mal an!" rief der König, wobei sich seine umherschweifenden Augen mit durchdringender Neugier auf seinen Schwager richteten. „Für einen jungen Ehemann sind Sie früh auf den Beinen, Henriot!"

„Ja, Sire", antwortete der Béarner, „ich wollte von dem Admiral, der alles weiß, erfahren, ob einige Edelleute, die ich erwarte, noch nicht auf dem Weg sind."

„Noch mehr Edelleute? An Ihrem Hochzeitstag waren es bereits achthundert, und jeden Tag kommen neue, wollen Sie uns vielleicht überfallen?" fragte Karl IX. lachend.

Der Herzog von Guise zog die Stirn kraus.

„Sire", erklärte der Béarner, „man spricht von einem Angriff gegen Flandern, und daher versammle ich aus meinem Vaterland und der Umgebung alle um mich, von denen ich glaube, daß sie Euer Majestät nützlich sein könnten."

Der Herzog erinnerte sich an den Plan, den der Béarner am Hochzeitstag Marguerite gegenüber erwähnt hatte, und hörte aufmerksamer zu.

„Gut, gut!" entgegnete der König mit seinem höhnischen Lachen. „Je mehr es sind, um so zufriedener werden wir sein; bringen Sie nur alle her, Henri, bringen Sie nur alle her. Doch wer sind diese Edelleute? Tapfere, hoffe ich?"

„Ich weiß nicht, Sire, ob meine Edelleute denen Eurer Majestät oder denen des Herrn Herzogs von Anjou oder des Herzogs von Guise gleichkommen, aber ich kenne sie und weiß, daß sie ihr Bestes tun werden."

„Erwarten Sie viele?"

„Noch zehn oder zwölf."

„Und wie heißen sie?"

„Ihre Namen sind mir entfallen, Sire, mit Ausnahme des einen, der mir von Téligny als vortrefflicher Edelmann empfohlen wurde und der de La Môle heißt, die anderen wüßte ich nicht zu nennen …"

„De La Môle? Gab es nicht einen Lerac de La Môle in der Provence?" rief der in der Genealogie beschlagene König.

„Ganz recht, Sire, wie Sie sehen, erstreckt sich meine Werbung bis auf die Provence."

„Und ich", sagte der Herzog von Guise mit spöttischem Lächeln, „gehe noch weiter als Seine Majestät der König von Navarra, denn ich werde mir sogar bis Piemont alle verläßlichen Katholiken zu verschaffen suchen, die ich finden kann."

„Katholiken oder Hugenotten", unterbrach der König, „das ist mir einerlei, wenn sie nur tapfer sind."

Bei diesen Worten, aus denen hervorging, daß er zwischen Hugenotten und Katholiken keinen Unterschied machte, hatte der König eine so gleichgültige Miene aufgesetzt, daß selbst der Herzog von Guise darüber verwundert war.

„Euer Majestät denken an unsere Flamen?" fragte der Admiral, dem seit einigen Tagen die Gunst gewährt wurde, unangemeldet beim König eintreten zu dürfen, und der gerade noch die letzten Worte Seiner Majestät gehört hatte.

„Ach, da ist mein Vater Admiral!" rief Karl und öffnete

die Arme. „Man spricht von Krieg, von Edelleuten, von Tapferen, und er kommt: Das Eisen dreht sich nach dem Magneten. Mein Schwager Navarra und mein Vetter Guise erwarten Verstärkungen für Ihre Armee. Darum ging es eben."

„Und diese Verstärkungen kommen", sagte der Admiral.

„Haben Sie Nachrichten, Herr Admiral?" fragte der Béarner.

„Ja, mein Sohn, und vor allem von Herrn de La Môle; er war gestern in Orléans und wird morgen oder übermorgen in Paris sein."

„Potztausend! Der Herr Admiral ist wohl ein Geisterbeschwörer, daß er so genau weiß, was sich dreißig oder vierzig Meilen entfernt zuträgt. Was mich betrifft, so würde ich gern mit derselben Sicherheit wissen, was sich vor Orléans zutragen wird oder zugetragen hat!"

Kaltblütig hielt Coligny des Herzogs von Guise beleidigendem Geschoß stand, das offensichtlich eine Andeutung auf den Tod seines Vaters, Franz von Guise, enthielt, der vor Orléans durch Poltrot de Méré getötet wurde, nicht ohne daß der Admiral verdächtigt wurde, zu dem Verbrechen angestiftet zu haben.

„Durchlaucht", erklärte er kalt und mit Würde, „ich bin immer ein Nekromant, wenn ich ganz genau wissen will, was für meine Angelegenheiten oder die des Königs wichtig ist. Vor einer Stunde ist mein Kurier aus Orléans gekommen, und dank der Extrapost hat er zweiunddreißig Meilen am Tag zurückgelegt. Herr de La Môle wird mit seinem Pferd nicht mehr als zehn den Tag machen und daher erst am Vierundzwanzigsten eintreffen. Das ist die ganze Magie."

„Bravo, mein Vater! Gut geantwortet!" rief Karl IX. „Zeigen Sie diesen jungen Leuten, daß Ihre Weisheit und nicht nur das Alter Ihnen Bart und Haare gebleicht haben; wir werden sie über ihre Liebschaften und ihre Turniere reden lassen und uns allein über unsere Kriege unterhalten. Die guten Ratgeber sind es, die die guten Könige machen, mein Vater. Gehen Sie, meine Herren, ich möchte mit dem Admiral sprechen."

Die beiden jungen Leute entfernten sich, zuerst der König von Navarra, dann der Herzog von Guise; doch als sie die Tür hinter sich hatten, gingen sie nach einer frostigen Verbeugung verschiedener Wege.

Coligny hatte sie mit einer gewissen Unruhe in den Augen verfolgt, denn nie konnte er die beiden erbitterten Feinde beieinander sehen, ohne zu fürchten, daß ein neuer Blitz aufzuckte.

Karl verstand, was seine Gedanken bewegte; er ging auf ihn zu und faßte ihn unter: „Seien Sie ruhig, mein Vater, schließlich bin ich da, um beide in Gehorsam und Respekt zu halten. Seit meine Mutter nicht mehr Königin ist, bin ich wahrhaft König, und sie ist nicht mehr Königin, seit Coligny mein Vater ist."

„O Sire", sagte der Admiral, „die Königin Katharina …"

„… ist ein Zankteufel! Mit ihr ist an Frieden nicht zu denken. Diese italienischen Katholiken sind rasend und verstehen sich nur auf gänzliche Vernichtung. Ich dagegen will nicht allein Frieden, sondern wünsche darüber hinaus, Denen von der Religion Macht zu geben. Die andern sind zu liederlich, mein Vater, sie ärgern mich durch ihre Liebschaften und ihre Ausschweifungen. Ja, und wenn ich ganz offen zu dir sprechen darf", fuhr Karl in überströmendem Herzenserguß fort, „ich mißtraue allen, die um mich sind, außer meinen neuen Freunden! Der Ehrgeiz von Tavannes ist mir verdächtig. Vieilleville liebt nur guten Wein, und für eine Tonne Malvasier wäre er fähig, seinen König zu verraten. Montmorency interessiert sich nur für die Jagd und verplempert die Zeit mit seinen Hunden und Falken. Der Graf von Retz ist Spanier, die Guises sind Lothringer. Gott verzeih mir, ich glaube, es gibt keine wahren Franzosen in Frankreich außer mir, meinem Schwager Navarra und dir. Aber ich bin an den Thron gefesselt und kann keine Armeen befehligen. Kaum daß man mich in Saint-Germain und in Rambouillet jagen läßt, wenn ich Lust habe. Mein Schwager Navarra ist zu jung und unerfahren. Übrigens scheint er in allem nach seinem Vater Antoine zu schlagen, den die Frauen stets vom Weg abbrachten. Es gibt nur dich, mein Vater, tapfer wie Julius

Cäsar und weise wie Plato. Daher weiß ich, ehrlich gesagt, nicht, was ich tun soll: dich als Ratgeber hierbehalten oder als General fortschicken. Wer wird das Kommando übernehmen, wenn du mir mit deinem Rat zur Seite stehst? Und wer wird mir raten, wenn du kommandierst?"

„Sire", entgegnete Coligny, „zuerst muß der Sieg errungen werden, nach dem Sieg kommt der Rat."

„Das ist also deine Meinung, mein Vater? Nun gut, sei es. Es soll nach deinem Rat geschehen. Montag wirst du nach Flandern aufbrechen, und ich nach Amboise."

„Euer Majestät wollen Paris verlassen?"

„Ja. Ich bin all des Lärms und all der Feste müde. Ich bin kein Mann der Tat, ich bin ein Träumer. Ich bin nicht zum König, sondern zum Dichter geboren. Du wirst so etwas wie eine Ratsversammlung bilden, die in der Zeit, da du Krieg führst, regieren wird; und vorausgesetzt, daß meine Mutter nicht dabei ist, wird alles gut gehen. Ich habe bereits Ronsard gebeten, mich dort zu treffen, und dann werden wir beide, fern vom Lärm, fern von der Welt und fern von den Bösewichtern, unter den dichten Bäumen, am Ufer des Flusses beim Murmeln der Bächlein über göttliche Dinge sprechen, den einzigen Ausgleich auf Erden für das Allzumenschliche. Hör dir diese Verse an, mit denen ich ihn eingeladen habe, ich habe sie heute morgen gemacht."

Coligny lächelte.

König Karl legte seine Hand auf die gelbe, elfenbeinglatte Stirn und begann in einem rhythmischen Singsang folgende Verse zu rezitieren:

> „Ich weiß, Ronsard, wenn mich dein Auge nicht
> erblickt,
> wird meine Stimm' dir durch Vergessenheit entrückt,
> doch, dein gedenkend, hat dein König nicht
> vergessen,
> sich täglich in der Dichtkunst Maß und Reim zu
> messen,
> und will dir heute ein paar Plauderverse senden,
> dem Geist voll Phantasie Ergötzliches zu spenden!

Vergnüge fürder dich nicht mehr mit Haushalts-
sorgen,
verschieb Gemüsezucht und Blumensaat auf morgen
und folg dem König, der um deiner Verse Zeilen,
die anmutsvoll und zierlich deinem Mund enteilen,
dich liebt, nach Amboise ohne Zaudern, ohne Zagen,
sonst hätt'st du Streit und müßtest seinen Zorn
beklagen."

„Bravo! Bravo, Sire!" sagte Coligny. „Ich kenne mich
besser in Kriegsdingen als in denen der Poesie aus; aber
mir scheint, diese Verse kommen den schönsten von Ronsard, Dorat und selbst dem Kanzler von Frankreich,
Herrn Michel de l'Hospital, gleich."
„Ach, mein Vater", rief Karl, „daß du wahr sprächest!
Denn siehst du, nach dem Titel Poet lechze ich mehr als
nach anderen Dingen, wie ich vor einigen Tagen meinem
Meister der Poesie schrieb:

,Entrüstet euch getrost, wenn ich die edle Kunst,
Verse zu schreiben, höher werte als die Staatskunst.
Beide tragen wir Kronen, doch ich, der König,
empfange nur,
du aber, Dichter, verleihst! Und deiner Umwelt
Lebensspur
erhellt dein Geist aus sich, vom Himmelsbrand
entzündet;
ich glänze nur, wenn meine Größe von mir kündet.
Wenn ich mit Götteraugen uns erblickte im Gefild,
säh ich Ronsard als Götterliebling, mich als Götter-
bild.
Du unterwirfst den Geist, des Leib ich nur geworden,
mit deiner Leier zaubersüßen Tonakkorden;
durch sie bist du der Herr und Meister einer Welt,
wo nicht der mächtigste Tyrann ein Reich erhält.'"

„Sire", sagte Coligny, „ich wußte wohl, daß Euer Majestät Umgang mit den Musen pflegen, aber ich wußte nicht,
daß Euer Majestät sie zu ihrem ersten Ratgeber machen."

„Nach dir, mein Vater, nach dir, und um in meinen Beziehungen mit ihnen nicht gestört zu werden, möchte ich dir die Leitung aller anderen Angelegenheiten anvertrauen. Hör zu, ich muß sofort auf ein neues Gedicht antworten, das mir mein teurer großer Poet geschickt hat ... Ich kann dir also im Augenblick noch nicht all die Papiere geben, die du benötigst, um über die wichtige Streitfrage zwischen Philipp II. und mir auf dem laufenden zu sein. Überdies gibt es da eine Art Schlachtplan, den meine Minister entworfen haben. Ich werde dir alles heraussuchen und morgen früh übergeben."

„Um welche Zeit, Sire?"

„Um zehn Uhr, und sollte ich zufällig mit Versen beschäftigt sein, sollte ich mich in mein Arbeitszimmer eingeschlossen haben ... nun ja, so wirst du eintreten und alle Papiere an dich nehmen, die du auf diesem Tisch in dieser roten Mappe findest; die Farbe ist so auffallend, daß du dich nicht irren kannst. Und ich werde jetzt an Ronsard schreiben."

„Adieu, Sire."

„Adieu, mein Vater."

„Ihre Hand?"

„Was sagst du, meine Hand? In meine Arme, an mein Herz, da ist dein Platz. Komm, mein alter Krieger, komm!"

Dabei zog der König Coligny, der sich verneigte, an sich und drückte seine Lippen auf die weißen Haare.

Als der Admiral ging, mußte er eine Träne fortwischen.

Karl IX. folgte ihm mit den Augen, solange er ihn sehen konnte, er folgte ihm mit den Ohren, solange er ihn hören konnte; dann, als er ihn weder mehr sah noch hörte, ließ er wie gewöhnlich seinen bleichen Kopf auf die Schulter sinken und ging langsam hinaus in sein Waffen- und Arbeitszimmer.

In diesem Raum hielt sich der König am liebsten auf; hier erhielt er von Pompée Unterricht in der Fechtkunst und von Ronsard Unterricht in der Poesie. Hier hatte er auch eine beträchtliche Sammlung der schönsten Angriffs- und Verteidigungswaffen zusammengetragen, die er finden konnte. Die Wände verschwanden unter Äxten, Schilden, Piken, Hellebarden, Pistolen und Musketen, und eben diesen Tag hatte ihm ein berühmter Waffenschmied eine prächtige Arkebuse gebracht, in deren Lauf mit Silber vier Verszeilen graviert waren, die der Königspoet selber gedichtet hatte.

Um Treu und Glauben zu wahren,
bin ich gut und treu,
gegen Feinde des Königs zu fahren,
bin ich trefflich im Blei.

Diesen Raum betrat Karl IX., und nachdem er die Haupttür, durch die er eingetreten war, hinter sich geschlossen hatte, hob er einen Wandteppich, der den Zwischengang zum nächsten Zimmer verhüllte, in dem vor einem Betpult eine Frau kniete und ihre Gebete sprach.

Da die Bewegung kein Geräusch verursachte und die durch den Teppich gedämpften Schritte des Königs so lautlos waren wie bei einem Gespenst, hörte ihn die kniende Frau nicht und drehte sich nicht um, sondern fuhr fort zu beten. Karl blieb einen Augenblick nachdenklich und in ihren Anblick versunken stehen.

Sie war eine Frau von vierunddreißig oder fünfunddreißig Jahren, deren üppige Schönheit durch die Bauerntracht aus der Gegend von Caux noch betont wurde. Sie trug die hohe Haube, die zur Regierungszeit Isabellas von Bavière am französischen Hof modern gewesen war, und ihr rotes Mieder war über und über mit Gold bestickt wie heutigentags die Mieder der Bäuerinnen von Nettuno und Sora. Das Zimmer, das sie seit nahezu zwanzig Jahren innehatte, grenzte an das Schlafzimmer des Königs und stellte eine sonderbare Mischung von Luxus und bäurischer Grobheit dar. In fast gleichem Verhältnis zeigte sich der Einfluß des Palastes auf die Hütte und der Einfluß der Hütte auf den Palast. So hielt dieser Raum etwa die Mitte zwischen der schmucklosen Behausung einer Dörflerin und der luxuriösen einer großen Dame. Der Betstuhl, auf dem sie kniete, war aus wunderbar geschnitztem Eichenholz, samtbezogen und mit goldenen Fransen, während die Bibel, aus der sie ihre Gebete las, denn die Frau gehörte zu den Reformierten, alt und zerfleddert war wie in den Häusern der Ärmsten.

Alles übrige stand im selben Verhältnis zueinander wie der Betstuhl und die Bibel.

„He, Madelon!" sagte der König.

Die kniende Frau hob den Kopf, lächelte, als sie die vertraute Stimme hörte, stand auf und sagte: „Ach, du bist es, mein Sohn!"

„Ja, liebe Amme. Ich bin's."

Karl ließ den Wandteppich wieder herabfallen und setzte sich auf die Lehne eines Sessels. Sofort erschien die Amme.

„Was willst du von mir, Charlot?" fragte sie.

„Komm her und sprich ganz leise."

Die Amme näherte sich mit einer Vertraulichkeit, die in der Mutterliebe einer Frau zu dem von ihr gestillten Kind ihre Ursache haben konnte, jedoch von den zeitgenössischen Pamphleten auf eine bei weitem weniger reine Quelle zurückgeführt wurde.

„Hier bin ich", sagte sie, „sprich."

„Ist der Mann da, nach dem ich rufen ließ?"

„Seit einer halben Stunde."

Karl erhob sich, trat ans Fenster und sah nach, ob niemand auf der Lauer läge, ging zur Tür und spitzte die Ohren, um sicherzugehen, daß niemand lauschte, pustete den Staub von seinen Waffentrophäen, streichelte einen großen Windhund, der ihm Schritt für Schritt folgte, der stehenblieb, wenn sein Herr stehenblieb, und weiterging, wenn sein Herr weiterging, und wandte sich dann wieder an seine Amme: „Es ist gut, Amme, laß ihn eintreten."

Die gute Frau entfernte sich auf demselben Weg, den sie gekommen war, während sich der König an einen mit Waffen aller Art bedeckten Tisch lehnte.

Gleich darauf hob sich der Wandteppich von neuem und gab dem Erwarteten den Weg frei.

Er war ein Mann von kaum vierzig Jahren mit grauen, falschen Augen, einer krummen Nase, die aussah wie der

Schnabel eines Nachtkauzes, und vorspringenden Bakkenknochen, die seine Züge breitzogen; sein Gesicht versuchte Achtung auszudrücken, vermochte jedoch nur ein heuchlerisches Lächeln auf den vor Furcht fahl gewordenen Lippen hervorzubringen.

Karl streckte hinterm Rücken unmerklich die Hand nach dem Schaft eines neuerfundenen Terzerols aus, das durch die am Feuerstein entstandene Reibung eines sich drehenden Eisenrädchens losging, statt wie sonst mit Hilfe eines Zunders, und betrachtete mit seinen glanzlosen Augen die eben beschriebene neue Person auf der Bühne der Ereignisse, wobei er fehlerlos und sogar bemerkenswert melodisch eines seiner Lieblingsjagdlieder pfiff.

Nach einigen Sekunden, indes sich die Züge des Fremden mehr und mehr verzerrten, fragte Karl: „Sie sind also François de Louviers-Maurevert?"

„Ja, Sire."

„Major der Petardiere?"

„Ja, Sire."

„Ich wollte Sie sehen."

Maurevert verbeugte sich.

„Sie wissen", fuhr Karl, jedes Wort betonend, fort, „daß ich alle meine Untertanen gleichermaßen liebe."

„Ich weiß", stammelte Maurevert, „Euer Majestät sind der Vater seines Volkes."

„Und die Hugenotten und die Katholiken sind gleichermaßen meine Kinder."

Maurevert schwieg, nur ein Zittern, das über seinen Körper lief, wurde von dem durchdringenden Blick des Königs erfaßt, obwohl der Mann, mit dem er sprach, fast im Dunkel verschwand.

„Das geht Ihnen wohl gegen den Strich", fuhr der König fort, „Ihnen, der einen so grausamen Krieg gegen die Hugenotten geführt hat?"

Maurevert fiel auf die Knie. „Sire", stammelte er, „glauben Sie ..."

„Ich glaube", sagte Karl IX., wobei sein auf Maurevert gerichteter Blick nahezu flammend wurde, „ich glaube, daß Sie in Moncontour nicht übel Lust hatten, den Herrn Admiral, der eben von mir gegangen ist, umzubringen; ich glaube, daß Sie Ihren Zweck nicht erreichten und daß Sie dann in die Armee unseres Bruders, des Herzogs von Anjou, eingetreten sind; und schließlich glaube ich, daß Sie ein zweites Mal gewechselt und Dienst in der Kompanie des Herrn de Mouy de Saint-Phale genommen haben …"

„Sire!"

„Ein tapferer pikardischer Edelmann, nicht wahr?"

„Sire, Sire", rief Maurevert, „vernichten Sie mich nicht!"

„Ein ehrenwerter Offizier", fuhr Karl fort, und je länger er sprach, um so deutlicher malte sich ein Ausdruck fast wilder Grausamkeit in seinen Zügen, „der Sie wie einen Sohn aufnahm, Ihnen Obdach gab, Sie kleidete und Sie nährte."

Maurevert stieß einen Seufzer der Verzweiflung aus.

„Ich glaube, Sie pflegten ihn Vater zu nennen", fuhr der König mitleidlos fort, „und mit dem jungen de Mouy, seinem Sohn, verband Sie eine liebevolle Freundschaft?"

Maurevert, immer noch auf den Knien, krümmte sich im wachsenden Gefühl der Vernichtung unter den Worten Karls IX., der aufrecht und unempfindlich dastand wie eine Statue, die einzig und allein durch ihre Lippen Kunde vom Leben gibt.

„Waren es nicht übrigens zehntausend Taler", fragte der König, „die Ihnen Monsieur de Guise bot, wenn Sie den Admiral töteten?"

Der Mörder ließ bestürzt den Kopf zu Boden sinken.

„Was Herrn de Mouy, Ihren lieben Vater, betrifft, so begleiteten Sie ihn eines Tages auf einem Erkundungsritt nach Chevreux. Dabei verlor er seine Pfeife und stieg ab, um sie aufzuheben. Sie waren allein mit ihm, Sie trugen eine Pistole im Gürtel, und als er sich bückte, schossen Sie ihm in den Rücken; als Sie ihn dann tot sahen, denn Sie hatten ihn auf der Stelle getötet, ergriffen Sie die Flucht auf dem Pferd, das er Ihnen geschenkt hatte. So war doch die Geschichte, nicht wahr?"

Und da Maurevert diese Anschuldigung, die in jeder

Einzelheit der Wahrheit entsprach, stillschweigend hinnahm, begann Karl so fehlerlos und melodiös wie zuvor dasselbe Jagdlied zu pfeifen.

„Nun ja, Meister Mörder", sagte er schließlich, „wissen Sie, daß ich große Lust habe, Sie hängen zu lassen?"

„Majestät!" rief Maurevert.

„Der junge de Mouy hat mich noch gestern darum gebeten, und ich wußte wahrhaftig nicht, was ich ihm antworten sollte, denn sein Verlangen ist durchaus berechtigt."

Maurevert faltete die Hände.

„Um so mehr, als ich, wie Sie sagten, der Vater meines Volkes bin und mich, wie ich Ihnen antwortete, mit den Hugenotten ausgesöhnt habe, die ich ebensosehr als meine Kinder betrachte wie die Katholiken."

„Sire", entgegnete Maurevert mutlos, „mein Leben ist in Ihrer Hand, machen Sie damit, was Sie wollen."

„Sie haben recht, ich würde keinen Pfifferling dafür geben."

„Und kann ich mich denn durch kein Mittel von meinem Verbrechen loskaufen, Sire?" fragte der Mörder.

„Ich weiß nicht recht. Allerdings, wenn ich an Ihrer Stelle wäre, was Gott sei Dank nicht der Fall ist ..."

„Nun, Sire? ... Wenn Sie an meiner Stelle wären ...", murmelte Maurevert, mit den Augen an Karls Lippen hängend.

„Ich glaube, daß ich mich aus der Affäre ziehen würde", sagte der König.

Maurevert stützte sich auf ein Knie und eine Hand und starrte Karl an, um sich zu vergewissern, daß er keinen Scherz mit ihm trieb.

„Natürlich habe ich den jungen de Mouy sehr gern", fuhr der König fort, „aber ebensosehr liebe ich meinen Vetter Guise; und wenn er mich um das Leben eines Mannes bitten würde, dessen Tod der andere von mir fordert, so würde ich offen gestanden einigermaßen in Verlegenheit geraten. Indessen würde ich als guter Staatsmann und Christ tun, was mein Vetter Guise von mir fordert; denn ein so tapferer Hauptmann de Mouy auch ist, mit einem Fürsten von Lothringen verglichen, ist er ein recht bedeutungsloser Gefährte."

Bei diesen Worten richtete sich Maurevert langsam auf, wie ein Mensch, der wieder zum Leben erwacht.

„Ja, in der verzweifelten Situation, in der Sie sich befinden, wäre es also wichtig für Sie, die Gunst meines Vetters Guise zu erringen, und das erinnert mich an etwas, was er mir gestern erzählte."

Maurevert trat einen Schritt näher.

„‚Stellen Sie sich vor, Sire‘, sagte er zu mir, ‚jeden Morgen um zehn Uhr kommt vom Louvre durch die Rue Saint-Germain-l'Auxerrois mein Todfeind; durch ein vergittertes Fenster zu ebener Erde sehe ich ihn vorübergehen; das Fenster gehört zur Wohnung meines alten Erziehers, des Mönches Pierre Piles. Jeden Tag sehe ich also meinen Feind dort vorübergehen, und jeden Tag bitte ich den Teufel, ihn in die Tiefen der Erde hinunterzustürzen.‘ – Vielleicht würde es meinem Vetter Guise gefallen, Meister Maurevert", fuhr Karl fort, „wenn Sie der Teufel wären oder wenigstens einen Augenblick lang seinen Platz einnähmen, was meinen Sie?"

Maurevert fand sein diabolisches Lächeln wieder, und seine noch vor Entsetzen bleichen Lippen formten die Worte: „Aber, Sire, ich habe nicht die Macht, die Erde aufzutun."

„Wenn ich mich recht erinnere, haben Sie für den tapferen de Mouy die Erde aufgetan. Nun werden Sie mir sagen, ja, mit einer Pistole ... Haben Sie diese Pistole nicht mehr ...?"

„Vergebung, Sire", entgegnete der Schurke, der seinen Mut wiederkehren fühlte, „aber mit der Arkebuse schieße ich noch besser als mit der Pistole."

„Oh", sagte Karl, „Pistole oder Arkebuse, das ist einerlei; ich bin sicher, daß mein Vetter Guise wegen der Wahl der Mittel keine Scherereien machen wird."

„Aber ich brauche eine unbedingt zuverlässige Waffe", wandte Maurevert ein, „denn vielleicht muß ich aus einiger Entfernung schießen."

„In diesem Zimmer befinden sich zehn Arkebusen, mit

denen ich ein Goldstück auf hundertfünfzig Schritt treffe", erwiderte Karl. „Wollen Sie eine davon probieren?"

„O Sire! Mit dem größten Vergnügen!" rief Maurevert und stürzte auf eine los, die in der Ecke hing, die nämliche, die Karl an diesem Tag erhalten hatte.

„Nein, die nicht", widersprach der König, „die nicht, die habe ich mir selber vorbehalten. In den nächsten Tagen werde ich eine große Jagd veranstalten, wo sie mir hoffentlich gute Dienste leisten wird. Aber unter den anderen dürfen Sie wählen."

Maurevert griff nach einer erfolgreich erprobten Arkebuse.

„Noch eine Frage, Sire – wer ist dieser Feind?" fragte der Mörder.

„Wie soll ich das wissen?" entgegnete Karl mit einem verächtlichen Blick, unter dem der Elende in die Knie ging. „So werde ich also den Herzog von Guise fragen", stammelte Maurevert.

Der König zuckte die Achseln.

„Fragen Sie ihn nicht", sagte er, „der Herzog von Guise wird Ihnen nicht antworten. Als ob man auf dergleichen antwortete! Wer nicht gehängt werden will, muß es erraten."

„Aber woran soll ich ihn denn erkennen?"

„Ich habe Ihnen bereits gesagt, daß er jeden Morgen um zehn Uhr am Fenster des Mönches vorübergeht."

„Aber an diesem Fenster gehen viele vorüber. Wenn Euer Majestät nur die Güte haben wollten, mir irgendein Erkennungszeichen zu geben."

„Nichts leichter als das. Morgen wird er zum Beispiel eine Mappe aus rotem Maroquinleder unterm Arm haben."

„Das genügt, Sire."

„Sie haben noch das Pferd, das Ihnen Herr de Mouy schenkte und das so flink auf den Beinen ist?"

„Ich besitze eins der schnellsten Berberrosse, Sire."

„Dann bin ich ganz unbesorgt! Nur sollten Sie zu Ih-

rem Besten noch wissen, daß es im Kloster einen Hinter-
ausgang gibt."

„Danke, Sire. – Und jetzt bitten Sie Gott für mich."

„Tausend Teufel! Bitten Sie lieber den Satan; denn sein
Schutz allein kann Sie vor dem Strick retten."

„Adieu, Sire."

„Adieu. – Ach, noch einen Augenblick, Monsieur Maurevert. Sie sind sich doch klar darüber, daß es im Louvre
ein Verlies gibt, wenn man morgen vor zehn Uhr vormittags etwas von Ihnen zu hören bekommt oder danach
überhaupt nichts?"

Ruhig und fehlerloser denn je begann Karl aufs neue
sein Lieblingslied zu pfeifen.

4

Der Abend des 24. August 1572

Der Leser hat wohl nicht vergessen, daß im vorangegangenen Kapitel die Rede von einem Edelmann namens de
La Môle war, den Henri von Navarra ungeduldig erwartete. Dieser junge Edelmann zog, wie der Admiral vor-
ausgesagt hatte, am Abend des 24. August 1572 durch
das Tor Saint-Marcel in Paris ein und ließ, während er
einen recht verächtlichen Blick auf die zahllosen Schenken warf, die zur Rechten und Linken ihre malerischen
Schilder zur Schau stellten, sein dampfendes Pferd in die
Innenstadt traben, wo er, nachdem er die Place Mau-
bert, den Petit-Pont, den Pont Notre-Dame überquert
hatte und an den Quais entlanggeritten war, am Ende
der Rue de Bresec haltmachte, die seitdem Rue l'Arbre-
Sec (Dürrer Baum) heißt, bei welcher Bezeichnung wir
zum besseren Verständnis für den Leser künftig bleiben
wollen.

Zweifellos gefiel ihm der Name, denn er bog in diese
Straße ein, und da er zur Linken ein an seiner Angel knir-
schendes, prächtiges Blechschild mitsamt einer Türglocke
erblickte, wodurch seine Aufmerksamkeit erregt wurde,

machte er einen Augenblick halt, um die Worte „Zum Guten Stern" zu lesen, die um eine den hungrigen Reisenden höchst verlockende bildliche Darstellung liefen: ein am schwarzen Himmel rotierendes Hühnchen und einen Mann in rotem Mantel, der diesem neuartigen Gestirn verlangend Arme und Börse entgegenstreckte.

Sieh da, sagte sich der Edelmann, eine Herberge, die sich recht wohl ankündigt, und ihr Wirt muß meiner Seel ein erfinderischer Gevatter sein. Ich hörte schon, daß die Rue l'Arbre-Sec im Louvre-Viertel liegt, und wenn das Unternehmen dem Aushängeschild nur im geringsten entspricht, so werde ich hier bestens aufgehoben sein.

Während der Ankömmling diesen Monolog hielt, blieb ein anderer Reiter aus der entgegengesetzten Richtung, das heißt also von der Rue Saint-Honoré, ebenfalls entzückt vor dem Aushängeschild des „Guten Sterns" stehen.

Jener, den wir, wenigstens dem Namen nach, bereits kennen, ritt einen Schimmel von spanischer Rasse und war mit einem schwarzen, jettverzierten Wams bekleidet. Er trug einen Mantel aus dunkelviolettem Samt, Stiefel aus schwarzem Leder, einen ziselierten Degen und einen ebenso gearbeiteten Dolch.

Verlassen wir die Kleidung und betrachten wir jetzt sein Gesicht, so müssen wir sagen, daß es einem Mann von vier- oder fünfundzwanzig Jahren gehörte, sonnverbrannt, mit blauen Augen, einem schmalen Schnurrbart und funkelnden Zähnen, die das Gesicht zu erhellen schienen, wenn sich sein ungewöhnlich schön und fein geformter Mund zu einem sanft-traurigen Lächeln öffnete.

Was den zweiten Reisenden betrifft, so bildete er den vollkommenen Gegensatz zu jenem ersten. Unter seinem an den Rändern aufgeschlagenen Hut guckten dichte, gekräuselte, eher rote als blonde Haare hervor und funkelten graue Augen mit so flammendem Feuer, daß man sie hätte schwarz nennen können. Er hatte rosige Wangen, einen fahlen Schnurrbart über den dünnen Lippen und blinkende Zähne. Mit seiner weißen Haut, seinem hohen Wuchs und den breiten Schultern war er alles in allem ein ungemein schöner Kavalier, in der üblichen Bedeutung des Wortes, und seit einer Stunde, da er unter dem Vorwand, die Wirtshausschilder zu entziffern, seine Nase zu allen Fenstern erhoben hatte, wurde er von den Frauen mit Blicken verschlungen; den Männern, die angesichts seines armseligen Mäntelchens, seiner engen Hosen und der unmodernen Stiefel das Lachen ankam, war das Lachen mit dem freundlichsten: „Gott schütze Sie!" auf den Lippen erstorben, als sie sein Gesicht näher betrachteten und sahen, wie es in einer Minute zehnmal den Ausdruck wechselte, wobei es jedoch nie den wohlwollenden zeigte, der für das Gesicht eines verlegenen Provinzlers so charakteristisch ist.

Er war es, der als erster das Wort an den anderen Edelmann richtete, der, wie gesagt, das Wirtshaus „Zum Guten Stern" anstarrte.

„Kotzbombenelement, mein Herr", sagte er in diesem schauderhaften Dialekt des Gebirglers, an dem man beim ersten Wort unter hundert Fremden den Piemonteser erkennt, „sind wir hier nicht in der Nähe des Louvre? Auf jeden Fall glaube ich, daß Sie denselben Geschmack haben wie ich; das ist schmeichelhaft für meine Lehnsherrschaft."

„Mein Herr", erwiderte der andere in provenzalischem Dialekt, der dem piemontesischen seines Gefährten in nichts nachstand, „ich glaube tatsächlich, dies Wirtshaus liegt nicht weit vom Louvre entfernt. Indessen frage ich mich, ob ich die Ehre habe, Ihrer Meinung gewesen zu sein. Ich überlege noch."

„Sie sind noch nicht entschlossen, mein Herr? Dennoch macht das Haus einen gewinnenden Eindruck. Vielleicht lasse ich mich auch nur durch Ihre Anwesenheit verlokken. Gestehen Sie immerhin, daß es ein schönes Gemälde ist?"

„Oh, natürlich; doch das ist es gerade, was mich an der Wirklichkeit zweifeln läßt: Paris steckt voller Betrüger, hat man mir gesagt, und mit einem Wirtshausschild kann man ebensogut betrügen wie mit etwas anderem."

„Kotzbombenelement, mein Herr", entgegnete der Piemonteser, „um das Betrügen kümmere ich mich nicht, und wenn mir der Wirt ein weniger schön als auf seinem Aushängeschild gebrutzeltes Hühnchen vorsetzt, dann stecke ich mir selber eins an den Spieß und rühre mich nicht von der Stelle, ehe es nicht ganz braun gebraten ist. Lassen Sie uns doch hineingehen, mein Herr."

„Da Sie mir auf diese Weise den Entschluß abnötigen", lachte der Provenzale, „gehen Sie dann bitte voran, mein Herr."

„Meiner Seel, nein, das werde ich durchaus nicht, denn ich bin nur Ihr ergebener Diener, Graf Hannibal de Coconnas."

„Und ich, mein Herr, bin nichts weiter als der Graf Joseph-Hyacinthe-Boniface de Lerac de La Môle, zu Diensten."

„Wenn es so ist, Monsieur, wollen wir uns unterfassen und zusammen hineingehen."

Das Ergebnis dieses Vermittlungsvorschlages war, daß die beiden jungen Leute abstiegen, einem Stallknecht die Zügel zuwarfen, einander den Arm reichten, nachdem sie ihre Degen zurechtgerückt hatten, und sich zur Tür des Gasthofes begaben, auf dessen Schwelle der Wirt stand. Doch gegen die Gewohnheit solcherart Leute hatte der würdige Eigentümer den beiden jungen Männern anscheinend keinerlei Aufmerksamkeit geschenkt, da er höchst angeregt in eine Unterhaltung mit einem großen dürren Kerl von gelblicher Hautfarbe vertieft war, der in seinem zunderfarbenen Mantel aussah wie eine Eule in ihrem Federkleid.

Die beiden Edelleute standen jetzt so dicht vor dem Wirt und dem Mann in dem zunderfarbenen Mantel, mit dem er sprach, daß Coconnas, ungehalten über die geringe Beachtung, die man ihm und seinem Gefährten schenkte, den Wirt am Ärmel zupfte.

Dieser schien plötzlich zu erwachen und verabschiedete seinen Gesprächspartner mit einem: „Auf Wiedersehen. Kommen Sie später, und verständigen Sie mich vor allem über den Zeitpunkt."

„He, Herr Schlingel", sagte Coconnas, „sehen Sie denn nicht, daß man etwas von Ihnen will?"

„Vergebung, Messieurs", antwortete der Wirt, „ich habe Sie nicht gesehen."

„Kotzbombenelement, Sie hätten uns aber sehen müssen, und jetzt, da Sie uns gesehen haben, belieben Sie bitte ‚Herr Graf' zu sagen, statt einfach ‚Monsieur'!"

La Môle hielt sich im Hintergrund und ließ Coconnas reden, der die Sache als seine ureigenste Angelegenheit zu betrachten schien. Doch verrieten seine gerunzelten Brauen unschwer, daß er bereit war, ihm hilfreich beizustehen, wenn der Augenblick zum Handeln käme.

„Nun, und was wünschen Sie, Herr Graf?" fragte der Wirt bedächtig.

„Gut … das klingt schon besser, nicht wahr?" fragte Coconnas über die Schulter La Môle, der beifällig nickte. „Von Ihrem Aushängeschild angelockt, wünschen der Herr Graf und ich Essen und Nachtlager in Ihrem Haus."

„Meine Herren", erwiderte der Wirt, „ich bedaure außerordentlich; aber es ist nur ein Zimmer frei, das Ihnen kaum zusagen kann, wie ich fürchte."

„Um so besser", meinte La Môle, „so werden wir anderswo einkehren."

„Aber nein, keineswegs", widersprach Coconnas. „Ich bleibe hier, mein Pferd ist erschöpft. Wenn Sie es nicht wollen, nehme ich also das Zimmer."

„Ach, das ist eine andere Sache", erwiderte der Wirt mit derselben unverschämten Bedächtigkeit. „Einen allein kann ich überhaupt nicht beherbergen."

„Kotzbombenelement!" rief Coconnas. „Ein sonderbarer Grobian. Eben noch waren ihm zwei zuviel, und jetzt ist einer allein zuwenig! Du willst uns also nicht beherbergen, Schlingel?"

„Auf Ehre, meine Herren, wenn Sie in diesem Ton anfangen, werde ich Ihnen in aller Offenheit antworten."

„So antworte, aber rasch."

„Nun ja, ich möchte lieber nicht die Ehre haben, Sie zu beherbergen."

„Und warum nicht?" fragte Coconnas, bleich vor Zorn.

„Weil Sie keine Bedienten haben und weil mir für ein besetztes Herrenzimmer dann zwei Dienerzimmer leer bleiben. Sehen Sie, wenn ich Ihnen das Herrenzimmer gebe, riskiere ich, die beiden anderen nicht loszuwerden."

„Monsieur de La Môle", sagte Coconnas und wandte sich um, „meinen Sie nicht auch, wir sollten diesen Schurken massakrieren?"

„Das läßt sich einrichten", erwiderte La Môle, indem er sich wie sein Gefährte bereit machte, den Wirt krumm und lahm zu schlagen.

Doch trotz dieser zweifachen Äußerung, die von seiten der sichtlich entschlossenen Edelleute nichts Gutes verhieß, erschrak der Wirt nicht, sondern trat nur einen Schritt ins Haus zurück und spottete: „Man sieht, daß die Herren aus der Provinz kommen. In Paris ist es aus der Mode, Wirte zu massakrieren, die sich weigern, ihre Zimmer herzugeben. Hier werden die großen Herren, nicht die Bürger massakriert, und wenn Sie mir zu laut zetern, werde ich meine Nachbarn rufen, damit Sie krumm und lahm geschlagen werden, eine Behandlung, die für zwei Edelleute doch höchst unwürdig ist."

„Der macht sich über uns lustig", schrie Coconnas außer sich. „Kotzbombenelement!"

„Gregor, meine Arkebuse", sagte der Wirt so gelassen zu seinem Diener, als hätte er ihm befohlen: „Einen Stuhl für die Herren."

„Donner und Doria!" heulte Coconnas und zog seinen Degen. „Hitzig drauflos, Herr de La Môle!"

„Lieber nicht, wenn's recht ist, denn während wir in Hitze geraten, wird das Abendessen kalt."

„Meinen Sie wirklich?" rief Coconnas.

„Ja, ich finde, der Herr vom ‚Guten Stern' hat recht, nur weiß er seine Gäste schlecht zu empfangen, vor allem, wenn diese Gäste Edelleute sind. Statt uns so grob anzufahren: ‚Meine Herren, ich will Sie nicht haben!', hätte er uns lieber höflich bitten sollen: ‚Treten Sie ein, meine Herren!' und dann auf die Rechnung setzen: ‚Herrschaftszimmer soundso viel, Dienerzimmer soundso viel', in der Meinung, wir beabsichtigten, Bediente zu nehmen, da wir keine haben."

Mit diesen Worten schob La Môle den Wirt, der bereits

die Hand nach seiner Arkebuse ausstreckte, sacht beiseite, ließ Coconnas vorüber und trat hinter diesem ins Haus.

„Na schön", sagte Coconnas, „wenn es mich auch sehr sauer ankommt, meinen Degen wieder in die Scheide zu stecken, ehe ich mich vergewissert habe, daß er ebensogut sticht wie die Spicknadeln dieses Schurken."

„Geduld, lieber Kamerad", entgegnete La Môle, „nur Geduld! Alle Herbergen sind von Edelleuten überlaufen, die zu den Hochzeitsfeierlichkeiten oder zum bevorstehenden Krieg gegen Flandern nach Paris gezogen sind; wir werden kein anderes Obdach mehr finden; und außerdem ist es vielleicht Sitte in Paris, Fremde auf diese Art und Weise zu empfangen."

„Kotzbombenelement! Wie duldsam Sie sind!" murmelte Coconnas, indem er wütend seinen roten Schnurrbart zwirbelte und den Wirt anblitzte. „Aber der Spitzbube soll sich in acht nehmen, wenn seine Küche schlecht, sein Bett hart, sein Wein erst drei Jahre in der Flasche und sein Diener nicht wendig ist wie ein Rohr ..."

„Schon gut, mein Herr, schon gut", sagte der Wirt, der auf einem Schleifstein das Messer aus seinem Gürtel schärfte, „schon gut, beruhigen Sie sich doch, Sie werden's hier wie im Schlaraffenland haben."

Kopfschüttelnd sagte er sich: Das ist irgend so ein Hugenott; seit der Heirat ihres Béarners mit Mademoiselle Margot ist diese Verräterbande reichlich unverschämt geworden! Und setzte dann mit einem Lächeln hinzu, das seine beiden Gäste, wenn sie es gesehen, hätte schaudern lassen: Ei, ei, ei, das wäre doch sonderbar, wenn mir ausgerechnet Hugenotten in die Hände gefallen wären ... und wenn ...

„Bekommen wir nun etwas zu essen?" unterbrach Coconnas ärgerlich das Selbstgespräch des Wirtes.

„Wenn Sie es wünschen, mein Herr", erwiderte dieser, durch den letzten Gedanken, der ihm gekommen war, offensichtlich milder gestimmt.

„Natürlich wünschen wir es, und zwar schnell!" herrschte ihn Coconnas an.

Dann wandte er sich zu La Môle: „Und während unser Zimmer in Ordnung gebracht wird, erzählen Sie mir doch schnell, Herr Graf, ob Sie etwa Paris heiter und fröhlich fanden?"

„Meiner Treu, nein", antwortete La Môle, „mir scheint, ich habe hier nur verschreckte oder abweisende Gesichter gesehen. Vielleicht liegt es auch daran, daß sich die Pariser vor dem Unwetter fürchten. Sehen Sie nur, wie schwarz der Himmel und wie drückend es ist."

„Sagen Sie, Graf, Sie wollen doch in den Louvre, nicht wahr?"

„Sie doch wohl auch, Herr de Coconnas?"

„Nun ja, wenn Sie wollen, gehen wir zusammen hin."

„Ist es nicht schon ein wenig zu spät dafür?" wandte La Môle ein.

„Spät oder nicht, ich muß hin. – Meine Befehle sind kurz und bündig. – Auf dem schnellsten Wege nach Paris kommen und sofort nach der Ankunft mit dem Herzog von Guise in Verbindung treten."

Als der Name des Herzogs von Guise fiel, trat der Wirt mit gespannter Aufmerksamkeit näher.

„Mir scheint, der Schlingel lauscht", bemerkte Coconnas, der wie alle Piemonteser sehr nachtragend war und dem Wirt des „Guten Sterns" seine nicht eben höfliche Art, Gäste zu empfangen, nicht vergessen konnte.

„Ja, meine Herren, ich habe zugehört", sagte nun der Wirt und legte die Hand an die Mütze, „aber um Ihnen zu Diensten zu sein. Ich hörte Sie über den großen Herzog von Guise sprechen und eilte herbei. Womit kann ich Ihnen dienen, meine Herren?"

„Sieh mal einer an, dieser Name scheint Zauberkraft zu besitzen, denn so unverschämt du warst, so sehr katzbuckelst du jetzt. Kotzbombenelement, Meister, Meister ... wie heißt du?"

„Meister La Hurière", antwortete der Wirt und verneigte sich.

„Also, Meister La Hurière, meinst du, mein Arm sei weniger gewichtig als der des Herzogs von Guise, der den Vorzug genießt, dich so höflich zu machen?"

„Nein, Herr Graf, aber er ist nicht so lang", erwiderte La Hurière. „Außerdem muß ich Ihnen sagen", fügte er hinzu, „daß der große Henri unser Abgott ist, der Abgott der Pariser."

„Welcher Henri?" fragte La Môle.

„Soviel ich weiß, gibt es nur einen", antwortete der Herbergswirt.

„Verzeihung, mein Freund, es gibt noch einen anderen, über den ich Ihnen nicht schlecht zu sprechen rate: Henri von Navarra, nicht zu rechnen Henri von Condé, der auch seine Verdienste hat."

„Die beiden kenne ich nicht", warf der Wirt hin.

„Aber ich kenne sie", sagte La Môle, „und da ich zum König Henri von Navarra geschickt bin, muß ich Sie bitten, in meiner Gegenwart nichts Schlechtes über ihn zu sagen."

Ohne Herrn de La Môle zu antworten, begnügte sich der Wirt damit, leicht an seine Mütze zu tippen, wobei er jedoch seine freundlichen Augen nicht von Coconnas abwandte. „So wird der Herr also den großen Herzog von Guise sprechen? Da ist der Herr glücklich zu preisen, und natürlich ist er gekommen, um ..."

„Um?" fragte Coconnas.

„Um an dem Fest teilzunehmen", erwiderte der Wirt mit einem sonderbaren Lächeln.

„Sie sollten lieber sagen: an den Festen, denn in Paris soll, wie ich hörte, kein Mangel an Festen sein, wenigstens spricht man von nichts anderem als Bällen, Gastmählern und Ringelstechen. Man vergnügt sich in Paris wohl recht oft, nicht wahr?"

„In Grenzen, mein Herr, wenigstens bis jetzt", erwiderte der Wirt, „aber ich hoffe, man wird sich noch vergnügen."

„Die Hochzeit Seiner Majestät des Königs von Navarra zieht viele Leute in diese Stadt", sagte La Môle.

„Ja, mein Herr, viele Hugenotten", erwiderte La Hurière schroff, dann besann er sich und setzte hinzu: „Verzeihung, die Herren sind vielleicht von der Religion?"

„Ich von der Religion?" rief Coconnas. „Warum nicht

gar; ich bin katholisch wie unser Heiliger Vater, der Papst."

La Hurière wandte sich an La Môle, wie um auch diesen zu fragen; aber entweder verstand La Môle den Blick nicht, oder er hielt es für angebracht, nur durch eine Gegenfrage zu antworten, und so sagte er: „Wenn Sie Seine Majestät den König von Navarra nicht kennen, Meister La Hurière, vielleicht kennen Sie den Herrn Admiral? Ich habe gehört, daß sich der Herr Admiral großer Gunst am Hofe erfreut, und da ich ihm empfohlen bin, würde ich gern wissen, wo er wohnt, wenn Ihnen die Adresse nicht den Mund zerreißt?"

„Er *wohnte* in der Rue de Béthisy, mein Herr, gleich hier rechts", antwortete der Wirt mit einer inneren Genugtuung, die er durchaus nicht zu unterdrücken vermochte.

„Er wohnte?" wiederholte La Môle. „Ist er denn ausgezogen?"

„Ja, vielleicht aus dieser Welt."

„Was soll das heißen?" riefen die beiden Edelleute wie aus einem Mund. „Der Admiral ausgezogen aus dieser Welt?"

„Wie, Monsieur de Coconnas", entgegnete der Wirt mit boshaftem Lächeln, „Sie sind einer von den Guisen und wissen das nicht?"

„Was?"

„Vorgestern wurde der Admiral, als er über die Place Saint-Germain-l'Auxerrois ging, vor dem Haus des Mönches Pierre Piles durch eine Arkebusenkugel verwundet."

„Ist er tot?" rief La Môle.

„Nein, die Kugel hat nur seinen Arm zerschmettert und ihm zwei Finger weggerissen, aber man hofft, daß die Kugeln vergiftet waren."

„Was, du elender Wicht?" rief La Môle. „Man hofft?"

„Ich wollte sagen, man glaubt", berichtigte der Wirt, „streiten wir nicht um ein Wort, ich habe mich versprochen." Dabei drehte der Wirt La Môle den Rücken zu und streckte, Coconnas listig zuzwinkernd, die Zunge heraus.

„Wahrhaftig!" sagte Coconnas strahlend.

„Wahrhaftig?" murmelte La Môle in schmerzlicher Bestürzung.

„Genauso, wie ich's Ihnen gesagt habe, meine Herren", schloß der Wirt.

„Wenn es so ist", bemerkte La Môle, „dann muß ich jetzt, ohne auch nur eine Sekunde zu verlieren, in den Louvre. Werde ich König Henri dort finden?"

„Möglich, er wohnt ja da."

„Und ich gehe auch in den Louvre", sagte Coconnas. „Werde ich den Herzog von Guise dort finden?"

„Wahrscheinlich, denn ich habe ihn vor einer kleinen Weile mit zweihundert Edelleuten in jener Richtung vorbeigehen sehen."

„Kommen Sie also, Monsieur de Coconnas", sagte La Môle.

„Ich folge Ihnen, mein Herr", gab Coconnas zurück.

„Aber Ihr Abendessen, meine Herren?" fragte Meister La Hurière.

„Ach was!" rief La Môle. „Ich werde vielleicht beim König von Navarra speisen."

„Und ich beim Herzog von Guise", rief Coconnas.

„Und ich", sagte der Wirt, nachdem er den beiden Edelleuten, die den Weg zum Louvre einschlugen, mit den Augen gefolgt war, „ich werde meine Pickelhaube putzen, meine Arkebuse mit einer Lunte versehen und meinen Knebelspieß wetzen. Man kann ja nicht wissen, was passiert."

5

*Über den Louvre im besonderen
und die Tugend im allgemeinen*

Die beiden Edelleute, die schon vom ersten, auf den sie gestoßen waren, Auskunft erhalten hatten, gingen die Rue d'Averon und die Rue Saint-Germain-l'Auxerrois hinunter und befanden sich bald vor dem Louvre, dessen

Türme in den ersten Schatten des Abends zu verschwimmen begannen.

„Was haben Sie?" fragte Coconnas seinen Begleiter, der beim Anblick des alten Schlosses stehengeblieben war und mit frommer Ehrfurcht auf die Ziehbrücken, die hohen, schmalen Fenster und die spitzen Glockentürme blickte, die ihm plötzlich vor Augen traten.

„Meiner Treu, ich weiß nicht", erwiderte La Môle, „ich habe Herzklopfen. Dabei bin ich sonst gar nicht so schüchtern; aber das Schloß erscheint mir düster und, wenn ich das sagen darf, schrecklich."

„Ach, und ich fühle eine unerklärliche Freude wie nur selten. Das Äußere ist vielleicht ein wenig vernachlässigt", fuhr er fort, indem er seine Augen über sein Reisekostüm laufen ließ, „aber was macht das schon, man sieht weltmännisch aus. Außerdem trieben mich meine Befehle zur Eile. Ich werde also willkommen sein, weil ich pünktlich gehorcht habe."

So setzten die beiden jungen Leute ihren Weg fort, von den eben beschriebenen Gefühlen bewegt.

Der Louvre war wohlbewacht, alle Posten schienen verdoppelt. Das bereitete unseren beiden Reisenden zuerst ziemliche Verlegenheit. Doch dann trat Coconnas, der bemerkt hatte, daß der Name des Herzogs von Guise bei den Parisern wie eine Art Talisman wirkte, zu einem Posten und bat ihn, indem er sich auf den allmächtigen Namen berief, um ungehinderten Eintritt in den Louvre.

Der Name schien auf den Soldaten die übliche Wirkung auszuüben, ungeachtet dessen fragte er Coconnas nach der Parole.

Coconnas mußte notgedrungen zugeben, daß er sie nicht kenne.

„Dann kann ich Sie nicht einlassen, mein Herr", sagte der Soldat.

In diesem Augenblick unterbrach ein Mann, der mit dem Offizier der Wache gesprochen, dabei jedoch gehört hatte, wie Coconnas Einlaß in den Louvre verlangte, seine Unterhaltung und wandte sich zu ihm: „Was Sie wollen von Monsieur de Gouise?" fragte er.

„Ich wollen ihn sprechen", erwiderte Coconnas lächelnd.

„Unmöglich! Der Herzog sein beim König."

„Aber ich habe ein Schreiben, daß ich mich nach Paris begeben sollte."

„Ah, Sie haben eine Schreibe?"

„Ja, und ich komme von weit her."

„Ah, Sie kommen von weit her?"

„Von Piemont."

„Schönchen! Das ist anderer Sache. Und wie heißen Ihr Name?"

„Graf Hannibal de Coconnas."

„Schönchen! Geben Sie die Schreibe, Herr Hannibal, geben Sie."

Das ist, auf mein Wort, ein sehr höflicher Mann, sagte sich La Môle, könnte ich nicht einen ähnlichen finden, der mich zum König von Navarra führt?

„Geben Sie mir die Schreibe", fuhr der deutsche Herr fort und streckte Coconnas, der zögerte, die Hand entgegen.

„Kotzbombenelement!" erwiderte der Piemonteser, mißtrauisch wie ein halber Italiener. „Ich weiß nicht, ob ich's tun soll … Ich habe leider nicht die Ehre, Sie zu kennen, mein Herr."

„Ich bin Pême, ich stehe in Dienst von Herzog von Gouise."

„Pême?" murmelte Coconnas. „Diesen Namen kenne ich nicht."

„Es ist Monsieur de Bême", erklärte der Posten. „Sie haben sich durch die Aussprache täuschen lassen. Geben Sie dem Herrn Ihr Schreiben, ich stehe dafür ein."

„Ach, Monsieur de Bême", rief Coconnas, „und ob ich Sie kenne! … Mit dem größten Vergnügen. Hier ist mein Brief. Entschuldigen Sie mein Zögern. Aber man muß gründlich überlegen, wenn man zuverlässig sein will."

„Schönchen", sagte Bême, „keine Ursache, zu entschuldigen."

„Fürwahr, mein Herr", sagte La Môle, der nun ebenfalls zu ihm trat, „möchten Sie nicht, da Sie so zuvorkommend sind, auch meinen Brief übernehmen?"

„Wie heißen Ihr Name?"

„Graf Lerac de La Môle."

„Graf Lerac de La Môle?"

„Ja."

„Kenne ich nicht."

„Es ist ganz erklärlich, daß ich nicht die Ehre habe, mit Ihnen bekannt zu sein, mein Herr, ich bin hier fremd und genau wie der Graf de Coconnas erst heute abend von weit her gekommen."

„Und von wo sein Sie gekommen?"

„Aus der Provence."

„Mit einer Schreibe?"

„Ja, mit einem Brief."

„Für Herrn von Gouise?"

„Nein, für Seine Majestät den König von Navarra."

„Ich stehe nicht in Dienst von König von Navarra, mein Herr", erwiderte Bême frostig, „deshalb kann ich Ihre Schreibe nicht übernehmen."

Damit drehte Bême dem Grafen de La Môle den Rücken und trat in den Louvre, nachdem er Coconnas ein Zeichen gemacht hatte, ihm zu folgen.

La Môle blieb allein.

Kaum waren Bême und Coconnas verschwunden, als durch ein anderes Portal des Louvre ein Trupp von etwa hundert Reitern herauskam.

„Sieh mal da", raunte der Posten seinem Kameraden zu, „de Mouy und seine Hugenotten, strahlend vor Freude. Der König wird ihnen den Tod des Mörders zugesagt haben, der den Admiral auf dem Gewissen hat, und da der bereits de Mouys Vater ermordete, kann der Sohn zwei Fliegen mit einer Klappe schlagen."

„Verzeihung, lieber Freund", wandte sich La Môle an den Soldaten, „sagten Sie nicht eben, dieser Offizier sei Monsieur de Mouy?"

„Jawohl, mein Herr."

„Und die in seiner Begleitung …?"

„Sind Spitzköpfe. – Ja, das hab ich gesagt."

„Danke", erwiderte La Môle, anscheinend ohne die verächtliche Bezeichnung des Postens zu beachten. „Das ist alles, was ich wissen wollte."

Darauf wandte er sich an den Anführer der Reiter und redete ihn mit folgenden Worten an: „Mein Herr, ich hörte eben, Sie sind Monsieur de Mouy."

„So ist es", erwiderte der Offizier höflich.

„Ihr Name ist bei Denen der Religion wohlbekannt; deshalb habe ich mir ein Herz gefaßt und mich an Sie gewandt, mein Herr, um Sie um einen Dienst zu bitten."

„Und um welchen, mein Herr? – Doch zuerst, mit wem habe ich die Ehre?"

„Graf Lerac de La Môle."

Die beiden jungen Leute begrüßten sich.

„Sprechen Sie", sagte de Mouy.

„Mein Herr, ich komme aus Aix mit einem Schreiben des Monsieur d'Auriac, des Gouverneurs der Provence. Der Brief ist an den König von Navarra gerichtet und enthält wichtige und dringende Nachrichten. – Wie kann ich ihm diesen Brief übergeben? Wie kann ich in den Louvre gelangen?"

„Nichts leichter als das, mein Herr", erwiderte de Mouy, „nur fürchte ich, der König von Navarra wird im Augenblick zu sehr beschäftigt sein, um Sie empfangen zu können. Aber das macht nichts, wenn Sie mir folgen wollen, werde ich Sie in seine Gemächer führen. Das übrige ist Ihre Sache."

„Tausend Dank!"

„Kommen Sie, mein Herr", sagte de Mouy.

Er saß ab, warf seinem Diener die Zügel zu, ging zum Portal, gab sich dem Posten zu erkennen und führte La Môle ins Schloß; dann, während er die Tür zu den Gemächern des Königs öffnete, sagte er: „Treten Sie ein, mein Herr, und erkundigen Sie sich", worauf er La Môle grüßte und sich entfernte.

Der alleingebliebene La Môle blickte sich um. Das Vorzimmer war leer, eine der Innentüren stand offen. Er ging ein paar Schritte weiter und befand sich in einem Gang.

Er klopfte und rief, doch niemand antwortete. In diesem Teil des Louvre herrschte tiefstes Schweigen.

Und mir hat man erzählt, daß die Etikette so streng ist, dachte er. Dabei geht und kommt man in diesem Palast wie auf einem Marktplatz.

Noch einmal rief er, ohne jedoch mehr Erfolg zu haben als das erstemal.

Schön, gehen wir also weiter, dachte er, irgendwann muß ich doch hier jemand treffen.

Damit begab er sich auf den Gang, der immer dunkler wurde.

Plötzlich öffnete sich die gegenüberliegende Tür, zwei Pagen traten heraus, und im Schein ihrer Leuchter tauchte eine Frau auf von hohem Wuchs, majestätischer Haltung und vor allem bewundernswerter Schönheit. Das Licht fiel voll auf La Môle, der unbeweglich stand.

Auch die Frau verhielt den Schritt, als La Môle stehengeblieben war.

„Was wünschen Sie, mein Herr?" fragte sie den jungen Mann mit einer Stimme, die seinen Ohren wie köstliche Musik klang.

„Oh, Madame", antwortete La Môle und schlug die Augen nieder, „bitte, verzeihen Sie mir. Monsieur de Mouy war so liebenswürdig, mich hierherzuführen; ich suche den König von Navarra."

„Seine Majestät ist nicht hier, mein Herr, soviel ich weiß, befindet er sich bei seinem Schwager. Könnten Sie in diesem Fall vielleicht mit der Königin vorliebnehmen..."

„Aber natürlich, Madame", entgegnete La Môle, „wenn jemand so freundlich wäre, mich zu ihr zu führen."

„Sie stehen vor ihr, mein Herr."

„Wirklich?" rief La Môle.

„Ich bin die Königin von Navarra", sagte Marguerite.

La Môle machte eine vor Bestürzung und Schreck so plötzliche Bewegung, daß die Königin lächelte.

„Schnell, mein Herr", sagte sie, „die Königinmutter erwartet mich."

„Oh, Madame, wenn Sie noch diese Minute erwartet werden, dann erlauben Sie mir, mich zu entfernen, denn jetzt ist es mir unmöglich, Ihnen etwas zu sagen. Ich bin unfähig, auch nur zwei Gedanken zusammenzubringen, weil ich durch Ihren Anblick wie geblendet bin. Ich kann nicht mehr denken, nur noch bewundern."

Marguerite trat voller Anmut und Schönheit auf den jungen Mann zu, der sich, ohne es zu wissen, wie ein in allen Feinheiten erfahrener Höfling benahm.

„Fassen Sie sich, mein Herr", sagte sie. „Ich werde warten, und man wird auf mich warten."

„Verzeihen Sie, Madame, wenn ich Euer Majestät nicht sofort mit all der Ehrerbietung begrüßte, die sie von einem ihrer ergebensten Diener zu erwarten das Recht hat, aber …"

„Aber", ergänzte Marguerite, „Sie hielten mich für eine meiner Kammerfrauen."

„Nein, Madame, aber für den Geist der schönen Diane de Poitiers. Ich hörte, sie soll im Louvre umgehen."

„Ei, mein Herr", sagte Marguerite, „Sie werden Ihr Glück bei Hofe machen, da bin ich unbesorgt. Sagten Sie nicht, Sie hätten einen Brief für den König? Das war ganz überflüssig. Doch einerlei, wo ist er? Ich werde ihn überbringen. – Nur beeilen Sie sich bitte."

Blitzschnell hatte La Môle die Haken seines Wamses geöffnet und zog nun aus seiner Brust einen Brief im Seidenumschlag.

Marguerite nahm den Brief entgegen und blickte auf die Schrift.

„Sind Sie nicht Herr de La Môle?" fragte sie.

„Ja, Madame. – Oh, mein Gott, sollte ich das Glück haben, daß Euer Majestät mein Name bekannt ist?"

„Ich hörte ihn bereits vom König, meinem Gatten, auch von meinem Bruder, dem Herzog von Alençon. – Ich weiß, daß Sie erwartet werden."

Damit ließ sie den Brief, den der junge Mann aus dem Wams gezogen hatte und der noch lau war von der Wärme seiner Brust, in ihrem reich mit Stickereien und Diamanten verzierten Mieder verschwinden. La Môle verfolgte jede Bewegung Marguerites mit gierigen Augen.

„Und nun, mein Herr", sagte sie, „gehen Sie hinunter in

den Saal und warten Sie dort, bis jemand von dem König von Navarra oder dem Herzog von Alençon zu Ihnen kommt. Einer meiner Pagen wird Sie führen."

Nach diesen Worten setzte Marguerite ihren Weg fort. La Môle drückte sich gegen die Mauer. Aber der Gang war so eng und die Rockwülste der Königin von Navarra so riesig, daß ihre Seidenrobe den jungen Mann streifte, und der Duft eines starken Parfüms breitete sich aus, wo sie gegangen war.

La Môle bebte am ganzen Leibe, und da er einer Ohnmacht nahe war, suchte er Halt an der Mauer.

Marguerite verschwand wie eine Erscheinung.

„Kommen Sie, mein Herr?" fragte der Page, der den Auftrag erhalten hatte, La Môle in den unteren Saal zu führen. „Oh, ja, ja", rief La Môle wie trunken, denn da ihm der junge Mann die Richtung wies, die Marguerite eingeschlagen hatte, hoffte er, sie noch einmal zu sehen, wenn er sich eilte.

Und wirklich, als er die Treppe erreicht hatte, erblickte er sie eine Etage tiefer, und da Marguerite in diesem Augenblick, zufällig oder weil sie das Geräusch seiner Schritte gehört hatte, den Kopf hob, konnte er sie noch einmal sehen.

Ach, dachte er, während er dem Pagen folgte, sie ist keine Sterbliche, sie ist eine Göttin und, wie Vergilius Maro sagt: Et vera incessu patuit dea – Und ganz Göttin erschien in dem Gange sie ...

„Nun?" fragte der junge Page.

„Hier bin ich", sagte La Môle, „Verzeihung, hier bin ich."

Der Page ging voraus, stieg die Treppe hinunter, öffnete die erste Tür, dann eine zweite und blieb auf der Schwelle stehen: „Hier sollen Sie warten", sagte er.

La Môle betrat den Saal, dessen Tür sich hinter ihm schloß.

Der Saal war menschenleer bis auf einen jungen Mann, der auf und ab ging und ebenfalls zu warten schien.

Schon begann der Abend in breiten Schatten von der hohen Deckenwölbung herabzufallen, und obwohl die beiden Männer kaum zwanzig Schritt voneinander entfernt waren, konnten sie ihre Gesichter nicht unterscheiden.

La Môle trat näher.

„Gott verzeih mir!" murmelte er, als er nur noch einige Schritte von dem andern Edelmann entfernt war. „Das ist ja der Graf de Coconnas!"

Beim Geräusch seiner Schritte hatte sich der Piemonteser umgedreht und blickte mit nicht geringerem Erstaunen auf La Môle.

„Kotzbombenelement!" rief er. „Das ist doch Herr de La Môle, oder der Teufel soll mich holen! Au weh! Was tu ich da? Ich fluche, und das beim König ... Ach was, mir scheint, der König flucht noch ganz anders als ich, und sogar in den Kirchen. Ist es denn die Möglichkeit, da sind wir also im Louvre!"

„Wie Sie sehen; Monsieur de Bême hat Sie hereingebracht?"

„Ja, ein reizender Deutscher, dieser Monsieur de Bême ... Und Sie, wer hat Sie unter seine Fittiche genommen?"

„Monsieur de Mouy ... Ich sagte Ihnen wohl schon, daß die Hugenotten nicht mehr so schlecht angeschrieben sind bei Hofe ... Haben Sie Monsieur de Guise gesprochen?"

„Nein, noch nicht ... Und Sie, haben Sie Audienz beim König von Navarra erhalten?"

„Nein, aber es wird nicht lange dauern. Ich wurde hierhergeführt und gebeten zu warten."

„Sie werden sehen, es gibt ein großes Festmahl, und wir werden Seite an Seite daran teilnehmen. Wirklich, ein sonderbarer Zufall! Seit zwei Stunden läßt uns das Schicksal nicht voneinander loskommen ... Aber was haben Sie? Sie scheinen mit Ihren Gedanken nicht ganz dazusein ..."

„Ich?" fragte La Môle auffahrend rasch zurück, denn wirklich war er die ganze Zeit wie geblendet von der Vision, die ihm erschienen war. „Nein, aber der Ort, an dem wir uns befinden, erweckt in mir eine Fülle von Betrachtungen."

„Philosophische, nicht wahr? Mir geht es genauso. Gerade als Sie eintraten, kamen mir alle Ermahnungen meines Erziehers in den Sinn. Kennen Sie Plutarch, Herr Graf?"

„Was denken Sie!" lachte La Môle. „Er ist einer meiner Lieblingsschriftsteller."

„Nun", fuhr Coconnas ernst fort, „dieser große Mann scheint sich nicht getäuscht zu haben, wenn er die Gaben der Natur mit prächtigen, aber nur einen Tag lebenden Blumen vergleicht, während er in der Tugend eine unvergänglich balsamisch duftende Pflanze sieht, von unfehlbarer Wirkung für die Heilung aller Wunden."

„Können Sie Griechisch, Monsieur de Coconnas?" fragte La Môle und sah seinen Gesprächspartner aufmerksam an.

„Nein, aber mein Erzieher konnte es, und er hat mir sehr ans Herz gelegt, über die Tugend zu sprechen, wenn ich bei Hofe sei. Das, sagte er, mache einen guten Eindruck. In dieser Hinsicht bin ich wohlausgestattet. Ich warne Sie. Übrigens, haben Sie Hunger?"

„Nein."

„Und doch kam es mir so vor, als ob Sie sehr für das brutzelnde Hühnchen im ‚Guten Stern' gewesen wären; was mich betrifft, so sterbe ich vor Entkräftung."

„Nun, Monsieur de Coconnas, da haben Sie eine schöne Gelegenheit, Ihre Schlußfolgerungen über die Tugend anzuwenden und Ihre Bewunderung für Plutarch zu beweisen, denn dieser große Mann sagte einmal: ‚Es ist gut, die Seele in Schmerz und den Magen in Hunger zu üben – prepon esti ten men psychen odune ton de gastera semo askein.'"

„Ach, Sie können also Griechisch?" rief Coconnas verblüfft.

„Aber ja!" erwiderte La Môle. „Mein Erzieher hat es mich gelehrt."

„Kotzbombenelement, Graf, dann ist Ihr Glück gemacht; Sie werden mit König Karl IX. Verse drechseln und mit der Königin Marguerite griechisch sprechen."

„Abgesehen davon, daß ich mit dem König von Navarra gascognisch reden kann", fügte La Môle lachend hinzu. In diesem Augenblick öffnete sich die Tür, die zum König führte; ein Schritt hallte, und im Dunkeln sahen sie einen Schatten näher kommen. Der Schatten nahm Gestalt an. Und die Gestalt gehörte Herrn von Bême.

Er prüfte die beiden jungen Leute aus nächster Nähe, um seinen wiederzuerkennen, und machte Coconnas ein Zeichen, ihm zu folgen.

Coconnas verabschiedete sich von La Môle mit einer Handbewegung.

Bême führte Coconnas ans Ende des Saales, öffnete eine Tür und befand sich mit ihm auf der obersten Stufe einer Treppe. Dort angekommen, blieb er stehen, sah sich um, blickte nach oben und nach unten und sagte dann: „Monsieur de Coconnas, wo sein Sie abgestiegen?"

„In der Herberge ‚Zum Guten Stern' in der Rue l'Arbre-Sec."

„Schönchen, das sein nur zwei Sprünge von hier … Gehen Sie schleunig in Ihre Wirtshaus zurück, und diese Nacht …"

Wieder blickte er sich nach allen Seiten um.

„Was ist heute nacht?" fragte Coconnas.

„Also, diese Nacht kommen Sie hier zurück mit weißes Kreuz auf Ihre Hut. Sagen Sie leise Parole, er heißt: Gouise. Und still, ganz Mund halten!"

„Und um wieviel Uhr soll ich kommen?"

„Wenn Sie Windglocke hören."

„Was, die Windglocke?" fragte Coconnas.

„Ja, Windglocke, bum, bum …"

„Ach so, die Sturmglocke?"

„Ja, das haben ich doch gesagt."

„Gut, ich werde hier sein", antwortete Coconnas.

Er verbeugte sich vor Bême und entfernte sich, wobei er sich fragte: Was zum Teufel soll das heißen, und warum soll die Sturmglocke läuten? Einerlei! Ich bleibe dabei, dieser Herr von Bême ist ein reizender Tedesco. Wenn ich auf den Grafen de La Môle wartete? … Ach was, nein, wahrscheinlich wird er mit dem König von Navarra zu Abend essen.

So lenkte Coconnas seine Schritte in die Rue l'Arbre-Sec, wohin ihn das Wirtshausschild des „Guten Sterns" wie einen Liebhaber zog.

Unterdessen öffnete sich eine Tür des Saals, die zu den Gemächern des Königs von Navarra führte, und ein Page näherte sich Herrn de La Môle.

„Sind Sie der Graf de La Môle?" fragte er.

„Ja."

„Wo wohnen Sie?".

„In der Rue l'Arbre-Sec, im ‚Guten Stern'."

„Also ganz in der Nähe des Louvre, gut. Hören Sie … Seine Majestät läßt Ihnen sagen, daß er Sie im Augenblick nicht empfangen kann; vielleicht wird er heute nacht nach Ihnen schicken. Auf jeden Fall kommen Sie morgen früh in den Louvre, wenn Sie bis dahin keine Nachricht erhalten haben."

„Aber wenn mich der Posten an der Tür abweist?"

„Ach ja, richtig … Die Losung ist: Navarra; sagen Sie das Wort, und alle Türen werden sich Ihnen öffnen."

„Danke."

„Warten Sie, mein Herr, ich habe Befehl, Sie bis ans Portal zu bringen, damit Sie sich im Louvre nicht verlaufen."

Und Coconnas? fragte sich La Môle, als er sich draußen befand. Ach, er wird mit dem Herzog von Guise zu Abend speisen.

Doch als er das Haus des „Guten-Stern"-Wirts La Hurière betrat, fiel der erste Blick unseres jungen Edelmannes auf Coconnas, der vor einem riesigen Speckeierkuchen saß.

„Sieh einer an!" rief Coconnas und brach in Lachen aus. „Mir scheint, Sie haben ebensowenig beim König von Navarra gespeist wie ich beim Herzog von Guise."

„Wahrhaftig, nein."

„Und Sie haben immer noch keinen Hunger?"

„Ich glaube doch."

„Trotz Plutarch?"

„Herr Graf", lachte La Môle, „Plutarch sagt an einer anderen Stelle: ‚Wer besitzt, soll mit dem, der nicht besitzt, teilen.' Wollen Sie aus Liebe zu Plutarch Ihren Eierkuchen mit mir teilen, damit wir uns beim Essen über die Tugend unterhalten können?"

„Du liebe Güte, nein", entgegnete Coconnas, „das mag im Louvre hingehen, wenn man fürchten muß, gehört zu werden, und wenn man einen leeren Magen hat. Setzen Sie sich und lassen Sie uns essen."

„Gut, ich sehe schon, daß das Schicksal entschlossen ist, uns nicht mehr zu trennen. Werden Sie hier schlafen?"

„Ich weiß nicht."

„Genausowenig wie ich."

„Auf jeden Fall aber weiß ich, wo ich die heutige Nacht verbringen werde."

„So? Wo denn?"

„Dort, wo Sie diese Nacht verbringen werden, das ist unvermeidlich."

Darauf lachten beide und ließen sich den Eierkuchen von Meister La Hurière schmecken.

6

Die bezahlte Schuld

Wenn nun der neugierige Leser erfahren möchte, warum Monsieur de La Môle nicht vom König von Navarra empfangen wurde, warum Monsieur de Coconnas nicht den Herzog von Guise sehen konnte und warum schließlich beide, statt im Louvre Fasanen, Kapaunen und Rehbraten zu speisen, im Wirtshaus „Zum Guten Stern" einen Speckeierkuchen verzehrten, so muß er schon die Freundlichkeit haben, mit uns in den alten Palast der Könige zurückzukehren und der Königin Marguerite von Navarra zu folgen, die La Môle beim Betreten des großen Saales aus den Augen verloren hatte.

Während Marguerite die Treppe hinabstieg, befand sich der Herzog Henri von Guise, den sie seit der Hochzeitsnacht nicht wiedergesehen hatte, im Arbeitszimmer des Königs. Zu der Treppe, die Marguerite benutzte, gab es einen Zugang. Zu dem Arbeitszimmer, in dem sich der

Herzog von Guise befand, eine Tür. Nun, und diese Tür und der Zugang führten beide auf einen Gang, der vor den Gemächern der Königinmutter Katharina von Medici endete.

Katharina von Medici war allein; sie saß an einem Tisch, den Ellbogen auf ein halbgeöffnetes Stundenbuch und ihren – dank den kosmetischen Künsten des Florentiners René, der bei der Königinmutter sein zweifaches Amt als Parfümeur und Giftmischer versah – immer noch bemerkenswert schönen Kopf in die Hand gestützt.

Die Witwe Henris II. war in Trauer gekleidet, die sie seit dem Tode ihres Gatten nicht abgelegt hatte. Sie war jetzt eine Frau von nahezu zwei- oder dreiundfünfzig Jahren, die bei ihrer Wohlbeleibtheit, der es nicht an Frische fehlte, Züge ihrer früheren Schönheit bewahrte. Ihre Gemächer waren wie ihre Kleidung der Witwentrauer angepaßt. Alles trug einen düsteren Charakter: die Vorhänge, die Wände und die Möbel. Nur der Baldachin über einem Königssessel, auf dem in diesem Augenblick die kleine Lieblingswindhündin der Königinmutter schlief – sie hatte das Tier als Geschenk von ihrem Schwiegersohn Henri von Navarra erhalten und ihm den mythologischen Namen Phöbe gegeben –, zeigte einen nach der Natur gemalten Regenbogen mit der griechischen Devise König Franz' I., die etwa so lautete: „Er bringt das Licht und die Heiterkeit."

Plötzlich, als die Königinmutter eben zum tiefsten Grund eines Gedankens hinabgetaucht schien, der auf ihre karminrot gemalten Lippen ein langsames, zögerndes Lächeln rief, öffnete ein Mann die Tür, hob den Wandteppich, streckte sein bleiches Gesicht herein und sagte: „Alles geht schlecht."

Katharina hob den Kopf und erkannte den Herzog von Guise. „Wie, alles geht schlecht?" wiederholte sie. „Was wollen Sie damit sagen, Henri?"

„Ich will damit sagen, daß der König mehr denn je in seine verwünschten Hugenotten vernarrt ist und daß wir noch lange und vielleicht immer werden warten müssen, wenn wir, um das große Unternehmen auszuführen, so lange zögern, bis er sie für die Nacht beurlaubt hat."

„Was ist denn geschehen?" fragte Katharina mit ihrem wie immer ruhigen Gesicht, dem sie allerdings je nach Gelegenheit den verschiedensten Ausdruck zu geben vermochte.

„Was geschehen ist? Eben habe ich zum zwanzigstenmal vor Seiner Majestät die Frage angeschnitten, ob man weiterhin die Herausforderungen ertragen werde, die sich die Herren von der Religion erlauben, seit ihr Admiral verletzt ist."

„Und was hat Ihnen mein Sohn geantwortet?" fragte Katharina.

„Er hat geantwortet: ‚Herzog, das Volk hat Sie im Verdacht, den an meinem zweiten Vater, dem Herrn Admiral, begangenen Meuchelmord veranlaßt zu haben; wehren Sie sich, wie Sie wollen. Was mich betrifft, so werde ich mich trefflich wehren, wenn man mich beleidigt …‘ Danach hat er mir den Rücken gekehrt und seinen Hunden zu fressen gegeben."

„Und Sie haben nicht versucht, ihn zurückzuhalten?"

„Doch. Aber er antwortete mit dieser Stimme, die Sie an ihm kennen, und sah mich mit diesem Blick an, den keiner außer ihm hat: ‚Herzog, meine Hunde haben Hunger – und sie sind keine Menschen, daß ich sie warten ließe …‘ Das wollte ich Ihnen nur erzählen."

„Und Sie haben recht daran getan", sagte die Königinmutter.

„Aber was nun?"

„Einen letzten Versuch machen."

„Und wer wird das tun?"

„Ich. Ist der König allein?"

„Nein. Monsieur de Tavannes ist bei ihm."

„Erwarten Sie mich hier. – Oder folgen Sie mir lieber von weitem."

Katharina erhob sich sogleich und begab sich in das Zimmer, in dem auf türkischen Teppichen und Samtkissen die Lieblingswindhunde des Königs lagen. Auf Stangen, die an der Wand befestigt waren, saßen zwei oder drei erlesene Falken und ein kleiner Würger, mit dem Karl IX. zu seinem Vergnügen die kleinen Vögel im Garten des Louvre und in den Gärten der Tuilerien, die gerade in Angriff genommen waren, zu fangen liebte.

Unterwegs hatte die Königinmutter eine bleiche, angstvolle Miene aufgesetzt, eine letzte – oder vielmehr erste Träne rollte über ihre Wangen. Geräuschlos näherte sie sich Karl, der seinen Hunden in gleiche Stücke geschnittenen Kuchen reichte.

„Mein Sohn!" begann Katharina mit einem so gut gespielten Zittern der Stimme, daß der König zusammenfuhr.

„Was haben Sie, Madame?" fragte Karl und drehte sich rasch um.

„Mein Sohn", antwortete Katharina, „ich bitte Sie um die Erlaubnis, mich in eins Ihrer Schlösser zurückziehen zu dürfen, einerlei in welches, wenn es nur weit weg von Paris ist."

„Und warum, Madame?" fragte Karl und heftete seine glasigen Augen, die mitunter so durchdringend werden konnten, auf seine Mutter.

„Weil ich Tag für Tag neue Beleidigungen von Denen der Religion erfahre, weil ich heute sogar hier, in Ihrem Louvre, die Protestanten drohen hörte und weil ich bei solchen Kundgebungen nicht anwesend sein möchte."

„Aber schließlich hat man ihnen ihren Admiral umbringen wollen, Mutter", erwiderte Karl mit dem Ausdruck tiefster Überzeugung. „Ein schändlicher Mörder hat diesen armen Leuten vorher schon den tapferen Monsieur de Mouy getötet. Bei meinem Leben, Mutter, in einem Königreich muß es doch Gerechtigkeit geben!"

„Keine Sorge, mein Sohn", entgegnete Katharina, „an Gerechtigkeit wird es ihnen nicht ermangeln, denn wenn Sie ihnen die verweigern, werden sie sich die Gerechtigkeit auf ihre Art verschaffen: heute vom Herzog von Guise, morgen von mir und später von Ihnen."

„Glauben Sie, Madame?" gab Karl zurück und ließ zum erstenmal etwas wie Zweifel in seiner Stimme aufklingen.

„Sehen Sie denn nicht, mein Sohn", erwiderte Katharina, die sich völlig dem Ungestüm ihrer Gedanken überließ, „daß es sich nicht mehr um den Tod Franz von Guises oder des Admirals handelt, um die protestantische oder die katholische Religion, sondern ganz einfach darum, den Sohn Henris II. durch den Sohn Antoines von Bourbon zu entsetzen?"

„Aber, aber, Mutter, Sie verfallen wie immer in Übertreibungen!" sagte der König.

„Was ist denn Ihre Meinung, mein Sohn?"

„Abwarten, Mutter! Abwarten. In diesem einen Wort liegt die ganze menschliche Weisheit. Der Größte, der Stärkste und vor allem der Klügste ist, wer zu warten versteht."

„Warten Sie also; ich aber werde nicht warten."

Damit verneigte sich Katharina und ging zur Tür, um sich wieder in ihre Gemächer zu begeben. Karl IX. hielt sie zurück.

„Was soll man denn aber sonst tun, Mutter?" fragte er. „Denn vor allem bin ich gerecht und wünsche, jedermann möchte mit mir zufrieden sein."

Katharina näherte sich ihm aufs neue.

„Herr Graf", sagte sie zu Tavannes, der den Würger des Königs kraulte, „sagen Sie dem König, was man Ihrer Meinung nach tun müßte."

„Erlauben Euer Majestät?" fragte der Graf.

„Sprich, Tavannes, sprich!"

„Was tun Euer Majestät bei der Jagd, wenn Sie der verwundete Keiler annimmt?"

„Zum Henker, ich erwarte ihn, ohne zu wanken", erwiderte Karl, „und jage ihm meinen Spieß durch die Kehle."

„Einzig und allein um zu verhindern, daß er Ihnen Schaden zufügt", sagte Katharina.

„Und zu meinem Vergnügen", ergänzte der König mit einem Seufzer, der seine an Wildheit grenzende Leidenschaft verriet. „Aber es wird mir kein Vergnügen bereiten, meine Untertanen umzubringen, denn schließlich sind die Hugenotten nicht weniger meine Untertanen als die Katholiken."

„Aber Ihre hugenottischen Untertanen werden wie der

Keiler sein, dem nicht der Spieß die Kehle durchbohrt, Sire", sagte Katharina, „sie werden den Thron aufschlitzen!"

„Ach, was Sie sagen, Madame!" entgegnete der König mit einem Gesicht, das verriet, wie wenig Glauben er den Reden seiner Mutter schenkte.

„Haben Sie heute nicht Monsieur de Mouy und die Seinen gesehen?"

„Ja, ich habe sie gesehen, da ich sie verabschiedet habe; aber was hat er von mir anderes gefordert, als recht und billig ist? Er hat den Tod dessen verlangt, der seinen Vater umbrachte und den Admiral ermordete! Haben wir nicht Monsieur de Montgomery für den Tod meines Vaters und Eures Gatten bestraft, obwohl dieser Tod nichts als ein Unfall war?"

„Schon gut, Sire", unterbrach ihn Katharina ärgerlich, „sprechen wir nicht mehr davon. Euer Majestät stehen unter Gottes Schutz, der Ihnen die Kraft, die Weisheit und das Zutrauen gibt; aber ich, eine arme Frau, die zweifellos wegen ihrer Sünden von Gott verlassen ist, fürchte mich und trete ab."

Darauf grüßte Katharina ein zweites Mal und ging hinaus, nachdem sie dem Herzog von Guise, der eben eingetreten war, durch ein Zeichen bedeutet hatte, noch zu bleiben und einen allerletzten Versuch zu machen.

Karl IX. folgte seiner Mutter mit den Augen, ohne sie jedoch diesmal zurückzurufen, dann begann er seine Hunde zu streicheln und pfiff ein Jagdlied vor sich hin.

Plötzlich unterbrach er sich. „Meine Mutter ist allerdings ein königlicher Geist", sagte er, „in Wahrheit stürzt sie sich ohne Überlegung in verwegene Unternehmungen. Das wäre! Mit Vorbedacht ein paar Dutzend Hugenotten umbringen, weil sie gekommen sind, um Gerechtigkeit zu fordern! Ist denn das nicht ihr Recht?"

„Ein paar Dutzend?" murmelte der Herzog von Guise.

„Ah, Sie sind da, Monsieur!" sagte der König, als bemerke er ihn eben erst. „Ja, ein paar Dutzend, ein schöner

Verlust! Ja, wenn mir jemand sagen würde: Sire, mit einem Schlag sollen Sie von all Ihren Feinden befreit werden, und morgen wird auch nicht ein einziger übrig sein, der Ihnen den Tod der anderen vorwerfen kann ... Ja, das wäre etwas anderes!"

„Wie, Sire?"

„Tavannes", unterbrach der König, „Sie ermüden Margot, setzen Sie sie wieder auf ihre Stange. Daß sie den Namen meiner Schwester, der Königin von Navarra, trägt, ist noch lange kein Grund, sie von aller Welt liebkosen zu lassen."

Tavannes setzte den Würger auf seine Stange und vergnügte sich jetzt damit, die Ohren eines Windhundes einzurollen und wieder fallen zu lassen.

„Wenn man nun aber wirklich zu Euer Majestät sagte: Sire, morgen werden Euer Majestät von allen Feinden befreit sein?" fragte der Herzog von Guise.

„Und durch die Fürsprache welches Heiligen soll dies Wunder vollbracht werden?"

„Da wir heute den vierundzwanzigsten August haben, Sire, durch die Fürsprache des heiligen Bartholomäus."

„Ein schöner Heiliger, der sich bei lebendigem Leib die Haut abziehen ließ!" bemerkte der König.

„Um so besser! Je mehr er gelitten hat, um so mehr Groll muß er gegen seine Peiniger aufgespeichert haben."

„Und Sie, mein Vetter", fragte der König, „Sie werden mit Ihrem hübschen kleinen Degen mit dem goldenen Griff von heute auf morgen zehntausend Hugenotten umbringen? Schockschwerebrett! Sie sind lustig, Monsieur de Guise!"

Dabei brach der König in Lachen aus, aber in ein so unaufrichtiges Lachen, daß der Klang des Echos schaurig widerhallte.

„Ein Wort, Sire, ein einziges Wort", fuhr der Herzog fort, dem das Getöse dieses nicht mehr menschlichen Lachens unwillkürlich eine Gänsehaut über den Rücken jagte. „Nur ein Zeichen, und alles ist bereit. Ich habe die Schweizer, ich habe elfhundert Edelleute, ich habe die Leichte Reiterei, und ich habe die Bürger; Euer Majestät haben Ihre Wachen, Ihre Freunde und Ihren katholischen Adel ... Wir sind zwanzig gegen einen."

„Was denn, wenn Sie so stark sind, Vetter, warum zum Teufel kommen Sie und brüllen mir damit die Ohren voll! ... Macht es doch ohne mich, bitte!"

Damit wandte sich der König wieder seinen Hunden zu.

Abermals hob sich der Wandteppich, und abermals erschien Katharina.

„Alles geht gut", sagte sie zu dem Herzog, „bleiben Sie fest, er wird nachgeben."

Der Wandteppich fiel hinter Katharina herab, ohne daß Karl sie gesehen hatte, zumindest ließ er sich nichts anmerken.

„Ich möchte nur noch wissen", beharrte der Herzog von Guise, „ob es Euer Majestät angenehm ist, wenn ich so nach meinem Wunsch und Willen handle."

„Wahrhaftig, Vetter Henri, Sie setzen mir das Messer an die Kehle; aber, zum Henker, ich wehre mich. Bin ich denn nicht der König?"

„Nein, noch nicht, Sire; aber wenn Sie wollen, werden Sie es morgen sein."

„Ach, so ist das", überlegte Karl, „man wird also auch den König von Navarra und den Prinzen von Condé umbringen ... in meinem Louvre ... Ach!"

Dann fügte er mit kaum verständlicher Stimme hinzu: „Draußen; das wäre etwas anderes."

„Sire", rief der Herzog, „sie wollen heute abend mit Ihrem Bruder, dem Herzog von Alençon, ausgehen und schlemmen."

„Tavannes", unterbrach der König mit bewundernswert gespielter Ungeduld, „sehen Sie denn nicht, daß Sie meinen Hund ärgern? Komm her, Aktäon, komm her."

Damit ging Karl IX., der nichts mehr hören wollte, in sein Schlafzimmer und ließ Tavannes und den Herzog von Guise in fast derselben Ungewißheit wie vorher zurück.

Unterdessen spielte sich bei Katharina eine ganz andere Szene ab. Nachdem sie dem Herzog von Guise geraten hatte, er möchte standhalten, war sie in ihre Gemächer zurückgekehrt, wo sich alle eingefunden hatten, die gewöhnlich an ihrem Coucher teilnahmen.

Auf dem Rückweg zeigte Katharina ein so heiteres Gesicht, wie es auf dem Hinweg niedergeschlagen gewesen war. Nach und nach entließ sie mit der liebenswürdigsten Miene ihre Kammerfrauen und ihre Höflinge, und bald befand sich nur noch Madame Marguerite bei ihr, die auf einer Truhe neben dem offenen Fenster saß und gedankenverloren den Himmel betrachtete.

Als sie sich mit ihrer Tochter allein sah, öffnete die Königinmutter zwei- oder dreimal den Mund, um zu sprechen, doch jedesmal drängte ein finsterer Gedanke am Grunde ihres Herzens die Worte zurück, die von ihren Lippen springen wollten.

Jetzt hob sich der Wandteppich, und Henri von Navarra erschien.

Die kleine Windhündin, die auf dem Thronsessel schlief, sprang herab und lief zu ihm.

„Sie hier, mein Sohn?" sagte Katharina und fuhr auf. „Speisen Sie denn im Louvre?"

„Nein, Madame", antwortete Henri, „der Herzog von Alençon, der Prinz von Condé und ich werden heute abend die Stadt unsicher machen. Ich glaubte sie hier und damit beschäftigt zu finden, Ihnen ihre Aufwartung zu machen."

Katharina lachte.

„Geht nur, meine Herren", sagte sie, „geht … Die Männer sind glücklich dran, daß sie so herumschwärmen können, nicht wahr, meine Tochter?"

„Das ist wahr", erwiderte Marguerite, „wie schön und süß ist doch die Freiheit!"

„Wollen Sie damit sagen, daß ich Ihre Freiheit in Ketten lege, Madame?" fragte Henri mit einer Verneigung vor seiner Frau.

„Nein, Monsieur, ich beklage nicht mich, sondern die Lage der Frauen im allgemeinen."

„Wollen Sie vielleicht den Herrn Admiral besuchen, mein Sohn?" fragte Katharina.

„Vielleicht."

„Gehen Sie zu ihm, das wird ein gutes Beispiel geben, und morgen werden Sie mir von ihm erzählen."

„Da Sie es gutheißen, Madame, werde ich also hingehen."

„Von gutheißen kann nicht die Rede sein", wehrte Katharina ab. „Doch wer kommt da? … Laßt niemand ein, niemand!"

Henri machte einen Schritt zur Tür, um Katharinas Befehl auszuführen, doch im selben Augenblick hob sich der Wandteppich, und Madame de Sauves streckte ihren blonden Kopf ins Zimmer.

„Madame", sagte sie, „es ist der Parfümeur René, er möchte zu Euer Majestät."

Katharina warf einen blitzschnellen Blick auf Henri von Navarra. Über das Gesicht des jungen Mannes flog eine leichte Röte, dann wurde es fast ebenso rasch erschreckend bleich. Der Name des Mörders seiner Mutter war gefallen. Er fühlte, sein Gesicht müsse seine Erregung verraten, und stützte sich auf den Fensterriegel. Die kleine Windhündin knurrte.

Im selben Augenblick traten zwei Personen ein, die angekündigte und noch eine, die keiner Anmeldung bedurfte.

Zuerst näherte sich Katharina mit der kriecherischen Höflichkeit florentinischer Lakaien der Parfümeur René; er öffnete eine Schatulle und ließ ihre mit Puder und Flakons gefüllten Fächer sehen.

Die zweite war Madame Lothringen, Marguerites ältere Schwester. Sie trat durch eine kleine Geheimtür, die ins Arbeitszimmer des Königs führte, totenblaß und am ganzen Leibe zitternd. In der Hoffnung, Katharina, die mit Madame de Sauves den Inhalt der von René gebrachten Schatulle prüfte, werde ihre Erregung nicht bemerken, setzte sich Madame Lothringen zu Marguerite, neben der der König von Navarra stand, die Hand an der Stirn wie ein Mensch, der sich von einer Betäubung zu erholen sucht.

In diesem Augenblick drehte sich Katharina um.

„Meine Tochter", sagte sie zu Marguerite, „Sie können

sich zurückziehen. – Und Sie, mein Sohn", fuhr sie darauf, zu Henri gewandt, fort, „dürfen sich jetzt in der Stadt die Zeit vertreiben."

Marguerite stand auf, und Henri drehte sich halb um.

Madame Lothringen ergriff Marguerites Hand.

„Schwester", flüsterte sie kaum hörbar und sehr schnell, „im Namen des Herzogs von Guise, der Ihnen das Leben rettet, wie Sie das seine gerettet haben, bleiben Sie hier, gehen Sie nicht in Ihre Gemächer!"

„He, Claude, was murmeln Sie da?" fragte Katharina und wandte sich um.

„Nichts, Mutter."

„Sie haben mit Marguerite gewispert."

„Ich habe ihr nur guten Abend gewünscht, Madame, und habe tausenderlei von der Herzogin von Nevers zu berichten."

„Wo ist denn die schöne Herzogin?"

„Bei ihrem Schwager, dem Herzog von Guise."

Katharina betrachtete die beiden Frauen mit argwöhnischem Blick und runzelte die Brauen. „Kommen Sie her, Claude!" befahl die Königinmutter.

Claude gehorchte. Katharina packte ihre Hand. „Was haben Sie gesagt, Schwatzliese?" flüsterte sie und riß ihre Tochter am Handgelenk, daß sie aufschluchzte.

„Madame", sagte Henri, der, ohne ein Wort zu hören, nichts von dem stummen Spiel der Königin, Claudes und Marguerites verloren hatte, zu seiner Frau, „Madame, darf ich mir erlauben, Ihre Hand zu küssen?"

Marguerite reichte ihm eine zitternde Hand.

„Was hat sie Ihnen gesagt?" flüsterte Henri, als er sich niederbeugte, um seine Lippen auf ihre Hand zu drücken.

„Ich soll hierbleiben. Um Himmels willen, bleiben Sie auch hier!"

Es war nur wie ein Blitz; aber der Schein dieses Blitzes, so rasch er auftauchte, zeigte Henri eine ganze Verschwörung.

„Das ist noch nicht alles", raunte Marguerite, „ein junger provenzalischer Edelmann hat einen Brief gebracht, hier ist er."

„Herr de La Môle?"

„Ja."

„Danke", sagte er, nahm den Brief und steckte ihn in sein Wams. Dann ging er an seiner bestürzten Frau vorüber und legte seine Hand auf die Schulter des Florentiners.

„Nun, Meister René", fragte er, „wie gehen Ihre Geschäfte?"

„Ziemlich gut, Monseigneur, ziemlich gut", erwiderte der Giftmischer mit seinem falschen Lächeln.

„Das will ich glauben", bemerkte Henri, „wenn man wie Sie der Lieferant aller gekrönten Häupter Frankreichs und des Auslands ist."

„Ausgenommen des Königs von Navarra", parierte der Florentiner unverschämt.

„Heiliger Strohsack, Meister René", rief Henri, „Sie haben recht, noch dazu, da mir Sie meine arme Mutter, die auch bei Ihnen zu kaufen pflegte, auf dem Sterbebett empfohlen hat, Meister René. Besuchen Sie mich doch morgen oder übermorgen und bringen Sie mir Ihre besten Parfüms!"

„Das wird keinen schlechten Eindruck machen", meinte Katharina lächelnd, „denn man sagt …"

„… daß ich an Achselgeruch leide", erwiderte Henri lachend. „Wer hat Ihnen das erzählt, Mutter? Margot?"

„Nein, mein Sohn", entgegnete Katharina, „Madame de Sauves."

In diesem Augenblick brach die Herzogin von Lothringen, die sich trotz aller Anstrengungen nicht zu beherrschen vermochte, in Tränen aus.

Henri drehte sich nicht einmal um.

„Schwester", rief Marguerite und stürzte zu Claude, „was ist Ihnen?"

„Nichts", herrschte Katharina sie an und trat zwischen die beiden jungen Frauen, „nichts, nur ihr Nervenfieber, das Mazille mit Riechstoffen zu behandeln empfahl."

Und wieder und jetzt noch heftiger kniff sie den Arm ihrer älteren Tochter, worauf sie sich an die jüngere wandte: „Margot, haben Sie nicht gehört, daß ich Ihnen sagte, Sie könnten sich zurückziehen? Wenn das nicht genügt, so befehle ich es Ihnen."

„Verzeihen Sie, Madame", stammelte Marguerite zitternd und bleich, „ich wünsche Euer Majestät eine gute Nacht."

„Ich hoffe, Ihr Wunsch wird erhört. Guten Abend, guten Abend."

Marguerite wankte zur Tür und suchte vergeblich, einen Blick ihres Gatten aufzufangen, der sich indessen nicht einmal nach ihr umdrehte.

Einen Augenblick herrschte Schweigen. Katharina ließ die Herzogin von Lothringen nicht aus den Augen, und diese blickte ihre Mutter wortlos und mit gerungenen Händen unverwandt an.

Henri stand mit dem Rücken zu ihnen, beobachtete jedoch die stumme Szene in einem Spiegel, während er so tat, als reibe er seinen Schnurrbart mit einer Pomade ein, die ihm René gegeben hatte.

„Und Sie, Henri", sagte Katharina, „Sie wollten doch ausgehen?"

„Ach ja, das ist wahr", rief der König von Navarra. „Ich hatte tatsächlich vergessen, daß mich der Herzog von Alençon und der Prinz von Condé erwarten. Das muß an diesen wunderbaren Parfüms liegen, sie berauschen mich, ich verliere darüber das Gedächtnis. Auf Wiedersehen, Madame."

„Auf Wiedersehen! Morgen werden Sie mir berichten, wie es dem Admiral geht, nicht wahr?"

„Aber natürlich. – Na, na, Phöbe! Was ist denn?"

„Phöbe!" rief die Königinmutter ungeduldig.

„Rufen Sie sie zurück, Madame", sagte der Béarner, „sie will mich nicht gehen lassen."

Die Königinmutter stand auf, nahm den kleinen Hund am Halsband und hielt ihn zurück, während sich Henri mit so ruhigem und lächelndem Gesicht entfernte, als hätte er nicht am Grunde seiner Seele gespürt, daß er in den Tod lief.

Der kleine Hund, den Katharina von Medici losgelassen hatte, sprang hinter ihm her, um ihn einzuholen, doch die Tür hatte sich geschlossen, und er konnte nur seine lange

Schnauze unter den Wandteppich bohren und ein unheimliches, langgezogenes Heulen ausstoßen.

„Und jetzt, Charlotte", sagte Katharina zu Madame de
Sauves, „hol mir den Herzog von Guise und Tavannes,
die sich in meinem Betzimmer befinden, und dann leiste
der Herzogin von Lothringen Gesellschaft, sie hat wieder
ihre hysterischen Launen."

7

Die Nacht des 24. August 1572

Als La Môle und Coconnas ihr mageres Abendessen eingenommen hatten – denn die gebratenen Hühnchen des
Wirtshauses „Zum Guten Stern" prunkten nur auf dem
Aushängeschild –, schaukelte und drehte sich Coconnas
auf seinem Stuhl, breitete die Arme aus, stützte den Ellbogen auf den Tisch und goß ein letztes Glas Wein hinunter.

„Werden Sie sich gleich zur Ruhe begeben, Monsieur de
La Môle?" fragte er.

„Ich hätte wahrhaftig die größte Lust, mein Herr, denn
möglicherweise wird man mich in der Nacht wecken."

„Wie mich", sagte Coconnas, „und da wir damit rechnen müssen, sollten wir uns, statt uns schlafen zu legen
und unsere Boten warten zu lassen, vielleicht lieber mit
Karten und Spiel unterhalten, damit wir gleich auf dem
Sprung sind."

„Das ist ein Vorschlag, den ich gern annehmen will; leider habe ich nur wenig Geld zum Spielen, kaum hundert
Taler in meinem Mantelsack, und das ist mein ganzes Vermögen. Damit muß ich jetzt mein Glück machen."

„Hundert Taler!" rief Coconnas. „Und da beklagen Sie
sich! Kotzbombenelement! Ich habe nur ganze sechs!"

„Was Sie nicht sagen!" erwiderte La Môle. „Dabei habe
ich doch gesehen, wie Sie aus Ihrer Tasche eine Börse zogen, die mir nicht nur dick schien, sondern geradezu auf-
gedunsen."

„Ach, die", entgegnete Coconnas, „damit muß ich unbedingt eine alte Schuld bei einem alten Freund meines Vaters begleichen, den ich im Verdacht habe, wie Sie ein wenig hugenottisch zu sein. Ja, sie enthält hundert Rosennobel", fuhr Coconnas fort und schlug auf seine Tasche, „aber diese hundert Rosennobel gehören Meister Mercandon; mein eigenes Vermögen beschränkt sich, wie ich Ihnen schon sagte, auf sechs Taler."

„Wie sollen wir dann spielen?"

„Aber gerade deshalb möchte ich gern spielen. Übrigens habe ich eine Idee."

„So? Und wie sieht die aus?"

„Wir sind doch beide zu demselben Zweck nach Paris gekommen?"

„Ja."

„Jeder von uns hat einen mächtigen Gönner?"

„Ja."

„Sie rechnen mit dem Ihren, wie ich mit dem meinen rechne?"

„Ja."

„Gut! Mir ist also in den Sinn gekommen; zuerst um unser Geld zu spielen und dann um die erste Gunst, die uns widerfährt, vom Hofe oder von unserer Geliebten …"

„Wirklich, ein glänzender Gedanke!" lächelte La Môle. „Nur muß ich Ihnen gestehen, daß ich kein so leidenschaftlicher Spieler bin, um mein Leben bei den Karten oder Würfeln zu riskieren, denn von der ersten Gunst, die Ihnen oder mir widerfährt, wird wahrscheinlich unser ganzes Leben abhängen."

„Schön, lassen wir also die erste Gunst bei Hofe und spielen wir um die erste Gunst unserer Geliebten."

„Auch darin kann ich nichts Vorteilhaftes sehen", sagte La Môle.

„Warum nicht?"

„Ich habe nämlich keine Geliebte."

„Ich auch nicht, aber ich rechne damit, bald eine zu haben! Gott sei Dank ist man ja so gebaut, daß es einem nicht an Frauen fehlt."

„Lassen Sie es sich nicht daran fehlen, Monsieur de Coconnas; aber da ich nicht dasselbe Zutrauen zu meinem

Liebesstern habe, wäre es meiner Ansicht nach Diebstahl, wenn ich gegen Sie setzte. Spielen wir also, solange Ihre sechs Taler reichen, und wenn Sie unglücklicherweise verlieren und weiterspielen wollen, nun, Sie sind ein Edelmann und Ihr Wort steht mir für Gold."

„Bravo!" rief Coconnas. „Das ist gut gesprochen, Sie haben recht, mein Herr, das Wort eines Edelmannes steht für Gold, vor allem wenn dieser Edelmann bei Hofe Ansehen genießt. Aber glauben Sie mir, daß ich nicht zuviel aufs Spiel setzte, wenn ich um die erste Gunst, die mir widerfährt, gegen Sie spielen wollte."

„Ja, natürlich können Sie verlieren, aber ich würde nichts dadurch gewinnen, denn da ich zum König von Navarra gehöre, kann ich es nicht mit dem Herzog von Guise halten."

„Ah, ein Spitzkopf!" brummelte der Wirt, der immer noch seine alte Pichelhaube putzte. „Ich habe also richtig gerochen."

Und er unterbrach sich, um das Kreuz zu schlagen.

„Sieh einer an", sagte Coconnas und mischte die Karten, die ihnen der Junge gebracht hatte, „dann gehören Sie also ...?"

„Wozu?"

„Zu Denen von der Religion."

„Ich?"

„Ja, Sie."

„Nehmen Sie einmal an, es sei so", erwiderte La Môle lächelnd. „Haben Sie etwas gegen uns?"

„Gott sei Dank nicht, es ist mir einerlei. Das ganze Hugenottengewese hasse ich von Herzen, gegen die Hugenotten selber aber hege ich keinen Abscheu, und außerdem sind sie in Mode."

„Ja", lachte La Môle, „wie der Schuß auf den Admiral beweist! Werden wir auch um Büchsenschüsse spielen?"

„Wie Sie wollen", meinte Coconnas, „Hauptsache ist, ich spiele, einerlei was."

„Spielen wir also", schloß La Môle, nahm seine Karten auf und ordnete sie in der Hand.

„Ja, spielen Sie, und spielen Sie vertrauensvoll, denn

sollte ich auch hundert Taler – soviel Sie besitzen – verlieren, so werde ich sie morgen früh bezahlen können."

„Dann kommt Ihnen also das Glück im Schlaf?"

„Nein, ich suche es."

„Und wo? Verraten Sie es mir, ich komme mit!"

„Im Louvre."

„Wollen Sie denn heute nacht noch dorthin?"

„Ja, denn ich habe heute nacht eine besondere Unterredung mit dem großen Herzog von Guise."

Seit Coconnas gesagt hatte, er werde sein Glück im Louvre suchen, hatte La Hurière aufgehört, seine Pickelhaube zu putzen, und sich hinter La Môles Stuhl gesetzt, und zwar so, daß nur Coconnas ihn sehen konnte; von dort aus machte er dem Piemonteser Zeichen, die jedoch Coconnas, ganz in das Spiel und die Unterhaltung vertieft, nicht bemerkte.

„Wenn das nicht wunderbar ist!" sagte La Môle. „Sie hatten ganz recht, als Sie sagten, wir wären unter demselben Stern geboren. Auch ich muß heute nacht noch einmal in den Louvre; aber ich werde mich nicht mit dem Herzog von Guise, sondern mit dem König von Navarra unterhalten."

„Haben Sie eine Parole?"

„Ja."

„Ein Erkennungszeichen?"

„Nein."

„Aber ich. Und meine Parole heißt …"

Bei diesen Worten des Piemontesers winkte La Hurière so lebhaft, und zwar eben in dem Augenblick, als der indiskrete Edelmann den Kopf hob, daß Coconnas wie versteinert innehielt, nicht nur über die Bewegungen des Wirtes, sondern auch, weil er mit einem Schlag drei Goldstücke verloren hatte. Als La Môle das Staunen seines Partners bemerkte, drehte er sich um, erblickte jedoch hinter sich nur den Wirt, der mit verschränkten Armen dasaß, auf dem Kopf die Pickelhaube, die er ihn noch einen Augenblick vorher hatte putzen sehen.

„Was haben Sie?" fragte La Môle seinen Gefährten.

Coconnas antwortete nicht und sah den Wirt und La

Môle verwundert an, da er die immer heftiger werdende Zeichensprache Meister La Hurières nicht verstand.

La Hurière merkte jetzt, daß er ihm zu Hilfe kommen mußte.

„Auch ich liebe das Spiel sehr", sagte er schnell, „und als ich näher trat, um zu sehen, durch welchen Schlag Sie gewannen, hat mich der Herr in dieser kriegerischen Aufmachung gesehen, die ihn bei einem armen Bürger wahrscheinlich mächtig überraschte."

„Sie machen wirklich eine gute Figur!" rief La Môle und brach in Lachen aus.

„Ach, mein Herr", erwiderte La Hurière mit wunderbar echt gespielter Biederkeit und einem Achselzucken, das wohl ausdrücken sollte, wie sehr er sich seiner niederen Stellung bewußt sei, „wir sind ja keine Helden, und wir haben auch nicht so eine feine Aufmachung. Tapfere Edelleute wie Sie können ihre goldenen Helme und ihre feinen Plempen funkeln lassen, und wenn wir unsere Wachposten wohl versehen ..."

„Ach", sagte La Môle, der jetzt die Karten mischte, „Sie ziehen auf Wache?"

„Mein Gott, ja, Herr Graf, ich bin Sergeant einer Kompanie Bürgergarde."

Nach diesen Worten, während La Môle mit Kartengeben beschäftigt war, zog sich La Hurière zurück, indem er einen Finger auf die Lippen legte, um Coconnas Schweigen zu gebieten, und unterbrach sie nicht mehr.

Diese Vorsichtsmaßnahme war zweifellos die Ursache, daß Coconnas die zweite Runde beinahe ebenso rasch verlor wie die erste.

„Nun", sagte La Môle, „das macht gerade sechs Taler! Wollen Sie Revanche haben für Ihr künftiges Glück?"

„Gern", antwortete Coconnas, „sehr gern."

„Aber ehe ich Sie weiter in Schulden stürze – sagten Sie nicht, daß Sie sich mit dem Herzog von Guise treffen?"

Coconnas warf einen Blick zur Küche und sah die großen Augen von La Hurière, die ihre Warnung wiederholten.

„Ja", sagte er, „aber bis dahin ist noch Zeit. Sprechen

wir doch lieber ein wenig von Ihnen, Monsieur de La Môle."

„Ich glaube, wir sollten lieber über das Spiel sprechen, lieber Monsieur de Coconnas, denn wenn ich mich nicht sehr täusche, sind Sie im Begriff, sechs Taler zu verlieren."

„Kotzbombenelement, das ist wahr! ... Man hat mir immer gesagt, die Hugenotten hätten Glück im Spiel. Der Teufel soll mich holen, ich hätte Lust, Hugenott zu werden."

La Hurières Augen funkelten wie glühende Kohlen, doch Coconnas, der ganz bei seinem Spiel war, bemerkte es nicht.

„Tun Sie es, Graf, tun Sie es", drängte La Môle, „und obgleich die Art und Weise, wie Sie von dieser Neigung gepackt werden, wohl einzigartig ist, sind Sie uns willkommen."

Coconnas kratzte sich am Ohr.

„Wenn ich sicher wäre, daß Ihr Glück daher kommt", überlegte er, „würde ich Ihnen gern antworten ... denn schließlich halte ich nicht allzuviel von der Messe, und da der König nicht mehr davon hält ..."

„Und außerdem ist es eine so schöne Religion", sagte La Môle, „so einfach und so rein!"

„Und außerdem ist sie in Mode", fügte Coconnas hinzu, „und außerdem bringt sie Glück im Spiel; denn der Teufel soll mich holen, nur Sie bekommen die Asse, dabei lasse ich Sie nicht aus den Augen, seit wir die Karten in der Hand haben. Aber Sie spielen ein ehrliches Spiel, Sie betrügen nicht. Es muß wohl die Religion sein ..."

„Sie schulden mir weitere sechs Taler", erklärte La Môle ruhig.

„Ach, wie Sie mich verführen!" rief Coconnas. „Und wenn ich heute nacht mit dem Herzog von Guise nicht zufrieden bin ..."

„Was dann?"

„Nun, dann werde ich Sie morgen bitten, mich dem König von Navarra vorzustellen, und darauf können Sie sich verlassen: wenn ich erst einmal Hugenott bin, dann werde ich hugenottischer sein als Luther, Calvin, Melanchthon und alle Reformierten der Erde."

„Still doch!" warnte La Môle. „Sie werden noch mit unserem Wirt in Streit geraten."

„Ja, das ist wahr!" gab Coconnas zu und ließ seine Augen zur Küche wandern. „Aber nein, er hört uns nicht, er ist augenblicklich zu sehr beschäftigt."

„Was macht er denn?" fragte La Môle, der es von seinem Platz nicht sehen konnte.

„Er unterhält sich mit … der Teufel soll mich holen, das ist er!"

„Wer?"

„Dieser sonderbare Nachtvogel, mit dem er sich schon unterhielt, als wir kamen; der Mann mit dem gelben Wams und dem zunderfarbenen Mantel. Kotzbombenelement, wie eifrig der ist! – Sagen Sie, Meister La Hurière, sprechen Sie vielleicht zufällig über Politik?"

Doch diesmal antwortete Meister La Hurière nur mit einer so energischen und gebieterischen Handbewegung, daß Coconnas trotz seiner Vorliebe für die bunten Karten aufstand und zu ihm ging.

„Was ist?" fragte La Môle.

„Wünschen Sie Wein, mein Herr?" fragte La Hurière und packte Coconnas bei der Hand. „Er wird gleich gebracht. – Gregor! Wein für die Herren!"

Dann flüsterte er ihm ins Ohr: „Schweigen Sie! Bei Ihrem Leben, schweigen Sie! Und verabschieden Sie Ihren Gefährten."

La Hurière war so bleich und der gelbe Mann so unheimlich, daß Coconnas einen Schauer über den Rücken laufen fühlte und sich zu La Môle umdrehte. „Lieber Monsieur de La Môle", sagte er, „bitte entschuldigen Sie mich. Es sind nun schon fünfzig Taler, die ich im Handumdrehen verloren habe. Anscheinend habe ich heute Pech und muß fürchten, in Verlegenheit zu geraten."

„Sehr gut, mein Herr, sehr gut", sagte La Môle, „wie Sie wollen. Außerdem bin ich gar nicht ärgerlich, wenn ich mich einen Augenblick auf mein Bett werfen kann. Meister La Hurière?"

„Herr Graf?"

„Wenn vom König von Navarra nach mir geschickt wird, dann wecken Sie mich. Ich werde angezogen bleiben und deshalb gleich bereit sein."

„Wie ich", sagte Coconnas, „und damit Seine Hoheit nicht einen Augenblick warten muß, werde ich das Erkennungszeichen vorbereiten. Meister La Hurière, geben Sie mir eine Schere und weißes Papier."

„Gregor", rief La Hurière, „weißes Papier für einen Brief und eine Schere, um den Umschlag zu schneiden."

Sieh an, hier ist etwas Außerordentliches im Gange, sagte sich der Piemonteser.

„Guten Abend, Monsieur de Coconnas!" rief La Môle. „Und Sie, lieber Wirt, werden so freundlich sein und mir den Weg zu meinem Zimmer zeigen. – Viel Glück, mein Freund!"

Damit verschwand La Môle, gefolgt von La Hurière, auf der Wendeltreppe.

Nun griff der geheimnisvolle Mann nach dem Arm von Coconnas, zog ihn heran und raunte ihm zu: „Mein Herr, hundertmal waren Sie nahe daran, ein Geheimnis zu verraten, von dem das Schicksal des Königs abhängt. Gott hat gewollt, daß Ihnen zur rechten Zeit der Mund verschlossen wurde. Ein Wort mehr, und ich hätte Sie mit einem Schuß aus der Arkebuse niedergestreckt. Jetzt sind wir glücklicherweise allein; hören Sie zu!"

„Aber wer sind Sie, daß Sie in diesem hochfahrenden Ton mit mir reden?" fragte Coconnas.

„Haben Sie vielleicht einmal von Maurevert gehört?"

„Dem Mörder des Admirals?"

„Und des Hauptmanns de Mouy."

„Aber natürlich."

„Nun, ich bin Maurevert."

„Oho!" machte Coconnas.

„Hören Sie mir also zu!"

„Kotzbombenelement, das will ich meinen!"

„Still!" mahnte Monsieur de Maurevert und legte den Finger auf den Mund.

Coconnas war ganz Ohr.

Jetzt hörten sie den Wirt die Tür eines Zimmers und gleich darauf die Korridortür mit einem Riegel schließen; dann kam er kopfüber herunter und gesellte sich zu den beiden Gesprächspartnern.

Er bot Coconnas und Maurevert einen Stuhl an und setzte sich ebenfalls.

„Alles ist gut versperrt, Monsieur de Maurevert", sagte er, „Sie können sprechen."

Von Saint-Germain-l'Auxerrois schlug es elf Uhr. Maurevert zählte die Schläge des Hammers, die schaurig durch die Nacht schwangen, und als der letzte in der Ferne verhallt war, begann er zu sprechen.

„Mein Herr", fragte er Coconnas, dem angesichts der von den beiden Männern beobachteten Vorsichtsmaßnahmen die Haare zu Berge standen, „mein Herr, sind Sie ein guter Katholik?"

„Ich denke doch", antwortete Coconnas.

„Mein Herr", fuhr Maurevert fort, „sind Sie dem König ergeben?"

„Mit Leib und Seele. Mir scheint, Sie wollen mich beleidigen, daß Sie mich so etwas fragen."

„Streiten wir nicht darüber, Sie werden uns folgen."

„Wohin?"

„Das soll nicht Ihre Sorge sein. Wir werden Sie führen. Es geht um Ihr Glück und vielleicht um Ihr Leben."

„Aber ich sage Ihnen gleich, daß ich um Mitternacht im Louvre zu tun habe."

„Ebendahin wollen wir gehen."

„Der Herzog von Guise erwartet mich."

„Uns gleichfalls."

„Aber ich habe eine besondere Einlaßparole", fuhr Coconnas fort, ein wenig gekränkt darüber, die Ehre der Audienz mit Monsieur de Maurevert und Meister La Hurière teilen zu müssen.

„Wir auch."

„Außerdem habe ich ein Erkennungszeichen."

Maurevert lächelte, zog aus seinem Wams ein Bündel Kreuze aus weißem Stoff, wovon er La Hurière und Coconnas je eins gab und eins für sich zurückbehielt. La

Hurière befestigte sein Kreuz an der Pickelhaube, und Maurevert steckte das seine an den Hut.

„Oh", staunte Coconnas, „die Verabredung, die Parole, das Erkennungszeichen, das ist also für alle Welt?"

„Ja, mein Herr, das heißt für alle guten Katholiken."

„Dann gibt es also im Louvre ein Fest, ein königliches Bankett, nicht wahr?" rief Coconnas. „Und diese Hunde von Hugenotten sind nicht zugelassen … Gut, ausgezeichnet, wunderbar! Sie haben sich auch lange genug dort breitgemacht!"

„Ja, es gibt ein Fest im Louvre", erwiderte Maurevert, „ein königliches Fest, aber die Hugenotten sind eingeladen … Mehr noch, sie werden die Helden des Festes sein, sie werden das Bankett bezahlen; und wenn Sie wahrhaft zu uns gehören, dann werden wir jetzt zuerst ihren großen Streiter, ihren Gideon, wie sie ihn nennen, einladen."

„Den Herrn Admiral?" rief Coconnas.

„Ja, den alten Gaspard, den ich wie ein Dummkopf verfehlt habe, obwohl ich sogar mit einer Arkebuse des Königs auf ihn schoß."

„Und deshalb, mein Herr, habe ich meine Pickelhaube geputzt, mein Schwert geschliffen und meine Messer gewetzt", ergänzte der als Krieger verkleidete La Hurière mit durchdringender Stimme.

Bei diesen Worten schauderte Coconnas und wurde totenblaß, denn nun begann er zu verstehen. „Was", rief er, „dies Fest, dies Bankett … ist es … wird man … ?"

„Sie haben lange gebraucht, um es zu erraten, mein Herr", meinte Maurevert, „und man merkt, daß Sie der Unverschämtheiten dieser Ketzer nicht so müde sind wie wir."

„Und Sie nehmen es auf sich", fragte Coconnas, „zu dem Admiral zu gehen und ihn … ?"

Maurevert lächelte und zog Coconnas zum Fenster.

„Da", sagte er, „sehen Sie auf dem kleinen Platz dort am Ende der Straße hinter der Kirche diesen Trupp, der sich geräuschlos im Dunkeln ordnet?"

„Ja."

„Die Männer dieses Trupps tragen wie Meister La Hurière, Sie und ich ein Kreuz am Hut."

„Ja, und?"

„Nun, diese Männer sind eine Kompanie Schweizer aus den kleinen Kantonen und werden von Toquenot befehligt; Sie wissen, daß die Herren der kleinen Kantone Gevattern des Königs sind?"

„Sieh mal an!" war alles, was Coconnas herausbrachte. „Und sehen Sie den Reitertrupp, der jetzt den Quai entlangkommt? Erkennen Sie den Anführer?"

„Wie soll ich ihn erkennen", gab Coconnas zitternd zurück, „ich bin doch erst seit heute abend in Paris!"

„Es ist der, mit dem Sie sich um Mitternacht im Louvre treffen sollen. Sehen Sie, er reitet hin, um Sie dort zu erwarten."

„Der Herzog von Guise?"

„Ja, der Herzog von Guise. In seiner Begleitung befinden sich Marcel, der frühere, und Choron, der jetzige Vorsteher der Kaufmannschaft. Die beiden werden unsere Bürgerkompanien auf die Beine bringen. Und dort, sehen Sie dort, ist der Hauptmann des Stadtteils, er biegt eben in die Straße ein; passen Sie auf, was er jetzt tut!"

„Er klopft an jede Tür. Doch was ist an den Türen, an die er klopft?"

„Ein weißes Kreuz, junger Mann, ein Kreuz, wie wir es an unseren Hüten tragen. Ehedem hat man Gott die Sorge überlassen, die Seinen herauszukennen. Heutzutage sind wir höflicher und nehmen ihm diese Sorge ab."

„Aber jedes Haus, an das er klopft, tut sich auf, und aus jedem Haus kommen bewaffnete Bürger."

„Er wird auch an unser Haus klopfen, und dann werden wir hinausgehen."

„Und all diese Leute sind wach, um einen alten Hugenotten umzubringen?" rief Coconnas. „Kotzbombenelement, das ist schändlich! Das ist eine Sache für Mörder, aber nicht für Soldaten."

„Junger Mann", unterbrach ihn Maurevert, „wenn Ihnen die Alten zuwider sind, können Sie die Jungen nehmen. Für jeden Geschmack ist gesorgt. Wenn Sie Dolchstöße verachten, dann können Sie sich des Degens bedienen; denn die Hugenotten sind nicht Leute, die sich umbringen lassen, ohne sich zu verteidigen, und wie Sie wissen, haben die jungen wie die alten Hugenotten ein zähes Leben."

„Dann wird man sie also alle töten?" rief Coconnas.

„Alle."

„Auf Befehl des Königs?"

„Auf Befehl des Königs und des Herzogs von Guise."

„Und wann?"

„Wenn Sie die Glocke von Saint-Germain-l'Auxerrois hören."

„Ach, deshalb hat mir also dieser liebenswürdige Deutsche, der im Dienst des Herzogs von Guise steht, wie heißt er doch gleich …?"

„Herr von Bême?"

„Ganz recht. Deshalb hat mir also Herr von Bême gesagt, daß ich beim ersten Läuten der Sturmglocke schleunigst kommen soll?"

„Sie haben Herrn von Bême gesehen?"

„Ich habe ihn gesehen und mit ihm gesprochen."

„Wo?"

„Im Louvre. Er ließ mich ein und hat mir die Parole gegeben, die …"

„Sehen Sie dort!"

„Kotzbombenelement, das ist er!"

„Wollen Sie mit ihm sprechen?"

„Meiner Seel! Ich wäre nicht böse, wenn ich es könnte."

Maurevert öffnete leise das Fenster. Bême kam mit einem Trupp von zwanzig Männern vorüber.

„*Guise und Lothringen*", sagte Maurevert.

Bême drehte um und kam näher, da er verstand, daß man etwas von ihm wollte.

„Ach, das sein Sie, Monsieur de Maurevert."

„Ja, ich bin es, wo wollen Sie hin?"

„Ich suche der Gasthof ‚Guter Stern', um einen sicheren Herrn Coconnas zu benachrichtigen."

„Hier bin ich, Herr von Bême!" rief der junge Mann.

„Schönchen! Feinchen! … Sein Sie bereit?"

„Ja. Wozu?"

„Das wird Ihnen Monsieur de Maurevert sagen. Er sein ein guter Katholik."

„Haben Sie ihn gehört?" fragte Maurevert.

„Ja", antwortete Coconnas. „Aber Sie, Herr von Bême, wohin gehen Sie?"

„Ich?" lachte Bême zurück.

„Ja, Sie?"

„Ich wollen Admiral ein Wörtchen sagen."

„Sag ihm zwei, wenn's nötig ist", sagte Maurevert, „und wenn er diesmal nach dem ersten wieder aufsteht, wird er sich nach dem zweiten nicht mehr erheben."

„Ohne keine Sorge, Monsieur de Maurevert, beruhigen Sie Ihnen und unterweisen Sie mir schön diese junge Mann."

„Ja doch, die Coconnas sind feine Spürnasen und Jagdhunde von Rasse."

„Auf Wiedersehen!"

„Gehen Sie!"

„Und Sie?"

„Fangen Sie nur immer mit der Jagd an, wir kommen zur Beute noch zurecht."

Bême entfernte sich, und Maurevert schloß das Fenster.

„Da haben Sie es gehört, junger Mann!" sagte Maurevert. „Wenn Sie einen besonderen Feind haben, er braucht ja nicht ganz und gar Hugenott zu sein, so setzen Sie ihn auf die Liste, und er wird mit den andern hingehen."

Coconnas, dem von all dem, was er gesehen und gehört hatte, der Kopf schwindelte wie nie in seinem Leben, sah abwechselnd den Wirt, der auf alle nur mögliche Art furchterregend auszusehen suchte, und Maurevert an, der ruhig ein Papier aus seiner Tasche zog.

„Was mich betrifft, ich habe meine Liste", sagte er. „Dreihundert. – Wenn jeder gute Katholik in dieser Nacht nur den zehnten Teil der Arbeit tut, die ich vollbringen werde, so wird es morgen keinen einzigen Ketzer mehr im Königreich geben!"

„Pst!" unterbrach La Hurière.

„Was ist?" fragten Coconnas und Maurevert wie aus einem Munde.

Der erste Schlag der Sturmglocke von Saint-Germain-l'Auxerrois zitterte durch die Luft.

„Das Signal!" rief Maurevert. „Also ist die Stunde schon gekommen? Mir wurde gesagt, es sollte erst um Mitternacht sein ... Um so besser! Wenn es sich um Gottes und des Königs Ruhm handelt, sind vorgehende Uhren besser als nachgehende."

Und wirklich hörten sie die Kirchenglocke schaurig läuten. – Bald darauf hallte der erste Schuß, und fast im selben Augenblick erhellte der Schein mehrerer Fackeln wie ein Blitz die Rue l'Arbre-Sec.

Coconnas fuhr mit der schweißfeuchten Hand über die Stirn.

„Es geht los", rief Maurevert, „vorwärts!"

„Einen Augenblick, einen Augenblick", wandte der Wirt ein, „bevor wir uns in die Schlacht werfen, verwahren wir das Haus, wie man im Krieg sagt. Ich möchte nicht, daß mein Weib und meine Kinder ermordet werden, während ich draußen bin. – Wir haben einen Hugenotten hier."

„Monsieur de La Môle?" rief Coconnas und zuckte zusammen.

„Ja, der Spitzkopf hat sich in den Wolfsrachen gewagt."

„Wie, Sie wollen sich an Ihrem Gast vergreifen?" rief Coconnas.

„Speziell für ihn habe ich meine Plempe geschliffen."

„Sieh mal an", brummte der Piemonteser mit gerunzelter Stirn.

„Außer meinen Kaninchen, meinen Enten und meinen Hühnern habe ich noch nie etwas getötet", entgegnete der würdige Herbergswirt, „ich weiß also nicht sehr gut, wie ich es anfangen soll, einen Menschen zu töten. Na, an ihm werde ich mich üben. Und wenn ich mich dabei ungeschickt benehme, wird wenigstens niemand in der Nähe sein, der sich über mich lustig macht."

„Kotzbombenelement, das ist stark!" warf Coconnas ein. „Monsieur de La Môle ist mein Gefährte, Monsieur de La Môle hat mit mir zu Abend gegessen, Monsieur de La Môle hat mit mir gespielt ..."

„Ja, aber Monsieur de La Môle ist ein Ketzer", entgegnete Maurevert, „über Monsieur de La Môle ist das Urteil gesprochen, und wenn wir ihn nicht umbringen, werden es andere tun."

„Nicht zu vergessen", sagte der Wirt, „daß er Ihnen fünfzig Taler abgewonnen hat."

„Das ist wahr", gab Coconnas zu, „aber auf ehrliche Weise, davon bin ich überzeugt."

„Ehrlich oder nicht, auf jeden Fall müssen Sie bezahlen, während Sie quitt sind, wenn ich ihn umbringe."

„Vorwärts, vorwärts, meine Herren, beeilen wir uns!" drängte Maurevert. „Ein Büchsenschuß, ein Degenstoß, ein Schlag mit dem Hammer, ein Hieb über dem Klotz oder wie Sie wollen, aber schnell, wenn Sie rechtzeitig dem Herzog von Guise bei dem Admiral helfen wollen, wie wir es versprochen haben."

Coconnas seufzte.

„Ich eile!" rief La Hurière. „Warten Sie auf mich."

„Kotzbombenelement!" schrie Coconnas auf. „Er wird diesem armen Jungen überflüssige Qual bereiten und ihn vielleicht bestehlen. Ich will dabei sein, um ein Ende zu machen, wenn es nötig ist, und zu verhindern, daß er sein Geld anrührt."

Und von diesem glücklichen Gedanken beflügelt, eilte Coconnas hinter Meister La Hurière die Treppe hinauf, den er auch bald einholte, denn nach und nach war La Hurières Schritt, zweifellos auf Grund nachdrücklicher Überlegungen, immer langsamer geworden.

Als er nun, von Coconnas gefolgt, die Tür erreichte, klangen ein paar Feuerstöße von der Straße herauf. Gleich darauf hörten sie La Môle aus dem Bett springen und die Dielen unter seinen Füßen knarren.

„Teufel auch", murmelte La Hurière etwas unruhig, „ich glaube, er ist aufgewacht."

„Es scheint so", bestätigte Coconnas.

„Vermutlich wird er sich verteidigen?"

„Er ist imstande. Wäre es nicht zum Lachen, Meister La Hurière, wenn er Sie umbringen würde?"

„Hm, hm", machte der Wirt.

Doch da er sich mit einer guten Arkebuse bewaffnet wußte, beruhigte er sich wieder und trat mit einem kräftigen Fußtritt die Tür ein. Sie sahen La Môle, ohne Hut, doch vollständig angekleidet, hinter dem Bett verschanzt stehen, den Degen zwischen den Zähnen und die Pistolen in der Hand.

„Oh!" rief Coconnas und blähte die Nasenflügel wie ein Raubtier, das Blut riecht. „Das kann interessant werden, Meister La Hurière. Los, vorwärts!"

„Mir scheint, ihr wollt mich ermorden!" schrie La Môle mit flammenden Augen. „Du Elender!"

Meister La Hurière antwortete auf diese Anrede, indem er seine Arkebuse senkte und auf den jungen Mann zielte. Aber La Môle war diese Bewegung nicht entgangen, und als der Schuß losging, warf er sich auf die Knie, so daß die Kugel über seinen Kopf hinwegflog.

„Zu Hilfe", rief La Môle, „zu Hilfe, Monsieur de Coconnas!"

„Zu Hilfe, Monsieur de Maurevert, zu Hilfe!" schrie La Hurière.

„Wahrhaftig, Monsieur de La Môle", sagte Coconnas, „alles, was ich in dieser Sache tun kann, ist leider nur, mich aus dem Spiel zu halten. Heute nacht werden anscheinend alle Hugenotten im Namen des Königs umgebracht. Sehen Sie zu, wie Sie da herauskommen."

„Verräter! Mörder! So ist das also! Na, wartet nur!"

Und nun zielte La Môle und löste den Abzug einer seiner Pistolen. La Hurière, der ihn nicht aus den Augen verlor, hatte gerade noch Zeit, sich zur Seite zu werfen; aber Coconnas, der diesen Gegenangriff nicht erwartet hatte, blieb aufrecht stehen, und die Kugel streifte seine Schulter.

„Kotzbombenelement!" schrie er und knirschte mit den Zähnen. „Also gegen uns beide, da du es so willst."

Dann stürzte er mit gezogenem Degen auf La Môle zu.

Wenn sie allein gewesen wären, hätte ihm La Môle zweifellos standgehalten; aber Coconnas hatte hinter sich Meister La Hurière, der abermals seine Arkebuse lud, nicht zu vergessen Maurevert, der den Schrei des Herbergswirtes gehört hatte und, vier Stufen auf einmal, die Treppe emporkam. Deshalb warf sich La Môle in eine Seitenkammer und verriegelte die Tür.

„So ein Schelm!" schrie Coconnas wütend und klopfte mit dem Griff seines Degens gegen die Tür. „Warte nur! Warte nur! Ich werde dir den Leib mit soviel Degenstichen durchbohren, wie du mir heute abend Taler abgewonnen hast! Dabei kam ich, um dir unnötige Qualen zu ersparen! Dabei kam ich, um zu verhindern, daß man dich bestiehlt! Und du vergiltst es mir mit einer Kugel in die Schulter! Warte, du Birnenkopf! Warte nur!"

Indessen war Meister La Hurière an seiner Seite, und unter einem wuchtigen Kolbenschlag seiner Arkebuse sprang die Tür auf. Coconnas stürzte in die Kammer, stieß jedoch nur mit der Nase gegen die Mauer: Die Kammer war leer, und das Fenster stand offen.

„Er ist heruntergesprungen", sagte der Wirt, „und da wir im vierten Stock sind, ist er bestimmt tot."

„Oder er will sich über das Dach des Nachbarhauses retten," widersprach Coconnas, schwang sich über das Fensterbrett und machte sich daran, ihm auf dem schlüpfrigen, steilen Weg zu folgen.

Aber Maurevert und La Hurière warfen sich auf ihn und schleppten ihn ins Zimmer zurück.

„Sind Sie verrückt?" schrien sie wie aus einem Munde. „Sie werden sich zu Tode stürzen!"

„Ach was!" entgegnete Coconnas. „Ich bin aus den Bergen und gewöhnt, über Gletscher zu laufen. Außerdem, wenn mich ein Mann beleidigt hat, steige ich ihm bis in den Himmel oder bis in die Hölle nach, auf welchem Weg er auch dorthin kommen will. Lassen Sie mich nur machen."

„Warum nicht gar!" sagte Maurevert. „Entweder ist er tot oder jetzt schon weit. Kommen Sie mit, und wenn Ihnen dieser entschlüpft ist, werden Sie statt dessen tausend andere finden."

„Sie haben recht", brüllte Coconnas. „Tod den Hugenotten! Ich muß mich rächen, und je eher, um so besser."

Wie eine Lawine stürzten sie die Treppe hinunter.

„Auf zum Admiral!" schrie Maurevert.

„Zum Admiral!" wiederholte La Hurière.

„Gut, zum Admiral, da Sie es nun einmal wollen", schloß Coconnas.

So eilten sie aus dem Wirtshaus „Zum Guten Stern", das sie Gregors und anderer Bedienten Obhut überließen, und machten sich auf den Weg zu dem in der Rue de Béthisy gelegenen Haus des Admirals, wohin sie heller Feuerschein und die Detonationen der Arkebusenschüsse führten.

„Nanu, wer kommt da?" rief Coconnas. „Ein Mann ohne Wams und ohne Schärpe."

„Einer, der sich retten will", bestätigte Maurevert.

„Vorwärts, ihr mit euren Arkebusen!" schrie Coconnas.

„Meiner Treu, nein", entgegnete Maurevert, „ich spare mein Pulver für besseres Wild."

„Vorwärts, La Hurière!"

„Warten Sie, warten Sie", sagte der Wirt und zielte.

„Ach ja, warten Sie!" schrie Coconnas. „Und während wir warten, wird er sich retten."

Damit nahm er die Verfolgung des Unglücklichen auf, den er, da dieser verwundet war, bald eingeholt hatte. Doch als er ihm, um ihn nicht von hinten zu erschlagen, zurief: „Dreh dich um, dreh dich doch um!", hallte ein Büchsenschuß, eine Kugel pfiff an Coconnas' Ohren vorüber, und der Flüchtling überschlug sich wie ein Hase, dessen schnellen Lauf die Kugel des Jägers unterbricht.

Ein Triumphgeschrei erscholl hinter Coconnas; der Piemonteser drehte sich um und sah La Hurière mit seiner Waffe winken.

„Diesmal habe ich sie wenigstens eingeweiht!" schrie er.

„Ja, aber es ist Ihnen nicht geglückt, mich völlig zu durchlöchern."

„Achtung, mein Herr, Achtung!" rief La Hurière.

Coconnas sprang beiseite. Der Verwundete hatte sich auf ein Knie gestützt und wollte, von Rachedurst beseelt, Coconnas schon mit seinem Dolch durchbohren, als der Wirt den Piemonteser warnte.

„Ei, du Schlange!" schrie Coconnas.

Damit warf er sich auf den Verwundeten und stieß ihm seinen Degen dreimal bis zum Heft in die Brust.

„Und nun", schrie Coconnas, während er den Hugenotten seinem Todeskampf überließ, „auf zum Admiral! Zum Admiral!"

„Sieh an, mein Herr", bemerkte Maurevert, „mir scheint, Sie finden Geschmack daran."

„Ja, wahrhaftig", antwortete Coconnas. „Ich weiß nicht, ob es der Pulvergeruch ist, der mich benebelt, oder der Anblick des Blutes, der mich erregt, aber Kotzbombenelement!, das Töten fängt an, mir zu gefallen. Man könnte es eine Treibjagd auf Menschen nennen. Bisher habe ich nur Jagd auf Bären oder Wölfe gemacht, aber Ehrenwort, die Jagd auf Menschen kommt mir viel ergötzlicher vor."

Damit setzten alle drei ihren Weg fort.

8

Die Opfer

Das Haus, in dem der Admiral wohnte, lag, wie gesagt, in der Rue de Béthisy. Es war ein großes Haus, das sich über einen Hof mit zwei Seitenflügeln zur Straße erstreckte. In diesen Hof gelangte man durch ein großes Portal und zwei kleine, vergitterte Türen in der Mauer.

Als unsere drei Guisen, nachdem sie die Rue des Fossés-Saint-Germain-l'Auxerrois durchquert hatten, das äußerste Ende der Rue de Béthisy erreichten, sahen sie das Haus von Schweizern, Soldaten und bewaffneten Bürgern umgeben, die alle Schwerter, Piken oder Arkebusen in der Rechten und manchmal in der Linken Fackeln hielten, so daß der Schein ein düsteres, flackerndes Licht auf den Schauplatz warf, das sich je nach der Bewegung auf dem Boden ausbreitete, an den Mauern emporkroch oder über diesem unruhigen Meer flammte und ab und an von den Waffen Blitze aufzucken ließ. Rings um das Haus und in den Straßen Tirechappe, Etienne und Bertin-

Poirée vollzog sich das schreckliche Werk. Schreie quälten sich durch die Luft, Musketenfeuer prasselte, und von Zeit zu Zeit sprang ein Unglücklicher, halbnackt, bleich und blutüberströmt wie ein verfolgtes Wild in den Kreis des unheimlichen Lichtes, in dem sich ein Geschlecht von Dämonen zu bewegen schien.

Und schon befanden sich Coconnas, Maurevert und La Hurière, bereits von weitem kenntlich an ihren weißen Kreuzen und durch Rufe willkommen geheißen, in der keuchenden und wie eine Meute zusammengedrängten Menge, wo sie am dichtesten war. Zweifellos wären sie nicht durchgekommen, wenn nicht einige Maurevert erkannt und ihm Platz gemacht hätten. Coconnas und La Hurière schoben sich hinter ihm her, und so gelang es allen dreien, in den Hof zu kommen.

In der Mitte des Hofes, dessen Tore eingeschlagen waren, stand, auf den nackten Degen gestützt, die Augen zu einem Balkon erhoben, der sich nahezu fünfzehn Fuß über der Erde befand und sich vor dem größten Fenster des Hauses hinstreckte, ein Mann, um den die Mörder eine respektvolle Leere ließen.

Er klopfte ungeduldig mit dem Fuß und drehte sich von Zeit zu Zeit zurück, um die Näherstehenden zu fragen.

„Immer noch nichts", murmelte er. „Niemand ... Er muß gewarnt und geflohen sein. Was denken Sie, Du Guast?"

„Unmöglich, Monseigneur."

„Warum? Haben Sie mir nicht gesagt, daß gerade, ehe wir kamen, ein Mann ohne Hut und mit dem nackten Degen in der Hand in wahnsinniger Eile, als werde er verfolgt, an die Tür geklopft hat und eingelassen wurde?"

„Ja, Monseigneur, doch gleich darauf kam Herr von Bême; die Türen wurden eingeschlagen und das Haus umzingelt. Der Mann ist wohl hinein-, aber sicherlich nicht mehr herausgekommen."

„Täusche ich mich, oder ist das der Herzog von Guise, den ich dort sehe?" fragte Coconnas mit leiser Stimme La Hurière.

„Er ist es, mein Herr. Ja, das ist der große Henri de Guise, der zweifellos auf den Admiral wartet, um ihm das anzutun, was der Admiral seinem Vater angetan hat. Jeder kommt einmal dran, mein Herr, und heute sind wir Gott sei Dank an der Reihe."

„Hallo, Bême, hallo!" rief der Herzog mit seiner mächtigen Stimme. „Ist es denn noch nicht zu Ende?" Dabei ließ er mit der Spitze seines Degens, der ebenso ungeduldig war wie er, vom Pflaster Funken aufsprühen.

In diesem Augenblick drangen Schreie aus dem Haus, dann Schüsse, dann das Geräusch vieler Füße und der Lärm von Stoßwaffen, dem neues Schweigen folgte.

Der Herzog machte eine Bewegung, als wollte er sich ins Haus stürzen.

„Monseigneur", mahnte Du Guast und hielt ihn fest, „Ihre Würde, Monseigneur, befiehlt Ihnen, zu bleiben und abzuwarten."

„Du hast recht, Du Guast, danke, ich werde warten. Aber wahrhaftig, ich sterbe vor Ungeduld und Unruhe. Ach, wenn er mir entwischte!"

Plötzlich näherte sich das Geräusch der Schritte … Die Fensterscheiben im ersten Stockwerk flammten auf wie im Widerschein einer Feuersbrunst. Gleichzeitig wurde das Fenster, zu dem der Herzog so viele Male die Augen erhoben hatte, geöffnet oder zersprang vielmehr, und ein Mann mit bleichem Gesicht, den weißen Kragen über und über mit Blut bedeckt, erschien auf dem Balkon.

„Bême!" rief der Herzog. „Da bist du endlich! Nun, was ist?"

„Da! Da!" erwiderte der Deutsche kalt, während er sich niederbeugte und gleich danach wieder aufrichtete, wobei er eine gewichtige Last zu heben schien.

„Aber die anderen", fragte der Herzog ungeduldig, „wo sind die anderen?"

„Die anderen erledigen die anderen."

„Und du, du? Was hast du getan?"

„Ich? Sie werden gleich sehen, gehen Sie ein bißchen zurück."

Der Herzog trat einen Schritt rückwärts.

Und jetzt sahen alle, was Bême mit mächtiger Anstrengung aufhob. Es war der Leib eines Greises. Er schwang ihn über den Balkon, hielt ihn einen Augenblick in der Schwebe und warf ihn dann seinem Herrn vor die Füße.

Das dumpfe Geräusch des Falls, die Blutströme, die aus dem Körper sprangen und den Boden ringsum färbten, erschreckten alle und selbst den Herzog; aber dies Gefühl hielt nicht lange an, und von Neugier getrieben, trat jeder ein paar Schritte vor, und das Licht einer Fackel schwankte über dem Opfer.

Ein weißer Bart, ein ehrwürdiges Gesicht und im Tod erstarrte Hände.

„Der Admiral!" schrien zwanzig Stimmen auf einmal, die gleich darauf und mit einem Schlag verstummten.

„Ja, der Admiral. Das ist er", sagte der Herzog und trat zu dem Leichnam, um ihn in schweigendem Entzücken zu betrachten.

„Der Admiral! Der Admiral!" wiederholten die Zeugen dieser entsetzlichen Szene halblaut, während sie sich aneinanderdrängten und scheu dem in seiner Größe niedergeschlagenen Greis näherten.

„Ah, da bist du also, Gaspard!" triumphierte der Herzog von Guise. „Du hast meinen Vater ermorden lassen, aber ich räche ihn!"

Und er erkühnte sich, den Fuß auf die Brust des protestantischen Helden zu setzen. – Doch da öffneten sich mühsam die Augen des Sterbenden, seine blutende, verstümmelte Hand bewegte sich ein letztes Mal, und mit Grabesstimme rief der Admiral, ohne sich zu rühren, dem Ruchlosen zu: „Henri de Guise, eines Tages wirst auch du auf deiner Brust den Fuß eines Mörders spüren. Ich habe deinen Vater nicht getötet. Verflucht seist du!"

Der Herzog fühlte bleich und unwillkürlich zitternd einen eisigen Schauer über den Rücken laufen, er wischte sich mit der Hand über die Stirn, wie um eine grausige Vision zu verscheuchen; als er die Hand fallen ließ und seinen Blick wieder auf den Admiral zu richten wagte, sah er, daß sich die Augen des Greises geschlossen hatten, die welken Finger lagen reglos, und aus dem Mund, der so schreckliche Worte gesprochen hatte, rann schwarzes Blut in den weißen Bart.

Der Herzog hob seinen Degen mit einer Gebärde verzweifelter Entschlossenheit.

„Sein Sie zufrieden, Monsieur?" fragte Bême.

„Ja, mein Freund, ja", erwiderte Henri, „denn du hast Rache geübt für …"

„Herzog Franz, nicht wahr?"

„Für die Religion", entgegnete Henri mit schwerer Stimme. „Und jetzt", fuhr er fort und wandte sich zu den Schweizern, Soldaten und Bürgern, die dichtgedrängt auf dem Hof und der Straße standen, „ans Werk, meine Freunde, ans Werk!"

„Hallo, guten Tag, Herr von Bême", rief Coconnas und näherte sich mit einer gewissen Bewunderung dem Deutschen, der immer noch auf dem Balkon stand und gelassen seinen Degen säuberte.

„Sie haben ihn also ins Jenseits befördert", rief La Hurière begeistert, „wie haben Sie das nur gemacht, werter Herr?"

„Ach, viel einfach, viel einfach: er haben Lärm gehört und Tür aufgeschlossen, und dann haben ich ihm Degen in Leib gerannt. Aber das sein nicht alles, ich glauben, daß auch Téligny erwischt hat, ich hörten ihn schreien."

Und wirklich gellten jetzt verzweifelte Schreie einer anscheinend weiblichen Stimme, und roter Widerschein erhellte einen der beiden Seitenflügel. Dann zwei Männer, die auf ihrer Flucht von einer langen Kette gieriger Mörder verfolgt wurden. Der eine wurde durch einen Büchsenschuß getötet, der andere fand auf seinem Weg ein geöffnetes Fenster und sprang, ohne die Höhe abzuschätzen und ohne zu bedenken, daß unten Feinde warteten, unerschrocken in den Hof.

„Tötet ihn, tötet ihn!" schrien die Mörder, als sie sahen, daß ihr Opfer zu entkommen drohte.

Der Mann erhob sich und nahm seinen Degen auf, der ihm bei dem Sprung aus den Händen entfallen war, raste mit gesenktem Kopf durch die Umstehenden, deren er drei oder vier über den Haufen rannte und einen mit dem Degen durchbohrte, und jagte unterm Feuer der Pistolen und unter den Verwünschungen der wütenden Soldaten, daß sie ihn verfehlt hatten, wie ein Blitz auf Coconnas zu, der ihn mit dem Dolch in der Hand am Tor erwartete.

„Getroffen!" schrie der Piemonteser, als er ihm mit seiner feinen, spitzen Klinge den Arm durchbohrte.

„Feigling!" entgegnete der Flüchtling und schlug ihn mit der Klinge seines Degens ins Gesicht, weil er nicht genug Platz hatte, ihn mit der Spitze zu treffen.

„Tausend Teufel!" schrie Coconnas. „Monsieur de La Môle!"

„Monsieur de La Môle!" wiederholten La Hurière und Maurevert.

„Das ist er, der hat den Admiral gewarnt", riefen einige Soldaten.

„Nieder! Nieder!" brüllte es von allen Seiten.

Coconnas, La Hurière und zehn Soldaten verfolgten La Môle, der, blutbedeckt und in der übermäßigen Aufregung, die das Letzte aus einem Menschen herausholt, ohne andere Hilfe als seinen Instinkt durch die Straßen jagte. Die Schritte und Rufe seiner Feinde hinter ihm spornten ihn an und schienen ihm Flügel zu verleihen. Mitunter pfiff eine Kugel an seinem Ohr vorüber und beschleunigte aufs neue seinen allmählich langsamer werdenden Lauf. Es war schon kein Atmen und Keuchen mehr, das aus seiner Brust kam, sondern nur noch ein dumpfes Röcheln und heiseres Gebrüll. Schweiß und Blut tropften aus seinen Haaren und rannen über sein Gesicht.

Bald wurde seinem wild klopfenden Herzen das Wams zu eng, und er riß es herunter. Bald wurde seiner Hand der Degen zu schwer, und er warf ihn weit von sich. Manchmal schien es ihm, als entfernten sich die Schritte und als könne er seinen Henkern entrinnen, doch ihr Geschrei rief andere Mörder auf dem Wege herbei, die ihm näher waren und ihre blutige Beschäftigung im Stich ließen, um ihn zu verfolgen. Plötzlich bemerkte er zur Linken den ruhig strömenden Fluß, und wie der von der Meute zu Tode gehetzte Hirsch empfand er ein unbeschreibliches Verlangen, sich hineinzustürzen, dem er nur unter Aufbietung seiner ganzen Vernunft widerstehen konnte. Zu seiner Rechten lag der Louvre, finster und reglos, aber von dumpfen, unheilvollen Geräuschen erfüllt. Über die Zugbrücken kamen und gingen Helme und Kürasse, die den milden Glanz des Mondes in eisigen Blitzen wiedergaben. La Môle dachte an den König von Navarra, wie er an Coligny gedacht hatte: Diese beiden waren seine einzigen Gönner. Er nahm noch einmal alle Kraft zusammen, blickte zum Himmel empor, wobei er leise gelobte, abzuschwören, wenn er diesem Massaker entrinnen sollte, ließ die ihn verfolgende Meute durch eine plötzliche Wendung dreißig Schritt in die Irre laufen, wandte sich rechts zum Louvre, stürzte sich auf der Brücke in ein Handgemenge mit den Soldaten, erhielt einen zweiten Dolchstoß, der ihn an der Seite streifte, und flog trotz der Schreie: „Nieder! Nieder!", die von rückwärts und allen Seiten auf ihn eindrangen, und obwohl sich ihm die Wachen feindselig in den Weg stellten, wie ein Pfeil in den Hof, stürzte in die Vorhalle, erreichte die Treppe, jagte ins zweite Stockwerk hinauf, erkannte eine Tür und lehnte sich dagegen, während er, mit Händen und Füßen trommelnd, Einlaß begehrte.

„Wer ist da?" flüsterte eine Frauenstimme.

„O mein Gott, mein Gott!" flüsterte La Môle zurück. „Sie kommen ... ich höre sie ... da sind sie! ... Ich sehe sie ... Ich bin es! Ich!"

„Wer sind Sie?" erwiderte die Stimme.

La Môle entsann sich der Parole.

„Navarra! Navarra!" rief er.

Sogleich wurde die Tür geöffnet. Ohne zu sehen, ohne Gillonne zu danken, brach La Môle ins Vorzimmer ein, durchquerte einen Gang, zwei oder drei Zimmer und erreichte schließlich ein erleuchtetes Gemach, das eine unter der Decke aufgehängte Lampe erhellte.

Hinter goldgestickten Samtvorhängen lag in einem eichengeschnitzten Bett eine halbnackte Frau, auf den Arm gestützt und mit vor Schreck starren Augen.

La Môle stürzte auf sie zu.

„Madame!" rief er. „Sie töten, sie ermorden meine Brüder, sie werden auch mich töten, sie werden auch mich ermorden. Ach, Sie sind die Königin ... Retten Sie mich!"

Und er warf sich zu ihren Füßen nieder; eine breite Blutspur rann über den Teppich.

Als die Königin von Navarra den bleichen Mann gebrochen zu ihren Füßen knien sah, richtete sie sich entsetzt auf, bedeckte ihr Gesicht mit den Händen und schrie um Hilfe.

„Madame", flehte La Môle, wobei er sich mühsam zu erheben versuchte, „im Namen des Himmels, rufen Sie nicht, denn wenn man Sie hört, bin ich verloren! Mörder verfolgen mich, sie kamen hinter mir die Treppe hinauf. Ich höre sie ... Da sind sie! Da sind sie!"

„Zu Hilfe!" wiederholte die Königin von Navarra außer sich. „Zu Hilfe!"

„Ach, Sie haben mich getötet!" rief La Môle verzweifelt. „Durch eine so süße Stimme und eine so schöne Hand sterben müssen! Das hätte ich nie für möglich gehalten!"

Jetzt sprang die Tür auf, und eine Meute keuchender, rasender Männer mit blutbesudelten und pulvergeschwärzten Gesichtern, in den Händen Arkebusen, Hellebarden und Degen, stürzte ins Zimmer.

Ihr Anführer war Coconnas, die roten Haare gesträubt, die blaßblauen Augen unnatürlich weit aufgerissen, die Wange von La Môles Degen gezeichnet, der durch das Fleisch seine blutige Spur gezogen hatte, und so entstellt, daß der Piemonteser schrecklich anzusehen war.

„Kotzbombenelement!" schrie er. „Da ist er, da ist er! Diesmal entwischt er uns aber nicht!"

La Môle sah sich nach einer Waffe um und fand keine. Er warf einen Blick auf die Königin und sah das tiefempfundene Mitleid, das sich in ihren Zügen malte. Da begriff er, daß sie allein ihn retten konnte; er eilte auf sie zu und schloß sie in seine Arme.

Mit drei Schritten war Coconnas bei ihm und durchbohrte noch einmal mit der Spitze des langen Haudegens die Schulter seines Feindes; ein paar warme rote Blutstropfen färbten wie Tau Marguerites weiße, duftende Bettücher.

Marguerite sah das Blut fließen, Marguerite fühlte den

Leib, der sich an sie preßte, erbeben und warf sich mit ihm in den Raum zwischen Bett und Wand. Es war höchste Zeit. La Môle war am Ende seiner Kraft und keiner Bewegung mächtig, weder zur Flucht noch zur Verteidigung. Er lehnte sein leichenblasses Gesicht an die Schulter der jungen Frau, und seine verkrampften Finger zerrissen mit ihrem angstvollen Griff den feinen, gestickten Batist, der Marguerites Körper wie ein Schleiergewoge verhüllte.

„Ach, Madame", flüsterte er mit ersterbender Stimme, „retten Sie mich ..." Das war alles, was er zu sagen vermochte. Sein Blick wurde von einer Wolke getrübt, die dunkel war wie die Nacht des Todes; sein schwerer Kopf fiel zurück, die Arme wurden schlaff, sein Körper sackte zusammen; er glitt auf den Boden in sein Blut und zog die Königin mit.

Da streckte Coconnas, durch das Geschrei erregt und berauscht vom Blutgeruch, noch atemlos von der hastigen Verfolgung, den Arm nach dem königlichen Alkoven aus. In der nächsten Sekunde mußte sein Degen La Môles Herz und vielleicht zu gleicher Zeit auch Marguerites Herz durchbohren.

Beim Anblick des nackten Degens, und vielleicht mehr noch angesichts dieser rohen Beleidigung, erhob sich die Königstochter zu ihrer ganzen Größe und stieß einen so von Entsetzen, Empörung und Zorn durchzitterten Schrei aus, daß der Piemonteser in einem unerklärlichen Gefühl wie versteinert stehenblieb; allerdings muß gesagt werden, daß dies Gefühl wie Morgenschnee unter der Aprilsonne geschmolzen wäre, wenn die Szene, auf dieselben Mitwirkenden beschränkt, angedauert hätte. Doch plötzlich kam aus einer in der Wand verborgenen Tür, bleich und mit fliegenden Haaren, ein schwarz gekleideter junger Mann von sechzehn, siebzehn Jahren.

„Warte, Schwester, warte!" rief er. „Da bin ich!"

„Franz! Zu Hilfe, Franz!" rief Marguerite.

„Der Herzog von Alençon!" flüsterte La Hurière und ließ seine Arkebuse sinken.

„Kotzbombenelement, ein Prinz von Frankreich!" brummelte Coconnas und trat einen Schritt zurück.

Der Herzog von Alençon warf einen Blick um sich. Er sah Marguerite mit aufgelösten Haaren, schöner denn je, an die Wand gelehnt und von Männern umgeben, die Raserei in den Augen, Schweiß auf der Stirn und Schaum vor dem Mund hatten.

„Ihr Elenden!" rief er.

„Retten Sie mich, Bruder!" bat Marguerite erschöpft. „Sie wollen mich ermorden."

Flammende Röte überflog das bleiche Gesicht des Herzogs.

Obwohl er ohne Waffen zweifellos nur so viel Mut fand, weil er sich seines Namens bewußt war, trat er Coconnas und seinen Gefährten, die erschrocken vor den aus seinen Augen geschleuderten Blitzen zurückwichen, mit geballten Fäusten entgegen.

„Werdet ihr auch einen Prinzen von Frankreich ermorden? Laßt sehen!" sagte er.

Dann, da sie sich weiter rückwärts schoben: „Hauptmann der Wache, hierher, daß man mir all diese Räuber henkt!"

Erschrockener beim Anblick dieses jungen Mannes ohne Waffen, als er angesichts einer Kompanie Deutscher zu Pferde oder zu Fuß gewesen wäre, hatte Coconnas schon die Tür erreicht. La Hurière eilte flink wie ein Hirsch die Treppe hinunter, die Soldaten drängten und stießen sich bei ihrer überstürzten Flucht, purzelten in der Halle übereinander und fanden die Tür zu eng angesichts ihres heftigen Verlangens, so schnell wie möglich hinauszukommen.

Unterdessen hatte Marguerite, ohne zu überlegen, ihre Damastdecke über den ohnmächtigen jungen Mann geworfen und sich von ihm entfernt.

Als der letzte Mörder verschwunden war, drehte sich der Herzog von Alençon um.

„Schwester", rief er aus, als er Marguerite über und über mit Blut befleckt sah, „bist du verwundet?"

Und er eilte mit einer Besorgnis zu seiner Schwester, die seiner Zuneigung Ehre gemacht hätte, wenn sich diese Zuneigung nicht größer gezeigt hätte, als sie sich für einen Bruder schickte.

„Nein", sagte sie, „ich glaube nicht, oder wenn, dann nur leicht."

„Aber das Blut", beharrte der Herzog und ließ seine bebenden Hände über Marguerites Körper gleiten, „woher kommt das Blut?"

„Ich weiß nicht", erwiderte die junge Frau. „Einer von diesen Elenden hat mich angerührt, vielleicht war er verwundet."

„Meine Schwester angerührt?" rief der Herzog. „Oh, wenn du nur mit dem Finger auf ihn gezeigt hättest, wenn du ihn mir nur genannt hättest, wenn ich nur wüßte, wo ich ihn finden könnte!"

„Still!" mahnte Marguerite.

„Aber warum?" fragte Franz.

„Wenn man Sie zu dieser Stunde in meinem Zimmer fände …"

„Darf denn ein Bruder nicht seine Schwester besuchen, Marguerite?"

Die Königin heftete einen so eindringlichen und zugleich so drohenden Blick auf den Herzog von Alençon, daß der junge Mann zurückwich.

„Ja, ja, Marguerite", sagte er, „du hast recht … Ja, ich werde in mein Zimmer zurückgehen. Aber du kannst in dieser schrecklichen Nacht nicht allein bleiben. Soll ich Gillonne rufen?"

„Nein, nein, niemand! Geh, Franz, geh auf demselben Weg zurück, den du gekommen bist."

Der junge Prinz gehorchte, und kaum war er verschwunden, als Marguerite, die hinter ihrem Bett einen Seufzer hörte, nach der Tür zu dem geheimen Gang stürzte und den Riegel vorschob, dann zu der anderen Tür lief und sie ebenfalls verriegelte, im selben Augenblick, da ein Trupp Häscher und Soldaten bei der Verfolgung anderer Hugenotten, die im Louvre wohnten, wie ein Sturm in den Flur brachen.

Nachdem sie sich aufmerksam umgeblickt hatte, um sicherzugehen, daß sie wirklich allein war, kehrte sie zu dem Platz hinter ihrem Bett zurück, hob die Damastdecke auf, die La Môle vor den Augen des Herzogs von

Alençon verborgen hatte, zog mühsam den unbeweglichen Körper ins Zimmer und sah, daß der Unglückliche noch atmete; sie hockte sich nieder, legte seinen Kopf auf ihre Knie und spritzte ihm Wasser ins Gesicht, um ihn wieder zum Leben zu erwecken.

Das Wasser befreite indessen die Züge des Verwundeten nur von Staub, Pulver und Blut, und nun erkannte Marguerite den schönen jungen Mann, der drei oder vier Stunden zuvor so voller Leben und Hoffnung um ihre Fürsprache beim König von Navarra gebeten und sie, die selber wie im Traum zurückgeblieben war, von ihrer Schönheit geblendet, verlassen hatte.

Marguerite schrie vor Schreck auf, denn was sie jetzt für den Verwundeten fühlte, war mehr als Mitleid, es war aufrichtige Teilnahme; der Verwundete war ihr jetzt nicht mehr nur irgendein Fremder, sondern fast ein Bekannter. Immer deutlicher erschien unter ihren Händen La Môles schönes Gesicht, doch bleich und schlaff vom Schmerz; von Kopf bis Fuß erschauernd und beinahe ebenso bleich wie er, legte sie die Hand auf sein Herz – sein Herz schlug noch. Da streckte sie ihre Hand nach einem Fläschchen mit Riechsalz aus, das sich auf einem Tisch in der Nähe befand, und ließ ihn einatmen.

La Môle öffnete die Augen.

„O mein Gott!" murmelte er. „Wo bin ich?"

„Gerettet! Beruhigen Sie sich. Gerettet!" erwiderte Marguerite.

La Môle wandte seinen Blick unter großer Anstrengung der Königin zu, verschlang sie einen Atemzug lang mit den Augen und stammelte: „Ach, wie schön sind Sie!"

Darauf senkte er wie geblendet die Lider und stieß einen Seufzer aus.

Marguerite schrie leise auf. Der junge Mann war wenn möglich noch bleicher geworden, und einen Augenblick glaubte sie, er habe seinen letzten Seufzer ausgehaucht.

„O mein Gott, mein Gott!" flüsterte sie. „Hab Mitleid mit ihm."

Plötzlich wurde heftig an die äußere Tür geklopft.

Marguerite stand halb auf, ohne La Môle loszulassen. „Wer ist da?" fragte sie.

„Ich, Madame, ich bin es!" antwortete eine Frauenstimme. „Die Herzogin von Nevers."

„Henriette!" rief Marguerite. „Da ist keine Gefahr, es ist nur eine Freundin, hören Sie, mein Herr?"

La Môle sammelte seine Kräfte und erhob sich auf ein Knie.

„Versuchen Sie, sich aufrecht zu halten, während ich die Tür öffne", sagte die Königin.

La Môle stützte die Hand auf den Boden und bemühte sich, das Gleichgewicht zu halten. Marguerite trat einen Schritt zur Tür, hielt jedoch plötzlich, vor Schrecken zusammenfahrend, inne.

„Ach, du bist nicht allein?" fragte sie, da sie Waffenlärm hörte.

„Nein, ich bin von zwölf Gardisten begleitet, die mir mein Schwager, der Herzog von Guise, überlassen hat."

„Der Herzog von Guise!" flüsterte La Môle. „Oh, der Mörder! Der Mörder!"

„Schweigen Sie", befahl Marguerite, „kein Wort!"

Dabei sah sie sich um, wo sie den Verwundeten verbergen könnte.

„Einen Degen, einen Dolch!" flüsterte La Môle.

„Zu Ihrer Verteidigung? Das ist unnütz, haben Sie nicht gehört? Es sind ein Dutzend, und Sie sind allein."

„Nicht zu meiner Verteidigung, sondern um nicht lebend in ihre Hände zu fallen."

„Nein, nein", entgegnete Marguerite, „nein, ich werde Sie retten. – Ach ja, das Kabinett! Kommen Sie, kommen Sie!"

La Môle gab sich alle Mühe und schleppte sich, von Marguerite gestützt, in das Kabinett. Marguerite verschloß die Tür hinter ihm und ließ den Schlüssel in ihren Almosenbeutel gleiten. „Keinen Schrei, kein Stöhnen und keinen Seufzer", flüsterte sie ihm durch die Täfelung zu, „und Sie sind gerettet." Dann warf sie einen Morgenrock um ihre Schultern und öffnete ihrer Freundin, die ihr alsbald in die Arme fiel.

„Ach", sagte sie, „es ist Ihnen doch nichts geschehen, nicht wahr, Madame?"

„Nein, nichts", entgegnete Marguerite und zog ihren Mantel zusammen, damit die Blutflecke auf ihrem Nachtgewand nicht zu sehen waren.

„Das ist gut, aber da mir der Herzog von Guise zwölf Gardisten zur Begleitung in sein Haus gegeben hat und ich ein so großes Geleit nicht brauche, werde ich Euer Majestät auf alle Fälle sechs hierlassen. Sechs Gardisten des Herzogs von Guise sind in dieser Nacht mehr wert als ein ganzes Regiment Königswache."

Marguerite wagte nicht, die sechs Soldaten zurückzuweisen, und ließ sie draußen auf dem Gang Posten fassen, dann küßte sie die Herzogin, die sich mit den sechs anderen in das Haus des Herzogs von Guise begab, wo sie während der Abwesenheit ihres Mannes zu wohnen pflegte.

9

Die Mörder

Coconnas hatte nicht die Flucht ergriffen, sondern den Rückzug angetreten. La Hurière aber war nicht geflohen, sondern fortgestürzt. Der eine wie ein Tiger, der andere wie ein Wolf. Infolgedessen hatte La Hurière schon die Place Saint-Germain-l'Auxerrois erreicht, als Coconnas eben erst den Louvre hinter sich ließ.

La Hurière bekam es mit der Angst zu tun, als er sich mit seiner Arkebuse ganz allein im Wirrwarr Vorüberlaufender, pfeifender Kugeln und Leichen sah, die in ganzer Länge oder zerstückelt aus den Fenstern fielen, und wollte als vorsichtiger Mann in sein Wirtshaus zurückkehren; doch da er durch die Rue d'Averon in die Rue l'Arbre-Sec zu gelangen versuchte, geriet er in einen Trupp Schweizer und leichte Kavallerie, der von Maurevert befehligt wurde.

„Was?" rief Maurevert, der sich selber den Namen Königsmörder zugelegt hatte, „schon Schluß gemacht? Sie wollen nach Hause, La Hurière? Und wo zum Teufel haben Sie unsern piemontesischen Edelmann gelassen? Es ist ihm doch nichts passiert? Das wäre schlimm, denn er macht sich gut."

„Ich glaube nicht", erwiderte La Hurière, „und ich hoffe, er wird wieder zu uns stoßen."

„Woher kommen Sie?"

„Aus dem Louvre, aber ich muß schon sagen, daß wir dort ziemlich unfreundlich empfangen wurden."

„Von wem?"

„Vom Herzog von Alençon. Gehört er denn nicht dazu?"

„Der Herzog von Alençon ist nur dabei, wenn es ihn persönlich angeht; legen Sie ihm nahe, seine beiden älteren Brüder als Hugenotten zu behandeln, und er wird dabeisein, vorausgesetzt, daß es sich machen läßt, ohne daß er bloßgestellt wird. – Aber wollen Sie sich denn nicht diesen beherzten Männern anschließen, Meister La Hurière?"

„Wohin wollen sie?"

„Du liebe Güte, in die Rue Montorgueil, zu einem hugenottischen Minister, den ich kenne, er hat eine Frau und sechs Kinder. Diese Ketzer haben eine gewaltige Zeugungskraft. Das ist ganz merkwürdig."

„Und wohin gehen Sie?"

„Ich? Ich habe etwas Besonderes vor."

„Halt, gehen Sie nicht ohne mich", sagte eine Stimme, bei deren Klang Maurevert herumfuhr, „Sie kennen die rechten Orte, und ich will dabeisein."

„Ach, da ist ja unser Piemonteser!" rief Maurevert.

„Monsieur de Coconnas", sagte La Hurière, „ich dachte, Sie wären mir gefolgt."

„Potztausend! Sie sind zu schnell ausgerissen, und dann habe ich noch einen Umweg gemacht, um ein abscheuliches Kind in den Fluß zu werfen, das immerzu rief: ‚Nieder mit den Papisten, es lebe der Admiral!' Schade, ich glaube, das kleine Untier konnte schwimmen. Wenn man diese elenden Spitzköpfe ersäufen will, muß man sie wie Katzen ins Wasser schmeißen, ehe sie es merken."

„Sagten Sie nicht eben, Sie kommen aus dem Louvre? Ihr Hugenott ist also geflüchtet?" fragte Maurevert.

„Bei Gott, ja!"

„Ich habe ihm, als er im Hof des Admirals seinen Degen aufhob, eine Pistolenkugel nachgeschickt, leider habe ich ihn – keine Ahnung, wie das möglich war – verfehlt."

„Ich habe ihn nicht verfehlt", prahlte Coconnas, „ich hab ihm meinen Degen in den Rücken gebohrt, daß die Klinge auf fünf Zoll von seinem Blut feucht war. Außerdem habe ich gesehen, wie er Madame Marguerite in die Arme fiel; Kotzbombenelement! Eine hübsche Frau. Allerdings muß ich gestehen, daß ich gern mit Sicherheit wüßte, ob er tot ist. Der Lump sah mir gerade so aus, als wäre er sehr nachtragend, und er wäre imstande, mich mein Leben lang zu ärgern. Aber sagten Sie nicht, Sie wollten irgendwohin?"

„Sie wollen also mitkommen?"

„Vor allem will ich nicht hierbleiben, Kotzbombenelement! Ich habe erst drei oder vier umgebracht, und wenn ich aus der Hitze gerate, tut mir meine Schulter weh. Also vorwärts! Vorwärts!"

„Hauptmann", befahl Maurevert dem Anführer des Trupps, „geben Sie mir drei Mann und befördern Sie mit den andern Ihren Minister ins Jenseits."

Drei Schweizer lösten sich vom Trupp und schlossen sich Maurevert an. Dann setzten sich die beiden Trupps Seite an Seite in Marsch, bis sie die Rue Tirechappe erreicht hatten; dort schwenkten die leichte Reiterei und die Schweizer in die Rue de La Tonnellerie, während sich Maurevert, Coconnas, La Hurière und die drei Soldaten in die Rue de La Ferronnerie begaben, dann in die Rue Trousse-Vache einbogen und schließlich die Rue Saint-Avoie erreichten.

„Wohin zum Teufel führen Sie uns?" fragte Coconnas, den der lange, ergebnislose Weg zu langweilen begann.

„Ich führe Sie zu einem glänzenden und zugleich nützlichen Unternehmen. Nach dem Admiral, nach Téligny und den Hugenottenfürsten könnte ich Ihnen nichts Besseres bieten. Gedulden Sie sich also. Wir müssen in die Rue de Chaume und werden gleich da sein."

„Sagen Sie, liegt die Rue de Chaume nicht ganz in der Nähe des Temple?" fragte Coconnas.

„Ja, warum?"

„Ach, weil dort ein alter Gläubiger unserer Familie wohnt, ein gewisser Lambert Mercandon, dem ich auf Wunsch meines Vaters hundert Rosennobel zurückzahlen soll, die ich zu diesem Zweck in der Tasche herumtrage."

„Eine schöne Gelegenheit für Sie, quitt zu werden", sagte Maurevert.

„Wie denn?"

„Weil heute der Tag ist, wo man seine alten Schulden begleicht. Ist Ihr Mercandon Hugenott?"

„Ach, ich verstehe", rief Coconnas, „ja, man sagt es."

„Still, wir sind da."

„Was ist das für ein großes Haus mit dem Gartenhäuschen zur Straße?"

„Das Palais Guise."

„Tatsächlich", sagte Coconnas, „ich hätte auf jeden Fall hierherkommen müssen, weil ich doch meinen Besuch in Paris dem großen Henri verdanke. Aber Kotzbombenelement, in diesem Viertel ist es sehr still, Freund; wenn man keine Schüsse hörte, könnte man meinen, man wäre auf dem Lande; der Teufel soll mich holen, hier scheinen alle zu schlafen!"

Und wirklich lag das Palais Guise so ruhig da wie zu gewöhnlichen Zeiten. Alle Fenster waren geschlossen, und nur hinter dem Laden des größten Fensters im Gartenhäuschen, das beim Betreten der Straße Coconnas' Aufmerksamkeit erregt hatte, blinkte ein Licht.

Ein paar Schritte hinter dem Palais Guise, das heißt, an der Ecke der Rue du Petit-Chantier und der Rue des Quatre-Fils, machte Maurevert halt.

„Hier ist das Haus, das wir suchen", sagte er.

„Das Sie suchen, nicht wahr?" entgegnete La Hurière.

„Da Sie mich begleiten, suchen *wir* es."

„Was, dies Haus, das allem Anschein nach in friedlichem Schlummer liegt ...?"

„Ganz recht. Sie, La Hurière, können uns jetzt mit Ihrem biederen Gesicht, das Ihnen der Himmel irrtümlich gegeben hat, von Nutzen sein. Klopfen Sie an die Tür und geben Sie Ihre Arkebuse Herrn de Coconnas, der schon eine geschlagene Stunde mit Ihrer Büchse liebäugelt. Wenn Sie eingelassen werden, verlangen Sie, Herrn de Mouy zu sprechen."

„Ah, ich verstehe", warf Coconnas ein, „mir scheint, auch Sie haben einen Gläubiger im Quartier du Temple."

„Richtig", bestätigte Maurevert. „Sie werden also den Hugenotten spielen und de Mouy erzählen, was heute vorgeht; er ist tapfer, er wird herunterkommen …"

„Und wenn er unten ist?" fragte La Hurière.

„Wenn er unten ist, werde ich ihn auffordern, die Klingen mit mir zu kreuzen."

„Meiner Seel, das ist etwas für einen beherzten Edelmann!" rief Coconnas aus. „Genau das möchte ich mit Lambert Mercandon tun, und wenn er selber zu alt ist, mit einem seiner Söhne oder Neffen."

La Hurière ging ohne ein Wort zur Tür und klopfte an; die Schläge hallten laut durch die Stille der Nacht, so daß im Palais Guise Türen geöffnet wurden und einige Köpfe herausschauten, woraus ersichtlich wurde, daß die Ruhe des Hauses der einer Zitadelle glich: das heißt, es war voller Soldaten.

Ebenso rasch wurden die Köpfe zurückgezogen, da die Leute zweifellos errieten, worum es hier ging.

„Ihr Herr de Mouy wohnt hier?" fragte Coconnas und zeigte auf das Haus, an dessen Tür La Hurière fortgesetzt klopfte.

„Nein, seine Geliebte."

„Kotzbombenelement! Wie artig von Ihnen! Sie geben ihm Gelegenheit, unter den Augen seiner Schönen den Degen zu ziehen. Und wir werden Schiedsrichter sein. Dennoch wäre es mir lieber, mich selber zu schlagen, meine Schulter brennt."

„Ihr Gesicht hat auch reichlich abbekommen", stellte Maurevert fest.

Coconnas brüllte vor Wut auf.

„Kotzbombenelement!" rief er. „Ich hoffe, er ist tot, sonst würde ich in den Louvre zurückkehren, um ihm den Garaus zu machen."

La Hurière klopfte immer noch.

Doch bald wurde ein Fenster im ersten Stockwerk geöffnet, und auf dem Balkon erschien ein Mann in Nachtmütze, Unterhosen und ohne Waffen.

„Wer ist da?" rief der Mann hinunter.

Maurevert gab seinen Schweizern ein Zeichen, worauf sie sich in eine Mauerecke drückten, während sich Coconnas dicht an die Wand preßte.

„Ach, Monsieur de Mouy, sind Sie es?" fragte der Herbergswirt mit schmeichlerischer Stimme.

„Ja, was gibt's?"

„Er ist es", flüsterte Maurevert und erbebte vor Freude.

„Ach, mein Herr", fuhr La Hurière fort, „wissen Sie denn nicht, was vorgeht? Der Admiral ist ermordet, und unsere Brüder von der Religion werden umgebracht. Eilen Sie ihnen zu Hilfe, kommen Sie!"

„Ach!" rief de Mouy. „Habe ich nicht geahnt, daß heute nacht eine Verschwörung losgehen würde! Ich hätte meine tapferen Kameraden nicht verlassen sollen. Ich komme, mein Freund, ich komme, warten Sie auf mich!"

Ohne das Fenster, durch das die Schreie einer erschrokkenen Frau und zärtliches Flehen zu hören waren, wieder zu schließen, suchte Herr de Mouy sein Wams, seinen Mantel und seine Waffen zusammen.

„Er kommt, er kommt!" flüsterte Maurevert, bleich vor Freude. „Aufgepaßt!" hauchte er den Schweizern ins Ohr.

Dann nahm er Coconnas die Arkebuse aus der Hand, blies die Lunte an, um sich zu vergewissern, daß sie noch brannte, und sagte: „Hier, La Hurière, nimm deine Arkebuse", denn der Herbergswirt hatte sich wieder zu dem kleinen Trupp gesellt.

„Kotzbombenelement!" rief Coconnas. „Da kommt auch noch der Mond aus einer Wolke, um Zeuge dieses trefflichen Kampfes zu sein. Ich gäbe viel darum, wenn

Lambert Mercandon hier wäre und sich neben Monsieur de Mouy stellte."

„Warten Sie, warten Sie!" sagte Maurevert. „Monsieur de Mouy kann es allein mit zehn Männern aufnehmen, und vielleicht werden wir sechs gerade hinreichen, ihn uns vom Halse zu schaffen. – Vorwärts, ihr!" fuhr Maurevert fort und machte den Schweizern ein Zeichen, daß sie sich an die Tür stellen sollten, um ihn gleich zu packen, wenn er herauskäme.

„Verdammt!" rief Coconnas aus, als er diese Vorbereitungen sah. „Mir scheint, das soll anders vor sich gehen, als ich erwartete."

Jetzt hörten sie de Mouy den Riegel zurückschieben, die Schweizer waren aus ihrem Schlupfwinkel gekommen und hatten sich zu beiden Seiten der Tür aufgebaut. Maurevert und La Hurière traten auf Zehenspitzen näher, während Coconnas in einem Rest von Anstandsgefühl stehenblieb, wo er war, als die junge Frau, an die niemand mehr dachte, auf dem Balkon erschien und einen entsetzlichen Schrei ausstieß, da sie die Schweizer, Maurevert und La Hurière bemerkte.

De Mouy, der die Tür schon halb geöffnet hatte, hielt inne.

„Vorsicht, Vorsicht!" rief die junge Frau. „Ich sehe Degen blitzen, ich sehe die glimmende Lunte einer Arkebuse! Es ist eine Falle!"

„Oh", erwiderte die grollende Stimme eines jungen Mannes, „wir wollen doch einmal sehen, was das zu bedeuten hat."

Damit schloß er die Tür wieder, legte die Eisenstange vor, sicherte den Riegel und ging hinauf.

Maureverts Schlachtordnung wurde geändert, als er sah, daß de Mouy nicht herauskommen würde. Die Schweizer mußten sich auf der gegenüberliegenden Straßenseite postieren und La Hurière die Arkebuse in der Faust im Anschlag halten, bis der Feind wieder am Fenster erscheinen würde. Er brauchte nicht lange zu warten. De Mouy kam heraus, zwei Pistolen von so achtunggebietender Länge vor sich gereckt, daß dem Meister La

Hurière, der bereits auf ihn anlegte, plötzlich in den Sinn kam, darüber nachzudenken, welchen Weg die Kugeln des Hugenotten über die Straße und seine Kugel bis zum Balkon zu beschreiben hatten: Er war gleich lang! Gewiß kann ich den Edelmann töten, sagte er sich, aber ebenso gewiß kann mich der Edelmann zur selben Zeit gleichfalls mit einem Schuß um die Ecke bringen.

Da Meister La Hurière von Beruf Herbergswirt und nur durch die Umstände Soldat geworden war, brachte ihn diese Überlegung zu dem Entschluß, den Rückzug anzutreten und an der Ecke der Rue de Braque Deckung zu suchen, das heißt so weit entfernt, daß er, überdies in der Nacht, den Weg, den seine Kugel nehmen mußte, um de Mouy zu erreichen, nicht ohne Schwierigkeit ausmachen konnte.

De Mouy warf einen Blick um sich und trat vor, jeden Augenblick bereit, rückwärts zu parieren wie bei einem Duell; doch da sich nichts ereignete, rief er hinunter: „Hallo, Herr Bote, anscheinend haben Sie Ihre Arkebuse an meiner Tür vergessen. Hier bin ich, was wollen Sie?"

Wahrhaftig, dachte Coconnas, ein tapferer Mann!

„Nun", fuhr de Mouy fort, „was Ihr auch seid, Freund oder Feind, seht Ihr denn nicht, daß ich warte?"

La Hurière bewahrte Schweigen.

Maurevert antwortete nicht, und die drei Schweizer verhielten sich ruhig.

Coconnas wartete einen Augenblick, doch als er sah, daß niemand die von La Hurière begonnene und von de Mouy fortgesetzte Unterhaltung weiterführen wollte, verließ er seinen Platz, trat in die Straßenmitte, zog den Hut und antwortete: „Mein Herr, wir wollen nicht, wie Sie vielleicht glauben, einen Mord begehen, sondern die Klingen kreuzen … Ich befinde mich in der Begleitung eines Ihrer Feinde, der sich mit Ihnen einlassen möchte, um als Mann von Ehre einen alten Streit zu beenden. Kotzbombenelement! So treten Sie doch vor, Monsieur de Maurevert, statt den Rücken zu drehen, der Herr nimmt an."

„Maurevert!" rief de Mouy. „Maurevert, der Mörder

meines Vaters! Maurevert, der Königsmörder! Bei Gott! Und ob ich annehme!"

Damit legte er auf Maurevert an, der zum Palais Guise lief und dort klopfte, um Verstärkung zu holen, und durchbohrte seinen Hut.

Der Schuß und Maureverts Geschrei riefen die Gardisten, die die Herzogin von Nevers nach Hause begleitet hatten, und drei, vier Edelleute auf die Straße, die nun alle, von den Pagen der Edelleute gefolgt, zum Haus der Geliebten des jungen de Mouy eilten.

Ein zweiter, mitten in den Trupp gezielter Pistolenschuß tötete den Soldaten, der dicht neben Maurevert stand, worauf sich de Mouy ohne Waffen oder zumindest ohne brauchbare Waffen fand, da seine Pistolen leer geschossen und seine Gegner nicht in Reichweite seines Degens waren; deshalb suchte er Schutz hinter der Balkonwand.

Unterdessen wurden hier und da im Umkreis die Fenster aufgestoßen und je nach der friedfertigen oder kriegerischen Laune ihrer Besitzer wieder geschlossen oder mit Musketen und Arkebusen bestückt.

„Zu Hilfe, tapferer Mercandon!" rief de Mouy und winkte einem alten Mann zu, der aus einem dem Palais Guise gegenüberliegenden Haus das Getümmel mit seinen Blicken zu entwirren suchte.

„Sind Sie es, Monsieur de Mouy?" rief der Greis. „Werden Sie belästigt?"

„Ja, ich und Sie und alle Protestanten, und hier sehen Sie den Beweis."

Denn eben hatte de Mouy die auf ihn gerichtete Arkebuse La Hurières bemerkt. Der Schuß ging los, aber der junge Mann konnte sich rechtzeitig niederducken, und so zerschlug die Kugel nur ein Fenster über seinem Kopf.

„Mercandon?" rief Coconnas, der bei dem Wirrwarr vor seinen Augen lustvoll erbebte und seinen Gläubiger vergessen hatte, sich seiner jedoch entsann, als de Mouy den Namen nannte. „Mercandon, Rue du Chaume, vortrefflich! Hier also wohnt er, das ist fein, da wird jeder von uns mit seinem Mann abrechnen."

Und während die Leute aus dem Palais Guise die Türen des Hauses einschlugen, in dem sich de Mouy befand; während Maurevert, eine Fackel in der Hand, das Haus anzuzünden versuchte; während sich, nachdem die Tore geborsten waren, ein furchtbarer Kampf gegen einen einzigen Mann entspann, der mit jedem Degenstoß einen seiner Feinde niedermähte, versuchte Coconnas mit Hilfe eines Pfiastersteins Mercandons Tür einzuschlagen, der sich jedoch durch die Versuche dieses Einzelgängers keine Angst einjagen ließ und, so gut er konnte, aus dem Fenster schoß.

Nun war das öde und dunkle Stadtviertel erleuchtet wie am hellen Tag und wimmelte wie ein Ameisenhaufen, denn aus dem Haus Montmorency hatten sechs oder acht hugenottische Edelleute mit ihren Dienern und ihren Freunden einen schrecklichen Ausfall gemacht und begannen jetzt, von den Feuerstößen aus den Fenstern unterstützt, Maureverts Leute und die aus dem Palais Guise zurückzutreiben, so daß diese schließlich vor dem Haus, aus dem sie gekommen waren, in die Enge getrieben wurden.

Coconnas, dem es noch nicht gelungen war, Mercandons Tür aufzubrechen, obwohl er mit aller Kraft darauf loshieb, wurde von dieser plötzlich zurückdrängenden Flut erfaßt. Den Rücken im Schutz einer Mauer und den Degen in der Hand, verteidigte er sich nicht nur, sondern griff selber an, und mit so fürchterlichem Kriegsgeschrei, daß seine Stimme das ganze Handgemenge beherrschte. Er fuchtelte mit seiner Waffe herum, schlug nach rechts und nach links, schlug Freund und Feind, bis er einen weiten leeren Platz um sich geschaffen hatte. Und wenn sein Degen eine Brust durchbohrte und das warme Blut seine Hände und sein Gesicht bespritzte, eroberte er mit unnatürlich geweiteten Augen, geblähter Nase und knirschenden Zähnen den verlorenen Boden zurück und näherte sich aufs neue dem belagerten Haus.

Nach einem schrecklichen Kampf auf der Treppe und in der Halle hatte de Mouy schließlich als ein wahrer Held sein Haus verlassen. Während des Kampfes hatte er nicht aufgehört zu rufen: „Her zu mir, Maurevert! Wo bist du, Maurevert?" und ihn mit den schimpflichsten Namen zu beleidigen. Nun erschien er auf der Straße, einen Dolch zwischen den Zähnen und einen Arm um seine Geliebte gelegt, die halbnackt und nahezu ohnmächtig war. Sein im Schwung blitzender Degen zog weiße oder rote Kreise, wenn der Mond die Klinge in seinen Silberglanz tauchte oder eine Fackel das Blut aufleuchten ließ. Maurevert war geflohen. La Hurière, von de Mouy bis zu Coconnas zurückgedrängt, der ihn nicht wiedererkannte und mit seiner Degenspitze empfing, flehte nach beiden Seiten um Gnade. In diesem Augenblick erschien Mercandon und erkannte ihn an seiner weißen Schärpe als einen der Massakristen. Der Schuß ging los. La Hurière stieß einen Schrei aus, breitete die Arme aus, ließ seine Arkebuse fallen und stürzte, nach einem vergeblichen Versuch, sich an der Mauer aufrecht zu halten, mit dem Gesicht zu Boden.

De Mouy machte sich diesen Umstand zunutze, eilte in die Rue de Paradis und verschwand.

Der Widerstand der Hugenotten war so heftig gewesen, daß die zurückgeschlagenen Leute aus dem Palais Guise ins Haus geflüchtet waren und die Türen hinter sich verrammelt hatten, aus Furcht, belagert und gefaßt zu werden.

Trunken vom Blut und von dem ganzen Tumult und bis zu jenem äußersten Grad erregt, wo vor allem bei den Südländern der Mut zur Tollheit wird, hatte Coconnas nichts gesehen und nichts gehört. Er merkte nur, daß das Brausen in seinen Ohren etwas nachließ, daß seine Hände und sein Gesicht ein wenig trocken wurden, und als er die Spitze seines Degens senkte, sah er nur noch einen Mann neben sich, der mit dem Gesicht in einem roten Rinnsal lag, und ringsum die brennenden Häuser.

Allerdings war es eine recht kurze Waffenruhe, denn als er sich eben dem Mann nähern wollte, in dem er La Hurière zu erkennen glaubte, öffnete sich die Tür des Hauses, die er vergeblich mit seinem Pflasterstein zu zertrümmern versucht hatte, und der alte Mercandon, von seinem Sohn und seinen beiden Neffen gefolgt, stürzte sich auf den Piemonteser, der noch nach Luft schnappte.

„Da ist er, da ist er!" riefen sie wie aus einem Munde.

Coconnas stand mitten auf der Straße, und da er fürchtete, von den vier gleichzeitig auf ihn losstürmenden Männern eingekreist zu werden, sprang er mit einem Satz wie die Gebirgsziegen, die er so oft verfolgt hatte, nach hinten in die Rückendeckung der Mauer des Palais Guise. Auf diese Weise gegen Überraschungen gesichert, stellte er sich und wurde wieder spöttisch.

„Aber, aber, Väterchen Mercandon!" sagte er. „Erkennen Sie mich denn nicht?"

„Elender!" rief der alte Hugenott. „Im Gegenteil, ich erkenne dich sehr gut; du willst mir zu Leibe, mir, dem Freund und Teilhaber deines Vaters!"

„Und seinem Gläubiger, nicht wahr?"

„Ja, und seinem Gläubiger, aber das kam aus deinem Mund."

„Nicht ohne Grund", erwiderte Coconnas, „ich werde unsere Rechnungen in Ordnung bringen."

„Ergreift ihn, bindet ihn!" rief der Greis den jungen Leuten zu, die ihn begleiteten und nach diesen Worten gegen die Mauer losstürmten.

„Augenblick mal", lachte Coconnas, „um Leute in Arrest zu nehmen, braucht man einen Haftbefehl, und ihr habt versäumt, den Profos darum zu bitten." Und schon kreuzte er die Klingen mit dem nächststehenden Jüngling und schlug ihm mit dem ersten Hieb seines Degens das Handgelenk durch.

Der Unglückliche zog sich aufheulend zurück.

„Das wäre einer!" bemerkte Coconnas.

Da öffnete sich knarrend das Fenster, unter dem Coconnas Zuflucht gesucht hatte. Coconnas zuckte zusammen, weil er fürchtete, von dieser Seite angegriffen zu werden, doch statt eines Feindes erschien eine Frau, statt einer tödlichen Waffe, gegen die er sich bereits wappnete, fiel ein Blumenstrauß vor seine Füße.

„Sieh an, eine Frau!" sagte er.

Er grüßte die Dame mit seinem Degen und bückte sich, die Blumen aufzuheben.

„Aufpassen, tapferer Katholik, seien Sie auf der Hut!" rief die Dame.

Coconnas richtete sich wieder auf, doch nicht so rasch, daß nicht der Dolch des zweiten Neffen ihm den Mantel aufschlitzte und die andere Schulter verwundete.

Die Dame stieß einen durchdringenden Schrei aus.

Coconnas dankte ihr und beschwichtigte sie mit einer Handbewegung, dann fiel er gegen den zweiten Neffen aus, der parierend zurückwich; doch beim zweiten Ausfall geriet der Junge in eine Blutlache, und sein nach hinten gestellter Fuß verlor den Halt. Coconnas warf sich schnell wie ein Tiger auf ihn und durchbohrte ihm die Brust mit seinem Degen.

„Gut gemacht, tapferer Edelmann!" rief die Dame aus dem Palais Guise. „Gut gemacht, ich schicke Ihnen Hilfe."

„Es ist nicht der Mühe wert, daß Sie sich damit abgeben, Madame!" entgegnete Coconnas. „Wenn Sie die Sache interessiert, dann bleiben Sie bis zum Schluß, und Sie werden sehen, wie der Graf Hannibal de Coconnas die Hugenotten zurichtet."

Während er noch sprach, drückte der Sohn des alten Mercandon aus nächster Nähe seine Pistole gegen Coconnas ab, der sich auf ein Knie fallen ließ. Die Dame am Fenster schrie auf, aber Coconnas erhob sich wieder, denn er war nur in die Knie gegangen, um der Kugel auszuweichen, die zwei Schritt von der schönen Zuschauerin entfernt in die Mauer gedrungen war.

Beinahe im selben Augenblick gellte aus einem Fenster von Mercandons Haus ein Wutschrei, und eine alte Frau, die an dem Kreuz und der weißen Schärpe Coconnas als Katholiken erkannt hatte, warf einen Blumentopf nach ihm und traf ihn oberhalb des Knies.

„Vortrefflich!" sagte Coconnas. „Die eine wirft mir Blumen, die andere die Töpfe dazu. Wenn das so weitergeht, wird man die Häuser demolieren."

„Danke, Mutter, danke!" rief der junge Mann.

„Weiter, Frau, weiter!" rief der alte Mercandon. „Aber paß auf, daß du uns nicht triffst!"

„Warten Sie, Herr de Coconnas, warten Sie!" ließ sich jetzt die junge Dame aus dem Palais Guise hören. „Ich werde aus den Fenstern schießen lassen."

„Ei, sieh an, also eine ganze Hölle von Frauen, nur daß die einen für mich und die anderen gegen mich sind!" rief Coconnas. „Kotzbomenelement! Kommen wir zum Schluß!"

In der Tat hatte sich die Szene von Grund auf gewandelt und näherte sich ihrem Ende. Gegen Coconnas, der wohl verwundet war, jedoch in der ganzen Lebenskraft seiner vierundzwanzig Jahre stand, in Waffen geübt und durch die drei oder vier Kratzwunden, die er erhalten hatte, mehr verärgert als geschwächt war, hielten sich nur noch Mercandon und sein Sohn: Mercandon, ein Greis von sechzig, siebzig Jahren; sein Sohn, ein Kind von etwa sechzehn; der blonde, zerbrechliche Knabe mit dem bleichen Gesicht hatte seine leere und daher unbrauchbare Pistole weggeworfen und fuchtelte zitternd mit einem Degen herum, der halb so lang war wie der des Piemontesers; der Vater, nur mit einem Dolch und einer leeren Arkebuse bewaffnet, rief um Hilfe. Die alte Frau am Fenster gegenüber, die Mutter des jungen Mannes, hielt ein Stück Marmor in der Hand und schickte sich an, es hinunterzuwerfen. Coconnas endlich, von einer Seite durch die Drohungen, von der andern durch die Ermutigungen angefeuert, stolz auf seinen doppelten Sieg, berauscht von Pulverqualm und Blut, beleuchtet vom Widerschein eines brennenden Hauses und begeistert von dem Gedanken, unter den Augen einer Frau zu kämpfen, deren Schönheit ihm so außerordentlich erschien wie ihr Rang unbestreitbar – Coconnas hatte gleich dem Letzten der Horatier gefühlt, wie sich seine Kräfte verdoppelten, und als er den jungen Mann zögern sah, eilte er auf ihn zu und kreuzte seinen furchtbaren, blutigen Haudegen mit dem kurzen Degen des jungen Mannes. Zwei Hiebe genügten, um ihm die Waffe aus der Hand zu schlagen. Da versuchte Mercandon, Coconnas zurückzudrängen, damit ihn die aus dem Fenster gezielten Wurfgeschosse sicherer trafen. Coconnas jedoch, um den zwiefachen Angriff zu lähmen – einmal von dem alten Mercandon, der ihn mit seinem Dolch zu durchbohren versuchte, und zum andern von der Mutter des jungen Mannes, die ihm den Schädel mit dem wurfbereiten Stein zu zertrümmern trachtete –, faßte seinen Gegner um den Leib, hielt ihn wie einen Schild vor sich her und erdrosselte ihn fast in seiner herkulischen Umarmung.

„Zu Hilfe, zu Hilfe!" schrie der junge Mann. „Er zerquetscht mir die Brust! Zu Hilfe, zu Hilfe!" Und seine Stimme verlor sich in einem dumpfen, erstickten Röcheln.

Da hörte Mercandon auf zu drohen und verlegte sich aufs Bitten.

„Gnade, Gnade!" flehte er. „Gnade, Monsieur de Coconnas! Gnade! Er ist mein einziges Kind!"

„Er ist mein Sohn, er ist mein Sohn!" schrie die Mutter. „Die Hoffnung unseres Alters! Töten Sie ihn nicht, Herr, töten Sie ihn nicht!"

„Ach, wirklich?" rief Coconnas und brach in Lachen aus. „Ihn nicht töten? Und was wollte er mir mit seinem Degen und seiner Pistole antun?"

„Lieber Herr", fuhr Mercandon fort und rang die Hände, „ich habe die von Ihrem Vater unterzeichnete Schuldverschreibung bei mir und werde sie Ihnen zurückgeben; ich besitze zehntausend Taler, die will ich Ihnen geben; unser Familienschmuck soll Ihnen gehören; nur töten Sie ihn nicht, töten Sie ihn nicht!"

„Und ich habe Liebe zu verschenken", raunte die Frau aus dem Palais Guise, „und die verspreche ich Ihnen."

Coconnas überlegte eine Sekunde und fragte plötzlich den jungen Mann: „Sind Sie Hugenott?"

„Ja", flüsterte das Kind.

„Dann muß er sterben!" entgegnete Coconnas mit finsterer Stirn und richtete den spitzen, scharfen Dolch auf die Brust seines Gegners.

„Sterben?" rief der Greis. „Mein armes Kind! Sterben!" Und von der Mutter kam aus der Tiefe ihres Herzens ein so schmerzlicher Schrei, daß der barbarische Entschluß des Piemontesers für einen Augenblick ins Wanken geriet.

„Oh, Frau Herzogin!" rief der Vater die Dame im Palais an. „Seien Sie unser Fürsprech, und jeden Morgen und Abend werden wir Ihren Namen in unser Gebet einflechten!"

„Nun ja, wenn er sich bekehrt …", erwiderte die Dame aus dem Palais Guise.

„Ich bin Protestant", sagte das Kind.

„Dann stirb also", entgegnete Coconnas und hob seinen Dolch, „stirb, da du das Leben, das dir dieser schöne Mund bietet, nicht willst."

Mercandon und seine Frau sahen die entsetzliche Klinge wie einen Blitz über dem Haupt ihres Sohnes aufleuchten.

„Mein Sohn, mein Olivier", heulte die Mutter, „schwör ab … schwör ab!"

„Schwör ab, mein liebes Kind!" drängte Mercandon und wälzte sich zu den Füßen des Piemontesers. „Laß uns nicht allein auf der Erde!"

„Schwört alle zusammen ab!" schrie Coconnas. „Für ein Credo drei Seelen und ein Leben!"

„Ich will es gern tun", sagte der junge Mann.

„Wir werden es gern tun", riefen auch Mercandon und seine Frau.

„Auf die Knie also!" befahl Coconnas. „Und daß mir dein Sohn Wort für Wort das Gebet wiederholt, das ich dir vorsagen werde."

Der Vater gehorchte als erster.

„Ich bin bereit", sagte das Kind und fiel ebenfalls auf die Knie.

Darauf begann ihm Coconnas auf lateinisch die Worte des Credos vorzusagen. Doch – war es Zufall oder Berechnung – der junge Olivier hatte sich dicht neben der Stelle niedergekniet, wo ihm sein Degen entfallen war. Kaum sah er die Waffe in Reichweite seiner Hand, als er, weiterhin Coconnas' Worte wiederholend, den Arm ausstreckte, um sie an sich zu bringen. Coconnas entging die Bewegung nicht, obwohl er so tat, als sähe er nichts.

Doch als der junge Mann mit gekrallten Fingern den Griff der Waffe berührte, stürzte er vor und warf ihn um.

„Verräter!" rief er.

Dann stieß er ihm den Dolch in die Kehle.

Der junge Mann schrie auf, hob sich im Todeskrampf auf ein Knie und fiel zurück.

„Schurke!" brüllte Mercandon. „Du mordest uns, um uns die hundert Rosennobel zu stehlen, die du uns schuldest ..."

„Wahrhaftig nicht", widersprach Coconnas, „und hier ist der Beweis ..."

Mit diesen Worten warf Coconnas dem Greis den Beutel vor die Füße, den ihm sein Vater vor der Abreise übergeben hatte, um die Schuld bei seinem Gläubiger zu begleichen.

„Da ist der Beweis!" fuhr er fort. „Da ist Ihr Geld!"

„Und hier ist dein Tod!" schrie die Mutter am Fenster.

„Achtung, Herr de Coconnas, passen Sie auf!" rief die Dame im Palais Guise.

Doch ehe Coconnas den Kopf zu wenden vermochte, um diesem Rat zu folgen oder um sich der Drohung zu entziehen, pfiff eine schwere Masse durch die Luft, stürzte auf den Hut des Piemontesers nieder, zerbrach ihm den Degen in der Hand und warf ihn verwundet, betäubt und wie tot zu Boden, ehe er den zwiefachen Schrei der Freude und der Verzweiflung von rechts und von links vernahm.

Sogleich stürzte sich Mercandon, den Dolch in der Hand, auf den leblosen Coconnas, doch im selben Augenblick sprang die Tür im Palais Guise auf, und als der Greis die Partisanen und Degen aufblitzen sah, floh er, während sich die Dame, die er Frau Herzogin angeredet hatte, in ihrer vom Schein der Feuersbrunst schaurig überstrahlten Schönheit und glitzernd von Juwelen und Diamanten, halb aus dem Fenster beugte, mit ausgestrecktem Arm auf Coconnas wies und den Neuhinzugekommenen zurief: „Dort! dort! Mir gegenüber, ein Edelmann in rotem Wams. Der dort, ja, ja, der dort!"

10

Tod, Messe oder Bastille

Marguerite hatte, wie gesagt, ihre Tür verschlossen und sich in ihr Zimmer zurückbegeben. Als sie nun klopfenden Herzens eintrat, erblickte sie Gillonne, die mit entsetztem Gesicht an der Tür zum Kabinett lehnte und auf die Blutspuren im Bett, an den Möbeln und auf dem Teppich starrte.

„Ach, Madame", rief sie, als sie die Königin sah. „Ach, Madame, er ist also tot?"

„Schweig, Gillonne!" verwies sie Marguerite in einem Ton, der ihren Befehl mehr als nachdrücklich machte.

Gillonne sagte kein Wort mehr.

Indessen zog Marguerite aus ihrem Almosentäschchen einen kleinen vergoldeten Schlüssel, öffnete die Tür zum Kabinett und zeigte ihrer Dienerin mit ausgestrecktem Finger den jungen Mann.

La Môle war es gelungen, aufzustehen und sich dem Fenster zu nähern. Ein kleiner Dolch, wie ihn die Frauen jener Zeit trugen, war ihm unter die Hände gekommen, und der junge Edelmann hatte ihn an sich gerissen, als er merkte, daß die Tür geöffnet wurde.

„Fürchten Sie nichts, mein Herr", sagte Marguerite, „denn so wahr ich lebe: Sie sind in Sicherheit!"

La Môle ließ sich wieder auf die Knie fallen.

„O Madame", rief er aus, „Sie sind mehr als eine Königin, Sie sind eine Gottheit."

„Regen Sie sich nicht so auf, mein Herr", mahnte Marguerite, „Ihr Blut wird wieder anfangen zu fließen … Oh, sieh nur, Gillonne, wie bleich er ist … Lassen Sie uns einmal nachschauen, wo Sie verwundet sind."

„Madame", erwiderte La Môle, während er versuchte, den durch seinen ganzen Körper ziehenden Schmerz auf die Hauptpunkte zu konzentrieren, „zuerst habe ich wohl einen Dolchstoß in die Schulter und dann einen zweiten in die Brust erhalten; die anderen Verwundungen sind nicht der Mühe wert, sich damit zu beschäftigen."

„Wir werden sehen", sagte Marguerite, „Gillonne, hol mir meinen Salbenkasten."

Gillonne gehorchte und brachte das Gewünschte sowie einen vergoldeten Wasserkrug und feines holländisches Linnen.

„Hilf mir, ihn aufzurichten, Gillonne", befahl die Königin Marguerite, „der Unglückliche hat nicht die Kraft, es selber zu tun."

„Aber, Madame", wandte La Môle ein, „Sie beschämen mich, ich kann wahrhaftig nicht dulden …"

„Geben Sie getrost meinem Wunsch und Willen nach, mein Herr", sagte Marguerite, „wenn wir Sie retten können, wäre es ein Verbrechen, Sie sterben zu lassen."

„Oh", rief La Môle, „ich würde lieber sterben, als sehen müssen, wie Sie, die Königin, Ihre Hände mit meinem unwürdigen Blut beflecken … Nein, niemals, niemals!"

Dabei wich er ehrfürchtig zurück.

„Was Ihr Blut betrifft, mein Herr", entgegnete Gillonne lächelnd, „so haben Sie bereits genug davon auf dem Bett und im Zimmer Ihrer Majestät gelassen."

Marguerite zog den Morgenrock über ihrem mit kleinen roten Flecken beschmutzten Batisthemd fester zusammen. Diese Geste weiblicher Scham rief La Môle ins Gedächtnis zurück, daß er die so sehnsüchtig begehrte, so schöne und so heiß geliebte Königin in seinen Armen gehalten und an seine Brust gedrückt hatte, und bei dieser Erinnerung überzog eine flüchtige Röte seine bleichen Wangen.

„Madame", stammelte er, „können Sie mich nicht der Pflege eines Wundarztes überlassen?"

„Eines katholischen Arztes, nicht wahr?" fragte die Königin mit einem Gesicht, dessen Ausdruck La Môle, vor Schreck erbebend, verstand.

„Wissen Sie nicht", fuhr die Königin mit einer Stimme und einem Lächeln von unerhörter Süße fort, „daß wir französischen Prinzessinnen die Bedeutung der Pflanzen lernen und Arzneien herzustellen wissen? Denn Schmerzen zu lindern, war jederzeit unsere Aufgabe als Frauen und Königinnen. Daher stehen wir den besten Wundärzten der Welt in nichts nach, wie zumindest unsere Schmeichler behaupten. Haben Sie denn nichts von meinem Ruf in dieser Hinsicht vernommen? – Aber beginnen wir jetzt, Gillonne, an die Arbeit!"

La Môle sträubte sich noch, von neuem wiederholte er, daß er lieber sterben würde, als der Königin diese Mühe zu verursachen, die mit Mitleid beginnen und mit Ekel enden könnte. Sein Widerstreben führte jedoch nur dahin, seine Kräfte völlig zu erschöpfen. Er wankte, schloß die Augen, ließ seinen Kopf nach hinten zurückfallen und verlor zum zweitenmal das Bewußtsein.

Darauf durchschnitt Marguerite mit dem Dolch, den er fallen gelassen hatte, rasch die Verschnürung an seinem Wams, während Gillonne mit einer anderen Klinge La Môles Ärmel auftrennte oder vielmehr aufriß.

Gillonne stillte mit einem in frisches Wasser getauchten Stück Leinwand das Blut, das aus der Schulter und der Brust des jungen Mannes rann, während Marguerite mit einer goldenen, an der Spitze abgerundeten Nadel die Wunden mit nicht geringerer Behutsamkeit und Geschicklichkeit sondierte wie bei ähnlichen Gelegenheiten Meister Ambroise Paré.

Die Wunde in der Schulter saß tief, der Stich in die Brust war an den Rippen abgeglitten und nur ins Fleisch gedrungen. Keine der beiden Verletzungen stieß bis in die Höhlen jener natürlichen Festung vor, die Herz und Lungen schützt.

„Schmerzhafte, aber nicht tödliche Wunde, *Acerrimum vulnus, non autem letale*", murmelte die schöne, gelehrte Ärztin, „reich mir den Balsam und zupf Scharpie, Gillonne."

Ehe sie von der Königin diesen neuen Befehl erhielt, hatte Gillonne bereits die Brust des jungen Mannes trokkengewischt und mit duftendem Wasser abgerieben und dabei soviel als nötig von seinen wie nach einer alten Zeichnung geformten Armen, dem von dichten Locken beschatteten Hals und seinen anmutig nach hinten abfallenden Schultern enthüllt, die mehr einer Marmorstatue von Paros zu gehören schienen als dem verstümmelten Körper eines Mannes, der sein Leben aushaucht.

„Armer junger Mann!" flüsterte Gillonne, wobei sie weniger ihr Werk als den Gegenstand ihrer Fürsorge betrachtete.

„Ist er nicht schön?" fragte Marguerite mit königlicher Offenheit.

„Ja, Madame. Aber statt ihn hier auf der Erde liegen zu lassen, sollten wir ihn lieber aufheben und auf das Ruhebett legen, an dem er lehnt."

„Du hast recht", bestätigte Marguerite.

So beugten sich die beiden Frauen nieder, hoben La Môle mit vereinten Kräften hoch und legten ihn auf ein großes Sofa mit geschnitzter Rückenlehne in der Nähe des Fensters, das sie öffneten, damit er frische Luft hatte.

Die Bewegung weckte La Môle, er stieß einen Seufzer aus, öffnete die Augen und fühlte jenes höchste Wohlbehagen, das zu den Empfindungen eines Verwundeten gehört, wenn er bei seiner Rückkehr ins Leben statt des verzehrenden Feuers die frische Luft und statt des lauen, eklen Blutgeruchs die Düfte eines Balsams atmet.

Er murmelte ein paar abgerissene Worte, die Marguerite mit einem Lächeln und ihrem auf den Mund gelegten Finger beantwortete.

Wiederholtes Klopfen unterbrach die Stille.

„Es ist an der Tür zu dem geheimen Gang", sagte Marguerite.

„Wer kann das sein, Madame?" fragte Gillonne erschrocken.

„Ich werde nachsehen", bestimmte Marguerite. „Du bleibst hier und verläßt ihn nicht einen Augenblick."

Marguerite ging wieder in ihr Zimmer, und nachdem sie die Tür zum Kabinett geschlossen hatte, öffnete sie die Tür zu dem geheimen Gang, der zu den Gemächern des Königs und der Königinmutter führte.

„Madame de Sauves!" rief sie und trat rasch und mit einem Ausdruck zurück, der, wenn nicht Furcht, zumindest Haß verriet; denn nie verzeiht eine Frau der anderen, die ihr einen Mann entführt hat, einerlei, ob sie den Mann liebt oder nicht. „Madame de Sauves!"

„Ja, Euer Majestät!" erwiderte diese und rang die Hände.

„Sie hier, Madame?" fuhr Marguerite immer verwunderter, aber mit gebieterischer Stimme fort.

Charlotte fiel auf die Knie.

„Madame", begann sie, „vergeben Sie mir, ich sehe ein, wieweit ich mich gegen Sie schuldig gemacht habe, aber wenn Sie wüßten! Die Schuld liegt nicht allein bei mir, und ein ausdrücklicher Befehl der Königinmutter ..."

„Stehen Sie auf", befahl Marguerite, „und da ich nicht glauben kann, Sie wären nur gekommen, weil Sie hofften, sich in einem Gespräch unter vier Augen rechtfertigen zu können, sagen Sie mir, was Sie herführt."

„Ich bin gekommen, Madame", antwortete Charlotte, immer noch auf den Knien und mit unstetem Blick, „weil ich Sie fragen wollte, ob er nicht hier ist."

„Hier? Wer? Von wem reden Sie, Madame? ... Denn ich verstehe wahrhaftig nicht."

„Vom König!"

„Vom König? Sie verfolgen ihn also bis zu mir! Und dabei wissen Sie sehr wohl, daß er nicht kommt!"

„Ach, Madame", fuhr die Baronin de Sauves fort, ohne auf diesen Angriff zu antworten und anscheinend sogar ohne ihn zu empfinden, „wollte Gott, er wäre hier!"

„Warum?"

„Mein Gott, Madame, weil die Hugenotten hingemordet werden und weil der König von Navarra das Haupt der Hugenotten ist!"

„Oh!" rief Marguerite und packte die Hand von Madame de Sauves und zwang sie aufzustehen. „Ihn habe ich vergessen! Überdies hätte ich nicht geglaubt, daß ein König ebenso der Gefahr ausgesetzt wäre wie die anderen."

„Mehr, Madame, tausendmal mehr!" rief Charlotte.

„Tatsächlich, Madame Lothringen warnte mich. Ich habe ihn gebeten, nicht auszugehen. Ist er gegangen?"

„Nein, nein, er ist im Louvre. Er ist nicht aufzufinden. Und wenn er nicht hier ist ..."

„Er ist nicht hier."

„Oh!" rief Madame de Sauves in einem Ausbruch des

Schmerzes, „dann ist es um ihn geschehen, denn die Königinmutter hat seinen Tod beschlossen."

„Seinen Tod? Sie erschrecken mich!" entfuhr es Marguerite. „Unmöglich!"

„Madame", erwiderte Madame de Sauves mit jenem Nachdruck, den allein die Leidenschaft verleiht, „ich sage Ihnen, daß man nicht weiß, wo sich der König von Navarra befindet."

„Und wo befindet sich die Königinmutter?"

„Die Königinmutter hat mich nach dem Herzog von Guise und Monsieur de Tavannes geschickt, die in ihrem Betzimmer warten; dann hat sie mich entlassen. Und dann bin ich, verzeihen Sie, Madame, in mein Zimmer gegangen und habe wie gewöhnlich auf ihn gewartet."

„Auf meinen Gatten, nicht wahr?" fragte Marguerite.

„Er ist nicht gekommen, Madame. Ich habe ihn überall gesucht und alle Welt nach ihm gefragt. Nur ein Soldat, der allein war, hat mir geantwortet, er glaube, ihn kurz vor dem Massaker von Gardisten umringt gesehen zu haben, die ihn mit dem nackten Degen in der Hand begleiteten – und das Massaker begann vor einer Stunde."

„Ich danke Ihnen, Madame", entgegnete Marguerite, „ich danke Ihnen, wenn auch vielleicht die Triebfeder Ihres Handelns eine neue Beleidigung für mich sein mag."

„Oh, dann vergeben Sie mir, Madame!" rief Madame de Sauves aus. „Und ich werde durch Ihre Vergebung gestärkt in mein Zimmer zurückkehren, denn ich wage Ihnen nicht zu folgen, nicht einmal von weitem."

Marguerite reichte ihr die Hand.

„Ich werde die Königin Katharina aufsuchen", sagte sie, „begeben Sie sich auf Ihr Zimmer. Der König von Navarra steht unter meinem Schutz, ich habe ihm versprochen, seine Bundesgenossin zu sein, und werde mein Versprechen getreulich halten."

„Aber wenn Sie nicht bis zur Königinmutter vordringen können, Madame?"

„Dann werde ich es vom Zimmer meines Bruders Karl aus noch einmal versuchen und gewiß vorgelassen werden."

144

„Gehen Sie, gehen Sie, Madame", drängte Charlotte und machte Marguerite Platz, „Gott möge Euer Majestät leiten!"

Marguerite eilte den Gang hinunter. Doch als sie am äußersten Ende angekommen war, drehte sie sich um, weil sie sicher sein wollte, daß Madame de Sauves nicht zurückblieb. Diese kam langsam hinter ihr her.

Die Königin von Navarra verfolgte die Schritte der Madame de Sauves bis zu der Treppe, die zu deren Zimmer führte, und setzte dann ihren Weg zur Königinmutter fort.

Alles hatte sich verändert; statt der dichtgedrängten Höflingsschar, die sonst mit ehrerbietigem Gruß vor der Königin zurückwich, begegnete Marguerite nur Wachen mit geröteten Spießen und blutbefleckten Kleidern oder Edelleuten in zerrissenen Mänteln und mit pulvergeschwärzten Gesichtern, die Befehle oder Eilbotschaften überbrachten; die einen gingen, die anderen kamen, und all diese Kommenden und Gehenden kribbelten und wimmelten erschreckend und ungeheuerlich in den Sälen.

Dennoch ging Marguerite weiter und erreichte das Vorzimmer der Königinmutter. Doch das Vorzimmer war von einer Doppelreihe Soldaten bewacht, durch die niemand ohne ein bestimmtes Losungswort gelangte. Vergeblich mühte sich Marguerite, die lebende Barriere zu durchbrechen. Mehrmals sah sie die Tür sich öffnen und wieder schließen, und jedesmal erblickte sie durch den schmalen Spalt die durch ihre Tätigkeit verjüngte Katharina, munter und lebhaft, als hätte sie nicht mehr als zwanzig Jahre auf dem Rücken, wie sie Briefe schrieb, Nachrichten empfing und entsiegelte, Befehle gab, an einige das Wort richtete und anderen ein Lächeln schenkte; und ihr Lächeln war um so freundlicher, je unkenntlicher der Angeredete unter Staub und Blut vor ihr stand.

Diesen ungeheuren im Louvre brausenden Tumult durchstießen immer öfter die Schüsse der Arkebusen auf der Straße.

Ich werde niemals bis zu ihr vordringen, sagte sich

Marguerite, nachdem sie bei den Hellebardieren drei vergebliche Versuche gemacht hatte. Ehe ich hier meine Zeit verliere, will ich lieber meinen Bruder aufsuchen.

In diesem Augenblick kam der Herzog von Guise, der eben der Königin den Tod des Admirals gemeldet hatte und nun in das Gemetzel zurückkehrte.

„O Henri!" rief Marguerite. „Wo ist der König von Navarra?"

Der Herzog sah sie mit verwundertem Lächeln an, verbeugte sich und ging, ohne zu antworten, mit seiner Wache hinaus.

Marguerite lief auf einen Hauptmann zu, der ebenfalls den Louvre verlassen wollte und seine Soldaten vorher die Arkebusen laden ließ.

„Der König von Navarra?" fragte sie. „Wo ist der König von Navarra, Herr Hauptmann?"

„Ich weiß nicht, Madame", erwiderte jener, „ich gehöre nicht zur Leibwache Seiner Majestät."

„Ach, Sie sind es, lieber René!" rief Marguerite, als sie jetzt Katharinas Parfümeur bemerkte. „Sie kommen von meiner Mutter ... Wissen Sie, was mit meinem Gatten geschehen ist?"

„Seine Majestät der König von Navarra ist nicht mein Freund, Madame ... das sollten Sie wissen. Man sagt sogar", fügte er hinzu und verzog den Mund, mehr zu einem Grinsen als zu einem Lächeln, „man sagt sogar, er wagt mich zu beschuldigen, als Komplice Madame Katharinas seine Mutter vergiftet zu haben."

„Nein, nein!" rief Marguerite. „Glauben Sie das nicht, mein guter René!"

„Es schert mich wenig, Madame!" entgegnete der Parfümeur. „Augenblicklich sind weder der König von Navarra noch die Seinen zu fürchten."

Damit kehrte er Marguerite den Rücken zu.

„Monsieur de Tavannes, Monsieur de Tavannes", rief Marguerite, „ein Wort nur, bitte, ein einziges Wort!"

Tavannes, der vorübergehen wollte, blieb stehen.

„Wo ist Henri von Navarra?" fragte Marguerite.

„Meiner Treu!" antwortete er mit lauter Stimme. „Ich

glaube, er streift mit dem Herzog von Alençon und dem Prinzen von Condé in der Stadt herum."

Dann setzte er so leise, daß nur Marguerite ihn hören konnte, hinzu:

„Schönste Majestät, wenn Sie den sehen wollen, an dessen Stelle ich für mein Leben gern wäre, dann klopfen Sie an die Tür zum Arbeitszimmer des Königs."

„Oh, ich danke Ihnen, Tavannes!" sagte Marguerite, die aus allem, was Tavannes gesagt hatte, nur die Hauptsache herausgehört hatte. „Tausend Dank, ich gehe."

Und sogleich machte sie sich auf den Weg, wobei sie vor sich hin murmelte: „Ich kann ihn doch nicht umkommen lassen nach all dem, was ich ihm versprochen habe und wie er sich gegen mich betragen hat, als der undankbare Henri de Guise in meinem Kabinett versteckt war!"

Mit hastigen Schritten eilte sie weiter, um an die Tür des Königs zu klopfen, die jedoch durch zwei Wachtrupps verbarrikadiert war.

„Niemand darf zum König!" sagte der Offizier und trat rasch vor.

„Aber ich!" entgegnete Marguerite.

„Der Befehl gilt für alle!"

„Aber ich, die Königin von Navarra, seine Schwester!"

„Meine Instruktion duldet keine Ausnahme, Madame, Sie müssen mich daher entschuldigen."

Mit diesen Worten schloß der Offizier die Tür.

„Oh, er ist verloren!" rief Marguerite, aufs höchste beunruhigt durch den Anblick dieser finsteren Gesichter, die, wo nicht Rachsucht, starre Unbeugsamkeit ausdrückten. „Ja, ja, jetzt verstehe ich alles ... Man hat sich meiner als Köder bedient ... Ich bin die Falle, in der die Hugenotten gefangen und umgebracht werden ... Oh, ich werde eindringen, und sollte es mein Leben kosten!"

Und wie vom Wahnsinn gepackt lief Marguerite durch die Gänge und Säle, als sie plötzlich hinter einer kleinen Tür leisen und in seiner Eintönigkeit fast unheimlichen Gesang hörte. Es war ein Kalvinistenpsalm, den eine zittrige Stimme im Zimmer neben den Königsgemächern sang.

„Die Amme des Königs, die gute Madelon!" rief Marguerite und schlug sich, von einem jähen Gedanken erleuchtet, an die Stirn. „Sie ist da! ... Christengott, hilf mir!"

Voller Hoffnung klopfte Marguerite leise an die kleine Tür.

Nach dem von Marguerite erhaltenen Rat, nach seinem Gespräch mit René, nach dem Verlassen des Zimmers der Königinmutter, woran ihn die arme kleine Phöbe wie ein guter Geist zu hindern versuchte, hatte Henri von Navarra einige katholische Edelleute getroffen, die ihn unter dem Vorwand, ihm ihre Aufwartung machen zu wollen, in seine Gemächer führten, wo bereits eine Hundertschaft Hugenotten wartete und nicht aus den Räumen des jungen Fürsten weichen wollte, da sich bereits vor einigen Stunden eine düstere Vorahnung der verhängnisvollen Nacht über den ganzen Louvre ausgebreitet hatte.

Die Hugenotten waren also geblieben, und niemand hatte versucht, sie zu belästigen. Beim ersten Schlag der Glocke von Saint-Germain-l'Auxerrois, die ihren Herzen wie düsteres Totengeläut klang, trat Tavannes ein und unterbrach das tödliche Schweigen mit der Nachricht, König Karl IX. wünsche Henri zu sprechen.

Jeder Widerstand war nutzlos, und niemand dachte auch nur daran. Die Deckengewölbe in den Sälen und Gängen des Louvre hallten wider vom Tritt der Soldaten, die sich, nahezu zweitausend an der Zahl, in den Höfen und Zimmern eingefunden hatten. Nachdem sich Henri von seinen Freunden, die er nicht mehr wiedersehen sollte, verabschiedet hatte, folgte er Tavannes, der ihn in einen kleinen, an die Gemächer des Königs grenzenden Saal führte, wo er ihn ohne Bewachung und mit einem von Argwohn erfüllten Herzen zurückließ.

Minute für Minute zweier grauenhaft langer Stunden zählte der König von Navarra; er hörte mit wachsender Todesangst das Gellen der Sturmglocke und den Hall der Büchsenschüsse; er sah durch eine kleine Glastür im Schein der Feuersbrunst und im flackernden Licht der Fackeln

Flüchtlinge und ihre Mörder vorübereilen und vermochte das Mordgezeter und die Schreie der Verzweiflung nicht zu deuten, ja, er vermochte nicht einmal zu ahnen, welch ein entsetzliches Drama sich in diesem Augenblick abspielte, obwohl er doch Karl IX., die Königinmutter und den Herzog von Guise hinreichend kannte.

Henri war kein Draufgänger; aber was ihm an solchem Mut fehlte, ersetzte er wertvoller durch seine innere Kraft; ungeachtet seiner Furcht vor der Gefahr begegnete er ihr lächelnd, wenn sie ihm auf dem Schlachtfeld, unter freiem Himmel und im hellen Licht des Tages, unter aller Augen und von durchdringenden Klängen der Trompeten und dumpfen Trommelwirbeln begleitet, entgegentrat... Doch hier war er ohne Waffen, allein, eingesperrt und verloren in einem Halbdunkel, das ihm den Feind, der sich an ihn heranschleichen konnte, und den Stahl, der ihn durchbohren wollte, kaum zu erkennen gestattete. Diese beiden Stunden wurden ihm daher vielleicht die grausamsten Stunden seines Lebens.

Als der Tumult seinen Gipfel erreicht hatte und Henri zu begreifen begann, daß es sich wohl um ein organisiertes Massaker handeln mußte, holte ein Hauptmann den Prinzen und führte ihn durch einen Gang in das Zimmer des Königs. Wie durch Zauberei öffnete und schloß sich die Tür. Darauf geleitete der Hauptmann Henri zu Karl, der sich in seinem Waffenzimmer befand.

Der König saß, beide Hände auf die Armlehnen gestützt und den Kopf auf der Brust, in einem großen Sessel. Als er die Schritte der Eintretenden vernahm, hob Karl die Stirn, auf der Henri dicke Schweißperlen bemerkte.

„Guten Abend, Henriot", begrüßte ihn der junge König in schroffem Ton, „lassen Sie uns allein, La Chastre."

Der Hauptmann gehorchte.

Eine Weile herrschte unheimliches Schweigen.

Henri in seiner Unruhe benutzte die Pause, um seinen Blick durch das Zimmer wandern zu lassen und festzustellen, daß er mit dem König allein war.

Plötzlich stand Karl auf.

„Hol's der Schinder!" rief er aus, warf mit einer raschen

Bewegung seine blonden Haare zurück und wischte sich die Stirn ab. „Sie sind froh, in meiner Nähe zu sein, nicht wahr, Henriot?"

„Aber natürlich, Sire", erwiderte der König von Navarra, „ich bin immer glücklich, wenn ich bei Eurer Majestät sein darf."

„Mehr, als wenn Sie dort unten wären, he?" fuhr Karl fort, der sich von seinem Gedanken nicht abbringen und Henris Artigkeit unbeantwortet ließ.

„Ich verstehe nicht, Sire", sagte Henri.

„Sehen Sie hinaus, und Sie werden verstehen."

Mit hastigen Schritten ging oder sprang vielmehr Karl zum Fenster. Dort zeigte er seinem von zunehmendem Entsetzen gepackten Schwager, den er mitgezerrt hatte, die grausigen Schatten der Mörder auf den Planken eines Schiffes, wie sie die in nicht enden wollender Kette vor sie gebrachten Opfer erdolchten oder ertränkten.

„Um Himmels willen", rief Henri totenblaß, „was geht in dieser Nacht vor?"

„In dieser Nacht, Monsieur", erwiderte Karl IX., „werden mir alle Hugenotten vom Halse geschafft. Sehen Sie dort unten den Rauch und die Flammen über dem Palais Bourbon? Sie kommen aus dem brennenden Haus des Admirals. Sehen Sie den leblosen Körper, den gute Katholiken auf einem zerrissenen Strohsack hinter sich herschleifen? Das ist der Schwiegersohn des Admirals, der Leichnam Ihres Freundes Téligny."

„Aber was hat das zu bedeuten?" rief der König von Navarra und suchte an seiner Seite vergeblich nach dem Griff seines Degens und erbebte vor Scham und nicht minder vor Zorn, da er fühlte, wie er verhöhnt und zugleich bedroht wurde.

„Das bedeutet", rief Karl plötzlich in rasender Wut und erschreckend bleich, „das bedeutet, daß ich keine Hugenotten mehr um mich haben will, Henri. Bin ich der König? Bin ich der Herrscher?"

„Aber Euer Majestät ..."

„Unsere Majestät läßt zu dieser Stunde alle, die nicht katholisch sind, töten und massakrieren, es ist unser höchster Wille. Sind Sie katholisch?" schrie Karl, dessen Wut schwoll wie eine furchtbare Flut.

„Sire", entgegnete Henri, „erinnern Sie sich an Ihre Worte: Einerlei welcher Religion meine guten Diener angehören!"

„Hahaha!" schrie Karl mit schaurigem Lachen. „Ich soll mich an meine Worte erinnern, Henri? *Verba volant*, wie meine Schwester Margot sagt. Und haben mir nicht all die dort unten auch gut gedient?" fügte er hinzu und zeigte mit dem Finger in die Stadt. „Waren sie nicht tapfer im Kampf, weise im Rat und mir treu ergeben? Alle waren nützliche Untertanen. Aber sie waren Hugenotten, und ich will nur Katholiken!"

Henri antwortete nicht.

„Verstehen Sie mich doch, Henriot!" rief Karl.

„Ja, ich verstehe, Sire."

„Und?"

„Sire, ich sehe nicht ein, warum der König von Navarra tun sollte, was so viele Edelleute und arme Menschen nicht getan haben. Denn schließlich sterben diese Unglücklichen auch deshalb, weil ihnen vorgeschlagen wurde, was Euer Majestät mir vorschlägt, und weil sie sich weigerten, wie ich mich weigere."

Karl packte den Arm des jungen Fürsten und richtete auf ihn einen Blick, dessen Teilnahmslosigkeit nach und nach einem falschen Glitzern Platz machte.

„Ach, du glaubst also", sagte er, „ich hätte mir die Mühe gemacht, denen, die dort unten ermordet werden, die Messe anzubieten?"

„Sire", erwiderte Henri und befreite seinen Arm, „werden nicht auch Sie in der Religion Ihrer Väter sterben?"

„Hol's der Schinder, ja! Und du?"

„Ich ebenfalls, Sire", antwortete Henri.

Karl brüllte vor Zorn auf und griff mit zitternden Fingern nach seiner Arkebuse, die auf einem Tisch lag. Henri drückte sich, Angstschweiß auf der Stirn, an die Wand, verfolgte jedoch dank der erwähnten Kraft, die ihn trotz allem äußerlich ruhig erscheinen ließ, mit dem begierigen Staunen eines Vogels, der von einer Schlange hypnotisiert wird, die Bewegungen des schrecklichen Monarchen.

Karl lud seine Arkebuse und stampfte in blindem Zorn mit dem Fuß auf: „Willst du die Messe?" schrie er Henri an, der von der Spiegelung der verhängnisvollen Waffe geblendet wurde.

Henri blieb stumm.

Karl erschütterte die Gewölbe des Louvre mit dem grausigsten Schwur, der je den Lippen eines Mannes entfloh, und sein fahles Gesicht wurde leichenblaß.

„Tod, Messe oder Bastille?" schrie er und zielte auf den König von Navarra.

„O Sire", rief Henri, „mich, Ihren Schwager, wollen Sie töten?"

Dadurch umging Henri mit unvergleichlichem Verstand, einer entscheidenden Fähigkeit seiner Natur, die Antwort auf die Frage des Königs; denn zweifellos hätte Henri den Tod gefunden, wenn diese Antwort negativ ausgefallen wäre.

Da sich nach den rasendsten Wutanfällen sofort die Reaktion einzustellen beginnt, wiederholte Karl IX. seine an den König von Navarra gerichtete Frage nicht, und nach einigem Zögern und dumpfem Grollen wandte er sich wieder dem offenen Fenster zu und nahm einen Mann aufs Korn, der am anderen Ufer entlanglief.

„Immerhin muß ich einen töten", schrie Karl, fahl und mit blutunterlaufenen Augen; er zog ab und traf den Laufenden.

Henri stöhnte auf.

Durch einen erschreckenden Eifer befeuert, lud und schoß Karl ohne Zögern und stieß jedesmal, wenn der Schuß losging, einen Freudenschrei aus.

Das geschieht meinetwegen, sagte sich der König von Navarra, wenn er niemand anderen zum Töten fände, würde er mich umbringen.

„Fertig?" fragte plötzlich eine Stimme hinter den beiden Fürsten.

Es war Katharina von Medici, die beim letzten Knall unhörbar eingetreten war.

„Potz Blitz und Höllenfeuer, nein!" brüllte Karl und schleuderte die Arkebuse von sich. „Nein, der eigensinnige Dickschädel will nicht!"

Katharina antwortete nicht. Langsam wandte sie ihren Blick in jenen Teil des Zimmers, wo Henri stand, reglos wie eine Figurine der Wandbekleidung, an der er lehnte. Dann richtete sie ihre Augen auf Karl mit der stummen Frage: Warum lebt er also noch?

„Er lebt ... er lebt ...", murmelte Karl, der diesen Blick verstand und nicht zu antworten zögerte, „er lebt, weil er ... weil wir miteinander verwandt sind."

Katharina lächelte. Henri sah das Lächeln und erkannte, daß er vor allem gegen Katharina zu kämpfen hatte.

„Madame", sagte er, „das Ganze ist Ihr Werk, nicht meines Schwagers Karl, das sehe ich sehr wohl; Sie hatten die Idee, mich in eine Falle zu locken; Ihr Gedanke war es, uns durch Ihre Tochter zu ködern und alle zu verderben; Sie haben mich von meiner Frau getrennt, um ihr den verdrießlichen Anblick zu ersparen, wie ich vor ihren Augen ermordet werde."

„Ja, aber das wird nicht geschehen!" rief eine atemlose, leidenschaftliche Stimme, die Henri sofort erkannte und die Karl IX. vor Überraschung und Katharina vor Wut zusammenfahren ließ.

„Marguerite!" schrie Henri.

„Margot!" sagte Karl.

„Meine Tochter!" murmelte Katharina.

„Monsieur", sagte Marguerite zu Henri, „Ihre letzten Worte beschuldigen mich, und Sie haben recht und unrecht zugleich: recht, weil ich in der Tat das Werkzeug bin, dessen man sich bedient hat, um Sie alle zu verderben: unrecht, weil ich nicht wußte, daß Sie ins Verderben laufen. So wie Sie mich hier sehen, Monsieur, verdanke selbst ich mein Leben nur einem Zufall, vielleicht der Vergeßlichkeit meiner Mutter; aber sobald ich hörte, in welcher Gefahr Sie schweben, besann ich mich auf meine Pflicht. Die Pflicht gebietet der Frau, das Schicksal ihres Gatten zu teilen. Jagt man Sie ins Exil, Monsieur, so werde ich Ihnen ins Exil folgen; wirft man Sie ins Gefängnis, so werde ich mich gefangengeben; tötet man Sie, so sterbe ich."

Nach diesen Worten reichte sie ihrem Gatten die Hand, und Henri ergriff sie dankbar, wenn auch nicht liebevoll.

„Ach, meine arme Margot", bemerkte Karl, „du tätest besser daran, ihm zu sagen, er möchte katholisch werden!"

„Sire", erwiderte Marguerite mit der stolzen Würde ihrer Natur, „hören Sie auf mich, Sire, und verlangen Sie um Ihretwillen keine Feigheit von einem Fürsten Ihres Hauses."

Katharina warf Karl einen bedeutungsvollen Blick zu.

„Mein Bruder", rief Marguerite, die Katharinas fürchterliche Mienensprache so gut wie Karl verstanden hatte, „mein Bruder, bedenken Sie, daß Sie ihn mir zum Gatten gegeben haben."

Karl stand zwischen dem gebieterischen Blick Katharinas und dem flehenden Marguerites wie zwischen zwei entgegengesetzten Prinzipien; einen Augenblick schwankte er, dann trug das Gute den Sieg davon.

„Wirklich, Madame", raunte er Katharina ins Ohr, „Margot hat recht, Henriot ist mein Schwager."

„Ja", erwiderte Katharina ebenso, „ja ... aber wenn er es nicht wäre?"

11

Der Weißdorn auf dem Gottesacker der Unschuldigen

Marguerite war wieder in ihre Gemächer zurückgekehrt und versuchte umsonst zu erraten, was Katharina von Medici Karl IX. zugeflüstert hatte und wodurch der entsetzliche Beschluß über Tod und Leben, über den sie noch ratschlagten, so kurz abgebrochen wurde.

Einige Stunden des Vormittags verbrachte sie mit der Sorge um La Môle, die anderen mit dem Versuch, die Lösung des Rätsels zu finden, das ihr Verstand nicht fassen wollte.

Der König von Navarra wurde im Louvre gefangengehalten. Die Hugenotten wurden mehr denn je verfolgt. Die grauenhafte Nacht hatte ein Tag noch abscheulicherer Massaker abgelöst. Die Glocken läuteten nicht mehr Sturm, sondern das Tedeum, den Lobgesang zu Ehren Gottes, und die Klänge des fröhlich tönenden Erzes schwangen über dem Gemetzel und den Feuersbrünsten und nahmen sich im Licht der Sonne vielleicht noch schauriger aus als das Totengeläut im Dunkel der vorangegangenen Nacht. Und das war noch nicht alles. Seltsames war geschehen, ein Weißdorn, der im Frühling geblüht und wie immer im Juni seine duftende Zierde verloren hatte, stand über Nacht aufs neue in Blütenschmuck, und die Katholiken, die in diesem Ereignis ein Wunder sahen und durch die hemmungslose Verbreitung des Wunders Gott zu ihrem Mitschuldigen machten, wallfahrteten in langer Prozession hinter Kreuz und Kirchenbanner zum Cimetière des Innocents, dem Gottesakker der Unschuldigen, wo der Weißdorn blühte. Diese vom Himmel gesandte Billigung des Gemetzels hatte die Verwegenheit der Mörder verdoppelt. Und während die Stadt weiterhin in jeder Straße, an jeder Ecke und auf jedem Platz ein Bild der Verheerung bot, war der Louvre bereits zum Massengrab für alle Protestanten geworden, die sich eingeschlossen fanden, als das Signal ertönte. Die einzig Überlebenden waren der König von Navarra, der Prinz von Condé und La Môle.

Nicht mehr in Sorge um La Môle, dessen Wunden, wie sie am Abend zuvor gesagt hatte, gefährlich, aber nicht tödlich waren, hatte sich Marguerite jetzt nur mit einer Sache beschäftigt: Das Leben ihres Mannes zu retten, das immer noch bedroht war. Ohne Zweifel war das erste Gefühl, das sich der Ehegattin bemächtigte, aufrichtiges Mitleid für den Mann, dem sie auf ausdrücklichen Wunsch des Béarners zwar keine Liebe, aber ein treues Bündnis zugeschworen hatte. Doch zu diesem ersten Gefühl im Herzen der Königin gesellte sich bald ein anderes, weniger reines.

Marguerite war ehrgeizig, Marguerite hatte in ihrer

Heirat mit Henri von Bourbon mit fast ungetrübter Gewißheit den Weg zum Königsthron gesehen. Navarra, um das sich die Könige von Frankreich und die spanischen Könige wie um einen Knochen zankten und dessen eine Hälfte Spanien bereits Fetzen für Fetzen an sich gerissen hatte, konnte, wenn Henri von Bourbon die auf seinen beherzten Mut gesetzten Hoffnungen verwirklichte – den er bei den seltenen Gelegenheiten bewiesen, wenn er seinen Degen zog –, ein wirkliches Königreich mit den französischen Hugenotten als Untertanen werden. Dank ihres feinen und wohlgebildeten Verstandes hatte Marguerite all das vorausgesehen und berechnet. Wenn sie Henri verlor, dann verlor sie also nicht nur einen Gatten, sondern einen Thron.

Noch aufs innigste mit diesen Überlegungen beschäftigt, hörte sie plötzlich ein Geräusch und Klopfen an der Tür zu dem geheimen Gang; sie fuhr zusammen, weil diese Tür nur drei Personen zugänglich war: dem König, der Königinmutter und dem Herzog von Alençon. Sie lief zu dem Kabinett, gebot Gillonne und La Môle durch die einen Spalt breit geöffnete Tür Schweigen, indem sie einen Finger auf den Mund legte, und beeilte sich dann, den Besucher einzulassen.

Es war der Herzog von Alençon.

Seit dem Vorabend war der junge Mann verschwunden gewesen. Eine Sekunde lang hatte Marguerite die Idee gehabt, seine Fürsprache zugunsten des Königs von Navarra anzurufen, doch ein entsetzlicher Gedanke hatte sie zurückgehalten. Die Heirat war gegen seinen Willen vollzogen worden, Franz verabscheute Henri und hatte sich gegen den Béarner nur deshalb neutral verhalten, weil er zu wissen glaubte, daß sich Henri und seine Frau nicht nähergekommen waren. Ein von Marguerite zugunsten ihres Gatten geäußertes Zeichen von Interesse konnte daher, statt die drei Dolche, die ihn bedrohten, zu entfernen, einen davon näher an sein Herz führen.

Der Anblick des jungen Prinzen erschreckte daher Marguerite heftiger, als es der Fall gewesen wäre, wenn König Karl IX. oder die Königinmutter vor ihr gestanden hätten. Übrigens hätte man aus seinem Äußeren nicht schließen können, daß sich in der Stadt oder im Louvre Ungewöhnliches ereignete, denn er war mit seiner üblichen Eleganz gekleidet. Seinem Anzug und seiner Wäsche entströmte der Duft von Parfüm, dessen sich Karl in seiner Verachtung für dergleichen nie bediente, der Herzog von Anjou und er jedoch tagtäglich. Nur ein geschultes Auge wie das von Marguerite konnte bemerken, daß er trotz der ungewöhnlichen Blässe und dem leichten Zittern seiner schönen und sorgfältig gepflegten Frauenhände im Grunde seines Herzens Freude empfand.

Die Begrüßung spielte sich ab wie immer. Er trat auf seine Schwester zu, um sie zu küssen. Doch statt ihm die Wange zu reichen wie König Karl oder dem Herzog von Anjou, neigte Marguerite den Kopf und bot ihm die Stirn.

Der Herzog von Alençon seufzte und drückte seine bleichen Lippen auf ihre Stirn.

Dann setzte er sich und begann seine Schwester mit den Blutneuigkeiten der Nacht zu unterhalten: dem langsamen und grausigen Tod des Admirals, dem plötzlichen Tod Télignys, der, von einer Kugel getroffen, seinen letzten Seufzer aushauchte. Er verweilte, verbreitete sich ausführlich und erging sich in den grausigen Einzelheiten dieser Nacht mit jener sonderbaren Vorliebe für das Blut, die ihm und seinen beiden Brüdern eigen war.

Marguerite ließ ihn reden.

Endlich, nachdem er alles gesagt hatte, schwieg er.

„Sie haben mich doch nicht nur besucht, um mir diesen Bericht zu geben, Bruder?" fragte Marguerite.

Der Herzog von Alençon lächelte.

„Sie haben mir noch etwas anderes zu erzählen?"

„Nein", erwiderte der Herzog, „ich warte."

„Worauf warten Sie?"

„Teuerste, heißgeliebte Marguerite", erwiderte der Herzog und schob seinen Sessel dichter neben den seiner Schwester, „sagten Sie mir nicht, daß die Heirat mit dem König von Navarra gegen Ihren Willen vollzogen wurde?"

„Gewiß. Als mir der Prinz von Béarn zum Gatten vorgeschlagen wurde, kannte ich ihn ja noch nicht."

„Und haben Sie mir nicht, seit Sie ihn kennen, versichert, daß Sie keine Liebe für ihn empfinden?"

„Das habe ich Ihnen gesagt, und es ist die Wahrheit."

„Meinen Sie nicht, daß Ihnen diese Heirat Unglück bringen wird?"

„Mein lieber Franz", entgegnete Marguerite, „wenn eine Ehe nicht die höchste Glückseligkeit ist, so ist sie fast immer der bitterste Schmerz."

„Ich sagte Ihnen schon, meine liebste Marguerite, ich warte."

„Aber sagen Sie doch, worauf?"

„Daß Sie Ihrer Freude Ausdruck verleihen."

„Worüber sollte ich mich freuen?"

„Über diese unerwartete Gelegenheit, Ihre Freiheit wiederzuerlangen."

„Meine Freiheit?" wiederholte Marguerite, die den Prinzen zwingen wollte, seinen Gedanken bis zu Ende auszusprechen.

„Natürlich, Ihre Freiheit, Sie werden vom König von Navarra getrennt."

„Getrennt?" fragte Marguerite und richtete ihre Augen auf den jungen Prinzen.

Der Herzog von Alençon versuchte, dem Blick seiner Schwester standzuhalten, doch bald schweiften seine Augen verwirrt ab.

„Getrennt?" wiederholte Marguerite. „Wir wollen sehen, Bruder, ob ich in der Lage bin, die Frage zu ergründen; wie gedenkt man uns zu trennen?"

„Aber Henri ist Hugenott", murmelte der Herzog.

„Natürlich ist er das; er hat kein Geheimnis aus seiner Religion gemacht, und es war längst bekannt, als wir verheiratet wurden."

„Ja, aber was hat Henri seit Ihrer Eheschließung getan, Schwester?" entgegnete der Herzog, während ein Strahl der Freude, die er nicht unterdrücken konnte, sein Gesicht erhellte.

„Das wissen Sie besser als jeder andere, Franz, da er

seine Tage fast immer in Ihrer Gesellschaft verbrachte, auf der Jagd, beim Mailspiel oder Faustball."

„Ja, gewiß doch, seine Tage", erwiderte der Herzog, „seine Tage, aber seine Nächte?"

Marguerite schwieg, und nun war es an ihr, die Augen niederzuschlagen.

„Seine Nächte", wiederholte der Herzog von Alençon, „seine Nächte?"

„Nun?" fragte Marguerite in dem Gefühl, etwas sagen zu müssen.

„Die hat er bei Madame de Sauves verbracht."

„Woher wollen Sie das wissen?" rief Marguerite.

„Ich weiß es, weil mir daran liegt, es zu wissen", antwortete der junge Prinz mit blutleerem Gesicht und zerfetzte die gestickten Verzierungen an seinen Manschetten.

Marguerite begann zu begreifen, was Katharina Karl IX. zugeflüstert hatte, tat jedoch, als wüßte sie nicht, wovon die Rede sei.

„Warum sagen Sie mir das, Bruder?" fragte sie mit einem Ausdruck von Schwermut, der für echt gelten konnte. „Wollen Sie mich daran erinnern, daß mich niemand hier liebt und zu mir hält, weder jene, die mir von der Natur zu Beschützern bestimmt wurden, noch der, den mir die Kirche als Gatten gegeben?"

„Sie sind ungerecht", widersprach der Herzog von Alençon lebhaft und rückte seinen Sessel noch näher heran, „ich liebe Sie, und ich beschütze Sie!"

„Mein Bruder", entgegnete Marguerite und sah ihn fest an, „Sie haben mir etwas von der Königinmutter zu sagen."

„Ich? Sie täuschen sich, Schwester, ich schwöre es Ihnen, wie können Sie so etwas glauben?"

„Ich muß es glauben, weil Sie die Freundschaft brechen, die Sie an meinen Gatten bindet, weil Sie sich von der Sache des Königs von Navarra abkehren."

„Von der Sache des Königs von Navarra?" wiederholte der Herzog von Alençon bestürzt.

„Natürlich. Hören Sie, Franz, sprechen wir offen. Sie haben es zwanzigmal zugegeben: Ihr könnt nur einer durch den andern aufsteigen oder euch behaupten. Das Bündnis ..."

„... ist unmöglich geworden, Schwester", unterbrach sie der Herzog von Alençon.

„Warum?"

„Weil der König gegen Ihren Gatten etwas im Schilde führt. Verzeihung, nicht gegen Ihren Gatten, gegen Henri von Navarra, wollte ich sagen. Unsere Mutter hat alles erraten. Ich habe mich mit den Hugenotten verbündet, weil ich die Hugenotten in Gunst glaubte. Aber jetzt werden die Hugenotten umgebracht, und in acht Tagen wird es in unserm ganzen Königreich keine fünfzig mehr geben. Ich habe dem König von Navarra meine Hand gereicht, weil er ... weil er Ihr Gatte war. Aber jetzt ist er nicht mehr Ihr Gatte. Was sagen Sie dazu, Sie, die Sie nicht allein die schönste Frau von Frankreich, sondern auch der geistreichste Kopf des Königreiches sind?"

„Ich sage", entgegnete Marguerite, „daß ich unsern Bruder Karl kenne. Gestern, als ich bei ihm war, hatte er einen seiner Anfälle von Raserei, die ihn jedesmal zehn Jahre seines Lebens kosten; ich sage, daß sich diese Anfälle unglücklicherweise sehr oft wiederholen werden und daß unser Bruder Karl wahrscheinlich nicht mehr lange zu leben hat; und schließlich habe ich noch zu sagen, daß der König von Polen gestorben ist und daß allen Ernstes erwogen wird, einen Prinzen des französischen Königshauses zum König von Polen zu wählen; und zum Schluß habe ich zu sagen, daß es unter solchen Umständen nicht geraten ist, sich von Verbündeten abzukehren, die uns in einem Kampf mit der Teilnahme eines Volkes und dem Beistand eines Königreiches hilfreich unterstützen können."

„Begehen Sie nicht einen viel größeren Verrat an mir, wenn Sie einem Fremden den Vorrang vor Ihrem Bruder geben?" rief der Herzog.

„Erklären Sie deutlich, Franz, worin und wie ich Sie verraten habe."

„Sie haben gestern den König um das Leben des Königs von Navarra gebeten."

„Ja, und?" fragte Marguerite mit scheinheiliger Naivität.

Der Herzog sprang auf, lief hastig und mit verlegenem Gesicht zwei-, dreimal durch das Zimmer, kam zurück und nahm Marguerites Hand.

Ihre Hand war starr und eisig.

„Leben Sie wohl, Schwester", sagte er, „Sie haben mich nicht verstehen wollen; lassen Sie sich also von dem Unglück, das Ihnen widerfahren kann, überraschen."

Marguerite wurde blaß, blieb jedoch reglos sitzen. Sie sah den Herzog von Alençon hinausgehen, ohne ihn durch die kleinste Bewegung zurückzurufen; doch kaum hatte sie ihn in dem Gang aus den Augen verloren, als er umkehrte.

„Hören Sie, Marguerite", sagte er, „etwas habe ich noch vergessen; morgen um diese Stunde wird der König von Navarra tot sein."

Marguerite schrie auf; denn die Vorstellung, ein Mordwerkzeug zu sein, erfüllte sie mit unüberwindlichem Grausen.

„Und Sie werden diesen Tod nicht verhindern?" fragte sie. „Sie werden Ihren besten und treuesten Verbündeten nicht retten?"

„Seit gestern ist mein Verbündeter nicht mehr der König von Navarra."

„Wer denn jetzt?"

„Der Herzog von Guise. Die Vernichtung der Hugenotten hat den Herzog von Guise zum König der Katholiken gemacht."

„Und der Sohn Heinrichs II. erkennt einen Herzog von Lothringen als seinen König an ...?"

„Sie haben heute einen schlechten Tag, Marguerite, Sie begreifen nichts."

„Ich gebe zu, daß ich vergeblich in Ihren Gedanken zu lesen versuche."

„Schwester, Sie sind aus ebenso gutem Hause wie die Prinzessin von Porcian, und Guise ist nicht göttlicher als der König von Navarra; Marguerite, nehmen Sie einmal dreierlei an – und alles drei ist möglich: erstens, daß Monsieur zum König von Polen gewählt wird; zweitens, daß Sie mich lieben, wie ich Sie liebe; und drittens, daß ich König von Frankreich werde und Sie … und Sie … Königin der Katholiken."

Geblendet von der tiefen Voraussicht dieses Jünglings, den niemand am Hofe einen verständigen Kopf zu nennen sich erkühnte, verbarg Marguerite ihr Gesicht in den Händen.

„Aber dann sind Sie also nicht eifersüchtig auf den Herzog von Guise?" fragte sie nach einer Pause. „Nur auf den König von Navarra?"

„Was war, ist gewesen", antwortete der Herzog von Alençon mit dumpfer Stimme, „und wenn ich einmal auf den Herzog von Guise eifersüchtig war, so ist es vorbei."

„Nur eins ist zu bedenken, was diesem schönen Plan bei der Verwirklichung hinderlich im Wege stehen kann, Bruder", sagte Marguerite und stand auf.

„Und das wäre?"

„Daß ich den Herzog von Guise nicht mehr liebe."

„Und wen lieben Sie jetzt?"

„Niemand."

Der Herzog von Alençon betrachtete Marguerite mit dem Staunen eines Mannes, der nun selber nicht mehr versteht, und verließ, seufzend und die eisige Hand an die zum Bersten schmerzende Stirn gepreßt, das Zimmer.

Marguerite blieb in tiefen Gedanken zurück. Klar und deutlich begann sich die Lage vor ihren Augen abzuzeichnen: Der König hatte die Bartholomäusnacht zugelassen, veranlaßt hatten sie die Königin Katharina und der Herzog von Guise. Der Herzog von Guise und der Herzog von Alençon gingen ein Bündnis ein, um den größten Vorteil davon zu haben. Der Tod des Königs von Navarra war eine natürliche Folge der großen Katastrophe. Wenn der König von Navarra tot war, würde man sich seines Königreiches bemächtigen. Marguerite wäre dann eine Witwe ohne Thron und ohne Macht, mit der einzigen Aussicht, in ein Kloster einzutreten, wo ihr nicht einmal der armselige Schmerz blieb, einen Gatten zu beweinen, der niemals ihr Mann gewesen war.

An diesem Punkt war sie angelangt, als die Königin Katharina sie fragen ließ, ob sie nicht die Wallfahrt des Hofes zu dem Weißdorn auf dem Cimetière des Innocents mitmachen wolle.

Marguerites erste Regung war Widerstand gegen die Teilnahme an dieser Veranstaltung, doch dann kam ihr in den Sinn, daß sie dabei vielleicht etwas Neues über das Schicksal des Königs von Navarra erfahren könnte. Deshalb gab sie Bescheid, sie werde Ihre Majestäten gern begleiten, und man solle ihr ein Pferd satteln.

Fünf Minuten später kam ein Page mit der Nachricht, der Zug setze sich in Bewegung, sie möge herunterkommen. Marguerite bedeutete Gillonne durch eine Handbewegung, auf den Verwundeten zu achten, und begab sich hinunter.

Der König, die Königinmutter, Tavannes und die vornehmsten Katholiken saßen bereits zu Pferd. Marguerite warf einen raschen Blick auf diese aus etwa zwanzig Personen bestehende Gruppe; der König von Navarra war nicht darunter.

Aber Madame de Sauves war da; sie gab ihr mit den Augen ein Zeichen, und Marguerite verstand, daß ihr die Geliebte ihres Mannes etwas zu sagen habe.

Der Zug bewegte sich durch die Rue Saint-Honoré und die Rue de l' Astruce. Beim Erscheinen des Königs, der Königin Katharina und der Katholikenführer hatte sich das Volk versammelt und folgte der Prozession wie eine ansteigende Flut mit nicht enden wollenden Rufen: „Es lebe der König! Es lebe die Messe! Tod den Hugenotten!"

Geschwungene, von Blut gerötete Plempen und rauchende Arkebusen, die verrieten, welchen Anteil jeder an dem grausigen Geschehen genommen hatte, schlugen dem Gebrüll den Takt.

Als sie die Höhe der Rue des Prouvelles erreicht hatten, stießen sie auf ein paar Leute, die einen Leichnam ohne Kopf hinter sich herschleiften. Es war der Leichnam des Admirals. Das Ziel der Männer war der Galgenhügel von Montfaucon, wo sie den Admiral an den Füßen aufhängen wollten.

Die Wallfahrer zogen durch das Tor in der Rue des Chaps, der heutigen Rue des Déchargeurs, in den Cimetière des Innocents ein. Der Geistliche, der auf den Besuch des Königs und der Königinmutter vorbereitet war, erwartete Ihre Majestäten mit einer Ansprache.

Madame de Sauves benutzte die Zeit, da Katharina der Rede zuhörte, um sich der Königin von Navarra zu nähern und mit gnädiger Erlaubnis ihre Hand zu küssen. Marguerite streckte den Arm aus, Madame de Sauves neigte ihre Lippen über die Hand der Königin und ließ beim Kuß ein kleines zusammengerolltes Papier in Marguerites Ärmel gleiten.

So rasch und heimlich sich Madame de Sauves auch von ihr entfernt hatte, Katharina war es nicht entgangen; im selben Augenblick, als ihre Ehrendame der Königin die Hand küßte, drehte sie sich um.

Die beiden Frauen fingen den Blick auf, der sie wie ein Blitz durchfuhr, ließen sich jedoch nichts anmerken. Nur verließ Madame de Sauves Marguerite und nahm wieder ihren Platz neben Katharina ein.

Nach ihrer Antwort auf die an sie gerichtete Ansprache winkte Katharina lächelnden Mundes die Königin von Navarra zu sich. Marguerite gehorchte.

„Was seh ich, meine Tochter?" fragte die Königinmutter mit ihrem italienischen Akzent. „Sie sind gut Freund mit Madame de Sauves?"

Marguerite lächelte und legte in ihr schönes Gesicht den denkbar schmerzlichsten Ausdruck.

„Ja, Mutter", erwiderte sie, „die Schlange hat mich in die Hand gebissen."

„Ach", bemerkte Katharina lächelnd, „ich glaube tatsächlich, Sie sind eifersüchtig?"

„Sie irren, Madame!" widersprach Marguerite. „Ich bin so wenig eifersüchtig auf den König von Navarra, wie der König von Navarra in mich verliebt ist. Nur weiß ich zwischen meinen Freunden und meinen Feinden zu unterscheiden. Wer mich liebt, den liebe ich, und wer mich haßt, den verabscheue ich. Wäre ich Ihre Tochter, Madame, wenn es anders wäre?"

Katharina bedachte ihre Tochter mit einem Lächeln, aus dem Marguerite entnahm, daß ihr Verdacht, wenn sie einen gehegt hatte, zerstreut war.

Überdies zogen jetzt neue Pilger die Aufmerksamkeit der erhabenen Versammlung auf sich. Von einem Trupp durch ein eben erst vorgenommenes Blutbad noch erhitzter Edelleute begleitet, langte der Herzog von Guise an. Die Edelleute eskortierten eine üppig verhängte Sänfte, die vor dem König haltmachte.

„Die Herzogin von Nevers!" rief Karl IX. „Wir wollen doch einmal sehen, wie die schöne, leidenschaftliche Katholikin unsere Artigkeiten aufnimmt. – Hören Sie, Kusine, man hat mir erzählt, Sie haben aus Ihrem Fenster Jagd auf die Hugenotten gemacht und einen mit einem Stein erschlagen?"

Die Herzogin von Nevers wurde über und über rot.

„Nein, Sire", antwortete sie leise und kniete vor dem König nieder, „dagegen hatte ich das Glück, einen verwundeten Katholiken aufzunehmen."

„Das ist recht, Kusine, man kann mir auf zwei Arten dienen: einmal, indem man meine Feinde vernichtet, und zum andern, indem man meine Freunde in Sicherheit bringt. Jeder tut, was er kann, und ich bin gewiß, Sie hätten noch mehr getan, wenn es in Ihrer Macht gelegen hätte."

Unterdessen begann das Volk angesichts der zwischen dem Haus Lothringen und Karl IX. offensichtlich herrschenden Harmonie aus vollem Halse zu schreien: „Es lebe der König! Es lebe der Herzog von Guise! Es lebe die Messe!"

„Kommen Sie mit in den Louvre, Henriette?" fragte die Königinmutter die schöne Herzogin.

Marguerite stieß ihre Freundin, die das Zeichen sofort verstand, mit dem Ellbogen an, und Madame de Nevers antwortete: „Nein, Madame, wenigstens nicht, wenn Euer Majestät es nicht ausdrücklich befehlen; ich habe mit Ihrer Majestät der Königin von Navarra in der Stadt zu tun."

„Was wollt ihr unternehmen?" fragte Katharina.

„Ein paar sehr seltene und merkwürdige griechische Bücher ansehen, die bei einem alten protestantischen Pastor gefunden und nach Saint-Jacques-la-Boucherie gebracht wurden", erwiderte Marguerite.

„Ihr solltet euch lieber ansehen, wie die letzten Hugenotten vom Pont-aux-Meuniers in die Seine geworfen werden", warf Karl IX. ein. „Das ist etwas für gute Franzosen."

„Wenn es Euer Majestät Freude macht, werden wir hingehen", erwiderte die Herzogin von Nevers.

Katharina warf einen argwöhnischen Blick auf die beiden jungen Frauen. Marguerite, die auf der Hut war, fing ihn auf und drehte und wendete sich ungemein beschäftigt und mit einer gewissen Unruhe nach rechts und nach links und ließ ihre Augen umherwandern.

Diese vorgetäuschte oder wirkliche Unruhe entging Katharina nicht.

„Wen suchen Sie?"

„Ich suche ... ich sehe nicht mehr ...", antwortete sie.

„Wen suchen und sehen Sie nicht mehr?"

„Die Sauves", entgegnete Marguerite. „Sollte sie in den Louvre zurückgekehrt sein?"

„Hab ich's dir nicht gesagt? Du bist eifersüchtig!" raunte Katharina ihrer Tochter ins Ohr. „O *bestia!* ... Vorwärts, Henriette!" fuhr sie dann achselzuckend fort. „Verschwinden Sie mit der Königin von Navarra!"

Marguerite tat immer noch so, als ließe sie ihre Blicke umherschweifen, dabei flüsterte sie ihrer Freundin zu: „Bring mich schnell fort, ich hab dir ungeheuer Wichtiges zu erzählen."

Die Herzogin machte Karl IX. und Katharina ihre Reverenz und fragte mit einer tiefen Verneigung vor der Königin von Navarra: „Wollen sich Majestät jetzt in meine Sänfte begeben?"

„Gern. Nur müssen Sie mich nachher in den Louvre zurückbringen."

„Meine Sänfte, meine Leute und ich stehen Euer Majestät zur Verfügung", erwiderte die Herzogin.

Königin Marguerite setzte sich in die Sänfte und lud mit

einer Handbewegung die Herzogin von Nevers zu sich, die ehrerbietig auf dem Vordersitz Platz nahm.

Katharina und ihre Edelleute kehrten auf demselben Weg, den sie gekommen waren, in den Louvre zurück. Nur hatte die Königinmutter jetzt unaufhörlich mit dem König zu flüstern, wobei sie mehrmals auf Madame de Sauves deutete.

Jedesmal lachte der König, wie eben Karl IX. lachte, ein unheilverkündendes Lachen, das schrecklicher war als eine Drohung.

Als Marguerite die Bewegung der Sänfte spürte und sich vor Katharinas durchdringend forschenden Blicken sicher fühlte, zog sie aus dem Ärmel rasch das Billett, das ihr Madame de Sauves zugesteckt hatte, und las folgende Zeilen:

„Ich soll dem König von Navarra heute abend zwei Schlüssel bringen lassen: der eine gehört zu dem Zimmer, in dem er eingeschlossen ist, der andere zu meinem. Wenn er bei mir ist, soll ich ihn bis sechs Uhr morgens bei mir behalten, wie mir ausdrücklich befohlen wurde.

Denken Sie darüber nach, Majestät, entscheiden Sie, und nehmen Sie keine Rücksicht auf mein Leben."

„Jetzt gibt es keinen Zweifel mehr", murmelte Marguerite, „die arme Frau ist das Werkzeug, dessen man sich bedienen will, um uns alle zu verderben. Aber wir werden sehen, ob sich Margot, wie mich mein Bruder Karl nennt, so leicht zur Nonne machen läßt."

„Von wem ist der Brief?" fragte die Herzogin von Nevers und zeigte auf das Papier, dessen Inhalt Marguerite aufmerksam wieder und wieder las.

„Ach, Herzogin, ich habe dir eine Menge zu erzählen", entgegnete Marguerite und zerriß das Billett in tausend und aber tausend Stücke.

12

Ein vertrauliches Gespräch

„Aber vorher möchte ich wissen, wohin wir gebracht werden", sagte Marguerite. „Hoffentlich nicht zum Pont-aux-Meuniers ... Seit gestern habe ich genug von diesem Töten und Umbringen gesehen, meine arme Henriette!"

„Ich bringe Euer Majestät ..."

„Zuerst und vor allem bittet dich Meine Majestät, die Majestät zu vergessen ... Du bringst mich also ..."

„Ins Palais Guise, wenn Sie nichts dagegen einzuwenden haben."

„Durchaus nicht, Henriette! Gehen wir zu dir; der Herzog von Guise und dein Gatte sind wohl nicht da?"

„O nein!" rief die Herzogin voller Freude, die aus ihren schönen smaragdgrünen Augen sprühte. „Nein, weder mein Schwager noch mein Mann, noch sonst jemand! Ich bin frei, frei wie die Luft, wie der Vogel, wie die Wolke ... Frei, meine Königin! Verstehen Sie, welch ein Glück in diesem Wort liegt? ... Ich gehe, ich komme, ich befehle! Ach, arme Königin, Sie sind nicht frei, und daher seufzen Sie ..."

„Du gehst, du kommst, du befiehlst! Das ist alles? Nur dazu dient dir die Freiheit? Nur weil du frei bist, bist du so fröhlich?"

„Euer Majestät haben mir Geheimnisse versprochen."

„Wieder Majestät! Wir werden uns noch zanken, Henriette! Hast du unsere Abmachung vergessen?"

„Nein, vor der Welt in Ehrfurcht Ihre ergebene Dienerin, aber deine närrische Vertraute, wenn wir allein sind. War's nicht so, Madame? War's nicht so, Marguerite?"

„Ja", bestätigte die Königin lächelnd.

„Keine Rivalität der Familien, keine Treulosigkeit in der Liebe; alles schön, alles gut und aufrichtig; ein Angriffs- und Verteidigungspakt mit dem einzigen Zweck und Ziel, diesem vergänglichen Ding, das wir Glück nennen, zu begegnen und es im Flug zu erhaschen, wenn wir ihm begegnen."

„Gut, Herzogin, so ist es; und jetzt küß mich, um den Pakt neu zu besiegeln!"

Die beiden liebreizenden Gesichter, das eine blaß und von Schwermut verschleiert, das andere rosig und lächelnd unter der blonden Haarfülle, neigten sich anmutig zueinander und vereinten die Lippen, wie sie ihre Absichten in Freundschaft verbunden hatten.

„Was gibt es Neues?" fragte die Herzogin und sah Marguerite aus hemmungslos neugierigen Augen an.

„Ist nicht seit zwei Tagen alles neu?"

„Aber ich spreche von der Liebe, nicht von der Politik. Wenn wir so alt sind wie deine Mutter, die Dame Katharina, dann können wir über Politik reden. Aber jetzt sind wir zwanzig, meine schöne Königin, und wollen lieber von etwas anderem reden. Sag einmal, bist du allen Ernstes verheiratet?"

„Mit wem?" gab Marguerite lachend zurück.

„Ach, das beruhigt mich wirklich."

„Was dich beruhigt, Henriette, macht mir Angst. Ich muß verheiratet sein, Herzogin."

„Wann?"

„Morgen."

„Wahrhaftig? Arme Freundin! Muß das sein?"

„Unbedingt."

„Kotzbombenelement! – wie jemand, den ich kenne, immer sagt, das ist aber sehr traurig."

„Du kennst jemand, der ‚Kotzbombenelement!' sagt?" fragte Marguerite lachend.

„Ja."

„Und wer ist dieser Jemand?"

„Die ganze Zeit fragst du mich, dabei bist du an der Reihe zu reden. Komm zum Ende, und ich fange an."

„Nur ganz kurz: Der König von Navarra ist verliebt und macht sich nichts aus mir. Ich bin nicht verliebt; aber ich mache mir auch nichts aus ihm. Dennoch müssen wir beide anderen Sinnes werden oder zumindest morgen so tun, als wären wir's geworden."

„Dann tu's doch! Gewiß wird er dann auch seine Meinung ändern!"

„Das ist eben das Unmögliche; weil ich weniger denn je geneigt bin, meine Meinung zu ändern."

„Doch hoffentlich nur, soweit es deinen Gatten betrifft?"

„Henriette, ich habe Bedenken."

„Bedenken? Warum?"

„Wegen der Religion. Machst du einen Unterschied zwischen Hugenotten und Katholiken?"

„Politisch?"

„Ja."

„Natürlich."

„Und in der Liebe?"

„Liebe Freundin, wir Frauen sind so heidnisch, daß wir alle Sekten gelten lassen und mehr Götter als einen anerkennen!"

„Als den alleinigen, nicht wahr?"

„Ja", erwiderte die Herzogin mit ketzerisch glitzernden Augen, „ja, als den, der Eros-Cupido-Amor heißt, den, der einen Köcher, ein Stirnband und Flügel trägt. – Kotzbombenelement! Es lebe der Gottesdienst!"

„Aber deine Art zu beten ist reichlich exklusiv; du wirfst den Hugenotten Steine auf den Kopf."

„Tun wir recht und scheuen wir niemand ... Ach, Marguerite, wie sich die schönsten Gedanken und die besten Handlungen im Munde des Pöbels verkehren!"

„Des Pöbels? ... Aber soviel ich weiß, hat dich mein Bruder Karl beglückwünscht?"

„Dein Bruder Karl, Marguerite, ist ein großer Jäger, der den ganzen Tag auf seinem Horn tutet und dadurch entsetzlich abmagert ... Auf seine Komplimente kann ich verzichten. Außerdem habe ich deinem Bruder Karl geantwortet ... Hast du meine Antwort nicht gehört?"

„Nein, du hast so leise gesprochen."

„Um so besser, eine Neuigkeit mehr für dich! Bist du mit deinen vertraulichen Mitteilungen fertig, Marguerite?"

„Das heißt ... das heißt ..."

„Was gibt's?"

„Ich möchte mich des weiteren enthalten", entgegnete

die Königin lachend, „wenn der Stein, von dem mein Bruder Karl sprach, eine historische Tatsache ist.“

„Ausgezeichnet!“ rief Henriette. „Du hast also einen Hugenotten erwählt. Aber sei getrost, um dein Gewissen zu beruhigen, verspreche ich dir, mir bei der nächsten Gelegenheit auch einen zu nehmen.“

„Dann hast du wohl diesmal einen Katholiken?“

„Kotzbombenelement!“ erwiderte die Herzogin.

„Gut, gut, ich verstehe.“

„Und wie ist unser Hugenott?“

„Ich habe ihn mir nicht ausgesucht; der junge Mann bedeutet mir nichts und wird mir wahrscheinlich niemals etwas bedeuten.“

„Kurz und gut, wie ist er? Du kannst es mir trotzdem erzählen; denn du weißt doch, wie neugierig ich bin.“

„Ein armer junger Mann, schön wie der Nisus von Benvenuto Cellini … Er hat in meinen Zimmern Zuflucht gesucht.“

„Oh … und du hattest ihn nicht ein klein wenig eingeladen?“

„Der arme Junge! Lach nicht so, Henriette, denn er schwebt zwischen Leben und Tod.“

„Er ist also krank?“

„Schwer verwundet.“

„Aber das ist doch sehr peinlich, ein verwundeter Hugenott! Und dann noch zu einer Zeit wie der jetzigen. Was machst du eigentlich mit diesem verwundeten Hugenotten, der dir nichts bedeutet und dir niemals etwas bedeuten wird?“

„Er befindet sich in meinem Kabinett, ich verstecke ihn und will ihn retten.“

„Er ist schön, er ist jung, und er ist verwundet. Du verbirgst ihn in deinem Kabinett, du willst ihn retten – dieser Hugenott wäre ein Schuft, wenn er nicht über alle Maßen dankbar wäre!“

„Ich fürchte, das ist er bereits … Mehr als ich wünschen möchte.“

„Und er interessiert dich … der arme junge Mann?“

„Aus reiner Menschlichkeit.“

„Ach, meine arme Königin! Die Menschlichkeit ist eben die Tugend, die uns Frauen zugrunde richtet!"

„Ja, und du verstehst: Da jeden Augenblick der König, der Herzog von Alençon, meine Mutter oder sogar mein Gatte mein Zimmer betreten können ..."

„... möchtest du mich bitten, dir deinen kleinen Hugenotten aufzuheben, solange er krank ist, vorausgesetzt, daß ich ihn dir zurückgebe, wenn er sich wieder wohl befindet, nicht wahr?"

„Spötterin!" rief Marguerite. „Nein, ich schwöre dir, daß ich nicht auf so lange Sicht plane. Aber, wenn du Mittel und Wege fändest, den armen Jungen zu verbergen, wenn du ihm das Leben erhalten könntest, das ich ihm gerettet habe ... dann, ja, ich gebe zu, dann wäre ich dir wahrhaftig dankbar. Du bist im Palais Guise dein freier Herr, du hast keinen Schwager und keinen Gatten, die dir nachspionieren und Zwang auf dich ausüben, und hinter deinem Zimmer liegt wie bei mir ein geräumiges Kabinett, das zu deinem Glück, liebe Henriette, niemand betreten darf. Leih mir das Kabinett für meinen Hugenotten, und wenn er gesund ist, öffnest du ihm den Käfig, und der Vogel wird davonfliegen."

„Es gibt nur eine Schwierigkeit, liebe Königin, der Käfig ist nämlich schon besetzt."

„Wie, dann hast du also auch einen gerettet?"

„Und genau das habe ich deinem Bruder geantwortet."

„Ach, deshalb hast du so leise gesprochen, daß ich dich nicht hören konnte."

„Hör zu, Marguerite, es ist eine wunderbare Geschichte, nicht weniger schön und poetisch als deine. Nachdem ich dir sechs Gardisten zurückließ, kehrte ich mit den anderen sechs heim ins Palais Guise und sah, wie ein Haus, das vom Haus meines Bruders nur durch die Rue des Quatre-Fils getrennt ist, geplündert und angesteckt wurde; plötzlich hörte ich Frauen schreien und Männer fluchen. Ich trat auf den Balkon und sah als erstes einen Degen, dessen Flammen den Schauplatz ganz allein zu erhellen schien. Die rasende Klinge begeistert mich, ich liebe eben schöne Dinge! ... Dann suche ich natürlich den Arm, der sie schwingt, und zu welchem Körper der Arm gehört. Unter den Hieben und Schreien erkenne ich schließlich einen Mann und sehe ... einen Helden, einen Ajax, einen Telamon. Und ich höre eine Stimme, die Stimme eines Stentor. Ich bin außer mir vor Entzücken, ich bleibe mit Herzklopfen stehen und fahre bei jedem Schlag, der ihn bedroht, und bei jedem Hieb, den er austeilt, zusammen; eine aufregende Viertelstunde, meine Königin, so aufregend, wie ich nie zuvor etwas empfunden habe, wie ich es nie für möglich gehalten hätte. Daher stand ich noch atemlos, stumm und wie auf einer Wolke, als mein Held plötzlich verschwunden war."

„Wie denn?"

„Unter einem Stein, den eine alte Frau nach ihm geworfen hatte. Da fand ich wie Cyrus meine Stimme wieder und schrie: ‚Zu Hilfe, zu Hilfe!' Unsere Wachen liefen hinaus, hoben ihn auf und brachten ihn in das Zimmer, das du für deinen Schützling verlangst."

„Ach, Henriette, ich verstehe deine Geschichte um so besser, als sie der meinen fast gleicht", sagte Marguerite.

„Mit dem einen Unterschied, meine Königin, daß ich Herrn Hannibal de Coconnas nicht wegzuschicken brauche, da ich meinem König und meiner Religion einen Dienst leiste."

„Wie, Hannibal de Coconnas heißt er?" fragte Marguerite und lachte hellauf.

„Ein ungewöhnlicher Name, nicht wahr?" rief Henriette.

„Aber er paßt zu seinem Träger. Kotzbombenelement! Was für ein Held! Und wieviel Blut hat er fließen lassen! Leg deine Maske an, Königin! Wir sind da."

„Wozu die Maske?"

„Weil ich dir meinen Helden zeigen will."

„Ist er schön?"

„Als er kämpfte, erschien er mir herrlich. Das war allerdings in der Nacht und beim Fackelschein. Heute morgen, im hellen Tageslicht, schien er mir, wie ich gestehen muß, ein wenig verloren zu haben. Dennoch glaube ich, daß du zufrieden sein wirst."

„Meinem Schützling wird also im Palais Guise der Aufenthalt verweigert, das tut mir leid, denn es ist der letzte Ort, wo man einen Hugenotten suchen würde."

„Durchaus nicht, ich werde ihn heute abend holen lassen; der eine kann dann zur Rechten, der andere zur Linken liegen."

„Aber wenn sie sich als Protestant und als Katholik erkennen, werden sie sich zerfleischen."

„Ach, da besteht keine Gefahr, Herr de Coconnas hat einen Hieb übers Gesicht bekommen, der ihn fast unkenntlich macht, und dein Hugenott hat einen Stich in die Brust gekriegt, der ihn hindert, sich zu rühren … Außerdem wirst du ihm Stillschweigen über seine Religion empfehlen, und so wird es wunderbar gehen."

„Also gut!"

„Abgemacht, gehen wir hinein."

Marguerite drückte dankbar die Hand ihrer Freundin.

„Hier, Madame, sind Sie wieder die Majestät", sagte die Herzogin von Nevers. „Erlauben Sie mir also, Ihnen die Honneurs des Hauses Guise zu machen, wie es der Königin von Navarra zukommt."

Mit diesen Worten verließ die Herzogin die Sänfte und sank fast bis auf die Knie, um Marguerite beim Aussteigen behilflich zu sein; dann deutete sie mit einer einladenden Handbewegung auf die Tür des Palais, das von zwei Posten mit Arkebusen bewacht wurde, und folgte der Königin, die majestätisch vor ihr herschritt, in angemessenem Abstand und demütiger Haltung, solange sie gesehen werden konnten. Als sie in ihrem Zimmer waren und die Tür geschlossen hatten, rief die Herzogin nach ihrer Kammerfrau, einer munteren Sizilianerin.

„Mica", fragte sie auf italienisch, „wie geht es dem Herrn Grafen?"

„Von Stunde zu Stunde besser", erwiderte diese.

„Was macht er?"

„Soviel ich weiß, ißt er etwas, Madame."

„Nicht schlecht", warf Marguerite ein, „daß der Appetit wiederkehrt, ist ein gutes Zeichen."

„Natürlich! Ich hatte ganz vergessen, daß du ja eine Schülerin von Ambroise Paré bist. Geh jetzt, Mica."

„Du schickst sie fort?"

„Ja, damit sie aufpaßt."

Mica ging hinaus.

„Und jetzt", fragte die Herzogin, „willst du zu ihm gehen, oder soll er herkommen?"

„Weder das eine noch das andere, ich möchte ihn sehen, ohne selber gesehen zu werden."

„Was macht das schon bei deiner Maske?"

„Er könnte mich am Haar, an den Händen oder einem Schmuckstück wiedererkennen."

„Wie vorsichtig meine schöne Königin geworden ist, seit sie geheiratet hat!"

Marguerite lächelte.

„Jedenfalls gibt es da nur eine Möglichkeit", fuhr die Herzogin fort.

„Welche?"

„Ihn durchs Schlüsselloch zu beobachten."

„Na schön, führ mich hin."

Die Herzogin nahm Marguerite bei der Hand, führte sie vor eine Tür, über die ein Wandteppich fiel, ließ sich auf ein Knie nieder und legte das Auge an die Öffnung, in der kein Schlüssel steckte.

„Er sitzt am Tisch, mit dem Gesicht zu uns", sagte sie. „Komm her!"

Die Königin Marguerite nahm den Platz ihrer Freundin ein und blickte nun ihrerseits durch das Schlüsselloch. Coconnas saß, wie die Herzogin gesagt hatte, an einem wunderbar gedeckten Tisch und ließ es sich schmecken, woran ihn seine Wunden nicht zu hindern schienen.

„Mein Gott!" rief Marguerite aus und wich zurück.

„Was ist?" fragte die Herzogin verwundert.

„Nein! Das ist nicht möglich! Und doch! Wahrhaftig, er ist es!"

„Wer denn?"

„Still!" mahnte Marguerite, wobei sie sich aufrichtete und die Hand der Herzogin ergriff. „Das ist der Mann, der meinen Hugenotten umbringen wollte, der ihn bis in mein Zimmer verfolgte und ihm einen Degenstoß versetzte, als er sich in meine Arme geflüchtet hatte. Oh, Henriette, welch ein Glück, daß er mich nicht bemerkt hat!"

„Da hast du ihn also in voller Kampfeslust gesehen! War er nicht schön?"

„Ich weiß nicht", antwortete Marguerite, „ich habe nur den angesehen, den er verfolgte."

„Und wie heißt der Verfolgte?"

„Du wirst ihm den Namen nicht sagen?"

„Nein, das verspreche ich dir."

„Lerac de La Môle."

„Und wie findest du ihn jetzt?"

„Monsieur de La Môle?"

„Nein, Monsieur de Coconnas."

„Ich muß gestehen", erwiderte Marguerite, „daß ich ihn …" Sie hielt inne.

„Ich sehe schon", unterbrach die Herzogin, „du bist ihm böse wegen der Verwundung, die er deinem Hugenotten beigebracht hat."

„Mir scheint aber", lachte Marguerite, „mein Hugenott ist ihm nichts schuldig geblieben, und der Hieb, mit dem er ihm das Auge unterstrichen hat …"

„Sie sind also quitt, und wir können sie miteinander versöhnen. Schick mir nur deinen Verwundeten her."

„Nein, noch nicht, später."

„Und wann?"

„Wenn du deinem ein anderes Zimmer zur Verfügung gestellt hast."

„Nanu, welches?"

Marguerite sah ihre Freundin an, die sie nach einer kleinen nachdenklichen Pause ebenfalls anblickte und zu lachen begann.

„Meinetwegen!" rief die Herzogin. „Also ein festeres Bündnis denn je?"

„Aufrichtige Freundschaft", bestätigte die Königin.

„Und die Parole, das Erkennungszeichen, wenn eine die andere braucht?"

„Der dreieinige Name deines dreieinigen Gottes: Eros-Cupido-Amor."

Nachdem sie einander zum zweitenmal geküßt und zum zwanzigstenmal die Hände gedrückt hatten, trennten sich die beiden Frauen.

13

Schlüssel, die zu allen Türen passen

Als die Königin von Navarra in den Louvre zurückkam, fand sie Gillonne in großer Aufregung. Denn während ihrer Abwesenheit war Madame de Sauves dagewesen, mit einem Schlüssel, den ihr die Königinmutter gegeben hatte. Es war der Schlüssel zu dem Zimmer, in dem Henri gefangengehalten wurde. Offensichtlich war der Königinmutter sehr daran gelegen, daß der Béarner die Nacht bei Madame de Sauves verbrachte.

Marguerite nahm den Schlüssel und drehte ihn zwischen den Fingern. Sie rief sich jedes Wort Madame de Sauves' ins Gedächtnis zurück, prüfte und wägte Buchstabe für Buchstabe, bis sie am Ende Katharinas Plan zu begreifen meinte.

Dann nahm sie eine Feder, Tinte und Papier und schrieb:

„Statt heute abend Madame de Sauves aufzusuchen, kommen Sie zur Königin von Navarra.

Marguerite"

Sie rollte das Papier zusammen, schob es in die Öffnung des Hohlschlüssels und befahl Gillonne, ihn abends unter der Tür des Gefangenen durchzuschieben.

Nachdem sie sich dieser ersten Sorge entledigt hatte, wandten sich Marguerites Gedanken dem armen Verwundeten zu; sie schloß sorgfältig alle Türen, trat in das Kabinett und fand zu ihrem großen Erstaunen La Môle fertig angezogen in seinen zerrissenen und über und über mit Blut befleckten Kleidern.

Als er sie sah, versuchte er aufzustehen; doch da seine

Beine noch taumelig waren, fiel er auf das Kanapee zurück, wo man ihm ein Bett bereitet hatte.

„Was ist geschehen, mein Herr?" fragte Marguerite. „Warum folgen Sie nicht den Anweisungen Ihres Arztes? Ich habe Ihnen Ruhe empfohlen, und statt mir zu gehorchen, tun Sie das Gegenteil von dem, was ich angeordnet habe!"

„Meine Schuld ist es nicht, Madame", sagte Gillonne. „Ich habe den Herrn Grafen gebeten und angefleht, von solchen Dummheiten abzustehen; aber er hat mir erklärt, nichts könne ihn länger im Louvre zurückhalten."

„Sie wollen den Louvre verlassen?" fragte Marguerite und blickte den jungen Mann, der die Augen niederschlug, erstaunt an. „Aber das ist unmöglich. Sie können ja nicht einen Fuß vor den andern setzen, Sie sind bleich und kraftlos, und Ihre Knie zittern. Heute morgen hat Ihre Schulterwunde wieder geblutet!"

„Madame", erwiderte der junge Mann, „wie ich dank Euer Majestät gestern abend hier Zuflucht gefunden habe, so bitte ich Euer Majestät jetzt um die Erlaubnis, mich zu beurlauben."

„Wie soll ich mir diesen törichten Entschluß erklären", entgegnete Marguerite verwundert, „das ist doch mehr als undankbar."

„O Madame!" rief La Môle mit gefalteten Händen. „Glauben Sie mir, in meinem Herzen wohnt kein Undank, sondern für mein Leben lang ein Gefühl der Dankbarkeit."

„Also wird es nicht lange dort wohnen", entgegnete Marguerite, von seiner Stimme bewegt, die keinen Zweifel am Ernst seiner Worte ließ, „denn Ihre Wunden werden sich wieder öffnen, und Sie werden am Blutverlust sterben, oder man erkennt Sie bei den ersten hundert Schritten auf der Straße als Hugenott und ergreift Sie."

„Dennoch muß ich den Louvre verlassen", murmelte La Môle.

„Muß?" wiederholte Marguerite und sah ihn mit ihren hellen, unergründlichen Augen an; dann wich das Blut aus ihrem Gesicht. „Ach, jetzt verstehe ich, verzeihen

Sie mir. Natürlich haben Sie draußen jemand, der in entsetzlicher Unruhe sein wird, weil Sie nicht da sind. Das ist ganz in der Ordnung, Monsieur de La Môle, das ist nur natürlich, und ich kann es vollkommen begreifen. Warum haben Sie es nicht gleich gesagt, oder vielmehr, warum habe ich nicht selber daran gedacht! Als Gastgeber hat man die Pflicht, seinen Gast vor Aufregungen zu schützen, wie man seine Wunden verbindet, und nicht nur für seinen Körper, sondern auch für seine Seele zu sorgen."

„Ach, Madame", erwiderte La Môle, „Sie täuschen sich über die Maßen. Ich stehe beinahe allein auf der Welt und habe in Paris, wo mich niemand kennt, keinen Menschen. Der Mann, der mich umbringen wollte, ist der erste, mit dem ich hier in der Stadt gesprochen habe, und Euer Majestät sind die erste Frau, die das Wort an mich richtete."

„Aber warum wollen Sie dann fort?" fragte Marguerite überrascht.

„Weil Euer Majestät in der vergangenen Nacht keine Ruhe gefunden haben", sagte La Môle, „und heute nacht …"

Marguerite errötete.

„Gillonne", sagte sie, „es ist Abend und Zeit, den Schlüssel hinzubringen."

Gillonne lächelte und entfernte sich.

„Aber was wollen Sie tun, wenn Sie in Paris ganz allein und ohne Freunde sind?" fuhr Marguerite fort.

„Ich werde viele Freunde haben, Madame, denn als ich verfolgt wurde, dachte ich an meine Mutter, eine gute Katholikin; mir war, als schwebte sie, ein Kreuz in der Hand, auf dem Weg zum Louvre vor mir her, und ich schwur, die Religion meiner Mutter anzunehmen, wenn mir Gott das Leben rettete. Gott hat mir nicht nur das Leben gerettet, Madame, er hat mehr getan, er hat mir einen seiner Engel geschickt, den ich lieben muß."

„Aber Sie können nicht gehen; ehe Sie auch nur hundert Schritt getan haben, werden Sie bewußtlos niederfallen."

„Ich habe es heute schon probiert, Madame, ich gehe

nur langsam, und es strengt mich an, das ist wahr; aber wenn ich nur bis zum Louvre-Platz komme! Bin ich erst einmal draußen, mag geschehen, was will."

Marguerite stützte den Kopf in die Hand und dachte lange nach.

„Und der König von Navarra?" fragte sie nicht ohne Absicht. „Von dem sprechen Sie gar nicht mehr. Wenn Sie die Religion wechseln, haben Sie wohl auch die Lust verloren, in seine Dienste zu treten?"

„Madame", erwiderte La Môle erbleichend, „da rühren Sie an den wahren Grund meiner Flucht ... Ich weiß, daß sich der König von Navarra in großer Gefahr befindet und daß Euer Majestät ganzer Einfluß als Prinzessin von Frankreich kaum genügen wird, seinen Kopf zu retten."

„Was wollen Sie damit sagen?" rief Marguerite aus. „Und von welcher Gefahr sprechen Sie?"

„Madame", antwortete La Môle zögernd, „hier in dem Kabinett ist alles zu hören."

„Das ist wahr", murmelte Marguerite vor sich hin, „das hat mir der Herzog von Guise schon gesagt." Laut fuhr sie fort: „Und was haben Sie mit angehört?"

„Zunächst die Unterhaltung, die Euer Majestät heute morgen mit Ihrem Bruder hatten."

„Mit Franz?" rief Marguerite und errötete.

„Ja, mit dem Herzog von Alençon; und als Sie fort waren, das Gespräch von Fräulein Gillonne mit Madame de Sauves."

„Ist das alles?"

„Ja, Madame. Sie sind kaum acht Tage verheiratet, Sie lieben Ihren Gatten. Auch Ihr Gatte wird kommen, wie der Herzog von Alençon und Frau von Sauves gekommen sind. Er wird Sie in seine Geheimnisse einweihen. Aber die darf ich nicht mit anhören, es wäre indiskret ... und das kann ich nicht ... darf ich nicht ... und will ich vor allem nicht!"

Der Ton, in dem La Môle die letzten Worte gesprochen hatte, das Beben seiner Stimme und sein verlegenes Gesicht gaben Marguerite eine Erleuchtung.

„Ach", sagte sie, „Sie haben also alles gehört, was bis jetzt in diesem Zimmer gesprochen wurde?"

„Ja, Madame."

Die Antwort kam wie gehaucht.

„Und Sie wollen heute nacht oder heute abend gehen, um nicht noch mehr zu hören?"

„Jetzt gleich, Madame! Wenn Euer Majestät erlauben."

„Armes Kind!" sagte Marguerite, und ein sonderbarer Ton freundlichen Mitleids schwang in diesem Wort.

Erstaunt über die sanfte Antwort, da er doch eine schroffe Zurückweisung erwartet hatte, hob La Môle schüchtern den Kopf; seine Augen begegneten denen Marguerites und vermochten sich von der magnetischen Kraft der hellen, unergründlichen Augen der Königin nicht zu lösen.

„Sie fühlen sich also außerstande, ein Geheimnis zu bewahren, Monsieur de La Môle?" fragte Marguerite leise, über die Rücklehne seines Sessels geneigt, halb verborgen im Schatten eines dichten Wandteppichs und im vollen Genuß der Freude, in dieser Seele zu lesen, während sie selber undurchschaubar blieb.

„Madame", erwiderte La Môle, „ich bin ein erbärmlicher Mensch und muß mich selber verachten; aber das Glück anderer macht mich krank."

„Wessen Glück?" fragte Marguerite lächelnd. „Ach ja, das Glück des Königs von Navarra! Armer Henri!"

„Er ist glücklich, Madame!" rief La Môle lebhaft.

„Glücklich ...?"

„Ja, weil er Euer Majestät gefällt."

Marguerite zerrte an der Seide ihres Almosentäschchens und zupfte die Goldfransen aus.

„Sie weigern sich also, den König von Navarra zu sehen", fuhr sie fort, „ganz entschieden und ein für allemal?"

„Ich würde Seiner Majestät jetzt nur lästig fallen."

„Und meinen Bruder, den Herzog von Alençon?"

„Den Herzog von Alençon?" rief La Môle. „Nein, nein, den Herzog von Alençon möchte ich noch weniger sehen als den König von Navarra."

„Aber warum nicht?" fragte Marguerite mit vor Erregung bebender Stimme.

„Wenn ich auch ein zu schlechter Hugenott bin, um Seiner Majestät dem König von Navarra ein ergebener Diener zu sein, so bin ich doch noch nicht so ein guter Katholik, um mich mit dem Herzog von Alençon und dem Herzog von Guise anzufreunden."

Diesmal war es Marguerite, die die Augen niederschlug und seine Worte wie einen Stich ins Herz empfand; sie hätte nicht zu sagen vermocht, ob sie schmeichelhaft oder peinlich für sie waren.

In diesem Augenblick kam Gillonne zurück, und Marguerite warf ihr einen fragenden Blick zu. Gillonne antwortete ebenfalls mit den Augen: Es war ihr gelungen, den König von Navarra in den Besitz des Schlüssels gelangen zu lassen.

Marguerite wandte ihre Augen wieder La Môle zu, der unschlüssig vor ihr saß, den Kopf auf der Brust und matt wie einer, der an Leib und Seele krankt.

„Monsieur de La Môle ist ein stolzer Edelmann", sagte sie, „und es fällt mir nicht leicht, ihm einen Vorschlag zu machen, den er zweifellos zurückweisen wird."

La Môle stand auf, ging einen Schritt auf Marguerite zu und wollte sich zum Zeichen seines unbedingten Gehorsams vor ihr verneigen; aber ein scharfer, brennender Schmerz im Innern trieb ihm Tränen in die Augen, und da er sich einer Ohnmacht nahe fühlte, klammerte er sich an einen Wandteppich, um nicht hinzufallen.

„Da", rief Marguerite, auf ihn zueilend, und stützte ihn unter den Armen, „sehen Sie nun, daß Sie mich doch noch brauchen?"

Eine kaum sichtbare Bewegung lief um La Môles Lippen.

„O ja", murmelte er, „wie die Luft, die ich atme, wie das Licht des Tages!"

Ein dreimaliges Klopfen an Marguerites Tür unterbrach ihn.

„Hören Sie, Madame?" rief Gillonne erschrocken.

„Ja", flüsterte Marguerite.

„Soll ich öffnen?"

„Warte. Vielleicht ist es der König von Navarra."

„O Madame", rief La Môle, dem diese wenigen Worte, die Marguerite mit so leiser Stimme geäußert hatte, daß sie hoffte, nur Gillonne habe sie gehört, die Kraft wiedergegeben hatten, „ich flehe Sie auf Knien an, Madame, lassen Sie mich hinaus ... ja ... tot oder lebendig, Madame! – Haben Sie Mitleid mit mir! – Ach, Sie antworten mir nicht. Nun, so will ich sprechen, und wenn ich gesprochen habe, werden Sie mich hoffentlich fortjagen."

„Schweigen Sie, Unglücklicher!" befahl Marguerite, der die Vorwürfe des jungen Mannes so unendlich reizvoll erschienen.

„Schweigen Sie!"

„Madame", fuhr La Môle fort, als er aus Marguerites Ton nicht die Strenge heraushörte, auf die er gefaßt war, „ich wiederhole Ihnen, Madame, in diesem Kabinett ist alles zu hören. Lassen Sie mich nicht einen Tod sterben, den die grausamsten Henker noch nicht zu erfinden wagten."

„Still, still!" gebot Marguerite.

„Sie sind ohne Mitleid, Madame, Sie wollen nicht hören, Sie wollen nicht verstehen. Aber begreifen Sie doch, daß ich Sie liebe ..."

„Und ich sage Ihnen noch einmal: Schweigen Sie!" unterbrach ihn Marguerite und legte ihre warme, duftende Hand auf den Mund des jungen Mannes, der sie zwischen seine Hände nahm und an seine Lippen drückte.

„Aber ...", murmelte La Môle.

„Kein Wort mehr, Sie Kind! Will denn dieser Rebell seiner Königin durchaus nicht gehorchen?"

Dann war sie mit einem Satz draußen, schloß die Tür und lehnte sich gegen die Wand, die zitternde Hand an ihr klopfendes Herz gepreßt.

„Öffne, Gillonne!" befahl sie.

Gillonne ging hinaus, und gleich darauf erschien das feine, geistvolle und ein wenig unruhige Gesicht des Königs von Navarra vor dem Wandteppich.

„Sie haben mich hergebeten, Madame?" fragte der König von Navarra.

„Ja, Monsieur. Euer Majestät haben meinen Brief gelesen?"

„Nicht ohne Verwunderung, muß ich zugeben", erwiderte Henri und blickte mit bald überwundenem Argwohn um sich.

„Und nicht ohne eine gewisse Besorgnis, nicht wahr, Monsieur?" fügte Marguerite hinzu.

„Ich würde es Ihnen gestehen, Madame; doch obwohl ich von erbitterten Feinden und von Freunden umgeben bin, die vielleicht noch gefährlicher sind als meine Feinde, fiel mir ein, daß ich Ihre Augen eines Abends vom Glanz des Edelmutes erhellt sah; es war an unserem Hochzeitsabend; und ich dachte daran, daß ich eines Tages den Stern eines mutigen Herzens darin leuchten sah; das war gestern, an dem für meinen Tod bestimmten Tag."

„Und weiter, Monsieur?" fragte Marguerite lächelnd, während Henri am Grunde ihres Herzens zu lesen versuchte.

„Daran dachte ich, Madame, und habe mir beim Lesen Ihres Billetts mit der Bitte um meinen Besuch gesagt: Ohne Freunde, gefangen und ohne Waffen, bleibt dem König von Navarra nur eine Möglichkeit, eines aufsehenerregenden Todes zu sterben, der in die Geschichte eingeht: wenn er durch den Verrat seiner Frau stirbt. Deshalb bin ich gekommen."

„Sire", erwiderte Marguerite, „Sie werden anders sprechen, wenn Sie erfahren, daß alles, was in diesem Augenblick geschieht, das Werk einer Person ist, die Sie liebt … und die Sie lieben."

Henri wich bei diesen Worten ein wenig zurück, und seine durchdringenden grauen Augen unter den schwarzen Brauen hingen mit Neugier am Antlitz der Königin.

„Keine Sorge, Sire", sagte die Königin lächelnd, „ich maße mir durchaus nicht an, diese Person zu sein."

„Aber Sie waren es doch, Madame", wandte Henri ein, „die mir den Schlüssel zukommen ließ, und dies ist Ihre Handschrift!"

„Ich gebe zu, es ist meine Handschrift; das Billett kam von mir, ich leugne es nicht. Mit dem Schlüssel ist es schon eine andere Sache. Es mag Ihnen genügen zu wissen, daß er durch die Hände von vier Frauen gegangen ist, ehe er in Ihre gelangte."

„Von vier Frauen?" wiederholte Henri verwundert.

„Ja, durch die Hände der Königinmutter, der Madame de Sauves, durch Gillonnes und durch meine Hände", sagte Marguerite.

Henri stand vor einem Rätsel.

„Aber jetzt wollen wir vernünftig reden, Monsieur", fuhr Marguerite fort, „und vor allem offen. Ist es wahr, wie es heute überall hieß, daß Euer Majestät abschwören wollen?"

„Man täuscht sich, Madame, ich habe noch nicht eingewilligt."

„Aber Sie sind entschlossen?"

„Besser gesagt, ich überlege es. Was wollen Sie? Wenn man zwanzig Jahre und beinahe König ist, heiliger Strohsack, da gibt es manches, was eine Messe wert ist."

„Unter anderem das Leben, nicht wahr?"

Henri konnte ein leichtes Lächeln nicht unterdrücken.

„Sie sagen mir nicht alles, was Sie denken, Sire", bemerkte Marguerite.

„Ich halte mich auch gegen meine Verbündeten zurück, Madame, denn wie Sie wissen, sind wir jetzt nur Verbündete; wären Sie nicht nur meine Verbündete, sondern auch … auch …"

„Ihre Frau, nicht wahr, Sire?"

„Ja, wahrhaftig … meine Frau."

„Was dann?"

„Nun, vielleicht wäre es dann anders, und vielleicht würde ich dann, wie man meint, Wert darauf legen, König der Hugenotten zu bleiben … So aber muß ich zufrieden sein, zu leben."

Marguerite sah Henri mit einem so sonderbaren Ausdruck an, daß auch ein weniger heller Kopf als der König von Navarra Verdacht geschöpft hätte.

„Und Sie sind sicher, wenigstens dies zu erreichen?" fragte sie.

„Beinahe", erwiderte Henri, „Sie wissen, Madame, daß

man auf dieser Welt niemals einer Sache ganz sicher sein kann."

„Euer Majestät legen allerdings soviel Zurückhaltung an den Tag und bekunden eine solche Gleichgültigkeit", gab Marguerite zurück, „daß Sie wahrscheinlich auch – zumindest hofft man es –, nachdem Sie Ihrer Krone und Ihrer Religion entsagt haben, von Ihrer Verbindung mit einer Prinzessin des königlichen Hauses von Frankreich zurücktreten werden."

Diese Worte enthielten einen so bedeutsamen Sinn, daß Henri unwillkürlich zusammenfuhr. Doch blitzschnell unterdrückte er seine Erregung und sagte: „Wollen Sie sich gütigst erinnern, Madame, daß ich zur Zeit nicht mein freier Herr bin. Ich werde daher tun, was mir der König von Frankreich befiehlt. Wenn ich in dieser Frage, bei der es um nicht weniger als meinen Thron, meine Ehre und mein Leben geht und nicht nur um eine auf Rechte aus unserer erzwungenen Heirat gestützte Zukunft, selber zu Rate gezogen werden sollte, dann möchte ich mich lieber als Jäger in einem Schloß vergraben, denn als Büßender in einem Kloster."

Die ruhige Ergebenheit in seine Lage, der Verzicht auf Besitz in dieser Welt erschreckten Marguerite. Es kam ihr in den Sinn, daß die Lösung der Ehe vielleicht bereits zwischen Karl IX., Katharina und dem König von Navarra ausgemacht sei. Warum sollte nicht sie die Betrogene oder das Opfer sein? Weil sie die Schwester des einen und die Tochter der anderen war? Die Erfahrung hatte sie gelehrt, dies nicht als einen Grund anzusehen, auf den sie ihre Sicherheit bauen konnte. Am Herzen der jungen Frau, vielmehr am Herzen der jungen Königin nagte ein Ehrgeiz, der zu erhaben war über gewöhnliche Schwächen, als daß er sich von gekränkter Eigenliebe hätte hinreißen lassen: Solche Leiden sind Frauen, die lieben, selbst mittelmäßigen, unbekannt; denn die wahre Liebe ist auch ein Ehrgeiz.

„Euer Majestät setzen anscheinend nicht sehr großes Vertrauen in den Stern, der über der Stirn eines Königs leuchtet?" spottete Marguerite ein wenig verächtlich.

„Meinen kann ich jetzt lange suchen", erwiderte Henri, „in dem Ungewitter, das zur Stunde über meinem Haupt grollt, kann ich ihn nicht entdecken."

„Und wenn der Atem einer Frau das Ungewitter zerteilte und den Stern in hellerem Glanz denn je aufleuchten ließe?"

„Das ist sehr schwer", entgegnete Henri.

„Leugnen Sie, daß es diese Frau gibt, Monsieur?"

„Nein, nur ihre Macht."

„Sie wollten sagen, ihren Willen?"

„Ich habe gesagt, ihre Macht, und das wiederhole ich. Die Frau ist nur wirklich mächtig, wenn sich Liebe und Eigennutz zu gleichen Teilen in ihr vereinen; wird sie wie Achilles nur von einem dieser beiden Gefühle beherrscht, dann ist sie verwundbar. Ja, und wenn ich mich nicht täusche, kann ich auf die Liebe dieser Frau nicht rechnen."

Marguerite schwieg.

„Hören Sie", fuhr Henri fort, „der letzte Schlag der Glocke von Saint-Germain-l'Auxerrois drängte Ihnen doch den Gedanken auf, Ihre Freiheit zurückzuerobern, die man verpfändet hatte, um die Anhänger meiner Partei zu vernichten. Ich mußte daran denken, mein Leben zu retten. Das ist das Dringendste … Wir verlieren dabei Navarra, das weiß ich. Aber Navarra ist wenig im Vergleich zu der wiedererlangten Freiheit, daß Sie in Ihrem Zimmer mit lauter Stimme sprechen können, was Sie nicht wagen würden, wenn jemand in diesem Kabinett wäre und zuhörte."

Sosehr Marguerite in Sorge war, konnte sie doch nicht umhin zu lächeln. Der König von Navarra hatte sich bereits erhoben, um sich wieder in sein Zimmer zu begeben, denn vor kurzem hatte es bereits elf Uhr geschlagen, und im Louvre schlief alles oder schien wenigstens zu schlafen.

Henri ging drei Schritte zur Tür, hielt jedoch plötzlich inne, als erinnere er sich erst jetzt des Umstandes, der ihn zu der Königin geführt hatte.

„Haben Sie mir übrigens etwas mitzuteilen, Madame", fragte er, „oder wollten Sie mir nur Gelegenheit geben, Ihnen für die Frist zu danken, die mir gestern Ihr tapferes

Dazwischentreten im Waffenzimmer des Königs gab? Wahrhaftig, Madame, es war höchste Zeit, das kann ich nicht leugnen, und Sie sind wie eine antike Gottheit auf dem Schauplatz erschienen, gerade im rechten Augenblick, um mir das Leben zu retten."

„Unglücklicher!" rief Marguerite mit gedämpfter Stimme und griff nach dem Arm ihres Gatten. „Sehen Sie denn nicht, daß im Gegenteil nichts gerettet ist, weder Ihre Freiheit noch Ihre Krone, noch Ihr Leben? ... Blinder! Narr! Armer Narr! Haben Sie aus meinem Brief nichts anderes gelesen als die Bitte um ein Rendezvous? Glaubten Sie, Marguerite verlangte nur aus maßlosem Ärger über Ihre Kälte eine Genugtuung?"

„Aber Madame ...", warf Henri verwundert ein, „ich muß gestehen ..."

Marguerite hob mit einem unbeschreiblichen Ausdruck die Achseln.

Im selben Augenblick erklang an der kleinen Geheimtür ein sonderbares Geräusch wie ein kurzes, scharfes Kratzen.

Marguerite zog den König neben die kleine Tür.

„Hören Sie?" fragte sie.

„Die Königinmutter verläßt ihre Zimmer", flüsterte eine vor Angst atemlose Stimme, die Henri augenblicklich als Madame de Sauves' Stimme erkannte.

„Wohin geht sie?" fragte Marguerite.

„Sie will zu Euer Majestät."

Gleich darauf zeigte das schwächer werdende Rauschen eines Seidenkleides an, daß sich Madame de Sauves entfernte.

„O weh!" rief Henri.

„Ich wußte es", sagte Marguerite.

„Und ich fürchtete es", sagte Henri, „hier ist der Beweis, sehen Sie!"

Mit einer raschen Bewegung öffnete er sein schwarzes Samtwams und ließ Marguerite ein feines Panzerhemd über der Brust und einen langen Mailänder Dolch sehen, der alsbald in seiner Hand wie eine Schlange in der Sonne blinkte.

„Stahl und Panzer wären hier eben das Rechte!" rief Marguerite. „Schnell, Sire, schnell, verbergen Sie den Dolch; es ist wahr, das ist die Königinmutter, aber sie kommt allein."

„Dennoch..."

„Das ist sie, ich höre sie, still!"

Zu Henris Ohr geneigt, flüsterte sie ihm ein paar Worte zu, die der junge König aufmerksam und zugleich staunend vernahm. – Alsbald verschwand Henri hinter den Vorhängen des Bettes.

Marguerite sprang behende wie ein Panther zu dem Kabinett, wo La Môle bebend wartete, öffnete es, suchte den jungen Mann, ergriff und drückte im Dunkeln seine Hand.

„Kein Wort!" gebot sie, so dicht neben ihm, daß er ihren warmen, balsamischen Atem wie feuchten Dunst auf seinem Gesicht spürte. „Kein Wort!"

Wieder in ihrem Zimmer und nachdem sie die Tür geschlossen hatte, löste sie ihr Haar, zerschnitt mit ihrem Dolch die Verschnürung an ihrem Kleid und ließ sich ins Bett fallen.

Es war höchste Zeit, denn schon drehte sich der Schlüssel im Schloß. Katharina besaß Schlüssel zu allen Türen des Louvre.

„Wer ist da?" rief Marguerite, während Katharina vier Edelleuten, die sie begleitet hatten, vor der Tür zu warten befahl.

Als wäre sie über diesen plötzlichen Einbruch in ihr Zimmer erschrocken, sprang Marguerite in einem weißen Nachtgewand hinter den Vorhängen hervor aus dem Bett und ging, als sie Katharina erkannte, mit so vortrefflich gespielter Überraschung, daß sich sogar die Florentinerin davon täuschen ließ, ihrer Mutter entgegen, um ihr die Hand zu küssen.

14

Die zweite Hochzeitsnacht

Die Königinmutter ließ ihren Blick mit bewundernswerter Lebhaftigkeit umherwandern. Die Samtpantöffelchen am Fuß des Bettes, die auf den Stühlen verstreuten Kleider und daß sich Marguerite, um den Schlummer zu vertreiben, die Augen rieb, überzeugten Katharina, daß sie ihre Tochter aus dem Schlaf geweckt hatte.

Sie lächelte, als wäre ihre Absicht gelungen, und zog sich einen Sessel heran.

„Setzen wir uns, Marguerite, und plaudern wir ein wenig."

„Ich höre, Madame."

„Es ist Zeit", sagte Katharina und schloß träge die Augen, wie Leute, die nachdenken oder sich bis ins Herz verstellen, „es ist Zeit, meine Tochter, zu begreifen, wie sehr Ihres Bruders und mein Bestreben darauf gerichtet ist, Sie glücklich zu machen."

Wer Katharina kannte, mußte schon bei diesem Anfang einen heillosen Schreck bekommen.

Was wird sie mir sagen? dachte Marguerite.

„Indem wir Sie verheirateten", fuhr die Florentinerin fort, „vollzogen wir einen politischen Akt, wie sie Herrschern häufig von schwerwiegenden Interessen diktiert werden. Aber es läßt sich nicht leugnen, mein armes Kind, daß wir uns damals nicht vorstellten, der Widerwille des Königs von Navarra gegen Sie, eine so schöne, so junge und so verführerische Frau, könne derart hartnäckig bleiben."

Marguerite erhob sich, raffte ihr Nachthemd zusammen und versank vor ihrer Mutter in einem feierlichen Hofknicks.

„Erst heute abend – sonst hätte ich Sie früher aufgesucht", sagte Katharina, „erfuhr ich, daß Ihr Gatte weit davon entfernt ist, Ihnen jene Rücksichten angedeihen zu lassen, die man nicht allein einer schönen Frau, sondern vielmehr noch einer Prinzessin von Frankreich schuldet."

Marguerite seufzte, und durch diese schweigende Zustimmung angefeuert, sprach Katharina weiter: „Daß der König von Navarra ein öffentliches Verhältnis mit einer meiner Ehrendamen unterhält und sie so leidenschaftlich liebt, daß es ein Skandal ist – den er aus Liebe zu einer Frau, mit der man ihn bereitwillig vereinte, verachten müßte –, ist allerdings ein Unglück, dem wir armen Allmächtigen nicht abzuhelfen vermögen, das jedoch der geringste Edelmann unseres Königreiches bestrafen würde, indem er seinen Schwiegersohn selber oder durch seinen Sohn zum Zweikampf forderte."

Marguerite ließ den Kopf sinken.

„Seit geraumer Zeit", fuhr Katharina fort, „sehe ich an Ihren geröteten Augen und an Ihren bitteren Ausfällen gegen die Sauves, meine Tochter, daß die Wunde in Ihrem Herzen ungeachtet Ihrer Anstrengungen nicht nur heimlich blutet."

Marguerite fuhr zusammen: Die Vorhänge hatten sich leise bewegt, doch Katharina war es glücklicherweise entgangen.

„Diese Wunde zu heilen, mein Kind", sagte sie mit womöglich noch süßerer Freundlichkeit, „gebührt der Hand einer Mutter. Die in dem Glauben, Ihr Glück zu machen, Ihre Heirat beschlossen und in ihrer Sorge für Sie jetzt sehen müssen, daß sich Henri von Navarra jede Nacht im Zimmer irrt; die nicht zulassen können, daß ein Zaunkönig wie er mit jedem Atemzug eine Frau von Ihrer Schönheit, Ihrem Rang und Ihren Vorzügen durch die Mißachtung Ihrer Person und die Nachlässigkeit hinsichtlich seiner Nachkommenschaft beleidigt; die schließlich und endlich erkennen, daß sich dieser närrische, freche Kopf beim ersten vermeintlich günstigen Wind gegen unsere Familie wenden und Sie aus seinem Hause treiben würde – haben diese nicht das Recht, Ihre Zukunft von seiner zu trennen und in einer Ihnen und Ihrem Rang würdigeren Art sicherzustellen?"

„Trotz dieser so ganz von Mutterliebe geprägten Beobachtungen, die mich mit Freude erfüllen und mir eine Ehre sind, Madame", erwiderte Marguerite, „würde ich mir die Freiheit nehmen, Euer Majestät vorzuweisen, daß der König von Navarra mein Mann ist."

Mit einer zornigen Bewegung rückte Katharina näher: „Er Ihr Mann! Genügt es denn, um Mann und Frau zu sein, daß euch die Kirche ihren Segen erteilt hat, und beruht die Einsegnung der Ehe allein auf den Worten des Priesters? Er Ihr Mann! Wenn Sie Madame de Sauves wären, meine Tochter, könnten Sie mir diese Antwort geben. Doch nicht allein, daß Henri von Navarra, seit Sie ihm die Ehre erwiesen, Sie seine Frau nennen zu dürfen, unsere Erwartungen enttäuschte, hat er überdies eine andere mit allen Rechten ausgestattet, und sogar jetzt", schloß Katharina mit erhobener Stimme, „aber kommen Sie, kommen Sie, dieser Schlüssel öffnet die Tür zum Zimmer der Madame de Sauves, und dort werden Sie selber sehen."

„Bitte etwas leiser, Madame, leiser", sagte Marguerite, „denn Sie täuschen sich nicht nur, sondern ..."

„Sondern was?"

„Sie werden noch meinen Mann wecken."

Bei diesen Worten erhob sich Marguerite mit wollüstiger Anmut und ließ ihr Nachtkleid, dessen kurze Ärmel die nackten, makellos geformten Arme und wahrhaft königlichen Hände zeigten, nachlässig auseinanderfallen; sie nahm eine rosa Wachskerze, trat an das Bett, hob den Vorhang und deutete lächelnd auf das stolze Profil, die schwarzen Haare und den halbgeöffneten Mund des Königs von Navarra, der auf dem zerwühlten Bett in tiefem, ruhigem Schlummer zu liegen schien.

Fahl, mit verstörten Augen und rückwärts gebogenem Leib, als hätte sich vor ihren Füßen ein Abgrund aufgetan, stieß Katharina keinen Schrei, sondern ein dumpfes Wutgeheul aus.

„Da sehen Sie, Madame, wie schlecht Sie unterrichtet sind!" bemerkte Marguerite.

Katharina warf einen Blick auf Marguerite, einen zweiten auf Henri. Ihre lebhafte Vorstellung verband das Bild der bleichen, etwas feuchten Stirn und der schwarzen Ringe unter den Augen mit Marguerites Lächeln, und in stummer Wut biß sie sich auf die dünnen Lippen.

Marguerite gestattete ihrer Mutter, dies Bild, das auf Katharina wie ein Medusenhaupt wirkte, eine Weile zu betrachten. Dann ließ sie den Vorhang zurückfallen, ging auf Zehenspitzen zu Katharina und setzte sich wieder auf ihren Stuhl.

„Was sagen Sie jetzt, Madame?"

Einige Sekunden lang versuchte die Florentinerin die Unbefangenheit der jungen Frau zu ergründen, doch als wären ihre scharfen Blicke an Marguerites Ruhe stumpf geworden, erwiderte sie: „Nichts."

Und mit großen Schritten verließ sie das Zimmer.

Sobald sich das Geräusch ihrer Füße in der Tiefe des Ganges verloren hatte, teilte sich der Vorhang des Bettes von neuem, und atemlos, mit glänzenden Augen und zitternden Händen sprang Henri heraus und kniete vor Marguerite nieder. Er hatte nur seine Hosen und das Panzerhemd an, so daß Marguerite, die ihm von ganzem Herzen die Hand drückte, nicht umhin konnte, in Lachen auszubrechen, als sie ihn in dieser Aufmachung sah.

„Ach, Madame, ach, Marguerite", rief er, „wie kann ich mich Ihnen jemals erkenntlich zeigen!" Dabei bedeckte er ihre Hand mit Küssen, die von der Hand unmerklich den Arm der jungen Frau hinaufwanderten.

„Sire", antwortete sie und wich sacht zurück, „Sie vergessen, daß zu dieser Stunde eine arme Frau, der Sie das Leben verdanken, leidet und um Sie seufzt! Madame de Sauves", fügte sie leise hinzu, „hat Ihnen das Opfer ihrer Eifersucht gebracht und Sie zu mir geschickt, und nachdem sie Ihnen das Opfer ihrer Eifersucht brachte, opfert sie Ihnen vielleicht auch ihr Leben, denn der Zorn meiner Mutter ist fürchterlich, das wissen Sie besser als irgendeiner."

Henri fröstelte, er stand auf, als wollte er gehen. „Oh, da fällt mir etwas ein, was mich beruhigt", fuhr Marguerite mit reizender Koketterie fort. „Der Schlüssel wurde Ihnen ohne Hinweis zugestellt, und man wird glauben, Sie hätten mir heute abend den Vorzug gegeben."

„Und den gebe ich Ihnen auch, Marguerite, wenn Sie nur vergessen wollten ..."

„Leiser, Sire, leiser", mahnte die Königin, absichtlich im selben Tonfall, wie sie vor zehn Minuten ihre Mutter gewarnt hatte, „man hört Sie im Kabinett, und da ich noch nicht ganz frei bin, Sire, möchte ich Sie bitten, weniger laut zu sprechen."

„Oh!" rief Henri, halb lachend, halb verdrießlich, „ich vergaß in der Tat, daß vermutlich nicht ich ausersehen bin, diese interessante Szene zu Ende zu spielen. Dies Kabinett ..."

„Treten wir ein, Sire", sagte Marguerite, „denn ich möchte die Ehre haben, Euer Majestät einen tapferen Edelmann vorzustellen, der bei dem Massaker verwundet wurde, als er in den Louvre eindrang, um Euer Majestät vor der Gefahr zu warnen."

Damit ging die Königin zur Tür. Henri folgte seiner Frau. Als sich die Tür öffnete, sah sich Henri in diesem für Überraschungen prädestinierten Kabinett verblüfft einem Mann gegenüber.

Doch La Môle war noch überraschter, als er so unvermutet vor dem König von Navarra stand. Henri warf einen spöttischen Blick auf Marguerite, die jedoch dem Blick bewundernswert standhielt.

„Sire", erklärte Marguerite, „leider muß ich fürchten, daß man selbst in meinen Gemächern diesen Edelmann töten könnte, der Euer Majestät treu ergeben ist und den ich unter Ihren Schutz stelle."

„Sire", sagte nun der junge Mann, „ich bin der Graf Lerac de La Môle, den Euer Majestät erwarteten und der Ihnen durch den armen Herrn de Téligny, den der Mord von meiner Seite riß, empfohlen wurde."

„Ach ja, ich erinnere mich, mein Herr", entgegnete Henri, „die Königin hat mir den Brief gegeben, aber hatten Sie nicht auch einen Brief des Gouverneurs von Languedoc?"

„Ja, Sire, mit dem dringenden Ersuchen, ihn Euer Majestät sofort nach meiner Ankunft zu übergeben."

„Warum haben Sie das nicht getan?"

„Sire, gestern abend wurde ich in den Louvre geschleust; aber Euer Majestät waren so beschäftigt, daß Sie mich nicht empfangen konnten."

„Das ist wahr", bestätigte der König, „immerhin hätten Sie mir doch diesen Brief zustellen können?"

„Ich hatte von Monsieur d'Auriac den Befehl, ihn nur Euer Majestät selbst auszuhändigen, weil das Schreiben, wie er mir versicherte, eine so wichtige Nachricht enthält, daß er es einem gewöhnlichen Boten nicht anzuvertrauen wage."

„Tatsächlich", rief der König, der den Brief an sich genommen hatte, beim Lesen aus, „er rät mir, den Hof zu verlassen und mich nach Béarn zurückzuziehen. Monsieur d'Auriac ist, obwohl Katholik, einer meiner besten Freunde und hat als Gouverneur von Languedoc und der Provence wahrscheinlich Wind von den Ereignissen bekommen. Heiliger Strohsack! Warum habe ich diesen Brief erst heute und nicht vor drei Tagen bekommen, mein Herr?"

„Weil ich, wie ich bereits die Ehre hatte, Euer Majestät zu sagen, trotz aller Eile nicht eher als gestern hiersein konnte."

„Fatal", murmelte der König, „wirklich fatal; andernfalls wären wir jetzt in La Rochelle oder mit zwei- oder dreitausend Pferden irgendwo auf dem Land in Sicherheit."

„Man muß sich mit den Tatsachen abfinden, Sire", wandte Marguerite halblaut ein, „und statt sich mit Vorwürfen über Gewesenes aufzuhalten, sollte man aus dem Kommenden die besten Möglichkeiten ziehen."

„Sie an meiner Stelle hätten also noch Hoffnung, Madame?" fragte Henri mit seinem forschenden Blick.

„Aber gewiß, und ich würde das begonnene Spiel als eine Partie mit drei Runden ansehen, bei der ich nur die erste Runde verloren habe."

„Ach, Madame", flüsterte Henri, „wenn ich sicher wäre, daß Sie mit mir zusammenspielten ..."

„Wenn ich mich auf die Seite Ihrer Gegner hätte schlagen wollen", entgegnete Marguerite, „hätte ich wohl nicht so lange gewartet."

„Das ist richtig", sagte Henri, „ich bin ein undankbarer Mensch, und wie Sie sagen, kann sich heute noch alles wenden."

„Ach, Sire", warf La Môle ein, „ich wünsche Euer Majestät alles Glück, aber heute haben wir den Herrn Admiral nicht mehr."

Henri lächelte sein bauernschlaues Lächeln, das erst, als er König von Frankreich war, am Hof verstanden wurde.

„Aber, Madame", erwiderte er und sah La Môle aufmerksam an, „dieser Edelmann kann doch nicht hier im Nebenzimmer bleiben, ohne Sie unglaublich zu stören und ohne ärgerlichen Überraschungen ausgesetzt zu sein. Was wollen Sie tun?"

„Könnten wir ihn nicht aus dem Louvre herausschaffen, Sire?" meinte Marguerite. „Denn ich bin völlig Ihrer Meinung."

„Das ist schwierig."

„Könnte nicht Monsieur de La Môle einen Platz im Hofstaat Euer Majestät finden?"

„Ach, Madame, Sie sprechen, als wäre ich noch König der Hugenotten und als hätte ich noch ein Volk. Dabei wissen Sie sehr wohl, daß ich halb bekehrt bin und überhaupt keine Untertanen mehr habe."

Eine andere als Marguerite hätte auf der Stelle geantwortet: *Er* ist Katholik. Aber die Königin wollte von Henri um das gebeten werden, was sie von ihm zu erhalten wünschte. Da La Môle die Zurückhaltung seiner Beschützerin bemerkte und nicht wußte, wohin er den Fuß auf dem schlüpfrigen Boden eines so gefährlichen Hofes wie dem von Frankreich setzen sollte, schwieg er ebenfalls.

„Aber da schreibt mir doch der Gouverneur der Provence", sagte Henri, der den von La Môle überbrachten Brief überflog, „Ihre Mutter sei Katholikin gewesen und daher stamme seine Zuneigung zu Ihnen?"

„Und Sie, Graf, haben Sie mir nicht von einem Schwur erzählt", warf Marguerite ein, „von einem Religionswechsel? Helfen Sie mir, Monsieur de La Môle, ich kann mich nicht so genau erinnern. Handelte es sich nicht um etwas Ähnliches wie das, was der König anscheinend verlangt?"

„O ja, aber Euer Majestät haben meine diesbezüglichen Bemerkungen so frostig aufgenommen", erwiderte La Môle, „daß ich nicht wagte ..."

„Nur, weil mich das alles nicht das geringste angeht, mein Herr. Erklären Sie es dem König, sprechen Sie!"

„Was ist mit diesem Schwur?" fragte der König.

„Sire", antwortete La Môle, „von Mördern verfolgt, ohne Waffen und an meinen beiden Verwundungen fast verblutend, schien mir, als sähe ich den Geist meiner Mutter, wie er mich, ein Kreuz in der Hand, zum Louvre führte. Da tat ich den Schwur, wenn ich mit dem Leben davonkommen würde, die Religion meiner Mutter anzunehmen, der Gott erlaubt hatte, aus dem Grab aufzuerstehen, um in dieser entsetzlichen Nacht meine Schritte zu lenken. Gott hat mich hergeführt, Sire. Ich sehe mich hier unter dem zwiefachen Schutz einer Prinzessin von Frankreich und des Königs von Navarra. Wie durch ein Wunder wurde mein Leben gerettet, ich habe also nur meinen Schwur zu halten, Sire. Ich bin bereit, Katholik zu werden."

Henri zog die Stirn kraus. Ein Skeptiker wie er konnte begreifen, daß jemand abschwor, weil es für ihn von Nutzen war, mußte aber das Abschwören aus Glaubensgründen heftig anzweifeln.

Der König will nicht die Verantwortung für meinen Schützling übernehmen, dachte Marguerite.

La Môle stand indessen schüchtern und verlegen zwischen den beiden entgegengesetzten Kräften. Ohne sich darüber klarzuwerden, empfand er das Lächerliche seiner Position. Und wieder war es Marguerite, die ihn mit dem Zartgefühl der Frau aus der Verlegenheit zog.

„Sire", sagte sie, „wir vergessen darüber, daß der arme Verwundete Ruhe braucht. Ich selber falle um vor Müdigkeit. Da, sehen Sie, wie blaß er wird."

Tatsächlich wurde La Môle totenbleich; aber das Blut aus den Wangen trieben ihm Marguerites Worte, die er gehört und auf seine Weise ausgelegt hatte.

„Nichts einfacher, Madame", entgegnete Henri, „können wir Monsieur de La Môle nicht schlafen lassen?"

Der junge Mann warf Marguerite einen flehenden Blick zu und ließ sich trotz der Anwesenheit der beiden Majestäten, von Schmerz und Müdigkeit zerbrochen, in einen Sessel fallen.

Marguerite begriff, was in diesem Blick an Liebe und in diesem Schmerz an Verzweiflung lag.

„Sire", sagte sie, „Euer Majestät sollten diesem jungen Mann, der für seinen König das Leben wagte, indem er hierhereilte, um Ihnen, ungeachtet seiner Verwundung, den Tod des Admirals und Télignys zu melden, eine geziemende Ehre erweisen, für die er Ihnen sein Leben lang dankbar sein wird."

„Welche Ehre, Madame?" fragte Henri. „Befehlen Sie, ich bin bereit."

„Monsieur de La Môle soll heute nacht zu Füßen Euer Majestät liegen, während Sie auf diesem Ruhebett schlafen. Und ich werde mit der Erlaubnis meines erhabenen Gatten", fügte Marguerite lächelnd hinzu, „Gillonne rufen, daß sie mich zu Bett bringt, denn ich schwöre Ihnen, Sire, von uns dreien bin ich nicht gerade die, die am wenigsten der Ruhe bedarf."

Henri hatte Witz, vielleicht sogar ein wenig zuviel, wie ihm seine Freunde und Feinde später vorwarfen. Er begriff, daß Marguerite, die ihn aus dem Ehebett verbannte, dieses Recht aus der gegen sie an den Tag gelegten Gleichgültigkeit ableiten durfte; überdies hatte ihm Marguerite seine Gleichgültigkeit heimgezahlt, indem sie ihm das Leben rettete. Daher legte er keinerlei Gründe gekränkter Eigenliebe in ihre Antwort.

„Madame", sagte er, „wenn es Monsieur de La Môles Zustand erlaubt, mich in meine Gemächer zu begleiten, so werde ich ihm mein eigenes Bett anbieten."

„Gut", erwiderte Marguerite, „aber Ihre Gemächer können zur Zeit weder dem einen noch dem anderen Schutz gewähren, und die Vorsicht gebietet, daß Euer Majestät bis zum Morgen hierbleiben."

Und ohne die Antwort des Königs abzuwarten, rief sie

nach Gillonne, ließ dem König das Bett machen und zu Füßen des Königs ein Lager für La Môle, der über diese Ehre so beglückt und froh schien, daß man hätte schwören mögen, er fühle seine Wunden nicht.

Marguerite verneigte sich vor dem König in einem zeremoniellen Hofknicks und ging dann in ihrem nach allen Seiten gut verriegelten Zimmer zu Bett.

Jetzt fehlt noch eins, dachte Marguerite, Monsieur de La Môle muß morgen einen Beschützer im Louvre haben, und wer heute abend taube Ohren hatte, wird es morgen bereuen.

Dann winkte sie Gillonne heran, die auf ihre letzten Befehle wartete.

Gillonne trat näher.

„Gillonne", flüsterte Marguerite, „morgen muß mein Bruder, der Herzog von Alençon, unter irgendeinem Vorwand vor acht Uhr früh unbedingt hierherkommen."

Im Louvre schlug es zwei Uhr.

La Môle unterhielt sich noch ein wenig über Politik mit dem König, der langsam einschlief und bald laut schnarchte, als läge er auf seinem fellgepolsterten Lager in Béarn.

Vielleicht hätte La Môle wie der König geschlafen, doch Marguerite war noch nicht eingeschlummert, sondern drehte und drehte sich im Bett, und dies Geräusch störte die Gedanken und den Schlummer des jungen Mannes.

„Er ist sehr jung", murmelte Marguerite im Halbschlaf, „er ist sehr schüchtern, vielleicht, man muß sehen, vielleicht wird er sogar lächerlich sein; immerhin hat er schöne Augen … ist gut gewachsen und hat viel Einnehmendes, aber wenn er sich nicht als tapfer erweist … Er ist geflohen … er schwört ab … das ist verdrießlich, der Traum fing so gut an … Nun ja, lassen wir den Dingen ihren Lauf und berufen wir uns auf den dreieinigen Gott der närrischen Henriette."

Als der Tag dämmerte, schlief Marguerite endlich ein, auf den Lippen die Worte: „Eros, Cupido, Amor."

15

Frauenwille ist Gotteswille

Marguerite täuschte sich nicht: In Katharinas Herz hatte sich Zorn geballt angesichts dieser Komödie, in der sie wohl die Intrige erkannte, ohne jedoch mit mächtiger Hand ihren Ausgang herbeiführen zu können; und dieser Zorn mußte sich über jemandes Haupt entladen. Statt in ihr Zimmer zurückzukehren, stieg die Königinmutter schnurstracks zu ihrer Ehrendame hinauf.

Madame de Sauves erwartete zwei Besuche: sie erhoffte den Henris und bangte vor dem der Königinmutter. Halb angekleidet im Bett ausgestreckt, derweilen Dariole im Vorzimmer wachte, hörte sie das Geräusch eines Schlüssels und langsame Schritte, die ihr schwer vorgekommen wären, wenn nicht der dicke Teppich den Klang verschluckt hätte. Den leichten, hastigen Schritt von Henri hätte sie erkannt, und sie ahnte schon, daß Dariole gehindert wurde, den Besuch zu melden.

Den Kopf in die Hand gestützt, mit gespitzten Ohren und wachem Blick wartete sie.

Der Vorhang vor der Tür hob sich, und vor Angst fröstelnd erblickte die junge Frau Katharina von Medici.

Katharina schien ruhig, aber da Madame de Sauves seit zwei Jahren aufmerksam jedes Wort, jeden Ausdruck, jede Bewegung und jeden Blick der Königinmutter verfolgte, erkannte sie unter der scheinbaren Ruhe finstere Absichten und womöglich grausame Rachepläne.

Als Katharina vor ihr stand, wollte Madame de Sauves aus dem Bett springen; aber Katharina gebot ihr mit erhobenem Finger, sich nicht von der Stelle zu rühren, und so blieb die arme Charlotte wie angenagelt liegen und nahm die ganze Kraft ihrer Seele zusammen, um dem lautlos heraufziehenden Ungewitter die Stirn zu bieten.

„Haben Sie dem König von Navarra den Schlüssel zukommen lassen?" fragte Katharina, scheinbar ohne die geringste Erregung; aber die Worte tropften von blassen, aschfahlen Lippen.

„Ja, Madame ...", erwiderte Charlotte mit einer Stimme, die sich vergeblich mühte, so ruhig zu scheinen wie die Katharinas.

„Und Sie haben ihn gesehen?"

„Wen?" fragte Madame de Sauves.

„Den König von Navarra?"

„Nein, Madame, aber ich erwarte ihn, und ich glaubte sogar, er käme endlich, als ich den Schlüssel in der Tür hörte."

Diese Antwort, die vollkommene Zuversicht oder unerhörte Heuchelei offenbarte, ließ Katharina unwillkürlich schaudern. Sie ballte die fetten, kurzen Hände.

„Aber du wußtest doch sehr gut", sagte sie mit ihrem falschen Lächeln, „du wußtest doch sehr gut, Carlotta, daß der König von Navarra heute nacht nicht kommen würde."

„Ich sollte das gewußt haben, Madame?" rief Charlotte mit wahrhaft vollendet gespieltem Erstaunen.

„Ja, du hast es gewußt."

„Um nicht zu kommen, muß er tot sein!" erwiderte die junge Frau, bei dem Gedanken schaudernd.

Was Charlotte den Mut gab, derart zu lügen, war die Gewißheit, einer fürchterlichen Rache anheimzufallen, falls ihr kleiner Verrat entdeckt wurde.

„Du hast dem König von Navarra nicht geschrieben, Carlotta mia?" fragte Katharina mit demselben stillen, grausamen Lächeln.

„Nein, Madame", antwortete Charlotte wunderbar unbefangen, „davon haben Euer Majestät nichts gesagt."

Eine Weile herrschte Schweigen; Katharina beobachtete Madame de Sauves wie die Schlange den Vogel, den sie lähmen will.

„Du meinst, du bist schön", sagte Katharina dann, „und du meinst, du bist geschickt, nicht wahr?"

„Nein, Madame", erwiderte Charlotte, „ich weiß nur, daß Euer Majestät mitunter sehr große Nachsicht walten ließen, wenn es sich um meine Geschicklichkeit und meine Schönheit handelte."

„Aber du hast dich getäuscht, wenn du so etwas glaubtest", fuhr Katharina lebhafter fort, „und wenn ich etwas Ähnliches zu dir sagte, habe ich gelogen; denn gegen meine Tochter Margot bist du eine häßliche, dumme Pute."

„Das ist wahr, Madame", sagte Charlotte, „und ich würde nicht einmal versuchen, es abzustreiten, vor allem Ihnen gegenüber nicht."

„Daher gibt auch der König von Navarra meiner Tochter den Vorzug, und ich glaube, das ist nicht ganz das, was du wolltest oder was wir abgemacht haben."

„Ach, Madame", rief Charlotte und brach in Tränen aus, ohne sich besonders Gewalt antun zu müssen, „wenn es so ist, bin ich sehr unglücklich."

„Es ist so", bekräftigte Katharina, und die Blitze aus ihren Augen bohrten sich wie zwei Dolche ins Herz Madame de Sauves'.

„Aber wie kommen Sie nur darauf?" fragte Charlotte.

„Geh zur Königin von Navarra, *pazza!* Dort wirst du deinen Liebhaber finden."

„Oh!" rief Madame de Sauves.

Katharina zuckte die Achseln.

„Bist du etwa eifersüchtig?" fragte die Königinmutter.

„Ich?" gab Madame de Sauves zurück, mühsam die Fassung wahrend.

„Ja, du! Ich möchte wirklich gern eine eifersüchtige Französin sehen."

„Aber wie sollte ich denn anders als aus Eigenliebe eifersüchtig sein?" entgegnete Madame de Sauves. „Ich liebe den König von Navarra nur soweit es nötig ist, um Euer Majestät gefällig zu sein!"

Katharina ließ einen nachdenklichen Blick auf ihr ruhen.

„Was du da sagst, kann wahr sein", murmelte sie.

„Euer Majestät lesen in meinem Herzen."

„Und dies Herz ist mir ganz ergeben?"

„Befehlen Sie, Madame, und urteilen Sie dann."

„Wenn du dich meinem Dienst weihst, Carlotta, mußt du unbedingt in den König von Navarra verliebt und überdies sehr eifersüchtig sein, eifersüchtig wie eine Italienerin."

„Aber wie äußert sich die Eifersucht einer Italienerin, Madame?" fragte Charlotte.

„Das werde ich dir noch erzählen", erwiderte Katharina. Und nachdem sie zwei-, dreimal mit dem Kopf genickt hatte, ging sie langsam und schweigend hinaus, wie sie gekommen war.

Geängstigt von dem Blick dieser Katzen- oder Pantheraugen mit den geweiteten Pupillen – die aber durch ihre Größe nichts von ihrer Unergründlichkeit verloren –, ließ Charlotte die Königinmutter ohne ein einziges Wort gehen und hielt sogar den Atem an; erst als sie hörte, wie sich die Tür hinter ihr schloß, und als Dariole kam und ihr bestätigte, daß die schreckliche Erscheinung verschwunden sei, wagte sie wieder Luft zu holen.

„Dariole", bat sie, „rück dir einen Sessel an mein Bett und sitz dort bitte die Nacht über, ich getraue mich nicht allein zu bleiben."

Dariole gehorchte, doch trotz der Nähe ihrer Kammerfrau und der zu ihrer Beruhigung brennenden Lampe fiel auch Madame de Sauves erst zur Morgendämmerung in Schlummer, denn in ihren Ohren klirrte noch der metallische Ton von Katharinas Stimme.

Obwohl Marguerite erst eingeschlafen war, als der Tag zu grauen begann, erwachte sie beim ersten Klang der Trompeten und beim ersten Hundegebell. Sogleich stand sie auf und kleidete sich in ein höchst wirkungsvolles Negligé. Dann rief sie ihre Frauen, ließ die Edelleute des Königs von Navarra, die ihm ihre Aufwartung zu machen pflegten, ins Vorzimmer rufen, öffnete die Tür, die mit demselben Schlüssel zu Henri und de La Môle führte, bot La Môle mit einem liebevollen Blick guten Morgen und wandte sich darauf an ihren Gatten: „Kommen Sie, Sire, das genügt noch nicht, meine Frau Mutter das nicht Existierende glauben zu machen, deshalb scheint es mir geraten, daß Sie Ihrem ganzen Hofstaat die Überzeugung beibringen, zwischen uns herrsche das beste Einvernehmen. – Beunruhigen Sie sich nicht", fügte sie lachend hinzu, „und denken Sie an meine unter diesen Umständen beinahe feierlichen Worte: Es wird heute das letztemal sein, daß ich Euer Majestät dieser grausamen Probe unterwerfe."

Der König von Navarra lächelte und befahl, seine Edelleute hereinzuführen.

Doch erst als er sie schon begrüßte, schien ihm einzufallen, daß sein Mantel auf dem Bett der Königin liegengeblieben war; mit ein paar hingestammelten Entschuldigungen, sie so empfangen zu haben, nahm er seinen Mantel aus den Händen der errötenden Marguerite und befestigte ihn an seiner Schulter. Dann wandte er sich ihnen wieder zu und fragte sie nach den neuesten Ereignissen in der Stadt und am Hof.

Marguerite fing mit einem unmerklichen Seitenblick das Erstaunen ein, das sich angesichts der so offenbar zwischen dem König und der Königin von Navarra herrschenden Vertraulichkeit auf den Gesichtern der Edelleute malte, als ein von drei, vier Edelleuten gefolgter Türhüter erschien und den Herzog von Alençon meldete.

Um sein Erscheinen zu veranlassen, hatte ihm Gillonne nur mitzuteilen brauchen, daß der König die Nacht bei seiner Frau verbracht hatte.

Franz trat so rasch ein, daß er die zuerst Gekommenen beiseite drängte und beinahe umstieß. Sein erster Blick galt Henri. Marguerite erhielt erst den zweiten.

Henri antwortete mit einer höflichen Verbeugung. Marguerite versammelte auf ihrem Gesicht einen Ausdruck heiterer Ruhe.

Mit einem weiteren, wie unabsichtlichen, aber forschenden Blick überflog der Herzog das ganze Zimmer; er sah das Bett mit den zerwühlten Bettüchern, sah die beiden Kopfkissen mit den beiden Eindrücken und den auf einen Stuhl geworfenen Hut des Königs.

Er wurde blaß, faßte sich aber sofort.

„Mein Bruder Henri", fragte er, „werden Sie heute vormittag am Ballspiel des Königs teilnehmen?"

„Erweist mir der König die Ehre, mich einzuladen", fragte Henri, „oder ist es nur eine Gefälligkeit von Ihnen, mein Schwager?"

„Der König hat nichts davon gesagt", antwortete der Herzog ein wenig verlegen, „aber spielen Sie nicht immer mit ihm?"

Henri lächelte, denn seit der letzten Partie hatten sich so viele und so ernste Dinge ereignet, daß nichts Erstaunliches daran gewesen wäre, wenn Karl IX. seine Mitspieler gewechselt hätte.

„Ich werde dasein, mein Bruder!" sagte Henri lächelnd.

„Also kommen Sie", erwiderte der Herzog.

„Sie wollen schon gehen?" fragte Marguerite.

„Ja, Schwester."

„Haben Sie's denn so eilig?"

„Sehr eilig."

„Wenn ich Sie aber noch um ein paar Minuten bitten würde?"

Eine derartige Bitte war von Marguerites Lippen so selten zu vernehmen, daß ihr Bruder sie, abwechselnd rot und blaß, ansah.

Was will sie von ihm? dachte Henri, nicht weniger erstaunt als der Herzog von Alençon.

Als hätte Marguerite die Gedanken ihres Gatten erraten, wandte sie sich jetzt an ihn.

„Monsieur", sagte sie mit bezauberndem Lächeln, „wenn es Ihnen richtig erscheint, können Sie sich schon zu Seiner Majestät begeben; denn das Geheimnis, das ich meinem Bruder zu enthüllen gedenke, ist Ihnen bereits bekannt, und da die Bitte, die ich in dieser Hinsicht gestern abend an Sie richtete, von Euer Majestät so gut wie zurückgewiesen wurde, möchte ich Euer Majestät nicht ein zweites Mal durch Erklärungen in Ihrer Gegenwart mit einem Wunsch lästig fallen, der anscheinend Ihr Mißfallen erregte."

„Worum handelt es sich?" fragte Franz und blickte verwundert von einem zum andern.

„Ach", erwiderte Henri, vor Ärger errötend, „ich weiß schon, was Sie sagen wollen, Madame. Es tut mir selber leid, daß ich nicht mehr tun und lassen kann, was ich möchte. Aber wenn ich auch Herrn de La Môle keine

Gastfreundschaft gewähren kann, die ihm Sicherheit bietet, so kann ich in Ihrem Interesse wenigstens meinen Bruder Alençon bitten, für die Person zu sorgen, an der Sie so viel Anteil nehmen. Vielleicht", fügte er hinzu, um die letzten Worte zu unterstreichen, „vielleicht findet mein Bruder sogar einen Ausweg, der Ihnen erlaubt, Monsieur de La Môle hier … in Ihrer unmittelbaren Nähe … zu behalten, was doch die beste Lösung wäre, nicht wahr, Madame?"

Wir werden sehen, sagte sich Marguerite, beide zusammen werden vollbringen, was sonst weder der eine noch der andere getan hätte.

Sie öffnete die Tür zum Kabinett und ließ den jungen Verwundeten herauskommen, nachdem sie Henri gebeten hatte: „Sie, Monsieur, werden meinem Bruder erklären, in welcher Eigenschaft uns Monsieur de La Môle interessiert."

In wenigen Worten, die er auf die Goldwaage legte, erzählte Henri dem Herzog von Alençon, der aus Opposition ein halber Protestant war, wie Henri aus Vorsicht ein halber Katholik, daß de La Môle nach Paris gekommen und verwundet sei, als er ihm einen Brief von Monsieur d'Auriac überbringen wollte.

Als sich der Herzog umdrehte, stand La Môle, der aus dem Kabinett getreten war, aufrecht vor ihm.

So schön, so bleich und durch seine Schönheit und seine Blässe doppelt verführerisch, wie er ihn vor sich sah, fühlte Franz vom Grunde seiner Seele neues Entsetzen aufsteigen.

Marguerite verstand es, ihn gleichzeitig bei seiner Eifersucht und seiner Eigenliebe zu packen.

„Mein Bruder", sagte sie zu ihm, „dieser junge Mann wird dem, der sich für ihn verwendet, von Nutzen sein, dafür stehe ich ein. Wenn Sie ihn in Ihren Dienst nehmen, wird er in Ihnen einen mächtigen Herrn finden und Sie in ihm einen ergebenen Diener. In Zeiten wie diesen muß man sich eine Umgebung schaffen, Bruder", fügte sie mit so leiser Stimme hinzu, daß sie nur der Herzog von Alençon vernahm, „vor allem, wenn man ehrgeizig ist

206

und das Unglück hat, nur der dritte Sohn des Königshauses von Frankreich zu sein."

Sie legte den Finger auf den Mund, um Franz anzudeuten, daß sie trotz dieser Eröffnung eine wichtige Ergänzung ihres Gedankens für sich behielt.

„Außerdem", fuhr sie fort, „werden Sie es im Gegensatz zu Henri vielleicht nicht ganz schicklich finden, wenn sich der junge Mann in der nächsten Nähe meines Schlafzimmers aufhält."

„Wenn Monsieur de La Môle einverstanden ist, Schwester", erwiderte Franz lebhaft, „wird er in einer halben Stunde in meinen Gemächern untergebracht sein, wo er, wie ich glaube, nichts zu fürchten hat. Wenn er mir zugetan ist, werde auch ich ihn gern haben."

Das war eine Lüge; denn im Grunde seines Herzens verabscheute Franz bereits La Môle.

„Ausgezeichnet ... ich habe mich also nicht getäuscht!" murmelte Marguerite, als sie die Falte auf der Stirn des Königs von Navarra sah. Ach, dachte sie, um euch beide zu lenken, muß man einen durch den andern regieren. – Und sie schloß ihre Überlegungen mit dem Gedanken: Gut gemacht, Marguerite, würde Henriette sagen.

Eine halbe Stunde später küßte der von Marguerite gründlich abgekanzelte La Môle den Saum ihres Kleides und stieg für einen Verwundeten reichlich flink die Treppe hinauf, die zum Herzog von Alençon führte.

Zwei oder drei Tage vergingen, in denen sich die gute Harmonie zwischen Henri und seiner Frau mehr und mehr zu festigen schien. Henri hatte erwirkt, daß er nicht in der Öffentlichkeit abzuschwören brauchte, hatte sich aber in die Gewalt des königlichen Beichtvaters begeben und hörte jeden Morgen die Messe, die im Louvre gelesen wurde. Am Abend schlug er für alle sichtbar den Weg zum Zimmer seiner Frau ein, betrat es durch die große Tür, plauderte ein wenig mit ihr, verließ darauf Marguerite durch die kleine Geheimtür und stieg zu Madame de Sauves hinauf, die nicht versäumt hatte, ihm von Katharinas Besuch und der unbestreitbar drohenden Gefahr zu erzählen. Henri, der auf diese Art von beiden Seiten unterrichtet war, verdoppelte seinen Argwohn gegen die Königinmutter, und das um so mehr, als sich Katharinas Gesicht unmerklich zu glätten begann. Eines Morgens sah er sogar ein wohlwollendes Lächeln auf ihren bleichen Lippen erblühen. An diesem Tag litt er alle Qualen der Welt, ehe er sich entschließen konnte, etwas anderes als Eier zu essen, die er selber hatte kochen lassen, und etwas anderes als Wasser zu trinken, das vor seinen Augen aus der Seine geschöpft wurde.

Die Massaker hielten an, wenn sie auch allmählich abflauten; denn nach dem unerhörten Blutbad unter den Hugenotten war die Zahl der Verfolgten sehr vermindert. Die meisten waren tot, viele geflohen, und einige hielten sich versteckt. Von Zeit zu Zeit erhob sich in diesem oder jenem Stadtteil ein Riesenlärm, wenn sie wieder einen von ihnen entdeckt hatten. Die Exekution wurde im geheimen oder öffentlich vollzogen, je nachdem, ob der Unglückliche in einen Winkel getrieben wurde, aus dem er keinen Ausweg fand, oder fliehen konnte. Wenn das zweite der Fall war, so artete die Ergreifung in ein Freudenfest für das ganze Stadtviertel aus, in dem sich das Ereignis begab; denn statt durch die Vernichtung ihrer Feinde ruhiger zu werden, zeigten sich die Katholiken immer wilder, und je weniger übrigblieben, um so erbitterter schienen die noch am Leben gebliebenen Unglücklichen verfolgt zu werden.

Karl IX. hatte viel Gefallen an der Jagd auf Hugenotten gefunden, und als er sie selber nicht mehr jagen konnte, ergötzte er sich am Jagdgebrüll der anderen.

Eines Tages, als er vom Mailspiel, seinem Lieblingsvergnügen neben Schlagball und Jagd, zurückkam, eilte er, von seinen üblichen Höflingen gefolgt, mit vor Freude strahlendem Gesicht zu seiner Mutter.

„Gute Nachricht, Mutter", rief er und umarmte die Florentinerin, die bereits versucht hatte, die Ursache seiner offensichtlichen Freude zu erraten. „Tod all den Teufeln! Wissen Sie was? Das berühmte Gebein des Herrn Admirals, das verloren geglaubt wurde, ist aufgefunden!"

„Wirklich?" fragte Katharina.

„Mein Gott, ja! Sie hatten doch auch den Gedanken, Mutter, daß sich die Hunde einen Festschmaus mit ihm gemacht hätten, nicht wahr? Aber keine Rede davon. Mein Volk, mein liebes Volk, mein gutes Volk, hat eine Idee gehabt: Es hat den Admiral an den Galgen von Montfaucon gehängt.

Erst von der Höhe hinabgeschmettert,
dann aus der Tiefe hochgeklettert.“

„Und weiter?“ fragte Katharina.

„Liebe, gute Mutter“, erwiderte Karl, „ich wollte ihn schon immer gern einmal wiedersehen, seit ich weiß, daß der gute Mann tot ist. Das Wetter ist schön. Alle Blüten scheinen aufgebrochen. Die Luft ist voller Lebenskraft und Duft, ich fühle mich so wohl wie nie. Wenn Sie einverstanden sind, Mutter, nehmen wir unsere Pferde und reiten nach Montfaucon.“

„Von Herzen gern, mein Sohn“, entgegnete Katharina, „wenn ich nicht eine Verabredung hätte, die ich nicht versäumen möchte; außerdem sollten wir zu dem Besuch bei einem Manne von der Wichtigkeit des Herrn Admirals den ganzen Hof einladen“, fügte sie hinzu. „Für den, der Augen hat zu sehen, wird es eine gute Gelegenheit sein, interessante Beobachtungen zu machen. Wir werden sehen, wer kommt und wer ausbleibt.“

„Da haben Sie wirklich recht, Mutter! Morgen hätten wir mehr davon! Lassen Sie also Ihre Einladungen ergehen, ich werde es ebenso halten, oder besser, wir laden niemand ein, sondern sagen nur, daß wir hin wollen, dann kann jedermann frei entscheiden. Adieu, Mutter, ich will noch ein wenig auf dem Horn blasen.“

„Sie werden sich überanstrengen, Karl! Ambroise Paré predigt es Ihnen immer wieder, und er hat recht, es ist eine für Sie viel zu angreifende Beschäftigung.“

„Ach was!“ erwiderte Karl. „Ich wünschte, ich könnte sicher sein, an nichts anderem als daran zu sterben. Ich werde noch alle hier überleben, sogar Henriot, der uns eines Tages beerben soll, wie Nostradamus behauptet hat.“

Auf Katharinas Stirn erschien eine steile Falte.

„Mein Sohn", sagte sie, „hüten Sie sich besonders vor dem scheinbar Unmöglichen, und bis dahin schonen Sie sich."

„Nur zwei oder drei Fanfaren, um meine Hunde zu erfreuen, die armen Tiere langweilen sich zu Tode! Ich hätte sie auf die Hugenotten hetzen sollen, das hätte ihnen Spaß gemacht."

Damit verließ Karl das Zimmer seiner Mutter, ging in sein Arbeits- und Waffenzimmer, nahm ein Horn herunter und blies mit einer Kraft, die selbst Roland Ehre gemacht hätte. Unbegreiflich, wie aus diesem schwachen, kränklichen Körper, wie von diesen bleichen Lippen ein so mächtiger Atem strömen konnte.

Katharina erwartete tatsächlich jemand, wie sie ihrem Sohn gesagt hatte.

Kaum war Karl fort, als eine ihrer Frauen kam und ihr etwas zuflüsterte.

Die Königin lächelte, stand auf, grüßte ihren Hofstaat und folgte der Botin.

In ihrem Betzimmer stand der Florentiner René, den der König von Navarra am Abend der Bartholomäusnacht mit diplomatischer Freundlichkeit empfangen hatte.

„Da sind Sie endlich, René", sagte Katharina. „Ich habe Sie schon ungeduldig erwartet."

René verneigte sich.

„Sie haben das kleine Billett erhalten, das ich Ihnen gestern schrieb?"

„Es war mir eine Ehre."

„Und Sie haben, wie ich Ihnen sagte, das von Rugieri gestellte und mit jener Prophezeiung von Nostradamus so genau übereinstimmende Horoskop, nach dem jeder meiner drei Söhne regieren soll, abermals geprüft? ... Seit ein paar Tagen ist vieles gründlich anders geworden, René, daher hielt ich es für möglich, daß die Schicksalssprüche nun weniger drohend seien."

„Madame", erwiderte René und schüttelte den Kopf, „Euer Majestät wissen sehr wohl, daß nicht die Ereignisse das Schicksal ändern, sondern daß im Gegenteil das Schicksal die Ereignisse beherrscht."

„Nichtsdestoweniger haben Sie das Opfer erneuert, nicht wahr?"

„Ja, Madame", erwiderte René, „denn Ihnen gehorchen ist meine erste Pflicht."

„Und das Resultat?"

„Ist dasselbe geblieben, Madame."

„Was? Das schwarze Lamm hat wieder seine drei Schreie ausgestoßen?"

„Ja, Madame."

„Das Zeichen für drei grausame Tode in meiner Familie", murmelte Katharina.

„Leider!" bestätigte René.

„Und weiter?"

„Dann, Madame, in seinen Eingeweiden diese sonderbar falsche Lage der Leber in umgekehrter Richtung, die wir bereits bei den beiden ersten bemerkten."

„Ein Wechsel der Dynastie. Immer und immer dasselbe!" brummte Katharina. „Dennoch muß man dagegen kämpfen, René!" fuhr sie fort.

René schüttelte den Kopf.

„Ich sagte es Euer Majestät bereits", erwiderte er, „das Schicksal ist gebieterisch."

„Ist das wirklich deine Meinung?" fragte Katharina.

„Ja, Madame."

„Erinnerst du dich noch an das Horoskop von Jeanne d'Albret?"

„Ja, Madame."

„Wiederhole, ich hab's vergessen."

„*Vives honorata*", sagte René, „*morieris reformidata, regina amplificabere*"

„Und das sollte wohl bedeuten: ‚Geehrt wirst du leben' – dazu fehlte es ihr an dem Nötigen, der armen Frau! –, ‚gefürchtet wirst du sterben' – aber wir haben uns über sie lustig gemacht –, ‚du wirst größer sein denn als Königin', und jetzt ist sie tot, und ihre Größe ruht in einem Grab, auf das wir sogar ihren Namen zu setzen vergaßen."

„Madame, Euer Majestät übersetzen *vives honorata*

nicht ganz richtig. Die Königin von Navarra lebt in der Tat geehrt, denn ihr Leben lang erfreute sie sich der Liebe ihrer Kinder und der Achtung ihrer Parteigänger, einer um so aufrichtigeren Liebe und Achtung, da sie sehr arm war."

„Nun, das ‚geehrt wirst du leben' will ich dir zugeben", sagte Katharina, „aber wie erklärst du das *morieris reformidata?*"

„Ganz einfach: Gefürchtet wirst du sterben."

„Aber ist sie denn gefürchtet gestorben?"

„So sehr gefürchtet, Madame, daß sie nicht tot wäre, wenn Euer Majestät nicht Furcht vor ihr gehabt hätten. Und schließlich: ‚Als Königin wirst du aufsteigen', oder ‚du wirst größer sein denn als Königin!' – Auch dies ist wahr, Madame, denn zum Ausgleich für die vergängliche Krone trägt sie jetzt vielleicht als Königin und Märtyrerin die Himmelskrone, und wer weiß überdies, was die Zukunft ihrem Geschlecht auf Erden vorbehalten hat?"

Katharina war mehr als abergläubisch. Vielleicht erschreckte sie die Kaltblütigkeit Renés noch mehr als die Beharrlichkeit der Auguren, und da sie die Situation nicht ohne weiteres zu meistern vermochte, fragte sie René plötzlich und ohne einen anderen Übergang als den ihrer stummen Gedanken: „Sind die wohlriechenden Essenzen aus Italien eingetroffen?"

„Ja, Madame."

„Schicken Sie mir ein Kästchen voll."

„Mit welchen?"

„Den letzten, die …" Katharina hielt inne.

„… die Königin von Navarra besonders liebte?" fragte René.

„Ganz recht."

„Sie brauchen nicht präpariert zu werden, nicht wahr, Madame? Euer Majestät sind jetzt genauso erfahren darin wie ich."

„Meinst du?" gab Katharina zurück. „Tatsache ist, daß sie Erfolg hatten."

„Weiter haben mir Euer Majestät nichts zu sagen?" fragte der Parfümeur.

212

„Nein", erwiderte Katharina nachdenklich, „nein, ich glaube nicht. Wenn es bei den Opfern doch noch etwas Neues gibt, benachrichtige mich. Lassen wir übrigens einmal die Lämmer und versuchen wir es mit Hühnern."

„Ich fürchte, Madame, durch eine Änderung des Opfers werden wir an den Vorzeichen nichts ändern."

„Tu, was ich dir sage."

René verneigte sich und ging hinaus.

Katharina blieb noch einen Augenblick sitzen und dachte nach, dann stand auch sie auf, begab sich in ihr Schlafgemach, wo ihre Kammerfrauen warteten, und verkündete, daß für den nächsten Tag eine Wallfahrt nach Montfaucon geplant sei.

Das Gerede über diese Lustbarkeit hielt den ganzen Abend den Palast in Atem und die Stadt in Aufruhr. Die Damen ließen ihre elegantesten Toiletten vorbereiten, die Edelleute ihre Waffen und ihre Galapferde. Die Händler schlossen ihre Läden und Geschäfte, und der herumstreifende Pöbel tötete hier und da ein paar für die gute Gelegenheit aufgesparte Hugenotten, die dem Leichnam des Admirals zur passenden Zierde gereichen sollten.

Den Abend über bis tief in die Nacht herrschte ein Höllenlärm.

La Môle hatte den traurigsten Tag seines Lebens verbracht, und diesem Tag waren drei, vier andere nicht weniger traurige voraufgegangen.

Um Margueritesb Wünschen nachzukommen, hatte ihn der Herzog von Alençon in seinen Räumen untergebracht, seitdem jedoch nicht wiedergesehen. Der liebevollen, zartfühlenden und bezaubernden Pflege der beiden Frauen beraubt, kam sich La Môle plötzlich vor wie ein armes verlassenes Kind, und die Erinnerung an die eine von ihnen machte es ihm unmöglich, an etwas anderes zu denken. Wohl hatte er durch den Arzt Ambroise Paré, den sie ihm geschickt hatte, erfahren, wie es ihr ging; aber wie unvollständig und unbefriedigend waren doch diese Nachrichten aus dem Mund eines Mannes von fünfzig Jahren, der nichts davon wußte – oder wenigstens so tat –, welch großes Interesse La Môle selbst der geringsten Kleinigkeit entgegenbrachte, die mit Marguerite zusammenhing! Einmal war allerdings auch Gillonne gekommen, wohlgemerkt aus freien Stücken, um zu erfahren, wie sich der Verwundete befände. Ihr Besuch fiel wie ein Sonnenstrahl in ein Verlies; La Môle blieb wie geblendet zurück und wartete Stunde für Stunde auf eine zweite Erscheinung, die jedoch ausblieb, obwohl inzwischen bereits zwei Tage vergangen waren.

Als nun der Genesende von der für den nächsten Tag geplanten glänzenden Versammlung des ganzen Hofes erfuhr, bat er den Herzog von Alençon um die Gunst, ihn begleiten zu dürfen.

Der Herzog fragte nicht viel danach, ob La Môle in seinem Zustand solch einer Anstrengung gewachsen sei, und antwortete nur: „Wunderbar! Man soll Ihnen eins meiner Pferde geben."

Mehr wünschte La Môle nicht. Meister Ambroise Paré kam wie gewöhnlich, um ihn zu verbinden, und La Môle erklärte ihm, er müsse unbedingt reiten, und der Arzt möchte dem guten Sitz der Verbände doppelte Sorge zuwenden. Die beiden Wunden, die in der Brust wie auch die an der Schulter, hatten sich übrigens geschlossen, und Schmerzen verursachte ihm nur noch die an der Schulter. Beide waren leuchtend rot, wie es Heilhaut immer ist. Meister Ambroise Paré legte auf beide Wunden ein Heftpflaster, das in derlei Fällen damals verwendet wurde, und versicherte La Môle, wenn er sich bei dem Unternehmen nicht zuviel Bewegung mache, werde alles gutgehen.

La Môles Freude kannte keine Grenzen. Abgesehen von einer gewissen, durch den Blutverlust bewirkten Schwäche und einer leichten Benommenheit, die auf dieselbe Ursache zurückzuführen war, fühlte er sich so gut wie nur je. Überdies würde natürlich Marguerite an der Kavalkade teilnehmen; er würde Marguerite wiedersehen, und wenn er daran dachte, wie gut ihm Gillonnes Anblick getan hatte, zweifelte er nicht an der viel größeren Wirkung, die der Anblick ihrer Herrin auf ihn ausüben würde.

La Môle verwandte also einen Teil des Geldes, das er

beim Abschied von seiner Familie erhalten hatte, um den schönsten weißen Seidenrock und den am reichsten bestickten Mantel zu kaufen, die ihm der Modeschneider verschaffen konnte. Dort stattete er sich auch mit Stiefeln aus parfümiertem Leder aus, wie man sie damals trug. All das wurde mit nur einer halben Stunde Verspätung am Morgen zugestellt, weshalb auch La Môle nicht viel Worte über die Nachlässigkeit machte. Rasch kleidete er sich an, betrachtete sich im Spiegel, fand sich zu seiner Zufriedenheit gekleidet, frisiert und parfümiert und überzeugte sich schließlich durch rasches Umherlaufen im Zimmer, daß ungeachtet der ziemlich lebhaften Schmerzen das innere Glück sein physisches Unbehagen zum Schweigen bringen würde.

Besonders gut machte sich an ihm ein selbstentworfener kirschroter Mantel, der ein wenig länger geschnitten war, als die Mode der Zeit vorschrieb.

Ein Gegenstück zu dieser Szene im Louvre spielte sich im Palais Guise ab. Hier stand ein hochgewachsener, fuchshaariger Edelmann vor dem Spiegel und prüfte den fatalen rötlichen Streifen, der quer über sein Gesicht lief; er glättete und parfümierte seinen Schnurrbart und legte auf den unseligen Streifen, der allen damals gebräuchlichen Mitteln zum Trotz nicht verschwinden wollte, eine dreifache Schicht weißer und roter Schminke; doch da er auch damit noch keinen Erfolg hatte, kam ihm ein Gedanke, als er die glühende Augustsonne ihre Strahlen in den Hof werfen sah. Er stieg in den Hof hinunter, nahm den Hut ab und spazierte, die Nase in der Luft, mit geschlossenen Augen zehn Minuten auf und ab und setzte sich freiwillig der verzehrenden Glut aus, die vom Himmel herabflutete.

Nach zehn Minuten leuchtete das Gesicht des Edelmannes dank eines vortrefflichen Sonnenbrands in so frischen Farben, daß der rote Streifen jetzt nicht allein mit seinem Teint harmonierte, sondern damit verglichen nahezu gelb wirkte. Dennoch schien unser Edelmann sehr zufrieden über diesen Regenbogen, dessen Färbung er mit zinnoberroter Schminke seinem Gesicht anglich; dies getan, legte er einen prächtigen Anzug an, den ein Schneider brachte, ehe er noch danach verlangt hatte.

So herausgeputzt, nach Moschus duftend und von Kopf bis Fuß gerüstet, stieg er eine Sekunde später abermals in den Hof hinunter, wo er bald darauf einen mächtigen Rappen liebkoste, ein Tier von unvergleichlicher Schönheit bis auf eine kleine, der seines Herrn ähnliche Schnittwunde, die er in einer der letzten Bürgerschlachten von einem Reitersäbel empfangen hatte. Nicht weniger von seinem Pferd wie von sich entzückt, schwang sich der Edelmann, den der Leser gewiß auf den ersten Blick wiedererkannt hat, eine Viertelstunde vor allen anderen in den Sattel und ließ sein Schlachtroß im Hof des Palais Guise traben, der bald vom Wiehern des Pferdes und dem in allen Tonarten gebrüllten „Kotzbombenelement!" widerhallte, womit der Edelmann seine Bewegungen lenkte. Schon nach wenigen Minuten hatte das völlig gezähmte Pferd nachgiebig und gehorsam die rechtmäßige Herrschaft seines Reiters anerkannt; aber der Sieg wurde nicht eben geräuschlos errungen, und der Lärm hatte (vielleicht von unserem Edelmann nicht unbeabsichtigt) eine Dame ans Fenster gelockt, die unser Roßbändiger nun mit einer tiefen Verneigung grüßte, worauf sie ihm ungemein liebenswürdig zulächelte.

Fünf Minuten später ließ Madame de Nevers ihren Haushofmeister rufen.

„Hat Graf Hannibal de Coconnas ein anständiges Frühstück bekommen?" fragte sie.

„Ja, Madame", erwiderte der Haushofmeister. „Er hat heute mit sogar noch größerem Appetit als sonst gegessen."

„Gut", lobte die Herzogin.

Dann wandte sie sich an ihren ersten Kammerherrn: „Monsieur d'Arguzon", sagte sie, „wenn wir uns jetzt zum Louvre begeben, achten Sie bitte auf den Grafen Hannibal de Coconnas; er ist verwundet und daher noch schwach, und ich möchte um alles in der Welt nicht, daß ihm etwas zustößt. Das würde den Hugenotten, die ihm seit dem glücklichen Abend vor Sankt Bartholomäus grollen, Anlaß zu Gelächter geben."

Damit bestieg auch Madame de Nevers ihr Pferd und ritt strahlend zum Louvre, wo sich alle trafen.

Es war bereits zwei Uhr nachmittags, als der von Gold, Geschmeide und prächtigen Kleidern strotzende Reiterzug in der Rue Saint-Denis erschien, beim Cimetière des Innocents um die Ecke bog und sich zwischen den beiden düsteren Häuserreihen wie eine riesige Schlange mit im Sonnenschein schillernden Ringen fortbewegte.

16

Der Leichnam eines Feindes riecht immer gut

Keine noch so reich geschmückte Gesellschaft kann uns auch nur annähernd eine Vorstellung von diesem Schauspiel geben. Die prächtigen, glänzenden Seidengewänder, wie sie die prunkvolle Mode der Zeit Franz I. ihren Nachfahren hinterließ, waren bisher noch nicht völlig der von Heinrich III. in Mode gebrachten engen, dunklen Kleidung gewichen, so daß die Tracht Karls IX. – weniger auffällig, aber darum vielleicht noch eleganter als in den vorangegangenen Epochen – eine vollkommene Harmonie offenbarte. Aus unseren Tagen können wir mit einem ähnlichen Geleitzug keinen Vergleich herholen, denn unser Paradeaufwand beschränkt sich auf Symmetrie und Uniform. Pagen, Junker und Edelleute niederen Ranges, Hunde und Pferde, die zu beiden Seiten zogen und als Nachhut folgten, gaben dem Königsgeleit das Ansehen einer wahren Armee. Die Armee zog das Volk hinter sich her, oder, besser gesagt, das Volk war überall.

Das Volk ging nebenher oder voraus oder folgte; es schrie in einem Atemzug „Hosianna" und „Kreuzige"; denn in dem Geleitzug befanden sich ein paar mit der Regierung ausgesöhnte Kalvinisten, und das Volk brannte vor Rachsucht.

In Katharinas und des Herzogs von Guise Gegenwart hatte Karl IX. am frühen Vormittag Henri von Navarra, als wäre es die natürlichste Sache der Welt, mitgeteilt, daß

sie den Galgen von Montfaucon oder besser den dort
hängenden verstümmelten Leichnam des Admirals besichtigen wollten. Henris erste Regung war, sich von der
Teilnahme an diesem Besuch zu beurlauben. Das war es,
worauf Katharina gewartet hatte. Bei den ersten Worten,
die seinen Widerwillen ausdrückten, tauschte sie einen
Blick und ein Lächeln mit dem Herzog von Guise.

Henri fing beides auf, begriff und berichtigte sich:
„Aber warum sollte ich eigentlich nicht mitgehen. Ich bin
Katholik und bin es meiner neuen Religion schuldig."

Darauf fuhr er, zu Karl gewandt, fort: „Wenn Euer Majestät auf mich rechnen, so werde ich glücklich sein, Sie
zu begleiten, wohin es auch sei."

Dabei warf er einen raschen Blick um sich und stellte
fest, wie viele Stirnen sich verdüstert hatten.

Daher wies der Zug keinen mit größerer Neugier beobachteten Teilnehmer auf als diesen Sohn ohne Mutter, diesen König ohne Königreich, diesen zum Katholiken
gewordenen Hugenotten. Sein schmales, vortrefflich ge-
zeichnetes Gesicht, seine etwas nachlässige Haltung, seine
Vertraulichkeit gegen Untergebene, diese für einen König
nahezu unpassende Vertraulichkeit, in der noch ein gut
Teil seiner Jugendgewohnheiten im Gebirge steckte, die
er bis an sein Lebensende nicht ablegte, fielen den Zuschauern auf, und einige riefen: „Zur Messe, Henriot, zur
Messe!"

Worauf Henri antwortete: „Ich war gestern und heute
da und werde morgen ebenfalls hingehen. Heiliger Strohsack! Mir scheint, das dürfte genügen."

Auch Marguerite saß im Sattel, so schön, so frisch und
so elegant, daß ein wahres Konzert der Bewunderung sie
umbrandete, ein Konzert, das allerdings, wie man zugeben muß, ein paar Noten auch ihrer Gefährtin widmete,
der Herzogin von Nevers, die auf einem Schimmel galoppierte, der wie in übermächtigem Stolz, solche Last zu
tragen, heftig die Mähne schüttelte.

„Etwas Neues, Herzogin?" fragte die Königin von Navarra.

„Nicht daß ich wüßte, Madame", erwiderte Henriette

mit lauter Stimme und fügte leise hinzu: „Was ist aus dem Hugenotten geworden?"

„Ich habe einen fast sicheren Zufluchtsort für ihn gefunden", erwiderte Marguerite. „Und was hast du mit deinem großen Menschentöter angefangen?"

„Er wollte an der Festlichkeit teilnehmen und reitet das Schlachtroß von Monsieur de Nevers, ein Pferd wie ein Elefant. Ein erschreckender Reiter. Ich habe ihm erlaubt, dabeizusein, weil ich glaubte, dein Hugenott werde aus Vorsicht das Zimmer hüten, und ein Zweikampf wäre daher nicht zu befürchten."

„Ach", erwiderte Marguerite lächelnd, „ich glaube, auch wenn er hier wäre, was nicht der Fall ist, käme es wohl kaum zu einem Zweikampf. Mein Hugenott ist ein hübscher Junge, mehr aber auch nicht: eine Taube, keine Gabelweihe; er turtelt, aber er hackt nicht. Vielleicht", sagte sie in einem kaum wiederzugebenden Ton und mit leichtem Achselzucken, „vielleicht haben wir uns nur eingebildet, er sei ein Hugenott, während er in Wirklichkeit ein Brahmane ist, dem die Religion das Blutvergießen verbietet."

„Wo ist eigentlich der Herzog von Alençon?" fragte Henriette. „Ich sehe ihn nirgends."

„Er muß noch kommen; heute früh hatte er Augenschmerzen und wollte nicht teilnehmen; doch da bekannt ist, daß er aus Opposition gegen seinen Bruder Karl und seinen Bruder Henri zu den Hugenotten neigt, wurde er darauf aufmerksam gemacht, daß der König seine Abwesenheit ungünstig auslegen könnte, und hat sich dann doch entschlossen. Aber jetzt, da, alles sieht hin und ruft, er muß durch die Porte-Montmartre gekommen sein."

„Tatsächlich, er ist es, ich erkenne ihn", antwortete Henriette. „Heute sieht er wirklich gut aus. Seit einiger Zeit pflegt er sich erstaunlich, er muß reineweg verliebt sein. Sieh nur, es hat doch etwas für sich, ein Prinz von Geblüt zu sein: Er galoppiert einfach in die Menge hinein, und alle machen ihm Platz."

„Tatsächlich", lachte Marguerite, „er wird uns Gott behüte noch über den Haufen rennen! Aber lassen Sie doch

Ihre Edelleute zurücktreten, Gräfin! Da ist einer, der nicht weichen will, und es könnte sein Tod sein."

„Ach, das ist mein unerschrockener Held!" rief die Herzogin. „Sieh doch nur, sieh nur!"

Coconnas hatte seine Reihe verlassen, um sich Madame de Nevers zu nähern; aber als sein Pferd gerade über den Außenwall kam, der die Straße vom Faubourg Saint-Denis trennte, mühte sich ein Reiter aus dem Gefolge des Herzogs von Alençon vergeblich, sein hitziges Pferd zu zügeln, und stieß mit voller Breitseite gegen Coconnas. Coconnas schwankte auf seinem riesigen Schlachtroß, wobei er beinahe den Hut verlor; er griff danach und drehte sich wütend um.

„Großer Gott!" rief Marguerite und neigte sich zum Ohr ihrer Freundin. „Monsieur de La Môle!"

„Dieser schöne, bleiche junge Mann?" fragte die Herzogin, außerstande, ihren ersten Eindruck zu unterdrükken.

„Ja, ja! Das ist er, der deinen Piemonteser fast vom Pferd geworfen hat."

„Ach", rief die Herzogin aus, „schreckliche Dinge werden geschehen! Sie sehen sich an, sie erkennen sich!"

Wirklich hatte Coconnas, als er sich umdrehte, La Môle wiedererkannt und vor Überraschung die Zügel losgelassen, da er seinen alten Gefährten tot oder zumindest für eine Zeitlang außer Gefecht gesetzt glaubte. Auch La Môle erkannte Coconnas, und eine Feuerwelle stieg ihm ins Gesicht. Einige Sekunden lang, die genügten, um ihre Empfindungen zum Ausdruck zu bringen, verschlangen sich die beiden Männer mit Blicken, unter denen die beiden Frauen erbebten. Darauf gab La Môle, nachdem er um sich geblickt und zweifellos begriffen hatte, daß der Ort für eine Auseinandersetzung schlecht gewählt wäre, seinem Pferd die Sporen und gesellte sich wieder zu dem Herzog von Alençon. Coconnas verharrte einen Augenblick wie angenagelt, zwirbelte seinen Schnurrbart und zog die Spitzen so hoch, daß sie ihm beinahe in die Augen stachen; als er jedoch sah, wie sich La Môle ohne ein Wort entfernte, setzte auch er sich wieder in Bewegung.

„Ach", bemerkte Marguerite mit schmerzlicher Geringschätzung, „ich habe mich also nicht getäuscht ... Aber diesmal ist es zu stark." Sie biß sich auf die Lippen, bis das Blut kam.

„Er ist sehr hübsch", sagte die Herzogin mitleidig.

Jetzt nahm der Herzog von Alençon seinen Platz hinter dem König und der Königinmutter ein, so daß die Edelleute, um ihn einzuholen, gezwungen waren, an Marguerite und der Herzogin von Nevers vorüberzureiten.

Als La Môle an den beiden Fürstinnen vorbeikam, zog er den Hut, grüßte die Königin mit einer Verneigung bis auf den Hals seines Pferdes und blieb unbedeckten Hauptes in der Erwartung, Ihre Majestät werde ihn mit einem Blick beehren.

Marguerite wandte hochmütig den Kopf ab.

Zweifellos erkannte La Môle den Ausdruck der Geringschätzung im Gesicht der Königin, denn sein ohnehin bleiches Gesicht wurde leichenfahl. Um nicht vom Pferd zu stürzen, mußte er sich an der Mähne festhalten.

„O sieh nur, du Grausame!" rief Henriette der Königin zu. „Er wird in Ohnmacht fallen."

„Ausgezeichnet", entgegnete die Königin mit vernichtendem Lächeln, „das hat uns noch gefehlt ... Hast du Riechsalz bei dir?"

Madame de Nevers hatte sich geirrt. Schwankend fand La Môle seine Kräfte wieder, setzte sich fest in den Sattel und begab sich an seinen Platz im Gefolge des Herzogs von Alençon.

Die ganze Zeit ging es weiter, und schon zeichnete sich die grausige Silhouette des von Enguerrand de Marigny errichteten und zum erstenmal benutzten Galgens ab. Nie war er so voll besetzt gewesen wie zu dieser Stunde.

Die Schergen und Wachen marschierten voraus und stellten sich in einem großen Kreis um den Galgen. Bei ihrer Ankunft flogen die Raben, die auf dem Galgen gesessen hatten, mit ungehaltenem Krächzen davon.

Hinter den Pfosten auf dem Galgenhügel Montfaucon fanden sonst die häufig durch Beute angelockten Hunde und philosophische Landstreicher Schutz, die hierherkamen, um über die betrüblichen Wechselfälle des Schicksals zu meditieren.

Heute gab es auf dem Montfaucon allem Anschein nach weder Hunde noch Landstreicher. Die Schergen und Wachen hatten mit den Raben zugleich die Hunde verjagt, und die Banditen hatten sich unter die Menge gemischt, um ein paar nette Stückchen zu landen, die zu den heiteren Wechselfällen ihres Handwerks gehören.

An der Spitze des Zuges erreichten der König und Katharina den Hügel, dann der Herzog von Anjou, der Herzog von Alençon, der König von Navarra und der Herzog von Guise mit ihren Edelleuten; als nächste Madame Marguerite, die Herzogin von Nevers und die Frauen der sogenannten fliegenden Schwadron der Königin, danach die Pagen, Junker und Diener, und schließlich das Volk – alle zusammen etwa zehntausend Leute.

Am Hauptgalgen hing eine unförmige Masse, ein schwarzer, mit geronnenem Blut bedeckter Kadaver, der unten weiß war von frisch aufgewirbeltem Staub. Der Leichnam war ohne Kopf. Deshalb hatten sie ihn an den Füßen aufgehängt. Erfinderisch wie immer hatte der Pöbel außerdem als Ersatz für den fehlenden Kopf einen Strohwisch mit einer Larve befestigt, und in den Mund der Larve hatte ein mit den Gewohnheiten des Admirals vertrauter Spottvogel einen Zahnstocher gesteckt.

Es war ein grausiges und zugleich phantastisches Schauspiel, wie all diese eleganten Herren und all diese schönen Damen gleich einer von Goya gemalten Prozession unter den geschwärzten Skeletten und den kurzarmigen Galgen hindurchzogen. Je lärmender die Freude der Zuschauer, um so stärker offenbarte sich der Gegensatz zu dem düsteren Schweigen und der kalten Unempfindlichkeit dieser Kadaver, den Zielen ihrer Spöttereien, die sogar die Spötter erschauern ließen.

Viele konnten das entsetzliche Schauspiel kaum ertragen, und unter den mit der Regierung ausgesöhnten Hugenotten fiel Henri durch seine Blässe auf, denn wie sehr er sich auch zu beherrschen vermochte und wieweit seine Verstellung ging, mit der ihn der Himmel begabt hatte, er konnte nicht an sich halten. Er schob den unsauberen Geruch vor, den diese menschlichen Überreste verbreiteten, und fragte, indem er sich Karl IX. näherte, der neben Katharina vor dem Kadaver des Admirals stehengeblieben war: „Sire, meinen Euer Majestät nicht auch, daß der Kadaver zu schlecht riecht, als daß wir uns lange hier aufhalten könnten?"

„Findest du, Henriot?" entgegnete Karl, und seine Augen glitzerten in wilder Freude.

„Ja, Sire."

„Sieh mal an, aber ich bin nicht deiner Meinung ... der Leichnam eines toten Feindes riecht immer gut."

„Wahrhaftig, Sire", sagte Tavannes, „da Euer Majestät wußten, daß wir dem Herrn Admiral einen kleinen Besuch abstatten würden, hätten Sie Pierre Ronsard, Ihren Lehrmeister in der Poesie, einladen sollen, er hätte gleich ein Epitaph für den alten Gaspard gemacht."

„Dafür brauchen wir ihn nicht", erwiderte Karl. „Wir werden es selber machen ... Zum Beispiel so, meine Herren, hören Sie zu", fuhr er fort, nachdem er einen Augenblick überlegt hatte:

„Hier ruht – nein, niemand glaubt es,
   zu ehrenvoll ist des Wortes Wahl –,
   hier hängt in Ermanglung des Hauptes
   an seinen Füßen der Admiral."

„Bravo, bravo!" riefen die katholischen Edelleute wie aus einem Munde, während die mit der Regierung ausgesöhnten Hugenotten die Stirn krausten und Schweigen bewahrten.

Henri, der mit Marguerite und Madame de Nevers plauderte, tat, als hätte er nichts gehört.

„Vorwärts, Monsieur", sagte Katharina, die trotz der reichlich benutzten Parfüms bei dem Geruch Übelkeit zu empfinden begann, „vorwärts, auch die beste Gesellschaft soll man verlassen. Sagen wir dem Herrn Admiral adieu und kehren wir nach Paris zurück."

Mit einem ironischen Neigen des Kopfes, als nähme sie

Abschied von einem Freund, setzte sie sich wieder an die Spitze des Zuges und erreichte die Straße, während das Geleit an Colignys Kadaver vorbeidefilierte.

Am Horizont sank die Sonne.

Das Volk strömte hinter den Majestäten her, um sich bis zum letzten Augenblick an dem Aufwand und allen Einzelheiten des Schauspiels zu ergötzen, und der Menge folgten die Diebe, so daß sich zehn Minuten nach dem Verschwinden des Königs keine Menschenseele mehr in der Nähe des verstümmelten Admirals befand, den die ersten Abendwinde streiften.

Wenn wir sagen, keine Menschenseele, so sind wir allerdings im Irrtum. Ein Edelmann auf einem Rappen, der, als er durch das Erscheinen der Fürsten beehrt wurde, natürlich nicht mehr in aller Muße diesen unförmigen, geschwärzten massigen Leib hatte betrachten können, war als letzter geblieben und vertrieb sich die Zeit damit, alle Ketten, Krampen, steinernen Pfeiler und schließlich den Galgen selbst zu untersuchen, der dem erst seit einigen Tagen in Paris Weilenden, der nicht wußte, welche Vollkommenheiten die Hauptstadt in allem und jedem zu bieten hatte, zweifellos als ein Musterbild dessen erschien, was der Mensch an entsetzlichen Scheußlichkeiten zu erfinden vermag.

Wir brauchen unserm Leser nicht erst zu sagen, daß dieser Mann unser Freund Coconnas war. Das geübte Auge einer Frau hatte ihn vergeblich in der Kavalkade gesucht und die Reihen durchforscht, ohne ihn wiederfinden zu können.

Herr de Coconnas hielt, wie wir bereits sagten, in Verzückung vor dem Werk Enguerrands de Marigny.

Aber Herr de Coconnas wurde nicht allein von jener Frau gesucht.

Einem anderen Edelmann, der durch sein weißes Seidenwams und seine geschmackvolle Feder auffiel, kam es, nachdem er vor sich und rechts und links geschaut hatte, in den Sinn, sich umzudrehen, und da erblickte er die hochgewachsene Gestalt Coconnas' und die gigantischen Umrisse seines Pferdes, die sich gegen den vom letzten

Widerschein der untergehenden Sonne geröteten Himmel abzeichneten.

Nun verließ der Edelmann im weißen Seidenwams den Weg, den er mit dem ganzen Trupp verfolgt hatte, nahm einen kleinen Seitenpfad und kehrte im Bogen zu dem Galgen zurück.

Fast im selben Augenblick näherte sich die Dame, in der wir bereits die Herzogin von Nevers erkannt haben, wie wir in dem hochgewachsenen Edelmann auf dem Rappen Coconnas erkannten, der Königin Marguerite und flüsterte ihr zu: „Wir haben uns beide geirrt, Marguerite; der Piemonteser ist zurückgeblieben, und Monsieur de La Môle ist ihm gefolgt."

„Kotzbombenelement!" lachte Marguerite. „Dann wird sich etwas ereignen. Ich muß wirklich gestehen, daß ich nicht ärgerlich wäre, wenn ich eines anderen belehrt würde!"

Mit diesen Worten drehte sich Marguerite um und sah La Môle tatsächlich das bereits beschriebene Manöver ausführen.

Nun verließen auch die beiden Fürstinnen den Zug; die Gelegenheit war außergewöhnlich günstig, da die Gesellschaft eben vor einem von Hecken umsäumten Pfad abbog, der etwas anstieg und in einer Entfernung von dreißig Schritt am Galgen vorüberführte. Madame de Nevers flüsterte ihrem Hauptmann ein paar Worte ins Ohr, Marguerite gab Gillonne ein Zeichen, und so benutzten alle vier den Querweg, um sich hinter der Hecke auf die Lauer zu legen, wo sie dem Ort des Schauspiels, bei dem sie Zuschauer zu sein wünschten, am nächsten waren. Wie schon gesagt, befanden sie sich dreißig Schritt von dem Galgen entfernt, wo Coconnas in hingerissenem Entzücken vor dem Herrn Admiral hielt und mit den Armen fuchtelte.

Marguerite stieg ab, Madame de Nevers und Gillonne taten dasselbe, und auch der Hauptmann schwang sich aus dem Sattel und nahm die Zügel der vier Pferde in die Hand. Ein frischer dichter Rasen bot den drei Frauen eine Sitzgelegenheit, wie sie sich Fürstinnen häufig, aber vergeblich wünschen.

Eine Lichtung erlaubte ihnen, auch die geringfügigste Kleinigkeit zu verfolgen.

La Môle hatte seinen Bogen vollendet. Im Schritt kam er von hinten auf Coconnas zu, streckte die Hand aus und schlug ihm auf die Schulter.

Der Piemonteser drehte sich um.

„Oh", sagte er, „so war es also doch kein Traum! Sie leben noch!"

„Ja, mein Herr", erwiderte La Môle, „ja, ich lebe noch. Es ist nicht Ihre Schuld, aber immerhin, ich lebe."

„Kotzbombenelement! Ich erkenne Sie sehr gut", erwiderte Coconnas, „trotz Ihrer bleichen Miene. Das letztemal, als wir uns sahen, waren Sie röter."

„Auch ich erkenne Sie", gab La Môle zurück, „trotz der gelben Linie, die Ihr Gesicht in zwei Hälften schneidet, Sie waren bleicher, als ich sie Ihnen schlug."

Coconnas biß sich auf die Lippen; dennoch schien er entschlossen, die Unterhaltung in ironischem Ton fortzusetzen, und sagte: „Kurios, nicht wahr, Monsieur de La Môle, vor allen Dingen für einen Hugenotten, den Herrn Admiral an diesem Eisenhaken hängen zu sehen; und wenn man bedenkt, daß es reichlich überspannte Leute gibt, die uns beschuldigen, sogar das Hugenottenkind an der Mutterbrust getötet zu haben …"

„Graf", entgegnete La Môle und verbeugte sich, „ich bin kein Hugenott mehr, ich bin so glücklich, Katholik zu sein."

„Was?" rief Coconnas und brach in Lachen aus. „Sie sind bekehrt, mein Herr? Oh, wie schlau!"

„Mein Herr", fuhr La Môle mit demselben Ernst und derselben Höflichkeit fort, „ich hatte geschworen, mich zu bekehren, wenn ich dem Massaker entginge."

„Graf", erwiderte der Piemonteser, „das ist ein äußerst verständiger Schwur, zu dem ich Sie nur beglückwünschen kann; haben Sie nicht auch noch einen anderen getan?"

„Ja, mein Herr, ich habe auch noch einen zweiten getan", sagte La Môle, wobei er mit unerschütterlicher Ruhe seinem Pferd den Hals klopfte.

„Und der lautet?" fragte Coconnas.

„Sie, Monsieur, da oben an dem kleinen Nagel aufhängen zu lassen, der über Monsieur de Coligny schon auf Sie zu warten scheint."

„Wie?" rief Coconnas. „So quicklebendig wie ich bin?"

„Nein, nachdem ich Ihnen meinen Degen durch den Leib gejagt habe."

Coconnas wurde puterrot, seine grünen Augen schleuderten Flammen.

„Ich bitte Sie", rief er spöttisch, „an diesen Nagel?"

„Ja", wiederholte La Môle, „an diesen Nagel …"

„Dafür sind Sie nicht groß genug, kleiner Herr!" spottete Coconnas.

„Dann werde ich auf Ihr Pferd steigen, großer Menschentöter!" erwiderte La Môle. „Glauben Sie wirklich, lieber Monsieur Hannibal de Coconnas, daß man unter dem biederen, ehrenwerten Vorwand, hundert gegen einen zu sein, ungestraft Leute ermorden kann? Nicht doch! Eines Tages findet jeder Mann seinen Gegner, und ich glaube, dieser Tag ist heute gekommen. Ich hätte nicht übel Lust, Ihren garstigen Kopf mit einem Pistolenschuß zu zerschmettern, aber ich würde schlecht zielen, denn meine Hand zittert noch von den Verwundungen, die Sie mir verräterisch beigebracht haben."

„Meinen garstigen Kopf?" heulte Coconnas und sprang vom Pferd. „Aus dem Sattel! Munter! Ziehen wir vom Leder, Herr Graf!"

Damit nahm er den Degen in die Hand.

„Ich glaube, dein Hugenott hat garstiger Kopf gesagt", flüsterte die Herzogin von Nevers Marguerite ins Ohr, „findest du ihn denn häßlich?"

„Bezaubernd!" lachte Marguerite. „Und leider muß ich zugeben, daß die Wut Monsieur de La Môle ungerecht macht. Aber still! Laß uns zusehen."

La Môle war ebenso gemessen wie Coconnas hastig vom Pferd gestiegen, hatte sich seines kirschroten Mantels entledigt, ihn auf die Erde gelegt und seinen Degen gezogen; nun machte er den ersten Ausfall.

„Au!" rief er, als er den Arm vorstreckte.

„Au!" murmelte Coconnas, als er seinen vorstreckte. – Denn beide waren ja an der Schulter verwundet, und die zu rasche Bewegung verursachte ihnen heftigen Schmerz.

Ein nicht völlig unterdrücktes Gelächter brach aus dem Gebüsch. Die Fürstinnen hatten sich nicht beherrschen können, als sie sahen, wie sich die beiden Kämpen die Schulter rieben und dabei Grimassen schnitten.

Das Gelächter drang bis zu den Ohren unserer Edelleute, die nicht wußten, daß sie Zeugen hatten, sich umdrehten und die Damen erkannten.

La Môle ging standhaft wie ein Automat in die Ausgangsstellung zurück, und Coconnas kreuzte seine Klinge mit einem überlauten „Kotzbombenelement!"

„Ach, sie gehen sich ernstlich zu Leibe und werden sich umbringen, wenn wir nicht eingreifen. Schluß mit dem Spaß! Sachte, meine Herren, sachte!" rief Marguerite.

„Laß doch!" entgegnete Henriette, die, als sie Coconnas am Werk sah, im Grunde ihres Herzens hoffte, Coconnas werde so leichtes Spiel mit La Môle haben wie mit den beiden Neffen und dem Sohn von Mercandon.

„So sind sie wirklich sehr schön", sagte Marguerite, „sieh nur, man könnte meinen, sie speien Feuer."

Der Kampf, der mit Spöttereien und Herausforderungen begonnen hatte, war wortlos geworden, seit die beiden Kämpfer die Klingen gekreuzt hatten. Beide mißtrauten ihren Kräften, und einer wie der andere mußte bei jeder zu lebhaften Bewegung den durch die alten Wunden hervorgerufenen heftigen Schmerz unterdrücken. Indessen rückte La Môle mit fest auf den Gegner gerichteten kühnen Augen, halbgeöffnetem Mund und knirschenden Zähnen sicher und unerwartet gegen Coconnas vor, der in ihm einen Meister der Waffe erkannte und Schritt für Schritt parierte, aber immer weiter zurückwich.

So erreichten beide den Rand des Grabens, auf dessen anderer Seite sich die Zuschauer befanden. Dort, als wäre dieser Rückzug nichts als Berechnung gewesen, um in die Nähe seiner Dame zu gelangen, blieb Coconnas stehen und versetzte La Môle, der sich etwas zu viel Blöße gegeben hatte, blitzschnell einen Hieb; sogleich erschien auf dem weißen Seidenwams von La Môle ein roter Fleck, der sich rasch ausbreitete.

„Nur Mut!" rief die Herzogin von Nevers.

„Ach, armer La Môle!" rief Marguerite und schrie vor Schmerz auf.

La Môle hörte den Schrei, warf der Königin einen dieser Blicke zu, die tiefer ins Herz dringen als eine Degenspitze, und fiel in einem irreführenden Bogen gegen Coconnas aus.

Diesmal stießen beide Frauen einen Schrei aus, der wie aus einem Mund kam. La Môles Degenspitze war blutig hinter Coconnas' Rücken aufgetaucht.

Doch weder der eine noch der andere fiel, beide blieben aufrecht stehen, sahen sich mit offenem Mund an und fühlten bei der geringsten Bewegung, die sie machten, daß sie das Gleichgewicht verloren.

Am Ende ließ sich der Piemonteser, gefährlicher verwundet als sein Gegner und da er mit dem Blut auch seine Kräfte schwinden fühlte, auf La Môle fallen, umklammerte ihn mit einem Arm, während er mit dem andern seinen Dolch zu ziehen versuchte.

La Môle nahm alle Kraft zusammen, hob die Hand und ließ den Griff seines Degens auf Coconnas' Stirn niedersausen, der, von dem Schlag betäubt, niederfiel, im Fallen jedoch seinen Gegner mitzog, so daß beide in den Graben rollten.

Als Marguerite und die Herzogin von Nevers sahen, daß beide, tödlich verletzt, sich noch den Rest zu geben versuchten, stürzten sie mit dem Hauptmann der Wache vor. Doch ehe sie noch bei ihnen waren, entspannten sich die Hände, die Augen schlossen sich, beide Kämpfer ließen den Degen fallen und streckten sich wie im Todeskrampf.

Ein breiter Blutstrom umschäumte sie.

„Oh, tapferer, tapferer La Môle!" rief Marguerite, außerstande, ihre Bewunderung länger zurückzuhalten. „Vergebung, tausendmal Vergebung, daß ich kein Zutrauen zu dir hatte!"

Und ihre Augen füllten sich mit Tränen.

„Ach!" stammelte die Herzogin. „Tapferer Hannibal! Sagen Sie, Madame, haben Sie je zwei unerschrockenere Löwen gesehen?"

Und sie brach in Tränen aus.

„Tod und Teufel! Was für harte Hiebe!" sagte der Hauptmann, der versuchte, das in Strömen fließende Blut zu stillen ... „Hallo! Sie da, kommen Sie schnell her!"

In der Tat war ein Mann, der auf einem rotgemalten Karren saß, im Dunst des Abends erschienen; wobei er das alte Lied sang, das ihm zweifellos das Wunder des Cimetière des Innocents in Erinnerung gebracht hatte:

> „Schöner Weißdorn, blühend
> und grünend
> aufgereiht an Ufer und Rain,
> zärtlich bis zur Neige
> der Zweige
> umwindet dich wilder Wein.
>
> Der junge Nachtigallhahn,
> ein Galan,
> die Liebste umkosend mit Schlagen,
> wohnt unter deinem Geäst
> und läßt
> sein Gefühl zum Himmel aufklagen.
>
> Schöner Weißdorn, bleibe
> und treibe,
> leb unbehelligt von Sturm,
> von Blitzen, der Axt und der Zeit,
> und dein Kleid
> zerfresse kein Totenwurm ..."

„Hallo, he!" wiederholte der Hauptmann. „Kommen Sie doch, wenn man Sie ruft! Sehen Sie nicht, daß diese Edelleute Hilfe brauchen?"

Der Mann auf dem Karren, dessen abstoßendes Äußere und rohes Gesicht einen sonderbaren Gegensatz zu dem süßen Schäferlied bildeten, zügelte sein Pferd, stieg ab und beugte sich über die beiden Leiber.

„Ganz hübsche Wunden", sagte er, „aber ich habe noch bessere geschlagen."

„Wer sind Sie?" fragte Marguerite mit einer gewissen Furcht, derer sie nicht Herr zu werden vermochte.

„Madame", erwiderte der Mann und verbeugte sich bis zur Erde, „ich bin Meister Caboche, Henker der Gerichtsbarkeit von Paris, und will dem Herrn Admiral ein paar zur Gesellschaft an den Galgen hängen."

„Und ich bin die Königin von Navarra", sagte Marguerite.

„Werfen Sie Ihre Leichen ab, breiten Sie im Karren die Pferdedecken aus und fahren Sie die beiden Edelleute langsam hinter uns her zum Louvre."

17

Ein Kollege des Meisters Ambroise Paré

Der Karren, in dem Coconnas und La Môle lagen, folgte der kleinen Gruppe auf dem Weg nach Paris. Vor dem Louvre machte er halt, und der Kutscher erhielt reichen Lohn. Die Verwundeten wurden in La Môles Zimmer beim Herzog von Alençon getragen, und dann schickte man zu Meister Ambroise Paré. Als er kam, hatten beide noch nicht das Bewußtsein wiedererlangt.

La Môle war weniger übel zugerichtet: Der Degen hatte ihn unter der rechten Achselhöhle getroffen, aber kein wichtiges Organ verletzt; Coconnas dagegen hatte einen Stich in die Lunge abbekommen, und der Atem des Verwundeten ließ die Flamme einer Kerze unruhig flackern.

Meister Ambroise Paré wollte sich nicht für Coconnas' Leben verbürgen.

Madame de Nevers war verzweifelt; denn im Vertrauen auf seine Kraft, seine Geschicklichkeit und auf den Mut des Piemontesers hatte sie ja Marguerite gehindert, in den Kampf einzugreifen. Von Herzen gern hätte sie Coconnas ins Palais Guise schaffen lassen, um ihm auch bei dieser Gelegenheit ihre Pflege angedeihen zu lassen; aber jeden Augenblick konnte ihr Gatte aus Rom zurückkommen und es seltsam finden, daß ein Fremder in seinen ehelichen Haushalt eingedrungen war.

Um die Ursache der Verwundungen zu verheimlichen, hatte Marguerite die beiden jungen Männer zu ihrem Bruder bringen lassen, wo der eine überdies bereits wohnte, und erklärt, es wären zwei junge Edelleute, die beim Spazierritt vom Pferd gefallen seien; doch die Wahrheit wurde bekannt, weil der Hauptmann als Zeuge des Kampfes aus seiner Bewunderung kein Hehl machte, und bald wußte jeder am Hof, daß zwei neue Geläuterte das Licht des Ruhms erblickt hatten.

Von demselben Wundarzt gepflegt, der seine Sorge zwischen beiden teilte, durchliefen die Verwundeten alle Phasen der Genesung von ihren mehr oder minder ernsten Verwundungen. La Môle, den es weniger schwer getroffen hatte, kam als erster wieder zu Bewußtsein. Coconnas lag in Fieberschauern, und seine Rückkehr ins Leben machte sich durch alle Anzeichen eines beängstigenden Deliriums bemerkbar.

Obwohl er das Zimmer mit Coconnas teilte, hatte La Môle bei wiederkehrendem Bewußtsein seinen Gefährten nicht gesehen oder es zumindest durch keine Regung zu erkennen gegeben. Coconnas dagegen starrte, als er zum erstenmal die Augen öffnete, La Môle an, und das mit einem Ausdruck, der bewies, wie wenig das Blut des Piemontesers im Verströmen an Leidenschaft und Hitze verloren hatte.

Coconnas glaubte zu träumen und seinem Feind, den er zweimal getötet zu haben meinte, jetzt im Traum zu begegnen; nur zog sich der Traum über jedes Maß hin. Nachdem er La Môle gleich ihm im Bett und unter der Obhut des Arztes erblickt hatte, sah er später, wie sich La Môle im Bett aufrichtete, an das er selbst noch durch Fieber, Schwäche und Schmerz gefesselt war, dann, wie er das Bett verließ, dann, wie er am Arm des Arztes auf und ab ging, dann, wie er an einem Stock humpelte, und schließlich, wie er ohne jede Hilfe einen Fuß vor den andern setzte. Immer noch im Fieberwahn, beobachtete Coconnas die verschiedenen Abschnitte der Genesung seines Gefährten mit bald mattem, bald grimmigem, aber immer drohendem Blick.

All das bot sich dem überhitzten Gehirn des Piemontesers in einer grauenerregenden Mischung von Einbildung und Wirklichkeit. Für ihn war La Môle tot, ganz tot, und sogar eher zweimal als nur einmal, und dennoch erkannte er den Schatten dieses La Môle in einem dem seinen ähnlichen Bett, er sah den Schatten aufstehen, er sah den Schatten gehen, und dann, entsetzlich! sah er ihn auf sein Bett zukommen. Dieser Schatten, dem Coconnas hätte entfliehen mögen, und sei es bis auf den Grund der Hölle, kam geradewegs auf ihn zu und blieb an seinem Kopfende stehen und betrachtete ihn; sein Gesicht trug sogar einen Ausdruck von Milde und Teilnahme, die Coconnas nur wie teuflischer Hohn erschienen.

In seinem Hirn, das womöglich noch angegriffener war als sein Körper, flammte eine wahrhaft leidenschaftliche, blinde Rachsucht auf. Coconnas hatte jetzt nur noch eins im Sinn: sich irgendeine Waffe zu verschaffen und mit der Waffe diesen Körper oder Schatten La Môles, der ihn so grausam quälte, zu erschlagen. Seine Kleidungsstücke waren zuerst über einen Stuhl gelegt und dann ganz fortgenommen worden, weil sie so über und über mit Blut besudelt waren, daß man es für richtig gehalten hatte, sie aus der Nähe des Verwundeten zu entfernen; aber sein Dolch war auf dem Stuhl zurückgeblieben, da niemand annahm, er werde in absehbarer Zeit Lust verspüren, sich seiner zu bedienen. Coconnas sah den Dolch; drei Nächte lang benutzte er die Zeit, während La Môle schlief, und versuchte, die Hand danach auszustrecken; dreimal verließ ihn die Kraft, und er verlor das Bewußtsein. In der vierten Nacht endlich gelang es ihm, die Waffe zu berühren, seine Finger krampften sich um den Griff, und mit einem durch den Schmerz hervorgerufenen Stöhnen verbarg er sie unter seinem Kopfkissen.

Am nächsten Tag sah er etwas überaus Sonderbares:

Der Schatten La Môles, der Tag für Tag neue Kräfte wiederzuerlangen schien, während er selbst sich unaufhörlich mit der entsetzlichen Erscheinung beschäftigte und seine Kräfte aufbrauchte, um den Plan zu schmieden, der ihn von dem Alpdruck befreien sollte – La Môles Schatten also, der immer munterer geworden war, machte mit nachdenklichem Gesicht zwei oder drei Runden durch das Zimmer, öffnete schließlich, nachdem er seinen Mantel übergeworfen, den Degen umgeschnallt und den Kopf mit einem breitrandigen Hut bedeckt hatte, die Tür und ging hinaus.

Coconnas atmete auf, er glaubte sich von seinem Gespenst befreit. Zwei, drei Stunden lang rollte sein Blut zum erstenmal nach dem Duell etwas ruhiger und frischer in den Adern; ein ganzer Tag ohne La Môle hätte Coconnas wieder zum Bewußtsein gebracht, acht Tage ohne ihn hätten ihn vielleicht gesund gemacht; doch unglücklicherweise kam de La Môle nach zwei Stunden zurück.

Sein Wiederauftauchen wirkte auf den Piemonteser wie ein Dolchstoß, und obwohl La Môle nicht allein kam, hatte Coconnas kein Auge für seinen Begleiter.

Indessen verdiente dieser sehr wohl Beachtung.

Er war ein Mann von etwa vierzig Jahren, klein, untersetzt und kräftig, mit schwarzen Haaren, die bis zu den Brauen herabreichten, und einem schwarzen Bart, der entgegen der damaligen Mode die untere Hälfte seines Gesichts völlig überwucherte; aber der Neuangekommene schien sich wenig um Mode zu kümmern. Er trug ein von oben bis unten mit braunen Schlingen geschlossenes Lederwams, kurze ochsenblutrote Hosen, ein rotes Trikot, dicke Lederschuhe, die bis über den Knöchel reichten, eine Mütze von der Farbe der Hosen und um den Leib einen breiten Gürtel, an dem ein Messer in der Scheide hing.

Dieser sonderbare Mensch, dessen Erscheinen im Louvre so befremdlich anmutete, warf seinen braunen Mantel über einen Stuhl und trat rasch an das Bett Coconnas', dessen Augen wie behext an La Môle hingen, der sich ein wenig im Hintergrund hielt. Der Fremde betrachtete den Kranken und bemerkte kopfschüttelnd: „Sie haben reichlich lange gewartet, mein Herr!"

„Ich konnte nicht eher ausgehen", erwiderte La Môle.

„Sie hätten bei Gott jemand schicken können!"

„Aber wen?"

„Ja, das ist wahr! Ich vergaß, wo wir uns befinden. Ich habe es schon diesen Damen gesagt, aber sie wollten nicht auf mich hören. Wenn man meine Vorschriften befolgt hätte, statt sich auf diesen Dummkopf Ambroise Paré zu verlassen, wären Sie längst in der Lage, zusammen auf Abenteuer auszugehen, oder sich, wenn es Ihnen Spaß macht, einen neuen Degenstoß zu versetzen; nun ja, wir werden sehen. Nimmt Ihr Freund Vernunft an?"

„Nicht sehr."

„Zeigen Sie die Zunge, mein Herr!"

Coconnas streckte La Môle die Zunge heraus und schnitt eine so scheußliche Grimasse, daß der Untersuchende abermals den Kopf schüttelte.

„Oh, oh", murmelte er, „ein Muskelkrampf. Wir dürfen keine Zeit verlieren. Ich werde Ihnen heute abend eine Arznei schicken, die er dreimal in Abständen von einer Stunde einnehmen muß, um Mitternacht, um ein Uhr und das drittemal um zwei Uhr."

„Gut."

„Aber wer wird ihm diese Arznei verabreichen?"

„Ich."

„Sie selber?"

„Ja."

„Geben Sie mir Ihr Wort darauf?"

„Mein Ehrenwort!"

„Und wenn irgendein Arzt nur ein wenig davon entnehmen will, um sie aufzulösen und zu sehen, welche Bestandteile sie enthält ...?"

„Dann werde ich sie bis zum letzten Tropfen ausschütten."

„Auch darauf Ihr Ehrenwort?"

„Ich schwöre es."

„Durch wen soll ich Ihnen die Arznei schicken?"

„Durch wen Sie wollen."

„Aber wie wird mein Bote hereinkommen?"

„Daran ist gedacht. Er soll sagen, daß er von dem Parfümeur René kommt."

„Dem Florentiner, der auf dem Pont Saint-Michel wohnt?"

„Ganz recht. Er wird zu jeder Stunde des Tages und der Nacht in den Louvre eingelassen."

Der Mann lächelte.

„Wirklich", sagte er, „das ist das wenigste, was ihm die Königinmutter schuldet. Also gut, mein Bote wird von dem Parfümeur Meister René kommen. Einmal kann ich wohl seinen Namen benutzen; denn oft genug hat er unbefugt meinen Beruf ausgeübt."

„Ich kann mich also auf Sie verlassen?" fragte La Môle.

„Ganz gewiß."

„Was die Bezahlung anbetrifft ..."

„Ach, die werden wir mit diesem Edelmann regeln, wenn er wieder auf den Beinen ist."

„Seien Sie ohne Sorge, ich glaube, er ist in der Lage, Sie großzügig zu entlohnen."

„Das glaube ich auch. Aber", fügte er mit sonderbarem Lächeln hinzu, „da die Leute, die mit mir zu tun haben, nicht gewöhnt sind, sich dankbar gegen mich zu erweisen, so würde es mich nicht erstaunen, wenn er mich vergessen oder sich vielmehr keinen Deut drum scheren würde, sich an mich zu erinnern, wenn er erst wieder auf den Beinen ist."

„Na schön!" erwiderte La Môle, ebenfalls lächelnd. „In diesem Fall werde ich ihm das Gedächtnis auffrischen."

„Gemacht; in zwei Stunden haben Sie Ihre Arznei."

„Auf Wiedersehen."

„Was sagten Sie?"

„Auf Wiedersehen."

Der Mann lächelte. „Ich pflege immer Gott befohlen zu sagen", erwiderte er. „Also Gott befohlen, Monsieur de La Môle, in zwei Stunden haben Sie Ihre Arznei. Um Mitternacht muß sie genommen werden – in drei Dosen –, stündlich."

Er ging hinaus, und La Môle blieb mit Coconnas allein.

Coconnas hatte die ganze Unterhaltung mit angehört, aber nichts davon begriffen; ein nichtssagender Lärm von Worten, ein nichtssagendes Silbengeklingel hatten sein Ohr erreicht. Von dem ganzen Gespräch hatte er nur ein einziges Wort behalten: Mitternacht.

Also fuhr er fort, La Môle, der nachdenklich im Zimmer umherwanderte, mit seinem gierigen Blick zu verfolgen.

Der unbekannte Doktor hielt Wort und schickte zur verabredeten Zeit die Arznei, die La Môle auf eine silberne Wärmpfanne stellte. Nachdem er das getan hatte, legte er sich zu Bett.

Das gab Coconnas ein wenig Ruhe, auch er versuchte nun die Augen zu schließen, aber sein fiebriger Schlummer war nur eine Fortsetzung des Deliriums in halbwachem Zustand. Dasselbe Phantom, das ihn tagsüber verfolgte, plagte ihn in der Nacht; auch durch seine fiebertrockenen Lider sah er noch den bedrohlichen La Môle, und in seinem Ohr raunte es unaufhörlich: „Mitternacht! Mitternacht! Mitternacht!"

Plötzlich zitterte der Stundenschlag durch die Nacht, zwölfmal. Coconnas öffnete die brennenden Augen, der glühende Atem aus seiner Brust zerfraß ihm die ausgedörrten Lippen; ein unauslöschlicher Durst verzehrte die entzündete Kehle; wie gewöhnlich brannte die kleine Nachtlampe, und ihr trüber Schein tanzte in tausend Trugbildern vor Coconnas' flackernden Augen.

Da sah er etwas Entsetzliches! La Môle stieg aus seinem Bett, und nachdem er ein oder zwei Runden durch das Zimmer gemacht hatte wie der Sperber vor dem angstbehexten Vogel, kam er auf ihn zu und drohte ihm mit der Faust. Coconnas streckte die Hand nach seinem Dolch aus, packte den Griff und machte sich bereit, seinem Feind den Bauch aufzuschlitzen.

La Môle kam immer näher.

Coconnas murmelte: „Ha, du bist es, wieder du, immer du! Komm nur! Ah, du drohst mir, du zeigst mir die Faust, du lachst, komm nur, komm! Ganz sachte, Schritt für Schritt kommst du näher, komm nur, komm, ich bringe dich um!"

Und wirklich ließ Coconnas in dem Augenblick, als sich La Môle zu ihm herabbeugte, seiner schweren Drohung die Tat folgen; unter seinen Bettüchern leuchtete der Blitz einer Klinge auf; doch die Anstrengung, die es den Piemonteser gekostet hatte, sie herauszuziehen, brach seine Kräfte; der nach La Môle ausgestreckte Arm stockte auf halbem Weg, der Dolch entglitt seiner kraftlosen Hand, und der Todkranke fiel auf sein Kopfkissen nieder.

„Aber, aber", flüsterte La Môle, hob sanft den Kopf an und brachte eine Tasse an Coconnas' Lippen, „trinken Sie das, mein armer Kamerad, das Fieber brennt in Ihnen."

Tatsächlich war das, was Coconnas mit Schrecken in seinem leeren Hirn für eine drohende Faust gehalten hatte, eine Tasse, die ihm La Môle an den Mund hielt.

Als der milde, wohltuende Trank seine Lippen erfrischte und seine Brust erquickte, kam Coconnas wieder zur Vernunft oder vielmehr zu instinktivem Empfinden: Er fühlte, wie sich ein noch nie zuvor erlebtes Wohlbehagen in ihm ausbreitete; da öffnete er die Augen zu einem verständigen Blick auf La Môle, der ihn in den Armen hielt und ihm zulächelte, und aus diesen Augen, die vor kurzem noch von Wut verdunkelt waren, rollte über die fieberheiße Wange, die sie gierig trank, unmerklich eine kleine Träne.

„Kotzbombenelement!" murmelte Coconnas und sank in die Kissen zurück. „Wenn ich davonkomme, Monsieur de La Môle, dann sind Sie mein Freund."

„Und Sie werden davonkommen, mein Kamerad", erwiderte La Môle, „wenn Sie drei Tassen dieser Arznei trinken, die ich Ihnen eben gegeben habe, und nicht mehr schlecht träumen."

Eine Stunde später erhob sich La Môle, der sich selber zum Krankenwärter ernannt hatte und den Anweisungen des unbekannten Doktors pünktlich gehorchte, ein zweites Mal, goß wieder etwas von dem Trank in eine Tasse und brachte sie Coconnas. Diesmal empfing ihn der Piemonteser, statt ihn mit dem Dolch in der Hand zu erwarten, mit offenen Armen und schluckte das Getränk mit Behagen; dann schlief er zum erstenmal ruhig ein.

Die dritte Tasse zeigte eine nicht weniger wunderbare Wirkung. Der Atem aus der Brust des Kranken wurde regelmäßig, obwohl er immer noch rasselte. Die steifen Glieder lockerten sich, lindernder Schweiß trat auf die brennende Haut, und als Meister Ambroise Paré den Verwundeten morgens besuchte, lächelte er zufrieden und sagte: „Jetzt kann ich für Monsieur Coconnas einstehen, und es wird nicht eine meiner schlechtesten Kuren sein."

Aus diesen halb dramatischen, halb grotesken Vorgängen, die in Anbetracht Coconnas' wilder Sitten im Grunde genommen nicht einer gewissen ergreifenden Poesie ermangelten, entwickelte sich zwischen den beiden jungen Edelleuten die damals in der Herberge „Zum Guten Stern" begonnene und durch die Ereignisse der Bartholomäusnacht gewaltsam unterbrochene Freundschaft jetzt mit neuer Kraft, so daß sie bald jene zwischen Orest und Pylades um fünf auf ihre beiden Körper verteilte Degenstiche und einen Pistolenschuß übertraf.

Wie es auch immer sein mag, am Ende heilen alte und neue, tiefe und leichte Wunden. Getreu seiner Mission als Krankenwärter wollte La Môle nicht das Zimmer verlassen, ehe nicht Coconnas völlig wiederhergestellt war. Er richtete ihn im Bett auf, solange ihn die Schwäche ans Lager fesselte, half ihm beim Gehen, als er sich schon aufrecht halten konnte, und ließ ihm alle Sorge seiner sanftmütigen, liebevollen Natur angedeihen, die, von der unbändigen Lebenskraft des Piemontesers unterstützt, eine schnellere Genesung herbeiführte, als man rechtens hatte erwarten dürfen.

Indessen quälte die beiden jungen Leute ein und derselbe Gedanke: Jeder hatte im Fieberwahn jene Frau in der Nähe zu sehen geglaubt, von der sein ganzes Herz erfüllt war; doch seit sie aus der Bewußtlosigkeit erwacht waren, hatten ganz gewiß weder Marguerite noch Madame de Nevers ihr Zimmer betreten. Das war begreiflich, denn die eine war die Gattin des Königs von Navarra und die andere die Schwägerin des Herzogs von Guise. Konnten sie vor aller Augen so offensichtlich ihr Interesse für zwei einfache Edelleute bekunden? Nein. Diese Antwort mußten sich La Môle und Coconnas allerdings selber geben. Darum schmerzte sie aber ihre Abwesenheit, die vielleicht auf völliges Vergessen zurückzuführen war, nicht minder.

Zwar hatte sich von Zeit zu Zeit jener Edelmann, der Zeuge des Kampfes gewesen war, auf eigene Faust nach dem Befinden der beiden Verwundeten erkundigt. Zwar hatte Gillonne, ebenfalls von sich aus, dasselbe getan. Aber La Môle hatte nicht gewagt, sie nach Marguerite zu fragen, und ebensowenig hatte Coconnas gewagt, den Edelmann nach Madame de Nevers zu fragen.

18

Gespenster

Eine Zeitlang hütete jeder der beiden jungen Laute das in der Brust verschlossene Geheimnis. Als sie jedoch eines Tages ein wenig mitteilsamer waren, kam ihnen das, was sie unablässig beschäftigte, von selber über die Lippen, und sie bekräftigten ihre Freundschaft durch diesen letzten Beweis, ohne den es keine Freundschaft gibt, das heißt, durch rückhaltloses Vertrauen.

Sie waren bis über die Ohren verliebt, der eine in eine Fürstin, der andere in eine Königin.

Diese fast unüberwindbare Kluft, die sie vom Gegenstand ihres Verlangens trennte, hatte etwas Erschreckendes für die beiden armen Liebhaber. Die Hoffnung aber ist tief im Menschenherzen verwurzelt, und so hofften sie, obwohl sie einsahen, wie töricht ihre Hoffnung war.

Sowie sie sich erholten, verwandten beide große Sorgfalt auf ihr Äußeres. Jeder Mann, selbst der gegen physische Vorzüge gleichgültigste, hat unter gewissen Umständen stumme Unterhaltungen mit seinem Spiegel, tauscht Zeichen des Einverständnisses aus, wonach er seinen Vertrauten fast immer sehr befriedigt von der Unterhaltung wieder verläßt. Unsere beiden jungen Leute gehörten nicht zu jenen, die ihr Spiegel allzu streng beurteilen mußte. Der schlanke, blasse und elegante La Môle besaß den Reiz der Vornehmheit; Coconnas mit seiner kräftigen, sehnigen Gestalt und der frischen Farbe war von kraftvoller Schönheit. Für ihn war die Krankheit von Vorteil gewesen. Er war etwas abgemagert und blasser geworden, und die berühmte, an einen schillernden Regenbogen erinnernde Narbe, die ihm einst so viel Verdruß bereitet hatte, war verschwunden, wahrscheinlich gleich der Naturerscheinung nach der Sintflut eine lange Folge ungetrübter Tage und heiterer Nächte verheißend.

Im übrigen wurden die beiden Verwundeten weiterhin mit zärtlichster Sorge umgeben; an dem Tag, als sie aufstehen konnten, hatten beide auf dem dicht neben dem Bett stehenden Sessel einen Schlafrock gefunden, und als sie sich zum erstenmal wieder ankleiden wollten, einen vollständigen Anzug. Außerdem hatte jeder in der Tasche seines Wamses eine wohlgespickte Börse entdeckt, die sie natürlich nur behielten, um sie dem unbekannten Gönner, der über sie wachte, bei gelegener Zeit zurückzuerstatten.

Dieser unbekannte Gönner konnte nicht der Prinz sein, bei dem die jungen Leute wohnten; denn der Prinz hatte sie nicht nur kein einziges Mal besucht, sondern sich nicht einmal nach ihrem Befinden erkundigen lassen.

Ganz leise sagte jedem Herzen eine unbestimmte Hoffnung, dieser unbekannte Gönner müsse die Frau sein, die er liebte.

Daher erwarteten die beiden Verwundeten mit einer Ungeduld ohnegleichen ihren ersten Ausgang. La Môle, mehr bei Kräften und besser wiederhergestellt als Coconnas, hätte schon längst ausgehen können; aber eine Art stillschweigender Übereinkunft band ihn an das Geschick seines Freundes. – Sie hatten ausgemacht, ihren ersten Ausgang drei Besuchen zu widmen.

Der erste sollte dem unbekannten Doktor gelten, dessen milder Trank Coconnas' entzündeter Brust so wunderbare Linderung verschafft hatte. Der zweite dem Gasthof des verstorbenen Meisters La Hurière, wo beide ihr Gepäck und ihre Pferde zurückgelassen hatten. Und der dritte dem Florentiner René, der sowohl als Parfümeur wie als Schwarzkünstler einen Namen hatte und daher nicht allein Schönheitsmittel und Gifte verkaufte, sondern auch Liebestränke braute und wahrsagte.

Nach zwei Genesungsmonaten in der Gefangenschaft kam der ersehnte Tag endlich heran.

Das Wort Gefangenschaft ist hier durchaus am Platze, weil sie in ihrer Ungeduld mehrmals versucht hatten, diesen Tag früher herbeizuführen; doch eine vor der Tür aufgestellte Wache hatte ihnen beharrlich den Weg versperrt, und sie mußten erfahren, daß sie nur mit einem Exeat von Meister Ambroise Paré ungehindert hinauskämen.

Eines Tages aber, nachdem der erfahrene Arzt erkannt hatte, daß die beiden Kranken, wenn auch noch nicht völlig genesen, so doch auf dem besten Wege dazu waren, gab ihnen Ambroise Paré das Exeat, und gegen zwei Uhr eines dieser schönen Herbsttage, die Paris mitunter seinen erstaunten Bewohnern bietet, wenn sie sich schon mit dem Herannahen des Winters abgefunden haben, machten sich die beiden Freunde Arm in Arm zu Fuß auf den Weg und verließen den Louvre.

La Môle, der voller Freude auf einem Sessel seinen berühmten kirschroten Mantel wiedergefunden hatte, den er damals vor dem Kampf so sorgfältig zusammenfaltete, führte Coconnas, und Coconnas ließ sich ohne Widerstand und selbst ohne zu überlegen von ihm leiten. Er wußte, daß ihn sein Freund zu dem unbekannten Doktor bringen würde, dessen nicht gewerbsmäßig hergestellte Arznei ihn in einer einzigen Nacht gesund gemacht hatte, während ihn alle Drogen Meister Ambroise Parés langsam umbrachten. Er hatte das Geld in seiner Börse, zweihundert Rosennobel, in zwei Teile geteilt; hundert waren als Entgelt für den anonymen Äskulap bestimmt, dem er seine Genesung verdankte. Den Tod fürchtete Coconnas nicht, dennoch hing er mit unbändiger Freude am Leben, weshalb er sich anschickte, seinen Retter freigebig zu belohnen.

La Môle ging mit ihm durch die Rue de l'Astruce, die breite Rue Saint-Honoré und die Rue des Prouvelles, und bald befanden sie sich auf der Place des Halles. Neben dem großen Brunnen erhob sich zur Rechten, dem heutigen Carreau des Halles, ein achteckiges, von einem großen Holzkäfig überragtes Gebäude mit spitzem Dach, auf dem sich knarrend eine Wetterfahne drehte. Dieser Holzkäfig war durch eine Art Holzrad in Manneshöhe in acht Teile geteilt, wie die in der Heraldik bekannten Bänder das Feld des Wappenschildes aufteilen. Im Außenring dieses Rades, acht massiven Brettern, befanden sich enge Öffnungen für Kopf und Hände des oder der Verurteilten, die in einem oder zwei oder mehreren der acht Abteile an den Pranger gestellt waren.

Diese sonderbare Konstruktion, die kaum ihresgleichen hatte, hieß das Drillhäuschen.

Ein unförmiges, buckliges, schiefes, wackliges, einäugiges Haus, moosüberwuchert wie die Haut eines Aussätzigen, war wie ein Pilz zu Füßen dieses turmähnlichen Gebildes emporgeschossen.

Es war das Haus des Henkers.

Ein Dieb, der sich in der Nähe des Galgens von Montfaucon betätigt hatte und zufällig bei der Ausübung seines Handwerks geschnappt worden war, stand am Pranger und streckte den Vorübergehenden die Zunge heraus.

Coconnas glaubte, sein Freund habe ihn hergeführt, um ihm das wunderliche Schauspiel zu zeigen, und mischte sich unter die Menge, die dergleichen gern sah und die Grimassen des Angeprangerten mit Hohngelächter und Geschrei beantwortete. Coconnas war von Natur grausam, und die Sache machte ihm Spaß, nur hätte er lieber gesehen, wenn statt des Geschreis und des Hohngelächters Steine zu dem Verdammten hochgeflogen wären, der unverschämt genug war, edlen Herren, die ihm die Ehre ihres Besuches erwiesen, die Zunge herauszustrecken.

Daher wollte Coconnas, als sich der bewegliche Käfig drehte, damit auch andere auf dem Platz den Anblick des

Verurteilten genießen konnten, der mitkreisenden Menge folgen, doch La Môle hielt ihn zurück und flüsterte ihm zu: „Deshalb sind wir nicht hergekommen."

„Warum sonst?" fragte Coconnas.

„Du wirst sehen", erwiderte La Môle.

Seit dem Morgen nach jener denkwürdigen Nacht, als Coconnas La Môle den Bauch hatte aufschlitzen wollen, duzten sich die beiden Freunde.

La Môle führte Coconnas zu dem kleinen Fenster des an den Turm gelehnten Häuschens, aus dem, breit auf beide Arme gestützt, ein Mann schaute.

„Ach, Sie sind es, meine Herren!" sagte der Mann und lüftete seine ochsenblutrote Mütze, worauf er seinen Kopf mit den dichten schwarzen Haaren, die bis zu den Brauen herabreichten, wieder bedeckte. „Seien Sie willkommen!"

„Wer ist dieser Mann?" fragte Coconnas und durchsuchte sein Gedächtnis, denn ihm schien, als habe er diesen Kopf schon einmal in seinen Fieberträumen gesehen.

„Dein Retter, lieber Freund", antwortete La Môle, „er hat dir den erquickenden Trank in den Louvre gebracht, der dir so wohltat."

„Oh", rief Coconnas, „wenn es so ist, mein Freund …"

Damit reichte er ihm die Hand.

Doch statt diese Bewegung mit einer gleichen zu erwidern, richtete sich der Mann auf und entfernte sich dadurch von den beiden Freunden um genau den Abstand, den die Wölbung seines Leibes einnahm.

„Ich danke Ihnen für die Ehre, die Sie mir angedeihen lassen wollten, mein Herr", sagte er zu Coconnas, „aber wahrscheinlich würden Sie mir diese Ehre nicht erweisen, wenn Sie mich kennten."

„Meiner Treu", entgegnete Coconnas, „ich muß Ihnen sagen, daß ich mich, selbst wenn Sie der Teufel wären, in Ihrer Schuld fühlen würde; denn ohne Sie wäre ich jetzt tot."

„Nicht ganz und gar der Teufel", sagte der Mann mit der roten Mütze, „aber mitunter würden wohl viele lieber den Teufel sehen als mich."

„Wer sind Sie?" fragte Coconnas.

„Ich bin Meister Caboche, Henker der Gerichtsbarkeit von Paris, mein Herr", erwiderte der Mann.

„Ach ...!" rief Coconnas und zog seine Hand zurück.

„Da sehen Sie's!" sagte Meister Caboche.

„Durchaus nicht! Der Teufel soll mich holen, ich werde Ihnen die Hand geben. Strecken Sie Ihre aus ..."

„Wirklich?"

„Ganz weit."

„Da ist sie!"

„Weiter ... noch mehr ... gut!"

Und Coconnas holte aus seiner Tasche die Handvoll Gold, die er für seinen unbekannten Arzt bereithielt, und legte sie in die Hand des Henkers.

„Ihre Hand allein wäre mir lieber gewesen", sagte Meister Caboche und schüttelte den Kopf, „denn es fehlt mir nicht an Geld, nur an Händen, die meine berühren wollen. Einerlei! Gott segne Sie, mein Herr."

„Sie sind es also, mein Freund", sagte Coconnas, wobei er den Henker neugierig betrachtete, „der die Leute foltert, aufs Rad flicht, vierteilt, ihnen den Kopf abschlägt und die Knochen zerbricht? Ich freue mich sehr, Ihre Bekanntschaft zu machen."

„Ich mache nicht alles selber, mein Herr", entgegnete Meister Caboche. „Wie ihr Herren eure Lakaien habt, die das tun, womit ihr euch nicht befassen wollt, so habe ich für die grobe Arbeit meine Gehilfen, die die Bauernlümmel abfertigen. Nur wenn ich zufällig mit Edelleuten, wie zum Beispiel Sie und Ihr Gefährte es sind, zu tun habe – ja, dann ist das eine andere Sache, da rechne ich mir's zur Ehre an, mich mit allen Einzelheiten der Vollstreckung vom ersten bis zum letzten, das heißt von der Folter bis zur Enthauptung selber abzugeben."

Coconnas fühlte ein unwillkürliches Frösteln in den Adern, als presse sich der grobe Keil zwischen seine Beine und als streife der Stahldraht seinen Hals.

La Môle empfand, ohne daß es ihm zum Bewußtsein kam, etwas Ähnliches.

Coconnas wollte das Gefühl, dessen er sich schämte,

unterdrücken und sich mit einem Scherz von Meister Caboche verabschieden.

„Gut, Meister!" sagte er. „Geben Sie mir Ihr Wort, daß nur Sie Hand an mich legen, wenn ich an der Reihe bin, Enguerrand de Marignys Galgen oder Herrn de Nemours' Schafott zu besteigen."

„Das verspreche ich Ihnen."

„Diesmal gebe ich Ihnen meine Hand zum Pfand, daß ich Ihr Versprechen annehme", sagte Coconnas.

Damit reichte er dem Henker seine Hand, in die der Henker scheu seine Finger legte, obwohl er, was deutlich zu sehen war, die allergrößte Lust hatte, sie herzlich und kräftig zu drücken.

Bei der bloßen Berührung wurde Coconnas etwas blaß, behielt jedoch das Lächeln auf den Lippen, während ihn La Môle, der sich unbehaglich fühlte und außerdem beobachtete, wie die mit dem Käfig kreisende Menge wieder näher kam, am Mantel zupfte.

Coconnas, der im Grunde genommen ebenso große Lust verspürte wie La Môle, dieser Szene ein Ende zu machen, in die er sich durch den natürlichen Trieb seines Wesens mehr als gewollt verstrickt hatte, nickte und folgte ihm.

„Meiner Treu!" rief La Môle, als er mit seinem Gefährten das Kreuz von Trahoir erreicht hatte. „Meinst du nicht auch, daß man hier freier atmet als auf der Place des Halles?"

„Zugegeben", erwiderte Coconnas, „aber das ändert nichts an der Tatsache, daß es mich freut, Meister Caboches Bekanntschaft gemacht zu haben. Es ist gut, wenn man überall Freunde hat."

„Sogar beim Wirtshausschild ,Zum Guten Stern'", lachte La Môle.

„Ach, der arme Meister La Hurière", entgegnete Coconnas, „der ist tot, mausetot. Ich sah das Zündfeuer der Arkebuse und hörte den Schuß, der hallte, als hätte die Kugel an die große Glocke von Notre-Dame geschlagen; und ich habe ihn in einem Blutstrom zurückgelassen, der ihm aus Nase und Mund floß. Angenommen, er wäre ein

Freund, so ist er ein Freund, den wir in der anderen Welt haben werden."

Unter diesem Gespräch erreichten die beiden jungen Leute die Rue l'Arbre-Sec und marschierten schnurstracks auf das Wirtshausschild vom „Guten Stern" los, das immer noch an derselben Stelle knirschte und dem Reisenden tagtäglich die Genüsse seines Herdes und sein appetitliches Abzeichen darbot.

Coconnas und La Môle waren darauf gefaßt, das Haus in Verzweiflung zu finden, die Witwe in Trauer und die Küchenjungen mit einem schwarzen Flor um den Arm; doch zu ihrem großen Erstaunen erblickten sie das Haus in voller Betriebsamkeit, Frau La Hurière strahlend und die Küchenjungen fröhlicher denn je.

„O die Ungetreue!" rief La Môle. „Sie wird sich wieder verheiratet haben!"

Dann wandte er sich an diese neue Artemisia und sagte: „Madame La Hurière, wir sind zwei Edelleute, die den armen Meister La Hurière kannten. Wir haben zwei Pferde und zwei Mantelsäcke hiergelassen, die wir jetzt wiederhaben möchten."

„Meine Herren", erwiderte die Herrin des Hauses, nachdem sie eine Weile nachgedacht und sich zu erinnern versucht hatte, „da ich nicht die Ehre habe, Sie zu kennen, werde ich, wenn Sie es wünschen, meinen Mann rufen. – Gregor, hol deinen Herrn."

Gregor ging durch die erste Küche, in der ein tolles Durcheinander herrschte, und trat in die zweite, das Laboratorium, in dem Gerichte zubereitet wurden, die Meister La Hurière zu seinen Lebzeiten für würdig erachtet hatte, von seinen geschickten Händen komponiert zu werden.

„Hol mich der Teufel", murmelte Coconnas vor sich hin, „wenn es mir nicht Unbehagen bereitet, dies Haus so voller Fröhlichkeit zu sehen, da es doch so traurig sein sollte. Armer La Hurière!"

„Er wollte mich umbringen", sagte La Môle, „aber ich vergebe ihm von ganzem Herzen."

Kaum hatte La Môle diese Worte ausgesprochen, als ein

Mann erschien, in der Hand eine Kasserolle, in der er Zwiebeln röstete und mit einem Holzlöffel wendete.

La Môle und Coconnas stießen einen Schrei der Überraschung aus.

Bei diesem Schrei hob der Mann den Kopf und antwortete mit einem ähnlichen Schrei, wobei er die Kasserolle fallen ließ und nur noch den Holzlöffel in der Hand behielt.

„*In nomine Patris*", sagte der Mann und schwenkte den Löffel wie einen Weihwedel, „*et Filii et Spiritus sancti ...*"

„Meister La Hurière!" riefen die beiden jungen Leute.

„Monsieur de Coconnas, Monsieur de La Môle!" rief La Hurière.

„So sind Sie also nicht tot?" fragte Coconnas.

„So leben Sie also noch?" fragte der Wirt.

„Aber ich sah Sie doch fallen", beharrte Coconnas, „und ich hörte den Schuß, der Ihnen etwas zerschmetterte, ich weiß nicht was. Ich habe Sie in dem Blutstrom liegenlassen, der Ihnen aus Nase, Mund und sogar aus den Augen floß."

„All das ist wahr wie das Evangelium, Monsieur de Coconnas. Aber die Kugel traf nur meine Sturmhaube, von der sie glücklicherweise abprallte; deshalb war der Schlag jedoch nicht weniger hart – hier sehen Sie den Beweis", fügte La Hurière hinzu, indem er seine Mütze abnahm und seinen völlig kahlen Kopf zeigte, „da, nicht ein einziges Haar hab ich übrigbehalten."

Die beiden jungen Leute brachen in Lachen aus, als sie sein komisches Gesicht sahen.

„Ach, Sie lachen!" sagte La Hurière, schon ein wenig beruhigt. „Dann kommen Sie also nicht in böser Absicht?"

„Und Sie, Meister La Hurière, sind Sie von Ihrer Kriegslust geheilt?"

„Wahrhaftig, das bin ich, meine Herren, und jetzt ..."

„Ja? Was ist jetzt ...?"

„Jetzt habe ich geschworen, mich nur noch um das Feuer in meiner Küche zu kümmern."

„Bravo!" rief Coconnas. „Er ist vorsichtig geworden.

Aber nun etwas anderes", fügte der Piemonteser hinzu, „wir haben in Ihrem Stall zwei Pferde und im Zimmer zwei Mantelsäcke gelassen."

„Teufel auch!" sagte der Wirt und kratzte sich hinterm Ohr.

„Was gibt's?"

„Zwei Pferde, sagen Sie?"

„Ja, im Stall."

„Und zwei Mantelsäcke?"

„Ja, im Zimmer."

„Sehen Sie, das ist so … Sie haben mich totgeglaubt, nicht wahr?"

„Allerdings."

„Da Sie sich irrten, müssen Sie zugeben, daß ich mich auch irren konnte."

„Indem Sie uns ebenfalls für tot hielten! Das stand Ihnen natürlich frei."

„Ja, das ist es! … Und da Sie kein Testament hinterlassen hatten …", fuhr Meister La Hurière fort.

„Weiter?"

„Da hab ich gemeint – es war nicht richtig, das sehe ich jetzt ein …"

„Weiter, was haben Sie gemeint?"

„Ich habe gemeint, ich könnte Sie beerben."

„Ach!" riefen die beiden jungen Leute.

„Nichtsdestoweniger freue ich mich, daß Sie noch leben, meine Herren."

„So sehr, daß Sie unsere Pferde verkauft haben?" fragte Coconnas.

„Leider!" bestätigte La Hurière.

„Und unsere Mantelsäcke?" fuhr La Môle fort.

„Aber nein, die Mantelsäcke nicht!" rief La Hurière. „Nur das, was drin war."

„Sag einmal, La Môle", rief Coconnas, „der scheint mir doch ein ausgemachter Schurke zu sein … Wenn wir ihn ausnehmen würden?"

Diese Drohung schien auf Meister La Hurière großen Eindruck zu machen. „Aber, meine Herren, vielleicht könnte man zu einem Vergleich kommen?" stammelte er.

„Höre", sagte La Môle, „ich habe mich wohl am meisten über dich zu beklagen."

„Gewiß, Herr Graf, denn ich erinnere mich, daß ich in einem Anfall von Wahnsinn die Kühnheit besaß, Sie zu bedrohen."

„Ja, mit einer Kugel, die mir zwei Zoll über den Kopf geflogen ist."

„Wirklich?"

„Ganz bestimmt."

„Wenn Sie es so bestimmt wissen, Monsieur de La Môle", entgegnete La Hurière und nahm mit einer reinen Unschuldsmiene seine Kasserolle auf, „dann bin ich zu sehr Ihr gehorsamster Diener, um Ihnen zu widersprechen."

„Aber ich verlange keine Entschädigung von dir", sagte La Môle.

„Wie, mein Herr?"

„Nur ..."

„Au weh!" rief La Hurière.

„Nur, wenn ich in dein Wirtshaus komme, ein gutes Essen für mich und meine Freunde."

„Was?" rief La Hurière entzückt. „Mit Freuden zu Diensten, mein Herr, mit Freuden zu Diensten!"

„Das ist also abgemacht?"

„Von ganzem Herzen ... Und Sie, Monsieur de Coconnas", fuhr der Wirt fort, „unterschreiben Sie den Handel?"

„Ja, aber wie mein Freund stelle ich eine geringfügige Bedingung."

„Und die ist?"

„Daß Sie Monsieur de La Môle die fünfzig Taler wiedergeben, die ich ihm schulde und die ich Ihnen anvertraut habe."

„Mir, Monsieur? Aber wann denn?"

„Eine Viertelstunde, ehe Sie mein Pferd und meinen Mantelsack verkauften."

La Hurière machte ein Zeichen, daß er begriffen habe. „Ich verstehe!" sagte er.

Dann ging er zu einem Schrank und holte, einen nach dem andern, fünfzig Taler heraus und brachte sie La Môle.

„Gut, mein Herr", sagte der Edelmann, „gut, und servieren Sie uns jetzt ein Omelett. Die fünfzig Taler soll Gregor haben."

„Oh!" rief La Hurière. „Wahrhaftig, meine Herren, Sie sind die Hochherzigkeit selbst, Sie können immer und ewig auf mich rechnen."

„Dann bereiten Sie uns also das verlangte Omelett und sparen Sie nicht mit Butter und Speck", befal Coconnas.

Mit einem Blick auf die Uhr fuhr er fort: „Meiner Treu, La Môle, du hast recht. Wir haben noch drei Stunden Zeit, die wir ebensogut hier wie anderswo verbringen können. Sogar noch besser, da wir uns hier, wenn mich nicht alles täuscht, bereits auf dem halben Weg zum Pont-Saint-Michel befinden."

Darauf nahmen die beiden jungen Leute in dem kleinen Gastzimmer an demselben Tisch Platz, wo sie an dem denkwürdigen Abend des 24. August 1572 gesessen hatten, als Coconnas seinem Gefährten La Môle vorschlug, um die erste zukünftige Geliebte zu spielen.

Zur Ehre der Sittsamkeit beider jungen Leute müssen wir jedoch gestehen, daß weder der eine noch der andere auch nur im Traum daran gedacht hätte, seinem Freund heute abend einen ähnlichen Vorschlag zu machen.

19

Das Haus des Parfümeurs der Königinmutter,
des Meisters René

Zu jener Zeit, als sich die unsern Lesern erzählte Geschichte abspielte, gab es, um von einem Stadtteil zum andern zu gelangen, nur fünf, teils aus Stein, teils aus Holz gefügte Brücken, die überdies in die Cité führten. Es waren der Pont-aux-Meuniers, der Pont-au-Change, der Pont-Notre-Dame, der Petit-Pont und der Pont-Saint-Michel.

An andern Orten, wo es der Verkehr nötig machte, waren Fähren eingesetzt, die mehr oder weniger gut die Brücken ersetzten.

Auf allen fünf Brücken standen Häuser wie heute noch auf dem Ponte Vecchio in Florenz.

Jede der fünf Brücken hatte ihre Geschichte; aber im Augenblick wollen wir uns vor allem mit dem Pont-Saint-Michel beschäftigen.

Der Pont-Saint-Michel wurde im Jahre 1373 aus Stein erbaut und trotz seiner scheinbaren Dauerhaftigkeit am 31. Januar 1408 durch eine Überschwemmung der Seine zum Teil zerstört; im Jahre 1416 aus Holz wiederaufgebaut, wurde die Brücke in der Nacht zum 16. Dezember 1547 abermals weggeschwemmt; etwa um 1550, das heißt zweiundzwanzig Jahre vor der Zeit, in der wir uns eben befinden, war sie, ebenfalls in Holz, neu errichtet worden, und galt, obwohl sie dringender Reparaturen bedurfte, als noch ziemlich fest.

Unter den Häusern zu beiden Seiten der Brücke, gegenüber der kleinen Insel, auf der einst die Tempelherren verbrannt wurden und auf der heute der Pont-Neuf ruht, befand sich auf steinernem Fundament ein Holzhaus, über das sich ein mächtiges Dach senkte wie ein ungeheures Augenlid. Aus dem einzigen Fenster in der ersten Etage über einem festverschlossenen Fenster und einer ebenso festverschlossenen Tür zu ebener Erde drang ein rötliches Licht, das die Blicke der Vorübergehenden auf die niedrige, breite, blaugemalte und mit vergoldetem Schnitzwerk verzierte Fassade zog. Eine Art Fries, der das Erdgeschoß vom ersten Stockwerk trennte, zeigte eine Menge Teufel in höchst sonderbaren Stellungen, und ein breites, wie die Fassade blaugemaltes Band zwischen dem Fries und dem oberen Fenster trug die Inschrift:

René aus Florenz,
Parfümeur Ihrer Majestät der Königinmutter

Die Tür zu dem Laden war, wie gesagt, fest verriegelt, aber besser als mit den Riegeln gegen nächtliche Angriffe durch den furchtbaren Ruf des Besitzers gesichert; Leute, die über die Brücke gingen, wichen im Bogen bis zur anderen Häuserzeile aus, als fürchteten sie, die Mauern könnten den Geruch seiner Duftwässerchen ausschwitzen.

Überdies hatten sich die Nachbarn zur Rechten und zur Linken, zweifellos aus Furcht, durch solche Nachbarschaft kompromittiert zu werden, einer nach dem andern aus dem Staube gemacht, nachdem sich Meister René auf dem Pont-Saint-Michel niedergelassen hatte, so daß die beiden an Renés Haus grenzenden Gebäude unbewohnt, verödet und geschlossen lagen. Indessen hatten Vorübergehende ungeachtet der Verlassenheit und Öde hinter den geschlossenen Fensterläden der leeren Häuser einen Lichtschein bemerkt und behaupteten, Geräusche wie Stöhnen oder Klagerufe gehört zu haben, die bewiesen, daß die Häuser von unbekannten Wesen heimgesucht wurden, nur wußte niemand zu sagen, ob sie dieser oder der anderen Welt angehörten.

Die Folge davon war, daß sich die Nachbarn der beiden verlassenen Häuser von Zeit zu Zeit fragten, ob es nicht geraten wäre, es den ehemaligen Bewohnern gleichzutun.

Zweifellos verdankte Meister René dem Vorzug, für die Öffentlichkeit ein Gegenstand des Schreckens zu sein, daß er als einziger nach der heiligen Stunde das Feuer unterhalten durfte. Keine Ronde, keine Wache hätte im übrigen gewagt, einen Mann zu stören, der Ihrer Majestät als Landsmann und als Parfümeur doppelt teuer war.

Da wir annehmen, daß der durch die Pseudophilosophie des 18. Jahrhunderts gepanzerte Leser nicht mehr an Magie oder Schwarzkünstler glaubt, laden wir ihn zu einem Besuch dieser Behausung ein, die zu jener Zeit des Aberglaubens so tiefe Furcht um sich verbreitete.

Der Laden zu ebener Erde liegt jetzt nach acht Uhr abends, wo er stets geschlossen wird, um sich mitunter erst am hohen Tag wieder zu öffnen, dunkel und einsam; hier unten werden Parfüms, Salben und kosmetische Artikel aller Art, die der geschickte Scheidekünstler vertreibt, im Kleinhandel verkauft. Dabei helfen ihm zwei Lehrlinge, die jedoch nicht im Haus, sondern in der Rue de la Calandre schlafen. Sie gehen am Abend, kurz bevor der Laden geschlossen wird. Und morgens wandern sie vor der Tür auf und ab, bis sie wieder geöffnet wird.

Jetzt also liegt der Laden, wie gesagt, dunkel und einsam. Aus dem ziemlich tiefen und ziemlich breiten Ladenraum führen zwei Türen auf zwei Treppen. Eine dieser Treppen windet sich seitlich durch die Mauer, die andere kriecht an der Außenwand empor und ist vom Quai, dem heutigen Quai des Augustins, und von der steilen Böschung, dem heutigen Quai des Orfèvres, zu sehen.

Beide führen in das Zimmer des Meisters.

Das Zimmer ist ebenso groß wie der Laden unten, wird aber durch einen quer zur Brücke hängenden Wandteppich in zwei Teile geteilt. Im Hintergrund des ersten Raumes liegt die Tür zur Außentreppe, in der Seitenwand des zweiten die Tür zu der Geheimtreppe, aber diese Tür verbirgt sich hinter einem hohen geschnitzten Schrank, an dem sie mit eisernen Riegeln befestigt ist, die beim Öffnen zurückgestoßen werden. Außer René kennt nur Katharina das Geheimnis dieser Tür, die sie bei ihren Besuchen benutzt; und Auge und Ohr an dem Schrank, in dem ein paar Löcher angebracht sind, hört und sieht sie, was im Zimmer vorgeht.

In den Seitenwänden des zweiten Raumes gibt es außerdem noch zwei für aller Augen sichtbare Türen, die eine zu einem kleinen Zimmer mit Oberlicht, das nichts enthält als einen riesigen Ofen, Retorten, Destillierblasen und Schmelztiegel: Hier ist das Laboratorium des Alchimisten. Die andere Tür führt in eine Zelle, die noch sonderbarer anmutet als die übrige Wohnung, denn sie ist stockfinster, ohne Teppiche und Möbel, nur mit einer Art steinernem Altar ausgestattet.

Der Boden besteht aus einer nach außen abfallenden Steinplatte, um die am Fuß der Mauer eine in einen Trichter mündende Rinne läuft, unter dem man das dunkle Wasser der Seine dahinströmen sieht. An einigen Nägeln in der Wand hängen Werkzeuge von sonderbarer Form zum Stechen oder Schneiden, mit nadelfeinen Spitzen und rasiermesserscharfen Klingen; manche glänzen wie

Spiegel, andere dagegen sind mattgrau oder dunkelblau. In einer Ecke streiten sich zwei mit den Füßen aneinandergekettete Hühner: Hier ist das Heiligtum des Wahrsagers.

Kehren wir in den zweigeteilten Mittelraum zurück.

Dort hinein werden die gewöhnlichen Ratsuchenden geführt, dort bieten ägyptische Ibisse, in Goldbinden gewickelte Mumien, ein von der Decke herabgähnendes Krokodil, Totenköpfe mit leeren Augenhöhlen und gefletschten Zähnen und schließlich staubbedeckte, von Ratten zernagte alte Wälzer dem Auge des Beschauers jenen bunten Wirrwarr, der die verschiedensten Empfindungen auslöst und keinen Gedanken ruhig zu Ende denken läßt. Hinter dem Vorhang stehen Phiolen, sonderbare Gefäße und unheimlich wirkende Amphoren im Licht zweier kleiner, ganz gleicher silberner Lampen mit duftendem Öl, die von einem Altar der Santa-Maria-Novella oder der Kirche Dei-Servi in Florenz gestohlen scheinen und ihren gelblichen Schein auf das düstere Gewölbe werfen, unter dem sie an drei schwarzen Ketten hängen.

René ist allein und geht, die Arme verschränkt, mit großen Schritten im zweiten Teil des Mittelraumes kopfschüttelnd auf und ab. Nach langem, peinlichem Grübeln bleibt er vor einem Stundenglas stehen.

„Ach", sagt er, „ich habe vergessen, es umzudrehen; wahrscheinlich ist es schon eine ganze Weile her, seit der Sand durchgeronnen ist." Dann blickt er zum Mond empor, wie er sich durch eine schwarze Wolke quält, die auf der Kirchturmspitze von Notre-Dame zu ruhen scheint.

„Neun Uhr", sagt er. „Wenn sie kommt, wird sie wie gewöhnlich in ein oder anderthalb Stunden kommen; es ist also noch Zeit für alles."

In diesem Augenblick ist von der Brücke ein Geräusch zu hören. René legt sein Ohr an die Öffnung eines langen Rohres, das in der Straßenmauer unter einem Schlangenkopf endet.

„Nein", sagt er, „weder sie noch die andern. Das sind Männerschritte, sie machen vor meiner Tür halt, sie kommen her."

Zu gleicher Zeit ertönten drei kurze Schläge.

René stieg rasch hinab. Allerdings begnügte er sich damit, das Ohr an die Tür zu legen, ohne sie zu öffnen.

Wieder wurde dreimal geklopft.

„Wer ist da?" fragte Meister René.

„Müssen wir unsere Namen sagen?" fragte eine Stimme.

„Unbedingt", antwortete René.

„Wenn es also sein muß: Ich bin Graf Hannibal de Coconnas", erwiderte dieselbe Stimme, die schon gesprochen hatte.

„Und ich Graf Lerac de La Môle", sagte eine andere Stimme, die sich zum erstenmal hören ließ.

„Warten Sie, meine Herren, warten Sie, ich stehe gleich zur Verfügung."

Damit zog René die Riegel zurück, hob die Querstangen auf, öffnete den beiden jungen Leuten die Tür, die er jetzt nur mit dem Schlüssel wieder sicherte, und führte sie über die Außentreppe in die zweite Abteilung des Raumes.

La Môle machte beim Eintreten unter seinem Mantel das Zeichen des Kreuzes; er war bleich, und seine Hand zitterte, ohne daß er dieser Schwäche Herr werden konnte.

Coconnas nahm jede Einzelheit in sich auf, und als sein Blick auf die Tür zu der kleinen Zelle fiel, wollte er sie öffnen.

„Erlauben Sie, mein Herr", sagte René mit seiner tiefen Stimme und legte Coconnas die Hand auf den Arm, „die Besucher, die mir die Ehre erweisen, hier heraufzukommen, kommen nur in den Genuß dieses Raumes."

„Ach, das ist etwas anderes", erwiderte Coconnas, „übrigens muß ich mich setzen."

Und schon ließ er sich auf einen Stuhl fallen.

Eine Weile herrschte tiefes Schweigen; Meister René wartete, daß einer der beiden jungen Leute etwas zur Erklärung sagen würde. Unterdessen ging der pfeifende Atem von Coconnas, der immer noch nicht ganz gesund war.

„Meister René", sagte er schließlich, „Sie sind doch ein

erfahrener Mann; sagen Sie mir, ob ich durch meine Verwundung so entstellt bleiben werde, das heißt, ob ich immer so kurz bei Atem bleibe, was mich hindert, mich in den Sattel zu schwingen, zu fechten und Speckeierkuchen zu essen."

René legte das Ohr an Coconnas' Brust und behorchte aufmerksam das Spiel seiner Lungen.

„Nein, Herr Graf", sagte er, „Sie werden genesen."

„Wirklich?"

„Ganz gewiß."

„Damit machen Sie mir eine große Freude."

Wieder herrschte Schweigen.

„Weiter wünschen Sie nichts zu wissen, Herr Graf?"

„Doch", antwortete Coconnas, „ich möchte gern wissen, ob ich wirklich verliebt bin."

„Bestimmt", sagte René.

„Woher wissen Sie das?"

„Weil Sie danach gefragt haben."

„Kotzbombenelement! Ich glaube, Sie haben recht. Aber in wen?"

„In die, die zur Zeit Ihren eben ausgesprochenen Lieblingsfluch gebraucht."

„Sie sind wirklich ein erfahrener Mann, Meister René!" erwiderte Coconnas verblüfft. „Jetzt bist du an der Reihe, La Môle."

La Môle errötete verlegen.

„Na, so rede doch, zum Teufel!" rief Coconnas.

„Sprechen Sie", forderte ihn der Florentiner auf.

„Ich, Monsieur René", stammelte La Môle, und erst nach und nach wurde seine Stimme ein wenig sicherer, „will Sie nicht fragen, ob ich verliebt bin, denn ich weiß, daß es so ist, und verhehle es mir nicht; aber sagen Sie mir, ob ich geliebt werde, denn alles, was mich zuerst hoffen ließ, wendet sich jetzt gegen mich."

„Vielleicht haben Sie nicht alles getan, was in solchem Fall zu tun ist."

„Was soll man denn anders tun, mein Herr, als der Dame seines Herzens durch Achtung und Ergebenheit beweisen, daß sie wahrhaft und tief geliebt wird?"

„Wissen Sie nicht", fragte René, „daß solche Beweise mitunter sehr nichtssagend sind?"

„Also muß ich jede Hoffnung aufgeben?"

„Nein, Sie müssen zur Wissenschaft Ihre Zuflucht nehmen. Die menschliche Natur kennt Antipathien, die man besiegen kann, und Sympathien, die man zu verstärken vermag. Das Eisen ist kein Magnet, aber wenn man es magnetisch macht, dann zieht das Eisen an."

„Natürlich, natürlich", murmelte La Môle, „aber ich bin gegen solche Beschwörungen."

„Wenn Sie dagegen sind", sagte René, „hätten Sie nicht herkommen sollen."

„Vorwärts, vorwärts", ermunterte ihn Coconnas, „willst du dich jetzt wie ein kleines Kind anstellen? Monsieur René, können Sie mich den Teufel sehen lassen?"

„Nein, Herr Graf."

„Wie ärgerlich! Ich hätte ihm ein Wörtchen zu sagen, und das würde La Môle vielleicht ermutigen."

„Sei's drum!" sagte La Môle. „Wir wollen offen darüber reden. Man hat mir von Wachsfiguren erzählt, die nach dem Bild der Geliebten geformt sind. Ist das ein Mittel?"

„Ein unfehlbares."

„Und die Person, die man liebt, erleidet bei diesem Experiment keinen Schaden, weder an Leben noch Gesundheit?"

„Durchaus nicht."

„Dann wollen wir es versuchen."

„Soll ich anfangen?" fragte Coconnas.

„Nein", erwiderte La Môle, „da ich mich schon einmal darauf eingelassen habe, werde ich bis zum Ende gehen."

„Es bewegt Sie ein brennendes und gebieterisches Verlangen, zu wissen, woran Sie sind, Monsieur de La Môle?"

„Ich sterbe vor Begierde, Meister René", erwiderte La Môle.

Im selben Augenblick wurde unten leise an die Tür geklopft, so leise, daß nur Meister René das Geräusch hörte, der es außerdem zweifellos erwartet hatte.

Ohne Verstellung und während er die ganze Zeit La Môle mit nichtigen Fragen quälte, legte er sein Ohr an die

Röhre und unterschied das Geräusch von Stimmen, die ihn zu verblüffen schienen.

„Fassen Sie jetzt Ihren Wunsch zusammen", sagte er, „und rufen Sie die Person, die Sie lieben."

La Môle kniete nieder, als sollte er zu einer Gottheit sprechen, und René ging in den ersten Teil des Raumes und glitt geräuschlos die äußere Treppe hinab; einen Augenblick später streiften leichte Füße über den Boden des Ladens.

Als sich La Môle wieder erhob, sah er Meister René vor sich; der Florentiner hielt in der Hand eine recht primitiv gearbeitete kleine Wachsfigur, die eine Krone und einen Mantel trug.

„Wollen Sie für alle Zeit von Ihrer königlichen Herrin geliebt werden?" fragte der Parfümeur.

„Ja, und sollte es mein Leben kosten, und sollte ich meine Seele verlieren", erwiderte La Môle.

„Gut", sagte der Florentiner, nahm mit den Fingerspitzen ein paar Tropfen Wasser aus einer Kanne und spritzte sie auf den Kopf der Figur, wozu er ein paar lateinische Worte murmelte.

La Môle schauderte; er begriff das Frevlerische der vor seinen Augen vorgenommenen Handlung.

„Was tun Sie da?" fragte er.

„Ich taufe diese kleine Figur auf den Namen Marguerite."

„Aber zu welchem Zweck?"

„Um die geheime Wechselbeziehung herzustellen."

La Môle öffnete den Mund, um ihn zu hindern, daß er in seinem Werk fortfahre, doch ein spöttischer Blick von Coconnas hielt ihn zurück.

René, der die Bewegung gesehen hatte, wartete.

„Man muß den vollen und uneingeschränkten Willen haben", sagte er.

„Tun Sie's", erwiderte La Môle.

René schrieb auf einen kleinen Zettel von rotem Papier ein paar kabbalistische Zeichen, zog ihn durch eine stählerne Nadel und bohrte die Nadel ins Herz der kleinen Figur.

Sonderbar! In der Wunde erschien ein Blutstropfen. Dann hielt er Feuer an das Papier.

Die erwärmte Nadel brachte das Wachs um den Einstich zum Schmelzen und trocknete das Blutströpfchen.

„Durch die Kraft der geheimen Wechselbeziehung", sagte René, „wird Ihre Liebe in das Herz der geliebten Frau dringen und es entzünden."

Coconnas als Freigeist lachte in seinen Schnurrbart und spöttelte leise; doch der verliebte und abergläubische La Môle fühlte an den Haarwurzeln eisigen Schweiß perlen.

„Und nun", sagte René, „drücken Sie Ihre Lippen auf den Mund der kleinen Figur und sagen Sie: ‚Marguerite, ich liebe dich, komm, Marguerite!'"

La Môle gehorchte.

In diesem Augenblick hörte man, wie die Tür zum zweiten Teil des Zimmers geöffnet wurde und leichte Schritte näher kamen. Neugierig und ungläubig zog Coconnas seinen Dolch, und da er fürchtete, René werde, wenn er den Wandteppich zu heben versuchte, dieselbe Bemerkung machen wie vorhin, als er die Tür öffnen wollte, schlitzte er mit dem Dolch ein Loch in den dicken Vorhang und stieß, nachdem er sein Auge an die Öffnung gelegt hatte, einen Schrei der Überraschung aus, dem ein doppelter Aufschrei von Frauenstimmen antwortete.

„Was gibt es?" fragte La Môle und ließ beinahe die Wachsfigur fallen, die ihm René jetzt aus den Händen nahm.

„Die Herzogin von Nevers und Madame Marguerite sind da", erwiderte Coconnas.

„Ungläubige!" sagte René mit strengem Lächeln. „Zweifeln Sie noch an der Macht der geheimen Wechselbeziehung?"

La Môle stand wie versteinert, als er die Königin sah, Coconnas war vom Anblick der Herzogin von Nevers sekundenlang wie geblendet.

Der eine stellte sich vor, die Zauberkunststücke Meister Renés hätten den Geist Marguerites heraufbeschworen; der andere hatte die Erklärung des Wunders angesichts der noch halb offen stehenden Tür, durch welche die bezaubernden Schemen eingetreten waren, bald in der alltäglichen, materiellen Welt gefunden.

Während sich La Môle bekreuzigte und zum Steinerweichen seufzte, erkannte Coconnas, der Zeit gehabt hatte, zu philosophieren und den Bösen mit Hilfe des Ungläubigkeit genannten Weihwedels zu verjagen, nachdem er durch das Loch im Vorhang Madame de Nevers' Staunen und das ein wenig beißendspöttische Lächeln Marguerites wahrgenommen hatte, den Augenblick für entscheidend; und da er sehr wohl verstand, daß man für einen Freund sagen kann, was man für sich nicht zu sagen wagt, wandte er sich, statt an Madame de Nevers, an Marguerite, ließ sich auf ein Knie nieder wie der große Artaxerxes in der Jahrmarktsposse und rief mit einer Stimme, die durch den pfeifenden Atem einen besonderen Klang erhielt und ihre Wirkung nicht verfehlte: „Madame, eben hat Meister René auf Bitten meines Freundes, des Grafen de La Môle, Ihren Schatten beschworen; nun ist zu meiner großen Verwunderung Ihr Schatten erschienen, begleitet von einem leiblichen Wesen, das ich wertschätze und das ich meinem Freunde anempfehle. Schatten Euer Majestät der Königin von Navarra, haben Sie die Güte, dem leiblichen Wesen in Ihrer Begleitung zu sagen, es möchte auf die andere Seite des Vorhangs kommen?"

Marguerite begann zu lachen und machte Henriette ein Zeichen, worauf diese auf die andere Seite ging.

„Mein Freund La Môle!" sagte Coconnas. „Sei beredsam wie Demosthenes, wie Cicero, wie der Herr Großalmosenier, und bedenke, daß es mein Leben kostet, wenn es dir nicht gelingt, das leibliche Wesen der Frau Herzogin von Nevers zu überzeugen, daß ich ihr ergebenster, gehorsamster und getreuester Diener bin."

„Aber …", stammelte La Môle.

„Tu, was ich dir sage! Und Sie, Meister René, geben Sie acht, daß uns niemand stört."

René tat, was Coconnas verlangte.

„Kotzbombenelement, mein Herr!" sagte Marguerite. „Sie sind ein Mann von Geist. Ich höre; was haben Sie mir zu sagen?"

„Ich habe Ihnen zu sagen, Madame, daß der Schatten meines Freundes – denn er ist ein Schatten und beweist es damit, daß er nicht das kleinste Wort hervorbringt –, ich habe Ihnen also zu sagen, daß mich dieser Schatten bittet, ich möchte die Fähigkeit leiblicher Wesen, in verständlicher Sprache zu reden, nutzen, um Ihnen zu sagen: Schöner Schatten, der entmaterialisierte Edelmann hat Körper und Odem unter dem strengen Blick Ihrer Augen verloren. Stünden Sie leibhaftig vor mir, so würde ich Meister René bitten, mich lieber in ein Schwefelloch zu stürzen, ehe ich solche Sprache mit der Tochter König Heinrichs II. und Schwester König Karls IX., mit der Gattin des Königs von Navarra, führte. Aber die Schatten sind frei von irdischem Hochmut und nicht böse, wenn man sie liebt. Legen Sie Ihrem leiblichen Wesen nahe, Madame, die Seele des armen La Môle ein wenig zu lieben, diese von unerhörter Pein gequälte Seele, diese durch die Freundschaft grausam verfolgte Seele, von der er dreimal mehrere Dolchstöße in den Leib erhielt; diese im Feuer Ihrer Augen entbrannte Seele, einem Feuer, das tausendmal verzehrender ist als die Flammen der Hölle. Haben Sie Mitleid mit dieser armen Seele, lieben Sie ein wenig, was einst der gewinnende La Môle war, und wenn Sie der Worte nicht mächtig sind, sprechen Sie durch eine Geste, durch ein Lächeln. Die Seele meines Freundes ist sehr scharfsichtig und wird alles verstehen. Geben Sie ein Zeichen, Kotzbombenelement! Oder ich werde Renés leibliches Wesen mit meinem Degen durchbohren, weil er dank seiner Macht über Schatten den Ihren beschworen hat, für einen ehrenhaften Schatten – der Sie mir doch zu sein scheinen – wenig ziemliche Dinge zu tun!"

Zum Schluß seiner Rede hatte sich Coconnas vor der Königin aufgepflanzt wie Äneas, der zu den Schatten herabsteigt, und Marguerite konnte nicht umhin, in ungeheures Gelächter auszubrechen; dann reichte sie Coconnas die Hand, wobei sie jedoch Schweigen bewahrte, wie es sich bei solcher Gelegenheit für einen königlichen Schatten geziemte.

Coconnas nahm ihre Hand zart in seine Finger und rief

La Môle zu: „Schatten meines Freundes, kommen Sie augenblicklich her!"

La Môle gehorchte verblüfft und zitternd.

„Gut", sagte Coconnas, während er von hinten seinen Kopf ergriff, „lassen Sie den Nebel Ihres schönen braunen Gesichts auf den weißen Nebel dieser Hand sinken."

Dabei führte Coconnas eine den Worten entsprechende Bewegung aus und fügte die feine Hand mit La Môles Lippen zusammen; so ließ er sie ehrerbietig einen Augenblick vereint, ohne daß sich die Hand dem zarten Druck zu entziehen suchte.

Marguerite lächelte immer noch, in Madame de Nevers dagegen bebte noch der Schreck über das unerwartete Erscheinen der beiden Edelleute. Sie fühlte ihr Unbehagen durch das erwachende Fieber der Eifersucht wachsen; denn ihr schien, Coconnas hätte nicht in solchem Maße ihre Angelegenheit wegen der anderen vergessen dürfen.

La Môle sah die Falte zwischen ihren Brauen, das drohende Blitzen ihrer Augen, und trotz des verwirrenden Rausches, dessen Wonnegefühl ihn lähmte, begriff er die Gefahr, die seinem Freund drohte, und erkannte, daß er wenigstens den Versuch machen mußte, sie von ihm abzuwenden.

So richtete er sich auf, überließ Coconnas Marguerites Hand und ergriff dafür die der Herzogin von Nevers, darauf kniete er nieder und begann: „O schönste, anbetungswürdigste der Frauen – ich spreche von lebenden Frauen, nicht von Schatten", dabei schickte er einen Blick und ein Lächeln zu Marguerite hinüber, „erlauben Sie einer von Ihrem gemeinen Wohnsitz befreiten Seele, die Versäumnisse eines ganz in irdischer Freundschaft befangenen leiblichen Wesens wiedergutzumachen. Monsieur de Coconnas, den Sie hier sehen, ist nur ein Mensch, ein Mensch von kräftiger, herzhafter Beschaffenheit, vielleicht schön anzusehen, aber vergänglich wie alles Fleisch: *Omnis caro fenum.* Obwohl mir dieser Edelmann vom Morgen bis zum Abend Ihretwegen die inständigsten Klagelieder ins Ohr singt, obwohl Sie ihn härtere Hiebe austeilen sahen, als je in Frankreich geschlagen wurden, wagt dieser vor einem Schatten so beredte Held nicht, mit einer Frau zu sprechen. Deshalb wandte er sich mit seinen Worten an den Schatten der Königin und beauftragte mich, mit Ihnen, einem leiblichen Wesen in so schöner Hülle, zu reden und Ihnen zu sagen, daß er Ihnen Herz und Seele zu Füßen legt, daß er Ihre göttlichen Augen bittet, ihn mitfühlend anzusehen, Ihre verzehrenden rosigen Finger, ihm ein Zeichen zu geben, Ihre in Wohlklang schwingende Stimme, ihm jene Worte zu sagen, die man nie vergißt; wo nicht, hat er mich noch um ein anderes gebeten: Wenn es ihm nicht gelänge, Sie zu rühren, möchte ich ihm ein zweites Mal meinen Degen, der kein Schatten ist, denn Degen haben nur im Sonnenschein ihren Schatten, in die Brust bohren; denn er wüßte nicht, wie er leben sollte, wenn Sie ihm nicht erlaubten, einzig und allein für Sie zu leben."

Soviel Schwung und närrischen Übermut Coconnas in seine Rede gelegt hatte, soviel Gefühl, berauschende Kraft und schmeichelnde Ergebenheit legte La Môle in seine Bitte.

Henriette wandte ihre Augen von La Môle ab, dem sie, solange er redete, aufmerksam zugehört hatte, und blickte Coconnas an, um zu sehen, ob der Ausdruck seines Gesichts mit der verliebten Rede seines Freundes in Einklang stand. Sie schien davon befriedigt, denn errötend, heftig atmend und besiegt sagte sie zu Coconnas mit einem Lächeln, das eine Doppelreihe in Korallen eingefaßter Perlen entblößte: „Ist das wahr?"

„Kotzbombenelement!" rief Coconnas, wie behext von ihrem Blick und in seinen Flammen entbrannt. „Es ist wahr! ... Ja, Madame, es ist wahr, bei Ihrem Leben, bei meinem Tod! Es ist wahr!"

„Dann kommen Sie!" sagte Henriette und reichte ihm die Hand mit einer Lässigkeit, die das Schmachten ihrer Augen Lügen strafte.

Coconnas warf sein Samtbarett in die Luft und war mit einem Satz neben der jungen Frau, während La Môle, durch eine Handbewegung Marguerites gerufen, mit verliebten Schritten von seinem ebenfalls tanzenden Freund hinwegtänzelte. In diesem Augenblick erschien René an der Tür im Hintergrund.

„Still!" rief er in einem Ton, der die Liebesglut sofort erstickte. „Still!"

Aus der dicken Mauer klang das Quietschen eines zurückgeschobenen Riegels und das Kreischen einer Tür, die sich in den Angeln drehte.

„Mir scheint", sagte Marguerite stolz, „niemand könnte das Recht haben, hier einzudringen, wenn wir da sind!"

„Nicht einmal die Königinmutter?" flüsterte ihr René ins Ohr.

Marguerite eilte, La Môle mitziehend, zur Außentreppe; Henriette und Coconnas folgten ihnen halbumschlungen, so rasch, wie schnäbelnde Vögel bei einem unbedachten Geräusch von einem Blütenast auffliegen.

20

Die schwarzen Hühner

Die beiden Paare waren zur rechten Zeit entschwunden. Denn als Coconnas und Madame de Nevers durch die Tür im Hintergrund eilten, steckte Katharina eben den Schlüssel in das Schloß der zweiten Tür, und als sie eintrat, konnte sie noch das Knacken der Treppe unter den Tritten der Flüchtlinge hören.

Sie blickte forschend um sich und ließ dann ihren mißtrauischen Blick auf René ruhen, der vor ihr stand und sich verneigte: „Liebende, die sich mit meinem Wort zufriedengegeben haben, als ich ihnen versicherte, daß sie sich lieben."

„Lassen wir das", sagte Katharina und zuckte die Achseln, „jetzt ist also niemand mehr hier?"

„Niemand außer Euer Majestät und mir."

„Haben Sie getan, was ich Ihnen sagte?"

„Wegen der schwarzen Hühner?"

„Ja."

„Sie sind bereit, Madame."

„Ach, wären Sie doch ein Jude!" murmelte Katharina.
„Ich ein Jude, Madame, warum?"

„Weil Sie dann die köstlichen Bücher lesen könnten, die
es in hebräischer Sprache über Opfer gibt. Ich habe mich
damit beschäftigt, eins davon zu übersetzen, und habe gesehen, daß die Hebräer nicht wie die Römer die Vorzeichen im Herzen oder in der Leber suchen, sondern die
Offenbarung der allmächtigen Hand des Schicksals im
Gehirn und in der Bildung der Buchstaben, die seine
Windungen annehmen."

„Ja, Madame, auch ich habe davon gehört, und zwar
von einem befreundeten alten Rabbiner."

„Es gibt so deutlich gezeichnete Bildungen", sagte Katharina, „daß sie einer prophetischen Spur gleichkommen, nur empfehlen die weisen Chaldäer ..."

„Empfehlen was?" fragte René, als er sah, daß die Königin einen Augenblick zögerte.

„Sie empfehlen, das Experiment mit menschlichen Hir-
nen auszuführen, da sie entwickelter und dem Willen des
Forschenden verwandter sind."

„Ach, Madame", entgegnete René. „Euer Majestät wissen sehr wohl, daß dergleichen unmöglich ist."

„Zumindest schwierig", sagte Katharina. „Denn wenn
wir das schon in der Bartholomäusnacht gewußt hätten ...
Welch reiche Ernte, René! Der erste Verurteilte ... ich
werde darüber nachdenken. Bis dahin bleiben wir im Be-
reich des Möglichen. Ist das Opferzimmer vorbereitet?"

„Ja, Madame."

„Gehen wir also hinein."

René zündete eine aus sonderbaren Bestandteilen zu-
sammengesetzte Kerze an, deren Duft ebenso anhaltend
und aufdringlich wie ekelhaft und berauschend war und
verschiedene Zutaten verriet, dann durchquerte er den ersten Teil des Raumes und leuchtete Katharina in die Zelle.

Katharina wählte selber unter den Opferinstrumenten
ein bläulich schimmerndes Messer, indes René eins der
beiden Hühner holte, die in der Ecke ihre ängstlichen
Goldaugen rollten.

„Wie werden wir vorgehen?"

„Wir werden die Leber des einen befragen und das Hirn des anderen. Wenn beide Experimente dasselbe Resultat ergeben, so wird man glauben müssen, vor allem wenn die Resultate mit den vorangegangenen übereinstimmen."

„Womit fangen wir an?"

„Mit dem Experiment der Leber."

„Gut", sagte René und befestigte das Huhn an zwei gegenüberliegenden Ringen auf dem kleinen Altar, so daß sich das auf den Rücken geworfene Tier nur noch sträuben, aber nicht vom Platz rühren konnte.

Katharina öffnete ihm die Brust mit einem einzigen Messerschnitt. Das Huhn stieß drei Schreie aus und lag dann still.

„Immer die drei Schreie", murmelte Katharina, „drei Todeszeichen. Und die Leber hängt an der linken Seite", fuhr sie fort, „immer an der linken Seite; der dreifache Tod, gefolgt vom Verlust des Thrones. Das ist fürchterlich, René!"

„Man muß sehen, Madame, ob die Zeichen des zweiten Opfers mit denen des ersten übereinstimmen."

René machte das tote Huhn los und warf es in eine Ecke, dann näherte er sich dem andern, das sein Schicksal nach dem, was dem ersten passiert war, zu ahnen schien und sich ihm zu entziehen suchte, indem es rund durch die Zelle lief und schließlich, als es sich in einer Ecke gefangen sah, über Renés Kopf hinwegflog und in seinem Flug die magische Kerze löschte, die Katharina in der Hand hielt.

„Da sehen Sie es, René", sagte die Königin. „Das bedeutet, daß unser Geschlecht erlöschen wird. Der Tod wird darüber hinblasen, und es wird vom Antlitz der Erde verschwinden. Drei Söhne, drei Söhne!" murmelte sie düster.

René nahm ihr die erloschene Kerze aus der Hand und zündete sie im Nebenzimmer wieder an.

Als er zurückkam, sah er, daß das Huhn den Kopf in den Trichter gezwängt hatte.

„Diesmal", sagte Katharina, „werde ich den Schreien entgehen, denn ich werde ihm mit einem einzigen Schlag den Kopf vom Rumpf trennen."

Und wie sie gesagt hatte, schlug ihm Katharina, als das Huhn gefangen war, mit einem einzigen Hieb den Kopf ab. Aber im Todeskrampf öffnete sich der Schnabel dreimal und schloß sich dann für immer.

„Sieh nur!" rief Katharina entsetzt. „Nicht der dreifache Schrei, aber drei Seufzer, dreimal, immer dreimal. Alle drei werden sterben. All diese Seelen zählen und rufen drei, ehe sie abscheiden. Aber jetzt wollen wir sehen, was die Zeichen des Kopfes zu sagen haben."

Katharina trennte den blaß gewordenen Kamm des Tieres ab, öffnete vorsichtig die Schädeldecke, und nachdem sie die Windungen des Gehirns freigelegt hatte, versuchte sie aus den blutigen Krümmungen die Form eines Buchstabens herauszufinden, den das Hirnmark zeichnete.

„Wieder und wieder!" rief sie und schlug die Hände zusammen. „Und diesmal sind die Zeichen deutlicher denn je, komm und sieh!"

René trat näher.

„Was für ein Buchstabe ist das?" fragte Katharina und deutete auf eine bestimmte Stelle.

„Ein H", erwiderte René.

„Und wievielmal wiederholt?"

René zählte. „Viermal", sagte er dann.

„Ja? Stimmt es? Ich sehe, das bedeutet Henri IV. Oh!" murmelte sie und warf das Messer fort. „Ich bin in meiner Nachkommenschaft verflucht."

Die Frau mit dem leichenblassen, von dem unheimlichen Licht erhellten Gesicht, wie sie die blutigen Hände verkrampfte, war entsetzlich anzusehen.

„Er wird regieren", seufzte sie verzweifelt, „er wird regieren!"

„Er wird regieren", wiederholte René wie aus tiefem Traum.

Indessen schwand der düstere Ausdruck ihrer Züge bald im Licht eines Gedankens, der am Grunde ihres Hirns aufgesprungen zu sein schien.

„René", sagte sie und streckte die Hand nach dem Florentiner aus, ohne den auf die Brust gesenkten Kopf zu heben, „René, gibt es da nicht eine schreckliche Geschichte von einem perugischen Arzt, der mit Hilfe einer Salbe seine Tochter und zugleich den Liebhaber seiner Tochter vergiftete?"

„Ja, Madame."

„Und dieser Liebhaber war ...?" fuhr Katharina, immer noch nachdenklich, fort.

„König Ladislaus, Madame."

„Ach, richtig!" murmelte sie. „Sind Ihnen Einzelheiten über die Geschichte bekannt?"

„Ich besitze ein altes Buch, in dem sie aufgezeichnet ist", erwiderte René.

„Gut, gehen wir jetzt hinunter, Sie werden es mir leihen."

Beide verließen die Zelle, deren Tür René hinter sich schloß.

„Haben mir Euer Majestät noch Befehle über neue Opfer zu geben?" fragte der Florentiner.

„Nein, René! Für den Augenblick bin ich hinreichend überzeugt. Wir werden abwarten, ob wir uns nicht den Kopf eines Verurteilten verschaffen können, und am Tag der Hinrichtung wirst du mit dem Henker darüber verhandeln."

René verbeugte sich zustimmend und ging dann mit der Kerze zu den Bücherregalen, stieg auf einen Stuhl, holte ein Buch herunter und gab es der Königin.

Katharina öffnete es.

„Was ist denn das?" fragte sie. „,Wie man Terzfalken, Edelfalken und Gerfalken abrichtet und nährt, damit sie verläßlich, mutig und immer zur Beize bereit sind.'"

„Verzeihen Sie, Madame, ich habe mich geirrt. Das ist ein Jagdbuch, das von einem gelehrten Mann aus Lucca, dem berühmten Castruccio Castracani geschrieben wurde. Da es auf dem Platz des anderen stand und genauso eingebunden ist, habe ich mich geirrt. Übrigens ein sehr kostbares Buch, das nur in drei Exemplaren existiert: eins steht in der Bibliothek von Venedig, das andere wurde von Ihrem Ahnherrn Lorenzo gekauft, der es durch Piero von Medici König Karl VIII. bei dessen Aufenthalt in Florenz anbot, und dies ist das dritte."

„Ein so seltenes Stück hat meine Hochachtung", sagte Katharina, „aber ich brauche es nicht, daher nimm es zurück."

Sie streckte René die rechte Hand entgegen, um das gewünschte an sich zu nehmen, während sie ihm mit der Linken das eben erwähnte zurückreichte.

Diesmal hatte sich René nicht geirrt, es war das Buch, nach dem sie verlangte. René stieg vom Stuhl, blätterte einen Augenblick in dem Buch und hielt es ihr geöffnet hin.

Katharina setzte sich an einen Tisch, René stellte die magische Kerze neben sie, und im Licht der bläulichen Flamme las sie halblaut ein paar Zeilen.

„Gut", sagte sie und schloß das Buch. „Das ist alles, was ich wissen wollte."

Sie ließ das Buch auf dem Tisch liegen und stand auf, ohne etwas anderes mitzunehmen als den Plan, der in den Tiefen ihres Geistes gekeimt war und erst reifen mußte.

René wartete mit der Kerze in der Hand ehrerbietig auf neue Anordnungen oder neue Fragen der Königin, die sich zum Gehen bereit machte.

Katharina tat mit nachdenklich gesenktem Kopf und auf den Mund gelegtem Finger ein paar Schritte und schwieg.

Plötzlich blieb sie vor René stehen und hob ihre runden, starren Raubvogelaugen zu seinem Gesicht empor: „Gib nur zu, daß du einen Liebestrank für sie bereitet hast", sagte sie.

„Für wen?" fragte René zitternd.

„Für die Sauves."

„Ich, Madame?" rief René. „Niemals!"

„Niemals?"

„Das kann ich bei meiner Seele beschwören."

„Und doch muß ein Zauber dabei sein, denn er liebt sie wie ein Narr, ausgerechnet er, dem man nicht eben Beständigkeit nachsagt."

„Wer, Madame?"

„Der verwünschte Henri. Er, der meinen drei Söhnen folgen wird, er, der eines Tages Henri Quatre heißen wird, wenn er auch der Sohn der Jeanne d'Albret ist."

Den letzten Worten ließ Katharina einen Seufzer folgen, bei dessen Klang René schauderte, denn er erinnerte ihn an die berühmten Handschuhe, die er auf Katharinas Befehl für die Königin von Navarra zugerichtet hatte.

„Er geht also wieder zu ihr?" fragte René.

„Immer und wieder", antwortete Katharina.

„Ich glaubte, der König von Navarra wäre ganz zu seiner Frau zurückgekehrt."

„Komödie, René, nichts als Komödie. Ich weiß nicht, zu welchem Zweck; aber alles verbündet sich, um mich zu hintergehen. Selbst meine Tochter Marguerite tritt mir entgegen, vielleicht setzt auch sie ihre Hoffnung in den Tod ihrer Brüder, vielleicht hofft sie, Königin von Frankreich zu werden."

„Ja, vielleicht", wiederholte René, träumerisch wie zuvor und wie ein Echo der beängstigenden Ahnung Katharinas.

„Nun, wir werden sehen", sagte Katharina, schon auf dem Weg zu der Tür im Hintergrund, da sie es in der Gewißheit, mit ihm allein zu sein, natürlich für unnötig erachtete, die Geheimtreppe zu benutzen. René führte sie, und einige Augenblicke später standen beide im Ladenraum.

„Du hast mir ein paar neue Schönheitsmittel für meine Hände und meine Lippen versprochen, René", sagte sie, „der Winter kommt, und du weißt, meine Haut ist gegen Frost sehr empfindlich."

„Ich habe mich schon damit beschäftigt, Madame, und werde sie Ihnen morgen bringen."

„Morgen abend wirst du mich nicht vor neun oder zehn Uhr antreffen. Ich gehe morgen zur Beichte."

„Gut, Madame, ich werde um neun Uhr im Louvre sein."

„Madame de Sauves hat schöne Hände und schöne Lippen", bemerkte Katharina wie nebenbei, „welche Paste wendet sie an?"

„Für die Hände?"

„Ja, erst einmal für die Hände."

„Eine Heliotroppaste."

„Und für die Lippen?"

„Für die Lippen wird sie eine neue Paste nehmen, die ich erfunden habe und von der ich Euer Majestät morgen ebenfalls ein Döschen bringen werde."

Katharina stand einen Augenblick in Gedanken versunken.

„Ein schönes Geschöpf übrigens", sagte sie, immer noch so, als beantworte sie ihre geheimen Gedanken, „kein Wunder, daß der Béarner diese Leidenschaft für sie gefaßt hat."

„Und vor allem Euer Majestät ganz ergeben", ergänzte René, „wenigstens glaube ich das."

Katharina lächelte und zuckte die Achseln.

„Wenn eine Frau liebt", sagte sie, „ist sie niemals einem anderen als ihrem Liebhaber ergeben! Du hast ihr doch einen Liebestrank gebraut, René!"

„Aber nein, Madame, ich schwöre es!"

„Gut, sprechen wir nicht mehr davon. Zeig mir deine neue Paste, von der du gesprochen hast, die ihr die Lippen noch frischer und rosiger machen soll."

René trat an ein Regal und zeigte Katharina sechs völlig gleiche runde Silberdöschen, die nebeneinander aufgereiht standen.

„Das ist der einzige Liebeszauber, der von mir verlangt wurde", erklärte René, „Euer Majestät bemerkten ganz richtig, daß ich ihn ausdrücklich für sie herstellte, weil ihre feinen, weichen Lippen von Wind und Sonne gleichermaßen spröde werden."

Katharina öffnete ein Döschen; es enthielt eine ungemein verführerische karminrote Paste.

„René", sagte sie, „gib mir die Paste für meine Hände, ich nehme sie gleich mit."

René entfernte sich mit der Kerze, um aus einem besonderen Fach zu holen, was die Königin von ihm verlangte, wandte sich aber nicht so schnell ab, als daß er nicht zu sehen geglaubt hätte, wie Katharina mit einer raschen Bewegung eins der Silberdöschen an sich nahm und unter ihrem Mantel verbarg. Solch heimliche Unterschlagungen von seiten der Königinmutter kannte er zu gut, als daß er die Ungeschicklichkeit besessen hätte, zu verraten, was er gesehen. Ohne sich etwas anmerken zu lassen, holte er die geforderte, in ein liliengeschmücktes Papier geschlagene Paste und reichte sie ihr: „Hier ist sie, Madame."

„Danke, René", erwiderte Katharina. Nach kurzem Schweigen fügte sie hinzu: „Bring Madame de Sauves erst in acht oder zehn Tagen die Lippenpaste, ich will die erste sein, die einen Versuch damit macht."

Danach wollte sie sich entfernen.

„Wünschen Euer Majestät meine Begleitung?" fragte René.

„Nur bis zum Ausgang der Brücke", erwiderte Katharina, „dort erwarten mich meine Hofleute mit der Sänfte."

Beide gingen hinaus und bis zur Ecke der Rue de La Barillerie, wo vier Edelleute zu Pferd und eine Sänfte ohne Wappen auf Katharina warteten.

Als René in sein Haus zurückgekehrt war, zählte er sofort die Salbendöschen.

Eins fehlte.

21

Das Zimmer der Madame de Sauves

Katharina hatte sich in ihren Vermutungen nicht geirrt. Henri hatte seine Gewohnheiten wieder aufgenommen und begab sich jeden Abend zu Madame de Sauves. Früher hatte er sich in der größten Heimlichkeit zu ihr geschlichen, doch nach und nach vergaß er sein Mißtrauen und vernachlässigte alle Vorsichtsmaßnahmen, so daß Katharina ohne große Mühe die Gewißheit erlangte, Marguerite sei nur dem Namen nach, Madame de Sauves dagegen die wirkliche Königin von Navarra.

Zu Beginn dieser Geschichte sagten wir bereits ein paar Worte über das Zimmer der Madame de Sauves, aber die dem König von Navarra durch Dariole geöffnete Tür wurde damals nach seinem Eintreten fest verschlossen, so daß uns ihre Gemächer, der Schauplatz der heimlichen Liebschaft des Béarners, unbekannt blieben.

Sie unterschieden sich nicht von denen, die Prinzen oder Fürsten solchen Tischgenossen, die sie in der Nähe haben wollten, in den von ihnen bewohnten Schlössern einräumten; sie waren kleiner und weniger bequem, als eine in der Stadt gelegene Wohnung gewiß gewesen wäre. Madame de Sauves' Zimmer lagen, wie bereits gesagt, im zweiten Stockwerk, fast genau über Henris, und die Tür öffnete sich auf einen Gang, der am Ende durch ein Spitzbogenfenster mit kleinen viereckigen Butzenscheiben erhellt wurde, das selbst an den schönsten Tagen des Jahres nur schwaches Licht einließ. Im Winter mußte bereits von drei Uhr nachmittags an eine Lampe brennen, die Sommer wie Winter dieselbe Menge Öl enthielt und gegen zehn Uhr abends erlosch, so daß sie den beiden Liebenden an Wintertagen größere Sicherheit gab.

Ein kleines, mit gelbgeblümten Seidendamast bespanntes Vorzimmer, ein in blauem Samt gehaltenes Empfangszimmer und ein Schlafzimmer, dessen Bett mit gewundenen Säulen und kirschroten Seidenvorhängen einen kleinen Raum abschloß, in dem ein silbergerahmter Spiegel stand, von zwei Bildern flankiert, die Venus und Adonis in ihrer Liebe darstellten: das war die Wohnung – heute würde man sagen das Nest – der reizenden Ehrendame der Königin Katharina von Medici.

Wer genau hinsah, hätte gegenüber dem mit allem Zubehör ausgestatteten Toilettentisch in einer dunklen Ecke des Zimmers eine kleine Tür entdeckt, die zu einem Betzimmer führte, in dem auf einem ein paar Stufen hoch gelegenen Podest ein Betpult stand. Hier hingen an der Wand, wie um die Wirkung der beiden bereits erwähnten Darstellungen aus der Mythologie zu mildern, drei oder vier Gemälde strengsten geistigen Inhalts. Dazwischen hingen an vergoldeten Nägeln Waffen für Frauen; denn in dieser Zeit geheimnisvoller Intrigen trugen auch die Frauen Waffen wie die Männer und bedienten sich ihrer mitunter ebenso geschickt wie jene.

An diesem Abend, der dem Tag und den bei Meister

René vorgefallenen Szenen folgte, saß Madame de Sauves in ihrem Schlafzimmer auf einem Ruhebett und sprach zu Henri von ihren Befürchtungen und ihrer Liebe und erzählte ihm zu deren Beweis von der Aufopferung, die sie in der denkwürdigen Nacht nach Bartholomäus gezeigt hatte, in jener Nacht, als Henri, wie man sich erinnern wird, zu seiner Frau ging.

Henri drückte ihr seine Dankbarkeit aus.

Madame de Sauves sah heute abend in ihrem schmucklosen Batistnachtgewand bezaubernd aus, und Henri zeigte sich überaus dankbar.

Bei alledem war der wirklich in sie verliebte Henri wie ein Träumer. Und Madame de Sauves, die sich diese von Katharina befohlene Liebe am Ende von ganzem Herzen zu eigen gemacht hatte, sah Henri unausgesetzt an, um aus seinen Augen die Übereinstimmung mit seinen Worten zu lesen.

„Seien Sie ehrlich, Henri", sagte Madame de Sauves, „haben Sie nicht in jener Nacht, die Sie im Kabinett Ihrer Majestät der Königin von Navarra mit Monsieur de La Môle zu Ihren Füßen verbrachten, bedauert, daß sich dieser ehrenwerte Edelmann zwischen Ihnen und dem Schlafzimmer der Königin befand?"

„Allerdings, Liebchen", erwiderte Henri, „denn ich mußte ja auf jeden Fall durch dieses Zimmer gehen, um in das zu gelangen, in dem ich mich so wohl befinde und in diesem Augenblick so glücklich bin."

Madame de Sauves lächelte.

„Und seitdem waren Sie nicht dort?"

„Nur sooft ich Ihnen sagte."

„Und Sie werden niemals hingehen, ohne es mir zu sagen?"

„Niemals."

„Würden Sie das schwören?"

„Gewiß, wenn ich noch Hugenott wäre, aber ..."

„Aber was?"

„Aber die katholische Religion, deren Dogmen ich mir eben zu eigen mache, hat mich gelehrt, niemals zu schwören."

„Windbeutel!" wehrte Madame de Sauves kopfschüttelnd ab.

„Und Sie, Charlotte", fragte Henri, „würden Sie meine Fragen beantworten, wenn ich etwas wissen wollte?"

„Natürlich", erwiderte die junge Frau. „Ich habe Ihnen nichts zu verbergen."

„Wir wollen sehen, Charlotte", sagte der König, „erklären Sie mir doch einmal ganz bündig, wie es kommt, daß Sie nach dem verzweifelten Widerstand, den Sie vor meiner Heirat leisteten, weniger grausam geworden sind gegen mich, der doch nur ein unbeholfener Béarner ist, ein lächerlicher Provinzmensch, ein zu armer Fürst, um den Glanz der Juwelen in seiner Krone zu bewahren?"

„Henri", antwortete Charlotte, „Sie wollen von mir die Lösung eines Rätsels wissen, das die Philosophen aller Länder seit dreitausend Jahren zu ergründen suchen. Fragen Sie niemals eine Frau, Henri, warum Sie von ihr geliebt werden; geben Sie sich damit zufrieden, sie zu fragen: Lieben Sie mich?"

„Lieben Sie mich, Charlotte?" fragte Henri.

„Ich liebe Sie", erwiderte Madame de Sauves mit bezauberndem Lächeln und ließ ihre schönen Finger in die Hand ihres Geliebten gleiten.

Henri hielt sie fest.

„Aber", begann er, mit seinen Gedanken beschäftigt, von neuem, „wenn ich nun die Lösung erraten hätte, nach der die Philosophen seit dreitausend Jahren vergeblich suchen – zumindest was Sie betrifft, Charlotte?"

Madame de Sauves errötete.

„Sie lieben mich", fuhr Henri fort, „also habe ich Sie nichts mehr zu fragen und halte mich für den glücklichsten Menschen der Welt. Aber Sie wissen, daß immer etwas zum Glück fehlt. Nicht einmal Adam hat sich im Paradies vollkommen glücklich gefühlt, er hat in diesen unseligen Apfel gebissen, der den Keim der Neugier oder Wißbegier in uns legte, so daß wir unser Leben lang immer auf der Suche nach etwas Unbekanntem sind. Helfen Sie mir, mein Unbekanntes zu finden, Liebchen, und sagen Sie mir: War es nicht die Königin Katharina, die Ihnen zuerst angeraten hat, mich zu lieben?"

„Henri", bat Madame de Sauves, „sprechen Sie leise, wenn Sie von der Königinmutter sprechen."

„Ach was!" rief Henri so sorglos und unbefangen, daß sich selbst Madame de Sauves davon täuschen ließ. „Zu anderer Zeit, als wir noch schlecht miteinander standen, hätte ich dieser Schwiegermutter wohl mißtrauen müssen; aber jetzt, da ich der Mann ihrer Tochter bin ..."

„Der Mann von Madame Marguerite?" rief Charlotte und errötete vor Eifersucht.

„Sie sollten auch leiser reden", sagte Henri. „Ja, jetzt, da ich der Mann ihrer Tochter bin, sind wir die besten Freunde von der Welt. Was wollte man? Daß ich katholisch werde, wie mir scheint. Nun gut, ich bin der Gnade teilhaftig und durch die Fürsprache des heiligen Bartholomäus katholisch geworden. Wir leben jetzt zusammen wie gute Brüder und gute Christen."

„Und die Königin Marguerite?"

„Die Königin Marguerite", entgegnete Henri, „die Königin Marguerite ist das Band, das uns alle vereint."

„Aber Sie haben mir gesagt, Henri, daß sich die Königin von Navarra zum Lohn für das Opfer, das ich ihr brachte, großmütig gegen mich bezeigte. Wenn Sie mir die Wahrheit gesagt haben, wenn diese Großmut, für die ich ihr so große Dankbarkeit gelobte, echt ist, dann ist es nur ein scheinbares Band und leicht zu zerreißen. Auf diesen Schutz können Sie sich also nicht verlassen, denn Ihre sogenannte Intimität hat auf niemand Eindruck gemacht."

„Dennoch verlasse ich mich darauf, und seit drei Monaten kann ich meinen Kopf auf dies Ruhekissen betten."

„Dann, Henri, haben Sie mich getäuscht", rief Madame de Sauves, „dann ist Madame Marguerite wirklich Ihre Frau."

Henri lächelte.

„Wieder so ein Lächeln, Henri", sagte sie, „das mich aufbringt, so daß ich manchmal Ihre Königswürde vergesse und den grausamen Wunsch verspüre, Ihnen die Augen auszukratzen."

„Dann habe ich mit dieser sogenannten Intimität also doch Eindruck gemacht", wandte Henri ein, „weil es Augenblicke gibt, da Sie meine Königswürde vergessen und mir die Augen auskratzen wollen, weil Sie glauben, daß diese Intimität existiert!"

„Henri! Henri!" entgegnete Madame de Sauves. „Ich glaube, nicht einmal Gott weiß, was Sie denken."

„Ich denke zum Beispiel, liebe Freundin", erklärte Henri, „daß Ihnen zuerst Katharina gesagt hat, Sie sollen mich lieben, daß es Ihnen dann Ihr Herz gesagt hat und daß Sie nur auf die Stimme Ihres Herzens hören, wenn beide Stimmen zu Ihnen sprechen. Jetzt liebe auch ich Sie, und zwar aus ganzer Seele, selbst, wenn ich Geheimnisse haben sollte, die ich Ihnen nicht anvertrauen würde, um Sie nicht in Verlegenheit zu bringen ... Denn die Zuneigung der Königin ist veränderlich, es ist die Zuneigung einer Schwiegermutter."

So konnte es Charlotte durchaus nicht sehen; ihr schien als verdichte sich jedesmal, wenn sie die Abgründe dieses unergründlichen Herzens zu erforschen versuchte, der Schleier zwischen ihr und ihrem Geliebten und werde wie eine Mauer, die sie voneinander trennte. Sie fühlte, wie ihr bei dieser Antwort Tränen in die Augen stiegen, und da es eben zehn Uhr schlug, sagte sie: „Sire, es ist Zeit, daß ich mich zur Ruhe lege; mein Dienst bei der Königinmutter beginnt morgen sehr früh."

„Und deshalb wollen Sie mich heute abend fortjagen, Liebchen?" fragte Henri.

„Henri, ich bin traurig. Und traurig werden Sie mich langweilig finden, und langweilig werden Sie mich nicht mehr lieben. Sie sehen also, es ist besser, wenn Sie gehen."

„Gut, wenn Sie es wünschen, Charlotte, werde ich gehen", sagte Henri, „aber, heiliger Strohsack, wenigstens Ihrem Coucher könnten Sie mich beiwohnen lassen!"

„Aber wird nicht die Königin Marguerite Ihre Anwesenheit bei dem ihren erwarten, Sire?"

„Charlotte", erwiderte Henri ernst, „es war zwischen uns ausgemacht, daß wir nie über die Königin von Navarra sprechen, und mir scheint, heute abend haben wir nur von ihr geredet."

Madame de Sauves seufzte und setzte sich vor ihren Toilettenspiegel. Henri nahm einen Stuhl, zog ihn dicht neben den seiner Geliebten, schlug die Beine übereinander und lehnte sich zurück.

„Vorwärts, meine liebe kleine Charlotte", sagte er, „lassen Sie mich sehen, wie Sie sich schön machen, schön für mich, was Sie auch immer sagen mögen! Mein Gott, diese vielen Sächelchen, diese duftenden Salbentöpfe, diese Puderbeutel, diese Fläschchen, diese Räucherpfännchen!"

„Das sieht nur so viel aus", widersprach Charlotte seufzend, „und doch ist es viel zuwenig, da ich mit all dem noch nicht das Mittel gefunden habe, als einzige über das Herz Euer Majestät zu herrschen."

„Fangen wir nicht wieder von Politik an", verwies Henri. „Was ist das für ein feines, zartes Pinselchen? Um die Brauen meines olympischen Zeus' zu malen?"

„Ja, Sire", lächelte Madame de Sauves, „Sie haben es sofort erraten."

„Und diese hübsche kleine Elfenbeinharke?"

„Um die Haare zu scheiteln."

„Und dies reizende Silberdöschen mit dem ziselierten Deckel?"

„Oh, das hat mir René geschickt, Sire, es ist die berühmte Paste, die er mir schon seit langem versprochen hat, damit sie die Lippen noch weicher mache, die Euer Majestät mitunter die Güte haben, weich genug zu finden."

Wie um die Worte der reizenden Frau zu bestätigen, deren Stirn sich aufhellte, je weiter sie auf den Boden der Koketterie zurückgebracht wurde, drückte Henri seine Lippen auf den Mund, den die Baronin aufmerksam im Spiegel betrachtete.

Charlotte griff nach dem Döschen, dem Gegenstand der vorangegangenen Erklärung, zweifellos, um Henri zu zeigen, wie man die rote Paste anwenden mußte, als ein kurzes Klopfen an der Tür des Vorzimmers die beiden Liebenden zusammenfahren ließ.

„Jemand klopft, Madame", sagte Dariole, deren Kopf hinter dem zurückgeschlagenen Türvorhang erschien.

„Frag nach, wer es ist, und komm dann zurück", befahl Madame de Sauves. Henri und Charlotte sahen sich unruhig an, und Henri überlegte schon, ob er sich nicht in das Betzimmer zurückziehen sollte, wo er bereits mehr als einmal Zuflucht gesucht hatte, als Dariole abermals erschien.

„Madame", sagte sie, „es ist der Parfümeur Meister René."

Bei der Nennung dieses Namens runzelte Henri die Brauen und biß sich unwillkürlich auf die Lippen.

„Wollen Sie, daß ich ihn abweise?" fragte Charlotte.

„Durchaus nicht!" erwiderte Henri. „Meister René tut nichts, ohne es nicht vorher bedacht zu haben; wenn er zu Ihnen kommt, so hat er seine Gründe."

„Wollen Sie sich verstecken?"

„Ich werde mich hüten", entgegnete Henri, „denn Meister René weiß alles, und Meister René weiß, daß ich hier bin."

„Aber haben Euer Majestät nicht Ursache, seine Anwesenheit als schmerzlich oder peinlich zu empfinden?"

„Ich?" wiederholte Henri mit einiger Anstrengung, die er trotz seiner Beherrschung nicht ganz zu verbergen vermochte. „Ich? Nicht im geringsten! Wir standen nicht besonders, das ist wahr, aber seit dem Abend der Bartholomäusnacht sind wir miteinander versöhnt."

„So laß ihn eintreten!" sagte Madame de Sauves zu Dariole.

Einen Augenblick später erschien René und warf einen Blick um sich, der das ganze Zimmer erfaßte.

Madame de Sauves saß noch vor ihrem Toilettenspiegel.

Henri hatte seinen Platz auf dem Ruhebett wieder eingenommen.

Charlotte saß im Licht, Henri im Schatten.

„Madame", sagte René mit nicht unehrerbietiger Vertraulichkeit, „ich komme, um mich bei Ihnen zu entschuldigen."

„Warum, René?" fragte Madame de Sauves mit der

Herablassung schöner Frauen gegen ihre Lieferanten, denen es obliegt, sie noch schöner zu machen.

„Weil ich Ihnen seit langem versprochen habe, etwas für diese schönen Lippen zu tun, und weil ..."

„Und weil Sie erst heute Ihr Versprechen wahr gemacht haben, ja?" ergänzte Charlotte.

„Erst heute?" wiederholte René.

„Ja, denn erst heute und erst heute abend habe ich das Döschen erhalten, das Sie mir schickten."

„Ach, wirklich?" rief René und betrachtete mit sonderbarem Ausdruck das kleine Salbendöschen, das auf ihrem Tisch stand und das denen in seinem Laden auf ein Haar glich.

„Ich hab's geahnt!" murmelte er. „Und Sie haben die Paste bereits angewendet?"

„Nein, noch nicht, ich wollte sie eben probieren, als Sie eintraten."

Renés Gesicht nahm einen träumerisch-nachdenklichen Ausdruck an, den Henri, dem übrigens wenig entging, bemerkte.

„Was haben Sie, René?" fragte der König.

„Ich? Nichts, Sire", erwiderte der Parfümeur, „ich warte bescheiden, daß Euer Majestät das Wort an mich richtet, ehe er sich von der Frau Baronin verabschiedet."

„Aber, aber", lächelte Henri. „Brauchen Sie Worte, um zu wissen, daß ich Sie gern sehe?"

René durchmaß das ganze Zimmer, um mit Auge und Ohr die Türen und Wandteppiche zu prüfen, dann blieb er wieder stehen und erfaßte mit demselben Blick Madame de Sauves und Henri.

„Ich weiß es nicht", antwortete er.

Dank seinem bewundernswerten Instinkt, der ihn wie ein sechster Sinn den ganzen ersten Teil seines Lebens durch alle in seiner Umgebung lauernden Gefahren geführt hatte, empfand Henri, daß in diesem Augenblick etwas Sonderbares vor sich ging, wie ein Kampf im Innern des Parfümeurs; und so wandte er sich, immer noch im Schatten, während sich das Gesicht des Florentiners im

Licht befand, mit den Worten an ihn: „Sie hier zu dieser Stunde, René?"

„Sollte ich bedauerlicherweise Euer Majestät gestört haben?" fragte der Parfümeur und trat einen Schritt zurück.

„Durchaus nicht. Nur möchte ich etwas wissen."

„Bitte, Sire?"

„Wußten Sie, daß Sie mich hier finden würden?"

„Dessen war ich sicher."

„Also haben Sie mich gesucht?"

„Zumindest freue ich mich, Sie zu treffen."

„Sie haben mir also etwas zu sagen", beharrte Henri.

„Vielleicht, Sire", erwiderte René.

Charlotte errötete, weil sie fürchtete, die Enthüllung, die der Parfümeur anscheinend zu machen gedachte, werde sich auf ihr vergangenes Benehmen gegen Henri beziehen; daher tat sie so, als habe sie, nur mit ihrer Toilette beschäftigt, nichts gehört und unterbrach die Unterhaltung, indem sie, das Döschen öffnend, ausrief: „René, Sie sind wirklich reizend, diese Paste hat eine wunderbare Farbe, und da Sie nun einmal hier sind, werde ich Ihnen zu Ehren und vor Ihren Augen Ihr neues Werk ausprobieren."

Sie nahm das Döschen in die Hand und strich mit einer Fingerspitze über die rosige Paste, um sie auf die Lippen aufzutragen.

René schauderte.

Lächelnd brachte die Baronin die Lippenpaste an ihren Mund.

René wurde blaß.

Henri, immer noch im Schatten, aber mit scharfen, aufmerksamen Augen, nahm die Bewegung der einen und das Schaudern des andern bis ins letzte wahr.

Charlottes Hand war kaum mehr als Haaresbreite von ihren Lippen entfernt, als zu gleicher Zeit René ihren Arm packte und Henri aufstand, um dasselbe zu tun.

Henri ließ sich geräuschlos auf sein Ruhebett zurückfallen.

„Einen Augenblick, Madame", rief René mit krampfigem Lächeln. „Diese Paste darf nicht ohne besondere Anweisungen benutzt werden."

„Und wer wird mir diese Anweisungen geben?"

„Ich."

„Wann?"

„Sobald ich Seiner Majestät dem König von Navarra gesagt habe, was ich ihm zu sagen habe."

Charlotte machte große Augen, da sie von dieser geheimnisvollen Sprache, die da geredet wurde, nichts verstand, und blieb reglos sitzen, das Döschen mit der karminroten Paste in der Hand, den Blick auf ihre gefärbte Fingerspitze gerichtet.

Henri stand auf und ergriff, von einem Gedanken bewegt, der wie alle Gedanken des jungen Königs zwei Seiten hatte – eine scheinbar oberflächliche und eine andere tiefgründige –, Charlottes Hand und schickte sich an, ihre Fingerspitzen trotz der roten Färbung an seine Lippen zu führen.

„Einen Augenblick", rief René schnell, „einen Augenblick! Madame, wollen Sie nicht Ihre schönen Hände mit der neapolitanischen Seife waschen, die ich Ihnen zugleich mit der Paste zu schicken vergaß und die ich nun die Ehre habe, Ihnen selber zu geben?"

Dabei zog er aus ihrer silbernen Umhüllung eine Seifentablette von grünlicher Farbe, ließ sie in eine vergoldete Schüssel fallen, schüttete Wasser hinein und ließ sich auf ein Knie nieder, um Madame de Sauves die Schüssel zu präsentieren.

„Wahrhaftig, Meister René, ich erkenne Sie gar nicht wieder", sagte Henri. „Sie sind von einer Galanterie, die alle Galane am Hofe weit im Schatten läßt."

„Oh, welch köstlicher Duft!" rief Charlotte und rieb ihre schönen Hände mit dem perlmuttartigen Schaum, den die wohlriechende Tablette entwickelte.

René zeigte sich bis zum Ende als Kavalier und reichte Madame de Sauves ein Tuch aus feinem friesischem Leinen, an dem sie sich die Hände trocknete.

„Und jetzt", sagte der Florentiner zu Henri, „tun Sie nach Belieben, Monseigneur."

Charlotte streckte Henri ihre Hand hin, die er küßte, und während sie sich in ihrem Sessel halb umdrehte, um zu hören, was René sagen werde, nahm der König von Navarra wieder seinen Platz ein, mehr denn je überzeugt, daß Ungewöhnliches im Kopf des Parfümeurs vorgehe.

„Nun?" fragte Charlotte.

Der Florentiner schien seine ganze Entschlußkraft zu sammeln und wandte sich an Henri.

22

Sire, Sie werden König sein

„Sire", sagte René zu Henri, „ich möchte zu Ihnen über eine Sache sprechen, die mich seit langem beschäftigt."

„Über Parfüms?" fragte Henri lächelnd.

„Ja, Sire … Über Parfüms!" erwiderte René mit einem sonderbaren Zeichen der Zustimmung.

„Sprechen Sie, ich höre, das ist eine Sache, die mich schon immer sehr interessiert hat."

René sah Henri an und versuchte, ungeachtet seiner Worte, in diesem undurchdringlichen Geist zu lesen; doch als er sah, wie vergeblich das war, fuhr er fort: „Aus Florenz kommt einer meiner Freunde, Sire, der sich viel mit Astrologie beschäftigt."

„Ich weiß", unterbrach ihn Henri, „das ist eine Leidenschaft der Florentiner."

„Er hat zusammen mit den größten Gelehrten der Welt die Horoskope des vornehmsten Adels von Europa gestellt."

„Sieh mal an!" bemerkte Henri.

„Und da das Haus Bourbon an der Spitze der Höchsten steht, weil es vom Grafen von Clermont abstammt, dem fünfzehnten Sohn Ludwigs des Heiligen, können sich Euer Majestät wohl denken, daß Ihr Horoskop dabei nicht vergessen wurde."

Henri erhöhte seine Aufmerksamkeit.

„Und Sie wissen noch, wie das Horoskop aussah?" fragte

der König von Navarra mit möglichst gleichgültigem Lächeln.

„Oh", erwiderte René und wiegte den Kopf, „Ihr Horoskop gehört nicht zu denen, die man vergißt."

„Wirklich?" meinte Henri mit einer ironischen Handbewegung.

„Ja, Sire, nach dem Stand des Horoskops ist Euer Majestät das glänzendste Schicksal beschieden."

Unwillkürlich blitzte das Auge des jungen Fürsten auf, wurde jedoch sogleich wieder von einer Wolke der Gleichgültigkeit verhüllt.

„All diese italienischen Orakel sind Schmeichler", sagte Henri, „und wer schmeichelt, lügt. Hat man mir nicht geweissagt, daß ich Armeen befehligen werde?"

Er brach in Gelächter aus. Doch ein weniger mit sich selbst beschäftigter Beobachter als René hätte gesehen und erkannt, wie gezwungen sein Lachen war.

„Sire", entgegnete René kühl, „das Horoskop kündet mehr als das."

„Sagt es, daß ich an der Spitze einer dieser Armeen Schlachten gewinnen werde?"

„Mehr als das, Sire."

„Nun", sagte Henri, „Sie werden sehen, wie eroberungslustig ich sein werde."

„Sire, Sie werden König sein."

„Heiliger Strohsack!" rief Henri und versuchte sein heftiges Herzklopfen zu unterdrücken. „Bin ich denn das nicht schon?"

„Sire, mein Freund weiß, was er verspricht, Sie werden nicht allein König sein, Sie werden auch regieren."

„Mir scheint", bemerkte Henri, immer noch in seinem spöttischen Ton, „Ihr Freund braucht zehn Taler, nicht wahr, René? Denn solch eine Prophezeiung ist begierig, vor allem in einer Zeit wie der unseren; gut, René, da ich nicht reich bin, werde ich Ihrem Freund fünf sofort geben und die andern fünf, wenn sich die Prophezeiung erfüllt."

„Sire", warf Madame de Sauves ein, „vergessen Sie nicht, daß Sie bereits Dariole verpflichtet sind; übernehmen Sie sich nicht mit Versprechungen."

„Madame", entgegnete Henri, „wenn dieser Augenblick kommt, so wird mich hoffentlich jeder als König behandeln und ganz zufrieden sein, wenn ich auch nur die Hälfte meiner Versprechungen halte."

„Sire", begann René von neuem, „darf ich weiterreden …?"

„Das ist also noch nicht alles?" fragte Henri. „Sei's drum, wenn ich Herrscher bin, gebe ich das Doppelte."

„Sire, mein Freund kam aus Florenz mit diesem Horoskop, das er in Paris erneuerte und das immer dasselbe Resultat ergab, und er hat mir ein Geheimnis anvertraut."

„Ein Geheimnis, das Seine Majestät interessiert?" fragte Charlotte lebhaft.

„Ich glaube", erwiderte der Florentiner.

Er sucht nach Worten, dachte Henri, ohne René auch nur im geringsten zu helfen, mir scheint, die Sache ist schwer auszusprechen.

„Reden Sie doch", rief die Baronin, „worum handelt es sich?"

„Es handelt sich", antwortete der Florentiner, langsam die Worte wägend, „es handelt sich um all diese Gerüchte über Vergiftungen, die seit einiger Zeit am Hofe umlaufen."

Eine leichte Bewegung seiner Nasenflügel war das einzige Zeichen der wachsenden Aufmerksamkeit des Königs von Navarra bei dieser überraschenden Wendung, die die Unterhaltung nahm.

„Und Ihr florentinischer Freund weiß etwas über diese Vergiftungen?" fragte Henri.

„Ja, Sire."

„Warum vertrauen Sie mir ein Geheimnis an, das nicht Ihnen gehört, René, zumal es ein anscheinend so wichtiges Geheimnis ist?" fragte Henri im natürlichsten Ton, den er seiner Stimme zu geben vermochte.

„Mein Freund möchte Majestät um einen Rat bitten."

„Mich?"

„Ist denn das so erstaunlich, Sire? Denken Sie doch an den alten Soldaten von Aktium, der Augustus um Rat fragte, als er einen Prozeß hatte."

„Augustus war Advokat, René, ich bin es nicht."

„Sire, als mir mein Freund sein Geheimnis anvertraute, gehörten Euer Majestät noch zur kalvinistischen Partei, deren erstes Oberhaupt Sie waren, Herr von Condé das zweite."

„Weiter!" verlangte Henri.

„Mein Freund hoffte, Sie würden Ihren allmächtigen Einfluß auf den Prinzen von Condé benutzen und ihn bitten, er möchte ihm nicht feindselig gesonnen sein."

„Wenn Sie wollen, daß ich das verstehe, René, müssen Sie es mir erklären", erwiderte Henri ohne die geringste Veränderung in seinen Zügen oder seiner Stimme.

„Sire, Euer Majestät werden es beim ersten Wort verstehen; mein Freund weiß alle Einzelheiten über die an dem Prinzen von Condé versuchte Vergiftung."

„Man wollte den Prinzen von Condé vergiften?" wiederholte Henri mit erstaunlich geheuchelter Verwunderung. „Wirklich? Und wann?"

René sah den König fest an und erwiderte nur: „Vor acht Tagen, Majestät."

„Irgendein Feind?" fragte der König.

„Ja", erwiderte René, „ein Feind, den Euer Majestät kennen und der Euer Majestät kennt."

„Tatsächlich", sagte Henri, „ich glaube, ich habe davon gehört, aber die Einzelheiten, die mir Ihr Freund enthüllen will, kenne ich nicht. Erzählen Sie."

„Dem Prinzen von Condé wurde ein duftender Apfel gebracht, aber glücklicherweise befand sich sein Arzt bei ihm, als man ihn brachte. Er nahm ihn aus den Händen des Boten und roch daran, um seinen Duft und seine Wohlbeschaffenheit zu prüfen. Zwei Tage später zeigten sich zum Lohn für seine Ergebenheit oder als Resultat seiner Unvorsichtigkeit ein brandiges Geschwür, Blutungen, eine immer größere Wunde, die ihm das Gesicht zerfraß."

„Unglücklicherweise habe ich, da ich halb katholisch bin, jeden Einfluß auf den Prinzen von Condé verloren", gab Henri zurück, „Ihr Freund ist daher bei mir an der unrechten Adresse."

„Nicht nur bei dem Prinzen von Condé können Euer Majestät durch Ihren Einfluß meinem Freund nützlich sein, sondern auch bei dem Prinzen von Porcian, dem Bruder des vergifteten Prinzen."

„Ach", rief Charlotte, „wissen Sie, René, Ihre Geschichten riechen nach Angst! Sie bitten zu ungelegener Zeit. Es ist spät, Ihre Unterhaltung ist sterbenslangweilig. Wirklich, Ihre Parfüms sind mehr wert."

Und wieder streckte Charlotte die Hand nach dem Döschen mit der Paste aus.

„Madame", entgegnete René, „ehe Sie die Paste versuchen, was Sie eben vorhaben, müssen Sie hören, daß Leichtsinnige die empfindlichsten Wirkungen erzielen können."

„René, Sie sind heute abend entschieden todsterbenslangweilig!" beharrte die Baronin. Henri zog die Stirn kraus, begriff aber, daß René einem Ziel zustrebte, über das er selbst noch keine Vermutung hegte; deshalb entschloß er sich, diese Unterhaltung, die so schmerzliche Erinnerungen in ihm erweckte, bis ans Ende zu führen.

„Sie kennen also auch die Einzelheiten über die Vergiftung des Prinzen von Porcian?" fragte er.

„Ja", antwortete René. „Man wußte, daß er nachts neben seinem Bett eine Lampe brennen ließ; das Öl wurde vergiftet, und durch den ausströmenden Dunst wurde er erstickt."

Henri verkrampfte seine schweißfeuchten Finger.

„Also kennt der, den Sie Ihren Freund nennen, nicht nur die Einzelheiten über diese Vergiftung, sondern auch den, der sie ins Werk setzte?" murmelte er.

„Ja, und deshalb möchte er von Ihnen wissen, ob Ihnen noch so viel Einfluß auf den Prinzen von Porcian geblieben ist, daß Sie ihn bewegen könnten, dem Mörder seines Bruders zu vergeben."

„Unglücklicherweise habe ich, da ich ein halber Hugenott bin, keinen Einfluß auf den Prinzen von Porcian", erwiderte Henri, „Ihr Freund ist daher bei mir an der unrechten Adresse."

„Aber glauben Sie, daß der Prinz von Condé und der Prinz von Porcian dafür empfänglich wären?"

„Woher soll ich das wissen, René! Gott hat mir nicht das Privileg gegeben, in den Herzen zu lesen."

„Euer Majestät können sich selber fragen", sagte der Florentiner ruhig. „Gibt es nicht im Leben Euer Majestät einen so düster-unverständlichen Vorfall, der als Beweis der Milde zu dienen vermag; ein so schmerzliches Ereignis, das man als Prüfstein der Großmut nehmen kann?"

Diese Worte wurden in einem Ton gesprochen, der selbst Charlotte erschauern ließ; sie waren eine so direkte, so empfindliche Anspielung, daß sich die junge Frau abwandte, um die Röte zu verbergen und Henris Blick auszuweichen.

Henri versuchte sich mit aller Macht zu beherrschen, er entspannte seine Stirn, die sich bei den Worten des Florentiners drohend zusammengezogen hatte, und ließ den edlen Sohnesschmerz, der ihm das Herz zerriß, in unbestimmten Meditationen ausklingen: „In meinem Leben", sagte er, „einen düster-unverständlichen Vorfall ...? Nein, René, nein, ich erinnere mich aus meiner Jugend nur an die Torheit und Sorglosigkeit, unter die sich die mehr oder weniger grausamen Notwendigkeiten mengten, welche die Bedürfnisse der Natur und die Prüfungen Gottes allem und jedem aufdrängen."

Auch René hielt an sich und teilte seine Aufmerksamkeit zwischen Henri und Charlotte, wie um den einen anzufeuern und die andere zurückzuhalten; denn wirklich machte sich Charlotte wieder an ihrem Toilettentisch zu schaffen, um das peinliche Gefühl zu verbergen, das ihr diese Unterhaltung bereitete, und hatte abermals die Hand nach dem Döschen ausgestreckt.

„Aber wenn Sie der Bruder des Prinzen von Porcian wären oder der Sohn des Prinzen von Condé, Sire, und wenn man Ihren Bruder vergiftet oder Ihren Vater ermordet hätte ..."

Charlotte stieß einen leichten Schrei aus und brachte die Paste aufs neue in bedrohliche Nähe ihrer Lippen.

René sah die Bewegung, hielt sie aber diesmal weder durch ein Wort noch durch eine Geste auf, sondern rief nur: „Sire, im Namen des Himmels, antworten Sie, was würden Sie tun, Sire, wenn Sie an deren Stelle wären?"

Henri nahm sich zusammen; er fuhr mit der bebenden Hand über seine Stirn, auf der kalte Schweißtropfen perlten, dann richtete er sich zu voller Höhe auf und antwortete in das Schweigen, in dem nur Renés und Charlottes Atem zu hören war: „Wenn ich an ihrer Stelle und sicher wäre, einmal König zu sein, das heißt, der Repräsentant Gottes auf Erden, dann würde ich es Gott gleichtun und verzeihen."

„Madame", rief René und riß Madame de Sauves die Paste aus den Händen, „geben Sie mir das Döschen zurück, Madame, ich sehe, daß sich mein Gehilfe, der es Ihnen brachte, geirrt hat; morgen werde ich Ihnen ein anderes schicken."

23

Ein Neubekehrter

Am nächsten Morgen sollte im Wald von Saint-Germain eine Parforcejagd stattfinden.

Henri hatte befohlen, ihm für acht Uhr morgens gesattelt und gezäumt ein kleines Béarner Pferd bereitzuhalten, das er Madame de Sauves zu schenken gedachte, zuvor jedoch selber ausprobieren wollte. Um drei Viertel acht war das Pferd da. Als es acht Uhr schlug, stieg Henri hinunter.

Das trotz seinem kleinen Wuchs feurige und kühne Pferd richtete den Schweif auf und piaffierte im Hof. Es war kalt geworden, und Glatteis bedeckte den Boden.

Henri wollte den Hof überqueren, um zu den Ställen zu gelangen, wo das Pferd und der Stallknecht warteten, als er an einem als Wache an der Tür postierten Schweizer

Soldaten vorüberkam, der die Waffen präsentierte und sagte: „Gott schütze Seine Majestät den König von Navarra!"

Bei dieser Begrüßung und vor allem dem Ton der Stimme fuhr der Béarner zusammen.

Er drehte sich um und trat einen Schritt zurück.

„De Mouy!" murmelte er.

„Ja, Sire, de Mouy."

„Was machen Sie hier?"

„Ich suche Sie."

„Und was wollen Sie von mir?"

„Ich muß mit Euer Majestät sprechen."

„Unglücklicher", sagte der König und näherte sich ihm, „weißt du nicht, daß du deinen Kopf riskierst?"

„Ich weiß es."

„Und?"

„Trotzdem bin ich hier."

Henri wurde etwas blaß, denn er begriff, daß er in nicht geringerer Gefahr schwebte als der kühne junge Mann. Unruhig blickte er um sich und trat ein zweites Mal zurück, ebenso rasch wie das erste Mal.

Er hatte eben an einem Fenster den Herzog von Alençon bemerkt.

Sofort änderte sich seine ganze Haltung, er nahm de Mouy, der, wie gesagt, als Posten an der Tür stand, die Muskete aus der Hand und tat, als prüfe er sie.

„De Mouy", sagte er, „gewiß haben Sie sich nicht ohne eine überaus zwingende Ursache in den Rachen des Löwen begeben?"

„Nein, Sire. Daher lauere ich Ihnen auch schon seit acht Tagen auf. Erst gestern hörte ich, daß Euer Majestät heute morgen dies Pferd ausprobieren wollten, deshalb habe ich am Portal des Louvre Posten gefaßt."

„Aber wie kamen Sie zu diesem Kostüm?"

„Der Hauptmann der Kompanie ist Protestant und mit mir befreundet."

„Hier ist Ihre Muskete, gehen Sie wieder auf Ihren Posten. Wir werden beobachtet. Wenn ich zurückkomme, werde ich versuchen, ein Wort mit Ihnen zu reden, aber wenn ich nichts sage, halten Sie mich auf keinen Fall an. Adieu."

De Mouy nahm wieder seinen gemessenen Gang auf, und Henri begab sich zu dem Pferd.

„Was ist das für ein hübsches Pferdchen", rief ihm der Herzog von Alençon aus seinem Fenster zu.

„Ich mußte es heute morgen probieren", erwiderte Henri.

„Aber das ist kein Pferd für einen Mann."

„Deshalb ist es auch für eine schöne Dame bestimmt."

„Geben Sie acht, Henri, Sie werden indiskret, denn wir werden diese schöne Dame bei der Jagd sehen, und wenn ich auch nicht weiß, wessen Ritter Sie sind, so werde ich doch erfahren, wessen Zureiter Sie sind."

„Großer Gott, nein, das werden Sie nicht erfahren", erwiderte Henri mit seiner geheuchelten Biederkeit, „denn die schöne Dame wird nicht dabeisein können, weil sie sich heute morgen nicht wohl fühlt." Damit saß er auf.

„O weh!" rief Alençon lachend. „Arme Madame de Sauves!"

„Franz! Franz! Sie sind es, der indiskret ist."

„Was hat denn die schöne Charlotte?" fragte der Herzog von Alençon.

„Ich weiß nicht genau", antwortete Henri, während er sein Pferd in leichtem Galopp laufen und einen Kreis beschreiben ließ, „eine Schwere im Kopf, wie mir Dariole sagte, so etwas wie eine Lähmung des ganzen Körpers und eine allgemeine Schwäche."

„Und deshalb wollen Sie nicht mitkommen?" fragte der Herzog.

„Ich, warum nicht?" gab Henri zurück. „Sie wissen, daß ich ganz närrisch bin nach Parforcejagden und daß mich nichts daran hindern könnte, eine zu versäumen."

„Diese werden Sie aber versäumen, Henri", sagte der Herzog, nachdem er sich umgedreht und einen Augenblick mit jemand gesprochen hatte, der Henris Augen unsichtbar blieb, „denn Seine Majestät hat mir gesagt, daß die Jagd nicht stattfinden kann."

„Unsinn!" rief Henri mit unglaublich enttäuschtem Gesicht. „Warum denn nicht?"

„Höchst wichtige Briefe vom Herzog von Nevers, wie es scheint. Der König, die Königinmutter und mein Bruder Anjou beraten darüber."

Aha, sollten Nachrichten aus Polen gekommen sein? fragte sich Henri.

Dann rief er mit lauter Stimme: „In diesem Fall brauche ich also nicht länger meine Knochen auf dem Glatteis zu riskieren. Auf Wiedersehen, mein Bruder!"

Und während er sein Pferd vor de Mouy zügelte, rief er diesem zu: „Mein Freund, ruf einen deiner Kameraden, daß er deinen Posten weiter versieht. Hilf dem Stallknecht, das Pferd abzusträngen, und trage den Sattel auf dem Kopf zum Goldschmied der Geschirrkammer, da fehlt noch eine Verzierung, die er aus Zeitmangel noch nicht fertig hatte. Komm nachher zurück und bring mir seine Antwort."

De Mouy beeilte sich zu gehorchen; denn der Herzog von Alençon war vom Fenster verschwunden und hatte offensichtlich Verdacht geschöpft.

Tatsächlich, kaum hatte er das Portal verlassen, als der Herzog von Alençon erschien. Nun stand ein echter Schweizer an de Mouys Platz.

Alençon sah sich den neuen Posten mit großer Aufmerksamkeit an und wandte sich dann an Henri: „Das ist doch nicht der Mann, mit dem Sie eben geredet haben, nicht wahr, mein Bruder?"

„Der andere ist ein Diener aus meinem Haus, den ich in die Schweizer Garde habe eintreten lassen; ich gab ihm einen Auftrag, den er eben ausführt."

„Ach so", erwiderte der Herzog, als genüge ihm diese Antwort. „Und wie geht es Marguerite?"

„Ich werde sie fragen, mein Bruder."

„Haben Sie denn Marguerite seit gestern nicht gesehen?"

„Nein, ich bin nachts, gegen elf Uhr bei ihr erschienen, aber Gillonne sagte mir, sie sei müde und schlafe schon."

„Sie werden sie nicht in ihren Gemächern finden, sie ist ausgegangen."

„Ja", entgegnete Henri, „das ist möglich, sie wollte ins Annunziatenkloster."

Es gab nichts mehr, um die Unterhaltung weiterzuführen, da Henri entschlossen schien, nur zu antworten.

Also verabschiedeten sich die beiden Schwäger; der Herzog von Alençon, um Neuigkeiten zu erfahren, wie er sagte, und der König von Navarra, um in seine Räume zurückzukehren.

Kaum fünf Minuten, nachdem er eingetreten war, hörte Henri klopfen.

„Wer ist da?" fragte er.

„Sire", sagte eine Stimme, an der Henri de Mouy erkannte, „ich komme mit der Antwort des Goldschmieds."

Sichtlich erregt ließ Henri den jungen Mann eintreten und schloß die Tür hinter ihm.

„Sie sind es, de Mouy!" sagte er. „Ich hoffte, Sie wären zur Besinnung gekommen."

„Sire", erwiderte de Mouy, „zum Überlegen hatte ich drei Monate. Das ist genug. Jetzt ist es an der Zeit zu handeln."

Henri machte eine ungeduldige Handbewegung.

„Fürchten Sie nichts, Sire. Wir sind allein, und ich werde mich beeilen; jeder Augenblick ist kostbar. Euer Majestät können uns durch ein einziges Wort wiedergeben, was wir durch die Ereignisse des Jahres um der Religion willen verloren haben. Lassen Sie uns klar, kurz und offen sein."

„Ich höre, mein braver de Mouy", entgegnete Henri, als er sah, daß es ihm unmöglich war, der Erklärung auszuweichen.

„Ist es wahr, daß Euer Majestät der protestantischen Religion abgeschworen haben?"

„Es ist wahr", sagte Henri.

„Ja, aber mit den Lippen oder mit dem Herzen?"

„Man ist Gott immer dankbar, wenn er uns das Leben rettet", gab Henri zurück, indem er die Frage umdrehte, wie er es in solchen Fällen zu tun pflegte, „und Gott hat mich in dieser furchtbaren Gefahr offensichtlich geschont."

„Sire", erwiderte de Mouy, „räumen wir etwas ein."

„Was?"

„Ihr Abschwören ist keine Sache der Überzeugung, sondern der Berechnung. Sie haben abgeschworen, damit Sie der König am Leben lasse, und nicht, weil Ihnen Gott das Leben erhalten hat."

„Welches auch die Ursache meiner Bekehrung sein mag, de Mouy", erwiderte Henri, „Katholik bin ich darum nicht weniger."

„Ja, aber werden Sie es immer bleiben? Würden Sie nicht die erste Gelegenheit ergreifen, Ihre Lebens- und Gewissensfreiheit wiederzuerlangen? Und diese Gelegenheit bietet sich jetzt: La Rochelle hat sich erhoben, Roussillon und Béarn warten nur auf ein Wort, um zu handeln, in der Guyenne schreit alles nach Krieg. Sagen Sie mir nur, daß Sie gezwungenermaßen Katholik sind, und ich bürge für Ihre Zukunft."

„Einen Edelmann meiner Herkunft zwingt man nicht, lieber de Mouy. Was ich getan habe, tat ich aus freien Stücken."

„Aber, Sire", rief der junge Mann, dem dieser Widerstand, den er nicht erwartet hatte, das Herz abdrückte, „bedenken Sie denn nicht, daß Sie uns mit solchem Handeln verlassen … und verraten haben?"

Henri blieb unempfindlich dagegen.

„Ja", wiederholte de Mouy, „ja, Sie verraten uns, Sire, denn viele von uns sind unter Lebensgefahr hergekommen, um Ihre Ehre und Ihre Freiheit zu retten. Wir haben alles vorbereitet, um Ihnen einen Thron zu geben, Sire, hören Sie? Nicht allein die Freiheit, sondern auch die Macht – einen Thron nach Ihrer Wahl, denn in zwei Monaten werden Sie sich zwischen Navarra und Frankreich entscheiden können."

„De Mouy", sagte Henri mit wieder verschleiertem Blick, nachdem seine Augen bei diesem Vorschlag unwillkürlich aufgeblitzt hatten, „de Mouy, ich bin in Sicherheit, ich bin Katholik, ich bin Marguerites Gatte, ich bin der Bruder König Karls, ich bin der Schwiegersohn meiner guten Mutter Katharina. Als ich mich in diese verschiedenen Beziehungen einließ, de Mouy, habe ich die Chancen, aber auch die Verpflichtungen erwogen."

„Woran soll man nun glauben, Sire?" wandte de Mouy ein. „Man hat mir gesagt, Ihre Ehe wäre nicht vollkommen; man hat mir gesagt, im Grunde Ihres Herzens wären Sie frei; man hat mir gesagt, Katharinas Haß ..."

„Lügen, lauter Lügen", unterbrach der Béarner rasch. „Ja, man hat Sie schamlos getäuscht, mein Freund. Die liebe Marguerite ist sehr wohl meine Frau, Katharina ist sehr wohl meine Mutter, und König Karl IX. ist durchaus der Herr und Meister meines Lebens und meines Herzens."

De Mouy schauderte, ein fast verächtliches Lächeln glitt über seine Lippen.

„Dann werde ich also meinen Brüdern diese Antwort bringen, Sire", sagte er und ließ die Arme mutlos fallen, während jedoch sein Blick diese unergründliche Seele zu durchdringen suchte. „Ich werde ihnen sagen, der König von Navarra gibt Hand und Herz denen, die uns umgebracht haben; ich werde ihnen sagen, er ist der Schmeichler der Königinmutter und der Freund Maureverts geworden ..."

„Mein lieber de Mouy", unterbrach ihn Henri, „der König wird aus dem Rat kommen, und ich muß mich umgehend bei ihm über die Ursachen erkundigen, die eine so wichtige Sache wie eine Jagd in den Hintergrund drängten. Adieu, tun Sie es mir gleich, mein Freund, lassen Sie die Politik, kehren Sie zum König zurück und nehmen Sie die Messe."

Damit führte oder stieß vielmehr Henri den jungen Mann, dessen Verblüffung wütendem Zorn Platz zu machen begann, ins Vorzimmer zurück.

Kaum hatte sich die Tür geschlossen, als de Mouy nicht mehr dem Verlangen widerstehen konnte, sich in Ermangelung des einen an etwas zu rächen; er zerknüllte seinen Hut zwischen den Händen, warf ihn zur Erde und trat ihn mit Füßen wie der Stier den Mantel des Matadors.

„Tod und Teufel!" rief er. „Was für ein erbärmlicher

Fürst! Ich hätte die größte Lust, mich hier umzubringen, damit ich ihn für immer mit meinem Blut besudelte."

„Still, Monsieur de Mouy!" mahnte eine Stimme, die sacht durch eine halbgeöffnete Tür glitt. „Still! Denn andre als ich könnten Sie hören."

De Mouy drehte sich rasch um und bemerkte den Herzog von Alençon, der, in einen Mantel gehüllt, sein blasses Gesicht in den Gang hinausstreckte, um sich zu vergewissern, daß de Mouy und er allein wären.

„Der Herzog von Alençon!" rief de Mouy. „Ich bin verloren!"

„Im Gegenteil", flüsterte der Prinz, „vielleicht haben Sie sogar gefunden, was Sie suchen, und zum Beweis sage ich Ihnen, daß ich nicht möchte, Sie brächten sich hier ums Leben, was Sie wohl im Sinn hatten. Glauben Sie mir, Ihr Blut kann besser verwendet werden, als die Schwelle des Königs von Navarra zu röten."

Mit diesen Worten machte der Herzog die angelehnte Tür weit auf.

„Dies Zimmer bewohnen zwei Hofleute von mir", sagte der Herzog, „keiner wird uns hier stören, wir können also ganz ungezwungen miteinander reden. Kommen Sie, Monsieur."

„Hier bin ich, Monseigneur!" erwiderte der verblüffte Verschwörer.

Er trat in das Zimmer, dessen Tür der Herzog von Alençon nicht weniger rasch hinter ihm schloß als eben der König von Navarra die seine.

De Mouy war wütend, aufgeregt und fluchend eingetreten; aber der kalte, starre Blick des jungen Herzogs Franz wirkte auf den hugenottischen Hauptmann wie jener Zauberspiegel, der allmählich den Rausch vertreibt.

„Monseigneur", sagte er, „wenn ich recht verstanden habe, wollen Euer Hoheit mit mir sprechen?"

„Ja, Monsieur de Mouy", antwortete Franz. „Trotz Ihrer Verkleidung habe ich Sie gleich zu erkennen geglaubt, und als Sie vor meinem Bruder Henri präsentierten, wußte ich genau, daß Sie es sind. Nun, de Mouy, Sie sind also nicht zufrieden mit dem König von Navarra?"

„Monseigneur!"

„Los, reden Sie nur freiheraus. Ohne daß Sie es auch nur ahnen, gehöre ich vielleicht zu Ihren Freunden."

„Sie, Monseigneur?"

„Ja, ich. Sprechen Sie also."

„Ich weiß Euer Hoheit nichts zu sagen, Monseigneur. Die Dinge, über die ich mit dem König von Navarra zu reden hatte, berühren Interessen, die Euer Hoheit nicht verstehen würden. Übrigens", fügte de Mouy mit möglichst gleichgültigem Gesicht hinzu, „handelt es sich nur um Bagatellen."

„Um Bagatellen?" wiederholte der Herzog.

„Ja, Monseigneur."

„Um Bagatellen, derentwegen Sie glauben, Ihr Leben wagen zu müssen, indem Sie in den Louvre kamen, wo Ihr Kopf, wie Sie wissen, sehr viel wert ist? Denn glauben Sie mir, es ist durchaus nicht unbekannt, daß Sie neben dem König von Navarra und dem Prinzen von Condé einer der bedeutendsten Hugenottenführer sind."

„Wenn Sie das glauben, Monseigneur, dann verfahren Sie mit mir, wie es der Bruder König Karls und der Sohn Königin Katharinas tun muß."

„Warum wollen Sie, daß ich so handle, da ich Ihnen doch sagte, ich gehöre zu Ihren Freunden? Sagen Sie mir also die Wahrheit."

„Monseigneur", sagte de Mouy, „ich schwöre Ihnen ..."

„Schwören Sie nicht, Monsieur, die reformierte Religion verbietet den Eid und vor allem den Meineid."

De Mouy zog die Brauen zusammen.

„Ich sage Ihnen, ich weiß alles", fuhr der Herzog fort.

De Mouy schwieg immer noch.

„Sie zweifeln daran", begann der Prinz von neuem in herzlich bittendem Ton. „Dann muß man Sie überzeugen, mein lieber de Mouy. Lassen Sie einmal sehen, Sie wollten also schwören, daß ich mich täusche. Haben Sie soeben meinem Schwager Henri" – dabei streckte der Herzog die Hand nach dem Zimmer des Béarners aus – „Ihre Hilfe und die der Ihren angeboten, um ihn in sein Königreich von Navarra wiedereinzusetzen, oder nicht?"

De Mouy sah den Herzog verstört an.

„Angebote, die er entsetzt zurückgewiesen hat?"

De Mouy hatte sich von seiner Verblüffung noch nicht erholt.

„Haben Sie nicht Ihre alte Freundschaft, die Erinnerung an die gemeinsame Religion beschworen? Haben Sie dem König von Navarra nicht sogar mit der Hoffnung auf eine glänzende Zukunft geschmeichelt – eine so glänzende, daß er davon wie geblendet war –, mit der Hoffnung, die Krone von Frankreich zu gewinnen? Was sagen Sie nun? Bin ich gut unterrichtet? Haben Sie das nicht dem Béarner angeboten?"

„Monseigneur!" rief de Mouy. „Das ist so vortrefflich, daß ich mich in diesem Augenblick frage, ob ich nicht Euer Königlichen Hoheit sagen muß, Sie lügen in Ihren Hals hinein, und Sie in diesem Zimmer zu einem Kampf auf Gnade und Ungnade herausfordern muß, um durch den Tod des einen oder unser beider Tod das schreckliche Geheimnis zu tilgen!"

„Sachte, mein braver de Mouy, sachte!" entgegnete der Herzog von Alençon auf diese schreckliche Drohung, ohne eine Veränderung seines Gesichts oder die geringste Bewegung. „Das Geheimnis zwischen uns wird besser schwinden, wenn wir beide am Leben bleiben, als wenn einer von uns stirbt. Hören Sie mich an und fingern Sie nicht mehr an Ihrem Degen herum. Ich sage Ihnen zum dritten Mal, daß Sie einen Freund vor sich haben. Antworten Sie also wie einem Freund. Hat der König von Navarra nicht alles zurückgewiesen, was Sie ihm vorschlugen?"

„Ja, Monseigneur, das gebe ich zu, denn dies Geständnis kann nur für mich unangenehm sein."

„Haben Sie nicht, als Sie aus dem Zimmer kamen und Ihren Hut zu Boden warfen, geschrien, er sei ein Feigling und nicht wert, Ihr Oberhaupt zu bleiben?"

„Es ist wahr, Monseigneur, das habe ich gesagt."

„Ach, es ist wahr? Endlich geben Sie es zu."

„Ja."

„Und das ist noch immer Ihre Meinung?"

„Mehr denn je, Monseigneur!"

„Gut, und ich, Monsieur de Mouy, ich, der dritte Sohn Heinrichs II., ich, ein Prinz von Frankreich, bin ich Edelmann genug, Ihre Soldaten zu befehligen? Und halten Sie mich für aufrichtig genug, daß Sie sich auf mein Wort verlassen könnten?"

„Sie, Monseigneur? Sie ein Oberhaupt der Hugenotten?"

„Warum nicht? Sie wissen, wir leben in einer Epoche der Bekehrungen. Henri ist katholisch geworden, ebensogut kann ich Protestant werden."

„Ja, natürlich, Monseigneur, deshalb warte ich, daß Sie mir erklären …"

„Nichts einfacher als das, in zwei Worten werde ich Ihnen die Politik aller Leute erklären. – Mein Bruder Karl tötet die Hugenotten, um mächtiger zu regieren. Mein Bruder Anjou läßt sie töten, weil er meinem Bruder Karl folgen muß und weil mein Bruder Karl, wie Sie wissen, oft krank ist. Aber ich … bei mir liegt das ganz anders; ich, der niemals regieren wird, zumindest nicht in Frankreich, da ich zwei ältere Brüder vor mir habe; ich, den der Haß meiner Mutter und meiner Brüder weiter vom Thron entfernt als das Gesetz der Natur; ich, der keine Familienliebe, keinen Ruhm und kein Königreich beansprucht, ich, der dennoch ein ebenso edles Herz in der Brust trägt wie meine älteren Brüder; ich, de Mouy, will mir in diesem Frankreich, das sie mit Blut überziehen, mit meinem Degen ein Königreich zumessen.

Hören Sie zu, was ich will, de Mouy. Ich möchte König von Navarra sein, nicht durch Geburt, sondern durch Wahl. Und wohlgemerkt, Sie können nichts dagegen einwenden, denn ich bin kein Usurpator, weil mein Bruder Ihre Angebote zurückweist und in seiner Gleichgültigkeit hochmütig erklärt, das Königreich von Navarra sei nur eine Fiktion. Mit Henri von Béarn haben Sie nichts, mit mir haben Sie einen Degen und einen Namen. Franz von Alençon, Prinz von Frankreich, schützt all seine Gefährten und Mitschuldigen, die Sie aufrufen werden.

Nun, was sagen Sie zu diesem Angebot, Monsieur de Mouy?"

„Es verblüfft mich, Monseigneur."

„De Mouy, de Mouy, wir werden viel Widerstände zu überwinden haben. Zeigen Sie sich also nicht so anspruchsvoll und eigensinnig gegen einen Königssohn und Königsbruder, der zu Ihnen kommt."

„Monseigneur, die Sache wäre schon abgemacht, wenn ich allein meine Pläne verteidigte; aber wir haben einen Rat, und so glänzend das Angebot sein mag, werden es die Oberhäupter der Partei vielleicht gerade deshalb nicht ohne Bedingungen annehmen."

„Das ist etwas anderes, und die Antwort zeugt von einem ehrlichen Herzen und einem verständigen Geist. Aus der Art meines Handelns, de Mouy, mußten Sie meine Ehrlichkeit erkennen. Behandeln Sie mich also als einen Mann, den man achtet, und nicht als Prinzen, dem man schmeichelt. Habe ich Aussichten, de Mouy?"

„Auf mein Wort, Monseigneur, und da Euer Hoheit meine Meinung hören wollen: Euer Hoheit haben alle Aussichten, seit der König von Navarra das Angebot abgelehnt hat, das ich ihm eben machte. Aber noch einmal, Monseigneur, es ist unumgänglich, daß ich mich mit unseren Oberhäuptern darüber berate."

„Tun Sie das, Monsieur", erwiderte Alençon. „Nur eins noch: Wann kann ich Antwort haben?"

De Mouy sah den Prinzen schweigend an. Dann schien er einen Entschluß gefaßt zu haben und sagte: „Geben Sie mir Ihre Hand, Monseigneur, die Hand eines Prinzen von Frankreich soll meine berühren, damit ich sicher bin, nicht verraten zu werden."

Der Herzog reichte de Mouy nicht nur die Hand hin, sondern ergriff die Hand des jungen Mannes und drückte sie.

„Jetzt bin ich ruhig, Monseigneur", sagte der junge Hugenott. „Wenn wir verraten sind, werde ich sagen, Sie hätten nichts damit zu tun. Sonst, Monseigneur, wären Sie entehrt, wie wenig Sie auch an diesem Verrat teilhätten."

„Warum erzählen Sie mir das, de Mouy, ehe Sie mir sagen, wann Sie mir die Antwort Ihrer Oberhäupter bringen werden?"

„Weil in der Frage danach zugleich die Frage nach dem Aufenthalt unserer Oberhäupter enthalten ist, Monseigneur, und wenn ich Ihnen sagte, Sie werden die Antwort heute abend haben, dann wüßten Sie, daß sich die Oberhäupter heimlich in Paris befinden."

Bei diesen Worten blickte de Mouy wie in plötzlichem Mißtrauen prüfend in die flackernden, falschen Augen des jungen Prinzen.

„Genug, genug", entgegnete der Herzog, „Sie haben immer noch Zweifel, Monsieur de Mouy. Aber ich kann nicht auf Anhieb völliges Vertrauen von Ihnen verlangen. Später werden Sie mich besser kennen. Wir werden durch eine Interessengemeinschaft verbunden sein, die Sie von jedem Verdacht befreit. Heute abend also, sagten Sie, Monsieur de Mouy?"

„Ja, Monseigneur, denn die Zeit drängt. Heute abend. Aber wo bitte?"

„Im Louvre, hier, in diesem Zimmer, wenn es Ihnen recht ist?"

„Ist das Zimmer bewohnt?" fragte de Mouy mit einem Blick auf die beiden einander gegenüberliegenden Betten.

„Ja, von zwei Edelleuten meines Gefolges."

„Monseigneur, es scheint mir unklug, noch einmal in den Louvre zu kommen."

„Warum?"

„Da Sie mich erkannt haben, könnten andere ebenso scharfe Augen haben wie Euer Hoheit und mich ebenfalls erkennen … Dennoch werde ich in den Louvre kommen, wenn Sie mir zugestehen, worum ich Sie bitte."

„Was?"

„Einen Geleitbrief."

„De Mouy", widersprach der Herzog, „ein von mir ausgestellter Geleitbrief würde mich zugrunde richten und Sie nicht retten. Ich kann nur mit Ihnen sein unter der Bedingung, daß wir unter den Augen anderer durchaus Fremde füreinander sind. Die geringste für meine Mutter oder meine Brüder sichtbare Verbindung mit Ihnen würde mich das Leben kosten. Geschützt sind Sie durch mein eigenes Interesse von dem Augenblick an, da ich mich mit den anderen eingelassen habe, wie ich mich in diesem Augenblick mit Ihnen abgebe. Frei in meinem Aktionsradius und stark, wenn niemand von mir weiß und solange ich selbst undurchdringlich bleibe, garantiere ich Ihnen alles, vergessen Sie das nicht. Nehmen Sie daher noch einmal allen Mut zusammen und versuchen Sie Ihr Heil auf mein Wort hin, wie Sie es ohne das Wort meines Bruders versuchten. Kommen Sie heute abend in den Louvre."

„Aber wie soll ich denn kommen? Mit diesem Kostüm kann ich nicht in Ihre Gemächer zu treten wagen. Das ist etwas für die Vorhallen und den Hof. Meine eigene Kleidung ist noch gefährlicher, da mich alle Leute so kennen und weil sie mich nicht im geringsten verbirgt."

„Lassen Sie mich überlegen ... warten Sie ... ich glaube ... ja, das ist es!"

Der Herzog hatte seine Augen umherschweifen lassen, und sein Blick war an La Môles Galastaat hängengeblieben, der über dem Bett lag, das heißt, an dem prächtigen goldgesäumten kirschroten Mantel, von dem wir bereits sprachen, dem mit einer weißen Feder verzierten Barett, um das ein Band von goldenen und silbernen Margeriten lief, und schließlich an dem perlgrau und goldenen Seidenwams.

„Sehen Sie diesen Mantel, diese Feder und dies Wams", sagte der Herzog, „sie gehören Monsieur de La Môle, einem meiner Edelleute, einem Stutzer von bestem Geschmack. Diese Ausstattung hat den Hof beinahe rasend gemacht, und wenn er sie trägt, erkennt jeder Herrn de La Môle auf hundert Schritte. Ich werde Ihnen die Adresse des Schneiders geben, der sie anfertigte; wenn Sie ihm das Doppelte zahlen, werden Sie heute abend eine gleiche haben. Den Namen de La Môle werden Sie behalten, nicht wahr?"

Kaum hatte ihm der Herzog von Alençon diesen Rat gegeben, als vom Gang näherkommende Schritte zu hören waren, schließlich drehte sich ein Schlüssel in der Tür.

„Wer ist da?" rief der Herzog, zur Tür eilend, und stieß den Riegel vor.

„Teufel auch", erwiderte eine Stimme von draußen, „eine sonderbare Frage! Wer ist denn dort? Wie albern, mich zu fragen, wer da ist, wenn ich in mein eigenes Zimmer will!"

„Sind Sie es, Monsieur de La Môle?"

„Natürlich. Aber wer sind Sie?"

Während La Môle seinem Erstaunen Ausdruck gab, das Zimmer besetzt zu finden, und zu entdecken suchte, wer der neue Mitbewohner sei, legte der Herzog von Alençon rasch eine Hand auf den Riegel, die andere über das Schlüsselloch.

„Kennen Sie Monsieur de La Môle?" fragte er de Mouy.

„Nein, Monseigneur."

„Und er, kennt er Sie?"

„Ich glaube nicht."

„Dann ist es gut; tun Sie außerdem so, als blickten Sie aus dem Fenster."

De Mouy gehorchte schweigend, denn La Môle begann ungeduldig zu werden und klopfte aus Leibeskräften.

Der Herzog von Alençon warf noch einen Blick auf de Mouy, und als er sah, daß er den Rücken gekehrt hatte, öffnete er.

„Monseigneur der Herzog!" rief La Môle und machte vor Überraschung einen Schritt rückwärts. „Oh, verzeihen Sie, verzeihen Sie, Monseigneur!"

„Keine Ursache, mein Herr. Ich brauchte Ihr Zimmer, um jemand zu empfangen."

„Jederzeit, Monseigneur, jederzeit! Nur erlauben Sie mir bitte, meinen Mantel und meinen Hut zu nehmen, die auf dem Bett liegen, weil ich heute nacht auf dem Quai de la Grève, wo ich von ein paar Dieben überfallen wurde, den anderen Mantel und Hut verloren habe."

„Wirklich, mein Herr?" fragte der Prinz lächelnd, wobei er La Môle die gewünschten Dinge selber reichte. „Sie sind doch schon genug belästigt worden und haben mit harten Köpfen reichlich zu tun gehabt, wie mir scheint!"

Der Herzog übergab La Môle den Mantel und das Barett, und der junge Mann grüßte und ging hinaus, um im Vorzimmer die Kleidung zu wechseln, ohne sich weiter zu beunruhigen, daß der Herzog sein Zimmer mit Beschlag belegt hatte; denn es war im Louvre üblich, daß die Räume der Edelleute von den Prinzen, in deren Dienst sie standen, gewissermaßen als öffentliche Gaststuben benutzt wurden, um allerlei Leute zu empfangen.

De Mouy näherte sich wieder dem Herzog, und beide horchten, wann sich La Môle entfernt haben würde, doch dieser zog sie selber aus der Verlegenheit, indem er nach dem Umkleiden zur Tür trat und sagte: „Verzeihung, Monseigneur, sind Euer Hoheit vielleicht zufällig dem Grafen de Coconnas begegnet?"

„Nein, Herr Graf. Dabei hatte er heute morgen Dienst."

„Dann hat man ihn mir ermordet!" murmelte La Môle vor sich hin und ging.

Der Herzog horchte auf das Geräusch der Schritte, das allmählich leiser wurde, dann öffnete er die Tür und zog de Mouy mit: „Beobachten Sie ihn, wie er geht", riet er, „und versuchen Sie, diese unnachahmliche Haltung nachzuahmen."

„Ich werde mein Bestes tun", erwiderte de Mouy. „Aber leider bin ich kein Stutzer, sondern ein Soldat."

„Jedenfalls werde ich Sie vor Mitternacht auf diesem Gang erwarten. Wenn das Zimmer meiner Edelleute frei ist, werde ich Sie hier empfangen, wenn nicht, werden wir ein anderes finden."

„Ja, Monseigneur."

„Also auf heute abend, vor Mitternacht."

„Auf heute abend, vor Mitternacht."

„Übrigens, de Mouy, versuchen Sie, beim Gehen mit dem rechten Arm zu schlenkern, das ist eine sonderbare Angewohnheit von Monsieur de La Môle."

24

Die Rue Tizon und die Rue Cloche-Percée

La Môle eilte hastig aus dem Louvre und begann ganz Paris auf der Suche nach dem armen Coconnas zu durchstöbern.

Zuerst begab er sich in die Rue l'Arbre-Sec und zu Meister La Hurière, weil ihm in den Sinn kam, daß der Piemonteser oft eine gewisse lateinische Devise zitiert hatte, die sich um den Beweis bemüht, Amor, Bacchus und Ceres wären die unumgänglich notwendigen Götter, und weil er hoffte, Coconnas möchte sich, diesem romanischen Aphorismus getreu, nach einer Nacht, die für seinen Freund nicht weniger ereignisreich gewesen war als für ihn, im „Guten Stern" einquartiert haben.

Doch bei La Hurière fand La Môle nichts als das Eingedenken der übernommenen Verpflichtung und ein bereitwillig gereichtes Frühstück, das unser Edelmann trotz seiner Unruhe mit großem Appetit zu sich nahm.

Mit beschwichtigtem Magen, wenn auch nicht Herzen, machte sich La Môle abermals auf die Suche und lief die Seine wieder hinauf wie jener Ehemann, der seine ertrunkene Frau suchte. Als er auf den Quai de La Grève kam, erkannte er den Ort wieder, wo er, wie er dem Herzog von Alençon gesagt hatte, auf seinem nächtlichen Weg vor drei oder vier Stunden angehalten wurde, was in dem mehr als hundert Jahre älteren Paris, als Boileau vom Lärm einer den Fensterladen durchschlagenden Kugel erwachte, nicht eben selten war. Ein kleines Stückchen der Feder von seinem Hut war auf dem Kampfplatz zurückgeblieben. Jedem Menschen ist das Besitzgefühl angeboren. La Môle besaß zehn Federn, deren eine schöner war als die andere, dennoch blieb er stehen, um diese oder vielmehr das übriggebliebene Fragment aufzuheben, und betrachtete sie mit saurem Gesicht, als lauter werdende Schritte in seine Richtung kamen und ihm rohe Stimmen befahlen, zur Seite zu treten. La Môle hob den Kopf und bemerkte hinter zwei voraufgehenden Pagen eine von einem Knappen begleitete Sänfte.

La Môle glaubte die Sänfte zu erkennen und trat rasch zur Seite.

Der junge Edelmann hatte sich nicht getäuscht.

„Monsieur de La Môle?" fragte voller Süße eine Stimme aus der Sänfte, während eine seidenzarte weiße Hand die Vorhänge beiseite schob.

„Ja, Madame, ich bin es", antwortete La Môle und verneigte sich.

„Monsieur de La Môle mit einer Feder in der Hand …", fuhr die Dame in der Sänfte fort. „Sie sind also verliebt, mein Teurer, und wandeln auf verlorenen Spuren?"

„Ja, Madame", gab La Môle zurück, „ich bin verliebt, und zwar sehr; aber im Augenblick folge ich meinen eigenen Spuren, obwohl es nicht die sind, die ich suche – aber erlauben mir Euer Majestät zuerst, mich nach Ihrem Befinden zu erkundigen."

„Es geht mir ausgezeichnet, Monsieur, mir scheint, ich habe mich niemals besser befunden, das kommt wahrscheinlich daher, daß ich die Nacht ganz zurückgezogen verbrachte."

„Ach, ganz zurückgezogen", wiederholte La Môle und sah Marguerite mit sonderbarem Ausdruck an.

„Ja, was gibt es dabei zu verwundern?"

„Darf ich, ohne zudringlich zu erscheinen, fragen, in welchem Kloster?"

„Gewiß, Monsieur, ich mache daraus kein Geheimnis. Im Annunziatenkloster. Aber Sie, was machen Sie hier mit so bestürztem Gesicht?"

„Madame, auch ich habe die Nacht zurückgezogen und in der Nähe desselben Klosters verbracht, und jetzt suche ich meinen Freund, der verschwunden ist; auf meiner Suche habe ich diese Feder gefunden."

„Die von ihm stammt? Aber wirklich, Sie machen mir seinetwegen Angst, das ist ein schlimmer Ort."

„Damit sich Euer Majestät beruhigen, die Feder stammt von mir, ich habe sie gegen halb sechs Uhr früh auf diesem Platz verloren, als ich mich aus den Händen von vier

Banditen rettete, die mich mit aller Gewalt ermorden wollten, wenigstens kann ich es mir nicht anders vorstellen."

Marguerite versuchte, ihren Schreck zu unterdrücken. „Oh, erzählen Sie mir alles!" bat sie.

„Nichts einfacher als das, Madame. Wie ich bereits die Ehre hatte, Euer Majestät zu sagen, war es gegen fünf Uhr morgens …"

„Und um fünf Uhr morgens", unterbrach ihn Marguerite, „sind Sie bereits ausgegangen?"

„Euer Majestät müssen entschuldigen", sagte La Môle, „ich war noch gar nicht heimgekehrt."

„Aber, Monsieur de La Môle! Erst um fünf Uhr früh heimkehren?" rief Marguerite mit einem Lächeln, das jedem andern boshaft vorgekommen wäre, La Môle aber in seinem Dünkel überaus liebenswert erschien. „So spät heim? Diese Strafe hatten Sie verdient."

„Daher beklage ich mich auch nicht, Madame", entgegnete La Môle und verneigte sich ehrerbietig, „und hätte man mich auch grausam verwundet, so würde ich mich dennoch hundertmal glücklicher schätzen, als ich verdiene. Aber um darauf zurückzukommen, ich befand mich also spät oder vielmehr zu sehr früher Stunde, wie es Euer Majestät beliebt, auf dem Heimweg von diesem glücklichen Haus, in dem ich die Nacht ganz zurückgezogen verbrachte, als vier Straßenräuber aus der Rue de La Mortellerie kamen und mich mit ihren unheimlich langen Messern verfolgten. Das ist sonderbar, nicht wahr, Madame, und doch ist es so; ich mußte fliehen, denn ich hatte meinen Degen vergessen."

„Ach, ich verstehe", sagte Marguerite mit bewundernswert unbefangenem Gesicht, „und Sie sind zurückgekehrt, um Ihren Degen zu suchen?"

La Môle sah Marguerite an, als steige ihm eine Vermutung auf.

„Madame, ich würde tatsächlich und sogar höchst bereitwillig zurückgehen, da mein Degen eine ungewöhnlich gute Arbeit ist, aber ich weiß nicht, wo sich das Haus befindet."

„Wie denn, Monsieur", entgegnete Marguerite, „Sie wissen nicht, wo das Haus ist, in dem Sie die Nacht verbrachten?"

„Nein, Madame, Satan mag mich verschlingen, wenn ich es auch nur ahnte!"

„Wie seltsam! Ihre Geschichte ist also ein ganzer Roman?"

„Ein wahrer Roman, wie Sie sagten, Madame."

„Erzählen Sie."

„Er ist ein wenig lang."

„Einerlei. Ich habe Zeit."

„Und vor allem ganz unglaubhaft."

„Erzählen Sie dennoch, ich weiß, man ist nicht mehr so leichtgläubig."

„Euer Majestät befehlen?"

„Wenn's sein muß, ja."

„Ich gehorche. – Gestern abend, nachdem wir zwei anbetungswürdige Frauen verlassen hatten, mit denen wir auf dem Pont Saint-Michel den Abend verbrachten, aßen wir bei Meister La Hurière zur Nacht."

„Zuerst", fragte Marguerite, als wäre es die natürlichste Suche von der Welt, „wer ist dieser Meister La Hurière?"

„Meister La Hurière, Madame", antwortete La Môle, wobei er Marguerite abermals mit diesem zweifelnden Blick ansah, den wir schon einmal an ihm beobachteten, „Meister La Huriére ist der Wirt der Herberge ‚Zum Guten Stern' in der Rue l'Arbre-Sec."

„Gut. Ich sehe sie von hier … Sie speisten also bei Meister La Hurière, natürlich mit Ihrem Freund Coconnas?"

„Ja, Madame, mit meinem Freund Coconnas, als ein Mann eintrat und jedem von uns ein Billett überreichte."

„Ein gleiches?" fragte Marguerite.

„Ein genau gleiches. Es enthielt nur eine einzige Zeile: ‚Sie werden in der Rue Saint-Antoine gegenüber der Rue de Jouy erwartet.'."

„Und keine Unterschrift?" fragte Marguerite.

„Nein, nur drei Worte, drei bezaubernde Worte, die dreimal dasselbe versprachen, das heißt ein dreifaches Glück."

„Und wie hießen die drei Worte?"

„*Eros, Cupido, Amor.*"

„Wirklich, drei freundliche Namen, und haben sie gehalten, was sie versprachen?"

„O Madame, mehr, hundertmal mehr!" rief La Môle begeistert aus.

„Fahren Sie fort, ich möchte gern wissen, wer Sie in der Rue Saint-Antoine gegenüber der Rue de Jouy erwartete."

„Zwei Duenjas, jede mit einem Taschentuch in der Hand. Wir mußten uns die Augen verbinden lassen. Euer Majestät erraten vermutlich, daß wir keine Schwierigkeiten machten. Wir hielten brav den Kopf hin. Meine Führerin ließ mich nach links gehen, die meines Freundes führte ihn nach rechts, und so trennten wir uns."

„Und dann?" fragte Marguerite, die entschlossen schien, ihn restlos auszufragen.

„Ich weiß nicht", erwiderte La Môle, „wohin mein Freund von seiner Duenja gebracht wurde. Vielleicht in die Hölle. Doch was mich betrifft, so weiß ich, daß mich die meine mitten ins Paradies führte."

„Aus dem Sie zweifellos Ihre zu große Neugier vertrieb?"

„Richtig, Madame, Ihnen kann nichts verborgen bleiben. Mit Ungeduld erwartete ich den Tag, um zu sehen, wo ich mich befände, als um halb fünf Uhr dieselbe Duenja eintrat, mir abermals die Augen verband und mich versprechen ließ, die Binde nicht zu heben; dann führte sie mich hinaus, begleitete mich hundert Schritt weit und ließ mich noch einmal schwören, die Binde nicht abzunehmen, ehe ich nicht bis fünfzig gezählt hätte. Ich habe bis fünfzig gezählt, und dann sah ich mich in der Rue Saint-Antoine gegenüber der Rue de Jouy."

„Und dann …?"

„Dann, Madame, kehrte ich so fröhlich heim, daß ich nicht auf die vier Kerle achtete, deren Händen ich mich nur mit größter Mühe entwinden konnte. Und als ich hier ein Restchen meiner Feder fand, Madame", fuhr La Môle fort, „erbebte mein Herz vor Freude; ich hob sie auf und gelobte mir, sie zum Andenken an diese glückliche Nacht zu bewahren. Doch in all meinem Glück quält mich die Ungewißheit über das Schicksal meines Gefährten."

„Er ist also nicht in den Louvre zurückgekehrt?"

„Leider nicht, Madame! Ich habe ihn überall gesucht, wo ich ihn vermuten konnte, im ‚Guten Stern‘, beim Paume und an vielen anderen Orten, aber von Hannibal nirgends eine Spur, und von Coconnas ebensowenig …"

Bei diesen Worten, die er mit einer kummervollen Handbewegung begleitete, öffnete La Môle die Arme, sein Mantel schlug auseinander, und darunter kam sein Wams zum Vorschein, das an vielen Stellen auseinanderklaffte, als wäre es nach der Mode geschlitzt, um das darunterliegende Futter zu zeigen.

„Sie sind ja wie durchsiebt!" rief Marguerite.

„Durchsiebt? Wahrhaftig!" sagte La Môle, der sich, durchaus nicht ärgerlich, die ausgestandenen Gefahren zum Verdienst anzurechnen schien. „Sehen Sie nur, Madame, sehen Sie!"

„Warum haben Sie im Louvre nicht das Wams gewechselt, als Sie zurückgingen?" fragte die Königin.

„Weil jemand in meinem Zimmer war", antwortete La Môle.

„Jemand in Ihrem Zimmer?" wiederholte Marguerite, und ihre Augen weiteten sich in lebhaftestem Erstaunen. „Und wer war in Ihrem Zimmer?"

„Seine Hoheit."

„Still!" unterbrach ihn Marguerite.

Der junge Mann gehorchte.

„Qui ad lecticam meam stant?" fragte sie La Môle.

„Duo pueri et unus eques."

„Optime, barbari!" sagte sie, „Dic, Moles, quem inveneris in cubiculo tuo?"

„Franciscum ducem."[*]

„Agentem?"

„Nescio quid."

„Quocum?"

„Cum ignoto."*

„Sonderbar", sagte Marguerite. „Sie haben also Coconnas nicht finden können?" fuhr sie fort, wobei sie offensichtlich an etwas ganz anderes dachte.

„Daher, Madame, wenn ich es Euer Majestät sagen darf, sterbe ich wahrhaftig vor Unruhe."

„Nun ja", seufzte Marguerite, „ich möchte Sie nicht länger von der Suche nach ihm abhalten, obwohl ich irgendwie die Vorstellung habe, er wird sich ganz von selber wieder einfinden. Einerlei, gehen Sie nur immer."

Damit legte die Königin einen Finger auf den Mund. Wenn ihm auch die schöne Marguerite kein Geheimnis anvertraut, wenn sie La Môle auch keine Liebeserklärung gemacht hatte, so begriff der junge Mann doch, daß diese reizende Geste nicht nur die Bitte um Stillschweigen, sondern auch noch etwas anderes bedeuten konnte.

Das Geleit setzte sich in Bewegung, und La Môle ging, um seine Nachforschungen fortzuführen, weiter den Quai entlang bis zur Rue du Long-Pont, die ihn zur Rue Saint-Antoine brachte.

Gegenüber der Rue de Jouy blieb er stehen.

Dort hatten ihnen am Abend zuvor die beiden Duenjas die Augen verbunden, ihm und Coconnas. Er war nach links gegangen und hatte zwanzig Schritte gezählt – was er jetzt ebenfalls tat – und hatte sich dann einem Haus oder vielmehr einer Mauer gegenüber gesehen, hinter der sich ein Haus erhob; unter einem mit Spiekern und Schießscharten geschützten Dachvorsprung befand sich eine Tür in der Mauer.

Das Haus lag in der Rue Cloche-Percée, einer kleinen Seitenstraße, die bei der Rue Saint-Antoine begann und an die Rue du Roy-de-Sicile stieß.

* „Und was tat er?"
„Ich weiß nicht."
„Mit wem?"
„Mit einem, den ich nicht kenne."

„Zum Henker!" rief La Môle. „Das ist ja ... ich könnte schwören ... Als ich beim Hinausgehen die Hand ausstreckte, habe ich die Spieker über der Tür gefühlt, und dann bin ich zwei Stufen hinuntergestiegen. Dieser Mann, der im Laufen rief: ‚Zu Hilfe!' und der dann in der Rue du Roy-de-Sicile umgebracht wurde, kam gerade in dem Augenblick vorüber, als ich den Fuß auf die erste Stufe setzte. Wir werden sehen."

La Môle ging zur Tür und klopfte.

Die Tür öffnete sich und ein Pförtner mit einem Schnurrbart kam heraus.

„Was ist das?" fragte der Pförtner auf deutsch.

„Ah", murmelte La Môle, „mir scheint, wir sind Schweizer. – Mein Freund", fuhr er mit seiner liebenswürdigsten Miene laut fort, „ich würde gern meinen Degen wiederhaben, den ich in diesem Haus ließ, wo ich die Nacht verbrachte."

„Ich verstehe nicht", antwortete der Pförtner auf deutsch.

„Meinen Degen ...!" sagte La Môle.

„Ich verstehe nicht", wiederholte der Pförtner.

„Ich habe ihn hiergelassen ... Meinen Degen, ich habe ihn hier vergessen ..."

„Ich verstehe nicht."

„In diesem Haus, wo ich die Nacht verbrachte."

„Geh zum Teufel ...!"

Damit schlug er ihm die Tür vor der Nase zu.

„Zum Henker!" rief La Môle. „Wenn ich den Degen hätte, den ich wiederhaben will, dann würde ich ihn diesem ulkigen Herrn liebend gern durch den Leib rennen ... Aber ich habe ihn nicht, deshalb muß ich die Sache auf einen anderen Tag verschieben."

Damit setzte La Môle seinen Weg fort bis zur Rue du Roy-de-Sicile, wandte sich dann zur Rechten, ging kaum fünfzig Schritt weiter, wandte sich dann wieder zur Rechten und befand sich in der Rue Tizon, einer kleinen Parallelstraße zur Rue Cloche-Percée, die ihr in jeder Weise glich. Mehr noch: Kaum hatte er dreißig Schritte gemacht, als er sich wieder vor der kleinen Pforte mit den Spiekern, dem Schutzdach und den Schießlöchern, den beiden Stufen und der Mauer sah. Man hätte sagen können, die Rue Cloche-Percée hätte sich umgedreht, um ihm nachzusehen.

La Môle kam in den Sinn, daß er sich ebensogut nach rechts wie nach links hätte wenden können, und ging an die Tür und klopfte, um hier dieselbe Forderung vorzubringen wie an der anderen. Aber diesmal konnte er lange klopfen, niemand öffnete ihm.

Zwei- oder dreimal machte La Môle dieselbe Runde, die ihn am Ende auf den einleuchtenden Gedanken brachte, das Haus müsse zwei Eingänge haben, einen zur Rue Cloche-Percée und den anderen zur Rue Tizon.

Aber diese Überlegung, so logisch sie sein mochte, brachte ihm seinen Degen nicht zurück und verriet ihm nicht, wo sein Freund sein mochte.

Einen Augenblick lang hatte er den Gedanken, einen anderen Degen zu kaufen und dem elenden Pförtner, der auf seinem Deutsch bestand, den Bauch aufzuschlitzen; doch dann kam ihm in den Sinn, wenn dieser Pförtner zu Marguerite gehörte und wenn ihn Marguerite gerade so ausgesucht hatte, dann werde sie wohl ihre Gründe dafür haben und es werde ihr vielleicht nicht recht sein, wenn sie ihn einbüßte.

Und La Môle hätte um nichts in der Welt Marguerite eine Unannehmlichkeit bereiten wollen.

Aus Furcht, der Versuchung nachzugeben, machte er sich gegen zwei Uhr nachmittags auf den Rückweg zum Louvre.

Da sein Zimmer diesmal nicht besetzt war, konnte er eintreten. Die Sache war jetzt auch verhältnismäßig dringend, da sein Wams, wie die Königin schon bemerkt hatte, beträchtlich gelitten hatte.

Deshalb trat er auch sogleich zu seinem Bett, um sein Wams gegen das schöne perlgraue zu vertauschen. Doch zu seiner großen Verwunderung war das erste, was er neben dem perlgrauen Wams erblickte, der besagte Degen, den er in der Rue Cloche-Percée gelassen hatte. La Môle nahm ihn auf und drehte und wendete ihn: Es war sein Degen!

„Sieh an!" rief er aus. „Sollte da eine Zauberei im Spiel sein?"

Dann fügte er mit einem Seufzer hinzu: „Ach, wenn sich doch auch der arme Coconnas wie mein Degen wieder einfinden würde!"

Zwei oder drei Stunden nachdem La Môle seine Runden um das kleine Doppelhaus beendet hatte, öffnete sich die Tür in der Rue Tizon. Es war fast fünf Uhr abends, und daher bereits stockfinster.

Eine in einen langen, pelzbesetzten Mantel gehüllte Frau kam, von einer Dienerin begleitet, durch die Tür, die ihr eine Duenja von etwa vierzig Jahren offenhielt, eilte rasch bis zur Rue du Roy-de-Sicile, wo sie an eine kleine Tür des Hauses Argenson klopfte, die ihr aufgetan wurde, dann ging sie durch die Haupttür desselben Hauses hinaus, die auf die Vieille-Rue-du-Temple führte, erreichte ein kleines Ausfalltor des Palais Guise, das sie mit einem Schlüssel aus ihrer Tasche öffnete, und verschwand.

Eine halbe Stunde später kam ein junger Mann mit verbundenen Augen durch dieselbe Tür desselben kleinen Hauses, geführt von einer Frau, die ihn bis an die Ecke der Rue Geoffroy-Lasnier und der Rue de la Mortellerie brachte. Dort forderte sie ihn auf, bis fünfzig zu zählen, ehe er seine Augenbinde lüpfte.

Der junge Mann kam dieser Aufforderung gewissenhaft nach und entfernte bei der genannten Zahl das Taschentuch, das seine Augen bedeckte.

„Kotzbombenelement!" rief er und blickte um sich. „Wenn ich weiß, wo ich bin, will ich gehenkt werden! Sechs Uhr!" schrie er auf, während er dem Uhrenschlag von Notre-Dame lauschte. „Was mag aus dem armen La Môle geworden sein? Rasch zum Louvre, vielleicht wissen sie dort etwas."

Mit diesen Worten lief Coconnas schon die Rue de la Mortellerie hinunter und erreichte den Louvre in geringerer Zeit als ein gewöhnliches Pferd; unterwegs stieß und drängte er sich durch die lebendige Hecke braver Bürger, die friedlich um die Läden der Place de Baudoyer spazierten, und gelangte in den Palast.

Dort fragte er die Schweizer und die Wachen. Einer der Schweizer glaubte gesehen zu haben, wie Monsieur de La Môle am Morgen hereinkam, doch hatte er nicht bemerkt, daß er wieder ausging. Der Posten stand erst seit anderthalb Stunden da und hatte nichts gesehen.

Er lief zu ihrem gemeinsamen Zimmer und öffnete hastig die Tür; dort fand er aber nur La Môles zerfetztes Wams, was seine Unruhe noch verstärkte.

Dann fiel ihm La Hurière ein, und er lief zu dem ehrenwerten Wirt der Herberge „Zum Guten Stern". Ja, La Hurière hatte La Môle gesehen; La Môle hatte bei La Hurière gefrühstückt. Das gab Coconnas die Ruhe wieder, und da er großen Hunger hatte, verlangte er ebenfalls zu speisen.

Zwei notwendige Voraussetzungen, um gut zu essen, waren bei Coconnas gegeben: sein Geist war ruhig und sein Magen leer; deshalb ließ er sich's so wohl schmecken, daß er seine Mahlzeit bis acht Uhr ausdehnte. Dann begab er sich, gestärkt durch zwei Flaschen mäßigen Anjou-Wein, den er sehr gern trank und mit einer Wollust hinunterspülte, die in wiederholtem Augenzwinkern und Zungenschnalzen zum Ausdruck kam, wieder auf die Suche nach La Môle, wobei er seine neue Forschungsreise durch die Menge mit Fußtritten und Fauststößen begleitete, entsprechend seinen durch das Wohlbefinden, das jeder nach einer guten Mahlzeit empfindet, noch gesteigerten freundschaftlichen Gefühlen.

Das dauerte eine Stunde; eine Stunde lang lief Coconnas durch alle Straßen, die an den Quai de la Grève, den Port au Charbon, die Rue Saint-Antoine und die Rue Tizon sowie die Rue Cloche-Percée grenzten, wo er seinen Freund wiederzufinden hoffte. Schließlich fiel ihm ein, daß es einen Ort gab, den er unbedingt passieren mußte: das Portal des Louvre, und so entschloß er sich, unter dem Portal auf seine Rückkehr zu warten.

Er war nur mehr hundert Schritt vom Louvre entfernt und stellte an der Place Saint-Germain-l'Auxerrois eben eine Frau wieder auf die Beine, deren Mann er bereits umgestoßen hatte, als er vor sich am Horizont im Halbdunkel einer neben der Zugbrücke des Louvre aufgerichteten großen Laterne den kirschroten Samtmantel und die weiße Feder seines Freundes bemerkte und schon wie einen Schatten unter dem Portal verschwinden sah, nachdem der Gruß der Wache erwidert war.

Der berühmte kirschrote Mantel hatte bei jedermann so viel Aufsehen erregt, daß ein Irrtum ausgeschlossen war.

„Kotzbombenelement!" rief Coconnas. „Das ist er diesmal – da geht er hinein! He, he! La Môle, he! He, Freund! Potztausend! Dabei habe ich doch eine gute Stimme. Wie kommt es, daß er mich nicht gehört hat? Glücklicherweise sind meine Beine ebensogut wie meine Stimme, ich werde ihn einholen."

In dieser Hoffnung stürzte Coconnas mit aller Kraft vor und erreichte wie der Wind den Louvre; aber wie schnell er auch gewesen war, in dem Augenblick, als er den Fuß in den Hof setzte, war der rote Mantel, der es ebenfalls eilig zu haben schien, in der Vorhalle verschwunden.

„He, he! La Môle!" schrie Coconnas und lief weiter. „Warte doch auf mich! – Ich bin es, Coconnas! Was, zum Teufel, hast du so zu laufen? Willst du vielleicht fliehen?"

Tatsächlich stieg nicht, sondern stürmte der rote Mantel wie auf Flügeln in das zweite Stockwerk hinauf.

„Ach, du willst mich nicht hören!" schrie Coconnas. „Du bist mir böse, du bist ärgerlich! Ei, zum Teufel, Kotzbombenelement, ich bin es nicht weniger!"

So rief Coconnas vom Fuß der Treppe dem Flüchtling nach, den er nicht mehr mit den Beinen, sondern nur noch mit den Augen durch die Windung der Treppe verfolgte, bis er auf der Höhe von Margueritens Räumen angelangt war. Plötzlich trat eine Frau aus diesen Gemächern und ergriff den Arm des Mannes, den Coconnas beobachtete.

„Schau einer an!" rief Coconnas. „Das sieht mir doch ganz so aus, als wäre es die Königin Marguerite. Er wurde also erwartet. Das ist allerdings eine andere Sache, dann verstehe ich, daß er mir nicht geantwortet hat."

Darauf legte er sich auf den Treppenabsatz und blickte hinauf.

Nach einigen mit leiser Stimme gewechselten Worten sah er den kirschroten Mantel der Königin in ihre Zimmer folgen.

„Gut, gut!" rief Coconnas. „Das ist es. Ich habe mich nicht geirrt. Es gibt Augenblicke, wo uns die Gegenwart des besten Freundes lästig ist, und solch ein Augenblick ist anscheinend gerade für meinen lieben La Môle gekommen."

Leise stieg Coconnas die Treppe hinauf und setzte sich auf eine samtgepolsterte Bank, die den oberen Treppenabsatz zierte, wobei er sich sagte: Statt ihn einzuholen, werde ich auf ihn warten – ja, aber ... fügte er in Gedanken hinzu, da fällt mir ein, daß er bei der Königin von Navarra ist und ich womöglich lange warten kann ... Kalt ist es, Kotzbombenelement! Vorwärts, ebensogut kann ich in meinem Zimmer warten. – Trotz allem muß er ja wohl dorthin zurückkehren.

Kaum hatte er so gedacht und begonnen, seinen Entschluß in die Tat umzusetzen, als über ihm ein leichter, munterer Schritt erklang, begleitet von einem kleinen, seinem Freund so vertrauten Lied, daß Coconnas sofort den Hals nach der Seite reckte, woher die Schritte und das Lied kamen. Es war La Môle, der aus dem oberen Stockwerk, in dem ihr gemeinsames Zimmer lag, herunterstieg und, als er Coconnas bemerkte, vier Stufen auf einmal nahm, um sich in seine Arme zu werfen.

„Kotzbombenelement, du bist es!" rief Coconnas. „Wo, zum Teufel, bist du herausgekommen?"

„Ganz einfach, durch die Rue Cloche-Percée."

„Nein, ich rede nicht von dem Haus da unten."

„Wovon denn?"

„Wie bist du aus den Zimmern der Königin gekommen?"

„Der Königin?"

„Ja, der Königin von Navarra."

„Ich bin doch gar nicht zu ihr gegangen."

„Was du nicht sagst!"

„Mein lieber Hannibal", erklärte La Môle, „du redest dummes Zeug. Ich komme aus unserem Zimmer, wo ich zwei Stunden auf dich wartete."

„Du kommst aus unserem Zimmer?"

„Ja."

„Und du warst es nicht, dem ich über den Louvreplatz folgte?"

„Wann?"

„Gerade eben."

„Nein."

„Und du warst es nicht, der die Treppe hinaufstürmte, wie von einer Legion Teufel verfolgt?"

„Nein."

„Kotzbombenelement!" rief Coconnas. „Der Wein im ‚Guten Stern' ist nicht schlecht genug, um mir derartig den Kopf zu verdrehen. Ich sage dir, daß ich eben deinen kirschroten Mantel und deine weiße Feder unter dem Louvreportal gesehen habe, daß ich sie bis zum Fuß der Treppe verfolgte und daß dein Mantel, deine Feder und alles, sogar dein schlenkernder Arm, hier von einer Dame erwartet wurden, die ich stark im Verdacht habe, die Königin von Navarra gewesen zu sein, und daß sie das Ganze durch diese Tür hereinzog, die, wenn ich mich nicht irre, zu den Zimmern der schönen Marguerite gehört."

„Zum Henker!" rief La Môle erbleichend. „Schon Verrat?"

„Recht so!" erwiderte Coconnas. „Fluche soviel du willst, aber sag mir nicht mehr, daß ich mich irre."

La Môle stand einen Augenblick unschlüssig, die Hände um den Kopf gepreßt, und schwankte zwischen Ehrerbietung und Eifersucht; aber die Eifersucht riß ihn fort, und er stürzte zu der Tür, an die er aus Leibeskräften zu klopfen begann, was einen in Anbetracht der Majestät des Ortes, an dem er sich befand, wenig schicklichen Heidenlärm verursachte.

„Man wird uns festnehmen lassen", sagte Coconnas, „aber einerlei, das ist doch schnurrig. Sag einmal, La Môle, sollte es im Louvre Gespenster geben?"

„Ich weiß nicht", antwortete der junge Mann, so weiß wie die Feder, die seine Stirn beschattete, „aber ich habe mir schon immer gewünscht, welche zu sehen, und da sich jetzt eine Gelegenheit bietet, werde ich mein Bestes tun, ihnen von Angesicht zu Angesicht zu begegnen."

„Ich habe nichts dagegen", sagte Coconnas, „nur klopf etwas weniger heftig an die Tür, wenn du sie nicht verscheuchen willst."

So aufgeregt La Môle war, konnte er doch nicht umhin, die Richtigkeit dieser Bemerkung einzusehen, deshalb setzte er sein Klopfen etwas leiser fort.

25

Der kirschrote Mantel

Coconnas hatte sich nicht getäuscht. Die Dame, die den Herrn im kirschroten Mantel angehalten hatte, war tatsächlich die Königin von Navarra; und was den Herrn im kirschroten Mantel betrifft, so wird unser Leser vermutlich bereits erraten haben, daß er kein anderer war als der beherzte de Mouy.

Als er die Königin von Navarra erkannte, begriff der junge Hugenott, daß es sich um ein Mißverständnis handeln müsse; aber er wagte nichts zu sagen, damit ihn nicht ein Aufschrei von Marguerite verrate. Daher ließ er sich lieber in ihre Gemächer ziehen, wo es ihm dann freistand, seiner schönen Führerin zu sagen: „Schweigen um Schweigen, Madame!"

Tatsächlich hatte Marguerite den Arm dessen, den sie im Halbdunkel für La Môle gehalten und in dessen Ohr sie geflüstert hatte: „Sola sum; introite, carissime!"*, sehr zärtlich gedrückt.

Ohne zu antworten, ließ sich de Mouy führen, doch kaum hatte sich die Tür hinter ihm geschlossen, kaum stand er in dem besser als die Treppe erleuchteten Vor-

* „Ich bin allein, treten Sie ein, liebster Freund."

320

zimmer, als Marguerite erkannte, daß sie nicht La Môle vor sich hatte.

In diesem Augenblick, als glücklicherweise nichts mehr zu befürchten stand, entfuhr Marguerite der kleine Schrei, den der umsichtige Hugenott hatte vermeiden wollen.

„Monsieur de Mouy!" sagte sie und trat einen Schritt zurück.

„Ja, ich bin es, Madame, und ich flehe Euer Majestät an, mich ungehindert meinen Weg fortsetzen zu lassen, ohne jemand von meiner Anwesenheit im Louvre zu erzählen."

„Monsieur de Mouy!" wiederholte Marguerite. „Ich habe mich also geirrt."

„Ich verstehe", sagte de Mouy, „Euer Majestät hielten mich für den König von Navarra, wir haben dieselbe Größe, wir tragen dieselbe weiße Feder, und viele, die mir zweifellos schmeicheln wollten, behaupteten sogar, wir hätten auch dieselbe Haltung."

Marguerite sah de Mouy aufmerksam an.

„Können Sie Latein, Monsieur de Mouy?" fragte sie.

„Früher einmal", erwiderte der junge Mann, „aber ich habe es vergessen."

Marguerite lächelte.

„Monsieur de Mouy", sagte sie, „Sie können meiner Verschwiegenheit gewiß sein. Da ich jedoch den Namen dessen zu wissen glaube, den Sie im Louvre suchen, möchte ich Ihnen meine Dienste anbieten, um Sie sicher hinzugeleiten."

„Verzeihen Sie, Madame", entgegnete de Mouy, „ich glaube, Sie irren sich und wissen im Gegenteil durchaus nichts ..."

„Wie?" rief Marguerite. „Suchen Sie denn nicht den König von Navarra?"

„Leider nicht, Madame", erwiderte de Mouy, „und leider muß ich Sie bitten, vor allem Ihrem Gatten, Seiner Majestät dem König, meine Anwesenheit im Louvre zu verheimlichen."

„Monsieur de Mouy", unterbrach ihn Marguerite über-

rascht, „bisher habe ich Sie für einen der entschlossensten
Führer der hugenottischen Partei gehalten, für einen der
getreuesten Anhänger des Königs, meines Gatten - habe
ich mich also getäuscht?"

„Nein, Madame, denn heute morgen war ich noch all
das, was Sie sagen."

„Und aus welchem Grund haben Sie seit heute morgen
Ihre Meinung geändert?"

„Madame", bat de Mouy mit einer Verneigung, „wollen
Sie mir bitte die Antwort darauf erlassen und gütigst die
Versicherung meiner Hochachtung entgegennehmen."

In ehrerbietiger, aber entschlossener Haltung ging de
Mouy ein paar Schritte in Richtung der Tür, durch die er
eingetreten war.

Marguerite hielt ihn zurück.

„Wenn ich Sie dennoch um eine Erklärung zu bitten
wagte, mein Herr", sagte sie, „so gilt wohl mein Wort,
nicht wahr?"

„Madame", erwiderte de Mouy, „ich muß schweigen,
und damit diese höchste Pflicht eingehalten werde, habe
ich Euer Majestät bisher noch nicht geantwortet."

„Dennoch, mein Herr ..."

„Euer Majestät können mich verderben, aber nicht von
mir verlangen, daß ich meine neuen Freunde verrate."

„Aber die alten, mein Herr, haben die nicht auch einige
Rechte auf Sie?"

„Die treu geblieben sind, gewiß – die aber nicht allein
uns, sondern auch sich selbst preisgegeben haben, nein."

Nachdenklich und beunruhigt wollte Marguerite zweifellos durch eine neue Frage antworten, als plötzlich Gillonne ins Zimmer stürzte.

„Der König von Navarra", rief sie.

„Von welcher Seite kommt er?"

„Von dem Geheimgang."

„Laß den Herrn durch die andere Tür hinausgehen."

„Unmöglich, Madame. – Hören Sie?"

„Klopfen?"

„Jawohl, an der Tür, durch die ich den Herrn hinaus-
führen soll."

„Und wer klopft?"

„Ich weiß nicht."

„Schau nach und komm dann zurück."

„Madame", bemerkte de Mouy, „darf ich Euer Majestät sagen, daß ich verloren bin, wenn mich der König von Navarra zu dieser Stunde und in diesem Aufzug im Louvre findet?"

Marguerite nahm de Mouy am Arm und zog ihn zu dem berühmten Kabinett. „Treten Sie hier ein, mein Herr", sagte sie, „hier sind Sie so gut verborgen und überdies so sicher wie in Ihrem eigenen Haus, denn Sie können sich auf mein Wort verlassen."

De Mouy hastete hinein, und kaum hatte sich die Tür hinter ihm geschlossen, als Henri erschien.

Diesmal hatte Marguerite keine Unruhe zu verbergen, sie war nur verstimmt, und die Liebe war hundert Meilen weit von ihren Gedanken entfernt.

Henri trat mit überspitztem Mißtrauen ein, das ihn in weniger gefährlichen Augenblicken selbst die geringsten Einzelheiten bemerken ließ; mit um so größerem Recht war er ein gründlicher Beobachter der Umstände, in denen er sich befand.

Daher sah er auch sofort die Wolke, die Marguerites Stirn verdunkelte.

„Sie waren beschäftigt, Madame", sagte er.

„Ich, aber ja, Sire, ich träumte."

„Und Sie hatten recht, Madame, das Träumen steht Ihnen gut. Auch ich träumte. Aber ganz im Gegensatz zu Ihnen, die die Einsamkeit sucht, bin ich eigens zu Ihnen gekommen, um Sie an meinen Träumen teilhaben zu lassen."

Marguerite gab dem König durch ein Zeichen zu verstehen, daß er willkommen sei, und deutete auf einen Sessel; sie selbst ließ sich auf einem geschnitzten Stuhl aus feinem, stahlhartem Ebenholz nieder.

Eine Zeitlang herrschte Schweigen zwischen den beiden, dann unterbrach Henri die Stille: „Es kam mir in den Sinn, Madame, daß meine Träume über die Zukunft mit Ihren Träumen etwas Gemeinsames haben, so daß wir, wenn auch als Eheleute getrennt, dennoch wünschen, gemeinsam unser Glück zu machen."

„Das ist wahr, Sire."

„Auch glaube ich verstanden zu haben, daß Sie mir für alle Pläne, die ich für unsern gemeinsamen Aufstieg schmieden konnte, zusagten, mir nicht allein eine treue, sondern auch eine tatkräftige Bundesgenossin zu sein."

„Ja, Sire, und ich verlange nur eins, daß Sie mir, wenn Sie sich so schnell wie möglich ans Werk machen, bald Gelegenheit geben, mich ebenfalls zu betätigen."

„Es freut mich ungemein, Sie in diesem Maße bereit zu finden, Madame, und ich glaube Ihnen, daß Sie nicht einen Augenblick zweifelten, ich könnte den Plan aus den Augen verlieren, den ich an jenem Tage auszuführen beschloß, da ich dank Ihres mutigen Eingreifens meines Lebens nahezu wieder sicher sein durfte."

„Monsieur, mir scheint, Ihre Sorglosigkeit ist nur eine Maske, und ich glaube nicht allein an die Prophezeiungen der Astrologen, sondern überdies an Ihr Genie."

„Was würden Sie also sagen, Madame, wenn sich jemand zwischen unsere Pläne drängte und uns drohte, Sie und mich in eine mittelmäßige Stellung zu nötigen?"

„Ich würde sagen, daß ich bereit wäre, gegen wen auch immer mit Ihnen zu kämpfen, im geheimen oder in aller Öffentlichkeit."

„Madame", fuhr Henri fort, „Ihnen ist es möglich, selbst zu dieser Stunde, Ihren Bruder, den Herzog von Alençon, aufzusuchen, Sie besitzen sein Vertrauen, und er bringt Ihnen eine lebhafte Zuneigung entgegen. Darf ich Sie bitten, sich zu erkundigen, ob er nicht eben jetzt mit jemand eine geheime Unterredung hat?"

Marguerite fuhr zusammen.

„Mit wem, Monsieur?" fragte sie.

„Mit de Mouy."

„Und warum?" fragte Marguerite, während sie ihrer Aufregung Herr zu werden versuchte.

„Wenn es so ist, Madame, dann adieu unsern Plänen, zumindest all meinen Plänen."

„Sprechen Sie leise, Sire", mahnte Marguerite mit einer

entsprechenden Bewegung ihrer Augen und Lippen und deutete mit dem Finger auf das Kabinett.

„Sieh einer an", entfuhr es Henri, „wieder jemand da? Wahrhaftig, dies Kabinett ist so oft besetzt, daß es Ihr Zimmer unbewohnbar macht."

Marguerite lächelte.

„Ist es wenigstens wieder Monsieur de La Môle?" fragte Henri.

„Nein, Sire, es ist Monsieur de Mouy."

„Was, der?" rief Henri in freudiger Überraschung. „Er ist also nicht beim Herzog von Alençon? Lassen Sie ihn kommen, ich möchte mit ihm sprechen ..."

Marguerite lief zu dem Kabinett, öffnete die Tür, nahm de Mouy bei der Hand und führte ihn ohne Umschweife vor den König von Navarra.

„Ach, Madame", sagte der junge Hugenott in einem vorwurfsvollen, mehr traurigen als bitteren Ton, „trotz Ihres Versprechens haben Sie mich verraten, das ist schlimm. Was würden Sie sagen, wenn ich mich rächen würde und sagte ..."

„Sie werden sich nicht rächen, de Mouy", unterbrach ihn Henri, und drückte dem jungen Mann die Hand, „zumindest werden Sie mich vorher anhören. – Madame", wandte sich Henri an die Königin, „bitte geben Sie acht, damit uns niemand belauscht."

Kaum hatte Henri diese Worte ausgesprochen, als Gillonne mit verstörtem Gesicht abermals ins Zimmer kam und Marguerite ein paar Worte ins Ohr flüsterte, die sie vom Stuhl aufspringen ließen. Während sie mit Gillonne ins Vorzimmer lief, visitierte Henri, ohne sich über die Ursache, die sie abberufen hatte, zu beunruhigen, das Bett, den Raum hinter dem Bett, die Wandbehänge und prüfte sogar mit dem Finger die Mauern.

Herr de Mouy, dem diese Vorbereitungen einen mächtigen Schreck eingejagt hatten, versuchte sich damit zu beruhigen, daß sein Degen nicht mehr in der Scheide steckte.

Nachdem sie die Tür ihres Schlafzimmers geschlossen, fand sich Marguerite im Vorzimmer de La Môle gegenüber, der trotz Gillonnes Bitten mit aller Macht in Marguerites Zimmer eindringen wollte.

Coconnas stand hinter ihm, offensichtlich bereit, ihn vorwärts zu stoßen oder seinen Rückzug zu decken.

„Ach, Sie sind es, Monsieur de La Môle", rief die Königin, „aber was haben Sie, warum sind Sie so bleich und warum zittern Sie?"

„Madame", erklärte Gillonne, „Monsieur de La Môle hat so heftig an die Tür geklopft, daß ich gegen den Befehl Euer Majestät gezwungen war, ihm zu öffnen."

„Was soll das heißen?" fragte die Königin streng. „Monsieur de La Môle, ist das wahr, was ich da eben höre?"

„Madame, es ist nur, weil ich Euer Majestät sagen wollte, daß sich ein Fremder, ein Unbekannter, vielleicht ein Dieb mit meinem Mantel und meinem Hut Zugang zu Ihnen erschlichen hat."

„Sie sind toll, mein Herr", entgegnete Marguerite, „ich sehe doch Ihren Mantel um Ihre Schultern und, Gott verzeih mir, auf Ihrem Kopf glaube ich auch Ihr Barett zu sehen – noch dazu, da Sie mit einer Königin sprechen."

„Vergebung, Madame, Vergebung!" rief La Môle und nahm schnell das Barett ab. „Gott ist mein Zeuge, das geschah nicht aus Mangel an Ehrerbietung."

„Nein, nur an Vertrauen, nicht wahr?" sagte die Königin.

„Was wollen Sie!" rief La Môle. „Wenn ein Mann bei Euer Majestät ist, wenn er sich unter meinem Anzug eingeschlichen hat und, wer weiß, vielleicht auch unter meinem Namen ..."

„Ein Mann!" wiederholte Marguerite, die Hand ihres armen Liebhabers zärtlich drückend. „Ein Mann! ... Wie bescheiden, Monsieur de La Môle. Neigen Sie Ihren Kopf zu der Öffnung in dem Wandbehang, und Sie werden zwei Männer sehen."

Dabei schob Marguerite den goldgestickten Samtvorhang ein wenig zur Seite, und La Môle erkannte Henri, wie er mit einem Mann in einem roten Mantel sprach; Coconnas, neugierig wie er war, beugte sich ebenfalls vor, sah und erkannte de Mouy, und beide wußten sich vor Staunen nicht zu lassen.

„Da Sie jetzt beruhigt sind, wie ich zumindest hoffe", sagte Marguerite, „fassen Sie Posten vor der Tür zu meinen Gemächern und lassen Sie bei Ihrem Leben niemand eintreten, lieber La Môle. Und melden Sie mir, wenn sich jemand auch nur dem Treppenabsatz nähert."

Schwach und gehorsam wie ein Kind ging La Môle hinaus mit einem Blick auf Coconnas, der ihn ebenfalls ansah, und beide fanden sich außerhalb der Tür, ehe sie sich von ihrem Staunen erholt hatten.

„De Mouy!" rief Coconnas.

„Henri!" murmelte La Môle.

„De Mouy mit deinem roten Mantel, deiner weißen Feder und deinem schlenkernden Arm."

„Ja, ja, aber …", wandte La Môle ein, „wenn es sich nicht um Liebe handelt, dann geht es gewiß um eine Verschwörung."

„Kotzbombenelement! Da sind wir wieder in der Politik!" brummte Coconnas. „Glücklicherweise ist Madame de Nevers anscheinend nicht dabei."

Marguerite nahm wieder ihren Platz neben den beiden Gesprächspartnern ein, nachdem sie nicht länger als eine Minute verschwunden gewesen war und die Zeit gut genutzt hatte. Gillonne an der Tür zu dem geheimen Gang und die beiden Edelleute an der Haupttür gaben ihr alle Sicherheit.

„Madame", fragte Henri, „halten Sie es für möglich, daß man uns auf irgendeine Art belauschen und zuhören könnte?"

„Dies Zimmer hat gepolsterte Wände, Monsieur", antwortete Marguerite, „und die doppelte Täfelung garantiert mir, daß es schalldicht ist."

„Ich verlasse mich auf Sie", erwiderte Henri lächelnd.

Darauf wandte er sich wieder an de Mouy und sagte mit leiser Stimme, als wären trotz Marguerites Versicherungen seine Befürchtungen nicht völlig zerstreut: „Was führt Sie hierher?"

„Hierher?" fragte de Mouy zurück.

„Ja, in dies Zimmer", erklärte Henri.

„Nichts hat ihn hergeführt", unterbrach Marguerite, „ich habe ihn hereingezogen."

„Sie wußten also …?"

„Ich habe alles erraten."

„Da sehen Sie es, de Mouy, man kann erraten."

„Monsieur de Mouy", fuhr Marguerite fort, „war heute morgen mit dem Herzog Franz im Zimmer seiner beiden Edelleute."

„Da sehen Sie es, de Mouy", rief Henri, „man weiß alles."

„Wahrhaftig", bestätigte de Mouy.

„Ich wußte genau", fuhr Henri fort, „daß sich der Herzog von Alençon Ihrer bemächtigt hatte."

„Das ist Ihre Schuld, Sire. Warum haben Sie auch mein Angebot so hartnäckig abgewiesen?"

„Sie haben es abgewiesen?" fragte Marguerite. „Abgewiesen, was ich schon für Wirklichkeit hielt?"

„Madame", sagte Henri kopfschüttelnd, „und auch du, mein tapferer de Mouy, ich muß wahrhaftig lachen über eure Aufregung. Was denn, ein Mann kommt zu mir und redet mir von Thron, Revolution und Umstürzung, mir, mir, Henri, einem Fürsten, der geduldet wird, weil er die Stirn neigt, einem Hugenotten, der unter der Bedingung geschont wurde, daß er den Katholiken spielt; und ich sollte Vorschläge annehmen, die mir in einem Zimmer ohne gepolsterte Wände und ohne doppelte Täfelung gemacht werden? Heiliger Strohsack! Ihr seid Kinder oder Narren!"

„Aber, Sire, konnten mir Euer Majestät nicht eine Hoffnung lassen, wenn auch nicht mit Worten, so doch durch eine Handbewegung, ein Zeichen?"

„Was hat dir mein Schwager gesagt, de Mouy?" fragte Henri.

„Oh, Sire, dies Geheimnis gehört nicht mir."

„Mein Gott", entgegnete Henri mit einer gewissen Ungeduld, weil er es mit einem Mann zu tun hatte, der seine Worte so schlecht verstand, „ich verlange von Ihnen nicht, daß Sie mir sagen, welche Vorschläge Sie ihm machten; ich möchte nur wissen, ob er Sie anhörte und begriff."

„Er hörte sie an, Sire, und begriff sie."

„Er hörte sie an und begriff sie! Sie sagen es selber, de Mouy. Ein jämmerlicher Verschwörer sind Sie! Wenn ich nur ein Wort gesagt hätte, wären Sie verloren gewesen. Denn wenn ich es auch nicht wußte, so hatte ich doch zumindest den Verdacht, daß er da war, und wenn nicht er, dann ein anderer, der Herzog von Anjou, Karl IX. oder die Königinmutter; Sie haben keine Ahnung von den Wänden des Louvre, de Mouy, derentwegen das Sprichwort erfunden wurde von den Wänden, die Ohren haben; und ich, der diese Wände kennt, hätte sprechen sollen? Warum nicht gar, de Mouy, Sie erweisen dem gesunden Menschenverstand des Königs von Navarra wenig Ehre, und ich staune, daß Sie ihm eine Krone anboten, da Sie ihn anscheinend nicht höher einschätzten."

„Aber hätten Sie mir nicht, auch wenn Sie diese Krone ablehnten, ein Zeichen geben können, Sire?" fragte de Mouy. „Ich hätte mich nicht ganz so verzweifelt und verloren gefühlt."

„Heiliger Strohsack!" rief Henri. „Konnte er nicht, wenn er zuhörte, ebensogut auch zusehen, und ist man nicht durch ein Zeichen ebenso geliefert wie durch ein Wort? Sehen Sie, de Mouy", fuhr der König fort und warf einen Blick in die Runde, „sogar jetzt, da ich Ihnen so nahe bin und da unsere Worte nicht den Kreis unserer drei Stühle überschreiten, fürchte ich noch, daß mich jemand belauscht, wenn ich sage: Wiederhole mir deine Vorschläge, de Mouy."

„Aber jetzt, Sire", rief de Mouy verzweifelt, „habe ich mich mit dem Herzog von Alençon eingelassen."

Marguerite schlug unwillig ihre schönen Hände zusammen.

„Dann ist es also zu spät?" fragte sie.

„Im Gegenteil", murmelte Henri, „begreifen Sie, daß sich Gottes schützende Hand darin offenbart? Bleib dabei, de Mouy, denn dieser Herzog Franz ist bei allem unsere Rettung. Glaubst du denn, der König von Navarra könnte für eure Köpfe einstehen? Ganz im Gegenteil, Unglücklicher! Durch mich würdet ihr nur bis zum Letzten umgebracht werden, und zwar beim leisesten Verdacht. Aber ein Prinz des französischen Königshauses, das ist etwas ganz anderes. Verschaffe dir Beweisstücke, fordere Garantien. Aber unerfahren, wie du bist, wirst du dich mit dem Herzen daran hängen, und ein Wort wird dir genügen."

„O Sire, glauben Sie mir bitte, es war die Verzweiflung über Ihren Verzicht, die mich in die Arme des Herzogs warf, auch die Furcht, verraten zu werden, denn er bewahrt unser Geheimnis."

„Bewahre also auch du das seine, de Mouy, es hängt von dir ab. Wonach sehnt er sich? König von Navarra zu werden? Versprich ihm die Krone! Was will er? Dem Hof den Rücken kehren? Statte ihn mit Mitteln zur Flucht aus, arbeite für ihn, de Mouy, als arbeitetest du für mich; dirigiere den Schild so, daß er alle Schläge auffängt, die uns zugedacht sind. Wenn die Flucht unumgänglich ist, werden wir zu zweit fliehen; wenn es kämpfen und regieren heißt, werde ich allein regieren."

„Mißtrauen Sie dem Herzog", ergänzte Marguerite, „er hat einen argwöhnischen, scharfen Verstand, ohne Haß und ohne Liebe, immer bereit, seine Freunde als Feinde und seine Feinde als Freunde zu behandeln."

„Und er erwartet dich, de Mouy?" fragte Henri.

„Ja, Sire."

„Wo?"

„Im Zimmer der beiden Edelleute."

„Um welche Zeit?"

„Bis Mitternacht."

„Es ist noch nicht elf Uhr", sagte Henri, „wir haben keine Zeit verloren; gehen Sie also, de Mouy."

„Wir haben Ihr Wort, Monsieur", sagte Marguerite.

„Warum nicht gar, Madame", unterbrach sie Henri mit diesem hemmungslosen Vertrauen, das er bestimmten Personen und in bestimmten Situationen zu zeigen wußte, „mit Monsieur de Mouy sind diese Dinge fraglos erledigt."

„Sie haben Ursache, Sire", erwiderte der junge Mann, „aber ich muß Ihren Beweggrund wissen, um unsern Führern sagen zu können, daß ich ihn kenne. Sie sind also nicht katholisch, nicht wahr?"

Henri zuckte die Achseln.

„Sie verzichten nicht auf die Königswürde von Navarra?"

„Ich verzichte auf keine Königswürde, de Mouy, nur behalte ich mir vor, mir die beste auszuwählen, das heißt die, die mir und Ihnen am besten paßt."

„Und wenn Euer Majestät inzwischen gefangengesetzt werden, versprechen Sie, nichts zu enthüllen, nicht einmal, wenn man die königliche Majestät durch die Folter zwingen wollte?"

„Das schwöre ich bei Gott, de Mouy."

„Ein Wort noch, Sire. Wie werde ich Sie wiedersehen?"

„Von morgen an werden Sie einen Schlüssel zu meinem Zimmer haben, de Mouy, Sie werden dort eintreten können, sooft es nötig ist und zu welcher Stunde Sie wünschen. Ihre Anwesenheit im Louvre werden Sie mit dem Herzog von Alençon erklären. Benutzen Sie die kleine Treppe, ich werde Sie führen. Unterdessen wird die Königin den anderen roten Mantel eintreten lassen, der sich im Vorzimmer aufhält. Es ist nicht nötig, daß man einen Unterschied zwischen beiden macht oder erfährt, daß Sie doppelt sind, nicht wahr, de Mouy? Nicht wahr, Madame?"

Bei diesen letzten Worten lachte Henri und sah Marguerite an.

„Ganz recht", antwortete sie ohne die geringste Bewegung, „denn schließlich steht dieser Monsieur de La Môle im Dienst meines Bruders, des Herzogs."

„Versuchen Sie, ihn für uns zu gewinnen, Madame", bat Henri völlig ernst. „Sparen Sie weder an Gold noch Versprechungen. Ich stelle ihm all meine Schätze zur Verfügung."

„Wenn Sie es so wünschen", entgegnete Marguerite mit einem Lächeln, wie es einst nur den Frauen des Boccaccio eigen war, „werde ich mein Bestes tun, damit Ihr Wunsch erfüllt werde."

„Ausgezeichnet, Madame! Und Sie, de Mouy, gehen jetzt zum Herzog und werden ihn in seinen eigenen Worten fangen!"

26

Margarita

Während dieser Unterhaltung standen La Môle und Coconnas auf Posten, La Môle ein wenig bekümmert, Coconnas ein wenig besorgt. Denn La Môle hatte Zeit zum Überlegen gehabt, und Coconnas hatte ihm dabei vortrefflich geholfen.

„Was hältst du von alledem, mein Freund?" fragte La Môle Coconnas.

„Ich sehe darin irgendeine höfische Intrige", erwiderte der Piemonteser.

„Wenn es so ist, wärest du geneigt, eine Rolle in dieser Intrige zu spielen?"

„Hör gut zu, mein Lieber, was ich dir sagen werde", entgegnete Coconnas, „und versuch's dir zunutze zu machen. Bei diesen geheimen Umtrieben der Fürsten, bei diesen Anschlägen der Könige können und vor allem dürfen wir nur von kurzer Dauer sein: Wo der König von Navarra ein Stückchen von seiner Feder und der Herzog von Alençon einen Zipfel von seinem Mantel läßt, werden wir unser Leben lassen. Die Königin hat sich in dich verliebt und dir den Kopf verdreht – mehr ist es nicht. In der Liebe kannst du getrost den Kopf verlieren, mein Freund, aber nicht in der Politik!"

Das war ein weiser Rat. Daher hörte ihn La Môle auch mit der Betrübnis eines Mannes an, der fühlt, daß er zwischen Vernunft und Tollheit steht und der Tollheit folgen wird.

„Ich bin nicht nur verliebt in die Königin, Hannibal, ich liebe sie, und unglücklicher- oder glücklicherweise liebe ich sie aus ganzer Seele. Das ist Tollheit, wirst du mir sagen. Ich gebe zu, ich bin verrückt. Aber du, Coconnas, die Vernunft in Person, sollst nicht unter meinen Torheiten und meinem Unglück leiden. Kehre also zu unserm Herrn zurück und kompromittiere dich nicht."

Coconnas überlegte einen Augenblick und hob dann den Kopf.

„Alles was du sagst, mein Lieber", erwiderte er, „ist richtig, du bist verliebt, und das bestimmt deine Handlungen. Ich aber bin ehrgeizig und meine daher, das Leben sei mehr wert als der Kuß einer Frau. Wenn ich mein Leben aufs Spiel setzte, würde ich meine Bedingungen stellen. Du, mein armer Liebhaber, solltest es ebenfalls versuchen."

Damit reichte ihm Coconnas die Hand und verließ ihn, nicht ohne mit seinem Gefährten einen letzten Blick und ein letztes Lächeln getauscht zu haben.

Kaum zehn Minuten, nachdem er seinen Posten verlassen hatte, öffnete sich die Tür, und Marguerite erschien, vorsichtig um sich blickend, nahm La Môle bei der Hand und zog ihn ohne ein Wort aus dem Gang in die Tiefe ihres Zimmers, wobei sie eigenhändig die Türen mit einer Sorgfalt schloß, die verriet, welche Bedeutung sie der kommenden Unterredung beimaß.

Im Zimmer machte sie halt, setzte sich auf den Ebenholzstuhl, zog La Môle zu sich und nahm seine Hände in ihre.

„Lassen Sie uns jetzt, da wir allein sind, ernsthaft miteinander reden, mein großer Freund", sagte sie.

„Ernsthaft, Madame?" fragte La Môle.

„Oder verliebt … was gilt Ihnen mehr? In der Liebe kann es durchaus Ernsthaftes geben, vor allem in der Liebe zu einer Königin."

„Sprechen wir also … über diese ernsten Dinge, doch nur unter der Bedingung, daß sich Euer Majestät nicht über Dummheiten ärgern, die ich sagen werde."

„Ich werde mich nur über eins ärgern, La Môle, wenn Sie mich weiterhin Madame oder Majestät nennen. Für Sie, Liebster, bin ich nur Marguerite."

„Ja, Marguerite! Ja, Margarita! Ja, meine Perle!" entgegnete der junge Mann, die Königin mit seinen Blicken verschlingend.

„Also gut", sagte Marguerite, „Sie sind eifersüchtig, mein schöner Kavalier?"

„Ach, um den Verstand zu verlieren!"

„Weiter!"

„Bis zum Wahnsinn, Marguerite."

„Und auf wen?"

„Auf alle und jeden."

„Mit einem Wort?"

„Zuerst auf den König."

„Ich sollte meinen, nach dem, was Sie gesehen und gehört haben, dürften Sie in dieser Hinsicht beruhigt sein."

„Auf Monsieur de Mouy, den ich heute morgen zum erstenmal sah und heute abend bereits so vertraut mit Ihnen finde."

„Auf Monsieur de Mouy?"

„Ja."

„Wie kommen Sie dazu, Monsieur de Mouy zu verdächtigen?"

„Hören Sie ... ich habe ihn an seinem Wuchs, seiner Haarfarbe und meiner instinktiven Abneigung wiedererkannt – er ist der Mann, der heute morgen bei dem Herzog von Alençon war."

„Aber was hat das mit mir zu tun?"

„Der Herzog von Alençon ist Ihr Bruder, man sagt, Sie haben ihn sehr lieb; Sie konnten ihm eine undeutliche Regung Ihres Herzens anvertrauen und er, wie es am Hof üblich ist, Ihre Wünsche begünstigen, indem er Monsieur de Mouy zu Ihnen brachte. Warum ich indessen so glücklich war, gleichzeitig auch den König bei Ihnen zu finden, kann ich nicht wissen. Auf jeden Fall, Madame, seien Sie offen zu mir; eine Liebe wie die meine hat wohl das Recht, in Ermangelung eines anderen Gefühls Offenheit zu verlangen. Sehen Sie her, flehend liege ich zu Ihren Füßen. Wenn es nur die verliebte Laune eines Augenblicks war, was Sie für mich empfanden, dann gebe ich Ihnen Ihr Wort, Ihr Versprechen und Ihre Liebe zurück, dann gebe ich dem Herzog von Alençon seine Gewogenheit und meine Verpflichtung als Edelmann in seinen Diensten zurück und lasse mich bei der Belagerung von La

Rochelle töten, wenn mich die Liebe nicht schon vorher umgebracht hat."

Lächelnd lauschte Marguerite den zauberischen Worten und verfolgte mit den Augen das reizvolle Mienenspiel, dann neigte sie wie träumend ihr schönes Gesicht über seine glühende Hand und fragte: „Lieben Sie mich?"

„O Madame! Mehr als mein Leben, mehr als meine Seligkeit, mehr als alles; aber Sie, Sie lieben mich nicht."

„Armer Narr!" murmelte sie.

„Ja, Madame", rief La Môle, immer noch zu ihren Füßen, „ich sagte es Ihnen schon."

„Die erste Rolle in Ihrem Leben spielt also Ihre Liebe, mein teurer La Môle?"

„Die erste und einzige, Madame."

„Sei's drum, angesichts dieser Liebe werde ich alles übrige nur nebensächlich behandeln. Sie lieben mich, Sie wollen bei mir bleiben?"

„Mein einziges Gebet zu Gott ist, er möge mich nie aus Ihrer Nähe verbannen."

„Gut, Sie werden mich nicht verlassen, ich brauche Sie, La Môle."

„Sie brauchen mich? Die Sonne braucht das Glühwürmchen?"

„Wenn ich Ihnen sagte, daß ich Sie liebe, wären Sie mir dann ganz ergeben?"

„Ach, bin ich denn das nicht schon, Madame, und von ganzem Herzen?"

„Ja, aber Gott verzeih mir, Sie zweifeln immer noch!"

„Das ist nicht recht von mir, ich bin undankbar oder vielmehr, wie ich schon sagte und wie Sie auch sagen, ein Narr. Aber warum war Monsieur de Mouy heute abend bei Ihnen? Warum habe ich diesen Herrn heute früh bei dem Herzog von Alençon gesehen? Warum dieser kirschrote Mantel, diese weiße Feder und dies Nachahmen meiner Haltung? ... Ach, Madame, nicht gegen Sie hege ich Verdacht, sondern gegen Ihren Bruder."

„Unglücklicher", erwiderte Marguerite, „Unglücklicher, der glaubt, der Herzog Franz könnte die Gefälligkeit so weit treiben, seiner Schwester einen Liebhaber zu-

zuführen! Blinder Tor, der sich eifersüchtig nennt und nichts ahnt! Wissen Sie, La Môle, daß der Herzog von Alençon Sie morgen mit seinem eigenen Degen durchbohren würde, wenn er wüßte, daß Sie heute abend bei mir sind, zu meinen Füßen, und daß ich Ihnen, statt Sie davonzujagen, sage: Bleiben Sie, wo Sie sind, La Môle? Denn ich liebe Sie, mein schöner Kavalier; hören Sie, ich liebe Sie! – Ja, noch einmal, er würde Sie töten!"

„Großer Gott!" rief La Môle, wobei er sich zurückwarf und Marguerite entsetzt anstarrte. „Sollte es möglich sein?"

„Zu dieser Zeit und an diesem Hof ist alles möglich, mein Freund. Aber ein Wort noch: Nicht meinetwegen kam Herr de Mouy, in Ihrem Mantel und das Gesicht unter Ihrem Barett verborgen, in den Louvre. Er wollte zum Herzog von Alençon. Aber ich habe ihn hier hereingeführt, weil ich glaubte, Sie wären es. Er bewahrt unser Geheimnis, La Môle, daher muß man ihn schonend behandeln."

„Ich würde ihn lieber umbringen", entgegnete La Môle, „das ist kürzer und sicherer."

„Und ich, mein Tapferer", sagte die Königin, „möchte lieber, daß er lebt, und – damit Sie alles wissen – sein Leben ist uns nicht allein nützlich, sondern unumgänglich. Hören Sie zu und prüfen Sie Ihre Worte, ehe Sie mir antworten: Lieben Sie mich genug, La Môle, um sich zu freuen, wenn ich wirklich Königin wäre, das heißt Herrscherin in einem wirklichen Königreich?"

„Ach, Madame, ich liebe Sie genug, um zu wünschen, was Sie wünschen, und sollte es auch das Unglück meines Lebens sein!"

„Gut, und wollen Sie mir helfen, diesen Wunsch zu verwirklichen, der Sie noch viel glücklicher machen würde?"

„Ich werde Sie verlieren, Madame!" rief La Môle und barg den Kopf in seinen Händen.

„Durchaus nicht, ganz im Gegenteil, statt der erste meiner Diener wären Sie dann der erste meiner Untertanen, das ist alles."

„Oh, kein Interesse … kein Ehrgeiz, Madame … beflekken Sie nicht das Gefühl, das ich für Sie hege ... es ist nur Ergebenheit, nichts als Ergebenheit!"

„Edles Herz!" erwiderte Marguerite. „Ich nehme deine Ergebenheit an und werde mich dankbar erweisen."

Sie reichte ihm beide Hände, die La Môle mit Küssen bedeckte.

„Nun?" fragte sie.

„Ja!" erwiderte La Môle. „Ja, Marguerite, jetzt beginne ich den unklaren Plan zu begreifen, von dem unter uns Hugenotten bereits vor der Bartholomäusnacht die Rede war und zu dessen Ausführung ich wie viele Würdigere nach Paris beordert wurden. Das wirkliche Königreich von Navarra als Ersatz für das fiktive begehren Sie; König Henri drängt Sie dazu. De Mouy konspiriert mit Ihnen, nicht wahr? Aber was hat der Herzog von Alençon mit der ganzen Angelegenheit zu tun? Wo gibt es dabei für ihn einen Thron? Das sehe ich nicht. Ist Ihnen der Herzog von Alençon ein so guter ... Freund, um Ihnen bei all dem zu helfen, ohne eine Entschädigung für die Gefahr zu verlangen, in die er sich begibt?"

„Lieber Freund, der Herzog konspiriert auf eigene Rechnung. Lassen wir ihn in seinem Irrtum, sein Leben garantiert das unsere."

„Aber kann ich ihn denn verraten, da ich doch in seinen Diensten stehe?"

„Ihn verraten! Worin wollen Sie ihn verraten? Was hat er Ihnen anvertraut? Ist er es nicht, der Sie verriet, als er de Mouy Ihren Mantel und Ihren Hut gab, damit de Mouy zu ihm vordringen könne? Sie stehen in seinen Diensten, sagen Sie. Standen Sie nicht schon vorher in meinem Dienst, mein Herr? Gab er Ihnen einen größeren Beweis der Freundschaft, als Sie von mir einen Beweis der Liebe erhielten?"

La Môle erhob sich bleich und wie vom Blitz erschlagen.

„Oh", murmelte er, „Coconnas hat es mir schon ganz richtig gesagt. Die Intrige fängt mich durch ihre verborgenen Triebfedern. Sie wird mich ersticken."

„Nun?" fragte Marguerite.

„Hier ist meine Antwort", erwiderte La Môle, „man behauptet – ich hörte es am andern Ende von Frankreich, wo Ihr so berühmter Name und der Ruf Ihrer überwältigenden Schönheit wie eine dunkle Sehnsucht nach dem Unbekannten mein Herz streiften –, man behauptet, Sie hätten einige Male geliebt, und stets sei Ihre Liebe dem Gegenstand Ihrer Zuneigung verhängnisvoll geworden, so daß Sie der Tod, zweifellos aus Eifersucht, fast immer Ihrer Liebhaber beraubte."

„La Môle!"

„Unterbrechen Sie mich nicht, o meine liebste Margarita! Denn man sagt auch, Sie bewahrten die Herzen dieser treuen Freunde in goldenen Behältern auf und gönnten den traurigen Überresten mitunter eine schwermütige Erinnerung, einen frommen Blick*. Sie seufzen, meine Königin, Ihre Augen verschleiern sich, also ist es wahr. Lassen Sie mich den am meisten geliebten und glücklichsten Ihrer Günstlinge sein. Den anderen haben Sie das Herz durchbohrt, und Sie heben das Herz auf; mir tun Sie mehr an, Sie bringen meinen Kopf in Gefahr ... Oh, Marguerite, schwören Sie mir vor dem Bild dieses Gottes, der mir hier das Leben rettete; schwören Sie mir – wenn ich für Sie sterben sollte, wie mir eine dunkle Vorahnung sagt –, schwören Sie mir, daß Sie diesen Kopf, den mir der Henker abschlagen wird, aufheben und manchmal mit Ihren Lippen berühren werden; schwören Sie mir, Marguerite, und das Versprechen solchen Lohnes von meiner Königin wird mich stumm und notfalls zum Verräter und Feigling machen, das heißt, so ganz ergeben, wie Ihr Liebhaber und Komplice sein muß."

„Welch grausige Tollheit, teure Seele!" rief Marguerite. „Oh, welch unseliger Gedanke, mein süßes Herz!"

„Schwören Sie ...!"

---

* „Sie trug einen dicken Wulst, ringsherum mit Taschen versehen, und in jeder Tasche trug sie in einem Behälter das Herz eines dahingeschiedenen Liebhabers, denn sie war sorgfältig bedacht, die Herzen der Verstorbenen einzubalsamieren. Dieser Wulst hing allabendlich an einem Haken hinter dem Kopfbrett ihres Bettes verschlossen." (Tallemant des Réaux: Geschichte der Marguerite von Valois)

„Ich soll schwören?"

„Ja, bei dieser silbernen Lade, über der sich ein Kreuz erhebt. Schwören Sie!"

„Gut", erwiderte Marguerite, „wenn sich deine düsteren Vorahnungen erfüllen sollten, schöner Freund, was Gott verhüten möge, so schwöre ich dir bei diesem Kreuz, daß du lebend oder tot bei mir sein wirst, solange ich selber lebe; und wenn ich dich nicht aus der Gefahr retten kann, in die du dich um meinetwillen begibst, nur um meinetwillen, das weiß ich, so will ich deiner armen Seele wenigstens den Trost geben, den du verlangst und den du dann so gut verdient hast."

„Ein Wort noch, Marguerite. Nachdem ich über meinen Tod beruhigt bin, kann ich jetzt sterben; aber ich kann auch leben, und wir können Erfolg haben: Der König von Navarra kann König, Sie können Königin werden, und dann wird Sie der König fortführen, die zwischen Ihnen gelobte Trennung kann eines Tages aufgehoben werden, dann wird er Sie als die Seine mitnehmen. Marguerite, teure, heißgeliebte Marguerite, mit einem Wort beruhigten Sie mich über meinen Tod, jetzt noch ein Wort, das mich über mein Leben beruhigt."

„Fürchte nichts, mit Leib und Seele bin ich dein!" rief Marguerite und streckte abermals ihre Hände über das Kreuz. „Wenn ich gehe, wirst du mir folgen, und wenn sich der König weigert, dich mitzunehmen, so werde ich nicht gehen."

„Aber Sie werden nicht wagen, sich ihm zu widersetzen!"

„Mein geliebter Hyazinth", entgegnete Marguerite, „du kennst Henri nicht; Henri denkt in diesem Augenblick nur daran, König zu werden, und diesem Verlangen wird er dann alles opfern, was er besitzt, und um wieviel mehr, was er nicht besitzt. Adieu."

„Sie schicken mich fort, Madame?" fragte La Môle lächelnd.

„Es ist spät", sagte Marguerite.

„Gewiß, aber wohin sollte ich gehen? In meinem Zimmer ist Herr de Mouy mit dem Herzog von Alençon."

„Ach, richtig", entgegnete Marguerite mit einem köstlichen Lächeln. „Übrigens habe ich Ihnen noch eine Menge über diese Verschwörung zu sagen."

Seit dieser Nacht war La Môle nicht mehr ein gewöhnlicher Günstling; er konnte den Kopf, dem lebend oder tot eine so freundliche Zukunft zugedacht war, hoch tragen.

Dennoch ließ er manchmal die Stirn sinken, seine Wangen wurden blaß, und ernstes Sinnen grub eine Furche zwischen die Brauen des jungen Mannes, der einst so fröhlich gewesen und der jetzt so glücklich war!

27

Die Hand Gottes

Als Henri Madame de Sauves verließ, hatte er zu ihr gesagt: „Legen Sie sich zu Bett, Charlotte. Tun Sie so, als wären Sie schwerkrank und suchen Sie einen Vorwand, morgen den ganzen Tag keinen einzigen Menschen zu empfangen."

Charlotte gehorchte, ohne nach dem Grund zu fragen, warum ihr der König diesen Rat gab. Sie begann sich an seine – wie man heute sagen würde – exzentrischen Launen, an seine – wie man damals sagte – Phantastereien zu gewöhnen.

Außerdem wußte sie, daß Henri in seinem Herzen Geheimnisse verschloß, über die er zu niemand redete, und in seinem Kopf Pläne, die er selbst im Traum zu enthüllen fürchtete; deshalb kam sie seinem Willen in allem nach, überzeugt, daß auch noch seine sonderbarsten Gedanken Zweck und Ziel hätten.

Am selben Abend klagte sie also in Darioles Gegenwart über eine von Schwindelanfällen begleitete Schwere im Kopf. Das waren die Symptome, die ihr Henri zu äußern empfohlen hatte.

Am nächsten Morgen tat sie, als wolle sie sich erheben, doch kaum hatte sie einen Fuß auf den Boden gesetzt, als sie über allgemeine Schwäche klagte und sich wieder hinlegte.

Dies Unwohlsein, worüber Henri bereits dem Herzog von Alençon berichtet hatte, war die erste Neuigkeit, die Katharina zugetragen wurde, als sie mit unbewegtem Gesicht fragte, warum die Sauves nicht wie gewöhnlich zu ihrem Lever erschienen sei.

„Krank!" antwortete Madame Lothringen, die sich im Zimmer befand.

„Krank?" wiederholte Katharina, ohne daß ein Muskel in ihrem Gesicht ihr Interesse an dieser Antwort verriet. „Vielleicht faulkrank."

„Durchaus nicht, Madame", erwiderte die Prinzessin. „Sie klagt über heftige Kopfschmerzen und eine solche Schwäche, daß sie nicht gehen kann."

Katharina antwortete nicht, wandte sich jedoch, zweifellos um ihre Freude zu verbergen, zum Fenster, und da sie eben Henri erblickte, wie er nach seiner Unterhaltung mit de Mouy den Hof überquerte, stand sie auf, um ihn besser sehen zu können, und fragte, von Gewissensbissen getrieben, die stets, wenn auch unsichtbar, am Grunde der in Verbrechen verhärteten Herzen brodeln, den Hauptmann ihrer Wache: „Könnte man nicht glauben, mein Sohn Henri sei heute morgen blasser als sonst?"

Es war nichts daran; Henri hegte unruhige Gedanken, war jedoch an Leib und Seele gesund.

Nach und nach entfernten sich die Höflinge, die gewöhnlich dem Lever der Königin beiwohnten, und nur drei oder vier vertrautere blieben, die Katharina jedoch ungeduldig mit den Worten verabschiedete, sie wolle allein bleiben.

Als der letzte Höfling hinausgegangen war, schloß Katharina hinter ihm die Tür, ging zu einem in der Täfelung des Zimmers verborgenen Geheimschrank, ließ die getarnte Tür zur Seite gleiten und holte ein Buch heraus, dessen zerknitterte Blätter den häufigen Gebrauch verrieten.

Sie legte das Buch auf einen Tisch, öffnete es an der Stelle, wo ein Zeichen lag, stützte den Ellbogen auf und legte den Kopf in die Hand.

„Das ist es", murmelte sie beim Lesen, „Kopfschmerzen, allgemeine Schwäche, Augenschmerzen und geschwollener Gaumen. Bis jetzt wurde nur von Kopfschmerzen und Schwäche gesprochen ... die anderen Symptome werden nicht auf sich warten lassen."

Sie las weiter: „Dann greift die Entzündung auf die Kehle über, erfaßt den Magen, umklammert das Herz wie ein Feuerkreis und sprengt das Gehirn wie ein Blitzstrahl."

Sie las alles noch einmal leise durch und fuhr dann mit halber Stimme fort: „Für das Fieber sechs Stunden, für die allgemeine Entzündung zwölf Stunden, für den Brand zwölf Stunden, für den Todeskampf sechs Stunden, im ganzen sechsunddreißig Stunden. – Nehmen wir einmal an, die langsame Aufnahme beansprucht mehr Zeit als die plötzliche, daß wir also statt sechsunddreißig Stunden vierzig oder gar achtundvierzig brauchen, ja, achtundvierzig müßten genügen. Aber warum ist dann Henri noch auf den Beinen? Weil er ein Mann ist, weil seine Natur robuster ist, weil er vielleicht getrunken hat, nachdem er sie küßte, und sich nach dem Trinken die Lippen abwischte."

Ungeduldig erwartete Katharina die Essensstunde. Henri speiste jeden Tag an der Tafel des Königs. Er kam; auch er beklagte sich über stechende Kopfschmerzen, aß nichts und zog sich bald nach der Mahlzeit zurück mit der Erklärung, er habe einen Teil der Nacht durchwacht und spüre jetzt ein dringendes Bedürfnis zu schlafen.

Katharina belauschte Henris schwankenden Schritt, wie er sich entfernte, und schickte ihm jemand nach. Der König von Navarra habe den Weg zum Zimmer der Madame de Sauves genommen, wurde ihr berichtet.

Nun, sagte sie sich, heute abend wird Henri bei ihr das Todeswerk vollenden, das vielleicht durch einen unglücklichen Zufall nicht zum Abschluß kam.

Der König von Navarra hatte sich tatsächlich zu Madame de Sauves begeben, doch nur, um ihr zu sagen, sie möchte ihre Rolle weiterspielen.

Tags darauf verließ Henri den ganzen Vormittag nicht

sein Zimmer und erschien auch nicht an der Tafel des Königs. Die Krankheit der Madame de Sauves, sagte man, verschlimmere sich immer mehr, und die Gerüchte über Henris Krankheit, die Katharina selber verbreitete, liefen wie eine dieser Vorahnungen um, die in der Luft liegen, ohne daß jemand einen Grund dafür angeben kann.

Katharina beglückwünschte sich; am Abend zuvor hatte sie Ambroise Paré fortgeschickt, damit er einer von ihr gern gesehenen Kammerfrau in Saint-Germain Hilfe bei ihrer Krankheit leiste.

Ein Mann in ihren Diensten mußte es sein, der zu Madame de Sauves und zu Henri gerufen wurde, und dieser Mann würde nur sagen, was sie wünschte. Wenn sich gegen alle Erwartung noch ein anderer Arzt einfinden würde und wenn etwas über Gift verlautete und diesen Hof erschreckte, der bereits soviel dergleichen gehört hatte, dann wollte sie sich auf die Gerüchte über Marguerites Eifersucht wegen der Liebesaffären ihres Gatten stützen.

Man wird sich erinnern, daß sie ganz zufällig mit lauter Stimme diese Eifersucht erwähnte, und daß sie bei verschiedenen Gelegenheiten zum Ausbruch gekommen sei, unter anderm bei der Wallfahrt zum Weißdorn, als sie ihrer Tochter in Gegenwart vieler sagte: »Sie sind also eifersüchtig, Marguerite!«

Mit gefaßtem Gesicht erwartete sie also den Augenblick, da sich die Tür öffnen und ein totenbleicher Diener erschrocken eintreten und rufen würde: »Majestät, der König von Navarra stirbt, und Madame de Sauves ist tot.«

Es schlug vier Uhr nachmittags. Katharina beendete ihre Vesper im Vogelhaus, wo sie Biskuite zerbröckelte und einigen seltenen Vögeln hinstreute, die sie mit eigener Hand zu füttern pflegte.

Obwohl ihr Gesicht wie immer ruhig und sogar düster blieb, klopfte ihr Herz beim leisesten Geräusch.

Plötzlich öffnete sich die Tür.

»Madame«, sagte der Hauptmann der Wache, »der König von Navarra ist ...«

„Krank?" unterbrach ihn Katharina lebhaft.

„Nein, Gott sei Dank nicht, Madame! Seiner Majestät scheint es glänzend zu gehen."

„Was wollen Sie also sagen?"

„Der König von Navarra ist hier."

„Was will er?"

„Er bringt Euer Majestät einen kleinen Affen von ganz seltener Art."

Im selben Augenblick kam Henri auch schon herein, einen Korb in der Hand und einen kleinen Seidenaffen streichelnd, den er in diesem Korb trug.

Henri lächelte, als er eintrat, anscheinend vollauf mit dem reizenden kleinen Tier beschäftigt; doch so abwesend er auch schien, der erste Blick ihrer Augen, der ihm in diesen schwierigen Umständen genügte, entging ihm nicht. Katharina war ungewöhnlich blaß geworden und wurde noch bleicher, als sie in den Wangen des jungen Mannes, der auf sie zukam, das warme Rot der Gesundheit pulsieren sah.

Das war ein Schlag, der die Königinmutter betäubte. Mechanisch nahm sie Henris Geschenk entgegen, quälte sich ein Kompliment über sein gutes Aussehen ab und fügte hinzu: „Ich freue mich um so mehr, Sie so wohlbehalten zu sehen, mein Sohn, da ich hörte, Sie seien krank, und da Sie, wie ich mich entsinne, in meiner Gegenwart über eine Unpäßlichkeit klagten; doch jetzt verstehe ich", fügte Sie mit einem erzwungenen Lächeln hinzu, „daß es nur ein Vorwand war, damit Sie Herr Ihrer Zeit wären."

„Ich bin wirklich sehr krank gewesen, Madame", erwiderte Henri, „aber ein in unsern Bergen gebrauchtes Spezifikum, von dem ich durch meine Mutter erfuhr, hat meine Krankheit geheilt."

„Ach, Sie werden mir das Rezept sagen, nicht wahr, Henri?" entgegnete Katharina, diesmal mit einem echten Lächeln, dessen Ironie sie jedoch nicht verbergen konnte.

„Irgendein Gegengift", murmelte sie. „Wir werden daran denken, oder lieber nicht. Als er Madame de Sauves krank sah, hat er Verdacht geschöpft. Wahrhaftig, man sollte meinen, Gott halte seine Hand über diesen Mann."

Ungeduldig erwartete Katharina den Abend. Madame de Sauves erschien nicht. Beim Spiel fragte sie nach ihr und hörte, ihr Leiden verschlimmere sich. Den ganzen Abend war sie unruhig, und man begann sich schon ängstlich zu fragen, welche Gedanken auf ihrem sonst so unbewegten Gesicht ein derart lebhaftes Mienenspiel hervorrufen konnten.

Schließlich zogen sich alle zurück.

Katharina begab sich in ihr Schlafgemach und ließ sich von ihren Frauen auskleiden, dann aber, als alles im Louvre zu Bett lag, erhob sie sich wieder, zog einen langen schwarzen Schlafrock an, nahm eine Lampe, suchte unter ihren Schlüsseln den zu Madame de Sauves' Tür heraus und stieg zu ihrer Ehrendame hinauf.

Vielleicht hatte Henri diesen Besuch vorausgesehen, vielleicht war er in seinen eigenen Räumen beschäftigt oder hielt sich irgendwo verborgen – mochte es sein, wie es wollte –, die junge Frau war allein.

Vorsichtig öffnete Katharina die Tür, durchquerte das Vorzimmer, trat in den Salon, stellte ihre Lampe ab – denn neben dem Bett der Kranken brannte eine Nachtleuchte – und glitt wie ein Schatten ins Schlafzimmer. Dariole lehnte in einem großen Sessel neben dem Bett ihrer Herrin und schlief.

Die Vorhänge des Bettes waren fest geschlossen.

Der Atem der jungen Frau ging so leicht, daß Katharina einen Augenblick glaubte, sie atme überhaupt nicht mehr. Schließlich hörte sie einen schwachen Seufzer, trat mit boshafter Freude an das Bett und hob den Vorhang, um sich persönlich von der Wirkung des furchtbaren Gifts zu überzeugen, schon jetzt zitternd vor dem Anblick der Leichenblässe oder der auffallenden Purpurröte des tödlichen Fiebers, die sie zu sehen hoffte; statt dessen jedoch schlief die schöne junge Frau ruhig, fast lächelnd, mit weich geschlossenen Augen hinter weißen Lidern, rosigem, halbgeöffnetem Mund, kaum merklich feuchter Wange, die sich in einen anmutig gerundeten Arm schmiegte, während der andere kühl und wie Perlmutt schimmernd auf dem karmesinroten Damast der Bettdecke lag. Zweifellos hatte ein schöner Traum ihre Lippen zu einem Lächeln geöffnet und auf ihre Wangen die Farbe ungetrübten Wohlgefühls gezaubert.

Katharina war außerstande, einen Schrei der Überraschung zu unterdrücken, der Dariole für einen Augenblick weckte.

Die Königinmutter verbarg sich hinter den Bettvorhängen.

Dariole öffnete die Augen, doch noch vom Schlummer befangen und ohne ihren stumpfen Geist nach der Ursache des Erwachens zu durchforschen, ließ das junge Mädchen die schweren Lider wieder fallen und schlief weiter.

Katharina kam hinter dem Vorhang hervor, und als sie ihre Blicke durch das Zimmer schweifen ließ, sah sie auf einem kleinen Tisch eine Karaffe mit spanischem Wein, Früchte, Zuckerwerk und zwei Gläser. Henri mußte also wohl bei der Baronin gespeist haben, der es offensichtlich so wohl ging wie ihm.

Darauf ging Katharina zum Toilettenspiegel und nahm das zu einem Drittel geleerte Silberdöschen auf. Es war genau dasselbe oder wenigstens das gleiche, das sie Charlotte zugestellt hatte. Mit einer goldenen Nadel entnahm sie ein Stückchen von der Größe einer Perle, kehrte in ihr Zimmer zurück und gab es dem kleinen Affen, den ihr Henri abends gebracht hatte. Angelockt von dem Wohlgeruch, verschlang das Tier den kleinen Bissen, rollte sich in seinem Korb zusammen und schlief ein.

Katharina wartete eine Viertelstunde.

„Von halb soviel, als dieser gefressen hat", murmelte sie, „ist mein Hund Brutus in einer Minute angeschwollen. Man hat mich zum besten gehabt. War es René? Nein, das ist unmöglich! Also Henri! Oh, welch Verhängnis! Es ist ganz klar: Da er regieren soll, kann er nicht sterben. Aber vielleicht ist nur das Gift ohnmächtig; wir werden es sehen, wenn wir einmal den Stahl probieren."

Katharina legte sich zu Bett und wälzte in ihrem Kopf einen neuen Gedanken, der zweifellos am nächsten Morgen Gestalt angenommen hatte, denn am nächsten Morgen rief sie den Hauptmann ihrer Wache und gab ihm einen Brief, den sie ihm an die angegebene Adresse zu befördern und nur dem auszuhändigen befahl, an den er gerichtet sei.

Er war an den Sire de Louviers de Maurevert, Hauptmann der Petardiere des Königs, Rue de La Cerisaie, neben dem Arsenal, adressiert.

28

Der Brief aus Rom

Seit den Ereignissen, über die wir eben berichteten, waren einige Tage vergangen, als eines Morgens eine von mehreren Edelleuten in den Farben des Monsieur de Guise begleitete Sänfte zum Louvre kam und als der Königin von Navarra gemeldet wurde, die Herzogin von Nevers bitte um die Ehre, der Königin ihre Aufwartung zu machen.

Marguerite hatte eben Besuch von Madame de Sauves. Zum erstenmal war die schöne Baronin seit ihrer vorgeschützten Krankheit ausgegangen. Sie wußte, daß die Königin gegenüber ihrem Gatten große Besorgnis über das Unwohlsein geäußert hatte, das den Hof eine Woche lang mit Gerüchten in Atem hielt, und war gekommen, um ihr zu danken.

Marguerite beglückwünschte sie zu ihrer Genesung und zu dem Glück, einem so heftigen Anfall eines sonderbaren Übels wohlbehalten entronnen zu sein, dessen Schwere sie als Prinzessin von Frankreich nicht verfehlen konnte zu würdigen.

„Ich hoffe sehr, Sie werden an der bereits einmal verschobenen großen Jagd teilnehmen", sagte Marguerite, „die nun morgen endgültig stattfinden soll. Für Wintertage ist das Wetter sehr mild. Die Sonne hat die Erde aufgetaut, und unsere Jäger behaupten, wir werden einen überaus günstigen Tag haben."

„Ich weiß nicht, Madame", erwiderte die Baronin, „ob ich mich schon wohl genug befinde."

„Ach was", entgegnete Marguerite, „Sie werden sich zusammennehmen; da ich kriegerisch bin, habe ich den König ermächtigt, Ihnen ein kleines Béarner Pferd zur Verfügung zu stellen, das ich reiten sollte und das nun Sie aufs beste tragen wird. Haben Sie noch nichts davon gehört?"

„Doch, Madame, aber ich wußte nicht, daß diesem kleinen Pferd die Ehre bestimmt war, Euer Majestät angeboten zu werden, sonst hätte ich es nicht angenommen."

„Aus Stolz, Baronin?"

„Nein, Madame, ganz im Gegenteil, aus Demut."

„Also werden Sie kommen?"

„Euer Majestät tun mir sehr viel Ehre an. Ich werde kommen, da Sie es befehlen."

In diesem Augenblick wurde die Herzogin von Nevers gemeldet.

Als ihr Name verlautete, entfuhr Marguerite eine so freudige Bewegung, daß die Baronin gleich verstand, die beiden Frauen hätten miteinander zu reden, und sich erhob, um zu gehen.

„Auf morgen also", sagte Marguerite.

„Auf morgen, Madame."

„Wissen Sie übrigens, Baronin", fügte Marguerite hinzu, sie mit einer Handbewegung verabschiedend, „daß ich Sie in der Öffentlichkeit verabscheue, weil ich schrecklich eifersüchtig bin?"

„Und privat?" fragte Madame de Sauves.

„Oh, privat verzeihe ich Ihnen nicht nur, sondern danke Ihnen auch."

„Dann erlauben Euer Majestät ..."

Marguerite reichte ihr die Hand, die Baronin küßte sie ehrerbietig und ging nach einem tiefen Hofknicks hinaus.

Während Madame de Sauves die Treppe zu ihrem Zimmer wieder hinaufstieg und dabei sprang und hüpfte wie ein Zicklein, das seinen Strick zerrissen hat, wechselte Madame de Nevers mit der Königin ein paar förmliche Begrüßungsworte, die den Edelleuten in ihrer Begleitung Zeit gaben, sich zu entfernen.

„Gillonne", rief Marguerite, als sich die Tür hinter dem

letzten geschlossen hatte, „Gillonne, paß auf, daß uns niemand stört."

„Ja", ergänzte die Herzogin, „denn wir haben über sehr ernste Dinge zu reden."

Dann nahm sie einen Sessel und setzte sich ohne Umstände, in der Gewißheit, niemand werde die vertrauliche Unterhaltung zwischen ihr und der Königin von Navarra stören, auf ihren Lieblingsplatz an Feuer und Sonne.

„Nun", fragte Marguerite lächelnd, „was machen wir mit unserem berühmten Massakrierer?"

„Meine liebe Königin", antwortete die Herzogin, „er ist meiner Seel' ein mythologisches Wesen. Sein Verstand ist unvergleichlich und erschöpft sich niemals. Er hat Einfälle, daß ein Heiliger in seinem Schrein vor Lachen platzen könnte. Übrigens ist er einer der wütendsten Heiden, der je in der Haut eines Katholiken steckte; ich bin närrisch verliebt in ihn. Und du, was machst du mit deinem Apoll?"

„Ach", seufzte Marguerite.

„Oh, dies Ach erschreckt mich, liebe Königin! Also ist der hübsche La Môle zu ehrerbietig und zu sentimental. Dann wäre er aber, muß ich gestehen, das ganze Gegenteil seines Freundes Coconnas."

„Aber nein, er hat seine Momente", entgegnete Marguerite, „das Ach bezog sich nur auf mich."

„Und was bedeutet es?"

„Es bedeutet, liebe Herzogin, daß ich eine schreckliche Angst habe, ihn allen Ernstes zu lieben."

„Wirklich?"

„Auf Marguerites Wort!"

„Aber um so besser! Welch lustiges Leben werden wir führen!" rief Henriette. „Ein wenig lieben ist mein Traum; du träumst davon, viel zu lieben. Ist es nicht süß, liebe gelehrte Königin, den Geist durch das Herz auszuruhen? Und nach der Tollheit ein Lächeln zu haben? Ach, Marguerite, ich habe so eine Ahnung, als würden wir ein gutes Jahr verbringen."

„Meinst du?" fragte die Königin. „Ich dagegen, ich weiß nicht, wie das kommt, sehe alles wie durch einen

Schleier. Diese ganze Politik beschäftigt mich entsetzlich. Versuche doch übrigens herauszufinden, ob dein Hannibal meinem Bruder so ergeben ist, wie es den Anschein hat. Erkundige dich, es ist wichtig."

„*Er* – einem Menschen oder einer Sache ergeben? Daran sieht man, daß du ihn nicht kennst, wie ich ihn kenne. Wenn er je einer Sache ergeben wäre, dann nur seinem Ehrgeiz, das ist alles. Wenn dein Bruder der Mann ist, ihm große Versprechungen zu machen – ausgezeichnet, dann wird er deinem Bruder ergeben sein; aber dein Bruder, wenn er auch ein Prinz des königlichen Hauses ist, mag sich hüten, Versprechungen, die er ihm machen sollte, nicht einzuhalten; andernfalls sollte er sich sehr hüten!"

„Wahrhaftig?"

„Es ist, wie ich dir sage. Wirklich, Marguerite, es gibt Augenblicke, da mir dieser Tiger, den ich gezähmt habe, selber Angst macht. Gestern sagte ich zu ihm: ‚Hannibal, nehmen Sie sich in acht, betrügen Sie mich nicht, denn wenn Sie mich betrügen …' Das Weitere sagte ich ihm mit meinen Smaragdaugen, die Ronsard mit den Worten besang:

> Liebe Herzogin von Nevers,
> du schleuderst mehr
> Blitze aus dem grünen Augentor
> hinter den blonden Wimpern hervor
> als zwanzig Jupiter im Himmelswehr
> durchs Wolkenheer
> bei Ungewittern, hart und schwer."

„Und weiter?"

„Ja, ich glaubte, er würde mir antworten: ‚Ich Sie betrügen? Niemals!' und so weiter und so weiter. Aber weißt du, was er mir zur Antwort gab?"

„Nein."

„Stell dir den Mann vor. ‚Und Sie', sagte er ‚sollten sich ebenfalls hüten, mich zu betrügen, denn wenn Sie auch eine Fürstin sind …'. Und bei diesen Worten drohte er mir, nicht nur mit den Augen, sondern auch mit seinem ausgestreckten Zeigefinger, dessen Nagel wie eine Lanzenspitze ist und den er mir unter die Nase hielt. In diesem Augenblick, das muß ich gestehen, meine arme Königin, war sein Gesicht so beunruhigend, daß ich zitterte, und du weißt, daß ich nicht so leicht zum Fürchten und Zittern gebracht werden kann."

„Dir, Henriette, hat er zu drohen gewagt?"

„Kotzbombenelement, ich habe ihm auch gedroht! Alles in allem hatte er recht. Du siehst also: Ergeben bis zu einem gewissen Punkt oder vielmehr bis zu einem sehr ungewissen Punkt."

„Nun, wir werden sehen", meinte Marguerite träumerisch, „ich werde mit La Môle sprechen. Hast du mir noch etwas zu sagen?"

„Gewiß doch, eine der interessantesten Sachen, derentwegen ich hergekommen bin. Aber was willst du denn, du hast mir doch noch viel interessantere Dinge erzählt. Ich habe Nachrichten."

„Aus Rom?"

„Ja, durch einen Kurier meines Gatten."

„Ah, die polnische Angelegenheit?"

„Steht zum besten, und wahrscheinlich wirst du in ein paar Tagen deinen Bruder Anjou verlieren."

„Dann hat der Papst seine Wahl bestätigt?"

„Ja, meine Liebe."

„Und das hast du mir nicht gleich gesagt?" rief Marguerite. „Schnell, schnell, die Einzelheiten!"

„Ich weiß wirklich nicht mehr darüber, als ich dir sagte. Einen Augenblick, ich werde dir den Brief von Monsieur de Nevers geben. Da ist er. Ach nein, das sind Verse von Hannibal, gräßliche Verse, meine arme Marguerite, andere bringt er nicht zustande. Aber hier. Nein, wieder nicht, es ist ein Billett von mir, das ich mitgebracht habe, damit du es ihm durch La Môle zustellen läßt. Endlich! Hier ist der bewußte Brief."

Madame de Nevers reichte der Königin den Brief.

Marguerite öffnete ihn rasch und überlas ihn, aber er besagte tatsächlich nicht mehr als das, was sie bereits aus dem Mund ihrer Freundin erfahren hatte.

„Wie hast du den Brief erhalten?" fragte die Königin.

„Durch einen Kurier meines Gatten, der Befehl hatte, das Palais Guise aufzusuchen, ehe er in den Louvre ging, und mir diesen Brief auszuhändigen, ehe er dem König den für ihn bestimmten brachte. Ich wußte ja, wie wichtig diese Nachricht für meine Königin sein würde, und schrieb daher Monsieur de Nevers, er möchte es so einrichten. Wie du siehst, ist er meinem Wunsch nachgekommen. Er ist nicht wie dieses Ungeheuer Coconnas. In ganz Paris wissen jetzt also nur der König, du und ich die große Neuigkeit, wenn nicht der Mann, der unserm Kurier folgte …"

„Welcher Mann?"

„Ein schreckliches Handwerk! Stell dir vor, wie müde, zerschlagen und staubbedeckt der unglückliche Bote ankam; eine Woche lang war er Tag und Nacht unterwegs, ohne auch nur einmal anzuhalten."

„Aber der Mann, von dem du eben sprachst?"

„So warte doch. Ständig gefolgt von einem Mann mit wildem Gesicht, der wie er überall Pferde zum Wechseln bereit hatte und die vierhundert Meilen ebenso schnell durchmaß, mußte der arme Kurier jeden Augenblick erwarten, eine Pistolenkugel ins Kreuz zu bekommen. Zu gleicher Zeit erreichten sie den Schlagbaum von Saint-Marcel, ritten in gestrecktem Galopp die Rue Mouffetard hinunter und durchquerten die Cité. Doch hinter dem Pont-Notre-Dame wandte sich unser Kurier zur Rechten, während der andere links über die Place du Châtelet ritt und pfeilschnell an den Quais entlang zum Louvre schoß."

„Vielen Dank, meine gute Henriette, vielen Dank", rief Marguerite. „Du hattest schon recht, es sind höchst interessante Neuigkeiten. Aber zu wem kam der andere Kurier? Das würde ich gern wissen. Doch das überlaß nur mir. Heute abend in der Rue Tizon, nicht wahr? Und morgen bei der Jagd; nimm vor allem ein feuriges Pferd, denn es ist wichtig, daß wir allein sind. Ich werde dir heute abend sagen, was du aus deinem Coconnas herauskriegen sollst."

„Du wirst also meinen Brief nicht vergessen?" lachte die Herzogin von Nevers.

„Nein, nein, sei ohne Sorge, er wird ihn bekommen, und zwar rechtzeitig."

Madame de Nevers ging, und sogleich schickte Marguerite nach Henri, dem sie, nachdem er zu ihr geeilt war, den Brief des Herzogs von Nevers überreichte.

„Sieh einer an!" rief er aus.

Dann erzählte ihm Marguerite die Geschichte der beiden Kuriere.

„Ich habe ihn in den Louvre kommen sehen", sagte Henri.

„Vielleicht wollte er zur Königinmutter?"

„Bestimmt nicht, das weiß ich genau, denn zufällig stand ich im Gang und habe dort niemand gesehen."

„Dann", überlegte Marguerite und sah ihren Gatten an, „muß er wohl zu ..."

„Zu Ihrem Bruder Alençon gegangen sein, nicht wahr?" ergänzte Henri.

„Ja, aber wie soll man das erfahren?"

„Könnte man nicht einen der beiden Edelleute schicken", fragte Henri nachlässig, „und durch ihn herausbekommen ..."

„Sie haben recht, Sire!" erwiderte Marguerite, der ihres Gatten Vorschlag sehr gelegen kam. „Ich werde Monsieur de La Môle holen lassen. – Gillonne! Gillonne!"

Das junge Mädchen erschien.

„Ich muß augenblicklich Monsieur de La Môle sprechen", sagte die Königin zu ihr. „Suche ihn und führe ihn gleich zu mir."

Gillonne ging hinaus. Henri setzte sich vor einen Tisch, auf dem ein deutsches Buch mit Stichen von Albrecht Dürer lag, die er mit so großer Aufmerksamkeit zu betrachten begann, daß er nicht zu hören schien, wie La Môle eintrat, und nicht einmal den Kopf hob. Als der junge Mann den König bei Marguerite sah, blieb er wie angenagelt auf der Schwelle stehen, stumm vor Überraschung und bleich vor Unruhe.

Marguerite ging ihm entgegen.

„Monsieur de La Môle", fragte sie, „könnten Sie mir sagen, wer heute Dienst bei dem Herzog von Alençon hat?"

„Coconnas, Madame …“, antwortete La Môle.

„Suchen Sie von ihm zu erfahren, ob er zu seinem Herrn einen über und über mit Schmutz bedeckten Mann geführt hat, der aussah, als hätte er einen langen Ritt mit verhängten Zügeln hinter sich.“

„Ach, Madame, ich fürchte sehr, das wird er mir nicht sagen; denn seit einigen Tagen ist er sehr schweigsam geworden.“

„Wirklich? Aber wenn Sie ihm dies Billett geben, könnten Sie doch wohl eine Gegenleistung verlangen, nicht wahr?“

„Von der Herzogin …? Oh, mit diesem Billett will ich's versuchen.“

„Sagen Sie ihm“, fügte Marguerite mit leiserer Stimme hinzu, „dies Billett sei ein Geleitbrief, um heute abend in das bewußte Haus zu gelangen.“

„Und ich, Madame?“ flüsterte La Môle. „Welchen Geleitbrief bekomme ich?“

„Nennen Sie Ihren Namen, das genügt.“

„Geben Sie den Brief, Madame, geben Sie“, bat La Môle, bebend vor Liebe, „ich stehe für alles ein.“

Damit verschwand er.

„Morgen werden wir wissen, ob der Herzog von Alençon über die Angelegenheit in Polen Bescheid weiß“, sagte Marguerite ruhig zu ihrem Gatten.

„Dieser Monsieur de La Môle ist wirklich ein gefälliger Diener“, meinte der Béarner, auf seine eigentümliche Art lächelnd, „und … und – bei der Messe! – ich werde sein Glück machen.“

29

Der Aufbruch zur Jagd

Da sich am nächsten Morgen eine schöne rote, wenn auch strahlenlose Sonne wie an den herrlichsten Wintertagen hinter den Höhen von Paris erhob, war bereits seit zwei Stunden im Louvrehof alles in Bewegung.

Ein prachtvolles Berberroß, kräftig und doch schlank, mit Beinen wie ein Hirsch, auf denen das Geflecht der Adern deutlich sichtbar wurde, erwartete stampfend, mit gespitzten Ohren und schnaubend Karl IX. im Hofe, doch war es noch nicht so ungeduldig wie sein Herr, dem Katharina auf dem Gang in den Weg getreten war, um ihn, wie sie sagte, in einer Angelegenheit von größter Wichtigkeit zu sprechen.

Beide standen in der Galerie mit den hohen Glasfenstern, Katharina kalt, blaß und ungerührt wie immer; Karl IX. bebend und mit rollenden Augen seine beiden Lieblingshunde peitschend, die Maschenpanzer anhatten, damit ihnen die Hauer der Wildschweine nichts anhaben und sie dem schrecklichen Tier ungestraft entgegentreten konnten. Auf der Brust trugen die Hunde genau wie die Pagen, die mehr als einmal diese glücklichen Günstlinge um ihre Vorrechte beneidet hatten, ein kleines Wappenschild des Hauses von Frankreich.

„Passen Sie gut auf, Karl", sagte Katharina, „bis jetzt wissen nur Sie und ich von der baldigen Ankunft der Polen, dennoch, Gott verzeih mir, tritt der König von Navarra auf, als wüßte er davon. Obwohl er abgeschworen hat, was ich nicht ohne das größte Mißtrauen hinnahm, unterhält er Verbindungen zu den Hugenotten. Haben Sie bemerkt, wie oft er seit einigen Tagen ausgeht? Er, der nie etwas besaß, hat plötzlich Geld; er kauft Pferde und Waffen, und an Regentagen übt er sich vom Morgen bis zum Abend im Fechten."

„Großer Gott, Mutter", rief Karl IX. ungeduldig, „Sie glauben doch wohl nicht, er hätte die Absicht, mich oder meinen Bruder Anjou zu töten? In diesem Fall müßte er noch ein paar Unterrichtsstunden mehr nehmen, denn gestern habe ich ihm mit meinem Florett elf Risse in seinem Wams beigebracht, er mir dagegen nur sechs. Und was meinen Bruder Anjou betrifft, so wissen Sie, daß er die Klinge noch besser führt als ich oder genausogut, wie er zumindest behauptet."

„Hören Sie, Karl", entgegnete Katharina, „nehmen Sie das, was Ihnen Ihre Mutter sagt, nicht so leicht. Die Abgesandten werden kommen, nun, und dann werden Sie sehen! Wenn sie erst einmal in Paris sind, wird Henri alles tun, was er nur vermag, um ihre Aufmerksamkeit zu erregen. Er versteht, sich einzuschmeicheln, er ist ein Heimlicher, nicht zu rechnen, daß seine Frau, die ihn aus ich weiß nicht welchen Gründen unterstützt, mit den Gesandten schwatzen und lateinisch, griechisch, ungarisch und was weiß ich alles reden wird! Ich sage Ihnen, Karl, und Sie wissen, daß ich mich niemals irre, ich sage Ihnen, daß etwas im Gange ist."

In diesem Augenblick schlug die Uhr, und Karl IX. lauschte nicht mehr seiner Mutter, sondern dem Stundenschlag.

„Schockschwerebrett! Sieben Uhr!" rief er. „Eine Stunde Aufbruch, dann ist es acht, eine Stunde Weg zum verabredeten Platz und zur Hatz, da werden wir erst um neun Uhr mit der Jagd anfangen können. Wirklich, Mutter, ich verliere durch Sie viel Zeit! Still, Risquetout! … Schockschwerebrett! Still, du Lump!"

Ein heftiger Peitschenhieb über die Flanken des Jagdhundes entlockte dem armen Tier, das ganz erstaunt war, zum Dank für eine Liebkosung gezüchtigt zu werden, ein wildes Schmerzensgeheul.

„Karl", begann Katharina von neuem, „im Namen Gottes, hören Sie mich an! Geben Sie Ihr und ganz Frankreichs Glück nicht dem Zufall preis. Die Jagd, die Jagd, die Jagd, sagen Sie … Nun, Sie werden über hinreichend Zeit zum Jagen verfügen, wenn Sie Ihre Arbeit als König getan haben."

„Vorwärts, Mutter, vorwärts!" rief Karl, bleich vor Ungeduld. „Erklären Sie sich rasch, Sie bringen mich zur Raserei. Wahrhaftig, es gibt Tage, wo ich Sie nicht verstehe."

Er hörte auf, mit dem Peitschengriff an seinen Stiefel zu schlagen.

Katharina glaubte den rechten Augenblick gekommen und meinte, sie dürfe ihn nicht vorübergehen lassen.

„Mein Sohn", sagte sie, „wir haben Beweise, daß de Mouy nach Paris zurückgekommen ist. Monsieur de Maurevert, den Sie gut kennen, hat ihn hier gesehen. Er kann nur wegen des Königs von Navarra hiersein. Das genügt uns hoffentlich, ihm mehr denn je zu mißtrauen."

„Ach, sind Sie wieder hinter meinem armen Henriot her! Ich soll ihn wohl umbringen, was?"

„Aber nein."

„Ausweisen? Aber warum begreifen Sie denn nicht, daß er im Exil viel mehr zu fürchten ist als hier unter unseren Augen, im Louvre, wo er nichts tun kann, ohne daß wir es nicht im selben Augenblick wüßten!"

„Daher will ich ihn auch nicht ausweisen."

„Aber was wollen Sie denn? Reden Sie doch, schnell!"

„Ich will, daß er in Gewahrsam gehalten wird, solange die Polen hier sind, zum Beispiel in der Bastille."

„Meiner Treu, nein!" rief Karl. „Heute morgen jagen wir den Keiler. Henriot ist einer meiner besten Begleiter. Ohne ihn wird die Jagd ein Fehlschlag. Zum Henker, Mutter! Sie legen es wirklich darauf an, mich zu ärgern."

„Mein lieber Sohn, ich rede nicht von heute. Die Gesandten werden erst morgen oder übermorgen kommen. Lassen wir ihn nach der Jagd festnehmen, heute abend ... heute nacht ..."

„Das ist allerdings ein Unterschied. Nun, wir werden noch einmal darüber reden; wir werden sehen, nach der Jagd wäre es etwas anderes. Adieu! Vorwärts, her zu mir, Risquetout, wirst du wohl nicht schmollen!"

„Karl", sagte Katharina und hielt ihn am Arm zurück auf die Gefahr hin, daß ihn dieser neue Aufenthalt außer sich brachte, „ich glaube, das beste wäre, den Haftbefehl sofort zu unterzeichnen, wenn er auch erst am Abend oder nachts vollstreckt wird."

„Unterzeichnen, einen Befehl schreiben, das Siegel und Urkunden suchen, wenn man mich zur Jagd erwartet, mich, der nie auf sich warten läßt! Zum Teufel damit!"

„Aber nein, ich habe Sie viel zu lieb, um Sie aufzuhalten; alles ist vorbereitet, kommen Sie in mein Zimmer!"

Flink, als wäre sie erst zwanzig Jahre alt, stieß Katharina die Tür zu einem Raum auf, der an sein Arbeitszimmer grenzte, zeigte dem König ein Tintenfaß, eine Feder, eine Urkunde, das Siegel und eine angezündete Kerze.

Der König nahm die Urkunde und las sie rasch durch.

„Befehl und so weiter und so weiter, unsern Bruder Henri von Navarra zu arretieren und in die Bastille abzuführen."

„Gut, das ist erledigt!" sagte er und unterzeichnete in einem Zug. „Adieu, Mutter."

Damit stürzte er, gefolgt von seinen Hunden, aus dem Zimmer, froh, sich Katharinas so leicht entledigt zu haben.

Karl IX. wurde bereits ungeduldig erwartet, und da seine Pünktlichkeit bei der Jagd bekannt war, wunderten sich alle über die Verzögerung. Als er erschien, begrüßten ihn daher die Jäger mit Vivatrufen, die Hundeführer mit ihren Fanfaren, die Pferde mit Gewieher und die Hunde mit lautem Gebell. Der Lärm und all der Tumult trieben Röte in seine Wangen, und sein Herz weitete sich; einen Augenblick lang fühlte sich Karl jung und glücklich.

Kaum nahm sich der König Zeit, die im Hof versammelte glänzende Gesellschaft zu begrüßen; mit einer Kopfbewegung grüßte er den Herzog von Alençon, mit einer Handbewegung seine Schwester Marguerite, dann ging er an Henri vorüber, ohne ihn anscheinend zu sehen, und schwang sich auf sein Berberroß, das ungeduldig unter ihm tänzelte. Doch nach drei oder vier Courbetten begriff es, was für einen Reiter es trug, und beruhigte sich.

Abermals ertönten die Fanfaren, und, gefolgt vom Herzog von Alençon, dem König von Navarra, Marguerite, Madame de Nevers, Madame de Sauves, Tavannes und den vornehmsten Herren seines Hofes, verließ der König den Louvre.

Keine Frage, daß La Môle und Coconnas mit von der Partie waren.

Was den Herzog von Anjou betraf, so befand er sich seit drei Monaten bei der Belagerung von La Rochelle.

Während sie noch auf den König warteten, hatte sich Henri seiner Frau genähert, die seinen Gruß erwiderte und ihm ins Ohr flüsterte: „Den Kurier aus Rom hat Monsieur de Coconnas selber zum Herzog von Alençon geführt, und zwar eine Viertelstunde früher, als der Abgesandte des Herzogs von Nevers zum König gelangte."

„Dann weiß er also alles", sagte Henri.

„Er muß alles wissen", erwiderte Marguerite, „werfen Sie übrigens einen Blick auf ihn und sehen Sie, wie seine Augen trotz der üblichen Falschheit glänzen."

„Heiliger Strohsack!" murmelte der Béarner. „Das will ich meinen! Er jagt heute dreifache Beute: Frankreich, Polen und Navarra, den Keiler nicht gerechnet."

Er verneigte sich vor seiner Frau, reihte sich wieder ein und rief nach einem seiner Leute, einem gebürtigen Béarner, dessen Ahnen bereits seit mehr als einem Jahrhundert in seinem Haus gedient hatten und den er für Liebesaffären als Boten zu verwenden pflegte.

„Orthon", sagte er zu ihm, „nimm diesen Schlüssel und bringe ihn zu dem bewußten Vetter der Madame de Sauves, der an der Ecke der Rue des Quatre-Fils bei seiner Geliebten wohnt; du wirst ihm sagen, seine Kusine wünsche ihn heute abend zu sprechen, er möchte in mein Zimmer kommen und auf mich warten, wenn ich nicht da bin; wenn ich mich verspäte, soll er sich solange auf mein Bett werfen."

„Eine Antwort ist nicht nötig, Sire?"

„Nein, du brauchst mir nur zu sagen, ob du ihn angetroffen hast. Der Schlüssel ist nur für ihn, verstehst du?"

„Ja, Sire."

„Warte doch, potztausend, und bleib hier bei mir! Ehe wir Paris verlassen, werde ich dich rufen, daß du die Sattelgurte fester schnallst; dann wird es ganz natürlich aussehen, wenn du zurückbleibst, du wirst deinen Auftrag erledigen und dich in Bondy wieder zu uns gesellen."

Der Diener gab ihm durch ein Zeichen zu verstehen, daß er gehorchen werde, und entfernte sich.

Der Zug bewegte sich durch die Rue Saint-Honoré und die Rue Saint-Denis und durchquerte den Vorort; in der Rue Saint-Laurent angekommen, lockerten sich die Sattelgurte am Pferd des Königs von Navarra; Orthon eilte herbei, und alles verlief so, wie es zwischen ihm und seinem Herrn verabredet war, der dem königlichen Geleit durch die Rue des Récollets nachsetzte, während sich sein getreuer Diener in die Rue du Temple begab.

Als Henri wieder zu dem König stieß, befand sich Karl mit dem Herzog von Alençon in einer so angeregten Unterhaltung über die Fährte und das Alter des ausgemachten Keilers, der ein Eingänger war, und schließlich über den Ort, wo er sein Lager hatte, so daß er nicht bemerkte – oder wenigstens so tat –, daß Henri einen Augenblick zurückgeblieben war.

Unterdessen beobachtete Marguerite von weitem ihre Gesichter und glaubte in den Augen ihres Bruders jedesmal, wenn sein Blick auf Henri ruhte, eine gewisse Verlegenheit zu entdecken. Madame de Nevers ließ sich zu närrischer Fröhlichkeit hinreißen; denn Coconnas, der heute ungemein gut aufgelegt war, kam auf hundert komische Einfälle und Witze, um die Damen zum Lachen zu bringen.

Was La Môle betraf, so hatte er bereits zweimal Gelegenheit gefunden, Marguerites weiße, mit Goldfransen gezierte Schärpe zu küssen, ohne daß diese mit der bei Liebhabern üblichen Gewandtheit ausgeführte Handlung von mehr als drei oder vier Personen bemerkt worden war.

Gegen Viertel nach acht erreichten sie Bondy.

Karls erste Sorge war, sich zu informieren, ob der Keiler Stand hatte. Ja, der Keiler war in seinem Lager, und der Piqueur, der ihn ausgemacht hatte, verbürgte sich für ihn.

Ein Imbiß war vorbereitet. Der König trank ein Glas ungarischen Wein. Dann lud Karl die Damen ein, sich zu Tisch zu setzen, und vertrieb sich in seiner Ungeduld die Zeit damit, die Zwinger und Vogelkäfige zu besichtigen, nachdem er befohlen hatte, sein Pferd, von dem er sagte, er hätte nie ein besseres und kraftvolleres geritten, gesattelt zu lassen.

Während der König seine Runde machte, kam der Herzog von Guise an. Er war mehr kriegerisch als jagdmäßig gerüstet und von zwanzig oder dreißig ebenso ausstaffierten Edelleuten begleitet. Er fragte sofort, wo sich der König aufhalte, begab sich zu ihm und kehrte im Gespräch mit ihm zurück.

Schlag neun Uhr gab der König selber das Signal, indem er zur Hatz blies, und alle saßen auf und ritten los.

Unterwegs brachte es Henri fertig, sich noch einmal seiner Frau zu nähern.

„Nun", fragte er sie, „wissen Sie etwas Neues?"

„Nein", erwiderte Marguerite, „nur daß mein Bruder Karl Sie so sonderbar ansieht."

„Das habe ich bemerkt", erwiderte Henri.

„Haben Sie Ihre Vorsichtsmaßnahmen getroffen?"

„Ja, ich trage auf der Brust mein Panzerhemd und an der Seite ein wunderbares spanisches Jagdmesser, scharf geschliffen wie eine Rasierklinge und spitz wie eine Nadel, mit dem ich Golddukaten durchbohren kann."

„Dann Gott befohlen", sagte Marguerite.

Der Piqueur, der den Jagdzug leitete, gab ein Zeichen: Das Lager des Keilers war erreicht.

30

Maurevert

Während die wenigstens dem Anschein nach fröhliche, sorglose Jugend wie ein goldener Wirbelwind über die Straße nach Bondy fegte, rollte Katharina die kostbare Urkunde zusammen, unter die König Karl seine Unterschrift gesetzt hatte, und ließ in ihr Arbeitszimmer den Mann eintreten, dem der Hauptmann ihrer Wache vor einigen Tagen einen Brief in die Rue de La Cerisaie, Quartier de l'Arsenal, gebracht hatte.

Eine breite Seidenbinde verbarg wie ein Leichensiegel ein Auge des Mannes und ließ darunter zwischen vorspringenden Backenknochen eine gekrümmte Geiernase sehen; die untere Hälfte des Gesichts war von einem graumelierten Bart verhüllt. Er trug einen langen, dicken Mantel, unter dem man ein ganzes Waffenarsenal ahnte. Außerdem hing an seiner Seite, obwohl solches nicht zu den Gewohnheiten an den Hof beorderter Leute gehörte, ein langes, breites, zweischneidiges Schlachtschwert. Eine

Hand klammerte sich, unterm Mantel verborgen, um den Griff eines langen Dolches.

„Da Sind Sie, Monsieur", sagte die Königin und setzte sich, „Sie erinnern sich, daß ich Ihnen nach der Bartholomäusnacht, wo Sie so ausgezeichnete Dienste leisteten, versprach, Sie nicht untätig zu lassen. Jetzt bietet sich die Gelegenheit, vielmehr habe ich sie herbeigeführt. Sie können mir also danken."

„Madame, ich danke Euer Majestät ergebenst", erwiderte der Mann mit der schwarzen Binde mit leichter, zugleich unverschämter Zurückhaltung.

„Eine schöne Gelegenheit, Monsieur, die Ihnen nicht ein zweites Mal im Leben begegnen wird und die Sie nutzen sollten."

„Ich warte, Madame, nur fürchte ich nach der Einleitung ..."

„Es werde sich um einen gewalttätigen Auftrag handeln? Sind denn nicht alle, die vorwärtskommen wollen, gerade auf solche Aufträge erpicht? Der, von dem ich Ihnen spreche, wird den Neid der Tavannes' und selbst der Guises erregen."

„Ach, Madame", entgegnete der Mann, „glauben Sie mir, wie er auch sein mag, ich werde Euer Majestät zu Diensten sein."

„Gut, dann lesen Sie", sagte Katharina.

Damit reichte sie ihm die Urkunde.

Der Mann las und wurde blaß.

„Was?" rief er. „Ein Befehl, den König von Navarra festzunehmen?"

„Ja, was ist daran so Erstaunliches?"

„Aber einen König, Madame! Wahrhaftig, ich zweifle, ich fürchte, für dergleichen nicht Edelmanns genug zu sein."

„Mein Vertrauen macht Sie zum ersten Edelmann meines Hofes, Monsieur de Maurevert", widersprach Katharina.

„Dafür sage ich Euer Majestät meinen Dank", antwortete der Mörder so bewegt, daß er zu zögern schien.

„Sie gehorchen also?"

„Ist es nicht meine Pflicht, wenn Euer Majestät befehlen?"

„Ja, ich befehle."

„Dann werde ich gehorchen."

„Wie werden Sie ihn festnehmen?"

„Davon habe ich keine rechte Vorstellung, Madame, ich wünschte sehr, von Euer Majestät angeleitet zu werden."

„Sie fürchten den Löwen?"

„Ich muß es zugeben."

„Nehmen Sie zwölf zuverlässige Männer, und mehr, wenn es nötig ist."

„Natürlich, ich verstehe. Euer Majestät erlauben mir, meinen Vorteil wahrzunehmen, dafür bin ich Ihnen dankbar; aber wo werde ich mich des Königs von Navarra bemächtigen?"

„Wo wäre es Ihnen am liebsten?"

„An einem Ort, der mich durch Seine Majestät selber schützt, wenn das möglich ist."

„Ja, ich verstehe, in einem Königspalast; was würden Sie zum Beispiel vom Louvre halten?"

„Oh, wenn Euer Majestät gestatteten, so wäre das eine große Gunst."

„Nehmen Sie ihn also im Louvre fest."

„Und in welchem Teil des Louvre?"

„In seinem eigenen Zimmer."

Maurevert verneigte sich.

„Und wann, Madame?"

„Heute abend oder vielmehr in der Nacht."

„Gut, Madame. Jetzt mögen mir Euer Majestät nur noch eine Frage erlauben."

„Worüber?"

„Über die seinem Rang schuldigen Rücksichten."

„Rücksichten! ... Rang! ...", rief Katharina. „Wissen Sie denn nicht, mein Herr, daß der König von Frankreich niemandem in seinem Königreich Rücksichten schuldet, da er niemandes Rang als dem Seinen gleich anerkennt?"

Maurevert verbeugte sich ein zweites Mal.

„Wenn Euer Majestät nichts dagegen haben, bestehe ich dennoch auf diesem Punkt, Madame", sagte er.

„Ich habe nichts dagegen, Monsieur."

„Wenn der König von Navarra die Echtheit des Befehls in Abrede stellt – das ist nicht wahrscheinlich, aber schließlich …"

„Im Gegenteil, mein Herr, es ist sogar gewiß."

„Er wird ihn anfechten?"

„Ohne jeden Zweifel."

„Und folglich wird er sich weigern zu gehorchen?"

„Ich fürchte, ja."

„Und wird Widerstand leisten?"

„Vermutlich."

„Ach, zum Teufel!" rief Maurevert. „In diesem Fall …"

„In welchem Fall?" fragte Katharina mit festem Blick.

„Wenn er Widerstand leistet. Was ist da zu tun?"

„Was tun Sie, wenn Sie einen Befehl des Königs übernommen haben, das heißt, wenn Sie den König repräsentieren, und man leistet Ihnen Widerstand, Monsieur de Maurevert?"

„Aber, Madame", antwortete der Sbirre, „wenn ich mit einem solchen Befehl beehrt werde und wenn der Befehl einen einfachen Edelmann betrifft, dann töte ich ihn."

„Ich habe Ihnen schon gesagt, mein Herr", erwiderte Katharina, „und, wie ich glaube, vor nicht so langer Zeit, daß Sie es bereits vergessen haben könnten, der König von Frankreich erkennt in seinem Königreich keinen Rang an; das bedeutet für Sie, daß nur der König von Frankreich König ist und daß selbst die Größten neben ihm nur einfache Edelleute sind."

Maurevert erbleichte, denn jetzt begann er zu verstehen.

„Oh!" rief er aus. „Den König von Navarra töten?"

„Aber wer spricht denn von töten? Wo ist der Befehl, ihn zu töten? Der König will, daß er in die Bastille gebracht wird, und nur das enthält der Befehl. Wenn er sich festnehmen läßt, ausgezeichnet; aber falls er sich nicht festnehmen läßt, falls er Widerstand leistet, falls er Sie zu töten versucht …"

Maureverts Gesicht war leichenblaß geworden.

„Dann werden Sie sich verteidigen", fuhr Katharina

fort. „Man kann von einem tapferen Mann wie Ihnen nicht verlangen, daß er sich ohne Verteidigung umbringen läßt; und was wollen Sie? Wenn Sie sich verteidigen, mag geschehen, was will. Nicht wahr, Sie verstehen mich?"

„Ja, Madame, dennoch ..."

„Sie wollen, daß ich mit eigener Hand hinter die Worte: ‚Befehl zu arretieren‘, ‚tot oder lebendig‘ setze?"

„Ich gebe zu, Madame, daß es meine Skrupel beheben würde."

„Dann muß ich es wohl tun, da Sie den Auftrag anders für unausführbar halten."

Achselzuckend entrollte Katharina mit einer Hand die Urkunde und schrieb mit der anderen: „Tot oder lebendig."

„Da", sagte Sie, „finden Sie den Befehl jetzt hinreichend in Ordnung?"

„Ja, Madame", antwortete Maurevert, „nur bitte ich Euer Majestät, die ganzen Vorbereitungen des Unternehmens mir zu überlassen."

„Was dürfte von dem, was ich sagte, der Ausführung zum Schaden gereichen?"

„Euer Majestät sagten, ich soll ein Dutzend Männer nehmen?"

„Ja, um ganz sicherzugehen ..."

„Dennoch bitte ich um die Erlaubnis, nur sechs zu nehmen."

„Warum?"

„Wenn dem König von Navarra ein Unglück zustößt, was wahrscheinlich ist, wird man sechs Mann leicht damit entschuldigen können, sie hätten Angst gehabt, einen Gefangenen entkommen zu lassen; aber niemand wird ein Dutzend Gardisten entschuldigen, daß sie nicht die Hälfte ihrer Kameraden töten ließen, ehe sie Hand an eine Majestät legten."

„Eine schöne Majestät, die kein Königreich hat!"

„Madame", sagte Maurevert, „nicht das Königreich macht den König, sondern die Geburt."

„Also gut", schloß Katharina, „tun Sie, was Sie wollen.

Nur muß ich Ihnen sagen, daß ich Ihr Verbleiben im Louvre wünsche."

„Aber wie soll ich meine Männer zusammenbekommen, Madame?"

„Sie haben doch wohl so etwas wie einen Sergeanten, den Sie damit beauftragen können?"

„Ja, meinen Lakaien, der nicht nur ein treuer Bursche ist, sondern mir bereits bei ähnlichen Unternehmungen geholfen hat."

„Schicken Sie nach ihm und bereden Sie alles mit ihm. Sie kennen das Waffenzimmer des Königs, nicht wahr? Gut. Man wird Ihnen dort ein Frühstück reichen, und dort werden Sie Ihre Befehle geben. Der Ort wird Ihren Sinn festigen, wenn Sie schwanken. Wenn mein Sohn von der Jagd zurückkehrt, gehen Sie in mein Betzimmer und warten die Zeit ab."

„Aber wie werden wir in das Zimmer gelangen? Der König hegt gewiß Verdacht und wird sich einschließen."

„Ich habe einen zweiten Schlüssel zu allen Türen", sagte Katharina, „und von der Tür zu Henris Zimmer sind die Riegel entfernt. Adieu, Monsieur de Maurevert, auf bald. Ich lasse Sie in das Waffenzimmer des Königs führen. Denken Sie im übrigen daran, daß ein Befehl des Königs und seine Ausführung allem vorgeht; es gibt keine Entschuldigung dafür, wenn eine Niederlage oder sogar ein Mißerfolg die Ehre des Königs antasten würden. Das ist sehr wichtig."

Ohne Maurevert Zeit zu einer Antwort zu lassen, rief Katharina Monsieur de Nançay, den Hauptmann der Wache, und befahl ihm, Maurevert in das Waffenzimmer des Königs zu führen.

„Zum Henker!" sagte Maurevert, als er seinem Führer folgte. „Mein Aufstieg im Mordgeschäft macht sich: Von einem einfachen Edelmann zu einem Hauptmann – von einem Hauptmann zu einem Admiral – von einem Admiral zu einem König ohne Krone. Und wer weiß, ob ich es nicht eines Tages bis zu einem gekrönten König bringe!"

31

Die Parforcejagd

Der Piqueur, der das Lager des Keilers umgangen und dem König versichert hatte, das Tier habe die Umstellung nicht verlassen, hatte sich nicht getäuscht. Kaum war der Spürhund auf die Fährte gesetzt, als er ins Gebüsch drang und aus einem Tannendickicht den Keiler herausjagte, der, wie der Piqueur an den Spuren erkannt hatte, ein Eingänger war, das heißt, ein kapitaler Bursche.

Das Tier raste weiter und kreuzte fünfzig Schritt vor dem König den Weg, nur von dem Spürhund verfolgt, der sein Lager umgangen hatte. Sofort wurde die erste Hatz losgekoppelt, und etwa zwanzig Hunde machten sich an seine Verfolgung.

Die Jagd war Karls Leidenschaft. Kaum hatte das Tier seinen Weg gekreuzt, als er ihm nachsetzte und aus Leibeskräften à la vue blies, hinter sich den Herzog von Alençon und Henri, dem Marguerite durch ein Zeichen zu verstehen gegeben hatte, er möchte Karl nicht verlassen.

Auch die anderen Jäger folgten dem König.

Die königlichen Wälder waren zu der Zeit, als sich unsere Geschichte zutrug, weit davon entfernt, wie in heutigen Tagen großen Parks mit befahrbaren Wegen zu gleichen. Die Nutzung war daher nahezu gleich Null. Die Könige waren noch nicht auf die Idee gekommen, sich mit dem Handel zu befassen und ihre Wälder in Holzschläge, Buschholz und Hochwald zu teilen. Die keineswegs von kundigen Forstmeistern, sondern von Gottes Hand gesäten Bäume, der das Samenkorn der Laune des Windes preisgab, waren also nicht in Kreuzpflanzungen geordnet, sondern wuchsen nach Belieben und wie heute noch in den amerikanischen Urwäldern. Kurzum, zu jener Zeit war der Wald ein Schlupfwinkel für ganze Scharen von Schwarzwild, Hirschen, Wölfen und Räubern, und nur ein Dutzend von einem Punkt ausgehender Pfade durchliefen sternförmig den Wald von Bondy, der von einer Straße umschlossen war wie die Felgen vom Rad.

Will man den Vergleich noch weitertreiben, so kann die einzige, mitten im Wald gelegene Kreuzung, von wo sich die Jäger zerstreuten, um von verschiedenen Punkten an den Ort zu gelangen, wo das Wild erlegt werden sollte, als die Radnabe gelten.

Nach einer Viertelstunde geschah, was in solchen Fällen immer geschieht; schier unüberwindliche Hindernisse hatten sich den Jägern in den Weg gestellt, das Gebell der Hunde verlor sich in der Ferne, und der König selbst erschien, wie gewöhnlich schimpfend und fluchend, an der Kreuzung.

„Na, Alençon? Na, Henri?" rief er. „Zum Henker, da trottet ihr still und ruhig wie Nonnen, die ihrer Äbtissin folgen. Das soll nun eine Jagd sein! Sie, Alençon, protzen wie aus dem Ei gepellt und sind derart parfümiert, daß Sie imstande wären, meinen Hunden die Spur zu nehmen, wenn Sie zwischen die Hunde und das Wild gerieten. Und wo ist Ihr Spieß, wo ist Ihre Arkebuse, Henriot?"

„Sire", entgegnete Henri, „wozu eine Arkebuse? Ich weiß, wie gern Euer Majestät auf das Wild schießen, wenn es sich den Hunden stellt. Und den Spieß handhabe ich reichlich ungeschickt; in unseren Bergen, wo wir den Bären mit dem Hirschfänger jagen, ist er nicht üblich."

„Hol's der Schinder, Henri, wenn du wieder in deinen Pyrenäen bist, dann mußt du mir einen ganzen Karren voll Bären schicken – das muß eine schöne Jagd sein, so Leib an Leib mit einem Tier, das einen erdrücken kann. – Horcht, ich glaube, ich höre die Hunde. Nein, es war nur eine Täuschung."

Der König nahm sein Horn und blies eine Fanfare. Mehrere Fanfaren antworteten ihm. Plötzlich ließ ein Piqueur eine andere Melodie hören.

„A la vue, à la vue!" rief der König.

Im Galopp raste er los, gefolgt von allen Jägern, die sich um ihn versammelt hatten.

Der Piqueur hatte sich nicht geirrt. Je weiter der König

vordrang, um so deutlicher war das Bellen der Meute zu vernehmen, die jetzt bereits aus mehr als sechzig Hunden bestand, denn nach und nach war eine Hatz nach der anderen an den Stellen losgekoppelt worden, die der Keiler passiert hatte. Der König sah ihn zum zweitenmal vorüberlaufen und warf sich im Schutz des Hochwaldes auf seine Spur, wobei er aus Leibeskräften ins Horn stieß.

Die Prinzen folgten ihm in einigem Abstand. Doch der König hatte ein so hitziges Pferd, und es trug ihn, von seinem Ungestüm vorwärts gerissen, über so steile Wege und durch so dichtes Gestrüpp, daß zuerst die Frauen, dann der Herzog von Guise und seine Edelleute und schließlich die beiden Prinzen notgedrungen zurückbleiben mußten.

Tavannes hielt noch eine Zeitlang Schritt, doch am Ende fiel auch er zurück.

Alle außer Karl und einigen Piqueuren, die, angefeuert durch den versprochenen Lohn, den König nicht verlassen wollten, fanden sich also an der Kreuzung wieder zusammen.

Die beiden Prinzen hielten nebeneinander in einer langen Baumallee. Hundert Schritt von ihnen entfernt hatten der Herzog von Guise und seine Edelleute haltgemacht. Die Frauen warteten direkt an der Kreuzung.

„Könnte man nicht wirklich meinen", sagte der Herzog von Alençon zu Henri, mit einem Blinzeln auf den Herzog von Guise deutend, „dieser Mann mit seiner geharnischten Eskorte sei der wahre König? Uns arme Prinzen beehrt er nicht einmal mit einem Blick."

„Warum sollte er uns besser behandeln als unsere eigenen Verwandten?" erwiderte Henri. „Sind wir nicht beide, mein Bruder, Sie und ich, Gefangene am Hof von Frankreich, Geiseln unserer Partei?"

Bei diesen Worten fuhr Herzog Franz zusammen und blickte Henri an, wie um nähere Erklärungen herauszufordern; aber Henri hatte sich weiter vorgewagt, als er sonst zu tun pflegte, und schwieg.

„Was wollen Sie damit sagen, Henri?" drängte der Herzog, offensichtlich verärgert, daß ihn sein Schwager, in-

dem er nicht weiterredete, die Auseinandersetzung eröff-
nen ließ.

„Lieber Bruder", antwortete Henri, „ich meine, diese
so gut bewaffneten Männer, die den Auftrag zu haben
scheinen, uns nicht aus den Augen zu verlieren, sehen
ganz so aus wie Wachen, die willens sind, zwei Personen
am Entkommen zu hindern."

„Am Entkommen, warum, wie denn?" fragte Alençon
mit bewundernswert geheuchelter Überraschung und
Unbefangenheit.

„Sie haben da ein prächtiges spanisches Pferd, Franz",
sagte Henri, seinen Gedanken verfolgend, obwohl er sich
nach außen hin gab, als wolle er den Gesprächsgegen-
stand wechseln, „ich bin sicher, daß es sieben Meilen in
der Stunde machen kann und zwanzig von jetzt bis Mittag. Das Wetter ist schön, auf mein Wort, es lädt ein, sich
zu empfehlen. Sehen Sie doch nur den hübschen Querweg! Verführt er Sie nicht, Franz? Was mich betrifft, so
brennt mich der Sporn."

Franz antwortete nicht. Er wurde nur abwechselnd rot
und blaß, dann spitzte er die Ohren, als höre er die Jagd.

Die Nachricht über Polen wirkt sich aus, sagte sich
Henri, und mein lieber Schwager hat seinen Plan. Er
würde gern sehen, wenn ich flüchtete; aber ich werde
nicht allein gehen.

Kaum hatte er dies zu Ende gedacht, als ein paar Neube-
kehrte, die seit zwei, drei Monaten an den Hof zurückgekehrt waren, in leichtem Galopp herankamen und die beiden Prinzen mit dem einnehmendsten Lächeln grüßten.

Durch Henris Vorschläge herausgefordert, hätte der
Herzog von Alençon nur eines Wortes oder einer Handbewegung bedurft; denn es war ganz offensichtlich, daß
dreißig oder vierzig in diesem Augenblick um sie versammelte Reiter dem Trupp des Herzogs von Guise Widerstand leisten und ihre Flucht begünstigen würden; aber
der Prinz wandte den Kopf ab, setzte das Horn an den
Mund und blies zum Sammeln.

Unterdessen hatten sich die Neuangekommenen, anscheinend der Meinung, das Zögern des Herzogs von

Alençon habe seinen Grund in der Nähe und Anwesenheit der Guisarden, allmählich zwischen diese und die beiden Prinzen gedrängt und mit einem strategischen Geschick verteilt, das Übung in militärischen Dingen verriet. Um zu dem Herzog von Alençon und dem König von Navarra zu gelangen, hätte man tatsächlich erst die Reiter erledigen müssen, während vor den beiden Brüdern, soweit das Auge reichte, die freie Straße lag.

Plötzlich erschien unter den Bäumen, zehn Schritte vom König von Navarra entfernt, ein anderer Edelmann, den die beiden Prinzen vorher noch nicht gesehen hatten. Henri suchte zu erraten, wer er sei, als der Edelmann seinen Hut zog, so daß Henri den Vicomte de Turenne erkannte, einen der Führer der protestantischen Partei, den man in Poitou glaubte.

Der Vicomte wagte sogar ein Zeichen, in dem deutlich die Frage lag: Kommen Sie?

Aber nachdem Henri das unbewegliche Gesicht und die glanzlosen Augen des Herzogs von Alençon zu Rate gezogen hatte, drehte er zwei-, dreimal den Kopf auf den Schultern hin und her, als störe ihn etwas am Ausschnitt seines Wamses.

Das war eine verneinende Antwort. Der Vicomte verstand sie, gab dem Pferd die Sporen und verschwand im Dickicht.

Im selben Augenblick hörten sie die Meute näher kommen, dann sahen sie am äußersten Ende der Baumallee, in der sie sich befanden, den Keiler laufen, dahinter die Hunde und dann gleich den schwarzen Jäger Samiel, Karl IX., ohne Hut, das Horn an den Lippen und so laut blasend, daß seine Lungen zu bersten drohten; drei oder vier Piqueure folgten ihm. Tavannes war verschwunden.

„Der König!" schrie der Herzog von Alençon und setzte ihm nach.

Henri, durch die Gegenwart seiner Freunde beruhigt, bedeutete ihnen, sie möchten sich nicht entfernen, und ritt zu den Damen.

„Nun?" fragte Marguerite, die ihm ein paar Schritte entgegenkam.

„Wir machen Jagd auf den Keiler, Madame", antwortete Henri.

„Das ist alles?"

„Ja, seit gestern morgen hat sich der Wind gedreht; aber das sagten Sie ja schon voraus."

„Diese Windveränderungen sind schlecht für die Jagd, nicht wahr, Monsieur?" fragte Marguerite.

„Ja", erwiderte Henri, „so etwas wirft alle getroffenen Vereinbarungen um; ein neuer Plan muß entworfen werden."

Jetzt wurde das Gebell der Meute laut, kam rasch heran, und der lärmende Wirbeldunst warnte die Jäger, auf der Hut zu sein.

Alle hoben den Kopf und lauschten.

Gleich darauf zeigte sich der Keiler; doch statt sich wieder ins Gehölz zu stürzen, folgte er dem Weg, der geradenwegs zu der Kreuzung führte, an der die Damen, die Edelleute, die ihnen den Hof machten, und alle Jäger hielten, die die Jagd aufgegeben hatten.

Hinter dem Keiler, so daß ihr Keuchen seine Borsten streifte, kamen dreißig oder vierzig der kräftigsten Hunde und kaum zwanzig Schritt hinter den Hunden König Karl, ohne Barett und Mantel, Wams und Hosen von Dornen zerfetzt und Gesicht und Hände voller Blut.

Nur ein oder zwei Piqueure hatten bei ihm ausgeharrt.

Der König setzte sein Horn nur ab, um die Hunde anzutreiben, und hörte nur auf, die Hunde anzufeuern, um das Horn an den Mund zu heben. Er hatte für nichts anderes auf der Welt Augen. Wäre sein Pferd gestürzt, so hätte er wie Richard III. geschrien: Ein Königreich für ein Pferd!

Aber das Pferd war anscheinend ebenso hitzig wie sein Herr, seine Hufe berührten kaum die Erde, und seine Nüstern sprühten Feuer.

Der Keiler, die Hunde und der König fegten wie eine Vision vorüber.

„Halali, halali!" schrie der König im Vorübersausen und setzte aufs neue das Horn an die blutenden Lippen.

In einiger Entfernung folgte der Herzog von Alençon

mit zwei Piqueuren; die Pferde der anderen hatten aufgegeben oder sich verloren.

Jetzt setzten sich alle auf seine Fährte, denn es war offensichtlich, daß sich der Keiler bald stellen würde.

Und wirklich, kaum zehn Minuten später verließ der Keiler den Pfad und warf sich ins Gehölz, doch auf einer Lichtung suchte er Rückendeckung an einem Felsen und nahm die Hunde an.

Karl war ihm gefolgt, und sein Rufen lockte alle herbei.

Der interessanteste Augenblick der Jagd war erreicht. Das Tier schien entschlossen, sich aus Leibeskräften zu verteidigen. Die Hunde, durch den mehr als drei Stunden dauernden Lauf leidenschaftlich erregt, fielen mit einer Erbitterung über den Keiler her, die durch Karls Schreie und Verwünschungen noch verdoppelt wurde.

Die Jäger stellten sich im Kreis auf, der König ein wenig dichter heran, hinter sich den Herzog von Alençon mit einer Arkebuse und Henri, der nichts als seinen Hirschfänger hatte.

Der Herzog von Alençon hakte seine Arkebuse ab und zündete die Lunte an. Henri ließ seinen Hirschfänger in der Scheide spielen.

Der Herzog von Guise dagegen brachte der Jagd solche Verachtung entgegen, daß er sich mit seinen Edelleuten ein wenig abseits hielt. Die Frauen bildeten eine kleine, der des Herzogs von Guise entsprechende Gruppe.

Alle Jäger aber richteten in unruhiger Erwartung die Augen auf den Keiler.

Etwas entfernt stand ein Piqueur, der sich steif machen mußte, um zwei mit Maschenpanzern geschützte Jagdhunde des Königs zu halten, die heulend und vorwärts drängend, so daß man glauben mußte, sie würden im nächsten Augenblick ihre Ketten sprengen, nur darauf warteten, auf den Keiler loszustürzen.

Das Tier war wunderbar; zu gleicher Zeit von vierzig Hunden angegriffen, die ihn wie unter einer buntscheckigen Decke begruben und von allen Seiten seinem rauhen Borstenfell beizukommen versuchten, warf es mit jedem Abschlag einen Hund zehn Fuß in die Höhe, so daß er mit aufgeschlitztem Bauch niederfiel und sich mit herausquellenden Eingeweiden verzog, während Karl mit gesträubtem Haar, flammenden Augen und bebenden Nasenflügeln, über den Hals seines schweißtriefenden Pferdes gebeugt, ein wütendes Halali blies.

In weniger als zehn Minuten waren zwanzig Hunde außer Gefecht gesetzt.

„Die Doggen!" schrie Karl. „Die Doggen!"

Der Piqueur öffnete die Karabinerhaken der Riemen, und die beiden Jagdhunde warfen sich in das Gemetzel, immer wieder zurückgeworfen, immer wieder vorwärts drängend, wobei sie sich im Schutz ihrer Panzer einen Weg bis zu dem Keiler bahnten und ihn schließlich, jeder an einem Ohr, packten.

Der Keiler fühlte den Biß, seine Hauer schlugen vor Wut und Schmerz aufeinander.

„Bravo, Duredent! Bravo, Risquetout!" schrie Karl. „Mut, meine Hunde! Einen Spieß, einen Spieß!"

„Wollen Sie nicht meine Arkebuse?" fragte der Herzog von Alençon.

„Nein", rief der König, „nein, man fühlt die Kugel nicht einschlagen, das macht keinen Spaß; aber den Spieß spürt man eindringen. Einen Spieß! Einen Spieß!"

Man reichte dem König einen im Feuer gehärteten und mit einer Eisenspitze versehenen Spieß.

„Geben Sie acht, Bruder!" rief Marguerite.

„Drauflos, Sire!" rief die Herzogin von Nevers. „Verfehlen Sie ihn nicht, Sire! Einen tüchtigen Hieb auf diesen Spitzkopf!"

„Halten Sie den Mund, Herzogin!" verwies sie Karl.

Den Spieß bereit, ging er auf den Keiler los, der, von den beiden Hunden gehalten, dem Angriff nicht ausweichen konnte. Doch beim Anblick der blinkenden Waffe warf er sich zur Seite, und statt ihm die Brust zu durchbohren, streifte der Spieß nur seine Schulter und brach an dem Felsen, den der Keiler als Rückendeckung benutzte.

„Pech und Schwefel!" schrie der König. „Ich habe ihn verfehlt ... Einen Spieß! Einen Spieß!"

Er lenkte rückwärts wie ein Reiter, der Anlauf nimmt, und warf auf zehn Schritt Entfernung seinen Spieß.

Ein Piqueur eilte auf ihn zu, um ihm einen neuen zu reichen.

Doch im selben Augenblick, als ahne er sein voraussichtliches Schicksal und wolle ihm entgehen, riß sich der Keiler mit aller Macht von den Zähnen der Hunde los; mit zerrissenem Gehöre, blutunterlaufenen Lichtern, gesträubt und garstig anzusehen, laut keuchend wie ein Blasebalg und mit schnatterndem Gebiß, stürzte er sich mit gesenktem Kopf auf das Pferd des Königs.

Karl war ein zu guter Jäger, um diesen Angriff nicht vorausgesehen zu haben. Er riß sein aufbäumendes Pferd zur Seite, hatte jedoch den Druck schlecht berechnet; von den riesigen Hauern zu sehr bedrängt, vielleicht auch im ersten Schreck, überschlug sich das Pferd nach hinten.

Die Zuschauer stießen entsetzt einen Schrei aus, als das Pferd fiel und den Schenkel des Königs unter sich begrub.

„Den Zügel, Sire, lassen Sie den Zügel los!" rief Henri.

Der König folgte seinem Rat, griff mit der Linken nach dem Sattel und versuchte mit der Rechten seinen Hirschfänger zu ziehen, doch da er mit dem ganzen Gewicht seines Körpers drauflag, wollte die Waffe nicht aus der Scheide.

„Der Keiler, der Keiler!" schrie Karl. „Zu Hilfe, Alençon, zu Hilfe!"

Sich selbst überlassen, spannte das Pferd, als hätte es die seinem Herrn drohende Gefahr begriffen, alle Muskeln an und hatte sich schon auf drei Beine erhoben, als Henri den Herzog Franz nach dem Anruf seines Bruders unheimlich blaß werden und die Arkebuse an die Schulter legen sah; doch statt den Keiler zu treffen, der kaum zwei Schritt vom König entfernt war, zerschlug die Kugel das Knie des Pferdes, das nach vorn zurückfiel.

Der Keiler schlitzte mit seinen Hauern Karls Stiefel auf.

„Oh!" murmelte Alençon mit bleichen Lippen. „Ich glaube, der Herzog von Anjou ist König von Frankreich, und ich bin König von Polen."

Schon bearbeitete der Keiler Karls Schenkel, als der König fühlte, wie jemand seinen Arm hob; dann sah er eine scharfe, spitze Klinge aufblitzen, die vorwärts schnellte und bis zum Heft im Blatt des Keilers verschwand, während eine Hand in einem Panzerhandschuh den Kopf des Tieres wegschob, dessen heißen Atem er bereits unter seinen Kleidern spürte.

Karl, der durch den neuerlichen Fall des Pferdes sein Bein freibekommen hatte, stand schwerfällig auf und wurde leichenblaß, als er sich von Blut triefen sah.

„Sire", sagte Henri, der, immer noch auf den Knien, den Keiler ins Herz stach, „Sire, es ist nichts, ich habe den Hauer entfernt, Euer Majestät sind nicht verwundet." Dann erhob er sich, ließ den Hirschfänger fahren, und der Keiler fiel zurück, mehr aus der Schnauze als aus seiner Wunde blutend.

Karl, von atemlosen Zuschauern umgeben, mit Schreckensschreien bestürmt, die den Gleichmütigsten schwindlig gemacht hätten, war nahe daran, neben dem verendenden Keiler niederzufallen. Doch bald faßte er sich, wandte sich zu dem König von Navarra und drückte ihm die Hand mit einem Blick, in dem das erste Feuer der Empfindung loderte, die seit vierundzwanzig Jahren sein Herz schlagen ließ.

„Danke, Henriot!" sagte er.

„Mein armer Bruder!" rief Alençon und trat zu Karl.

„Ach du, Alençon", sagte der König. „Na, du Oberschütze, was ist aus deiner Kugel geworden?"

„Sie wird an dem Keiler abgeprallt sein", erwiderte der Herzog.

„Mein Gott!" rief Henri mit wunderbar gespielter Überraschung. „Aber sehen Sie doch, Franz, Ihre Kugel hat dem Pferd seiner Majestät das Bein zerschmettert. Das ist doch sonderbar!"

„Ach, wirklich?" rief der König.

„Das ist möglich", parierte der Herzog betroffen, „meine Hand zitterte so!"

„Tatsache ist, daß Sie für einen geübten Schützen einen immerhin sonderbaren Schuß abgegeben haben, Franz!" sagte Karl mit gerunzelter Stirn. „Nochmals vielen Dank,

Henriot! Meine Herren", fügte der König hinzu, „kehren wir nach Paris zurück, ich habe reichlich genug."

Marguerite kam heran, um Henri zu beglückwünschen.

„Wirklich, Margot", sagte Karl, „mach ihm dein Kompliment, und zwar ein sehr ernsthaftes, denn ohne ihn hieße der König von Frankreich jetzt Henri III."

„Leider, Madame", fügte der Béarner hinzu, „wird mir der Herzog von Anjou, der ohnehin schon mein Feind ist, jetzt noch mehr als früher gram sein. Aber was wollen Sie, man tut, was man kann, fragen Sie den Herzog von Alençon."

Damit bückte er sich und zog seinen Hirschfänger aus dem Leib des Keilers, worauf er die Waffe zwei-, dreimal in die Erde stach, um sie vom Blut zu reinigen.

32

Brüderliche Beziehung

Als er Karl das Leben rettete, hatte Henri mehr getan, als nur das Leben eines Menschen gerettet: Er hatte verhindert, daß drei Königreiche ihre Herrscher wechselten.

Denn nach dem Tode Karls IX. wäre der Herzog von Anjou König von Frankreich und der Herzog von Alençon aller Wahrscheinlichkeit nach König von Polen geworden. Und da der Herzog von Anjou ein Verhältnis mit Frau von Condé hatte, hätte er vermutlich dem Prinzen von Condé die Gefälligkeit seiner Frau mit der Krone von Navarra bezahlt.

Aus dieser ganzen großen Umwälzung wäre für Henri nichts Gutes herausgesprungen. Er hätte nur den Herrn gewechselt, weiter nichts, und an die Stelle Karls IX., der ihn duldete, den Herzog von Anjou auf den Thron von Frankreich steigen sehen, der, ein Herz und eine Seele mit seiner Mutter Katharina, seinen Tod beschworen hatte und gewiß nicht versäumt hätte, seinen Schwur zu halten.

All diese Gedanken waren ihm durch den Kopf gegangen, als der Keiler auf Karl IX. losstürzte; und das Resultat dieser blitzschnellen Überlegung haben wir gesehen: die Erkenntnis, daß Karls Leben eng mit dem seinen verknüpft war.

Karl IX. war durch eine Aufopferung gerettet worden, deren Motiv der König unmöglich verstehen konnte.

Marguerite jedoch hatte alles verstanden und bewunderte Henris Mut, der wie ein Blitz nur in Unwettern aufleuchtete.

Unglücklicherweise war es nicht damit getan, der Herrschaft des Herzogs von Anjou entgangen zu sein; man mußte selber König werden. Man mußte Navarra dem Herzog von Alençon und dem Prinzen von Condé streitig machen und vor allem diesen Hof verlassen, wo man sich zwischen zwei Abgründen bewegte, und man mußte ihn unter dem Schutz eines Prinzen von Frankreich verlassen.

Auf dem Rückweg von Bondy überdachte Henri die Lage gründlich und nach allen Seiten. Als er den Louvre erreicht hatte, stand sein Plan fest. Ohne die Stiefel auszuziehen, so wie er war, staubbedeckt und über und über voll Blut, begab er sich zu dem Herzog von Alençon, den er sehr aufgeregt, mit großen Schritten sein Zimmer durchmessend, fand.

Als er ihn bemerkte, machte der Prinz eine schroffe Bewegung.

„Ja", sagte Henri und griff nach seinen Händen, „ja, ich verstehe, lieber Bruder, Sie ärgern sich über mich, weil ich den König als erster darauf hinwies, daß Ihre Kugel seinem Pferd das Bein durchschlug, statt den Keiler zu treffen, wie Sie beabsichtigten. Aber was wollen Sie? Ich konnte meine Überraschung nicht unterdrücken. Übrigens hätte es der König ohnehin gemerkt, nicht wahr?"

„Natürlich, natürlich", murmelte Alençon. „Dennoch kann ich Ihren diesbezüglichen Hinweis nur einer schlechten Absicht zuschreiben, der, wie Sie gesehen haben, zumindest bewirkte, daß mein Bruder Karl gegen meine Absichten argwöhnisch wurde und Verdacht zwischen uns aufkommen ließ."

„Wir werden uns gleich darüber unterhalten, und was

die gute oder schlechte Absicht Ihnen gegenüber betrifft, so werde ich mich deutlich erklären, damit Sie sich ein Urteil bilden können."

„Gut", erwiderte Alençon mit seiner üblichen Zurückhaltung, „sprechen Sie, Henri, ich höre."

„Wenn ich gesprochen habe, Franz, werden Sie meine Absichten verstehen; denn das Vertrauen, das ich Ihnen schenken will, schließt alle Zurückhaltung und Vorsicht aus, und danach könnten Sie mich mit einem einzigen Wort verderben!"

„Was gibt es also?" fragte Franz, der allmählich unruhig wurde.

„Dennoch habe ich lange gezögert", fuhr Henri fort, „über das, was mich jetzt zu Ihnen führt, mit Ihnen zu sprechen, vor allem, nachdem Sie sich heute so taub stellten."

„Ich weiß wirklich nicht, wovon Sie sprechen, Henri", sagte Franz, und das Blut wich aus seinem Gesicht.

„Lieber Bruder, Ihre Interessen sind mir viel zu teuer, als daß ich Ihnen verschweigen könnte, welche Schritte die Hugenotten meinetwegen unternommen haben."

„Schritte unternommen?" wiederholte Alençon. „Was für Schritte?"

„Einer von ihnen, Monsieur de Mouy de Saint-Phale, der Sohn des tapferen, von Maurevert ermordeten de Mouy, wie Sie wissen ..."

„Ja."

„Er ist unter Lebensgefahr zu mir gekommen, um mir zu erklären, daß ich mich sozusagen in Gefangenschaft befände."

„Ach, wirklich? Und was haben Sie ihm geantwortet?"

„Mein Bruder, Sie wissen, daß ich Karl, der mir das Leben gerettet hat, zärtlich liebe und daß mir die Königinmutter meine Mutter ersetzt. Deshalb habe ich alle Angebote, die er mir machte, abgelehnt."

„Was für Angebote?"

„Die Hugenotten wollen den Thron von Navarra wiedererrichten, und da er durch Erbschaft tatsächlich mir gehört, haben sie ihn mir angeboten."

„Ja, und Monsieur de Mouy hat statt der Zustimmung, um die er Sie ersuchte, eine Verzichterklärung von Ihnen erhalten?"

„Ganz formell ... sogar schriftlich. Doch seitdem ...", fuhr Henri fort.

„Haben Sie es bereut, mein Bruder?" unterbrach Alençon.

„Nein, ich glaubte nur zu bemerken, daß Monsier de Mouy, unzufrieden mit mir, sein Augenmerk anderswohin richtet."

„Wohin?" fragte Franz lebhaft.

„Ich weiß nicht. Vielleicht auf den Prinzen von Condé."

„Ja, das ist wahrscheinlich", entgegnete der Herzog.

„Übrigens", warf Henri ein, „kenne ich unfehlbare Mittel und Wege, festzustellen, welches Oberhaupt er wählte."

Franz wurde leichenblaß.

„Aber", fuhr Henri fort, „die Hugenotten sind uneins, und de Mouy, so tapfer und ohne Falsch er sein mag, repräsentiert nur eine Hälfte der Partei. Die andere Hälfte, die durchaus nicht zu unterschätzen ist, hat noch nicht die Hoffnung aufgegeben, diesen Henri von Navarra an die Regierung zu bringen, denn nachdem er zuerst zauderte, könnte er inzwischen darüber nachgedacht haben."

„Glauben Sie?"

„Aber ja doch, jeden Tag erhalte ich Beweise. Haben Sie bemerkt, was für Männer zu diesem Trupp gehörten, den wir bei der Jagd trafen?"

„Ja, bekehrte Edelleute."

„Und haben Sie ihren Anführer erkannt, der mir ein Zeichen machte?"

„Es war der Vicomte de Turenne."

„Haben Sie verstanden, was sie von mir wollten?"

„Ja, sie legten Ihnen nahe zu fliehen."

„Es ist also ganz offensichtlich", sagte Henri zu Franz, der immer unruhiger wurde, „daß eine zweite Partei existiert, die anders will als Herr de Mouy."

„Eine zweite Partei?"

„Ja, und sogar eine mächtigere, sage ich Ihnen, weshalb

man, um Erfolg zu haben, beide Parteien, Turenne und de Mouy, vereinigen muß. Die Verschwörung ist im Gange, die Trupps sind bestimmt und warten nur auf das Signal. In dieser zugespitzten Situation, die eine rasche Entscheidung von mir verlangt, schwanke ich zwischen zwei Entschlüssen. Und diese beiden Entschlüsse möchte ich Ihnen als einem Freund vortragen."

„Sagen Sie lieber als einem Bruder."

„Ja, als einem Bruder", sagte Henri.

„Reden Sie, ich höre."

„Zuerst muß ich Ihnen meinen Seelenzustand schildern, lieber Franz. Mich plagt weder Wunsch noch Ehrgeiz oder ein fähiger Kopf; ich bin so recht und schlecht ein Landedelmann, arm, empfindlich und schüchtern; das Handwerk eines Verschwörers bietet mir nur Ungemach, das selbst gegen die sichere Aussicht auf eine Krone nicht ganz aufgewogen wird."

„Ach, Bruder", widersprach Franz, „Sie tun sich unrecht; welch eine traurige Lage für einen Prinzen, dessen Glück durch einen Prellstein im Vaterland oder einen Mann in der Laufbahn der Ehrenämter eingeschränkt sein sollte! Daher glaube ich nicht, was Sie mir sagen."

„Dennoch ist es so wahr, mein Bruder", erwiderte Henri, „daß ich einem echten Freund zuliebe auf die Macht verzichten würde, die mir die Partei, die sich mit mir beschäftigt, geben will; aber", fügte er mit einem Seufzer hinzu, „ich habe keinen."

„Vielleicht doch. Zweifellos irren Sie sich."

„Heiliger Strohsack, nein!" widersprach Henri. „Außer Ihnen, mein Bruder, sehe ich niemand, der mir verbunden ist; lieber als in häßlichem Streit einen Versuch scheitern lassen, der einen ... einen unwürdigen Mann ans Licht bringen würde, möchte ich daher wahrhaftig meinem Bruder, dem König, mitteilen, was vorgeht. Ich würde ihm keine Namen nennen, weder Ort noch Stunde verraten, sondern ihn nur vor der Katastrophe warnen."

„Großer Gott!" rief Alençon, der seines Entsetzens nicht mehr Herr zu werden vermochte. „Was sagen Sie da? ... Sie, die einzige Hoffnung der Partei seit dem Tode des Admirals; Sie, ein bekehrter Hugenott, wenn auch ein schlechtbekehrter, wie man zumindest glaubt, heben das Messer gegen Ihre Brüder? Henri, Henri, wenn Sie das tun ... wissen Sie, daß Sie dann allen Kalvinisten des Königreiches eine zweite Bartholomäusnacht bereiten? Wissen Sie, daß Katharina nur auf solch eine Gelegenheit wartet, um alle auszurotten, die jene Nacht überlebten?"

Zitternd, mit leichenblassem, rotgeflecktem Gesicht preßte der Herzog Henris Hand, um ihn auf diese Art zu bitten, er möchte von seinem Entschluß absehen, der ihn vernichten würde.

„Wie denn?" rief Henri mit der Miene eines Biedermannes. „Glauben Sie im Ernst, Franz, daß soviel Unheil geschehen könnte? Mir scheint, mit dem Wort des Königs könnte ich für die Unvorsichtigen bürgen."

„Mit dem Wort König Karls IX., Henri? ... Hatte nicht der Admiral sein Wort? Und Téligny? Und Sie selbst? Oh, Henri, hören Sie, was ich Ihnen sage! Wenn Sie das täten, würden Sie alle verderben; und nicht allein diese, sondern außerdem alle, die in direkter oder indirekter Beziehung mit ihnen standen."

Henri schien einen Augenblick zu überlegen.

„Wenn ich ein Prinz wäre, dessen Bedeutung der Hof nicht übergehen könnte", sagte er, „dann hätte ich anders gehandelt. An Ihrer Stelle zum Beispiel, Franz, Prinz des Hauses von Frankreich und wahrscheinlich Erbe der Krone ..."

Franz schüttelte ironisch den Kopf. „Was würden Sie an meiner Stelle tun?" fragte er.

„An Ihrer Stelle, lieber Bruder", antwortete Henri, „würde ich mich an die Spitze der Bewegung stellen, um sie zu lenken. Mein Name und mein Ruf würden meinem Gewissen für das Leben der Aufrührer bürgen, und ich würde zuerst für mich und dann vielleicht für den König Nutzen ziehen aus einem Unternehmen, das für Frankreich andernfalls zum größten Unheil werden kann."

Alençon lauschte diesen Worten mit einer Freude, die ihm alle Beherrschung über sein Gesicht nahm.

„Halten Sie das Mittel für brauchbar und glauben Sie,

es werde uns das von Ihnen vorausgesehene Mißgeschick ersparen?" fragte er.

„Das glaube ich", erwiderte Henri. „Die Hugenotten lieben Sie; Ihr anspruchsloses Äußere, Ihre bedeutende und zugleich interessante Stellung, das Wohlwollen, das Sie jederzeit gegen die von der Religion bezeigten, werden sie dazu bringen, daß sie Ihnen gern dienen."

„Aber da ist diese Spaltung in der Partei", wandte Alençon ein, „werden Ihre Anhänger auch für mich sein?"

„Ich übernehme es, sie durch zwei Beweggründe zum Vergleich zu bringen."

„Durch welche?"

„Zuerst durch das Vertrauen, das die Führer in mich setzen, und dann durch die Furcht, wenn Euer Hoheit ihre Namen kennen ..."

„Aber wer wird mir diese Namen verraten?"

„Heiliger Strohsack, ich!"

„Das würden Sie tun?"

„Hören Sie, Franz, ich habe Ihnen schon gesagt", fuhr Henri fort, „daß ich nur Sie am ganzen Hof gern habe, sicherlich deshalb, weil Sie wie ich verfolgt werden und weil meine Frau eine Zuneigung zu Ihnen hegt, die nicht ihresgleichen hat ..."

Franz errötete vor Freude.

„Glauben Sie mir, lieber Bruder", fuhr Henri fort, „Sie müssen die Sache in die Hand nehmen und in Navarra regieren; und ich werde mich glücklich schätzen, wenn Sie einen Platz an Ihrer Tafel und einen schönen Wald zur Jagd für mich reservieren."

„In Navarra regieren ...", wiederholte der Herzog. „Aber wenn ..."

„Wenn der Herzog von Anjou zum König von Polen proklamiert wird, nicht wahr? Ich führe Ihre Gedanken zu Ende."

Franz konnte Henri nicht ohne ein gewisses Entsetzen ansehen.

„Hören Sie, Franz", fuhr Henri fort, „da Ihnen nichts entgeht; gerade auf diese Annahme stütze ich meine Überlegungen: Wenn der Herzog von Anjou zum König von Polen proklamiert wird und unser Bruder Karl, was Gott verhüten möge!, sterben sollte – von Pau nach Paris ist es nur zweihundert Meilen weit, während die Entfernung von Paris nach Krakau vierhundert beträgt; Sie werden also schon hiersein, um das Erbe anzutreten, wenn der König von Polen erst erfährt, daß der Thron herrenlos ist. Und wenn Sie dann mit mir zufrieden sind, Franz, werden Sie mir das Königreich von Navarra geben, das nur eine unter den Perlen in Ihrer Krone ist, und in dieser Form werde ich es annehmen. Das Schlimmste, was Ihnen passieren kann, ist, dort unten König zu bleiben und im Zusammenleben mit mir und meiner Familie der Stammvater eines Königsgeschlechts zu werden; was aber sind Sie hier? Ein armer verfolgter Prinz, ein armer dritter Königssohn, ein Sklave der beiden älteren, die Sie je nach Laune in die Bastille schicken können."

„Ja, ja", sagte Franz, „das spüre ich sehr wohl und so gut, daß ich nicht begreife, wie Sie diesen Plan, den Sie mir vorschlagen, aufgeben können. Ist denn hier alles tot?" fragte der Herzog von Alençon und legte die Hand auf das Herz seines Bruders.

„Es gibt für manche Hände zu schwere Bürden", erwiderte Henri lächelnd, „ich würde gar nicht versuchen, eine solche zu tragen; über der Furcht, zu ermatten, vergeht mir die Lust am Besitz."

„So wollen Sie wirklich verzichten, Henri?"

„Ich habe es bereits de Mouy gesagt und wiederhole es Ihnen."

„Aber in einer solchen Lage redet man nicht, lieber Bruder", sagte Alençon, „sondern beweist."

Henri atmete auf wie ein Ringer, der fühlt, wie dem Gegner die Knie weich werden.

„Ich werde es beweisen", sagte er, „heute abend um neun Uhr werden Sie die Liste der Anführer und den Plan des Unternehmens in Händen halten. Ich habe sogar schon die Urkunde über den Verzicht an de Mouy gegeben."

Franz nahm Henris Hand und drückte sie mit Wärme. Er hielt sie noch, als Katharina das Zimmer des Herzogs von Alençon betrat, wie immer, ohne sich anmelden zu lassen.

„Treulich beieinander", sagte sie lächelnd, „zwei wahre Brüder."

„Das will ich hoffen, Madame", entgegnete Henri mit der größten Kaltblütigkeit, während der Herzog von Alençon vor Angst blaß wurde.

Dann trat Henri ein paar Schritte zurück, um Katharina ungestört mit ihrem Sohn sprechen zu lassen.

Die Königinmutter zog aus ihrem Almosentäschchen ein herrliches Geschmeide.

„Eine Agraffe aus Florenz", sagte sie, „ich schenke sie Ihnen, damit Sie Ihr Degengehenk damit schmücken."

Kaum hörbar fügte sie hinzu: „Rühren Sie sich nicht, wenn Sie heute abend Lärm bei Ihrem lieben Bruder Henri hören!"

Franz drückte seiner Mutter die Hand und erwiderte: „Erlauben Sie, daß ich ihm das schöne Geschenk zeige, das Sie mir machten?"

„Mehr noch, schenken Sie es ihm in Ihrem und in meinem Namen; ich habe für ihn bereits ein zweites in Auftrag gegeben."

„Haben Sie das gehört, Henri?" rief Franz. „Meine gute Mutter bringt mir dies Geschmeide und verdoppelt seinen Wert, indem sie mir erlaubt, es Ihnen zu schenken."

Henri konnte sich nicht lassen vor Begeisterung über die Schönheit der Agraffe und bedankte sich überschwenglich.

Als sich sein Entzücken einigermaßen gelegt hatte, sagte Katharina: „Mein Sohn, ich fühle mich nicht recht wohl und werde gleich zu Bett gehen; Ihr Bruder Karl ist nach seinem Sturz noch sehr angegriffen und wird dasselbe tun. Wir werden also heute abend nicht in Familie speisen, sondern im Zimmer servieren lassen. Ach ja, Henri, ich vergaß, Sie zu Ihrem Mut und Ihrer Geschicklichkeit zu beglückwünschen: Sie haben Ihren König und Bruder gerettet, man wird Sie belohnen."

„Ich bin es schon, Madame", entgegnete Henri und verneigte sich.

„Durch das Gefühl, daß Sie Ihre Pflicht taten", ergänzte Katharina, „doch das ist nicht genug; Sie können uns glauben, daß Karl und ich darüber nachdenken werden, wie wir uns für den geleisteten Dienst dankbar erweisen können."

„Alles, was von Ihnen und meinem lieben Bruder kommt, wird mir willkommen sein, Madame."

Noch einmal verbeugte er sich und ging hinaus.

Lieber Bruder Franz, dachte Henri, jetzt bin ich gewiß, nicht allein zu gehen; die Verschwörung, die bislang nur ein Leib war, hat einen Kopf und ein Herz gefunden. Nur heißt es aufpassen! Katharina hat mir ein Geschenk gemacht, Katharina hat mir eine Belohnung versprochen; dahinter steckt doch irgendeine Teufelei; ich werde es heute abend mit Marguerite besprechen.

33

König Karl IX. zeigt sich dankbar

Maurevert hatte einen Teil des Tages im Waffenzimmer des Königs verbracht, doch als Katharina den Augenblick gekommen sah, da die Jagdgesellschaft zurückkehren mußte, hatte sie ihn mit den Sbirren, die zu ihm gekommen waren, in ihr Betzimmer eintreten lassen.

Karl, der beim Heimkommen von der Amme erfuhr, ein Mann hätte sich stundenlang in seinem Kabinett aufgehalten, war zuerst außer sich vor Zorn, daß man sich erlaubt hatte, einen Fremden dort einzulassen. Nachdem ihm seine Amme jedoch erzählt hatte, es handle sich um denselben Mann, den sie eines Tages in seinem Auftrag zu ihm geführt habe, war dem König Maurevert eingefallen; er besann sich auf den Befehl, den seine Mutter ihm morgens abgepreßt hatte, und verstand nun alles.

„Ach", murmelte Karl, „ausgerechnet an dem Tag, wo er mir das Leben gerettet hat … ein schlecht gewählter Augenblick!"

Schon ging er zur Tür, um seine Mutter aufzusuchen, als ihn ein Gedanke zurückhielt ...

„Zum Henker!" rief er aus. „Das wird eine endlose Unterhaltung, wenn ich nur ein Wort davon sage – viel besser, wenn wir die Sache selber in die Hand nehmen."

„Verriegele alle Türen, Amme", sagte er, „und sage der Königin Elisabeth, ich möchte heute nacht allein schlafen, weil ich mich nach dem Sturz nicht recht wohl fühle."

Die Amme gehorchte, und da es noch nicht an der Zeit war, seinen Plan auszuführen, begann Karl zu dichten.

Bei dieser Beschäftigung verging dem König die Zeit viel zu schnell. So kam es, daß es bereits neun Uhr schlug, als Karl noch glaubte, es sei kaum sieben. Er zählte die einzelnen Schläge und stand beim letzten auf.

„Teufel auch!" rief er. „Jetzt ist es Zeit."

Dann nahm er seinen Mantel und seinen Hut und ging durch eine in die Täfelung eingelassene Geheimtür hinaus, von deren Existenz nicht einmal Katharina wußte.

Karl begab sich geradenwegs zu Henri. Doch Henri hatte, nachdem er den Herzog von Alençon verließ, sein Zimmer nur aufgesucht, um seine Kleidung zu wechseln, und war gleich wieder gegangen.

Er wird bei Margot zu Abend essen, sagte sich der König, er war heute sehr innig mit ihr, zumindest schien es mir so.

Also ging er zu Marguerite.

Marguerite hatte die Herzogin von Nevers, Coconnas und La Môle zu einem kleinen Imbiß mit Obst und Gebäck eingeladen.

Karl klopfte an die Tür, und Gillonne öffnete; beim Anblick des Königs fuhr ihr jedoch ein solcher Schreck in die Glieder, daß sie kaum ihren Hofknicks machen konnte, und statt hinzulaufen und ihrer Herrin den erlauchten Besuch zu melden, ließ sie Karl eintreten, ohne Marguerite anders als durch einen Schrei zu warnen.

Der König durchquerte das Vorzimmer und wandte sich, von dem lauten Gelächter geleitet, zum Speisezimmer.

Armer Henriot, dachte er, er vergnügt sich, ohne an Böses zu denken.

„Ich bin es", sagte er, den Türvorhang hebend, und zeigte sein lachendes Gesicht.

Marguerite stieß einen furchtbaren Schrei aus; auf ihre fröhliche Stimmung wirkte sein Gesicht wie das Haupt der Meduse. Da sie der Tür gegenüber saß, hatte sie Karl sofort erkannt.

Die beiden Männer saßen mit dem Rücken zum König.

„Majestät!" rief sie entsetzt.

Dann stand sie auf.

Den drei anderen Gästen wackelte der Kopf auf den Schultern, Coconnas war der einzige, der ihn nicht verlor. Auch er erhob sich, aber mit so geschickter Ungeschicklichkeit, daß er beim Aufstehen den Tisch umstieß und Kristall, Tafelgeschirr und Kerzen durcheinanderwarf.

Sofort war es stockfinster und totenstill.

„Fort mit dir!" rief Coconnas La Môle zu. „Los! Los!"

La Môle ließ sich das nicht zweimal sagen, er warf sich zur Wand und tastete mit den Händen nach der Tür zum Schlafzimmer, um sich in dem Kabinett, das er so gut kannte, zu verstecken.

Als er jedoch den Fuß ins Schlafzimmer setzte, stieß er gegen einen Mann, der eben durch den geheimen Gang gekommen war.

„Was hat das alles zu bedeuten?" rief Karl in die Finsternis mit einer Stimme, der man die wachsende Ungeduld anmerkte. „Bin ich denn ein Störenfried, daß bei meinem Anblick ein derartiges Durcheinander entsteht? He, Henriot! Henriot, wo bist du? Antworte mir."

„Wir sind gerettet", murmelte Marguerite und griff nach einer Hand, die Sie für La Môles Hand hielt. „Der König glaubt, mein Gatte sei unter den Gästen."

„Und bei dem Glauben werde ich ihn lassen, Madame, seien Sie ganz ruhig", erwiderte Henri ebenso leise.

„Großer Gott!" rief Marguerite und ließ rasch die Hand los, die dem König von Navarra gehörte.

„Still!" mahnte Henri.

„Pech und Schwefel! Was gibt es da zu flüstern?" fragte Karl mit lauter Stimme. „Antworten Sie, Henri, wo sind Sie?"

„Hier, Sire", antwortete die Stimme des Königs von Navarra.

„Teufel!" rief Coconnas, der die Herzogin von Nevers in einer Ecke hielt. „Wie sich das verwickelt!"

„Nun sind wir doppelt verloren", sagte Henriette.

Coconnas, kühn bis zum Leichtsinn, hatte überlegt, daß man am Ende doch wieder die Kerzen anzünden müßte, und da ihm schien, es wäre um so besser, je rascher es geschähe, ließ er die Hand der Herzogin von Nevers los, suchte aus den Scherben einen Leuchter heraus, ging zum Kohlenbecken, blies auf eine Kohle und entzündete daran eine Kerze.

Im Zimmer wurde es hell.

Karl IX. warf einen forschenden Blick um sich.

Henri stand neben seiner Frau, die Herzogin von Nevers allein in einer Ecke, und Coconnas mitten im Zimmer, einen Leuchter in der Hand, der den Schauplatz erhellte.

„Verzeihen Sie, Bruder", sagte Marguerite, „wir haben Sie nicht erwartet."

„Daher haben uns Majestät, wie Sie leicht sehen können, auch einen solchen Schreck eingejagt", bemerkte Henriette.

„Bei mir war er jedenfalls so echt", sagte Henri, der alles erriet, „daß ich im Aufstehen den Tisch umgeworfen habe."

Coconnas warf dem König von Navarra einen Blick zu, der nichts anderes besagte als: Bravo! Ein Ehemann, der ohne ein Wort versteht.

„Was für ein fürchterliches Durcheinander!" wiederholte Karl IX. „Dein Abendessen liegt auf der Erde, Henriot. Komm mit, du wirst anderswo zu Ende speisen; heute wollen wir uns einen vergnügten Abend machen."

„Euer Majestät wollen mir wirklich die Ehre erweisen ...?" fragte Henri.

„Ja, meine Majestät erweist dir die Ehre, dich aus dem Louvre zu führen. Leih ihn mir, Margot, morgen früh bekommst du ihn zurück."

„Lieber Bruder", entgegnete Marguerite, „dafür brauchen Sie doch nicht meine Erlaubnis, denn Sie sind der Gebieter."

„Ich will nur einen anderen Mantel aus meinem Zimmer holen, Sire", sagte Henri, „dann komme ich gleich zurück."

„Das ist nicht nötig, Henri, der, den du anhast, ist gut genug."

„Aber, Sire …", versuchte der Béarner.

„Und ich sage dir, du sollst nicht in dein Zimmer gehen! Pech und Schwefel! Hörst du denn nicht, was ich dir sage? Vorwärts, komm jetzt!"

„Ja, gehen Sie!" drängte plötzlich auch Marguerite und drückte den Arm ihres Gatten; denn ein einziger Blick auf Karl hatte sie belehrt, daß etwas Sonderbares im Gange war.

„Hier bin ich, Sire", sagte Henri.

Karl ließ abermals seinen Blick auf Coconnas ruhen, der weiterhin seines Amtes als Beleuchter waltete und auch die anderen Kerzen entzündete.

„Wer ist dieser Edelmann?" fragte er Henri, wobei er den Piemonteser von oben bis unten musterte. „Sollte das nicht zufällig Monsieur de La Môle sein?"

Wer hat ihm nur von La Môle erzählt? fragte sich Marguerite.

„Nein, Sire", erwiderte Henri, „Monsieur de La Môle ist nicht hier, und das tut mir leid für ihn, denn sonst hätte ich die Ehre gehabt, ihn zugleich mit Herrn de Coconnas, seinem Freund, Euer Majestät vorzustellen; Sie sind unzertrennlich und stehen beide im Dienste des Herzogs von Alençon."

„Ah, unseres vortrefflichen Schützen!" sagte Karl. „Gut."

Dann fügte er mit krauser Stirn hinzu: „Ist nicht Monsieur de La Môle ein Hugenott?"

„Ein bekehrter, Sire", antwortete Henri, „ich kann mich für ihn verbürgen."

„Nach dem, was Sie heute getan haben, Henriot, habe ich kein Recht, an ihm zu zweifeln, wenn Sie sich für ihn verbürgen. Doch einerlei, ich hätte mir diesen Monsieur de La Môle gern einmal angesehen. Nun ja, vielleicht später."

Dann küßte er Marguerite, wobei seine vorquellenden Augen eine letzte Untersuchung des Zimmers vornahmen, hakte den König von Navarra unter und führte ihn hinaus.

Am Louvreportal wollte Henri stehenbleiben, um mit jemand zu sprechen.

„Vorwärts, schnell hinaus, Henriot!" drängte Karl. „Teufel auch! So glaub mir doch endlich, wenn ich dir sage, daß dir die Luft im Louvre heute abend nicht bekömmlich ist!"

„Heiliger Strohsack!" murmelte Henri und setzte in Gedanken hinzu: Und was wird aus de Mouy, der ganz allein in meinem Zimmer ist? ... Wenn mir diese Luft nicht bekömmlich ist, müßte sie für ihn noch unbekömmlicher sein.

„Sag einmal", fragte der König, als sie die Zugbrücke hinter sich gelassen hatten, „es paßt dir also, daß die Leute des Herzogs von Alençon deiner Frau den Hof machen?"

„Wie, Sire?"

„Na ja, dieser Herr de Coconnas macht doch Margot schöne Augen, oder nicht?"

„Wer hat Ihnen das gesagt?"

„Man hat es mir eben gesagt!" erwiderte der König.

„Das ist nur Spaß, Sire; Herr de Coconnas macht allerdings jemand schöne Augen, das ist wahr, aber Madame de Nevers."

„Ach was?"

„Aber es ist wirklich so, wie ich Euer Majestät sage."

Karl lachte lauthals.

„Schön", sagte er, „der Herzog von Guise soll mir noch einmal mit solchem Gerede kommen, dann wird ihm ganz hübsch der Schnurrbart runterhängen, wenn ich ihm von den Heldentaten seiner Schwägerin erzähle. Alles in allem", sagte der König, sich eines Besseren besinnend, „weiß ich nicht mehr genau, ob er mir von Monsieur de Coconnas oder Monsieur de La Môle erzählte."

„Es ist weder der eine noch der andere, Sire", entgegnete Henri, „für die Gefühle meiner Frau kann ich einstehen."

„Das ist gut, Henriot!" rief der König. „So ist es mir lieber als anders; denn Ehrenwort, du bist ein so braver Bursche, daß ich glaube, am Ende werde ich mich gar nicht mehr von dir trennen können."

Nachdem er das gesagt hatte, pfiff der König ein Signal, worauf vier Edelleute, die am Ausgang der Rue de Beauvais gewartet hatten, zu ihm kamen; mit ihnen zusammen gingen sie in die Stadt.

Es schlug zehn Uhr.

„Setzen wir uns wieder zu Tisch?" fragte Marguerite, als der König und Henri gegangen waren.

„Lieber nicht!" meinte die Herzogin. „Ich habe viel zuviel Angst. Das kleine Haus in der Rue Cloche-Percée soll leben! Niemand kann ohne Belagerung dort eindringen, und unsere Braven haben das Recht, ihre Degen spielen zu lassen. – Aber was suchen Sie denn da unter den Möbeln und in den Schränken herum, Herr de Coconnas?"

„Ich suche meinen Freund La Môle", antwortete der Piemonteser.

„Sehen Sie in meinem Zimmer nach", entgegnete Marguerite, „seitlich gibt es da ein gewisses Kabinett ..."

„Gut", sagte Coconnas und trat in das Zimmer.

„Nun", fragte eine Stimme aus der Finsternis, „wie steht es?"

„Kotzbombenelement! Wir sind beim Dessert."

„Und der König von Navarra?"

„Er hat nichts gesehen; ein vollendeter Ehemann, den ich meiner Frau nur wünschen könnte. Dennoch fürchte ich, daß sie ihn nur in zweiter Ehe hat."

„Und König Karl?"

„Ach, der König, das ist etwas anderes, er hat den Ehemann entführt."

„Wirklich?"

„Es ist, wie ich dir sage. Überdies hat er mir die Ehre erwiesen, mich schief anzusehen, als er hörte, daß ich im Dienst des Herzogs von Alençon stehe, und mit Blicken durchbohrt, als er erfuhr, daß ich dein Freund bin."

„Du glaubst also, daß man schlecht über mich gesprochen hat?"

„Ich fürchte das Gegenteil; man hat viel zu gut über dich gesprochen. Aber darum handelt es sich nicht; ich glaube, die Damen möchten eine Wallfahrt in die Rue du Roy-de-Sicile machen, und wir werden die Pilgerinnen begleiten."

„Unmöglich! ... Das weißt du sehr gut."

„Was heißt unmöglich?"

„Aber wir haben doch Dienst bei Seiner Königlichen Hoheit."

„Kotzbombenelement! Das ist tatsächlich wahr, ich vergesse immer, daß wir im Dienst stehen und daß Edelleute wie wir die Ehre haben, nichts weiter als Kammerdiener zu sein."

So begaben sich die beiden Freunde zu der Königin und der Herzogin, um ihnen klarzumachen, daß sie unbedingt wenigstens dem Coucher des Herrn Herzogs beiwohnen müßten.

„Gut", sagte Frau von Nevers, „trotzdem werden wir gehen."

„Und darf man wissen, wohin?" fragte Coconnas.

„Sie sind sehr neugierig", erwiderte die Herzogin. „*Quaere et invenies.*"

Die beiden jungen Leute verneigten sich und eilten zu dem Herzog von Alençon.

Der Herzog schien in seinem Arbeitszimmer schon auf sie zu warten.

„Sieh an", sagte er, „Sie kommen reichlich spät, meine Herren."

„Es ist eben erst zehn, Monseigneur", widersprach Coconnas.

Der Herzog zog seine Uhr.

„Tatsächlich", sagte er. „Dennoch scheinen im Louvre bereits alle zu Bett gegangen zu sein."

„Ja, Monseigneur, aber wir stehen jetzt zu Ihrer Verfügung. Sollen wir die Edelleute für das kleine Coucher in Euer Hoheit Zimmer führen?"

„Ganz im Gegenteil, gehen Sie in den kleinen Saal und verabschieden Sie alle."

Die beiden jungen Leute gehorchten und führten den Befehl aus, der in Anbetracht Alençons Eigentümlichkeiten, die sie alle kannten, niemanden verwunderte, und kamen dann zurück.

„Monseigneur", sagte Coconnas, „Euer Hoheit werden sich zweifellos zu Bett begeben oder arbeiten?"

„Nein, meine Herren, Sie Sind bis morgen beurlaubt."

„Vorwärts!" flüsterte Coconnas seinem Freund La Môle ins Ohr. „Der Hof scheint heute abend außerhalb zu schlafen; eine verteufelt köstliche Nacht, nehmen wir uns unser Teil davon."

Vier Stufen auf einmal nehmend, jagten die beiden jungen Leute die Treppen hinunter, nahmen ihre Mäntel und Nachtdegen und setzten den beiden Damen nach, die sie auch an der Ecke der Rue du Coq-Saint-Honoré einholten.

Unterdessen wartete in seinem Zimmer der Herzog von Alençon mit aufgerissenen Augen und gespitzten Ohren auf die unvorhergesehenen Ereignisse, die man ihm versprochen hatte.

34

Gott lenkt

Wie der Herzog den beiden jungen Leuten gesagt hatte, herrschte im Louvre tiefstes Schweigen.

Marguerite und Madame de Nevers waren unterwegs zur Rue Tizon. Coconnas und La Môle folgten ihren Spuren. Und der König und Henri durchstreiften die Stadt. Der Herzog von Alençon war zu Hause geblieben in der unbestimmten aufregenden Erwartung der Ereignisse, die ihm die Königinmutter angekündigt hatte. Katharina endlich hatte sich zu Bett begeben, und Madame de Sauves, die an ihrem Kopfende saß, las ihr gewisse italienische Novellen vor, über die die gute Königin herzlich lachte.

Seit langem war Katharina nicht so gut gelaunt gewesen. Nachdem sie im Kreis ihrer Frauen mit gutem Appetit einen Imbiß verzehrt, den Besuch des Arztes empfangen und die täglichen Rechnungen des Hauses durchgesehen hatte, befahl sie, für den Erfolg einer wichtigen Unternehmung, wie sie sagte, für das Glück ihrer Kinder ein Gebet zu sprechen; Katharina pflegte sich an die florentinische Gewohnheit zu halten und unter bestimmten Umständen Gebete oder Messen lesen zu lassen, von denen nur sie und Gott allein wußten, worauf sie zielten.

Schließlich hatte sie auch René empfangen und unter seinen Riechbeuteln und seiner reichen Auswahl mehrere Neuheiten ausgesucht.

„Jemand soll nachsehen", befahl Katharina, „ob meine Tochter, die Königin von Navarra, in ihrem Zimmer ist, und ihr sagen, sie möchte mir Gesellschaft leisten."

Der Page, dem sie den Befehl gegeben hatte, ging hinaus und kehrte wenig später, von Gillonne begleitet, zurück.

„Was soll das?" fragte die Königinmutter. „Ich habe die Herrin befohlen, nicht die Dienerin."

„Madame", antwortete Gillonne, „ich glaubte, selber kommen zu müssen, um Euer Majestät zu melden, daß die Königin von Navarra mit ihrer Freundin, der Herzogin von Nevers, ausgegangen ist …"

„Um diese Zeit noch ausgegangen?" fragte Katharina mit gerunzelter Stirn. „Wohin kann sie sein?"

„Zu einer Alchimistensitzung", antwortete Gillonne, „die im Palais Guise stattfinden soll, in dem von Madame de Nevers bewohnten Gartenhaus."

„Und wann wird sie zurückkommen?" fragte die Königinmutter.

„Die Sitzung wird sich bis spät in die Nacht hinziehen", antwortete Gillonne, „so daß Ihre Majestät wahrscheinlich bis morgen früh bei ihrer Freundin bleiben wird."

„Glückliche Königin von Navarra!" murmelte Katharina. „Sie hat Freundinnen und ist Königin, sie trägt eine Krone, man nennt sie Majestät, und sie hat keine Untertanen: Wie glücklich ist sie dran."

Nach diesem grilligen Kommentar, über den die Zuhörer innerlich lachen mußten, murmelte Katharina: „Aber da sie ausgegangen ist ... denn sie ist doch ausgegangen, nicht wahr?"

„Vor einer halben Stunde, Madame."

„Das trifft sich gut – Sie können gehen."

Gillonne knickste und ging.

„Weiter, Charlotte", befahl die Königin.

Und Madame de Sauves begann wieder vorzulesen.

Doch nach zehn Minuten unterbrach Katharina die Lektüre.

„Ach, übrigens sollen die Wachen aus dem Saal hereingeschickt werden!" sagte sie.

Das war das Signal, auf das Maurevert wartete.

Der Befehl der Königinmutter wurde ausgeführt, und Madame de Sauves fuhr in ihrer Geschichte fort.

Sie hatte fast eine Viertelstunde ohne Unterbrechung gelesen, als ein langgezogener entsetzlicher Schrei bis in das königliche Schlafgemach drang und den dort Anwesenden die Haare sträubte.

Gleich darauf hallte ein Pistolenschuß.

„Was ist?" fragte Katharina. „Warum lesen Sie nicht weiter, Carlotta?"

„Madame", antwortete die junge Frau mit bleichem Gesicht, „haben Sie nichts gehört?"

„Was?" fragte Katharina.

„Den Schrei."

„Und den Pistolenschuß?" fügte der Hauptmann der Wache hinzu.

„Einen Schrei, einen Pistolenschuß?" wiederholte Katharina. „Ich habe nichts gehört ... Sind denn übrigens ein Schrei und ein Pistolenschuß so befremdlich im Louvre? Lesen Sie, Carlotta, lesen Sie!"

„Aber hören Sie doch, Madame", sagte diese, während Monsieur de Nançay die Hand am Griff seines Degens hielt und nicht ohne Erlaubnis der Königin hinauszugehen wagte, „hören Sie doch! Diese Schritte und Flüche!"

„Soll ich mich erkundigen, Madame?" fragte Monsieur de Nançay.

„Auf keinen Fall, Hauptmann, Sie bleiben hier!" erwiderte Katharina und hob die Hand, wie um ihren Befehl nachdrücklich zu unterstreichen. „Wer soll mich bei Alarm schützen? Das sind wahrscheinlich betrunkene Schweizer, die sich streiten."

Zu dem Schrecken, der die kleine Versammlung packte, bildete die gelassene Ruhe der Königin einen so merkwürdigen Gegensatz, daß Madame de Sauves bei aller Ängstlichkeit einen forschenden Blick auf die Königin warf.

„Aber, Madame", rief sie, „man möchte meinen, jemand wird umgebracht."

„Und wer sollte das wohl sein?"

„Gewiß der König von Navarra, Madame, von daher kommt der Lärm."

„Diese dumme Gans!" murmelte die Königin, deren Lippen sich trotz aller Selbstbeherrschung sonderbar bewegten, als flüstere sie ein Gebet. „Überall sieht sie ihren König von Navarra!"

„O mein Gott!" stöhnte Madame de Sauves und fiel in ihren Sessel zurück.

„Es ist zu Ende, es ist zu Ende", raunte Katharina. „Hauptmann", fuhr sie dann, zu Monsieur de Nançay gewandt, fort, „wenn es im Palast Skandal gibt, so erwarte ich, daß Sie die Schuldigen morgen schwer bestrafen. Nehmen Sie Ihre Lektüre wieder auf, Carlotta!"

Damit ließ sich Katharina mit einer Kaltblütigkeit in die Kissen zurückfallen, die der Erschöpfung gleichkam, denn die Anwesenden sahen große Schweißtropfen über ihr Gesicht rollen.

Diesem ausdrücklichen Befehl konnte sich Madame de Sauves nicht widersetzen, aber nur ihre Augen und ihre Stimme gehorchten. Ihr bei anderen Dingen weilender Geist malte ihr die entsetzliche Gefahr, die über einem teuren Haupt schwebte. Nachdem dieser Widerstreit ei-

nige Minuten angedauert hatte, fühlte Sie sich derart be-
engt zwischen innerem Aufruhr und äußerem Schein, daß
ihre Worte nicht mehr zu verstehen waren; das Buch ent-
fiel ihren Händen, und sie sank in Ohnmacht.

Plötzlich war noch lauterer Spektakel zu hören, ein
schwerer, hastiger Schritt eilte durch den Korridor, dann
dröhnten zwei Feuerstöße, daß die Fensterscheiben zitterten; Katharina wunderte sich über diesen unerwartet
verlängerten Kampf und richtete sich bleich und mit
weitgeöffneten Augen auf, was sie jedoch nicht hinderte,
den Hauptmann der Wache, der hinausstürzen wollte,
mit den Worten zurückzuhalten: „Keiner verläßt das Zimmer, ich werde selber nachsehen, was da vorgeht."

Und dies war es, was vorging oder vielmehr vorgegangen war.

De Mouy hatte morgens aus Orthons Händen den
Schlüssel von Henri erhalten. In dem Hohlschlüssel hatte
er ein zusammengerolltes Papier entdeckt und mit einer
Nadel herausgezogen.

Es enthielt das Losungswort zum Passieren des Louvre
in der nächsten Nacht.

Außerdem hatte ihm Orthon Wort für Wort wiederholt,
was Henri gesagt hatte: daß de Mouy um zehn Uhr abends
in den Louvre kommen und den König aufsuchen solle.

Um halb zehn hatte de Mouy eine Rüstung angelegt,
deren Sicherheit er schon bei verschiedenen Gelegenheiten erprobt hatte, darüber ein Seidenwams geknöpft, seinen Degen umgehängt, in den Gürtel seine Pistolen gesteckt und das Ganze mit dem berühmten kirschroten
Mantel de La Môles verhüllt.

Wir haben bereits gesehen, daß es Henri für richtig erachtete, vor der Rückkehr in sein Zimmer Marguerite einen Besuch abzustatten, und wie er über die Geheimtreppe gerade recht kam, um La Môle im Schlafzimmer
anzurempeln und unter den Augen des Königs seinen
Platz im Speisezimmer einzunehmen. Zur selben Zeit war
de Mouy dank der von Henri erhaltenen Parole und des
berühmten kirschroten Mantels durch das Portal des
Louvre gelangt.

Der junge Mann stieg geradenwegs zum König von Navarra hinauf, wobei er wie immer nach bestem Können La Môles Haltung nachahmte. Im Vorzimmer fand er Orthon, der ihn erwartete.

„Gnädiger Herr de Mouy", sagte der Gebirgler, „der König ist ausgegangen, hat mir aber befohlen, Sie in sein Zimmer zu führen und Ihnen zu sagen, Sie möchten warten. Falls es spät werden sollte, erlaubt er Ihnen, sich auf seinem Bett auszustrecken."

De Mouy trat ein, ohne eine andere Erklärung zu verlangen; denn was ihm Orthon eben gesagt hatte, war nichts als eine Wiederholung dessen, was er ihm bereits am Morgen mitgeteilt hatte.

Um die Zeit zu nutzen, nahm de Mouy Feder und Tinte, trat an die vortreffliche Karte von Frankreich, die an der Wand hing, und begann die Etappen zwischen Paris und Pau zu schätzen und zu bestimmen.

Diese Arbeit nahm ihn jedoch nur eine Viertelstunde in Anspruch, und nachdem er sie beendet hatte, wußte de Mouy nicht mehr, womit er sich beschäftigen sollte.

Zwei-, dreimal durchquerte er das Zimmer, rieb sich die Augen, gähnte, setzte sich, stand auf und setzte sich wieder. Schließlich machte er, überdies durch die zwischen den Prinzen und ihren Edelleuten herrschenden vertraulichen Gepflogenheiten entschuldigt, von Henris Einladung Gebrauch, legte seine Pistolen auf den Nachttisch, stellte die Lampe daneben und streckte sich in dem breiten Bett mit den düsteren Behängen aus, das am Ende des Zimmers stand, und ließ sich, den nackten Degen an der Seite und vor jeder Überraschung sicher, da sich im Nebenzimmer ein Diener aufhielt, in tiefen Schlummer sinken, dessen geräuschvolle Beweise alsbald die hallenden Echos des Baldachins weckten. De Mouy schnarchte wie ein rechter Haudegen und hätte es in dieser Hinsicht sogar mit dem König von Navarra aufnehmen können.

Kaum war er eingeschlafen, als sechs Männer, den Degen in der Hand und den Dolch im Gürtel, unhörbar in den Gang glitten, der durch eine kleine Tür zu Katharinas Gemächern und durch eine große zu Henri führte.

Die sechs wurden von einem angeführt, der außer dem blanken Degen und einem ungewöhnlich großen Dolch, der wie ein Hirschfänger aussah, an silbernem Gehenk zudem noch seine wohlversehenen getreuen Pistolen im Gürtel trug.

Dieser Mann war Maurevert.

Vor Henris Tür blieb er stehen.

„Sie haben nachgesehen, ob die Wachen aus dem Gang verschwunden sind?" fragte er einen, der den kleinen Trupp auf seinen Befehl zu kommandieren schien.

„Kein einziger ist mehr auf seinem Posten", antwortete der Leutnant.

„Gut", sagte Maurevert. „Jetzt müssen wir nur noch eins wissen: ob der Gesuchte auch wirklich in seinem Zimmer ist."

„Verzeihen Sie, Hauptmann", wandte der Leutnant ein und hielt Maurevert zurück, der schon die Finger auf dem Türklopfer hatte, „aber das sind doch die Zimmer des Königs von Navarra."

„Wer hat Ihnen das Gegenteil gesagt?" entgegnete Maurevert.

Die Sbirren sahen sich überrascht an, und der Leutnant trat einen Schritt zurück.

„So, so!" brummte der Leutnant. „Zu dieser Stunde jemand im Louvre arretieren und dann noch im Zimmer des Königs von Navarra!"

„Und was werden Sie erst sagen", erwiderte Maurevert, „wenn ich Ihnen erzähle, daß der Arrestant der König von Navarra selber sein soll?"

„Ich würde sagen, Hauptmann, daß das eine ernste Sache ist und daß wir ohne einen von König Karls eigener Hand unterzeichneten Befehl…"

„Lesen Sie", sagte Maurevert, zog aus seinem Wams den Befehl, den ihm Katharina gegeben hatte, und reichte ihn dem Leutnant.

„Das ist gut", antwortete dieser, nachdem er gelesen hatte, „da habe ich nichts mehr zu sagen."

„Und Sie sind bereit?"

„Ja."

„Und Sie?" fragte Maurevert die fünf anderen Sbirren. Die fünf verbeugten sich ehrerbietig.

„Hören Sie also, meine Herren", fuhr Maurevert fort, „das ist der Plan: Zwei von Ihnen bleiben an dieser Tür, zwei an der Tür des Vorzimmers zum Schlafgemach, und zwei werden mit mir eintreten."

„Und dann?" fragte der Leutnant.

„Hören Sie gut zu: Wir haben Befehl, zu verhindern, daß der Arrestant ruft, schreit oder Widerstand leistet; jede Übertretung des Befehls wird mit dem Tode bestraft."

„Also vorwärts, er hat uneingeschränkte Vollmacht", sagte der Leutnant zu dem Mann, der gleich ihm Maurevert zum König folgen sollte.

„Ganz und gar", bestätigte Maurevert.

„Armer Teufel, dieser König von Navarra!" sagte einer der Männer. „Es stand schon oben geschrieben, daß er nicht davonkommen soll."

„Und hier unten", fügte Maurevert hinzu, wobei er dem Leutnant Katharinas Befehl abnahm und wieder in der Brust verbarg.

Nun steckte Maurevert den Schlüssel ins Schloß, den ihm Katharina gegeben hatte, ließ, wie sie abgemacht hatten, zwei Männer an der Außentür und trat mit den vier anderen ins Vorzimmer.

„Sieh an!" bemerkte Maurevert, als er den geräuschvollen Atem des Schlummernden hörte. „Mir scheint, wir werden hier finden, was wir suchen."

Da er glaubte, sein Herr wäre zurückgekehrt, erschien Orthon und sah sich fünf bewaffneten Männern gegenüber, die das kleine Zimmer besetzten.

Als er das düstere Gesicht Maureverts erblickte, der allgemein der Königsmörder hieß, wich der treue Diener zurück und stellte sich vor die zweite Tür.

„Wer seid ihr?" fragte Orthon. „Und was wollt ihr?"

„Im Namen des Königs", entgegnete Maurevert, „wo ist dein Herr?"

„Mein Herr?"

„Ja, der König von Navarra."

„Der König von Navarra ist nicht zu Hause", antwortete Orthon, mehr denn je entschlossen, die Tür zu verteidigen, „daher können Sie nicht eintreten."

„Vorwand, Lüge!" rief Maurevert. „Marsch, zurück!"

Die Béarner sind Dickköpfe. Dieser knurrte wie ein Hund seiner heimatlichen Berge und ließ sich nicht einschüchtern.

„Sie werden nicht eintreten", rief er und klammerte sich an die Tür, „der König ist nicht da!"

Maurevert gab ein Zeichen, und die vier Männer bemächtigten sich des Widerspenstigen, rissen ihn von der Tür, an die er sich klammerte, und als er den Mund zu einem Schrei öffnete, preßte ihm Maurevert die Hand auf die Lippen.

Orthon schnappte wütend nach der Hand des Mörders, der sie sofort mit einem dumpfen Aufschrei zurückzog und dem Diener mit dem Degengriff über den Kopf schlug. Orthon wankte und fiel mit dem gellenden Ruf: „Alarm! Alarm! Alarm!" Dann erstarb seine Stimme, er hatte das Bewußtsein verloren.

Die Mörder stiegen über seinen Körper hinweg, zwei blieben vor der Tür, die beiden anderen drangen, von Maurevert geführt, in das Schlafgemach ein.

Im Schein der Lampe, die auf dem Nachttisch brannte, erblickten sie das Bett.

Die Vorhänge waren geschlossen.

„Oh", sagte der Leutnant, „mir scheint, er schnarcht nicht mehr."

„Halten Sie den Mund!" befahl Maurevert.

Dem Klang seiner Stimme antwortete ein heiserer Schrei, der mehr dem Brüllen eines Löwen als menschlichen Tönen glich; hinter den Vorhängen hervor, die heftig beiseite gerissen wurden und einen gepanzerten Mann enthüllten, dessen Kopf bis zu den Augen unter einer Sturmhaube verschwand – zwei Pistolen in der Hand und den Degen über den Knien, saß dieser Mann auf der Bettkante.

Als Maurevert die Gestalt erblickte und de Mouy erkannte, sträubten sich ihm die Haare; er wurde erschrekkend bleich, sein Mund füllte sich mit Schaum, und als sähe er sich einem Gespenst gegenüber, trat er einen Schritt rückwärts.

Plötzlich stand der Bewaffnete auf und machte einen Schritt vorwärts, wie Maurevert zurückgewichen war, so daß der Bedrohte zu verfolgen und der Drohende zu fliehen schien.

„Ruchloser!" rief de Mouy mit dumpfer Stimme. „Du willst mich umbringen, wie du meinen Vater umgebracht hast!"

Nur zwei der Sbirren, nämlich die, auf deren Begleitung Maurevert nicht verzichtet hatte, hörten die entsetzlichen Worte; und kaum waren sie ausgesprochen, als sich auch schon die Pistole auf Maureverts Stirn richtete. Im selben Augenblick, als de Mouy den Finger am Abzug hatte, warf sich Maurevert auf die Knie, der Schuß ging los und der hinter ihm stehende Gardist, der durch die plötzliche Bewegung der Deckung beraubt war, fiel ins Herz getroffen zu Boden. Gleichzeitig zog auch Maurevert ab, aber die Kugel prallte von de Mouys Panzer ab.

De Mouy nahm Anlauf, maß den Abstand, fiel aus und spaltete dem zweiten Sbirren mit einem Hieb seines langen Degens den Schädel, dann wandte er sich gegen Maurevert und kreuzte die Klinge mit ihm. Der Kampf war kurz, aber schrecklich.

Beim vierten Ausfall spürte Maurevert den kalten Stahl in seiner Kehle, er stieß einen erstickten Schrei aus, fiel rückwärts und warf im Fallen die Lampe um, die erlosch.

De Mouy machte sich die Dunkelheit zunutze und stürzte mit gesenktem Kopf stark und flink wie ein homerischer Held in das Vorzimmer, rannte einen Posten über den Haufen, stieß den anderen rückwärts zu Boden, fuhr wie ein Blitz zwischen den beiden hindurch, die die Außentür bewachten, drückte auf gut Glück zweimal seine Pistole ab, deren Einschläge das Mauerwerk im Gang lockerten, und war gerettet; denn noch war ihm eine gut versehene Pistole geblieben, überdies der Degen, der so fürchterliche Hiebe auszuteilen vermochte.

De Mouy zögerte einen Augenblick, um sich klarzuwerden, ob er zu dem Herzog von Alençon, der anscheinend eben die Tür geöffnet hatte, fliehen oder lieber versuchen sollte, aus dem Louvre zu entkommen. Er entschied sich für das letzte, beschleunigte seinen Lauf, sprang zehn Stufen auf einmal hinab, erreichte das Portal, rief die aus zwei Worten bestehende Parole und stürzte hinaus mit dem Schrei: „Geht hinauf, da wird im Namen des Königs Blut vergossen."

Er benutzte die Verblüffung, die seine Worte in Verbindung mit den Pistolenschüssen bei den Posten hervorriefen, hastete weiter und verschwand in der Rue du Coq, ohne auch nur eine Schramme abbekommen zu haben.

Zur selben Zeit, als dies geschah, hielt Katharina den Hauptmann ihrer Wache mit den Worten zurück: „Bleiben Sie, ich werde selber nachsehen, was dort unten vorgeht."

„Aber, Madame", widersprach der Hauptmann, „Euer Majestät begeben sich womöglich in Gefahr, ich kann Euer Majestät nicht allein gehen lassen."

„Bleiben Sie, Hauptmann", befahl Katharina in noch gebieterischerem Ton als das erstemal, „bleiben Sie! Könige haben einen mächtigeren Schutz als den Degen in Menschenhand."

So blieb der Hauptmann.

Katharina nahm eine Lampe, stieg mit den nackten Füßen in ihre Samtpantoffel, trat aus dem Zimmer in den noch rauchigen Gang und strebte unempfindlich und unaufhaltsam wie ein Schatten den Gemächern des Königs von Navarra zu.

Alles war still geworden.

Katharina erreichte die Eingangstür, und als sie auf der Schwelle stand, sah sie als erstes den bewußtlosen Orthon im Vorzimmer liegen.

„Ah", sagte sie, „hier haben wir immerhin schon den Lakaien, etwas weiter werden wir zweifellos den Herrn finden." Damit trat sie durch die zweite Tür.

Ihr Fuß stieß an einen Leichnam, sie senkte die Lampe und sah den Gardisten mit dem gespaltenen Schädel, er war mausetot.

Drei Schritt weiter lag der von einer Kugel getroffene Leutnant und hauchte seinen letzten Seufzer aus.

Vor dem Bett schließlich fand sie einen Mann, dessen Gesicht Leichenblässe bedeckte und dem aus zwei Wunden im Hals das Blut rann; er streckte seine verkrampften Finger und versuchte sich zu erheben.

Dieser Mann war Maurevert.

Katharina spürte eisigen Schauer in den Adern; sie sah das verlassene Bett, sie blickte sich im Zimmer um und suchte unter den drei in ihrem Blut liegenden Männern vergeblich nach dem Leichnam, den sie zu finden hoffte.

Maurevert erkannte Katharina, seine Augen weiteten sich über jedes Maß, und mit einer verzweifelten Bewegung streckte er die Arme nach ihr aus.

„Nun", fragte sie leise, „wo ist er? Was ist aus ihm geworden? Unglücklicher! Sollte er Ihnen entwischt sein?"

Maurevert versuchte ein paar Worte zu formen, aber seiner Wunde entrang sich nur ein unverständliches Pfeifen, roter Schaum stand auf seinen Lippen, und um seine Ohnmacht und seinen Schmerz anzudeuten, schüttelte er den Kopf.

„Aber so rede doch!" rief Katharina. „Sprich! Nur ein einziges Wort!"

Maurevert zeigte auf seine Wunde und ließ abermals ein paar unartikulierte Laute hören; doch die Anstrengung bewirkte nichts als ein heiseres Röcheln; dann verlor er das Bewußtsein.

Katharina sah sich um: Sie war von Leichen und Sterbenden umgeben, das Blut floß in Bächen durch das Zimmer, und Totenstille breitete sich über dem Schauplatz aus.

Noch einmal richtete sie das Wort an Maurevert, ohne ihn jedoch wecken zu können. Diesmal blieb er nicht allein stumm, sondern auch reglos; in seinem Wams steckte ein Papier, der vom König unterzeichnete Haftbefehl. Katharina nahm ihn an sich und steckte ihn in den Ausschnitt.

Plötzlich hörte Katharina hinter sich das Parkett knakken, sie drehte sich um und sah den Herzog von Alençon, der, gegen seinen Willen durch den Lärm angelockt, in der Tür stand, fasziniert von dem Bild vor seinen Augen.

„Sie hier?" fragte sie.

„Ja, Madame. Mein Gott, was geht hier vor?" gab der Herzog zurück.

„Gehen Sie in Ihr Zimmer, Franz, Sie werden es bald genug erfahren."

Alençon wußte von dem sonderbaren Ereignis nicht so wenig, wie Katharina annahm. Bei den ersten im Gang hallenden Schritten hatte er aufgehorcht. Als er Männer in das Zimmer des Königs von Navarra eindringen sah, hatte er im Gedanken an Katharinas Worte erraten, was geschehen sollte, und sich gefreut, einen so gefährlichen Freund durch eine mächtigere Hand als seine vernichtet zu sehen.

Bald hatten Feuerstöße und die raschen Schritte eines Flüchtlings seine Aufmerksamkeit erregt, und in dem durch die Tür zur Treppe einfallenden Lichtstreifen hatte er einen roten Mantel entschwinden sehen, der ihm zu vertraut war, um ihn nicht wiederzuerkennen.

„De Mouy!" rief er. „De Mouy bei meinem Schwager Navarra! Aber nein, das ist unmöglich! Sollte es Monsieur de La Môle gewesen sein ...?"

Dann erfaßte ihn Unruhe. Er entsann sich, daß ihm der junge Mann durch Marguerite selber empfohlen worden war, und da er sich vergewissern wollte, ob wirklich er es gewesen sei, den er hatte entkommen sehen, war er rasch in das Zimmer der beiden jungen Leute geeilt: Es war leer. Doch in einer Ecke des Zimmers sah er den berühmten kirschroten Mantel ausgebreitet liegen. Es gab keinen Zweifel mehr: Nicht de La Môle, sondern de Mouy war der Flüchtling.

Mit bleicher Stirn und zitternd vor Angst, der Hugenott sei ihm abspenstig gemacht worden und werde womöglich die Geheimnisse der Verschwörung verraten, war er zum Louvreportal gestürzt. Dort hatte er erfahren, der kirschrote Mantel sei unverletzt entkommen mit der Nachricht, im Louvre werde im Namen des Königs Blut vergossen.

„Ein Irrtum von ihm", murmelte Alençon. „Es geschah im Namen der Königinmutter."

Als er dann zum Schauplatz des Kampfes zurückkehrte, fand er Katharina wie eine Hyäne unter den Toten umherirren.

Der junge Mann kam dem Befehl seiner Mutter nach und zog sich in seine Gemächer zurück, Gemütsruhe und Gehorsam heuchelnd, obwohl stürmische Gedanken seinen Geist bewegten.

Katharina war der Verzweiflung nahe, als sie erkannte, daß auch dieser neue Versuch fehlgeschlagen war; sie rief den Hauptmann ihrer Wache, ließ die Leichen entfernen und befahl, Maurevert, der nur verwundet war, in ihre Gemächer zu tragen und auf keinen Fall den König zu wecken.

„Ach", murmelte sie, als sie mit gesenktem Kopf wieder in ihr Zimmer zurückkehrte, „auch diesmal ist er entkommen. Gott hält seine Hand über diesen Mann. Er wird regieren! Er wird regieren!"

Doch ehe sie die Tür öffnete, legte sie die Hand an die Stirn und setzte ein nichtssagendes Lächeln auf.

„Was war denn, Madame?" fragten alle im Zimmer Versammelten mit Ausnahme der Madame de Sauves, die zu erschrocken war, um etwas zu sagen.

„Nichts", erwiderte Katharina, „nichts als Lärm."

„Oh!" rief plötzlich Madame de Sauves und deutete mit dem Finger auf den Weg, den Katharina genommen hatte, „Euer Majestät sagen: nichts, und jeder Ihrer Schritte läßt eine blutige Spur auf dem Teppich zurück!"

35

Die Nacht der Könige

Unterdessen leuchteten zwei Fackelträger Karl IX., der, von seinen vier Edelleuten gefolgt, Arm in Arm mit Henri durch die Stadt ging.

„Wenn ich den Louvre hinter mir lasse", sagte der arme

König, „empfinde ich die gleiche Freude, als käme ich in einen schönen Wald; ich atme auf, ich lebe, ich fühle mich frei!"

Henri lächelte.

„Dann würden sich Euer Majestät in meinen Béarner Bergen sehr wohl fühlen", bemerkte Henri.

„Ja, ich verstehe, daß du Lust hast, dorthin zurückzukehren; aber wenn dich dieser Wunsch zu sehr packt, Henriot", fügte Karl lachend hinzu, „dann rate ich dir, recht vorsichtig zu sein; meine Mutter Katharina liebt dich so sehr, daß sie sich durchaus nicht von dir trennen kann."

„Was haben Euer Majestät heute abend vor?" fragte Henri, um von dem gefährlichen Thema abzukommen.

„Ich will dich mit jemand bekannt machen, Henriot, und du wirst mir deine Meinung sagen."

„Ich stehe Euer Majestät zur Verfügung."

„Rechts, nach rechts! Wir gehen durch die Rue des Barres."

Gefolgt von ihrer Begleitung, hatten die beiden Könige die Rue de la Savonnerie hinter sich gelassen, als sie auf der Höhe des Hauses Condé zwei in weite Mäntel gehüllte Männer durch eine verborgene Tür hinaustreten sahen, die der eine geräuschlos schloß.

„Sieh einer an!" sagte der König zu Henri, der wie gewöhnlich ebenfalls beobachtet, aber nichts gesagt hatte. „Das verdient Aufmerksamkeit."

„Warum sagen Sie das, Sire?" fragte der König von Navarra.

„Nicht deinetwegen, Henriot. Du kannst dich auf deine Frau verlassen", fügte Karl lächelnd hinzu, „aber dein Vetter Condé wird nicht so sicher sein, und wenn, dann hat er, der Teufel soll mich holen, unrecht!"

„Und wer sagt Ihnen, Sire, daß diese Herren Madame de Condé besucht haben?"

„Eine Ahnung. Die Reglosigkeit der beiden Männer, die sich in den Türeingang drückten, als sie uns bemerkten, außerdem der eigentümliche Schnitt des Mantels, den der kleinere von beiden trägt ... Bei Gott! Das ist sonderbar."

„Was?"

„Nichts, mir kam nur ein Gedanke; vorwärts!"

Damit ging er geradenwegs auf die beiden Männer zu, die ein paar Schritte machten, um sich zu entfernen, als sie merkten, daß man es auf sie abgesehen hatte.

„Holla, meine Herren!" rief der König. „Bleiben Sie stehen."

„Sind wir gemeint?" fragte eine Stimme, bei deren Klang Karl und sein Gefährte zusammenfuhren.

„Nun, Henriot", fragte Karl, „erkennst du die Stimme?"

„Sire", erwiderte Henri, „wenn Ihr Bruder Anjou nicht in La Rochelle wäre, so würde ich schwören, es wäre seine Stimme."

„Ganz einfach, dann ist er eben nicht in La Rochelle", sagte Karl.

„Aber wer ist bei ihm?"

„Seinen Begleiter erkennst du nicht?"

„Nein, Sire."

„Und doch läßt seine Gestalt keinen Irrtum zu. Warte, du wirst ihn schon erkennen. – Holla, he!" wiederholte der König. „Haben Sie nicht gehört, zum Henker?"

„Sind Sie die Wache und wollen uns festnehmen?" fragte der größere der beiden Männer und schob den Arm aus den Falten seines Mantels.

„Nehmen Sie an, wir wären die Wache", entgegnete der König, „und bleiben Sie stehen, wenn man es Ihnen befiehlt."

Dann beugte er sich zu Henri und flüsterte ihm ins Ohr: „Du wirst den Vulkan Feuer speien sehen."

„Sie sind zu acht", sagte der größere der beiden Männer und zeigte jetzt nicht nur den Arm, sondern auch sein Gesicht, „aber wenn Sie auch hundert wären, Platz da!"

„Der Herzog von Guise!" entfuhr es Henri.

„Ah, unser Vetter Lothringen", sagte der König, „endlich haben Sie sich zu erkennen gegeben! Das ist gut!"

„Der König!" rief der Herzog.

Was den andern betraf, so hüllte er sich bei diesen Worten fester in seinen Mantel und blieb reglos stehen, nachdem er ehrerbietig den Kopf entblößt hatte.

„Sire", erklärte der Herzog von Guise, „ich habe meiner Schwägerin, Madame de Condé, einen Besuch abgestattet."

„Ja ... und dazu einen Ihrer Edelleute mitgenommen, wer ist es?"

„Euer Majestät kennen ihn nicht", erwiderte der Herzog.

„Dann werden wir ihn kennenlernen", entgegnete der König.

Damit ging er auf die andere Gestalt zu und gab einem der beiden Lakaien ein Zeichen, mit seiner Fackel näher zu kommen.

„Vergebung, mein Bruder!" sagte der Herzog von Anjou, wobei er den Mantel auseinanderschlug und sich mit schlecht verhohlenem Ärger verneigte.

„Sieh einer an, Henri, Sie sind es! ... Aber nein, das ist nicht möglich, ich täusche mich ... Mein Bruder Anjou würde niemand besuchen, ehe er mir einen Besuch abgestattet hätte. Er weiß sehr wohl, daß es für Prinzen von Geblüt, die in die Hauptstadt zurückkehren, nur ein einziges Tor nach Paris gibt: das Portal des Louvre."

„Vergebung, Sire", wiederholte der Herzog von Anjou, „ich bitte Euer Majestät, mein unüberlegtes Betragen zu entschuldigen."

„Jawohl", antwortete der König in spöttischem Ton, „und was haben Sie im Palais Condé gemacht, mein Bruder?"

„Ei", warf der König von Navarra mit spitzbübischem Gesicht ein, „was Euer Majestät eben sagten."

Dabei neigte er sich zum Ohr des Königs und schloß seinen Satz mit riesigem Gelächter.

„Was gibt es?" fragte der Herzog von Guise anmaßend, denn wie jedermann bei Hofe hatte er sich angewöhnt, den armen König von Navarra ziemlich schroff zu behandeln. „Warum sollte ich nicht meine Schwägerin besuchen? Geht nicht auch der Herzog von Alençon zu der seinen?"

Henri errötete leicht.

„Zu welcher Schwägerin?" fragte Karl. „Ich kenne keine andere als die Königin Elisabeth."

„Vergebung, Sire, ich hätte sagen sollen, zu seiner Schwester, zu Madame Marguerite, die wir vor einer halben Stunde, als wir kamen, in einer Sänfte sahen, begleitet von zwei Galanen, die rechts und links nebenher trabten."

„Wirklich?" rief Karl. „Was haben Sie darauf zu antworten, Henri?"

„Daß es der Königin von Navarra freisteht, zu gehen, wohin sie will, daß ich jedoch bezweifle, sie hätte den Louvre verlassen."

„Und ich bin ganz sicher", widersprach der Herzog von Guise.

„Ich gleichfalls", pflichtete der Herzog von Anjou bei, „als Beweis mag die Sänfte dienen, die in der Rue Cloche-Percée gehalten hat."

„Ihre Schwägerin ... nicht diese hier", sagte Henri, wobei er auf das Palais Condé zeigte, „sondern jene dort", damit deutete er mit dem Finger in die Richtung des Palais Guise, „müßte mit von der Partie sein, denn als wir sie verließen, waren beide zusammen, und wie Sie wissen, sind sie unzertrennlich."

„Ich verstehe nicht, was Majestät damit sagen wollen", entgegnete der Herzog von Guise.

„Das ist doch ganz einfach", erklärte der König, „daher auch an jeder Seite ein Galan."

„Nun", sagte der Herzog, „wenn es durch die Königin oder meine Schwägerinnen einen Skandal gibt, so rufen wir die Gerechtigkeit des Königs an, um der Sache Einhalt zu gebieten."

„Bei Gott", rief Henri, „lassen Sie doch die Damen Condé und Nevers. Der König beunruhigt sich nicht über seine Schwester ... und ich vertraue meiner Frau."

„Durchaus nicht, durchaus nicht", widersprach Karl, „ich will die Sache vom Herzen haben; aber machen wir sie unter uns aus. Die Sänfte hält in der Rue Cloche-Percée, sagten Sie, Vetter?"

„Ja, Sire."

„Sie würden den Ort wiedererkennen?"

„Ja, Sire."

„Also gehen wir hin, und wenn man das Haus abbrennen müßte, um zu wissen, wer drin ist, dann wird man es niederbrennen."

Mit dieser für die Ruhe der Betroffenen reichlich beunruhigenden Disposition machten sich die vier obersten Herren der Christenwelt auf den Weg zur Rue Saint-Antoine.

Die vier Fürstlichkeiten erreichten die Rue Cloche-Percée; Karl, der die Angelegenheit im Familienkreis abmachen wollte, schickte die Edelleute fort mit dem Bemerken, über den Rest der Nacht dürften sie nach Belieben verfügen, sollten sich jedoch um sechs Uhr morgens mit zwei Pferden bei der Bastille bereit halten.

In der Rue Cloche-Percée gab es nur drei Häuser, und ihre Suche wurde überdies dadurch erleichtert, daß man sich in zweien nicht zu öffnen weigerte: Es waren die beiden Häuser, die zwischen der Rue Saint-Antoine und der Rue du Roy-de-Sicile lagen. Bei dem dritten stand die Sache anders: Dies Haus wurde von dem deutschen Pförtner bewacht, und der deutsche Pförtner zeigte sich wenig nachgiebig. Paris schien ausersehen, heute nacht die denkwürdigsten Exemplare von Dienertreue zu präsentieren.

Mochte der Herzog von Guise in fließendem Deutsch drohen; Henri von Anjou eine Börse voller Goldstücke bieten und Karl sich als Leutnant der Wache ausgeben, der brave Deutsche hörte weder auf Erklärungen noch auf Angebote oder Drohungen. Als er sah, daß die Besucher hartnäckig blieben, und zwar in einer Weise, die allmählich lästig wurde, schob er den Lauf einer Arkebuse durch die Eisenstäbe, was drei der vier Besucher nur zum Lachen brachte – Henri von Navarra hielt sich abseits, als interessiere ihn die ganze Angelegenheit überhaupt nicht –, da die Waffe zwischen den Gitterstäben nicht zur Seite gerichtet werden konnte und nicht weiter gefährlich war, es sei denn für einen Blinden, der sich ihr genau gegenübergestellt hätte.

Als er sah, daß der Pförtner durch nichts einzuschüchtern, zu bestechen oder zu erweichen war, täuschte der

Herzog von Guise einen Rückzug vor und entfernte sich mit seinen Gefährten, wenn auch nicht sehr weit. An der Ecke der Rue Saint-Antoine fand der Herzog, was er suchte: einen Stein, wie er ähnlich vor dreitausend Jahren von Ajax, Telamon und Diomedes benutzt wurde; er wuchtete ihn auf die Schulter und begab sich zurück, nachdem er seinen Gefährten bedeutet hatte, ihm zu folgen. Eben schloß der Pförtner die Tür; da er bemerkte, wie sich die Männer, die er für Übeltäter hielt, entfernten, hatte aber nicht mehr Zeit, die Riegel vorzustoßen. Diesen Augenblick machte sich der Herzog von Guise zunutze und schleuderte, ein lebendes Katapult, den Stein gegen die Tür. Das Schloß flog heraus und riß das Mauerstück mit, worin es eingelassen war. Die aufspringende Tür warf den Deutschen zurück, der im Fallen einen fürchterlichen Schrei ausstieß, um die Besatzung zu warnen, damit sie nicht Gefahr laufe, überrascht zu werden.

Während dies geschah, deklamierte La Môle zusammen mit Marguerite eine Idylle des Theokrit und trank Coconnas zusammen mit Henriette unter dem Vorwand, auch der sei ein Grieche, schweren Syrakuser Wein. Die gelehrte wie die bacchantische Unterhaltung wurden gewaltsam unterbrochen.

Die Kerzen löschen und die Fenster öffnen, auf den Balkon stürzen, unten vier Männer erkennen und alle Wurfgeschosse, die ihnen in die Hand kamen, auf sie herabschleudern, zugleich einen entsetzlichen Lärm vollführen, indem sie mit den flachen Klingen gegen die Mauer schlugen – das war für La Môle und Coconnas das Werk eines Augenblicks. Karl, der erbittertste Angreifer, bekam eine silberne Wasserkanne an die Schulter, den Herzog von Anjou traf eine Schüssel mit Orangen- und Zedratenkompott und den Herzog von Guise ein Viertel Wildbret.

Henri bekam nichts ab. Mit leiser Stimme fragte er den Pförtner aus, den der Herzog von Guise an der Tür angebunden hatte, bekam jedoch keine andere Antwort als sein ewiges: „Ich verstehe nicht."

Die Frauen feuerten die Belagerten an und reichten ihnen Wurfgeschosse, die wie ein Hagelschauer herabstürzten.

„Tod und Teufel!" rief Karl IX., als er eine Fußbank an den Kopf bekam; so daß ihm der Hut bis über die Nase rutschte, „wenn jetzt nicht sofort aufgemacht wird, lasse ich alle da oben hängen."

„Mein Bruder!" flüsterte Marguerite La Môle zu. – „Der König!" flüsterte dieser Henriette zu. – „Der König! Der König!" sagte diese zu Coconnas, der eine Truhe zum Fenster zerrte, in der Absicht, den Herzog von Guise zu erschlagen, den er, ohne ihn zu kennen, besonders aufs Korn genommen hatte. „Hören Sie doch, der König!"

Coconnas ließ die Truhe fahren und blickte sich verwundert um. „Der König?" wiederholte er.

„Ja, der König."

„Dann zum Rückzug."

„La Môle und Marguerite sind schon fort, kommen Sie!"

„Aber welchen Weg?"

„Kommen Sie, sage ich!"

Und indem sie seine Hand nahm, zog Henriette Coconnas durch die Geheimtür, die ins Nachbarhaus führte, und nachdem sie die Tür hinter sich geschlossen hatten, entfernten sich alle vier durch den Ausgang zur Rue Tizon.

„Sieh mal an!" rief Karl. „Mir scheint, die Besatzung ergibt sich."

Sie warteten noch einige Minuten, aber kein Geräusch drang zu den Belagerern.

„Sie wollen uns eine Falle stellen", sagte der Herzog von Guise.

„Ich glaube eher, sie haben die Stimme meines Bruders erkannt und machen sich davon", meinte der Herzog von Anjou.

„Auf jeden Fall müssen sie hier durch", erklärte Karl.

„Ja", entgegnete der Herzog von Anjou, „wenn das Haus nicht zwei Ausgänge hat."

„Vetter", sagte der König, „nehmen Sie Ihren Stein und verfahren Sie mit der anderen Tür wie mit dieser."

Der Herzog hielt es für unnötig, noch einmal zu diesem

Mittel zu greifen, und da er bemerkt hatte, daß die zweite Tür weniger stark war als die erste, drückte er sie mit einem einzigen Fußtritt auf.

„Die Fackeln, die Fackeln!" rief der König.

Die Lakaien eilten herbei. Die Fackeln waren erloschen, aber sie hatten alles bei sich, um sie wieder anzuzünden. Bald leuchteten sie auf. Karl IX. nahm eine Fackel und gab dem Herzog von Anjou die andere.

Der Herzog von Guise ging, den Degen in der Hand, voraus.

Henri beschloß den Zug.

Sie kamen in den ersten Stock.

Im Speisezimmer war das Abendessen gedeckt oder vielmehr abgedeckt, denn dies vor allem war als Wurfgeschoß benutzt worden. Die Armleuchter lagen umgestoßen, die Möbelstücke drunter und drüber, und alles vom Tafelgeschirr, was nicht aus Silber war, lag in Scherben.

Sie gingen in den Salon. Doch ebensowenig wie im ersten Zimmer erhielten sie hier Aufschluß über die Personen, die sich in den Räumen aufgehalten hatten. Griechische und lateinische Bücher, ein paar Musikinstrumente – das war alles, was sie fanden.

Noch weniger sagte ihnen das Schlafgemach. In einer Alabasterglocke, die von der Decke hing, brannte eine Nachtlampe; aber es schien nicht einmal, als hätte jemand kürzlich den Raum betreten.

„Es gibt einen zweiten Ausgang", schloß der König.

„Vermutlich", pflichtete der Herzog von Anjou bei.

„Aber wo?" fragte der Herzog von Guise.

Sie suchten überall, fanden ihn aber nicht.

„Wo ist der Pförtner?" fragte der König.

„Ich habe ihn ans Gitter gebunden", antwortete der Herzog von Guise.

„Fragen Sie ihn, Vetter!"

„Er wird nicht antworten."

„Pah, wir werden ihm ein schönes Feuerchen unter die Beine machen", lachte der König, „dann wird er schon reden."

Henri sah rasch zum Fenster hinaus.

„Er ist nicht mehr da", erklärte er.

„Wer hat ihn losgebunden?" fragte der Herzog von Guise sofort.

„Teufel auch!" rief der König. „Wir werden nichts erfahren."

„Wirklich", sagte Henri, „wie Sie sehen, Sire, gibt es keinen Beweis, daß meine Frau und Herrn von Guises Schwägerin in diesem Haus gewesen sind."

„Das ist wahr", gab Karl zu, „das lehrt uns die Heilige Schrift. Es gibt drei Dinge, die keine Spuren hinterlassen: der Vogel in der Luft, der Fisch im Wasser und die Frau … nein, ich irre mich, der Mann bei …"

„Deshalb sollten wir lieber …", unterbrach Henri.

„Ja", ergänzte Karl, „ich meine Quetschung behandeln, Sie, Anjou, Ihr Orangenkompott abwischen und Sie, Guise, Ihren Sauenschmer."

Sie gingen und machten sich nicht einmal die Mühe, die Tür hinter sich zu schließen.

In der Rue Saint-Antoine angekommen, fragte der König den Herzog von Anjou und den Herzog von Guise: „Wohin gehen Sie, meine Herren?"

„Sire, wir gehen zu Nantouillet, der Vetter Lothringen und mich zum Abendessen erwartet. Wollen Euer Majestät mitkommen?"

„Nein, danke, wir gehen in entgegengesetzter Richtung. Wollen Sie einen Fackelträger von mir?"

„Zu viel der Güte, Sire", entgegnete der Herzog von Anjou schnell.

„Gut, er hat Angst, ich könnte ihm nachspionieren", flüsterte Karl dem König von Navarra ins Ohr.

Dann faßte er ihn wieder unter und sagte: „Komm, Henriot, ich lade dich zum Abendessen ein."

„Wir gehen also nicht in den Louvre zurück?" fragte Henri.

„Nein, du dreifacher Dickschädel! Komm mit, wenn ich dir sage, du sollst kommen, los!"

Und er zog Henri mit sich durch die Rue Geoffroy-Lasnier.

36

Anagramme

Von der Rue Geoffroy-Lasnier zweigte die Rue Garnier-sur-l'Eau ab, und die Rue Garnier-sur-l'Eau stieß auf die Rue des Barres, die sich zu beiden Seiten hinzog.

Nach ein paar Schritten in Richtung der Rue de La Mortellerie standen sie auf der rechten Seite vor einem kleinen Haus, das einsam in dem von hohen Mauern eingeschlossenen Garten lag und nur eine einzige Tür hatte.

Karl holte einen Schlüssel aus der Tasche und öffnete die Tür, die sogleich nachgab, da sie nur einmal verschlossen war; dann ließ er Henri und den Lakaien mit der Fakkel vorantreten und verriegelte die Tür hinter sich.

Nur ein kleines Fenster war erleuchtet. Karl zeigte mit dem Finger darauf und lächelte Henri zu.

„Ich verstehe nicht, Sire", sagte dieser.

„Du wirst verstehen, Henriot."

Der König von Navarra sah Karl verwundert an. Seine Stimme und sein Gesicht waren so ungewohnt sanft geworden, daß Henri ihn nicht wiedererkannte.

„Henriot", erklärte der König, „ich habe dir gesagt, wenn ich aus dem Louvre gehe, komme ich aus der Hölle. Wenn ich hier hingehe, trete ich ins Paradies ein."

„Ich bin überglücklich, Sire", antwortete Henri, „daß mich Euer Majestät für wert befunden haben, Sie auf Ihrer Reise in den Himmel zu begleiten."

„Der Weg hinauf ist schmal", bemerkte der König und stieg eine kleine Treppe hinauf, „aber nur, damit es dem Vergleich an nichts fehlt."

„Und welcher Engel bewacht die Pforte zu Ihrem Eden, Sire?"

„Du wirst sehen", antwortete Karl IX.

Nachdem er Henri bedeutet hatte, ihm leise zu folgen, stieß er eine Tür auf, dann eine zweite und blieb auf der Schwelle stehen.

„Sieh hin!" sagte er.

Henri trat näher und blieb wie angewurzelt stehen vor

einem so bezaubernden Bild, wie er ein schöneres fast nie zuvor erblickt hatte.

Eine Frau von kaum achtzehn, neunzehn Jahren schlief, den Kopf auf das Fußende eines Bettchens gelegt, in dem ein Kind schlummerte; sie hielt die kleinen Füßchen in den Händen, dicht vor ihrem Mund, und das lange, aufgelöste Haar flutete wie ein Strom von Gold. Man hätte es für ein Bild der Heiligen Jungfrau und des Jesuskindes von Albano halten können.

„O Sire", fragte der König von Navarra, „wer ist dieses reizende Geschöpf?"

„Der Engel meines Paradieses, Henriot, der einzige Mensch, der mich um meinetwillen liebt."

Henri lächelte.

„Ja, um meinetwillen", wiederholte Karl, „denn sie liebte mich schon, ehe sie wußte, daß ich König bin."

„Und seit sie es weiß?"

„Seit sie es weiß", erwiderte Karl mit einem Seufzer, der bewies, daß die blutige Königswürde mitunter schwer auf ihm lastete, „seit sie es weiß, liebt sie mich immer noch; urteile selbst."

Kaum hörbar ging der König hin und drückte auf die blühende Wange der jungen Frau einen Kuß, so leicht wie die Biene die Lilie kost.

Dennoch erwachte die junge Frau.

„Karl!" flüsterte sie, als sie die Augen öffnete.

„Da!" sagte der König. „Sie nennt mich Karl. Die Königin sagt Sire."

„Oh!" rief die junge Frau. „Sie sind nicht allein, mein König."

„Nein, meine gute Marie. Ich wollte dir einen anderen König bringen, der glücklicher ist als ich, denn er trägt keine Krone; aber unglücklicher als ich, denn er hat keine Marie Touchet. Gott schafft für alles einen Ausgleich."

„Ist es der König von Navarra, Sire?" fragte Marie.

„Ja, mein Kind. – Komm näher, Henriot."

Der König von Navarra ging hin, und Karl nahm seine rechte Hand.

„Sieh dir diese Hand an, Marie", sagte er, „es ist die

Hand eines guten Bruders und eines trefflichen Freundes. Siehst du, ohne diese Hand ..."

„Ja, Sire?"

„Ohne diese Hand, Marie, hätte unser Kind heute keinen Vater mehr."

Marie stieß einen Schrei aus, fiel auf die Knie, ergriff Henris Hand und bedeckte sie mit Küssen.

„Recht so, Marie, recht so", sagte Karl.

„Und was haben Sie getan, um ihm zu danken, Sire?"

„Ich habe ihm einen ähnlichen Dienst erwiesen."

Henri sah Karl verwundert an.

„Eines Tages wirst du wissen, was ich damit sagen will, Henri. Aber jetzt schau einmal her."

Damit trat er an das Bett, in dem das immer noch schlummernde Kind lag.

„Wenn dieser pausbäckige kleine Kerl im Louvre schlafen würde statt hier in dem kleinen Haus in der Rue des Barres", sagte er, „dann würde sich jetzt und vielleicht auch in Zukunft vieles bedeutend ändern."*

„Sire", entgegnete Marie, „Euer Majestät mögen es mir nicht verübeln; aber es ist mir lieber, er schläft hier; denn hier schläft er besser."

„Stören wir also nicht seinen Schlummer", sagte der König, „wie gut schläft es sich ohne Träume!"

„Ja, Sire", nickte Marie und streckte die Hand nach einer Tür aus.

„Du hast recht, Marie", sagte Karl IX., „wir wollen zu Abend essen."

„Liebster Karl", bat Marie, „Sie werden mich bei Ihrem Bruder, dem König, entschuldigen, nicht wahr?"

„Und weshalb?"

„Weil ich unsere Bedienten fortgeschickt habe, Sire", fuhr Marie fort, jetzt zu dem König von Navarra gewandt,

---

* In der Tat hätte dies natürliche Kind, das niemand anders war als der berühmte, 1650 verstorbene Herzog von Angoulême, als legitimes Kind Heinrich III., Heinrich IV., Ludwig XIII. und Ludwig XIV. verdrängt. Was hätte er uns statt dessen gegeben? Der Geist verwirrt und verirrt sich im Dickicht einer solchen Frage.

Anmerkung des Verfassers.

„Sie müssen nämlich wissen, daß Karl nur von mir bedient werden möchte."

„Heiliger Strohsack!" rief Henri. „Das glaube ich wohl."

Die beiden Männer gingen ins Speisezimmer, während die ängstlich besorgte Mutter den kleinen Karl, der dank seines guten Kinderschlafes, um den ihn sein Vater beneidete, nicht aufgewacht war, in eine warme Decke wickelte.

Dann ging Marie zu ihnen.

„Es ist nur für zwei gedeckt!" sagte der König.

„Erlauben Sie, daß ich Eure Majestäten bediene", bat Marie.

„Da siehst du's, Henriot", rief Karl, „du bringst mir Unglück."

„Warum, Sire?"

„Hast du nicht gehört?"

„Verzeih mir, Karl."

„Ich verzeihe dir. Aber setz dich hierher, neben mich, zwischen uns beide."

„Ich gehorche", antwortete Marie.

Sie brachte ein drittes Gedeck, setzte sich zwischen die beiden Könige und legte ihnen vor.

„Ist es nicht schön, Henriot", meinte Karl, „einen Ort auf der Welt zu haben, wo man trinken und essen darf, ohne daß man gezwungen ist, zuvor jemand vom Wein und vom Fleisch kosten zu lassen?"

„Glauben Sie mir, Sire", lächelte Henri, im Gedenken an die nie zur Ruhe kommende innere Besorgnis, „mehr als jeder andere weiß ich Ihr Glück zu würdigen."

„Deshalb sollst du ihr auch sagen, Henriot, daß sie sich nicht mit Politik befassen muß, damit wir so glücklich bleiben, und schon gar nicht braucht sie die Bekanntschaft meiner Mutter zu machen."

„Die Königin Katharina liebt Euer Majestät in der Tat mit so großer Leidenschaft, daß sie auf jede andere Liebe eifersüchtig werden könnte", erwiderte Henri, der in dieser Ausflucht ein Mittel sah, der gefährlichen Vertrauensseligkeit des Königs zu entgehen.

„Marie", sagte der König, „ich habe dir hier einen der scharfsinnigsten und geistreichsten Menschen gebracht, die ich kenne. Bei Hofe, und das bedeutet nicht wenig, sind alle auf ihn hereingefallen; ich allein habe vielleicht klar, ich will nicht sagen in sein Herz, aber in seinen Geist gesehen."

„Sire", widersprach Henri, „es ärgert mich, daß Sie an dem andern zweifeln, indem Sie das eine überschätzen, wie Sie es tun."

„Gar nichts überschätze ich, Henriot", erwiderte der König, „außerdem wird man dich eines Tages kennenlernen." Dann wandte er sich wieder der jungen Frau zu: „Und um allem die Krone aufzusetzen: Er macht hinreißende Anagramme. Bitte ihn, dir eins auf deinen Namen zu schreiben, er wird es bestimmt tun."

„Aber nein, was ließe sich aus dem Namen eines armen Mädchens wie ich herauslesen? Welch freundlicher Gedanke könnte einer Ansammlung von Buchstaben entspringen, mit denen der Zufall Marie Touchet schrieb?"

„Oh, das Anagramm auf diesen Namen ist nur allzu leicht, Sire", erklärte Henri, „kein großes Verdienst, es zu finden."

„Ach, schon ist es fertig!" rief Karl. „Sieh nur ... Marie!"

Henri holte den Schreibblock aus seinem Wams, riß eine Seite heraus und schrieb unter den Namen

Marie Touchet,
Je charme tout.*

Dann reichte er das Blatt der jungen Frau.

„Wirklich", rief sie, „das ist unmöglich!"

„Hat er es gefunden?" fragte Karl.

„Sire, ich wage es nicht zu wiederholen."

„In dem Namen Marie Touchet, Sire, ist, wenn man das i für ein j nimmt, was durchaus üblich ist, Buchstabe für Buchstabe *je charme tout* enthalten", erklärte Henri.

„Tatsächlich", rief Karl, „Buchstabe für Buchstabe. Das

---

* Ich bezaubere jeden.

soll deine Devise sein, hörst du, Marie? Niemals war eine Devise besser verdient. Danke, Henriot. Marie, ich werde dir die Devise in Diamanten schreiben lassen."

Das Abendessen war beendet, von Notre-Dame schlug es zwei Uhr.

„Und jetzt", sagte Karl, „bedanke dich für sein Kompliment, Marie, und gib ihm einen Sessel, in dem er bis Tagesanbruch schlafen kann; aber möglichst weit von uns entfernt, er schnarcht zum Erbarmen. Wenn du vor mir aufwachst, wecke mich, denn wir müssen um sechs Uhr früh an der Bastille sein. Gute Nacht, Henriot. Mach's dir so bequem wie möglich. Aber", fügte er hinzu, indem er dicht vor den König von Navarra trat und ihm die Hand auf die Schulter legte, „bei deinem Leben, hörst du, Henri, bei deinem Leben, geh nicht ohne mich aus dem Haus, und auf keinen Fall in den Louvre zurück."

Henri hatte hinter allem, was er nicht verstand, zuviel vermutet, um solch einem Rat zuwiderzuhandeln.

Karl IX. ging in sein Zimmer, und der abgehärtete Gebirgler Henri machte es sich in einem Sessel bequem, wo er bald die Fürsicht seines Schwagers, ihn möglichst weit von sich zu entfernen, rechtfertigte.

Bei Tagesanbruch wurde er von Karl geweckt. Da er sich nicht ausgezogen hatte, nahm seine Toilette nicht viel Zeit in Anspruch. Der König war so glücklich und strahlend, wie man ihn nie im Louvre sah. Die Stunden, die er in dem kleinen Häuschen in der Rue des Barres verbrachte, waren seine Sonnenstunden.

Beide kehrten ins Schlafzimmer zurück. Die junge Frau schlief in ihrem Bett, das Kind in seiner Wiege. Beide lächelten im Schlaf.

Karl betrachtete sie einen Augenblick mit unendlicher Zärtlichkeit. Dann drehte er sich zu dem König von Navarra um.

„Henriot, wenn du einmal erfährst, welchen Dienst ich dir in dieser Nacht geleistet habe, und wenn mir ein Unglück zustoßen sollte, dann denke an dies schlummernde Kind in der Wiege."

Er küßte beide auf die Stirn, ohne Henri Zeit für Fragen zu lassen.

„Auf Wiedersehen, mein Engel", sagte er.

Dann ging er hinaus. Henri folgte ihm in tiefen Gedanken. Die Edelleute, die Karl IX. hinbestellt hatte, warteten mit den Pferden an der Bastille. Karl bedeutete Henri, aufzusitzen, tat dasselbe und ritt davon durch den Jardin de l'Arbalète und dann an den Außenwällen entlang.

„Wohin geht's jetzt?" fragte Henri.

„Wir wollen sehen", antwortete Karl, „ob der Herzog von Anjou allein zu Madame de Condé zurückgekehrt ist und ob es in diesem Herzen soviel Liebe wie Ehrgeiz gibt, woran ich stark zweifle."

Henri begriff diese Erklärung nicht, er folgte Karl ohne ein Wort.

Als sie nach Marais kamen und, von den Palisaden gedeckt, die ganze Gegend vor sich hatten, die später den Namen Saint-Laurent bekam, deutete Karl durch den grauen Morgennebel auf einen Zug Männer in weiten Mänteln und mit Pelzmützen, die einer schwerbeladenen Feldkalesche vorausritten. Je näher sie kamen, um so deutlichere Formen nahmen die Männer an, und bald konnte man unter ihnen einen Mann in langem braunem Mantel unterscheiden, ebenfalls zu Pferd und mit dem Anführer plaudernd; seine Stirn war von einem französischen Hut beschattet.

„Aha", lächelte Karl, „das ahnte ich."

„Aber, Sire", entgegnete Henri, „ein Irrtum ist ausgeschlossen, dieser Reiter in braunem Mantel ist der Herzog von Anjou."

„Gewiß", bestätigte Karl IX., „reite ein wenig zur Seite, Henriot, ich möchte nicht, daß er uns sieht."

„Und wer sind die Männer in den grauen Mänteln und den Pelzmützen?" fragte Henri. „Und was ist in dem Wagen?"

„Diese Männer", antwortete Karl, „sind die polnischen Abgesandten, und in dem Wagen befindet sich eine Krone. – Komm jetzt, Henriot", fuhr er fort, wobei er sein Pferd zum Galopp antrieb und zum Templetor zurücklenkte, „komm, ich habe alles gesehen, was ich sehen wollte."

37

Wieder im Louvre

Als Katharina meinte, nun müsse im Zimmer des Königs
von Navarra das Werk getan sein, die toten Gardisten wären beseitigt, Maurevert zu ihr gebracht und die Teppiche
gereinigt, entließ sie ihre Frauen, denn es ging auf Mitternacht, und versuchte zu schlafen. Aber die Erschütterung
war zu heftig, die Enttäuschung zu groß gewesen. Dieser
verwünschte Henri, der immer wieder ihren sonst tödlichen Schlingen entkam, schien durch eine unsichtbare
Macht geschützt, die Katharina hartnäckig Zufall nannte,
obwohl ihr am Grunde des Herzens eine Stimme sagte,
Schicksal sei der wahre Name dieser Macht. Bei dem Gedanken, das Gerücht über den neuen Versuch werde sich
bald im Louvre und über die Grenzen des Louvre hinaus
verbreiten und Henris und der Hugenotten Vertrauen in
die Zukunft stärken, verlor sie ihre Ruhe; und hätte ihr
der Zufall, gegen den sie so erfolglos kämpfte, in diesem
Augenblick den Feind ausgeliefert, so hätte sie diesem für
den König von Navarra so günstigen Verhängnis gewiß
mit dem kleinen florentinischen Dolch, den sie im Gürtel
trug, entgegengewirkt.

Die Stunden der Nacht, diese endlosen Stunden für den,
der wartet und wacht, schlugen eine nach der anderen,
ohne daß Katharina ein Auge zutun konnte. Ein ganze
Welt neuer Pläne entrollte sich in diesen Nachtstunden
vor ihrem von Visionen erfüllten Geist. Bei Tagesanbruch
erhob sie sich schließlich, kleidete sich allein an und
machte sich auf den Weg zu den Gemächern Karls IX.

Die Posten, die gewohnt waren, sie zu jeder Stunde des
Tages und der Nacht bei dem König ein und aus gehen zu
sehen, ließen sie vorüber. Sie durchquerte das Vorzimmer
und trat in den Waffen- und Arbeitsraum. Hier fand sie
Karls Amme als Wache.

„Mein Sohn?" fragte die Königin.

„Madame, er hat verboten, vor acht Uhr in sein Schlafgemach einzudringen."

„Für mich gilt das Verbot nicht, Amme."

„Es gilt für jedermann, Madame."

Katharina lächelte.

„Ja, ich weiß wohl", fuhr die Amme fort, „ich weiß wohl, daß hier niemand das Recht hat, Euer Majestät Widerstand entgegenzusetzen; deshalb flehe ich Sie an, die Bitte einer armen Frau zu erhören und nicht weiterzugehen."

„Ich muß mit meinem Sohn sprechen, Amme."

„Ich werde die Tür nur auf ausdrücklichen Befehl Euer Majestät öffnen, Madame."

„Dann öffne, Amme", gebot Katharina, „ich befehle es."

Dieser Ton wurde im Louvre mehr respektiert und gefürchtet als Karls Stimme, und so gab die Amme Katharina den Schlüssel, doch den brauchte Katharina nicht. Sie holte aus der Tasche ihren eigenen Schlüssel zur Tür ihres Sohnes, und unter dem raschen Druck gab die Tür nach.

Das Zimmer war leer, Karls Lager unberührt, und sein Windspiel Aktäon, das am Fuß des Bettes ausgestreckt auf dem Bärenfell lag, erhob sich und leckte Katharinas elfenbeinweiße Hände.

„Ach", sagte die Königin mit krauser Stirn, „er ist ausgegangen! Gut, ich werde warten."

In düsteres Sinnen versunken ließ sie sich an dem Fenster nieder, das auf den Louvrehof ging und von wo sie das Haupttor beobachten konnte.

Zwei Stunden saß sie dort reglos und bleich wie ein Marmorbild, als sie endlich einen Trupp Reiter in den Louvre kommen sah, an dessen Spitze sie Karl und Henri von Navarra erkannte. Da begriff sie alles. Karl hatte, statt über den Haftbefehl gegen seinen Schwager mit ihr zu streiten, Henri entführt und auf diese Weise gerettet.

„Wie blind und verblendet!" murmelte sie und wartete.

Bald klangen Schritte im Nebenzimmer, dem Waffenraum.

„Sire", bat Henri, „jetzt, da wir wieder im Louvre sind, werden Sie mir sagen, warum ich mit Ihnen gehen mußte und welchen Dienst Sie mir geleistet haben?"

„Durchaus nicht, Henriot", lachte Karl. „Eines Tages wirst du es vielleicht erfahren, im Augenblick ist es noch ein Geheimnis. Du brauchst nur zu wissen, daß ich vermutlich einen heftigen Streit mit meiner Mutter haben werde, sobald du das Zimmer verlassen hast."

Bei diesen Worten hob Karl den Wandteppich und sah sich Katharina gegenüber.

Über seine Schulter reckte sich das bleiche, unruhige Gesicht des Béarners.

„Ah, Sie hier, Madame?" rief Karl IX., eine steile Falte zwischen den Brauen.

„Ja, mein Sohn", erwiderte Katharina. „Ich habe mit Ihnen zu reden."

„Mit mir?"

„Ja, und zwar allein."

„Also los", sagte Karl und drehte sich zu seinem Schwager um, „da es kein Mittel gibt, dem zu entgehen, lieber jetzt als später."

„Ich gehe, Sire", antwortete Henri.

„Ja, ja, laß uns allein", sagte Karl, „und da du katholisch bist, Henriot, hör eine Messe für mich, während ich die Predigt über mich ergehen lasse."

Henri verbeugte sich und ging.

Um den Fragen zuvorzukommen, die seine Mutter an ihn richten würde, begann Karl IX. mit dem Versuch, die Sache ins Lächerliche zu ziehen: „Bei Gott, Madame, Sie erwarten mich, um mit mir zu schimpfen, nicht wahr? Ich war so gottvergessen, Ihren kleinen Plan scheitern zu lassen. Teufel auch, ich konnte doch nicht den Mann, der mir eben das Leben gerettet hatte, festnehmen und in die Bastille bringen lassen! Noch weniger wollte ich mit Ihnen streiten; ich bin ein guter Sohn. Außerdem", fügte er leise hinzu, „straft der liebe Gott Kinder, die mit ihrer Mutter zanken, siehe meinen Bruder Franz II. Verzeihen Sie mir also kurzerhand und geben Sie zu, daß es ein trefflicher Spaß war."

„Sire", entgegnete Katharina, „Euer Majestät irren, es handelt sich nicht um einen Spaß."

„Doch, doch, der Teufel soll mich holen, Sie werden es auch noch so ansehen!"

„Sire, durch Ihre Schuld ist ein Plan mißlungen, der uns zu einer großen Entdeckung führen sollte."

„Ach was, ein Plan … Und Sie, Mutter, sollte ein gescheiterter Plan in Verlegenheit bringen? Sie werden zwanzig neue schmieden, und in den neuen, meinetwegen, das verspreche ich Ihnen, werde ich Sie unterstützen."

„Jetzt kommt Ihre Unterstützung zu spät, denn er ist gewarnt und wird auf der Hut sein."

„Kommen wir zum Ende", sagte der König. „Was haben Sie gegen Henriot?"

„Er konspiriert."

„Ja, ich verstehe, das ist Ihre ewige Anschuldigung, aber konspiriert nicht mehr oder weniger jedermann in dieser reizenden Königsresidenz, die den Namen Louvre trägt?"

„Aber er mehr als jeder andere, außerdem ist er gefährlicher, als man ahnt."

„Da haben wir's, der Lorenzino!" rief Karl.

„Hören Sie", sagte Katharina, die sich bei diesem Namen verdüstert hatte, weil er sie an eine der blutigsten Katastrophen in der florentinischen Geschichte erinnerte, „hören Sie, es gibt eine Möglichkeit, mir zu beweisen, daß ich unrecht habe."

„Welche, Mutter?"

„Fragen Sie Henri, wer heute nacht in seinem Zimmer war."

„In seinem Zimmer … heute nacht?"

„Ja. Und wenn er es Ihnen sagt …"

„Dann?"

„Dann will ich zugeben, daß ich mich täuschte."

„Aber wenn es eine Frau war, können wir nicht verlangen …"

„Eine Frau?"

„Ja."

„Eine Frau, die zwei von Ihrer Wache tötete und Herrn de Maurevert vielleicht tödlich verletzt hat?"

„Sieh einer an", rief der König aus, „das scheint ernst. – Es wurde also Blut vergossen?"

„Drei Männer sind am Boden geblieben."

„Und der sie in diese Lage brachte?"

„Ist unbeschadet entflohen."

„Bei Gog und Magog!" rief Karl. „Ein tapferer Kerl! Sie haben recht, Mutter, ich will wissen, wer das ist!"

„Ich kann Ihnen schon vorher sagen, daß Sie es nicht erfahren werden, wenigstens nicht von Henri."

„Aber von Ihnen, Mutter? Der Mann ist doch nicht entflohen, ohne einen Anhaltspunkt zurückzulassen, ohne daß sich jemand an seine Kleidung erinnert?"

„Es wurde nur der sehr modische kirschrote Mantel bemerkt, den er trug."

„Ach, ein kirschroter Mantel?" wiederholte Karl. „Ich kenne nur einen am Hof, der so bemerkenswert ist, daß er in die Augen fällt."

„Richtig", bestätigte Katharina.

„Ja, und?" fragte Karl.

„Warten Sie hier auf mich, mein Sohn", antwortete Katharina, „ich will nur sehen, ob meine Befehle ausgeführt sind."

Katharina entfernte sich, und Karl blieb allein und ging zerstreut auf und ab, eine Hand im Wams, die andere herabhängend, wobei er ein Jagdlied pfiff; jedesmal, wenn er stehenblieb, leckte das Windspiel seine Hand.

Henri hatte seinen Schwager höchst beunruhigt verlassen und war, statt den üblichen Gang zu benutzen, die kleine Geheimtreppe hinaufgegangen, die bereits mehr als einmal erwähnt wurde und die in den zweiten Stock führte. Doch kaum hatte er vier Stufen hinter sich, als er an der ersten Wendung einen Schatten bemerkte. Er blieb stehen und legte die Hand an den Dolch. Gleich darauf erkannte er eine Frau; sie griff nach seiner Hand, und eine bezaubernde Stimme, deren Ton ihm vertraut war, flüsterte ihm zu: „Gott sei gelobt, Sire, Sie sind gesund! Ich habe große Angst um Sie gehabt, doch zweifellos hat Gott mein Gebet erhört."

„Was ist geschehen?" fragte Henri.

„In Ihrem Zimmer werden Sie es wissen. Machen Sie sich keine Sorgen um Orthon, ich habe ihn zu mir genommen."

Damit stieg die junge Frau rasch hinunter und an Henri vorbei, als wäre sie ihm nur zufällig auf der Treppe begegnet.

„Wie sonderbar!" murmelte Henri. „Was ist denn nur passiert? – Was ist mit Orthon?"

Leider erreichte die Frage Madame de Sauves nicht mehr, denn sie war schon weit.

Oben an der Treppe sah Henri plötzlich einen zweiten Schatten, diesmal war es ein Mann.

„Still!" sagte der Mann.

„Ach, Sie, Franz?"

„Nennen Sie nicht meinen Namen."

„Was ist geschehen?"

„Gehen Sie in Ihr Zimmer, und Sie werden es wissen, dann gehen Sie leise auf den Gang hinaus, sehen Sie sich nach allen Seiten um, ob Ihnen nicht jemand nachspioniert, und kommen Sie zu mir, die Tür wird nur angelehnt sein."

Damit verschwand er, wie Theatergeister in der Versenkung verschwinden.

„Heiliger Strohsack!" murmelte der Béarner. „Das Rätsel geht weiter; aber da mein Zimmer die Lösung bringen soll, vorwärts, und wir werden sehen."

Dennoch setzte Henri seinen Weg nicht ohne Aufregung fort, denn es fehlte ihm nicht an Empfindsamkeit, diesem Aberglauben der Jugend. Alles warf einen unverfälschten Abglanz auf seine Seele, die einem Spiegel glich; und alles, was er vernommen hatte, kündete ihm Unheil.

An der Tür zu seinen Gemächern blieb er stehen und lauschte. Nicht das leiseste Geräusch war zu hören. Da überdies Charlotte ihm geraten hatte, sein Zimmer aufzusuchen, war offensichtlich nichts zu befürchten, wenn er eintrat. Er warf einen raschen Blick durch das leere Vorzimmer; doch nichts verriet, was geschehen sein mochte.

„Wirklich, Orthon ist nicht da", murmelte er.

Dann ging er in das zweite Zimmer.

Und hier fand alles seine Erklärung.

Obwohl mit Wasser nicht gespart worden war, zeichneten sich große rote Flecke auf dem Boden ab; ein Möbelstück lag zerbrochen, die Bettvorhänge waren von Degenhieben zerfetzt, der venezianische Spiegel von einer Kugel zersplittert, und eine blutige Hand hatte sich gegen die Mauer gestützt und ihre furchtbare Spur zurückgelassen; all das sagte ihm, daß der schweigende Raum Zeuge eines tödlichen Kampfes gewesen war.

Mit gierigem Blick erfaßte Henri die verschiedenen Einzelheiten, legte die Hand an seine schweißfeuchte Stirn und flüsterte: „Ach, jetzt verstehe ich den Dienst, den mir der König geleistet hat. Ich sollte ermordet werden. – Und ... Ach, de Mouy, was haben sie mit de Mouy gemacht? Die erbärmlichen Schurken haben ihn gewiß umgebracht!"

Und da es ihn drängte, zu erfahren, was ihm der Herzog von Alençon zu berichten hatte, eilte Henri nach einem letzten düsteren Blick auf das Zimmer hinaus, vergewisserte sich, daß der Gang verlassen lag, und stieß die nur angelehnte Tür des Herzogs von Alençon auf, die er sorgfältig hinter sich schloß.

Der Herzog erwartete ihn im Vorzimmer. Hastig griff er nach Henris Hand und zog ihn, den Finger auf den Mund gelegt, in ein abseits gelegenes kleines Turmgemach, das durch seine Lage volle Sicherheit gegen Lauscher bot.

„Ach, Bruder", begann er, „welch schreckliche Nacht!"

„Was ist denn geschehen?" fragte Henri.

„Sie sollten arretiert werden."

„Ich?"

„Ja."

„Und warum?"

„Das weiß ich nicht. Wo waren Sie denn?"

„Der König hat mich gestern abend in die Stadt mitgenommen."

„Dann weiß er davon", erklärte Alençon. „Aber wer war sonst bei Ihnen, da Sie sich nicht in Ihrem Zimmer aufhielten?"

„War denn jemand bei mir?" fragte Henri, als wüßte er von nichts.

„Ja, ein Mann. Als ich den Lärm hörte, bin ich hingelaufen, um Ihnen Beistand zu leisten, aber es war zu spät."

„Wurde der Mann festgenommen?" fragte Henri erschrocken.

„Nein, er konnte fliehen, nachdem er Maurevert gefährlich verletzt und zwei Wachen getötet hatte."

„Tapferer de Mouy!" entfuhr es Henri.

„Dann war es also de Mouy?" fragte Alençon rasch.

Henri merkte, daß er einen Fehler begangen hatte.

„Zumindest nehme ich es an", erwiderte er, „denn ich hatte ihn zu mir gebeten, um mich mit ihm über Ihre Flucht zu verständigen und ihm zu sagen, daß ich Ihnen alle Rechte auf den Thron von Navarra zugestanden habe."

„Wenn das bekannt wird, sind wir verloren", sagte Alençon mit fahlem Gesicht.

„Ja, denn Maurevert wird reden."

„Maurevert hat den Degen durch die Kehle bekommen; ich habe mich bei dem Arzt, der ihn verbunden hat, erkundigt; mindestens acht Tage wird er brauchen, um auch nur ein Wort herauszubringen."

„Acht Tage! Das ist mehr als de Mouy nötig hat, um sich in Sicherheit zu bringen."

„Dennoch kann es auch ein anderer als de Mouy gewesen sein", fuhr Alençon fort.

„Glauben Sie?" fragte Henri.

„Ja, er ist sehr schnell verschwunden, und man hat nur seinen kirschroten Mantel gesehen."

„Wahrhaftig", rief Henri, „denn ein kirschroter Mantel taugt für einen Stutzer, aber nicht für einen Soldaten. Niemand würde de Mouy unter einem kirschroten Mantel vermuten."

„Nein", bestätigte Alençon. „Wenn jemand darunter vermutet wird, dann viel eher ..."

Er hielt inne.

„Dann viel eher Monsieur de La Môle", ergänzte Henri.

„Gewiß, da sogar ich, als ich den Mann fliehen sah, einen Augenblick zweifelte."

„Sie hatten Zweifel? Tatsächlich, dann könnte es sehr gut Monsieur de La Môle gewesen sein."

„Weiß er etwas?" fragte Alençon.

„Rein nichts, wenigstens nichts Wichtiges."

„Lieber Bruder", sagte der Herzog, „jetzt glaube ich wirklich, daß er es war."

„Teufel!" rief Henri. „Wenn er es war, dann wird die Königin, die lebhaftes Interesse für ihn hegt, sehr bekümmert sein."

„Lebhaftes Interesse, sagen Sie?" wiederholte Alençon bestürzt.

„Natürlich. Erinnern Sie sich nicht, Franz, daß Ihnen La Môle durch Ihre Schwester empfohlen wurde?"

„Ja", bestätigte der Herzog dumpf, „daher wollte ich ihr auch gefällig sein; der Beweis dafür ist, daß ich aus Furcht, der rote Mantel könne zum Verräter werden, zu ihm hinaufging und ihn mitgenommen habe."

„Sieh einer an!" rief Henri. „Das nenne ich doppelt vorsichtig; jetzt werde ich nicht wetten, sondern schwören, daß er es war."

„Selbst vor Gericht?" fragte Franz.

„Aber ja", erwiderte Henri. „Er wird mit irgendeiner Botschaft von Marguerite in mein Zimmer gekommen sein."

„Wenn ich sicher wäre, daß ich mich auf Ihr Zeugnis verlassen könnte", sagte Alençon; „dann möchte ich ihn beinahe beschuldigen."

„Und Sie verstehen, Bruder, daß ich Sie nicht widerlegen werde, wenn Sie ihn beschuldigen", erwiderte Henri.

„Aber die Königin?" fragte Alençon.

„Ach ja, die Königin."

„Man muß herausbekommen, was sie tun wird."

„Das werde ich übernehmen."

„Potztausend, Bruder, es wäre unrecht von ihr, uns zu widersprechen, angesichts der Tatsache, daß sich der junge Mann damit einen famosen Ruf der Tapferkeit erringen wird, der ihn nichts kostet, weil er auf Kredit erworben ist. Wirklich, er könnte Zinsen und Kapital zusammen zurückerstatten."

„Gewiß! Was wollen Sie!" rief Henri. „Auf dieser niedrigen Welt bekommt man nichts umsonst!"

Dann grüßte er Alençon mit der Hand und einem Lächeln, streckte vorsichtig seinen Kopf in den Gang, und nachdem er sich vergewissert hatte, daß niemand auf der Lauer lag, glitt er rasch hinaus und verschwand auf der Geheimtreppe, die zu Marguerite führte.

Die Königin von Navarra war nicht sorgloser als ihr Mann. Die nächtliche, gegen sie und die Herzogin von Nevers gerichtete Expedition des Königs, des Herzogs von Anjou, des Herzogs von Guise und Henris, die sie erkannt hatte, beunruhigte sie. Natürlich gab es keinen Beweis, der sie kompromittieren konnte, denn der Pförtner, der durch La Môle und Coconnas befreit worden war, hatte Stillschweigen geschworen. Aber vier große Herren vom Schlag derer, denen zwei simple Edelleute wie La Môle und Coconnas Widerstand geleistet hatten, waren nicht zufällig von ihrem Weg abgekommen und ohne zu wissen warum. Also war Marguerite bei Tagesanbruch zurückgekehrt, nachdem sie den Rest der Nacht bei der Herzogin von Nevers verbracht hatte. Sie hatte sich sogleich zu Bett gelegt, konnte jedoch nicht schlafen und schrak beim leisesten Geräusch auf.

Inmitten ihrer peinlichen Unruhe hörte sie plötzlich an die Geheimtür klopfen, und nachdem Gillonne nachgesehen hatte, wer dort sei, befahl sie, den Besucher eintreten zu lassen.

Henri blieb an der Tür stehen, nichts an ihm verriet den beleidigten Ehemann, das gewohnte Lächeln spielte um seine feinen Lippen, und kein Muskel in seinem Gesicht kündete von den schrecklichen Aufregungen, die er durchgemacht hatte.

Mit einem Blick schien er Marguerite zu fragen, ob ihm gestattet sei, sie unter vier Augen zu sprechen. Marguerite verstand den Blick ihres Mannes und bedeutete Gillonne, sich zu entfernen.

„Madame", begann Henri, „ich weiß, wie Sie an Ihren Freunden hängen, und fürchte sehr, Ihnen eine fatale Nachricht zu überbringen."

„Was für eine, Monsieur?" fragte Marguerite.

„Einer unserer verdienstvollsten Diener befindet sich augenblicklich in einer mißlichen Lage."

„Wer?"

„Der werte Graf de La Môle."

„Graf de La Môle in einer mißlichen Lage? Warum?"

„Wegen des Abenteuers dieser Nacht."

Trotz ihrer Selbstbeherrschung konnte Marguerite nicht verhindern, daß ihr das Blut in die Wangen stieg.

Mit dem Versuch, ihrer Herr zu werden, fragte sie endlich:

„Welches Abenteuer?"

„Wie?" rief Henri aus. „Haben Sie denn heute nacht nicht den Lärm im Louvre gehört?"

„Nein, Monsieur."

„Meinen Glückwunsch, Madame", rief Henri mit reizender Unbefangenheit, „das beweist Ihren bewundernswerten Schlummer."

„Aber was ist geschehen?"

„Unsere liebe Mutter hatte Monsieur de Maurevert und sechs Mann ihrer Wache den Befehl gegeben, mich zu arretieren."

„Sie, Monsieur?"

„Ganz recht."

„Und aus welchem Grund?"

„Ach, wer weiß schon die Gründe eines so tiefen Geistes, wie ihn Ihre Mutter besitzt! Ich achte sie, aber ich kenne sie nicht."

„Und Sie waren nicht zu Hause?"

„Nein, zufällig nicht, das ist wahr. Sie haben es erraten, Madame, ich war nicht zu Hause. Gestern abend lud mich der König ein, ihn zu begleiten, aber wenn auch ich nicht zu Hause war, so befand sich doch ein anderer in meinem Zimmer."

„Und wer war dieser andere?"

„Allem Anschein nach der Graf de La Môle."

„Der Graf de La Môle?" wiederholte Marguerite erstaunt.

„Gerechter Gott! Welch ein Kerl, dieser kleine Proven-

434

zale!" fuhr Henri fort. „Werden Sie daraus klug, daß er Maurevert verwundet und zwei von der Wache getötet hat?"

„Monsieur de Maurevert verwundet und zwei von der Wache getötet …? Unmöglich!"

„Wie? Sie zweifeln an seinem Mut, Madame?"

„Nein, ich sage nur, daß Herr de La Môle nicht bei Ihnen sein konnte."

„Warum nicht?"

„Weil er … weil er …", stammelte Marguerite verlegen, „weil er woanders war."

„Ach, wenn er sein Alibi beweisen kann, dann ist das etwas anderes", entgegnete Henri, „er wird einfach sagen, wo er war, und die Sache ist damit erledigt."

„Wo er war?" wiederholte Marguerite rasch.

„Natürlich … Im Laufe des Tages wird er festgenommen und befragt werden. Aber da man leider Beweise hat …"

„Beweise? … Was für Beweise?"

„Der Mann, der sich so aus Leibeskräften verteidigte, trug einen roten Mantel."

„Aber nicht nur Monsieur de La Môle besitzt einen roten Mantel … Ich kenne noch einen anderen Mann."

„Natürlich, ich auch … Aber was kommt dabei heraus? War nicht Monsieur de La Môle bei mir, so muß es wohl der andere gewesen sein, der auch einen roten Mantel trägt. Nun, und Sie wissen, wer dieser andere Mann ist?"

„Himmel!"

„Ja, da haben wir die Klippe; sie ist Ihren Augen sowenig wie meinen verborgen geblieben, Madame, das beweist mir Ihre Erregung. Deshalb wollen wir uns jetzt wie zwei Menschen unterhalten, die über die begehrteste Sache in der Welt reden – einen Thron – und über das kostbarste Gut – das Leben … Wenn de Mouy festgenommen wird, sind wir verloren."

„Ja, das verstehe ich."

„Während Monsieur de La Môle niemanden bloßstellt, zumindest nicht, wenn Sie ihn nicht für fähig halten, irgendwelche Geschichten zu erfinden, zum Beispiel, er hätte sich in Damengesellschaft befunden … oder was weiß ich?"

„Monsieur", erwiderte Marguerite, „wenn Sie nur das fürchten, so können Sie ganz unbesorgt sein … Er wird nichts sagen."

„Wie?" rief Henri. „Er wird schweigen, auch wenn ihm als Lohn für sein Schweigen der Tod gewiß ist?"

„Er wird schweigen, Monsieur."

„Sind Sie ganz sicher?"

„Ich verbürge mich dafür."

„Nun, dann steht alles aufs beste", schloß Henri und stand auf.

„Sie wollen gehen, Monsieur?" fragte Marguerite rasch.

„Mein Gott, ja. Das ist alles, was ich Ihnen zu sagen hatte."

„Und Sie werden …"

„Ja, ich werde versuchen, uns alle aus der schlimmen Lage zu ziehen, in die uns dieser Teufelskerl im roten Mantel gebracht hat."

„O mein Gott, mein Gott! Der arme junge Mann!" rief Marguerite schmerzlich und rang die Hände.

„Wirklich", sagte Henri, als er ging, „ein höchst anständiger Diener, dieser werte Monsieur de La Môle."

38

Die Gürtelschnur der Königinmutter

Lachend und spottend hatte Karl seine Gemächer betreten, doch nach einem Gespräch von kaum zehn Minuten mit seiner Mutter schien es, als hätte Katharina ihre Blässe und ihren Zorn an den Sohn abgegeben und dafür Karls fröhliche Laune genommen.

„Monsieur de La Môle", sagte Karl, „Monsieur de La Môle! … Man muß Henri und den Herzog von Alençon rufen. Henri, weil der junge Mann Hugenott ist, und den Herzog von Alençon, weil er in seinen Diensten steht."

„Rufen Sie beide, wenn Sie wollen, mein Sohn, Sie werden nichts erfahren. Denn Henri und Franz sind sich, wie ich fürchte, einiger, als es nach außen hin den Anschein hat. Fragt man sie, so werden sie nur Argwohn fassen; langsam und sicher ein paar Tage prüfen, wäre meiner Ansicht nach besser. Wenn Sie die Schuldigen aufatmen lassen, mein Sohn, und sie in dem Glauben wiegen, sie wären Ihrer Wachsamkeit entgangen, dann werden sie Ihnen, kühn gemacht und triumphierend, eine bessere Gelegenheit zu nachdrücklicher Strenge geben, und dann werden Sie alles erfahren."

Karl ging unschlüssig auf und ab, auf seinem Zorn herumkauend wie ein Pferd auf seiner Gebißstange, und drückte die Faust an sein von Mißtrauen zerrissenes Herz.

„Nein, nein", sagte er schließlich, „ich will nicht warten. Sie wissen nicht, was warten heißt, wenn man wie ich von Hirngespinsten geplagt ist; außerdem werden diese Herrchen jeden Tag unverschämter; haben nicht sogar heute nacht zwei Stutzer gewagt, uns die Stirn zu bieten, sich gegen uns zu empören? ... Wenn Monsieur de La Môle unschuldig ist, gut; aber es würde mir nicht leid tun zu erfahren, wo Monsieur de La Môle heute nacht war, als meine Wache im Louvre und ich in der Rue Cloche-Percée angegriffen wurde. Deshalb soll der Herzog von Alençon geholt werden und später Henri; ich will sie einzeln fragen. Sie können dabeisein, Mutter."

Katharina setzte sich. Einen starken Geist wie den ihren konnte jeder Zwischenfall, durch ihre mächtige Hand zurechtgebogen, ans Ziel führen, wenn er auch davon abzuirren schien. Aus jedem Zusammenstoß springt Lärm oder ein Funke auf. Der Lärm leitet, der Funke erhellt.

Der Herzog von Alençon trat ein; seine Unterhaltung mit Henri hatte ihn auf die Zusammenkunft vorbereitet, daher war er ziemlich ruhig.

Seine Antworten kamen knapp und bestimmt. Durch seine Mutter gewarnt, er möge in seinem Zimmer bleiben, wußte er rein nichts von den Ereignissen der Nacht. Da seine Gemächer an demselben Gang lagen wie die des Königs von Navarra, hatte er allerdings Geräusche zu hören geglaubt, zuerst, als werde eine Tür eingeschlagen, dann Flüche und später Schüsse. Da erst habe er gewagt, seine Tür ein wenig zu öffnen, und habe einen Mann im roten Mantel fliehen sehen.

Karl und seine Mutter wechselten einen Blick.

„Im roten Mantel?" fragte der König.

„Ja", bestätigte Alençon.

„Und der rote Mantel gab Ihnen keinen Hinweis auf den Besitzer?"

Alençon nahm alle Kraft zusammen, um so unbefangen wie möglich zu lügen.

„Beim ersten Blick, das gestehe ich Euer Majestät", antwortete er, „glaubte ich unter dem roten Mantel einen meiner Edelleute zu erkennen."

„Und wie heißt dieser Edelmann?"

„Monsieur de La Môle."

„Warum war Monsieur de La Môle nicht bei Ihnen, wie es seine Pflicht gewesen wäre?"

„Ich hatte ihn beurlaubt", erwiderte der Herzog.

„Es ist gut, Sie können gehen", sagte Karl.

Der Herzog von Alençon entfernte sich zu der Tür, durch die er eingetreten war.

„Nein, nicht durch diese", rief Karl, „sondern hier hinaus." Damit deutete er auf die Tür, die ins Zimmer seiner Amme führte.

Karl wollte vermeiden, daß Franz und Henri zusammentrafen. Er wußte nicht, daß sie sich kurz gesehen hatten und daß dieser Augenblick genügt hatte, die beiden Schwäger in ihrer Haltung übereinkommen zu lassen.

Hinter Alençon trat auf ein Zeichen des Königs Henri ein.

Henri wartete erst gar nicht, bis Karl ihn fragte.

„Sire", sagte er, „Euer Majestät haben gut daran getan, nach mir zu schicken, denn ich war schon auf dem Wege, um Recht zu fordern."

Karl runzelte die Stirn.

„Jawohl, Recht", wiederholte Henri. „Zunächst aber möchte ich Euer Majestät danken, daß Sie mich gestern abend mitgenommen haben, denn jetzt weiß ich, daß Sie mir dadurch das Leben retteten; aber was habe ich getan, daß ein Mordanschlag auf mich versucht wurde?"

„Es handelte sich nicht um einen Mordanschlag", warf Katharina rasch ein, „sondern um eine Verhaftung."

„Sei's drum", entgegnete Henri. „Welches Verbrechen habe ich begangen, daß ich verhaftet werden sollte? Wenn ich schuldig bin, so heute wie gestern. Nennen Sie mir mein Verbrechen, Sire."

Karl sah seine Mutter in rechter Verlegenheit um die Antwort an, die er geben sollte.

„Mein Sohn", erklärte Katharina, „Sie empfangen verdächtige Leute."

„Gut", sagte Henri, „und diese verdächtigen Leute kompromittieren mich, nicht wahr, Madame?"

„Ja, Henri."

„Nennen Sie mir die Leute, nennen Sie mir ihre Namen! Wer sind sie? Konfrontieren Sie mich mit Ihnen!"

„Wirklich", sagte Karl, „Henriot hat das Recht, eine Erklärung zu verlangen."

„Und die verlange ich!" beharrte Henri, der sich jetzt überlegen fühlte und daraus Nutzen ziehen wollte. „Ich verlange sie von meinem lieben Bruder Karl und von meiner lieben Mutter Katharina. Habe ich mich nicht seit meiner Heirat mit Marguerite als guter Ehemann aufgeführt? Man frage Marguerite. Und als guter Katholik? Man frage meinen Beichtvater. Und als guter Schwager? Man frage alle, die gestern an der Jagd teilnahmen."

„Ja, das ist wahr, Henriot", gab der König zu, „aber was willst du? Es wird behauptet, du konspirierst."

„Gegen wen?"

„Gegen mich."

„Sire, angenommen, es wäre so, hätte ich nicht den Ereignissen ihren Lauf gelassen, als Ihr Pferd, nachdem es ins Bein getroffen war, nicht aufstehen konnte und als sich der wütende Keiler auf Euer Majestät stürzte?"

„Teufel auch! Er hat recht, Mutter!"

„Aber wer war heute nacht bei Ihnen?"

„Madame", erwiderte Henri, „in einer Zeit, da so wenige für sich selbst einzustehen wagen, möchte ich mich nie für andere verbürgen. Ich habe gegen sieben Uhr abends mein Zimmer verlassen, um zehn hat mich mein Bruder Karl mitgenommen, und ich war die ganze Nacht mit ihm zusammen. Ich konnte wohl kaum mit Seiner Majestät zusammen sein und gleichzeitig sehen, was in meinen Zimmern geschah."

„Aber nicht weniger wahr ist", entgegnete Katharina, „daß ein Mann in Ihrem Zimmer zwei von Seiner Majestät Wache getötet und Herrn de Maurevert verwundet hat."

„Ein Mann bei mir?" fragte Henri. „Wer war dieser Mann, Madame, nennen Sie mir seinen Namen …"

„Alle beschuldigen Monsieur de La Môle."

„Monsieur de La Môle steht nicht in meinen Diensten, Madame, er gehört zum Herzog von Alençon, dem er durch Ihre Tochter empfohlen wurde."

„War denn dieser Monsieur de La Môle bei dir, Henriot?" fragte Karl.

„Woher soll ich das wissen, Sire? Ich sage weder ja noch nein … Monsieur de La Môle ist ein sehr gefälliger Diener und der Königin von Navarra ergeben, er bringt mir oft Botschaften – von Marguerite, der er sich dankbar erweist, weil sie ihn dem Herzog von Alençon empfahl, oder vom Herzog selbst. Ich kann nicht behaupten, Monsieur de La Môle sei es nicht gewesen …"

„Er war's", sagte Katharina, „sein roter Mantel wurde erkannt."

„Dann hat also Monsieur de La Môle einen roten Mantel?"

„Ja."

„Und der Mann, der mit meinen beiden Leibgardisten und Monsieur de Maurevert so gut fertig geworden ist …"

„Trug einen roten Mantel?" fragte Henri.

„Richtig", bestätigte Karl.

„Dazu kann ich nichts sagen", entgegnete der Béarner. „Aber mir scheint, in diesem Fall sollten Sie Monsieur de La Môle fragen, der, wie Sie sagen, in meinem Zimmer war, statt mich kommen zu lassen, der nicht dort war. Allerdings muß ich Euer Majestät auf eine Sache aufmerksam machen."

„Und das wäre?"

„Hätte ich mich, einen vom König unterzeichneten Befehl vor Augen, verteidigt, statt dem Befehl nachzukommen, so wäre ich schuldig und verdiente jede Strafe; aber nicht ich, sondern ein Unbekannter handelte so, einer, den dieser Befehl nicht im geringsten betraf: Man wollte ihn ungerechterweise festnehmen, er hat sich verteidigt, vielleicht zu gut verteidigt; aber er war in seinem Recht."

„Dennoch …", murmelte Katharina.

„Madame", sagte Henri, „lautete der Befehl, mich festzunehmen?"

„Ja", antwortete Katharina, „und Seine Majestät hat ihn selber unterzeichnet."

„Besagte er überdies, falls ich nicht da wäre, den festzunehmen, den man an meiner Stelle finden würde?"

„Nein", erwiderte Katharina.

„Nun", sagte Henri, „wofern man nicht beweisen kann, daß ich konspiriere und daß sich der Mann in meinem Zimmer an der Verschwörung beteiligt, ist dieser Mann unschuldig." Dann fuhr er, zu Karl IX. gewandt, fort: „Sire, ich werde den Louvre nicht verlassen. Ich bin sogar bereit, mich auf ein einfaches Wort Euer Majestät in ein beliebiges, von Ihnen bezeichnetes Staatsgefängnis zu begeben. Aber solange ich auf den Gegenbeweis warte, habe ich das Recht, mich zu beurteilen, und ich werde mich immer Euer Majestät getreusten Diener, Untertan und Bruder heißen."

Mit nie zuvor an ihm beobachteter Würde verbeugte sich Henri vor dem König und ging.

„Bravo, Henriot!" rief Karl, als der König von Navarra verschwunden war.

„Bravo? Weil er uns geschlagen hat?" fragte Katharina.

„Warum sollte ich ihn nicht loben? Rufe ich nicht bravo, wenn wir die Klingen kreuzen und er mich trifft? Sie haben unrecht, Mutter, diesen Burschen so geringschätzig zu behandeln, wie Sie es tun."

„Mein Sohn", entgegnete Katharina und drückte Karls Hand, „ich behandle ihn nicht geringschätzig, ich fürchte ihn."

„Aber das ist unrecht, Mutter. Henriot ist mein Freund, und er hat es selber gesagt: Wenn er gegen mich konspirierte, hätte er dem Keiler nicht gewehrt."

„Damit der Herzog von Anjou, sein persönlicher Feind, König von Frankreich wird?" widersprach Katharina.

„Warum mir Henriot das Leben rettete, ist gleichgültig, Mutter; Tatsache ist, daß ich ihm mein Leben verdanke. Kreuzschockschwerenot! Ich will nicht, daß ihm ein Leid angetan wird; was Monsieur de La Môle betrifft, so werde ich mich mit meinem Bruder Alençon verständigen, in dessen Diensten er steht."

Mit diesen Worten gab Karl IX. seiner Mutter deutlich zu verstehen, daß er die Unterredung als beendet ansähe. Sie entfernte sich und suchte ihren umherirrenden Verdächtigungen eine gewisse Festigkeit zu geben. Monsieur de La Môle konnte ihr angesichts seiner geringen Bedeutung nicht aus der Bedrängnis helfen.

Als sie in ihr Zimmer zurückkam, fand Katharina Marguerite auf sie warten.

„Ach", rief sie, „Sie hier, meine Tochter! Ich habe gestern abend nach Ihnen geschickt."

„Ich weiß, Madame, aber ich war ausgegangen."

„Und jetzt?"

„Jetzt, Madame, bin ich zu Ihnen gekommen, um Euer Majestät zu sagen, daß man ein großes Unrecht begehen wird."

„Was für ein Unrecht?"

„Sie wollen den Grafen de La Môle arretieren lassen?"

„Sie irren sich, Tochter, ich lasse niemand arretieren; das ist Sache des Königs, nicht die meine!"

„Streiten wir nicht um Worte, Madame, wenn es um ernste Dinge geht. Monsieur de La Môle soll festgenommen werden, nicht wahr?"

„Wahrscheinlich."

„Weil er beschuldigt wird, sich heute nacht im Zimmer des Königs von Navarra aufgehalten und zwei Wachen getötet und Monsieur de Maurevert verletzt zu haben?"

„Dieses Verbrechens wird er in der Tat beschuldigt."

„Zu Unrecht, Madame", entgegnete Marguerite, „Monsieur de La Môle ist nicht schuldig."

„Monsieur de La Môle ist nicht schuldig?" wiederholte Katharina, vor Freude zusammenfahrend, weil sie erriet, daß Marguerite Licht in die Sache bringen könnte.

„Nein, er ist nicht schuldig", sagte Marguerite noch einmal, „er kann es nicht sein, weil er nicht beim König war."

„Wo war er?"

„Bei mir, Madame."

„Bei Ihnen?"

„Ja, bei mir."

Nach diesem Geständnis einer Prinzessin des königlichen Hauses wollte Katharina ihrer Tochter zuerst einen niederschmetternden Blick zuwerfen; aber dann begnügte sie sich, die Hände über dem Gürtel zu kreuzen.

„Und ...", fragte sie nach einer Pause des Schweigens, „wenn Monsieur de La Môle festgenommen und befragt wird ..."

„Er wird sagen, wo und mit wem er war, Mutter", erwiderte Marguerite, obwohl sie des Gegenteils gewiß war.

„Wenn es so ist, haben Sie recht, meine Tochter, dann ist es nicht nötig, Monsieur de La Môle festzunehmen."

Marguerite zuckte zusammen; ihr schien, als enthielten die Worte ihrer Mutter einen geheimnisvollen, erschreckenden Sinn; aber sie hatte nichts dawider zu sagen, denn ihr war zugestanden worden, worum sie gebeten hatte.

„Aber wenn sich nicht Monsieur de La Môle beim König befand", sagte Katharina, „so war es ein anderer?"

Marguerite schwieg.

„Kennen Sie den anderen, meine Tochter?" fragte Katharina.

„Nein, Mutter", antwortete Marguerite mit unsicherer Stimme.

„Schenken Sie mir nicht nur halbes Vertrauen?"

„Ich wiederhole Ihnen, Madame, daß ich ihn nicht kenne", sagte Marguerite noch einmal, wobei sie unwillkürlich blaß wurde.

„Gut, gut", schloß Katharina mit gleichgültigem Gesicht, „man wird sich erkundigen. Gehen Sie, meine Tochter, beruhigen Sie sich, Ihre Mutter wacht über Ihre Ehre."

Marguerite ging hinaus.

„Ach, man verbündet sich", murmelte Katharina, „Henri und Marguerite verständigen sich, und wenn die Frau stumm ist, so ist der Ehemann blind. Ihr seid sehr schlau, meine Kinder, und ihr glaubt euch sehr stark, aber eure Stärke liegt in eurem Bündnis, und ich werde eins nach dem andern zerbrechen. Außerdem wird Maurevert eines Tages wieder sprechen oder schreiben, einen Namen herausbringen oder sechs Buchstaben malen können, und an diesem Tag werden wir alles wissen."

Ja, aber bis zu diesem Tag würde sich der Schuldige in Sicherheit wiegen. Besser, sie würden sofort auseinandergebracht.

Diese Überlegung bestimmte Katharina, sich noch einmal zu ihrem Sohn zu begeben, den sie im Gespräch mit Alençon fand.

„Ach, Sie, Mutter!" rief Karl IX. stirnrunzelnd.

„Warum haben Sie nicht gesagt: schon wieder? Das meinten Sie doch, Karl."

„Meine Gedanken gehören mir allein, Madame", entgegnete der König in diesem schroffen Ton, den er mitunter sogar im Gespräch mit Katharina annahm, „was wollen Sie von mir? Sagen Sie es schnell."

„Sie hatten recht, mein Sohn", sagte Katharina zu Karl, „und Sie, Alençon, hatten unrecht."

„Worin, Madame?" fragten beide.

„Nicht Monsieur de La Môle war beim König von Navarra."

„Ach", rief Franz erbleichend.

„Wer dann?" fragte Karl.

„Wir wissen es noch nicht, aber wir werden es erfahren, wenn Maurevert sprechen kann. Lassen wir das also, denn die Angelegenheit wird sich bald aufklären, und kommen wir auf Monsieur de La Môle zurück."

„Was wollen Sie noch von Monsieur de La Môle, Mutter, wenn er nicht beim König von Navarra war?"

„Nein", erklärte Katharina, „beim König war er nicht, aber er war bei der ... Königin."

„Bei der Königin?" rief Karl und brach in lautes Gelächter aus.

„Bei der Königin?" murmelte Alençon aschfahl.

„Nicht doch", widersprach Karl, „Guise hat mir gesagt, er hätte unterwegs Marguerites Sänfte gesehen."

„Das ist es eben", beharrte Katharina, „sie hat ein Haus in der Stadt."

„In der Rue Cloche-Percée!" rief der König.

„Oh, das ist zu stark!" stöhnte Alençon und drückte sich die Fingernägel in die Brust. „Und den hat sie mir empfohlen!"

„Da fällt mir überhaupt ein", sagte der König plötzlich, „daß er es dann gewesen sein muß, der sich heute nacht gegen uns gewehrt und mir eine silberne Kanne auf den Kopf geworfen hat, dieser elende Schurke!"

„Ja", bekräftigte Franz, „ein elender Schurke!"

„Sie haben recht, meine Kinder", sagte Katharina, ohne anscheinend die Gefühle zu verstehen, die ihre beiden Söhne bewegten. „Sie haben recht, denn eine einzige Indiskretion dieses Edelmannes kann einen entsetzlichen Skandal verursachen, kann eine Prinzessin von Frankreich verderben! Nur ein Augenblick der Trunkenheit, und schon ist es passiert."

„Oder der Eitelkeit", ergänzte Franz.

„Natürlich, natürlich", sagte Karl, „trotzdem können wir den Fall nicht den Richtern übergeben, wofern Henriot nicht einwilligt, als Kläger aufzutreten."

„Mein Sohn", beharrte Katharina und legte ihre Hand auf Karls Schulter, nachdrücklich und bedeutungsvoll genug, um sich beim König volle Aufmerksamkeit für das, was sie vorbringen wollte, zu verschaffen, „hören Sie gut zu, was ich Ihnen sage. Es gibt ein Verbrechen, und es kann einen Skandal geben. Aber solcherlei Vergehen an der königlichen Majestät ahndet man nicht mit Richtern und Henkern. Wären Sie nur simple Edelleute, dann brauchte ich Ihnen nichts zu sagen, denn Sie sind beide tapfer; aber Sie sind von königlichem Geblüt, Sie können nicht mit einem Krautjunker die Klinge kreuzen: Seien Sie darauf bedacht, sich als Söhne eines Königshauses zu rächen."

„Kreuzschockschwerenot!" rief Karl. „Sie haben recht, Mutter, ich werde darüber nachdenken."

„Dabei will ich Ihnen helfen, Bruder", rief Franz.

„Und ich", schloß Katharina, während sie die schwarze Seidenschnur löste, die dreimal um ihre Taille geschlungen war und in zwei Eicheln endete, die bis zu den Knien herabfielen, „ich werde jetzt gehen; aber an meiner Statt lasse ich Ihnen dies zurück."

Damit warf sie den beiden Prinzen die Schnur vor die Füße.

„Ah", rief Karl, „ich verstehe."

„Diese Schnur …", sagte Alençon und hob sie auf.

„… bedeutet Strafe und Schweigen", ergänzte Katharina triumphierend. „Nur", fügte sie hinzu, „würde es nichts schaden, Henri in die Sache hineinzuziehen."

Damit ging sie hinaus.

„Bei Gott!" entfuhr es Alençon. „Nichts leichter als das, und wenn Henri erfährt, daß ihn seine Frau betrügt … Sind Sie der gleichen Meinung wie unsere Mutter?" fragte er den König.

„Punkt für Punkt", antwortete Karl, ohne zu ahnen, daß er Alençon tausend Dolche ins Herz bohrte, „Marguerite wird sich ärgern, aber Henriot freuen."

Er rief einen Offizier der Wache herein und befahl ihm, Henri holen zu lassen, besann sich jedoch eines Besseren und sagte: „Nein, nein, ich werde selber zu ihm gehen. Du, Alençon, benachrichtige Anjou und Guise."

Er ging aus seinem Zimmer und stieg die kleine Wendeltreppe hinauf, die in den zweiten Stock und direkt zu Henri führte.

39

Rachepläne

Henri hatte die Frist benutzt, die ihm das so gut bestandene Verhör ließ, um eilends Madame de Sauves aufzusuchen. Dort hatte er Orthon angetroffen, der wieder völlig bei Bewußtsein war; aber Orthon hatte ihm nichts weiter sagen können, nur daß Männer in seine Gemächer eingedrungen wären und daß ihm der Anführer einen betäubenden Schlag mit dem Degenknauf versetzt hätte. Orthon selber bot keinen Anlaß zur Besorgnis, denn Katharina hatte ihn bewußtlos liegen sehen und tot geglaubt. Und da er zu sich gekommen war, als die Königinmutter schon fort und der Hauptmann der Wache erst auf dem Wege war, den Schauplatz auftragsgemäß zu säubern, hatte er Zuflucht bei Madame de Sauves gesucht.

Henri bat Charlotte, den jungen Mann zu behalten, bis er Nachricht von de Mouy hätte, der nicht verfehlen werde, ihm von seinem Versteck aus zu schreiben. Dann wolle er Orthon mit seiner Antwort zu de Mouy schikken, wonach er sich nicht nur auf einen, sondern auf zwei ihm treu Ergebene werde verlassen können.

Nachdem sie diesen Plan gefaßt hatten, war er wieder in seine Gemächer zurückgekehrt und philosophierte auf und ab gehend, als sich plötzlich die Tür öffnete und der König erschien.

„Majestät!" rief Henri und eilte auf den König zu.

„Ja, ich bin's ... Wirklich, Henriot, du bist ein trefflicher Bursche, und ich muß dich mehr und mehr lieben."

„Sire", erwiderte Henri, „Euer Majestät machen mich überglücklich."

„Du hast nur einen Fehler, Henriot."

„Welchen? Den mir Euer Majestät schon verschiedene Male vorgeworfen haben?" fragte Henri. „Daß ich die Parforcejagd der Beize vorziehe?"

„Nein, nein, davon spreche ich nicht, Henriot, ich meine etwas anderes."

„Wenn mir Euer Majestät sagen wollten, worum es sich

handelt", bat Henri, dem Karls Lächeln verriet, daß der König bei guter Laune war, „würde ich versuchen, mich zu bessern."

„Es ist folgendes, trotz deiner guten Augen siehst du nicht sehr scharf."

„Ach!" rief Henriot. „Sollte ich, ohne es zu ahnen, kurzsichtig sein, Sire?"

„Schlimmer, Henriot, viel schlimmer, du bist blind."

„Wahrhaftig?" rief der Béarner. „Aber sollte ich nicht vielleicht dieses Pech haben, wenn ich die Augen schließe?"

„Dazu bist du imstande!" meinte Karl. „Jedenfalls werde ich sie dir öffnen."

„Gott sagte: Es werde Licht! Und es ward Licht. Euer Majestät sind der Repräsentant Gottes auf Erden, Euer Majestät können also auf Erden tun, was Gott im Himmel tut: Ich höre."

„Als dir Guise gestern sagte, er habe deine Frau in Begleitung eines Galans getroffen, da hast du es nicht glauben wollen!"

„Sire", entgegnete Henri, „wie sollte ich wohl glauben, daß Euer Majestät Schwester eine solche Unvorsichtigkeit beginge!"

„Als er dir sagte, daß sich deine Frau in die Rue Cloche-Percée begeben habe, hast du es noch weniger glauben wollen!"

„Wie sollte ich annehmen, Sire, daß eine Prinzessin des Königshauses von Frankreich öffentlich ihren guten Ruf aufs Spiel setzt!"

„Als wir das Haus in der Rue Cloche-Percée belagerten und als ich, jawohl, ich, eine silberne Kanne auf die Schulter bekam, Anjou ein Orangenkompott auf den Kopf und de Guise einen Wildschweinschinken ins Gesicht, hast du doch zwei Frauen und zwei Männer gesehen?"

„Ich habe nichts gesehen, Sire. Euer Majestät werden sich erinnern, daß ich den Pförtner ausfragte."

„Ja, Donner und Doria! Aber ich hab's gesehen!"

„Wenn Euer Majestät gesehen haben, dann ist das allerdings etwas anderes."

„Das heißt, ich habe zwei Männer und zwei Frauen gesehen. Ja, und jetzt weiß ich, daran ist nicht zu zweifeln,
daß eine dieser beiden Frauen Margot war und einer dieser beiden Männer Monsieur de La Môle."

„Aber wenn Monsieur de La Môle in der Rue Cloche-
Percée war", wandte Henri ein, „dann war er doch nicht
in meinem Zimmer."

„Nein", bestätigte Karl, „nein, hier war er nicht. Aber
die Frage dreht sich auch nicht mehr um die Person, die
hier war, das werden wir erfahren, wenn dieser Dummkopf Maurevert reden oder schreiben kann. Es handelt
sich darum, daß dich Margot betrügt."

„Ach was", rief Henri, „glauben Sie doch nicht solchen
Verleumdungen!"

„Aber wenn ich dir sage, daß du mehr als kurzsichtig,
daß du blind bist! Teufel auch! Willst du mir einmal glauben, du Dickkopf! Ich sage dir, Margot betrügt dich; und
heute abend werden wir den Gegenstand ihrer Zuneigung
erdrosseln."

Henri trat vor Überraschung einen Schritt vor und sah
seinen Schwager verblüfft an.

„Im Grunde genommen tut es dir durchaus nicht leid,
Henri, gib es nur zu. Marguerite wird einen Lärm vollführen wie zehntausend Krähen, da kann ich ihr wirklich
nicht helfen. Ich will nicht, daß man dich unglücklich
macht. Wenn der Herzog von Anjou dem Condé Hörner
aufsetzt, drücke ich ein Auge zu, denn Condé ist mein
Feind; aber du bist mein Bruder, und mehr als ein Bruder,
du bist mein Freund."

„Aber, Sire ..."

„Ich will nicht, daß man dir Ungelegenheiten macht,
ich will nicht, daß man über dich spottet; lange genug
dienst du all diesen Stutzern, die aus der Provinz kommen, um unsere Brosamen aufzusammeln und unsern
Frauen den Hof zu machen, als Zielscheibe; laß sie nur
kommen oder lieber heimkehren, Donner und Doria!
Man hat dich betrogen, Henriot, das kann jedem passieren; aber du wirst, das schwöre ich dir, eine glänzende
Genugtuung erfahren, und morgen wird man sagen: Teu-

fel, Teufel! Es scheint, der König Karl liebt seinen Bruder Henriot; denn heute nacht hat er Monsieur de La Môle so schnurrig die Zunge rausstrecken lassen."

„Sire", fragte Henri, „ist das wirklich fest abgemacht?"

„Fest abgemacht, beschlossen und entschieden; das Herrchen wird sich nicht zu beklagen haben. Wir vier, ich, Anjou, Alençon und Guise, führen das Unternehmen durch. Ein König, zwei Prinzen des französischen Königshauses und ein souveräner Fürst, ganz abgesehen von dir."

„Wie denn, abgesehen von mir?"

„Du wirst natürlich dabeisein."

„Ich?"

„Ja. Erstich mir diesen Schurken auf königliche Weise, während wir ihn erdrosseln."

„Sire", sagte Henri, „Ihre Güte verwirrt mich, aber woher wissen Sie denn ..."

„Bei des Teufels Hörnern! Mir scheint, der Narr hat damit geprahlt. Bald ist er im Louvre, bald in der Rue Cloche-Percée mit ihr zusammen. Gemeinsam fabrizieren sie Verse – ich möchte mal sehen, was dieses Herrchen für Verse macht: Schäferliedchen! Sie plaudern über Bion und Moschus und lassen Daphnis und Corydon einander abwechseln. Nimm wenigstens einen guten Dolch!"

„Sire", begann Henri, „wenn ich überlege ..."

„Was?"

„Euer Majestät werden begreifen, daß ich an solch einem Unternehmen nicht teilnehmen kann. In eigner Person dabeizusein, wäre, wie mir scheint, unpassend. Ich bin viel zu sehr an der Sache interessiert, als daß mein Eingreifen nicht als Roheit angesehen würde. Euer Majestät rächen die Ehre Ihrer Schwester an einem Gecken, der herumprahlt und meine Frau verleumdet – nichts ist verständlicher, und Marguerite, die ich für unschuldig halte, Sire, ist dadurch nicht entehrt; aber wenn ich mit von der Partie bin, liegt die Sache anders; meine Teilnahme macht aus einem Akt der Gerechtigkeit einen Racheakt. Es wäre keine Hinrichtung, sondern ein Mord;

und meine Frau wäre nicht verleumdet ... sondern schuldig."

„Zum Henker! Du sprichst goldene Worte, Henri, eben sagte ich noch zu meiner Mutter, du bist verteufelt gescheit."

Und wohlgefällig betrachtete er seinen Schwager, der sich verneigte, um für das Kompliment zu danken.

„Dennoch freut es dich", fügte Karl hinzu, „daß man dich von dem Galan befreit?"

„Was Euer Majestät tun, ist wohlgetan", erwiderte der König von Navarra.

„Das ist gut, das ist sehr gut; laß mich also die Arbeit für dich tun, und sei ohne Sorge, sie wird dadurch nicht schlechter getan."

„Das überlasse ich Ihnen, Sire", sagte Henri.

„Nur eins noch, um welche Zeit geht er gewöhnlich zu deiner Frau?"

„Gegen neun Uhr abends."

„Und wann verläßt er sie?"

„Bevor ich komme, denn ich treffe ihn niemals an."

„Das ist ...?"

„Gegen elf Uhr."

„Gut, geh heute abend erst um Mitternacht, dann ist alles getan."

Nachdem er Henri herzlich die Hand gedrückt und ihn von neuem seiner Freundschaft versichert hatte, ging der König, eins seiner Lieblingsjagdlieder pfeifend, hinaus.

„Heiliger Strohsack!" murmelte der Béarner, der Karl nicht aus den Augen ließ. „Ich müßte mich doch sehr täuschen, wenn diese Teufelei nicht wieder von der Königinmutter ausginge. Sie sinnt wahrhaftig nur noch darauf, meine Frau und mich, ein so artiges Ehepaar, zu verfeinden!"

Und Henri begann zu lachen, wie er nur lachte, wenn ihn niemand sehen oder hören konnte.

Gegen sieben Uhr desselben Tages, der all diesen Ereignissen Raum geboten hatte, rasierte sich in einem Zimmer des Louvre ein schöner junger Mann, der eben aus dem Bad gekommen war, und spazierte wohlgefällig und ein

Liedchen trällernd vor dem Spiegel einher. Neben ihm schlief oder rekelte sich vielmehr auf dem Bett ein anderer junger Mann.

Der eine war unser Freund La Môle, mit dem man sich den ganzen Tag so viel beschäftigt hatte und mit dem man sich vielleicht immer noch beschäftigte, ohne daß er es ahnte, und der andere sein Gefährte Coconnas.

Tatsächlich hatte sich das furchtbare Unwetter in seiner unmittelbaren Nähe entladen, ohne daß er das Donnergrollen und das Aufzucken der Blitze bemerkte. Er war gegen drei Uhr früh heimgekehrt und bis drei Uhr nachmittags im Bett geblieben, halb schlafend, halb träumend, Schlösser auf dem unsicheren Sand errichtend, der Zukunft heißt; dann war er aufgestanden, hatte eine Stunde in einem modischen Bad verbracht, dann bei Meister La Hurière zu Mittag gespeist, und seit er wieder im Louvre war, machte er Toilette für seinen üblichen Besuch bei Marguerite.

„Du sagst also, du hast schon gegessen?“ fragte ihn Coconnas gähnend.

„Aber ja, und mit großem Appetit.“

„Warum hast du mich nicht mitgenommen, du Egoist?“

„Meine Güte, du hast so fest geschlafen, daß ich dich nicht wecken wollte. Aber weißt du, statt zu Mittag kannst du ja zu Abend speisen. – Vor allem vergiß nicht, bei Meister La Hurière den leichten Anjouwein zu bestellen, den er dieser Tage bekommen hat.“

„Ist er gut?“

„Bestell ihn nur, weiter sag ich dir nichts.“

„Und wohin gehst du?“

„Ich?“ gab La Môle, über die Frage seines Freundes verwundert, zurück. „Wohin ich gehe? Der Königin meine Aufwartung machen.“

„Ei, sieh da“, sagte Coconnas, „wenn ich zum Essen in unser kleines Haus in der Rue Cloche-Percée ginge, könnte ich mich an den Resten von gestern laben; da gab es einen Alicantewein, der einen wieder auf die Beine bringt.“

„Nach dem, was heute nacht geschehen ist, wäre das

sehr unvorsichtig, Freund Hannibal. Haben wir uns nicht außerdem das Wort gegeben, nur zusammen dort hinzugehen? Gib mir meinen Mantel."

„Das ist allerdings wahr", bemerkte Coconnas, „ich hatte es vergessen. – Aber wo zum Teufel ist dein Mantel? ... Ach, da."

„Nein, das ist der schwarze, ich möchte den roten haben. – Die Königin sieht mich lieber in dem roten."

„Ach was", rief Coconnas aus, nachdem er sich überall umgesehen hatte, „such ihn selber, ich finde ihn nicht."

„Wie?" fragte La Môle. „Du findest ihn nicht? Aber wo ist er denn?"

„Wahrscheinlich hast du ihn verkauft ..."

„Aber warum nur? Ich habe noch sechs Taler."

„Dann nimm meinen."

„Vortrefflich ... einen gelben Mantel zu einem grünen Wams, ich würde aussehen wie ein Papagei."

„Himmelherrgott, du bist aber auch zu schwierig. Mach, was du willst."

In diesem Augenblick, nachdem sie das Unterste zuoberst gekehrt hatten, nachdem La Môle in Schmähungen gegen Diebe ausgebrochen war, die selbst den Louvre nicht verschonten, erschien ein Page des Herzogs von Alençon mit dem kostbaren und so heiß begehrten Mantel.

„Da ist er ja!" rief La Môle.

„Ihr Mantel, mein Herr?" fragte der Page. „Ja, Monseigneur hatte ihn aus dem Zimmer holen lassen, wegen einer Wette um die Farbschattierung."

„Keine Ursache", entgegnete La Môle, „ich fragte nur danach, weil ich ausgehen will, aber wenn Seine Hoheit ihn noch benötigen ..."

„Nein, Herr Graf, er braucht ihn nicht mehr."

Der Page ging, und La Môle hängte seinen Mantel um.

„Nun, wofür hast du dich entschieden?" fragte La Môle.

„Ich weiß nicht."

„Werde ich dich heute abend zu Hause finden?"

„Wie soll ich dir das sagen!"

„Du weißt nicht, was du in den nächsten zwei Stunden tun wirst?"

„Natürlich weiß ich, was ich tun werde, die Frage ist nur, ob man mich läßt."

„Die Herzogin von Nevers?"

„Nein, der Herzog von Alençon."

„Wahrhaftig", entfuhr es La Môle, „ich habe schon gemerkt, daß er dir seit einiger Zeit mächtig freundschaftlich gesonnen ist."

„Aber ja", erwiderte Coconnas.

„Dann ist dein Glück gemacht", lachte La Môle.

„Pah", machte Coconnas, „ein Letztgeborener!"

„Oh", sagte La Môle, „er hat so große Lust, der Erstgeborene zu werden, daß der Himmel vielleicht ihm zuliebe ein Wunder tut. Du weißt also nicht, wo du heute abend sein wirst?"

„Nein."

„Dann geh zum Teufel! ... Oder vielmehr, grüß Gott!"

Schrecklich, dieser La Môle! sagte sich Coconnas. Immer will er wissen, wo man sein wird! Weiß ich's denn? Außerdem möchte ich gern noch ein wenig schlafen.

La Môle eilte indessen wie auf Flügeln zu den Gemächern der Königin.

Als er den Gang erreicht hatte, den wir schon kennen, traf er auf den Herzog von Alençon.

„Ach, Monsieur de La Môle?" rief der Prinz.

„Ja, Monseigneur", erwiderte La Môle und verneigte sich ehrerbietig.

„Wollen Sie ausgehen?"

„Nein, Hoheit, ich will nur Ihrer Majestät der Königin von Navarra ergebenst meine Aufwartung machen."

„Wann werden Sie zurückkommen, Monsieur de La Môle?"

„Haben Monseigneur Aufträge für mich?"

„Nein, im Augenblick nicht, aber ich hätte heute abend noch mit Ihnen zu reden."

„Um welche Zeit?"

„Zwischen neun und zehn."

„So werde ich die Ehre haben, mich um diese Zeit bei Euer Hoheit einzufinden."

„Gut, ich verlasse mich auf Sie."

La Môle grüßte und setzte seinen Weg fort.

„Sonderbar", murmelte er, „dieser Herzog sieht manchmal aus wie eine Leiche!"

Dann klopfte er an die Tür der Königin; Gillonne, die schon auf ihn zu warten schien, führte ihn sofort zu Marguerite.

Die Königin war mit einer Arbeit beschäftigt, die sie sehr zu ermüden schien; ein mit durchgestrichenen Worten bedecktes Papier und ein Band Isokrates lagen vor ihr. Sie bedeutete La Môle durch eine Handbewegung, sie noch einen Absatz vollenden zu lassen; als sie fertig war – es hatte nicht lange gedauert –, warf sie die Feder beiseite und lud den jungen Mann ein, sich neben sie zu setzen.

La Môle strahlte. Niemals war er so schön, niemals so fröhlich gewesen.

„Griechisch!" rief er mit einem Blick auf das Buch. „Eine Rede des Isokrates! Was wollen Sie damit? Und hier, auf diesem Papier lateinische Worte: *Ad Sarmatiæ legatos reginæ Margaritæ concio!* ... Sie wollen diese Barbaren lateinisch anreden?"

„Das muß sein", erwiderte Marguerite, „französisch sprechen sie nicht."

„Aber wie können Sie die Antwort schreiben, ehe Sie die Rede kennen?"

„Eine Gefallsüchtigere als ich würde Sie an eine Improvisation glauben lassen; aber Sie, mein Hyazinth, sollen mit dergleichen Betrügereien verschont bleiben: Ich hatte Gelegenheit, die Rede vorher zu lesen, und antworte darauf."

„Dann werden also die Gesandten bald kommen?"

„Mehr noch, sie sind heute morgen angekommen."

„Und niemand weiß davon?"

„Sie sind inkognito hier. Der feierliche Empfang ist, soviel ich weiß, auf übermorgen verschoben. Im übrigen werden Sie erleben", sagte Marguerite mit einer Befriedigung, die nicht frei von Pedanterie war, „daß die Arbeit dieses Abends nahezu ciceronisch geworden ist; aber lassen wir diese Kleinigkeiten. Sprechen wir von dem, was Ihnen zugestoßen ist."

„Mir?"

„Ja."

„Was soll mir denn zugestoßen sein?"

„Ach, Sie spielen den Tapferen; dennoch finde ich Sie ein wenig blaß."

„Das kommt nur daher, weil ich zuviel geschlafen habe, dessen zeihe ich mich in aller Demut."

„Prahlen Sie nicht, ich weiß alles."

„Dann seien Sie gnädig und halten Sie mich auf dem laufenden, meine Perle, denn ich weiß von nichts."

„Antworten Sie mir aufrichtig. Was hat die Königinmutter Sie gefragt?"

„Die Königinmutter? Dann müßte sie doch mit mir gesprochen haben."

„Wie, Sie haben sie nicht gesehen?"

„Nein."

„Und König Karl?"

„Nein."

„Und den König von Navarra?"

„Nein."

„Aber den Herzog von Alençon haben Sie gesehen?"

„Ja, eben bin ich ihm auf dem Gang begegnet."

„Und was hat er Ihnen gesagt?"

„Daß er mir zwischen neun und zehn einige Aufträge zu geben hätte."

„Weiter nichts?"

„Nein."

„Das ist sonderbar."

„Aber was finden Sie denn so sonderbar?"

„Daß Sie von nichts etwas gehört haben."

„Was ist denn geschehen?"

„Unglücklicher, den ganzen Tag schwebten Sie über einem Abgrund."

„Ich?"

„Ja, Sie."

„Aber warum nur?"

„Hören Sie. De Mouy, der heute nacht im Zimmer des Königs von Navarra überrascht wurde, als dieser arretiert werden sollte, hat drei Männer getötet und sich in Sicherheit gebracht, ohne sich durch etwas anderes als den berühmten roten Mantel kenntlich zu machen."

„Ja und?"

„Nun, dieser rote Mantel, der mich einmal täuschte, hat auch andere getäuscht: Sie wurden dieses dreifachen Totschlags verdächtigt und sogar beschuldigt. Heute morgen sollten Sie festgenommen, vor Gericht gebracht und, wer weiß, vielleicht verurteilt werden; denn um sich zu retten, hätten Sie wohl nicht sagen wollen, wo Sie waren, nicht wahr?"

„Sagen, wo ich war?" rief La Môle. „Sie, schöne Majestät, bloßstellen? Oh, Sie hatten recht; singend ginge ich in den Tod, um Ihren schönen Augen eine Träne zu ersparen."

„Ach, mein Armer", sagte Marguerite, „meine schönen Augen hätten viel geweint."

„Aber wie ist denn das Unwetter vorübergegangen?"

„Raten Sie."

„Wie soll ich das wissen?"

„Es gab nur eine Möglichkeit, zu beweisen, daß Sie nicht im Zimmer des Königs von Navarra waren."

„Welche?"

„Zu sagen, wo Sie wirklich waren."

„Ja, aber …"

„Ich habe es gesagt!"

„Wem?"

„Meiner Mutter."

„Und die Königin Katharina …?"

„Die Königin Katharina weiß, daß Sie mein Geliebter sind."

„Oh, Madame, nachdem Sie soviel für mich getan haben, können Sie von Ihrem ergebenen Diener alles verlangen. Wahrhaftig, Marguerite, was Sie getan haben, ist schön und groß! Mein Leben gehört Ihnen, Marguerite!"

„Ich hoffe; denn ich habe es denen entrissen, die es mir nehmen wollten; jetzt sind Sie gerettet."

„Und durch Sie!" rief der junge Mann. „Durch meine angebetete Königin!"

Plötzlich ließ sie ein lautes Geräusch zusammenzucken. La Môle warf sich in unbestimmtem Entsetzen zurück, und Marguerite stieß einen Schrei aus, die Augen auf die zerbrochene Scheibe eines Fensters gerichtet.

Ein Stein von Eigröße hatte die Scheibe durchschlagen und rollte noch über den Boden.

Auch La Môle blickte jetzt zu dem zerbrochenen Fenster hin und erkannte die Ursache des Geräuschs.

„Wer ist der Unverschämte?" rief er aus und eilte zum Fenster.

„Einen Augenblick", unterbrach ihn Marguerite, „mir scheint, da ist etwas an den Stein gebunden."

„Wirklich", sagte La Môle, „man könnte es für ein Stück Papier halten."

Marguerite näherte sich dem sonderbaren Wurfgeschoß und löste ein winziges Blatt, das, zusammengefaltet, den Stein wie ein Band umschloß.

Das Papier wurde von einer Schnur gehalten, die aus der Öffnung des zerbrochenen Fensters hing.

Marguerite entfaltete den Brief und las.

„Unglücklicher!" rief sie.

Bleich, hoch aufgereckt und reglos wie zu Stein erstarrtes Entsetzen, reichte sie La Môle das Papier.

La Môle, dem eine schmerzvolle Ahnung das Herz abdrückte, las die Worte: „Monsieur de La Môle erwarten in dem Gang, der zum Herzog von Alençon führt, lange Degen. Vielleicht möchte er lieber durch das Fenster steigen und sich in Mantes mit Monsieur de Mouy treffen …"

„Degen, die länger sind als meiner?" rief La Môle, nachdem er gelesen hatte.

„Nein, aber vielleicht zehn gegen einen."

„Und welcher Freund hat uns das Billett geschickt?" fragte La Môle.

Marguerite nahm es dem jungen Mann aus der Hand und starrte mit begierigem Blick auf die Zeilen.

„Es ist die Schrift des Königs von Navarra!" erklärte sie

dann. „Wenn er warnt, handelt es sich tatsächlich um eine Gefahr. Fliehen Sie, La Môle, fliehen Sie, ich bitte Sie."

„Und wie soll ich fliehen?" fragte La Môle.

„Durch das Fenster, spricht er nicht von dem Fenster?"

„Befehlen Sie, meine Königin, und ich springe aus dem Fenster, um Ihnen zu gehorchen, sollte ich mir auch dabei die Knochen brechen."

„Warten Sie, warten Sie noch", befahl Marguerite. „Mir scheint, an dieser Schnur hängt etwas."

„Wir wollen sehen", sagte La Môle. Bald darauf, während sie den an der Schnur hängenden Gegenstand heraufzogen, erblickten sie mit unbeschreiblicher Freude das äußerste Ende einer Strickleiter aus Roßhaar und Seide.

„Sie sind gerettet", rief Marguerite.

„Ein Wunder des Himmels!"

„Nein, eine gute Tat des Königs von Navarra."

„Wenn es aber im Gegenteil eine Falle wäre", wandte La Môle ein, „wenn die Strickleiter unter meinen Füßen zerrisse? Madame, haben Sie nicht heute Ihre Liebe zu mir gestanden?"

Marguerite, der die Freude wieder Farbe gegeben hatte, wurde aufs neue totenbleich.

„Sie haben recht", sagte sie, „es ist möglich."

Damit wandte sie sich der Tür zu.

„Was wollen Sie tun?" fragte La Môle.

„Ich will selber sehen, ob es wahr ist, daß man im Gang auf Sie wartet."

„Niemals, niemals! Damit sich womöglich ihr Zorn gegen Sie richtet!"

„Was sollte man wohl einer Prinzessin von Frankreich antun! Als Gattin und Prinzessin von Geblüt bin ich doppelt unverletzlich."

Das erklärte die Königin mit solcher Würde, daß La Môle begriff, sie werde keine Gefahr laufen, und sie nicht an ihrem Vorhaben hinderte.

Marguerite vertraute La Môle der Obhut von Gillonne an und überließ es seiner Klugheit, je nachdem, was geschehen würde, zu fliehen oder ihre Rückkehr zu erwarten; dann trat sie auf den Gang, von dem eine Abzwei-

gung in die Bibliothek wie auch in mehrere Empfangs-
räume führte und der vor den Gemächern des Königs
und der Königinmutter und der kleinen Geheimtreppe
endete, die man benutzen konnte, um zu dem Herzog
von Alençon und zu Henri hinaufzugelangen.

Obwohl es noch nicht neun geschlagen hatte, waren
alle Lichter gelöscht, und der Gang lag, abgesehen von einem schwachen, aus dem Seitengang dringenden Licht, in
tiefer Dunkelheit. Die Königin von Navarra eilte mit
festen Schritten voran, und kaum hatte sie ein Drittel des
Ganges hinter sich, als sie gedämpfte Stimmen raunen
hörte, denen die Sorge, man möchte sie wahrnehmen, etwas Geheimnisvolles und Schreckliches gab. Doch alsbald verstummte das Geräusch wie auf höheren Befehl
erstickt, und alles fiel in die Dunkelheit zurück, denn das
vorher schon blasse Licht schien noch schwächer zu werden.

Marguerite setzte ihren Weg fort und ging schnurstracks der Gefahr entgegen, die, wenn überhaupt, dort
wartete. Sie zeigte sich ruhig, obwohl ihre verkrampften
Hände eine heftige Nervenanspannung verrieten. Je näher sie kam, um so unheilvoller wurde das Schweigen,
und ein Schatten wie eine vorgehaltene Hand verdunkelte
das zitternde, ungewisse Licht.

Als sie den Seitengang erreicht hatte, trat plötzlich ein
Mann vor, enthüllte eine rosa Wachskerze, die ihm leuchten sollte, und rief: „Da ist er!"

Marguerite stand Auge in Auge ihrem Bruder Karl gegenüber. Hinter ihm hielt sich der Herzog von Alençon,
eine Seidenschnur in der Hand. Tiefer in der Dunkelheit
bewegten sich nebeneinander zwei Schatten, von denen
kein anderes Licht ausging als der Schein auf ihren nackten Degen, die sie in der Hand hielten.

Marguerite umfing das ganze Bild mit einem einzigen
Blick.

Sie nahm alle Kraft zusammen und antwortete Karl lächelnd: „Da ist *sie*! wollten Sie wohl sagen, Sire!"

Karl trat einen Schritt zurück. Die andern blieben reglos stehen.

„Du, Margot?" rief er. „Wohin willst du zu dieser Stunde?"

„Zu dieser Stunde?" wiederholte Marguerite. „Ist es denn schon so spät?"

„Ich frage dich, wohin du willst."

„Ich wollte mir ein Buch mit Cicero-Reden holen, das ich wohl bei unserer Mutter liegengelassen habe."

„Ganz ohne Licht?"

„Ich glaubte den Gang erleuchtet."

„Und du kommst aus deinem Zimmer?"

„Ja."

„Was machst du denn heute abend?"

„Ich präpariere meine Rede für die polnischen Gesandten. Wurde nicht heute darüber beraten, und wurde nicht beschlossen, jeder sollte seine Rede Euer Majestät vorlegen?"

„Hast du nicht jemand, der dir bei dieser Arbeit hilft?"

Marguerite sammelte ihre ganze Kraft.

„Ja, mein Bruder", antwortete sie, „Monsieur de La Môle, er ist sehr gebildet."

„So gebildet", warf der Herzog von Alençon ein, „daß ich ihn gebeten habe, er möchte, wenn er bei Ihnen fertig ist, Schwester, zu mir kommen, um auch mir, der nicht solche Fähigkeiten besitzt wie Sie, mit seinem Rat zur Seite zu stehen."

„Sie erwarten ihn also?" fragte Marguerite völlig unbefangen.

„Ja", erwiderte Alençon, „mit Ungeduld."

„In diesem Fall", erklärte Marguerite, „werde ich Ihnen Monsieur de La Môle sofort schicken, lieber Bruder, denn wir sind fertig."

„Und Ihr Buch?" erinnerte Karl.

„Das wird mir Gillonne holen."

Die beiden Brüder verständigten sich durch ein Zeichen.

„Gehen Sie also", sagte Karl, „und wir werden unsere Runde fortsetzen."

„Ihre Runde?" wiederholte Marguerite. „Was suchen Sie denn?"

„Das rote Männchen", antwortete Karl. „Wissen Sie denn nicht, daß ein rotes Männchen in dem alten Louvre spukt? Mein Bruder Alençon behauptet, er hätte es gesehen, und jetzt sind wir auf der Suche nach ihm."

„Dann Waidmannsheil!" sagte Marguerite.

Sie entfernte sich und warf im Gehen rasch noch einen Blick hinter sich. An der Wand sah sie die vier Schatten zusammenstehen, sie schienen zu beraten.

Eine Sekunde später stand sie vor der Tür zu ihrem Zimmer.

„Öffne, Gillonne", rief sie, „öffne."

Gillonne gehorchte.

Marguerite stürzte ins Zimmer und erblickte La Môle, wie er sie ruhig und entschlossen, den Degen in der Hand, erwartete.

„Fliehen Sie", rief sie, „fliehen Sie, ohne eine Sekunde zu verlieren. Sie warten im Gang, um Sie zu ermorden."

„Befehlen Sie mir die Flucht?" fragte La Môle.

„Ich will es. Wir müssen uns trennen, um uns wiederzusehen."

Während Marguerite unterwegs war, hatte La Môle die Strickleiter am Fensterkreuz festgemacht; er schwang ein Bein hinaus, ehe er jedoch den Fuß auf die erste Sprosse setzte, küßte er zärtlich die Hand der Königin.

„Wenn diese Strickleiter eine Falle ist und ich für Sie sterbe, Marguerite, dann denken Sie an Ihr Versprechen."

„Es ist nicht nur ein Versprechen, La Môle, es ist ein Schwur. Fürchten Sie nichts. Adieu."

Durch diese Worte kühn gemacht, ließ sich La Môle die Strickleiter hinuntergleiten, ohne die Sprossen zu beachten.

In diesem Augenblick wurde an die Tür geklopft.

Marguerite folgte La Môle bei seinem gefährlichen Unternehmen mit den Augen und drehte sich erst um, als sie sich vergewissert hatte, daß seine Füße den Boden berührten.

„Madame", sagte Gillonne, „Madame!"

„Was gibt's?" fragte Marguerite.

„Der König ist draußen."

„Öffnen Sie."

Gillonne gehorchte.

Auf der Schwelle standen die vier Fürsten, die beim Warten zweifellos die Geduld verloren hatten.

Karl trat ein. Marguerite, ein Lächeln auf den Lippen, ging ihrem Bruder entgegen.

Der König warf einen raschen Blick um sich.

„Was suchen Sie, lieber Bruder?" fragte Marguerite.

„Ich suche", stammelte Karl, „ich suche ... Donner und Doria! Ich suche Monsieur de La Môle."

„Monsieur de La Môle?"

„Ja, wo ist er?"

Marguerite nahm die Hand ihres Bruders und führte ihn ans Fenster.

In gestrecktem Galopp entfernten sich zwei Reiter und erreichten den Holzturm; einer der beiden löste seine Schärpe und ließ die weiße Seide als Abschiedsgruß durch die Nacht wehen.

Die beiden Reiter waren La Môle und Orthon.

Marguerite zeigte mit dem Finger auf die Fliehenden.

„Was bedeutet das?" fragte der König.

„Das bedeutet", antwortete Marguerite, „daß der Herzog von Alençon seinen Strick in die Tasche stecken kann und die Herren Anjou und Guise ihre Degen in die Scheide; denn heute nacht wird Monsieur de La Môle nicht durch den Gang kommen."

40

Die Atriden

Seit seiner Rückkehr nach Paris hatte Henri von Anjou noch nicht ungestört mit seiner Mutter sprechen können, deren liebster Sohn er war, wie jedermann wußte.

Für sie war das nicht die müßige Befriedigung der Etikette, keine peinlich zu beachtende Formsache, sondern die Erfüllung einer überaus süßen Pflicht gegen ihren Sohn, der, wenn er seine Mutter selber auch nicht liebte, zumindest gewiß sein konnte, von ihr zärtlich geliebt zu werden.

Tatsächlich gab Katharina diesem Sohn den Vorzug um seiner Tapferkeit und vielleicht mehr noch um seiner Schönheit willen – denn Katharina war nicht nur Mutter, sondern auch Frau –, am Ende wohl auch, weil Henri von Anjou, wenn man den Chroniques Scandaleuses glauben will, in der Florentinerin die Erinnerung an eine glückliche Zeit geheimnisvoller Liebschaften weckte.

Katharina allein wußte um Anjous Rückkehr nach Paris, die Karl IX. unbekannt geblieben wäre, wenn ihn nicht der Zufall eben in dem Augenblick zum Palais Condé geführt hätte, als sein Bruder herauskam. Karl erwartete ihn nicht vor dem nächsten Tag, und Henri von Anjou hoffte, die beiden Schritte, die er einen Tag vor seiner offiziellen Ankunft unternommen hatte – seinen Besuch bei der schönen Marie de Clèves, der Prinzessin von Condé, und seine Beratung mit den polnischen Gesandten –, geheimhalten zu können.

Diesen letzten Schritt, über den Karl im ungewissen geblieben war, hatte der Herzog von Anjou seiner Mutter zu erklären, und dem Leser, der sich wie Henri von Navarra gewiß in einem Irrtum über den Zweck dieses Schrittes befindet, wird diese Erklärung zugute kommen.

Als daher der seit langem erwartete Herzog von Anjou zu seiner Mutter kam, öffnete Katharina, die sonst so kühl und gefaßt war und seit der Abreise ihres heißgeliebten Sohnes nur Coligny mit Wärme umarmt hatte, der dann am nächsten Morgen ermordet wurde, weit die Arme, um das Kind ihrer Liebe mit einer mütterlichen Leidenschaft an die Brust zu drücken, die bei ihrem verhärteten Herzen nur verwundern konnte.

Dann trat sie einen Schritt zurück, sah ihn an und umarmte und küßte ihn von neuem.

„Ach, Madame", sagte er, „da mir der Himmel die Freude schenkt, meine Mutter ohne Zeugen zu umarmen, trösten Sie den unglücklichsten Menschen der Welt."

„Mein Gott, liebes Kind", rief Katharina, „was ist Ihnen zugestoßen?"

„Nichts, was Sie nicht wüßten, liebe Mutter. Ich bin verliebt, ich werde geliebt, aber selbst diese Liebe ist jetzt mein Unglück."

„Das müssen Sie mir erklären, mein Sohn", bat Katharina.

„Liebe Mutter ... diese Gesandten, diese Abreise ..."

„Ja", sagte Katharina, „die Gesandten sind angekommen, die Abreise drängt."

„Sie drängt nicht, liebe Mutter, nur will mein Bruder sie beschleunigen. Er verabscheut mich, ich flöße ihm Mißtrauen ein, er will sich meiner entledigen."

Katharina lächelte.

„Indem er Ihnen einen Thron schenkt, mein armer, zum König gekrönter Unglücklicher!"

„Das ist mir einerlei, liebe Mutter", unterbrach sie Henri in seiner Herzensangst, „ich will nicht abreisen. Ich, ein Prinz des Königshauses von Frankreich, erzogen in der Feinheit höfischer Sitten, bei der besten Mutter, geliebt von einer der bezauberndsten Frauen der Welt, ich soll dorthin in den Schnee, ans Ende der Welt, langsam sterben unter diesen rohen Leuten, die sich vom Morgen bis zum Abend betrinken und die Tüchtigkeit ihres Königs wie die eines Fasses nach dem Fassungsvermögen beurteilen! Nein, liebe Mutter, ich will nicht abreisen ... ich würde sterben!"

„Sagen Sie, Henri", fragte Katharina und drückte ihrem Sohn beide Hände, „sagen Sie, ist das der wahre Grund?"

Henri schlug die Augen nieder, als wage er nicht einmal seiner Mutter zu gestehen, was in seinem Herzen vorging.

„Gibt es nicht einen anderen", fragte Katharina, „weniger romantisch, vernünftiger ... politischer?"

„Liebe Mutter, es ist nicht meine Schuld, wenn mir dieser Gedanke nicht aus dem Kopf geht; vielleicht nimmt er mehr Raum ein, als er dürfte, aber haben Sie mir nicht selber gesagt, daß mein Bruder Karl nach seinem Horoskop verurteilt ist, jung zu sterben?"

„Ja", bestätigte Katharina, „aber ein Horoskop kann lügen, mein Sohn. Ich selber bin auf dem besten Wege, zu hoffen, daß diese ganzen Horoskope nicht wahr sind."

„Aber schließlich stand es doch so in seinem Horoskop?"

„Sein Horoskop sprach von einem Vierteljahrhundert, aber nicht, ob seines Lebens oder seiner Regierung."

„Richten Sie es ein, daß ich bleibe, Mutter. Mein Bruder wird jetzt vierundzwanzig, in einem Jahr wird die Frage entschieden sein."

Katharina dachte tief nach.

„Gewiß", sagte sie, „es wäre besser, wenn es so sein könnte."

„Bedenken Sie doch, Mutter", rief Henri, „meine Verzweiflung, wenn ich die Krone von Frankreich gegen die von Polen vertauscht hätte! Dort von dem Gedanken gequält zu werden, daß ich im Louvre regieren könnte, an diesem eleganten und gebildeten Hof, neben der besten Mutter der Welt, deren Rat mir die halbe Arbeit und Mühe ersparen würde und die, nachdem sie schon meinem Vater half, die Bürde des Staates zu tragen, auch mir gern helfen würde. Ein bedeutender König würde ich sein, Mutter!"

„Schon gut, liebes Kind", sagte Katharina, deren süßeste Hoffnung gleichfalls stets diese Zukunft gewesen war, „schon gut, verzweifeln Sie nicht. Haben Sie nicht selber auf Mittel gesonnen, die Angelegenheit zu ordnen?"

„Aber gewiß, und vor allem deshalb bin ich zwei oder drei Tage eher gekommen, als man mich erwartete, wenn ich auch meinen Bruder Karl in dem Glauben ließ, Madame de Condé sei der Grund; ich war vor Hłasko, dem bedeutendsten der Gesandten, da, ich habe mich mit ihm bekannt gemacht und bei diesem ersten Zusammentreffen alles nur Erdenkliche getan, um mich ihm hassenswert zu zeigen, und ich hoffe, es ist mir gelungen."

„Das ist schlecht, liebes Kind", rügte Katharina. „Die Interessen von Frankreich gehen vor Ihre kleinen Abneigungen."

„Wollen denn die Interessen Frankreichs, Mutter, daß

der Herzog von Alençon oder der König von Navarra regiert, falls meinem Bruder ein Unglück zustößt?"

„Der König von Navarra? Niemals, niemals!" murmelte Katharina, und die Unruhe deckte über ihre Stirn den Schleier der Sorge, der jedesmal herabfiel, wenn sich diese Frage aufdrängte.

„Mein Bruder Alençon ist wahrhaftig nicht viel mehr wert und liebt Sie auch nicht."

„Was hat Hłasko gesagt?" fragte Katharina.

„Hłasko zögerte, als ich drängte, um Audienz zu bitten. – Oh, wenn er nach Polen schriebe, die Wahl für ungültig zu erklären?"

„Narrenspossen, mein Sohn … Was ein Sejm bestätigt hat, ist heilig."

„Aber könnte man denn nicht den Polen meinen Bruder statt meiner anbieten, Mutter?"

„Das ist, wenn nicht unmöglich, so doch zumindest schwierig", erwiderte Katharina.

„Einerlei! Versuchen Sie es, Mutter, sprechen Sie mit dem König, schieben Sie alles auf meine Liebe zu Madame de Condé, sagen Sie, ich sei verrückt, ich würde noch darüber den Verstand verlieren. Eben hat er mich aus dem Haus des Prinzen kommen sehen, mit Guise, der mir dabei die Dienste eines guten Freundes leistet."

„Ja, um die Liga zu bilden. Das sehen Sie nicht, aber ich sehe es."

„Doch, Mutter, aber bis dahin nutze ich ihn aus. Sind wir denn nicht glücklich zu schätzen, wenn uns ein Mann dient, indem er sich selber dient?"

„Und was hat der König gesagt, als Sie ihn trafen?"

„Er schien zu glauben, was ich ihm versicherte, daß mich nur die Liebe nach Paris zurückgeführt hat."

„Aber hat er nicht zu wissen verlangt, wo Sie die restlichen Nachtstunden zubringen wollten?"

„Allerdings, Mutter, aber ich war zum Abendessen bei Nantouillet, wo wir fürchterliches Aufsehen erregten, damit sich Gerüchte darüber verbreiten und der König keinen Zweifel haben kann, wo ich war."

„Dann weiß er also nichts von Ihrem Besuch bei Hłasko?"

„Absolut nichts."

„Gut, um so besser. Ich werde versuchen, mich bei ihm für Sie zu verwenden, liebes Kind, aber Sie wissen, wie unzugänglich seine heftige Natur jedem Einfluß ist."

„Liebe, gute Mutter, welch ein Glück, wenn ich bleiben könnte! Um wieviel mehr würde ich Sie dann lieben, wenn das überhaupt möglich ist!"

„Wenn Sie bleiben, wird man Sie wieder in den Krieg schicken."

„Das soll mich wenig kümmern, wenn ich Frankreich nicht verlassen muß."

„Sie können getötet werden."

„Liebe Mutter, an Verwundungen stirbt man nicht ... man stirbt an Schmerz und Langeweile. Aber Karl wird mir nicht hierzubleiben erlauben, er verabscheut mich."

„Er ist eifersüchtig auf Sie, mein schöner Sieger, das ist sonnenklar; warum sind Sie auch so tapfer und so glücklich? Warum haben Sie mit kaum zwanzig Jahren Schlachten gewonnen wie Alexander und Cäsar? Vertrauen Sie sich inzwischen niemand an, tun Sie, als hätten Sie sich dreingefunden, machen Sie dem König Ihre Aufwartung. Heute werden im Geheimen Rat die Reden für die Feierlichkeit verlesen und diskutiert; treten Sie als König von Polen auf, und überlassen Sie mir die Sorge für das übrige. Wie ist übrigens Ihr gestriges Unternehmen verlaufen?"

„Es ist fehlgeschlagen, Mutter, der Galan war gewarnt und ist durch das Fenster entflohen."

„Eines Tages werde ich erfahren", sagte Katharina, „welcher böse Geist auf diese Weise all meine Pläne durchkreuzt ... Inzwischen habe ich meine Vermutungen und ... Gnade ihm!"

„Also, Mutter?" fragte der Herzog von Anjou.

„Lassen Sie mich diese Angelegenheit führen."

Sie küßte Henri zärtlich auf die Augen und drängte ihn aus dem Zimmer.

Bald darauf versammelten sich bei der Königin die Kinder ihres Hauses. Karl war gut gelaunt, denn das sichere Auftreten seiner Schwester Margot hatte ihn mehr belustigt als geärgert, und auf La Môle war er nicht sonderlich böse, zwar hatte er im Gang mit einer gewissen Ungeduld auf ihn gewartet, aber nur, weil es eben auch eine Art Jagd war.

Alençon dagegen machte ein sehr sorgenvolles Gesicht. Die Abneigung, die er schon immer gegen La Môle gehegt hatte, war in dem Augenblick, als er La Môle von seiner Schwester geliebt wußte, in Haß umgeschlagen.

Marguerite war gedankenvoll und doch wachsam. Sie mußte nachdenken, aber auch beobachten.

Die polnischen Gesandten hatten den Text der Reden geschickt, die sie halten wollten.

Marguerite, zu der keiner ein Wort über die Szene vom Vorabend geäußert hatte, als hätte sie nie stattgefunden, verlas die Reden der Gesandten, und außer Karl erklärte jeder, was er antworten würde. Marguerites Rede ließ Karl unbeanstandet. Gegen Alençons Wahl der Worte zeigte er sich sehr schwierig, und die Rede Henris von Anjou schließlich nahm er mit mehr als schlechtem Willen auf, geradezu erbittert, sie zu beanstanden und zu verbessern.

Diese Sitzung hatte, ohne daß die Spannung schon zum Ausbruch kam, die Geister vergiftet.

Henri von Anjou, der seine Rede fast gänzlich neu schreiben mußte, ging, um sich an die Arbeit zu machen. Marguerite, die außer der zertrümmerten Fensterscheibe nichts vom König von Navarra gehört hatte, begab sich in ihr Zimmer, in der Hoffnung, ihn dort zu sehen. Alençon, der die Unschlüssigkeit in den Augen seines Bruders Anjou gesehen und einen verständnisinnigen Blick aufgefangen hatte, den er und seine Mutter tauschten, zog sich zurück, um über die keimende Kabale nachzugrübeln. Und Karl wollte in seine Schmiede, um einen Degen zu beenden, den er eigenhändig anfertigte, als ihn Katharina zurückhielt.

Karl ahnte, daß er bei seiner Mutter auf Widerstand gegen seinen Willen stoßen würde, er blieb stehen und sah sie fest an.

„Nun", fragte er, „was gibt es schon wieder?"

„Noch ein Wort, Sire. Wir haben vergessen, darüber zu sprechen, aber es ist immerhin nicht unwichtig. Auf welchen Tag legen wir die öffentliche Sitzung?"

„Das ist wahr", sagte der König und setzte sich wieder, „sprechen wir also darüber, Mutter. Welchen Tag sollten wir Ihrer Meinung nach festsetzen?"

„Ich glaube", erwiderte Katharina, „daß in Euer Majestät Schweigen, in dieser scheinbaren Vergeßlichkeit, tiefe Berechnung liegt."

„Nein", widersprach Karl, „warum auch, Mutter?"

„Weil es mir unnötig scheint, mein Sohn", ergänzte Katharina ungemein sanft, „daß uns die Polen mit solcher Gier hinter ihrer Krone herlaufen sehen."

„Im Gegenteil, Mutter", entgegnete Karl, „sie sind es, die mit ihren Gewaltmärschen von Warschau bis hierher Eile bewiesen … Ehre um Ehre, Höflichkeit um Höflichkeit."

„Euer Majestät können in einem recht haben, wie ich andererseits nicht unrecht haben könnte. Sie meinen also, die öffentliche Sitzung sollte sehr bald stattfinden?"

„Aber ja, Mutter, sollten Sie etwa nicht derselben Meinung sein?"

„Sie wissen, daß meine Ansicht von der Überlegung abhängt, was am meisten zu Ihrem Ruhm beitragen könne; deshalb sage ich Ihnen, wenn Sie sich derart beeilen, muß ich fürchten, man könnte Sie beschuldigen, Sie hätten überschnell die sich bietende Gelegenheit benutzt, um das Königshaus von Frankreich von den Verpflichtungen gegen Ihren Bruder zu befreien, dem er doch ganz gewiß ergeben ist und zur Ehre gereicht."

„Für seine Reise, Mutter", entgegnete Karl, „werde ich meinen Bruder so reich ausstatten, daß niemand wagen wird, auch nur zu denken, was Sie befürchten."

„Nun gut", sagte Katharina, „ich ergebe mich, da Sie eine so gute Antwort auf jeden meiner Einwände haben … Aber um dieses kriegerische Volk zu empfangen, das die Macht der Staaten nach äußeren Zeichen beurteilt, ist ein beträchtliches Truppenaufgebot nötig, und ich glaube nicht, daß wir in der Ile-de-France genug haben."

„Pardon, Mutter, das habe ich vorausgesehen und mich darauf vorbereitet. Ich habe zwei Bataillone aus der Normandie und eins aus der Guyenne herbeigerufen, gestern ist meine Kompanie Bogenschützen aus der Bretagne gekommen; die in der Touraine stehende leichte Reiterei wird im Laufe des Tages in Paris eintreffen, und während man glaubt, ich hätte kaum vier Regimenter zur Verfügung, habe ich zwanzigtausend Männer bereit."

„Ach!" rief Katharina überrascht. „Dann fehlt es nur noch an einem; aber das kann beschafft werden."

„Woran?"

„An Geld. Soviel ich weiß, sind Sie nicht übermäßig damit versehen."

„Im Gegenteil, Madame, ganz im Gegenteil", widersprach Karl IX. „Ich habe in der Bastille vierzehnhunderttausend Taler liegen; vor einigen Tagen wurde mir mein Privatschatz von achthunderttausend Talern ausgehändigt und in den Gewölben des Louvre untergebracht, und falls das noch nicht reicht, hält Nantouillet weitere dreihunderttausend zu meiner Verfügung."

Katharina schauderte; denn bisher hatte sie Karl nur gewalttätig und jähzornig, aber nie vorausblickend erlebt.

„Euer Majestät denken also an alles", sagte sie, „das ist bewundernswert, und wenn sich die Schneider, die Stikkerinnen und die Juweliere nur ein wenig beeilen, werden Euer Majestät in der Lage sein, den Empfang in sechs Wochen stattfinden zu lassen."

„In sechs Wochen?" rief Karl. „Die Schneider, die Stikkerinnen und die Juweliere arbeiten seit dem Tag, da uns die Ernennung meines Bruders mitgeteilt wurde. Genaugenommen könnte alles für heute fertig sein, aber um ganz sicher zu gehen, sagen wir in drei oder vier Tagen."

„Oh", murmelte Katharina, „Sie haben noch größere Eile, als ich glaubte, mein Sohn."

„Ehre um Ehre, ich sagte es bereits."

„Gut. Ihnen schmeichelt also die dem französischen Königshaus erwiesene Ehre, nicht wahr?"

„Gewiß."

„Und einen Prinzen des französischen Königshauses

auf dem Thron von Polen zu sehen, ist Ihr liebster Wunsch?"

„Ganz recht."

„Dann interessiert Sie also die Sache an sich und nicht der Mann, wer es auch sei, der dort regiert ..."

„Aber durchaus nicht, Mutter, Donner und Doria! Bleiben wir da, wo wir sind! Die Polen haben gut gewählt. Diese Leute sind schlau und stark. Eine Militärnation, ein Soldatenvolk, zum regierenden Fürsten nehmen sie sich einen Hauptmann. Potztausend! das ist doch logisch! Anjou kommt ihnen eben recht; der Held von Jarnac und Montcontour paßt ihnen wie ein Handschuh ... Wen sollte ich denn sonst schicken? Alençon? Ein Feigling! Da würden sie eine feine Vorstellung von den Valois bekommen ...! Alençon? Bei der ersten Kugel, die ihm um die Ohren pfiffe, würde er fliehen; Henri von Anjou dagegen ist ein Kämpfer, immer den Degen in der Faust, immer vorwärts, zu Fuß oder zu Pferd! ... Kühn drauflos! Er sticht, stößt, schlägt zu Boden, tötet! Ein tüchtiger Mann, mein Bruder Anjou, ein tapferer Held, der ihnen vom Morgen bis zum Abend, vom ersten bis zum letzten Tag des Jahres Gelegenheit zum Kampf geben wird. Im Trinken ist er zwar nicht sehr fest, das stimmt, aber er wird sie kaltblütig töten lassen. Er wird in seinem Element sein, der liebe Henri! Auf zum Schlachtfeld! Ein Bravo den Trompeten und Trommeln! Es lebe der König! Es lebe der Sieger! Es lebe der General! Dreimal im Jahr zum Imperator proklamiert! Wunderbar für das Haus von Frankreich und die Ehre der Valois! ... Vielleicht wird er fallen, aber, Potzdonnerwetter! Welch herrlicher Tod!"

Katharina fröstelte, ihre Augen sprühten Funken.

„Sagen Sie nur gleich, daß Sie Henri von Anjou forthaben wollen", rief sie, „sagen Sie, daß Sie Ihren Bruder nicht lieben!"

Karl brach in lautes Gelächter aus. „Haben Sie es erraten, daß ich ihn forthaben will? Haben Sie erraten, daß ich ihn nicht liebe? Und wenn es so wäre! Meinen Bruder lieben! Warum wohl? Hahaha, müssen Sie da nicht lachen?" Und während er sprach, erglühten seine bleichen Wangen in fieberhafter Röte. „Liebt er mich denn? Lieben Sie mich denn? Gibt es denn außer meinen Hunden, Marie Touchet und meiner Amme überhaupt jemand, der mich liebt? Nein, nein, ich liebe meinen Bruder nicht, ich liebe nur mich, hören Sie? Und ich hindere meinen Bruder nicht, es so zu halten wie ich."

„Sire", sagte Katharina, die nun ebenfalls in Zorn geriet, „da Sie mir Ihr Herz entdecken, muß ich Ihnen auch meines öffnen. Sie handeln als schwacher König, als schlecht beratener Monarch; Ihren zweiten Bruder, den natürlichen Stützpfeiler des Thrones, der in allen Punkten der Nachfolge würdig ist, wenn Ihnen ein Unglück zustößt, schicken Sie fort und geben in diesem Fall die Krone preis; denn wie Sie schon sagten, Alençon ist jung, unfähig, schwach, und mehr als schwach, feige! ... Und hinter ihm richtet sich der Béarner auf, verstehen Sie?"

„Kreuzschockschwerenot!" rief Karl. „Was kümmert es mich, was geschieht, wenn ich nicht mehr bin? Der Béarner richtet sich hinter meinem Bruder auf, sagen Sie? Donner und Doria! Um so besser ... Ich sagte, daß ich niemand liebe ... Das stimmt nicht ganz, denn ich liebe Henriot, ja, ich liebe diesen guten Henriot; er hat ein offenes Gesicht und eine warme Hand, während ich um mich lauter falsche Augen sehe und nur eisige Hände berühre. Er ist nicht imstande, mich zu verraten, das könnte ich beschwören. Außerdem schulde ich ihm eine Entschädigung, denn dem armen Jungen wurde die Mutter vergiftet, und zwar von Angehörigen meiner Familie, wie ich hörte. Übrigens befinde ich mich durchaus wohl. Aber wenn ich krank werden sollte, werde ich ihn rufen, dann möchte ich ihn bei mir haben und nur seine Hand halten, und wenn ich sterben sollte, würde ich ihn zum König von Frankreich und von Navarra machen ... Beim Bauch des Papstes! Statt über meinen Tod zu lachen wie wahrscheinlich meine Brüder, würde er weinen oder wenigstens so tun."

Ein vor Katharinas Füßen eingeschlagener Blitz hätte sie weniger erschrecken können als diese Worte. Entsetzt und mit verstörtem Blick sah sie Karl an, dann rief sie: „Henri von Navarra? Henri von Navarra, König von Frankreich zum Schaden meiner Kinder? Heilige Mutter Gottes! Wir werden sehen! Deshalb also wollen Sie meinen Sohn forthaben?"

„Ihren Sohn? ... Und wer bin ich? Der Sohn einer Wölfin wie Romulus!" schrie Karl, bebend vor Zorn und mit Augen, die funkelten, als hätten sie Feuer gefangen. „Ihren Sohn! Sie haben recht, der König von Frankreich ist nicht Ihr Sohn, der König von Frankreich hat keine Brüder, der König von Frankreich hat keine Mutter, der König von Frankreich hat nur Untertanen. Gefühle hat der König von Frankreich nicht nötig, er hat seinen Willen. Er verzichtet darauf, daß man ihn liebt, aber er wünscht, daß ihm gehorcht werde."

„Sie haben meine Worte falsch aufgefaßt, Sire, ich habe den meinen Sohn genannt, der mich verlassen soll. Ich liebe ihn in diesem Augenblick mehr, weil ich ihn in diesem Augenblick mehr als die andern zu verlieren fürchte. Ist es denn ein Verbrechen, wenn eine Mutter wünscht, ihr Kind möchte sie nicht verlassen?"

„Und ich sage Ihnen, daß er Sie verlassen wird; ich sage Ihnen, daß er Frankreich verlassen und sich nach Polen begeben wird, und das in zwei Tagen; und wenn Sie noch ein Wort sagen, wird es morgen sein; und wenn Sie nicht die Stirn beugen, wenn Sie nicht die Drohung aus Ihren Augen nehmen, werde ich ihn heute abend erwürgen, wie gestern auf Ihren Wunsch der Liebhaber Ihrer Tochter erwürgt werden sollte. Nur werde ich ihn nicht verfehlen, wie wir Monsieur de La Môle verfehlt haben."

Unter den drohenden Worten beugte Katharina die Stirn, hob aber gleich darauf wieder den Kopf.

„Armes Kind", sagte sie, „dein Bruder will dich umbringen. Aber sei getrost, deine Mutter wird dich beschützen."

„Ah, man trotzt mir!" schrie Karl. „Bei Christi Blut! Er wird sterben, nicht abends, nicht diese Stunde, sondern noch diesen Augenblick. He, eine Waffe! Einen Dolch! Ein Messer! ... Ah!"

Nachdem er seine Blicke vergeblich nach dem Gewünschten umhergeschickt hatte, entdeckte er den kleinen Dolch, den seine Mutter im Gürtel trug; er sprang vor, riß ihn aus dem silberinkrustierten Lederfutteral und hastete aus dem Zimmer, um Henri von Anjou zu suchen und zu erdolchen. Doch als er in die Halle kam, verließen ihn plötzlich seine über Menschenmacht beanspruchten Kräfte, er streckte den Arm aus, ließ die spitze Waffe fallen, die im Parkett steckenblieb, stieß einen jammervollen Schrei aus, sank zusammen und fiel zu Boden.

In Strömen sprang das Blut von seinen Lippen und aus seiner Nase.

„Jesus Christus!" rief er. „Man tötet mich! Zu Hilfe! Zu Hilfe!"

Katharina, die ihm gefolgt war, sah ihn fallen; reglos und ungerührt betrachtete sie ihn einen Augenblick, dann besann sie sich, nicht aus Mutterliebe, sondern wegen der schwierigen Lage, öffnete den Mund und schrie: „Dem König ist nicht wohl! Zu Hilfe! Zu Hilfe!"

Ihr Schrei zog eine Schar von Dienern, Offizieren und Höflingen herbei, die sich um den jungen König drängten. Doch allen voraus eilte eine Frau; sie schob die Zuschauer beiseite und hob Karls leichenblassen Kopf.

„Man tötet mich, Amme, man tötet mich", murmelte der König, in Schweiß und Blut gebadet.

„Man tötet dich, lieber Karl?" rief die gute Frau und ließ ihren Blick über die Umstehenden gleiten, so daß alle, selbst Katharina, zurücktraten. „Wer will dich töten?"

Karl hauchte einen schwachen Seufzer und verlor das Bewußtsein.

„Ach", sagte der Arzt Ambroise Paré, „man hätte sofort nach mir schicken sollen, der König ist sehr krank!"

„Jetzt muß er wohl freiwillig oder gezwungenermaßen einen Aufschub zugestehen", murmelte die unversöhnliche Katharina.

Sie verließ den König und begab sich zu ihrem zweiten Sohn, der sie bangend im Betzimmer erwartete, um das Resultat der für ihn so wichtigen Unterredung zu erfahren.

41

Das Horoskop

Zurück aus dem Betzimmer, wo sie Henri von Anjou über die Geschehnisse unterrichtet hatte, fand Katharina den Florentiner René in ihrem Zimmer. Seit dem Besuch der Königin in seinem Laden auf dem Pont Saint-Michel hatten sich die Königin und der Astrologe nicht wiedergesehen; am Abend zuvor hatte ihm die Königin geschrieben, und als Antwort auf ihre Zeilen war René selber gekommen.

„Haben Sie ihn gesehen?" fragte die Königin.

„Ja."

„Wie geht es ihm?"

„Eher besser als schlechter."

„Und kann er sprechen?"

„Nein, der Degen hat ihm die Luftröhre durchschnitten."

„In diesem Falle sollten Sie ihn schreiben lassen."

„Ich hab's versucht, und er selber hat sich alle Mühe gegeben; aber seine Hand konnte nur zwei fast unleserliche Buchstaben bilden, dann verlor er wieder das Bewußtsein; die Halsschlagader wurde getroffen, und der Blutverlust hat ihn aller Kräfte beraubt."

„Haben Sie die Buchstaben gesehen?"

„Hier sind sie."

René zog ein Stück Papier aus der Tasche und reichte es Katharina, die es rasch entfaltete.

„Ein M und ein O", las sie. „Sollte es wahrhaftig dieser La Môle sein und Marguerites ganze Komödie nur ein Mittel, den Verdacht abzulenken?"

„Madame", erwiderte René, „wenn ich wagen dürfte, meine Meinung über eine Angelegenheit auszusprechen, über die sich Euer Majestät selber noch keine Ansicht bilden wollen, so würde ich sagen, Monsieur de La Môle ist zu verliebt, um sich ernsthaft mit Politik zu beschäftigen."

„Meinen Sie?"

„Ja, und vor allem zu verliebt in die Königin von Navarra, um ein ergebener Diener des Königs zu sein, denn es gibt keine wahre Liebe ohne Eifersucht."

„Und Sie halten ihn also für über beide Ohren verliebt?"

„Ich habe keinen Zweifel."

„Sollte er seine Zuflucht zu Ihnen genommen haben?"

„Ja."

„Er hat einen Trank, einen Liebeszauber von Ihnen verlangt?"

„Nein, wir haben uns an eine Wachsfigur gehalten."

„Und ins Herz gestochen?"

„Ja, ins Herz gestochen."

„Diese Figur existiert noch?"

„Ja."

„Befindet sie sich bei Ihnen?"

„Ja."

„Es wäre doch sonderbar", sagte Katharina, „wenn diese kabbalistischen Zubereitungen tatsächlich die Wirkung hätten, die man ihnen zuschreibt."

„Euer Majestät können das besser beurteilen als ich."

„Liebt denn die Königin von Navarra diesen Monsieur de La Môle?"

„Bis zur Selbstaufgabe. Gestern hat sie ihn vom Tode errettet und dabei Ehre und Leben aufs Spiel gesetzt. Sie wissen es, Madame, und dennoch zweifeln Sie?"

„Woran?"

„An der Erkenntnis."

„Nur, weil mich die Erkenntnis betrogen hat", sagte Katharina mit einem starren Blick auf René, der dem Blick bewundernswert standhielt.

„Bei welcher Gelegenheit?"

„Sie wissen sehr gut, was ich damit sagen will; zumindest der Kundige, wenn nicht die Erkenntnis."

„Ich verstehe Sie nicht, Madame", erwiderte der Florentiner.

„René, haben Ihre Parfüms den Duft verloren?"

„Nicht, wenn ich sie selber herstellte, Madame, aber möglicherweise, wenn sie durch die Hände anderer gingen ..."

Katharina lächelte und schüttelte den Kopf.

„Ihre Paste hat Wunder gewirkt, René", sagte sie, „die Lippen der Madame de Sauves sind frischer und rosiger denn je."

„Das ist in diesem Falle nicht das Verdienst meiner Paste, Madame, denn die Baronin de Sauves hat das Recht jeder schönen Frau auf ihre Launen in Anspruch genommen und die Paste nicht mehr von mir verlangt; und was mich betrifft, so glaubte ich, ihr auf Euer Majestät Rat die Paste nicht schicken zu sollen. Die Dosen befinden sich daher noch genauso in meinem Haus, wie Majestät sie dort gelassen haben, ausgenommen eine, die verschwunden ist, ohne daß ich wüßte, wer sie mir genommen hat oder was diese Person damit anfangen wollte."

„Es ist gut, René", sagte Katharina, „vielleicht kommen wir später noch einmal darauf zurück, inzwischen reden wir von etwas anderem."

„Ich höre, Madame."

„Was braucht man, um die wahrscheinliche Lebensdauer eines Menschen abzuschätzen?"

„Zunächst den Geburtstag, das Alter und unter welchem Zeichen die in Frage kommende Person das Licht der Welt erblickte."

„Was weiter?"

„Dann sein Blut und seine Haare."

„Und wenn ich Ihnen sein Blut und seine Haare bringe, wenn ich Ihnen sage, unter welchem Zeichen er das Licht der Welt erblickte, wenn ich Ihnen sein Alter und seinen Geburtstag sage, dann können Sie mir den wahrscheinlichen Zeitpunkt seines Todes nennen?"

„Ja, fast auf den Tag."

„Gut. Ich habe seine Haare, ich werde mir auch sein Blut verschaffen."

„Ist der Betreffende am Tag oder in der Nacht geboren?"

„Um fünf Uhr dreiundzwanzig nachmittags."

„Dann seien Sie morgen um fünf Uhr bei mir, das Experiment muß genau zur Stunde seiner Geburt durchgeführt werden."

„Gut", sagte Katharina, *„wir werden dasein."*

René verneigte sich und ging, die Worte *„wir werden dasein"* überhörend, die indes verrieten, daß Katharina gegen ihre Gewohnheit nicht allein kommen würde.

In der Morgendämmerung des nächsten Tages besuchte Katharina ihren Sohn. Um Mitternacht hatte sie sich nach ihm erkundigt und erfahren, daß Meister Ambroise Paré bei ihm sei und sich anschicke, ihn zur Ader zu lassen, falls die überaus heftige Erregung anhalten sollte.

Noch im Schlummer zitternd, noch bleich vom Blutverlust, schlief Karl an der Schulter seiner treuen Amme, die sich gegen sein Bett stützte und seit drei Stunden ihre Stellung nicht verändert hatte, aus Furcht, die Ruhe ihres lieben Kindes zu stören.

Von Zeit zu Zeit trat leichter Schaum auf die Lippen des Kranken, den die Amme mit einem feinen, gestickten Batisttuch abwischte. Auf dem Kopfkissen lag ein blutgetränktes Taschentuch.

Einen Augenblick lang hatte Katharina im Sinn, das Taschentuch an sich zu nehmen, doch dann überlegte sie, daß vielleicht das Blut mit Speichel vermischt nicht dieselbe Wirkung haben würde, und sie fragte die Amme, ob nicht der Arzt, wie es seine Absicht gewesen sei, ihren Sohn zur Ader gelassen hätte. Die Amme bejahte und fügte hinzu, der Aderlaß sei so überreichlich gewesen, daß Karl zweimal das Bewußtsein verloren habe.

Die Königinmutter, die wie zu jener Zeit alle Frauen von hohem Rang einige medizinische Kenntnisse besaß, verlangte das Blut zu sehen; nichts einfacher als das, der Arzt hatte gebeten, es aufzuheben, um es zu analysieren.

Es wurde in dem an das Schlafgemach grenzenden Kabinett in einem Napf aufbewahrt.

Katharina betrat den Raum, um nachzusehen, und füllte etwas von der roten Flüssigkeit in ein kleines Fläschchen, das sie zu diesem Zweck mitgebracht hatte; dann kam sie zurück, die Hände in den Taschen verborgen, damit sie die begangene Schändung nicht verrieten.

Als sie auf der Schwelle des Zimmers stand, öffnete Karl die Augen, überrascht, seine Mutter zu sehen. Dann kamen ihm, als hätte er einen Traum zu Ende geträumt, wieder die zornigen Gedanken in den Sinn: „Ach, Sie, Madame", sagte er. „Bestellen Sie Ihrem heißgeliebten Sohn, Ihrem Henri von Anjou, daß der Empfang morgen stattfinden wird."

„Mein lieber Karl", erwiderte Katharina, „er wird stattfinden, wann Sie wollen. Regen Sie sich nicht auf und schlafen Sie."

Als füge er sich diesem Rat, schloß Karl tatsächlich die Augen; und Katharina, die ihn gegeben hatte, wie man einen Kranken oder ein Kind tröstet, ging aus dem Zimmer. Aber hinter ihr, als er die Tür schließen hörte, richtete sich Karl plötzlich auf und rief mit seiner durch den Anfall geschwächten Stimme: „Meinen Kanzler, die Siegel, den Hof … Alle soll man holen!"

Mit sanfter Gewalt drückte die Amme seinen Kopf auf ihre Schulter zurück und versuchte den König wie ein Kind in Schlaf zu wiegen.

„Nein, nein, Amme, ich schlafe nicht mehr. Ruf mir meine Leute, ich will heute morgen arbeiten."

Wenn Karl so sprach, mußte man gehorchen, und nicht einmal die Amme wagte trotz aller ihr von ihrem königlichen Pflegekind eingeräumten Vorrechte seinen Befehlen zuwiderzuhandeln. Also kamen die Leute, nach denen der König verlangt hatte, und der Empfang wurde festgesetzt – nicht auf morgen, denn das war unmöglich, aber auf den fünften Tag.

Unterdessen begaben sich zur verabredeten Stunde, also um fünf Uhr, die Königinmutter und der Herzog von Anjou zu René, der, wie wir wissen, von diesem Besuch unterrichtet war und alles für die geheimnisvolle Sitzung vorbereitet hatte.

In dem Zimmer zur Rechten, dem Opferzimmer, wurde über einem lodernden Feuer eine Stahlklinge zur Rotglut gebracht, die durch ihre eigenwilligen Arabesken die Wege des Schicksals darstellen sollte, über das sie das Orakel befragen wollten; auf dem Altar lag das Zauberbuch, und im Laufe der Nacht, die sehr klar war, hatte René den Gang und die Konstellation der Gestirne beobachten können.

Als erster kam Henri von Anjou; er trug falsche Haare, eine Maske bedeckte sein Gesicht, und ein großer Abendmantel verhüllte seine Gestalt. Kurz darauf trat seine Mutter ein, und wenn sie nicht vorher gewußt hätte, daß ihr Sohn sie dort erwartete, so hätte nicht einmal sie ihn erkannt. Katharina hob ihre Maske, der Herzog von Anjou dagegen behielt sie vor.

„Hast du heute nacht deine Beobachtungen angestellt?" fragte Katharina.

„Ja, Madame", erwiderte René, „und die Antwort der Gestirne hat mich bereits über die Vergangenheit belehrt. Der, über den Sie mich befragten, besitzt wie alle unter dem Zeichen des Krebses geborenen Menschen ein kühnes Herz und einen Stolz ohnegleichen. Er ist mächtig, er hat nahezu ein Vierteljahrhundert gelebt, er hat bis in die Gegenwart vom Himmel Ruhm und Reichtum empfangen. Ist es so, Madame?"

„Vielleicht", antwortete Katharina.

„Haben Sie die Haare und das Blut?"

„Hier sind sie."

Katharina reichte dem Nekromanten eine Locke fahlblonden Haares und ein kleines Fläschchen mit Blut.

René nahm das Fläschchen, schüttelte es, um das Fibrin und die Lymphe zu vermengen, und ließ auf die rotglühende Klinge einen großen Tropfen des Lebenssaftes fallen, der sofort zu kochen begann und bald zu den sonderbarsten Formen austrat.

„Oh, Madame!" rief René. „Ich sehe, wie er sich in gräßlichen Qualen windet. Hören Sie, wie er stöhnt, wie er um Hilfe schreit! Sehen Sie, wie alles um ihn Blut wird; sehen Sie, wie schließlich an seinem Totenbett große Kämpfe stattfinden! Da, da sind Lanzen, da sind Degen."

„Wird es lange dauern?" fragte Katharina, bebend vor unbeschreiblicher Aufregung, während sie Henri von Anjou an der Hand zurückhielt, da er sich in seiner zügellosen Neugier über das Kohlenbecken beugte.

René trat zu dem Altar und sprach ein kabbalistisches Gebet, und er legte in diese Handlung ein solches Feuer und solche Überzeugung, daß ihm die Adern an den

Schläfen schwollen, daß er in die seherischen Zuckungen und das nervöse Beben verfiel, wie es in der Antike die Pythien auf dem Dreifuß heimsuchte und bis zum Totenbett verfolgte.

Schließlich erhob er sich und erklärte, alles sei bereit; in eine Hand nahm er die noch zu zwei Drittel gefüllte Flasche und in die andere die Haarlocke, dann befahl er Katharina, das Buch an einer beliebigen Stelle zu öffnen und ihre Aufmerksamkeit auf die erste, ins Auge fallende Stelle zu richten; darauf schüttete er, einen kabbalistischen Spruch in hebräischer Sprache murmelnd, die nur er verstand, das Blut auf die Klinge und warf die Haare in das Kohlenbecken.

Alsbald sahen der Herzog von Anjou und Katharina, wie sich von der Klinge eine weiße Gestalt wie ein Leichnam in seinem Totengewand erhob.

Eine andere Gestalt, allem Anschein nach eine Frau, stand über die erste geneigt.

Und nun flammten die Haare auf, in einem einzigen hellen, wie eine lange rote Zunge rasch herausgeschleuderten Feuerstoß.

„Ein Jahr!" rief René. „Kaum ein Jahr, und dieser Mann wird tot sein, und eine Frau wird über ihn weinen. Doch nein, dort unten am Ende der Klinge ist noch eine Frau, die so etwas wie ein Kind in den Armen hält."

Katharina sah ihren Sohn an und schien ihn, obwohl sie die Mutter war, zu fragen, wer die beiden Frauen seien.

Doch kaum hatte René ausgesprochen, als der Fleck auf dem Stahl wieder weiß wurde, allmählich war alles erloschen.

Katharina öffnete an irgendeiner Stelle das Buch und las mit einer Stimme, die trotz aller Beherrschung nicht die Erregung zu leugnen vermochte, folgendes Distichon:

> „Aber ging in den Tod, der gefürchtet hier schaltet,
> Früher, da keine Vorsicht gewaltet."

Tiefes Schweigen.

„Und wie sind die Zeichen dieses Monats für den, den ich dir nicht zu nennen brauche?" fragte Katharina.

„Günstig wie immer, Madame. Wenn nicht das Schicksal in einem Gott-gegen-Gott-Streit besiegt wird, so ist die Zukunft dieses Mannes gesichert. Dennoch ..."

„Was, dennoch?"

„Einer der Sterne, die seine Plejade bilden, war zur Zeit meiner Beobachtungen von einer schwarzen Wolke verhüllt."

„Ach", rief Katharina, „von einer schwarzen Wolke ...? Es gibt also noch Hoffnung?"

„Von wem sprechen Sie, Madame?" fragte der Herzog von Anjou.

Katharina führte ihren Sohn aus dem Schein des Kohlenbeckens und flüsterte mit ihm.

Unterdessen kniete René nieder, ließ im Licht der Flamme einen letzten, am Grunde der Flasche verbliebenen Blutstropfen in seine Hand rollen und murmelte: „Sonderbarer Widerspruch! Er beweist, wie wenig hieb- und stichfest die Zeugnisse der simplen Wissenschaft sind, die gewöhnliche Männer ausüben. Für jeden anderen als mich, für einen Arzt, einen Gelehrten, selbst für Meister Ambroise Paré wäre es ein reines, fruchtbares Blut, so voller Säuren und animalischer Säfte, daß es dem Körper, aus dem es kommt, noch viele Jahre verspricht – und doch soll diese Lebenskraft so bald hinschwinden, soll das Leben vor Ablauf eines Jahres verlöschen!"

Katharina und Henri von Anjou hatten sich umgedreht und lauschten. Die Augen des Prinzen funkelten durch die Maske.

„Das liegt daran", fuhr René fort, „weil sich die gewöhnlichen Gelehrten nur an die Gegenwart halten, während uns die Vergangenheit und die Zukunft gehören."

„Sie glauben also immer noch", fragte Katharina, „daß er vor Ablauf eines Jahres sterben wird?"

„So gewiß, wie ich glaube, daß wir drei Lebenden eines Tages ebenfalls im Sarg liegen werden."

„Und doch sagten Sie, das Blut sei rein und fruchtbar, und Sie sagten, das Blut verheiße ein langes Leben?"

„Ja, wenn die Dinge ihren natürlichen Lauf nähmen. Aber ist es nicht möglich, daß ein Unfall …"

„Da hören Sie es", sagte Katharina zu Henri, „ein Unfall …"

„Ach", seufzte Anjou, „um so mehr Ursache zu bleiben."

„Daran denken Sie nicht mehr, das ist unmöglich."

Dann wandte sich der junge Mann an René.

„Ich danke Ihnen", sagte er mit verstellter Stimme, „nehmen Sie diese Börse."

Katharina ließ es sich angelegen sein, mit den Worten: „Kommen Sie, *Graf*", René von seinen Vermutungen abzubringen.

Damit entfernten sie sich.

„Da haben Sie's, Mutter", sagte Henri, „ein Unfall! … Und wenn dieser Unfall passiert, werde ich nicht dasein, sondern vierhundert Meilen von ihm entfernt …"

„Vierhundert Meilen sind acht Tage, mein Sohn."

„Ja, aber weiß man denn, ob mich diese Leute überhaupt zurückkehren lassen? Wenn ich nur warten dürfte, Mutter!"

„Wer weiß", entgegnete Katharina, „vielleicht ist der Unfall, von dem René spricht, die Krankheit, die den König gestern auf sein Schmerzenslager geworfen hat? Halt, nehmen Sie diesen Weg zurück, mein Kind, ich werde die kleine Tür des Augustinerklosters benutzen, wo mich mein Gefolge erwartet. Gehen Sie, Henri, gehen Sie, und hüten Sie sich, Ihren Bruder zu ärgern, wenn Sie ihn sehen."

42

Vertrauliche Mitteilungen

Das erste, was der Herzog von Anjou im Louvre erfuhr, war der Beschluß, den feierlichen Empfang der Gesandten in fünf Tagen stattfinden zu lassen. Die Schneider und Juweliere erwarteten den Prinzen mit den herrlichsten

Kleidern und dem prächtigsten Putz, die der König für ihn befohlen hatte.

Während er sie mit einer Wut, die ihm Tränen in die Augen trieb, anprobierte, freute sich Henri von Navarra über eine prächtige Smaragdkette, einen Degen mit goldenem Griff und einen kostbaren Ring, die Karl ihm morgens geschickt hatte.

Alençon hatte einen Brief erhalten und sich in seinem Zimmer eingeschlossen, um ihn in aller Ruhe zu lesen.

Und Coconnas fragte alle Echos im Louvre nach seinem Freund.

Wie man sich leicht denken kann, war Coconnas nicht wenig erstaunt gewesen, als La Môle die ganze Nacht nicht heimkam, und am Morgen verspürte er bereits eine gewisse Unruhe, was ihn bewog, sich auf die Suche nach seinem Freund zu machen. Er begann seine Nachforschungen im Wirtshaus „Zum Guten Stern", ging vom Wirtshaus „Zum Guten Stern" in die Rue Cloche-Percée, von der Rue Cloche-Percée zur Rue Tizon, von der Rue Tizon zum Pont Saint-Michel und begab sich schließlich vom Pont Saint-Michel heim in den Louvre.

Seine Nachforschungen an den betreffenden Stellen hatte er in ebenso origineller wie aufgeregter Weise betrieben, was leicht zu verstehen ist, wenn man Coconnas' exzentrischen Charakter kennt, auf eine Weise, daß es zwischen ihm und drei Kavalieren des Hofes zu einer Auseinandersetzung kam, die wie damals üblich endete, das heißt auf dem Kampfboden. Coconnas war bei diesen Begegnungen so gewissenhaft wie stets in solchen Fällen vorgegangen: Er hatte den ersten getötet und die beiden anderen verwundet mit den Worten: „Der arme La Môle, er konnte so gut Lateinisch!"

Das war der Augenblick, als der letzte, der Baron de Boissey, ihm im Fallen zurief: „Um Himmels willen, Coconnas, wandle das ein wenig ab und sage wenigstens, daß er Griechisch konnte."

Am Ende war auch das Gerücht über das Abenteuer im Gang hinausgesickert: Coconnas hatte aus seinem Schmerz keinen Hehl gemacht, weil er im ersten Augenblick tatsächlich glaubte, all diese Könige und Prinzen hätten ihm seinen Freund umgebracht oder ihn in irgendein Verlies geworfen.

Als er erfuhr, Alençon sei mit von der Partie gewesen, suchte er ihn, ohne der Majestät eines Prinzen von Geblüt zu achten, auf und forderte von ihm eine Erklärung wie von einem gewöhnlichen Edelmann.

Alençon hatte zuerst nicht übel Lust, den Unverschämten, der von ihm Rechenschaft über seine Handlungen verlangte, vor die Tür zu setzen; doch Coconnas war so kurz angebunden, seine Augen flammten in solchem Glanz, und das Wagnis der drei Duelle in weniger als vierundzwanzig Stunden hatte den Piemonteser in so hohes Ansehen gebracht, daß Alençon überlegte und seinem Edelmann, statt der ersten Regung zu folgen, mit gewinnendem Lächeln antwortete: „Mein lieber Coconnas, allerdings ist es wahr, daß der König in seiner Wut über den silbernen Krug, der ihn an der Schulter traf, der Herzog von Anjou in seinem Mißfallen über die Krönung mit Orangenkompott und der Herzog von Guise, in seiner Ehre gekränkt, weil er von einem Wildschweinschinken geohrfeigt wurde, Monsieur de La Môle zu töten beabsichtigten; aber ein Freund Ihres Freundes hat den Schlag abgewendet. Das Unternehmen ist fehlgeschlagen, darauf gebe ich Ihnen mein prinzliches Ehrenwort."

„Kotzbombenelement, Monseigneur!" rief Coconnas, bei dieser Versicherung aufatmend wie ein Blasebalg. „Das ist gut, diesen Freund möchte ich gern kennenlernen, um ihm meine Dankbarkeit zu beweisen."

Der Herzog von Alençon antwortete nicht, lächelte aber noch gewinnender als zuvor, woraus Coconnas schloß, dieser Freund sei kein anderer als der Prinz selbst.

„Da Sie sich so weit herabgelassen haben, mir den Anfang der Geschichte zu erzählen, Monseigneur", erwiderte er, „machen Sie das Maß Ihrer Güte voll und erzählen Sie mir auch das Ende. Man wollte ihn umbringen, hat ihn aber nicht umgebracht, wie Sie sagen; was ist mit ihm geschehen? Ich bin mutig, sagen Sie es nur, ich kann eine schlechte Nachricht ertragen. Man hat ihn in irgendein

Verlies geworfen, nicht wahr? Nicht schlecht, da wird er in Zukunft vorsichtig sein. Niemals will er auf meinen Rat hören. Außerdem kann man ihn herausholen, Kotzbombenelement! Nicht jedem widerstehen die Steine."

Alençon schüttelte den Kopf.

„Schlimm daran ist nur, mein braver Coconnas", sagte er, „daß dein Freund seit diesem Abenteuer verschwunden ist, und niemand weiß wohin."

„Kotzbombenelement!" rief der Piemonteser wieder ganz blaß. „Wäre er zur Hölle gefahren, so wüßte ich wenigstens, wo er ist."

„Hör mich an", sagte Alençon, der, wenn auch aus anderen Motiven, nicht weniger brennend als Coconnas zu wissen verlangte, wo sich La Môle befand, „ich will dir einen freundschaftlichen Rat geben."

„Tun Sie das, Monseigneur", bat Coconnas, „tun Sie das."

„Geh zur Königin Marguerite, sie muß wissen, was aus dem geworden ist, den du beklagst."

„Das kam mir auch schon in den Sinn, muß ich Euer Hoheit gestehen", entgegnete Coconnas, „aber ich wagte es nicht; denn abgesehen davon, daß mir Madame Marguerite mehr imponiert, als ich sagen könnte, fürchtete ich, sie in Tränen aufgelöst zu finden. Da mir jedoch Euer Hoheit versichern, La Môle sei nicht tot und Ihre Majestät müsse wissen, wo er ist, werde ich allen Mut zusammennehmen und zu ihr gehen."

„Geh, mein Freund, geh", bekräftigte Herzog Franz. „Und wenn du etwas erfährst, berichte mir, denn ich bin wahrhaftig so unruhig wie du. Nur an eins mußt du denken, Coconnas …"

„Woran?"

„Sag nicht, daß du von mir kommst, denn wenn du diese Unvorsichtigkeit begingest, könnte es dahin kommen, daß du überhaupt nichts erfährst."

„Monseigneur", entgegnete Coconnas, „da mir Euer Hoheit Stillschweigen über diesen Punkt befehlen, werde ich stumm sein wie ein Fisch oder wie die Königinmutter."

„Ein guter Prinz, ein vortrefflicher Prinz, ein hochherziger Prinz", murmelte Coconnas auf dem Weg zur Königin von Navarra.

Marguerite erwartete Coconnas schon, denn das Gerücht über seine Verzweiflung war bis zu ihr gedrungen, und als sie erfuhr, in welchen Heldentaten seine Verzweiflung an den Tag gekommen war, konnte sie Coconnas beinahe die ein wenig brutale Art verzeihen, wie er seine Freundin, die Herzogin von Nevers, behandelte, an die sich der Piemonteser nicht gewandt hatte, weil sie seit zwei oder drei Tagen miteinander verzankt waren. Er wurde daher sofort, nachdem er gemeldet war, zur Königin geführt.

Coconnas trat ein, ohne ganz die Verlegenheit unterdrücken zu können, die er dem Herzog von Alençon gegenüber erwähnt hatte und die er stets in Gegenwart der Königin empfand, wahrscheinlich mehr auf Grund der Überlegenheit ihres Geistes als ihrer Stellung; doch Marguerite empfing ihn mit einem Lächeln, das ihn sofort beruhigte.

„Madame", sagte er, „bitte geben Sie mir meinen Freund wieder oder sagen Sie mir wenigstens, was aus ihm geworden ist, denn ich kann nicht ohne ihn leben. Stellen Sie sich Euryalus ohne Nisus vor, Damon ohne Phintias, Orest ohne Pylades, und haben Sie Mitleid mit meinem Unglück im Gedenken an die Helden, die ich Ihnen eben nannte und deren Herz, das schwöre ich Ihnen, nicht so von Liebe erfüllt war wie meines."

Marguerite lächelte, und nachdem sie von Coconnas das Versprechen erhalten hatte, er werde schweigen wie das Grab, erzählte sie ihm von der Flucht durch das Fenster. Was seinen Aufenthaltsort betraf, so bewahrte sie trotz der dringenden Bitten des Piemontesers über diesen Punkt tiefstes Schweigen. Da Coconnas nur halb zufriedengestellt war, verstieg er sich zu diplomatischen Bemerkungen der höchsten Sphäre. Marguerite erkannte daraus deutlich, daß der Herzog von Alençon an dem von seinem Edelmann geäußerten Wunsch, Näheres über La Môles Schicksal zu erfahren, zur Hälfte beteiligt war.

„Wenn Sie durchaus Genaues über Ihren Freund wissen wollen", schloß die Königin, „dann fragen Sie den König von Navarra, er ist der einzige, dem das Recht zusteht, darüber zu sprechen; was mich betrifft, so kann ich Ihnen nur sagen, daß der Gesuchte am Leben ist – Sie können meinen Worten Glauben schenken."

„Ich glaube einem viel gültigeren Beweis, Madame", erwiderte Coconnas, „Ihren schönen Augen, die nicht geweint haben."

Und weil er meinte, einer Äußerung, die den doppelten Vorzug genoß, nicht nur seine Gedanken wiederzugeben, sondern auch seine hohe Meinung über La Môle auszudrücken, nichts hinzufügen zu müssen, zog sich Coconnas zurück und überlegte, wie er sich mit Frau von Nevers aussöhnen könne, nicht ihretwegen, sondern um aus ihr herauszuholen, was er von Marguerite nicht erfahren konnte.

Große Schmerzen sind regelwidrige Umstände, deren Joch der Geist so schnell wie möglich abzuschütteln sucht. Der Gedanke, Marguerite zu verlassen, hatte La Môle zuerst fast das Herz gebrochen, und mehr um den Ruf der Königin als um sein eigenes Leben zu retten, hatte er sich in die Flucht gefügt.

Daher war er auch am nächsten Tag gegen Abend nach Paris zurückgekommen, um Marguerite auf ihrem Balkon zu sehen. Und Marguerite hatte, wie von einer inneren Stimme über die Rückkehr des jungen Mannes belehrt, den ganzen Abend an ihrem Fenster verbracht; so geschah es, daß sie einander mit diesem unbeschreiblichen Glück erblickten, das verbotene Freuden begleitet. Mehr noch, der schwermütige, romantische Geist de La Môles gewann den widrigen Umständen sogar einen gewissen Reiz ab. Wie aber der wahrhaft Verliebte nur einen Augenblick glücklich ist, während er sieht oder besitzt, und die ganze übrige Zeit unter der Trennung leidet, beschäftigte sich La Môle, der so begierig war, Marguerite wiederzusehen, unablässig damit, möglichst schnell das Ereignis ins Werk zu setzen, das sie ihm wiedergeben sollte, das heißt die Flucht des Königs von Navarra.

Marguerite dagegen überließ sich dem Glück, mit so reiner Hingabe geliebt zu werden. Oft ärgerte sie sich über das, was sie als Schwäche ansah; sie, deren männlicher Geist die Armseligkeit der gewöhnlichen Liebe verachtete; sie, die so empfänglich war für Kleinigkeiten, aus denen zärtliche Seelen das süßeste, köstlichste und wünschenswerteste Glück schöpfen, fand ihren Tag, wenn nicht glücklich ausgefüllt, so doch glücklich beendet, wenn sie gegen neun Uhr, in einen weißen Morgenrock gekleidet, auf ihrem Balkon erschien und auf dem Quai im Dunkel einen Edelmann bemerkte, der die Hand an die Lippen und ans Herz drückte; dann gab ein bedeutsames Hüsteln dem Liebhaber die Erinnerung an die geliebte Stimme zurück. Mitunter warf auch die kleine Hand mit kraftvollem Schwung ein Briefchen mit einem kostbaren Kleinod – kostbarer dadurch, weil es der Absenderin gehört hatte, als durch seinen wahren Wert –, das wenige Schritte von dem jungen Mann entfernt auf das Pflaster fiel. Dann stürzte sich La Môle wie ein Hühnergeier auf seine Beute, preßte sie an seine Brust, antwortete auf dieselbe Weise, und Marguerite verließ den Balkon nicht, ehe nicht der Hufschlag des Pferdes in der Nacht verhallte, das mit verhängten Zügeln heransprengte und, wenn es sich entfernen sollte, aus so trägem Stoff schien wie der berühmte Koloß, der Troja vernichtete.

Daher war die Königin nicht in Sorge über La Môles Schicksal, dem sie übrigens aus Furcht, ihre Schritte könnten belauert werden, hartnäckig jedes andere Rendezvous als diese spanischen Zusammenkünfte verweigerte, die seit seiner Flucht stattfanden, Abend für Abend im Laufe der Tage, die in Erwartung des Empfangs der Gesandten dahinrollten, der auf ausdrücklichen Befehl von Ambroise Paré um einige Tage verschoben war.

Am Vorabend, gegen neun Uhr abends, als alle im Louvre mit den Vorbereitungen für den nächsten Tag beschäftigt waren, öffnete Marguerite ihr Fenster und trat auf den Balkon; doch kaum war sie draußen, als La Môle, ohne Marguerites Brief abzuwarten, eiliger als sonst, aber mit gewohnter Geschicklichkeit sein Billett warf, das seiner königlichen Herrin vor die Füße fiel. Marguerite verstand, daß die Botschaft etwas Besonderes enthalten müsse, und trat zurück, um zu lesen.

Das Billett enthielt auf der ersten Seite folgende Worte: „Madame, ich muß mit dem König von Navarra sprechen. Die Angelegenheit ist dringend. Ich warte."

Und auf der Vorderseite des zweiten Blattes, das man von dem ersten abtrennen konnte, standen die Worte: „Meine Herrin und Königin, richten Sie es ein, daß ich Ihnen wenigstens einen all der Küsse geben kann, die ich Ihnen sende. Ich warte."

Kaum hatte Marguerite den zweiten Teil des Briefes gelesen, als sie die Stimme Henris von Navarra hörte, der mit seiner gewohnten Zurückhaltung an die Verbindungstür klopfte und Gillonne fragte, ob er eintreten dürfe.

Sofort trennte die Königin beide Seiten, steckte eine ins Mieder, die andere in die Tasche, lief zum Fenster, schloß es und eilte dann zur Tür: „Treten Sie ein, Sire!"

So leise, so rasch und geschickt Marguerite das Fenster geschlossen hatte, Henri, dessen immer wache Sinne inmitten dieser Gesellschaft, der er so heftig mißtraute, fast die ungewöhnliche Empfindlichkeit eines Mannes erworben hatten, der unter Wilden lebt, war das Geräusch nicht entgangen. Aber der König von Navarra gehörte nicht zu jenen Tyrannen, die ihre Frauen hindern, frische Luft zu schöpfen und die Sterne zu betrachten.

Henri lächelte und war freundlich wie immer.

„Madame", sagte er, „während unsere Höflinge ihre Kleider für die Feierlichkeit probieren, kam mir in den Sinn, mit Ihnen ein wenig über meine Angelegenheiten zu plaudern, die Sie doch auch weiterhin als die Ihren betrachten, nicht wahr?"

„Gewiß, Monsieur", erwiderte Marguerite, „haben wir nicht immer dieselben Interessen?"

„Ja, Madame, und deshalb wollte ich Sie fragen, was Sie davon halten, daß der Herzog von Alençon seit einigen Tagen so heftig bestrebt ist, mich zu fliehen, und zwar in dem Maße, daß er sich vorgestern nach Saint-Germain zurückgezogen hat? Sollte er darin die Möglichkeit sehen, allein zu fliehen, denn er wird kaum überwacht, oder hat er sich ganz davon abgekehrt? Sagen Sie mir bitte Ihre Meinung, Madame, sie wird, muß ich gestehen, sehr ins Gewicht fallen, um die meine zu festigen."

„Euer Majestät beunruhigen sich nicht zu Unrecht über meines Bruders Schweigen. Ich habe heute den ganzen Tag darüber nachgedacht, und meine Meinung ist, daß er auf Grund der veränderten Umstände andern Sinnes geworden ist."

„Das heißt also, angesichts der Krankheit König Karls und der Krönung des Herzogs von Anjou zum König von Polen wäre es ihm nicht leid, in Paris zu bleiben, um die Krone von Frankreich zu bewachen?"

„Ganz recht."

„Sei's drum. Ich kann mir nichts Besseres wünschen, als daß er bleibt", sagte Henri, „nur ändert das unsern ganzen Plan, denn um allein zu gehen, brauche ich dreimal größere Sicherheit, als ich verlangt hätte, wenn ich mit Ihrem Bruder gegangen wäre, dessen Name und Teilnahme an dem Unternehmen mich geschützt hätten. Wundern tut mich nur, daß ich nichts von Monsieur de Mouy gehört habe. Es ist nicht seine Art, sich so lange nicht zu rühren. Haben Sie auch keine Nachrichten, Madame?"

„Ich, Sire?" rief Marguerite erstaunt. „Wie sollte ich …"

„Bei Gott, liebe Freundin, nichts wäre natürlicher; Sie haben, um mir einen Gefallen zu erweisen, dem kleinen La Môle das Leben gerettet … Der Junge sollte sich nach Mantes begeben … und wenn man hingeht, kann man auch leicht zurückkommen …"

„Ach, das gibt mir den Schlüssel zu einem Rätsel, dessen Lösung ich vergeblich suchte", erwiderte Marguerite. „Ich hatte das Fenster offengelassen und fand, als ich wieder ins Zimmer trat, auf dem Teppich so etwas wie eine Botschaft."

„Sehen Sie!" rief Henri.

„Eine Botschaft, die ich zuerst nicht verstand und der

ich keine Wichtigkeit beimaß", fuhr Marguerite fort, „vielleicht hatte ich unrecht und sie kommt von dort."

„Das ist möglich", sagte Henri, „ich würde sogar zu behaupten wagen, sehr wahrscheinlich. Darf man das Billett sehen?"

„Aber gewiß, Sire", antwortete Marguerite und reichte dem König das Blatt, das sie in die Tasche gesteckt hatte.

Der König überflog es.

„Ist das nicht Monsieur de La Môles Handschrift?" fragte er.

„Ich weiß nicht", erwiderte Marguerite, „die Schrift schien mir verstellt."

„Einerlei, lesen wir", sagte Henri.

Und er las: „Madame, ich muß mit dem König von Navarra sprechen. Die Angelegenheit ist dringend. Ich warte."

„Jawohl!" fuhr Henri fort. „Sehen Sie, er sagt, daß er wartet!"

„Natürlich sehe ich das", sagte Marguerite. „Aber was wollen Sie?"

„Heiliger Strohsack! Ich will, daß er kommt."

„Daß er kommt?" rief Marguerite und richtete die schönen Augen verwundert auf ihren Gatten. „Wie können Sie so etwas sagen, Sire! Ein Mann, den der König töten wollte ... der gezeichnet, bedroht ist ... Daß er kommt! sagen Sie. Ist denn das möglich? ... Die Türen sind nicht für solche, die ..."

„Gezwungen waren, aus dem Fenster zu fliehen ... wollten Sie sagen?"

„Richtig, Sie haben meinen Gedanken zu Ende geführt."

„Aber wer den Weg durch das Fenster kennt, mag noch einmal diesen Weg nehmen, wenn er durchaus nicht die Tür benutzen kann. Das ist doch ganz einfach."

„Glauben Sie?" fragte Marguerite, vor Freude errötend bei dem Gedanken, La Môle zu treffen.

„Ganz gewiß."

„Aber wie soll er heraufkommen?" fragte die Königin.

„Haben Sie nicht die Strickleiter aufbewahrt, die ich Ih-

nen damals schickte? Ach, ich würde Ihre übliche Voraussicht nicht wiedererkennen."

„Doch, Sire", erwiderte Marguerite.

„Vortrefflich", nickte Henri.

„Was befehlen Euer Majestät also?"

„Ganz einfach", sagte Henri, „befestigen Sie die Strickleiter an Ihrem Balkon und lassen Sie sie herunter. Wenn
es de Mouy ist, der wartet – und ich wäre versucht, es zu
glauben –, wenn es de Mouy ist und er will hinauf, dann
wird er kommen, der teure Freund."

Und ohne seinen Gleichmut zu verlieren, nahm Henri
die Kerze, um Marguerite bei der Suche nach der Strickleiter zu leuchten, was nicht viel Zeit beanspruchte, denn
die Strickleiter lag in dem berühmten Kabinett in einem
Schrank.

„Da ist sie ja", rief Henri, „und jetzt, Madame, wenn
ich damit Ihre Gefälligkeit nicht überfordere, befestigen
Sie bitte die Strickleiter am Balkon."

„Warum ich und nicht Sie, Sire?" fragte Marguerite.

„Weil die vorsichtigsten Verschwörer die besten sind.
Der Anblick eines Mannes könnte vielleicht unsern Freund
abschrecken, verstehen Sie?"

Marguerite lächelte und machte die Strickleiter fest.

„So", sagte Henri, der sich in der Zimmerecke versteckt
hielt, „zeigen Sie sich, während Sie die Strickleiter sehen
lassen. Wunderbar, ich bin sicher, de Mouy wird heraufkommen."

In der Tat schwang sich zehn Minuten später ein von
Freude trunkener Mann auf den Balkon und zögerte einige Augenblicke, als er sah, daß die Königin nicht auf
ihn zukam. Statt Marguerite trat ihm Henri entgegen.

„Sieh an", sagte er freundlich, „nicht de Mouy, sondern
Monsieur de La Môle; guten Abend, Monsieur, treten Sie
doch bitte näher."

La Môle war verblüfft. Wenn er den Fuß noch auf der
Strickleiter, statt schon auf dem festen Boden des Balkons
gehabt hätte, wäre er vielleicht rückwärts hinuntergefal-
len.

„Sie wünschten mit dem König von Navarra über dringende Angelegenheiten zu sprechen", sagte Marguerite, „ich habe ihm Bescheid geben lassen, und hier ist er."

Henri ging zum Balkon und schloß das Fenster.

„Ich liebe dich", flüsterte Marguerite dem jungen Mann mit einem hastigen Händedruck zu.

„Nun, mein Herr, was haben wir zu sagen?" fragte Henri und bot La Môle einen Stuhl an.

„Ich habe Monsieur de Mouy am Schlagbaum zurückgelassen, Sire", antwortete dieser. „Er möchte gern wissen, ob Maurevert gesprochen hat und ob bekannt geworden ist, daß er in Euer Majestät Zimmer war."

„Noch nicht, aber es wird nicht lange dauern, deshalb müssen wir uns beeilen."

„Das ist auch seine Meinung, Sire, und wenn der Herzog von Alençon morgen abend bereit ist, wird sich Monsieur de Mouy mit hundertfünfzig Männern am Tor Saint-Marcel einfinden, und fünfhundert werden in Fontainebleau auf Sie warten; Sie werden Ihren Weg über Blois, Angoulème und Bordeaux nehmen."

„Madame", wandte sich Henri an seine Frau, „was mich betrifft, so bin ich morgen bereit; werden Sie es auch sein?"

La Môle senkte einen Blick voll großer Bangigkeit in Marguerites Augen.

„Sie haben mein Wort", antwortete die Königin, „wo Sie auch hingehen, ich folge Ihnen; aber Sie wissen, der Herzog von Alençon muß unbedingt zur selben Zeit gehen wie Sie. Hier gibt es nur ein Entweder-Oder, entweder er dient uns, oder er verrät uns; wenn er zögert, rühren wir uns nicht."

„Weiß er von diesem Plan, Monsieur de La Môle?" fragte Henri.

„Er muß vor einigen Tagen einen Brief von Monsieur de Mouy erhalten haben."

„Ach, davon hat er mir nichts gesagt!" rief Henri.

„Seien Sie auf der Hut, Monsieur", riet Marguerite.

„Keine Sorge, ich passe schon auf. Wie kann ich de Mouy eine Antwort zukommen lassen?"

„Sie können ganz beruhigt sein, Sire. Zur Rechten oder

zur Linken Eurer Majestät, sichtbar oder unsichtbar, wird er sich morgen zum Empfang der Gesandten einfinden; und ein einziges Wort in der Ansprache der Königin wird ihm zu verstehen geben, ob Sie einverstanden sind oder nicht, ob er fliehen oder Sie erwarten soll. Wenn sich der Herzog von Alençon weigert, bittet er um fünfzehn Tage, damit er in Ihrem Namen alles neu ordnen kann."

„Wahrhaftig", rief Henri, „de Mouy ist unbezahlbar! Können Sie etwas Derartiges in Ihre Rede einfügen, Madame?"

„Nichts einfacher als das", erwiderte Marguerite.

„Gut", sagte Henri, „morgen werde ich den Herzog von Alençon sehen; de Mouy soll auf dem Posten sein und die geringste Andeutung verstehen."

„Das wird er, Sire."

„Also bringen Sie ihm meine Antwort, Monsieur de La Môle", schloß Henri. „Sicherlich haben Sie hier in der Nähe ein Pferd und einen Diener?"

„Orthon erwartet mich am Quai."

„Dann schnell zu ihm, Herr Graf. Aber nein, nicht durch das Fenster, das bleibt für außerordentliche Gelegenheiten. Man könnte Sie sehen, und da niemand wüßte, daß Sie sich meinetwegen in Gefahr begeben haben, würden Sie nur die Königin kompromittieren."

„Aber wie sonst, Sire?"

„Wenn Sie schon nicht allein in den Louvre kommen können, so können Sie doch mit mir zusammen hinausgehen, denn ich kenne die Parole. Sie haben Ihren Mantel, ich habe meinen ebenfalls dabei, wir werden uns vermummen und ohne Schwierigkeiten das Portal passieren. Übrigens kommt es mir sehr zupaß, wenn ich Orthon noch ein paar Befehle geben kann. Warten Sie hier, ich will nur nachsehen, ob niemand draußen ist."

Mit dem denkbar unbefangensten Gesicht ging Henri hinaus, um den Weg zu erkunden. La Môle blieb allein mit der Königin.

„Oh, wann werde ich Sie wiedersehen?" rief La Môle.

„Wenn wir fliehen, morgen abend, und wenn wir nicht

fliehen, an irgendeinem Abend in der Rue Cloche-Percée."

„Sie können kommen, Monsieur de La Môle", sagte Henri, als er wieder eintrat, „es ist niemand da."

La Môle verneigte sich ehrerbietig vor der Königin.

„Reichen Sie ihm die Hand zum Kuß, Madame", sagte Henri, „Monsieur de La Môle ist kein gewöhnlicher Diener."

„Und heben Sie die Strickleiter gut auf", fuhr er fort, „sie ist für Verschwörer eine Kostbarkeit, und man kann ihre Dienste nötig haben in Augenblicken, wo man es am wenigsten erwartet. Kommen Sie, Monsieur de La Môle, kommen Sie."

43

Die Gesandten

Am nächsten Morgen strömte alles Volk von Paris nach Saint-Antoine, denn durch diesen Stadtteil sollten die polnischen Gesandten ihren Einzug halten. – Ein Kordon von Schweizern hielt die Menge zurück, und berittene Abteilungen sorgten dafür, daß die Herren und Damen des Hofes, die dem Zug entgegengehen sollten, ungehindert durchkamen.

Bald erschien auf der Höhe der Abtei Saint-Antoine ein Trupp Reiter in Rot und Gelb, mit pelzbesetzten Mützen und Mänteln, in den Händen breite, gebogene Schwerter, die aussahen wie türkische Krummsäbel.

Zu beiden Seiten ritten Offiziere.

Dem ersten Trupp folgte ein zweiter, mit wahrhaft orientalischer Pracht ausgestattet. – Er bahnte den Weg für die Gesandten, die, vier an der Zahl, prachtvoll den Märchenzauber ritterlicher Königreiche des sechzehnten Jahrhunderts repräsentierten.

Einer der Gesandten war der Bischof von Krakau. Er trug ein halb geistliches, halb kriegerisches, durch Gold und Edelsteine blendendes Kostüm. Sein weißes Roß mit der langen wehenden Mähne und dem edlen Gang schien aus den Nüstern Feuer zu blasen; keiner hätte geglaubt, daß der edle Renner seit einem Monat fünfzehn Meilen am Tag auf den durch das schlechte Wetter nahezu unpassierbaren Wegen gemacht hatte.

Neben dem Bischof ritt der Woiwode Hłasko, ein mächtiger und der Krone so naher Herr, daß er den Glanz eines Königs wie auch dessen Stolz zeigte.

Hinter diesen beiden vornehmsten Gesandten, die zwei andere Woiwoden von hoher Geburt begleiteten, kam eine Schar polnischer Edelleute, deren Pferde mit dem gold- und edelsteinverzierten Seidengeschirr bei der Menge lebhaften Beifall hervorriefen. In der Tat wurde der prächtige Aufzug der französischen Herren durch die Ankömmlinge, die sie verächtlich Barbaren nannten, gänzlich in den Schatten gestellt.

Bis zum letzten Augenblick hatte Katharina gehofft, der Empfang möchte ein zweites Mal verschoben werden und der Entschluß des Königs werde seiner anhaltenden Schwäche weichen. Doch als der Tag kam, als sie Karl, bleich wie ein Gespenst, den prächtigen Königsmantel anlegen sah, begriff sie, daß man sich zum Schein seinem eisernen Willen beugen mußte, und sie begann zu glauben, für Henri von Anjou sei das glänzende Exil, zu dem er verdammt war, am sichersten.

Abgesehen von den wenigen Worten, die Karl hervorstieß, als er die Augen öffnete und seine Mutter aus dem Kabinett kommen sah, hatte er seit dem Auftritt, der den heftigen, folgenschweren Anfall herbeiführte, nicht mit Katharina gesprochen. Jeder im Louvre wußte, daß sie eine furchtbare Auseinandersetzung gehabt hatten, deren Ursache jedoch niemand kannte, und selbst die Mutigsten zitterten unter der Kälte und dem Schweigen, wie Vögel in der Stille vor dem Sturm zittern.

Dennoch hatte sich jedermann im Louvre vorbereitet, nicht wie für ein Fest, das ist wahr, sondern eher wie für eine Trauerzeremonie, düster oder widerspruchslos gehorchend. Man wußte, daß sogar Katharina beinahe gezittert hatte, und daher zitterten alle.

Der große Empfangssaal im Palais stand bereit, und da dergleichen Empfänge gewöhnlich öffentlich waren, hatten die Wachen und Posten Befehl erhalten, mit den Gesandten so viel Volk hereinströmen zu lassen, als die Räume und Höfe zu fassen vermochten.

Paris selbst trug ein Gesicht, wie es die große Stadt bei solchen Gelegenheiten zu zeigen pflegte, geschäftig und neugierig. Nur wer die Bewohner der Hauptstadt an diesem Tag sehr genau beobachtet hätte, dem wären unter den biederen Bürgern, die mit offenem Mund staunten, eine erhebliche Anzahl Männer in weiten Mänteln aufgefallen, die sich mit Augenzwinkern und Handbewegungen verständigten, wenn sie entfernt voneinander standen, oder mit leiser Stimme ein paar rasche, bedeutungsvolle Worte wechselten, sobald einer in die Nähe des andern kam. Im übrigen schienen sich diese Männer ausschließlich mit dem Aufzug zu beschäftigen: Sie folgten ihm als erste und erhielten anscheinend ihre Befehle von einem ehrwürdigen Greis, aus dessen lebhaften schwarzen Augen ungeachtet des weißen Bartes und der graumelierten Brauen jugendliche Tatkraft blitzte. Tatsächlich gelang es dem Greis, aus eigener Kraft oder mit Hilfe seiner Gefährten, unter den ersten in den Louvre zu schlüpfen; und dank der Gefälligkeit des Kommandeurs der Schweizer, eines biederen und trotz seiner Bekehrung sehr wenig katholischen Hugenotten, war es ihm möglich, sich hinter den Gesandten aufzustellen, Marguerite und Henri von Navarra genau gegenüber.

Henri, dem La Môle gesagt hatte, de Mouy werde unter einer Verkleidung dem Empfang beiwohnen, ließ seine Augen umherschweifen. Schließlich begegnete sein Blick den Augen des Greises und konnte sich nicht mehr von ihnen lösen: Ein Zeichen von de Mouy beseitigte seine Zweifel; denn de Mouy war so gut verkleidet, daß nicht einmal Henri hinter dem Greis mit dem weißen Bart den unerschrockenen Anführer der Hugenotten vermutete, der sich vor fünf, sechs Tagen so erfolgreich verteidigt hatte.

Ein Wort von Henri in Marguerites Ohr ließ auch den Blick der Königin auf de Mouy fallen. Dann wanderten ihre schönen Augen durch den Saal: Sie suchten La Môle, doch vergebens. La Môle war nicht da.

Nun begannen die Reden. Die erste galt dem König. Hłasko bat ihn im Namen des Sejms um seine Zustimmung, die Krone von Polen einem Prinzen des Hauses von Frankreich anzutragen.

Karl antwortete kurz und bestimmt, er billige ihren Beschluß, und machte die polnischen Gesandten mit dem Herzog von Anjou, seinem Bruder, bekannt, nicht ohne seinem Mut großes Lob zuteil werden zu lassen. Er sprach französisch, und ein Dolmetscher übersetzte nach jedem Abschnitt. Immer, wenn der Dolmetscher sprach, sah man den König das Taschentuch an den Mund führen, das er blutgetränkt wieder entfernte.

Als Karl geendet hatte, wandte sich Hłasko an den Herzog von Anjou; er verneigte sich und begann eine lateinische Rede, die den Wunsch des polnischen Volkes ausdrückte, ihn auf dem Thron zu sehen.

Der Herzog antwortete in derselben Sprache und mit einer Stimme, die umsonst seine Erregung zu verbergen suchte, dankbar nähme er die Ehre entgegen, die ihm hier angetan werde.

Solange er sprach, blieb Karl stehen, mit zusammengepreßten Lippen und unverwandt auf ihn gerichteten Augen, die starr und drohend waren wie das Auge eines Adlers.

Der Herzog von Anjou hatte geschlossen, und nun nahm Hłasko die Krone der Jagiellonen, die auf einem roten Samtkissen ruhte, und während zwei polnische Edelleute den Herzog von Anjou mit dem Königsmantel bekleideten, legte er die Krone in die Hände König Karls.

Karl gab seinem Bruder ein Zeichen. Der Herzog von Anjou kniete vor ihm nieder, und Karl drückte ihm eigenhändig die Krone auf den Kopf; dann tauschten die beiden Könige einen so haßerfüllten Kuß, wie er nie zuvor bei Brüdern beobachtet wurde.

Ein Herold rief: „Alexandre-Edouard-Henri von Frankreich, Herzog von Anjou, ist zum König von Polen gekrönt. Es lebe der König von Polen!"

Und wie aus einem Munde wiederholten die Versammelten: „Es lebe der König von Polen!"

Jetzt wandte sich Hłasko an Marguerite. Die Rede der schönen Königin sollte den Abschluß bilden. Vielleicht hatte man ihr nur aus Galanterie zugestanden, ihren überragenden Geist glänzen zu lassen, wie man später sagte; jedenfalls zollten alle Anwesenden der lateinisch gehaltenen Rede, die, wie wir sahen, von Marguerite selber verfaßt wurde, größte Aufmerksamkeit.

Hłaskos Ansprache war mehr eine Lobeserhebung als eine Rede. Der Sarmat überließ sich der Bewunderung, die ihm die schöne Königin von Navarra einflößte, und in der Sprache Ovids, aber in Ronsards Stil, erklärte er: In tiefster Nacht aus Warschau aufgebrochen, hätten er und seine Gefährten nicht gewußt, wie sie den Weg finden sollten, wenn sie nicht gleich den Königen aus dem Morgenland zwei Sterne zum Führer gehabt hätten, zwei Sterne, die heller und heller leuchteten, je näher sie Frankreich kamen, und die er nun als die schönen Augen der Königin von Navarra erkenne. Dann wechselte er vom Evangelium zum Koran, von Syrien nach Peträisch-Arabien, von Nazareth nach Mekka und schloß mit den Worten, er fühle wie die fanatischen Anhänger des Propheten, wenn sie des Glücks teilhaftig wurden, seine Grabstätte zu betrachten, wie ihm die Augen übergingen, und er glaube wie jene, nachdem sie einen so schönen Anblick genossen, sei nichts auf der Welt noch der Mühe wert, bewundert zu werden.

Die Lateinkundigen unter den Versammelten bedachten seine Worte mit Beifall, weil sie die Meinung des Redners teilten; die andern, die nichts verstanden hatten, sparten ebenfalls nicht damit, weil sie sich keine Blöße geben wollten.

Marguerite versank in einem anmutigen Hofknicks vor dem galanten Sarmaten, dann richtete sie ihre Augen auf de Mouy und begann:

„Quod nunc hac in aula insperati adestis exultaremus ego et conjux, nisi ideo immineret calamitas, scilicet non solum fratris sed etiam amici orbitas.“*

Diese doppelsinnigen Worte konnten ebensogut de Mouy wie ihrem Bruder Henri von Anjou gelten, der sich zum Zeichen der Dankbarkeit verneigte.

Karl erinnerte sich nicht, diesen Satz in der Rede gelesen zu haben, die er vor ein paar Tagen gehört hatte; da er jedoch wußte, es sollte sich bei Marguerites Worten um einen Akt der Höflichkeit handeln, maß er ihnen keine sonderliche Bedeutung zu. Außerdem verstand er Latein nur schlecht.

Marguerite fuhr fort: „Adeo dolemus a te dividi ut tecum proficisci maluissemus. Sed idem fatum quo nunc sine ulla mora Lutecia cedere juberis, hac in urbe detinet. Proficiscere ergo, frater; proficiscere, amice; proficiscere sine nobis; proficiscentem sequuntur spes et desideria nostra.“**

Unschwer zu erraten, mit welcher Aufmerksamkeit de Mouy ihren Worten lauschte, die zwar an die Gesandten gerichtet wurden, aber für ihn bestimmt waren. Henri hatte bereits zwei- oder dreimal leicht den Kopf geschüttelt, um dem jungen Hugenotten zu bedeuten, Alençon habe sich geweigert; aber diese Bewegung, die nur zufällig sein konnte, hätte de Mouy nicht genügt, wenn sie nicht ihre Bestätigung in Marguerites Worten erfahren hätten. Während er jedoch Marguerite ansah und ihr, ganz Ohr, lauschte, befremdeten Katharina die ungemein glänzenden schwarzen Augen unter den grauen Brauen so sehr, daß sie wie unter einem elektrischen Schlag zu-

---

* Ihre unverhoffte Anwesenheit an diesem Hof würde mich und meinen Gatten überglücklich vor Freude machen, wenn sie nicht ein großes Unglück nach sich zöge, das heißt nicht allein den Verlust eines Bruders, sondern mehr noch den eines Freundes.

** Wir sind verzweifelt, von Ihnen getrennt zu werden, da wir lieber mit Ihnen gegangen wären. Aber dasselbe Schicksal, das Sie ohne Zögern Paris verlassen heißt, kettet uns an die Stadt. Gehen Sie also, mein lieber Bruder, gehen Sie also, lieber Freund, gehen Sie ohne uns. Unsere Hoffnung und unsere Wünsche begleiten Sie.

sammenzuckte und den Blick nicht mehr von dieser Seite des Saales wenden konnte.

„Ein fremdes Gesicht", murmelte sie, ohne jedoch einen Muskel zu rühren, wie es die Gesetze der Zeremonie vorschrieben. „Wer ist dieser Mann, der Marguerite so aufmerksam ansieht und den Marguerite und Henri nicht aus den Augen lassen?"

Unterdessen fuhr die Königin von Navarra in ihrer Rede fort, die nach den ersten Sätzen nur noch eine Antwort auf die Höflichkeiten des polnischen Gesandten war, und Katharina zerbrach sich den Kopf über den Namen des wohlgestalten Greises, als der Zeremonienmeister von hinten zu ihr trat und ihr einen seidenen Riechbeutel mit einem vierfach zusammengefalteten Papier überreichte. Sie öffnete den Beutel, zog das Papier heraus und las die Worte: „Nach einem herzstärkenden Mittel, das ich ihm gegeben habe, war Maurevert endlich so weit bei Kräften, daß er den Namen des Mannes aufzuschreiben vermochte, der sich im Zimmer des Königs von Navarra befand. Es war Monsieur de Mouy."

De Mouy ... dachte die Königin, das habe ich geahnt. Aber dieser Greis ... Ei, *cospetto!* ... Dieser Greis ist ...

Mit offenem Mund starrte ihn Katharina an. Dann beugte sie sich zu dem Hauptmann der Wache, der neben ihr stand.

„Sehen Sie hin, Monsieur de Nançay", flüsterte sie, „aber bitte kein Aufsehen, sehen Sie Monsieur Hłasko, der gerade spricht? Und sehen Sie hinter ihm – ja, dort – einen weißbärtigen Greis in schwarzem Samt?"

„Ja, Madame", erwiderte der Hauptmann.

„Gut, verlieren Sie ihn nicht aus den Augen."

„Dem der König von Navarra eben ein Zeichen gibt?"

„Ganz recht. Stellen Sie sich mit zehn Männern ans Louvreportal, und wenn er herauskommt, bitten Sie ihn im Namen des Königs, am Essen teilzunehmen. Wenn er Ihnen folgt, führen Sie ihn in ein Zimmer und halten ihn gefangen. Sollte er sich weigern, dann fassen Sie ihn tot oder lebendig. Gehen Sie, gehen Sie!"

Glücklicherweise ließ Henri, den Marguerites Rede wenig beschäftigte, seinen Blick auf Katharina ruhen und verlor keine Regung ihres Gesichts. Als er die Augen der Königinmutter so blutgierig auf de Mouy gerichtet sah, wurde er unruhig – und als er beobachtete, wie sie dem Hauptmann der Wache einen Befehl erteilte, verstand er alles.

Da gab er das Zeichen, das Monsieur de Nançay nicht entgangen war und das de Mouy sagen sollte: „Sie sind entdeckt, bringen Sie sich sofort in Sicherheit!"

De Mouy verstand die Handbewegung, die den an ihn gerichteten Teil von Marguerites Rede krönte. Er ließ sich die Warnung nicht zweimal sagen, sondern verlor sich in der Menge und verschwand.

Henri fand jedoch seine Ruhe nicht wieder, ehe er nicht Monsieur de Nançay zu Katharina zurückkehren sah und aus dem bestürzten Gesicht der Königinmutter las, daß der Hauptmann der Wache zu spät gekommen war. Die Audienz war beendet. Marguerite wechselte noch einige persönliche Worte mit Hłasko. Der König erhob sich wankend, grüßte und ging, auf die Schulter des Arztes Ambroise Paré gestützt, der ihn seit seinem Anfall nicht mehr verließ.

Katharina, bleich vor Zorn, und Anjou, stumm vor Schmerz, folgten ihm.

Der Herzog von Alençon hatte die Zeremonie wie geistesabwesend über sich ergehen lassen. Und nicht ein einziges Mal hatte ihm Karl, der den Herzog von Anjou keine Sekunde aus den Augen verlor, einen Blick geschenkt.

Der neue König von Polen fühlte sich verloren. Fern von seiner Mutter, entführt von diesen Barbaren des Nordens, kam er sich vor wie Antäus, der Sohn der Erde, der von Herkules' Armen emporgehoben, seine Kräfte schwinden fühlte. Jenseits der Grenze hielt sich der Herzog von Anjou für immer von Frankreichs Thron ausgeschlossen.

Daher suchte er, statt dem König zu folgen, Zuflucht bei seiner Mutter.

Sie war nicht weniger düster und sorgenvoll als er, weil

sie unablässig an das feine, spöttische Gesicht denken mußte, das sie, solange die Zeremonie dauerte, nicht aus den Augen gelassen hatte, an den Béarner, dem das Schicksal Platz zu schaffen schien, indem es rund um ihn die Könige, Prinzen und Mörder, seine Feinde und Widersacher wegfegte.

Als sie ihren heißgeliebten Sohn erblickte, so bleich unter der Krone und todmüde unter der Last des Königsmantels, wie er ohne ein Wort flehend die schönen Hände zu ihr emporhielt, stand Katharina auf und ging ihm entgegen.

„Liebe Mutter", rief der König von Polen, „so bin ich also verdammt, im Exil zu sterben!"

„So schnell haben Sie Renés Weissagung vergessen, mein Sohn?" gab Katharina zurück. „Seien Sie ruhig, Sie werden nicht lange bleiben."

„Ich beschwöre Sie, liebe Mutter", bat der Herzog von Anjou, „benachrichtigen Sie mich beim ersten Gerücht, bei dem ersten Verdacht, daß die Krone von Frankreich frei wird ..."

„Getrost, lieber Sohn", erwiderte Katharina, „bis zu dem Tag, auf den wir beide warten, wird in meinem Stall ein Pferd gesattelt und in meinem Vorzimmer ein Kurier bereit sein, um nach Polen zu reiten."

44

Orest und Pylades

Nachdem Henri von Anjou fort war, hätte man sagen können, am Herd der Atriden-Familie im Louvre wären der Friede und das Glück wiedereingekehrt.

Karl überwand die Schwermut und kam wieder zu Kräften und Gesundheit, indem er mit Henri auf die Jagd ging und sich, wenn sie nicht jagten, mit ihm über die Jagd unterhielt, wobei er ihm nur einen Vorwurf machte, seine Abneigung gegen die Falkenjagd; wenn er die Edelfalken, Gerfalken und Sperber abzurichten wüßte wie die

Jagdhunde zum Stellen und zur Hatz, wäre er vollkommen, sagte er.

Katharina war wieder die gute Mutter: mild gegen Karl und Alençon, schöntuerisch gegen Henri und Marguerite und freundlich zu Madame de Nevers und Madame de Sauves; und unter dem Vorwand, er sei verwundet worden, als er einem Befehl von ihr nachkam, hatte sie die Güte ihrer Seele so weit getrieben, daß sie den genesenden Maurevert zweimal in dem Haus in der Rue de la Cerisaie besuchte.

Marguerite setzte ihre Liebschaft auf spanisch fort.

Jeden Abend öffnete sie das Fenster und verständigte sich mit La Môle durch Gesten oder Billetts, und in jedem Briefchen erinnerte der junge Mann seine schöne Königin daran, daß sie ihm als Entgelt für sein Exil ein paar süße Augenblicke in der Rue Cloche-Percée versprochen habe.

Nur einer fühlte sich in dem so still und friedlich gewordenen Louvre allein und verlassen.

Das war unser Freund, Graf Hannibal de Coconnas.

Gewiß, es war schon etwas, La Môle am Leben zu wissen, und es bedeutete viel, immer noch bei Madame de Nevers, dieser überaus spöttischen und launenhaften Frau, in Gunst zu stehen. Doch das Glück der Gespräche unter vier Augen, das ihm die schöne Herzogin gönnte, und die Beruhigung, die ihm Marguerite über das Schicksal ihres gemeinsamen Freundes gegeben hatte, wogen in den Augen des Piemontesers nicht eine mit La Môle verbrachte Stunde auf – bei Freund La Hurière vor einem Humpen Süßwein oder bei einem leichtfertigen Unternehmen an jenen Orten von Paris, wo ein ehrlicher Edelmann in Haut, Börse und Kleidung Risse davontragen konnte.

Madame de Nevers, zur Schande der menschlichen Natur sei es gesagt, ertrug La Môles Rivalität nur mit Ungeduld. Nicht daß sie den Provenzalen verabscheute, ganz im Gegenteil. Getrieben von dieser unüberwindlichen Sucht, die jede Frau auch gegen ihren Willen dahin bringt, daß sie dem Liebhaber einer anderen Frau gefallen möchte, zumal, wenn es sich um den Liebhaber einer Freundin handelt, hatte sie La Môle nicht mit den Blitzen ihrer Smaragdaugen verschont; und Coconnas hätte seinen Freund um das von Herzen kommende Händedrükken und das überaus liebenswürdige Wesen der Herzogin beneiden können, als es tagelang schien, das Gestirn des Piemontesers am Himmel seiner schönen Herrin sollte erbleichen; aber Coconnas, der für ein einziges Augenwinken seiner Dame fünfzehn Männer erdrosselt hätte, war auf La Môle so wenig eifersüchtig gewesen, daß er ihm häufig, wenn sich die Herzogin wieder einmal derart unüberlegt aufführte, gewisse Angebote ins Ohr geflüstert hatte, die dem Provenzalen die Röte ins Gesicht trieben.

Aus der Lage der Dinge ergab sich, daß Henriette, die La Môles Abwesenheit aller Vorteile beraubte, die ihr Coconnas' Gesellschaft verschaffte, das heißt seiner unerschöpflichen Fröhlichkeit und seiner unersättlichen Freude am Vergnügen, eines Tages Marguerite aufsuchte, um sie anzuflehen, sie möchte ihr den schuldigen Dritten wiedergeben, ohne den Coconnas an Geist und Herz von Tag zu Tag mehr hinschwände.

Marguerite, immer mitfühlend und im übrigen von La Môles Bitten wie auch den Wünschen ihres eigenen Herzens bedrängt, bestimmte für den nächsten Tag eine Zusammenkunft mit Henriette in dem Haus mit den zwei Türen, um in einer Unterhaltung, die niemand stören konnte, den Dingen auf den Grund zu gehen.

Coconnas nahm Henriettes Billett, das ihn um halb zehn in die Rue Tizon bestellte, ziemlich ungnädig auf. Nicht weniger unfreundlich machte er sich auf den Weg zu dem Ort ihrer Zusammenkunft, wo er bereits Henriette vorfand, die aus ihrer Wut, als erste dagewesen zu sein, kein Hehl machte.

„Pfui, Monsieur", rief sie, „wie ungezogen – ich will nicht sagen eine Fürstin, aber eine Frau warten zu lassen!"

„Warten?" wiederholte Coconnas. „Das mag Ihnen so vorkommen! Ich dagegen behaupte, wir sind zu früh gekommen."

„Natürlich."

„Aber ich auch, ich wette, es ist noch nicht zehn Uhr."

„Und in meinem Billett stand halb zehn."

„Deshalb habe ich um neun Uhr den Louvre verlassen, denn ich habe Dienst beim Herzog von Alençon, woraus nebenbei gesagt folgt, daß ich Sie in einer Stunde verlassen muß."

„Worüber Sie erfreut sind?"

„Durchaus nicht, in Anbetracht der Tatsache, daß der Herzog von Alençon ein ungemein langweiliger und rappelköpfiger Herr ist; wenn ich schon ausgezankt werde, dann lieber von so hübschen Lippen wie Ihren als von seinem schiefen Maul."

„Das ist Ihnen trotz allem ein wenig lieber?" fragte die Herzogin. „Und Sie sagten, um neun Uhr hätten Sie den Louvre verlassen?"

„Mein Gott, ja, in der Absicht, schnurstracks hierherzukommen, als ich an der Ecke der Rue de Grenelle einen Mann bemerkte, der aussah wie La Môle."

„Großartig, wieder La Môle!"

„Immer, ob Sie erlauben oder nicht!"

„Rohling!"

„Gut", sagte Coconnas, „wir werden uns also wieder Schmeicheleien an den Kopf werfen."

„Nein, machen Sie Schluß damit und erzählen Sie!"

„Nicht ich bin darauf erpicht, sondern Sie, weil ich mich verspätet habe."

„Natürlich, es ist ganz in der Ordnung, wenn ich als erste komme?"

„Pah, Sie brauchen niemanden zu suchen."

„Sie sind sterbenslangweilig, mein Lieber, aber fahren Sie ruhig fort. An der Ecke der Rue de Grenelle bemerkten Sie also einen Mann, der aussah wie La Môle … Aber Sie haben ja Blut an Ihrem Wams!"

„Gut, das wäre also noch einer, der mich im Fallen schmutzig machte."

„Sie haben sich geschlagen?"

„Ich glaube."

„Für Ihren La Môle?"

„Für wen sollte ich mich schon schlagen, etwa für eine Frau?"

„Vielen Dank."

„Ich folge also diesem Mann, der die Unverschämtheit besitzt, so auszusehen wie mein Freund. An der Rue Coquillière überhole ich ihn und sehe ihm beim Licht einer Kneipe genau ins Gesicht. – Er war es nicht."

„Gut, das war wirklich gut."

„Ja, aber er hat es schlecht aufgefaßt. ‚Mein Herr', sage ich zu ihm, ‚Sie sind ein Fant, daß Sie sich erlauben, von weitem wie mein Freund La Môle auszusehen, der ein vollendeter Kavalier ist, während Sie nur ein Landstreicher sind, wenn man Sie näher betrachtet.' – Da hatte er schon den Degen in der Hand und ich auch. Und da haben Sie den Flegel! Beim dritten Wechsel fiel er und machte mich schmutzig."

„Haben Sie ihm wenigstens Hilfe geleistet?"

„Ich wollte es gerade, als ein Reiter vorüberkam. Ach, diesmal, Herzogin, war es ganz bestimmt La Môle. Unglücklicherweise ging das Pferd im Galopp. Ich lief hinter dem Pferd her, und die Leute, die sich angesammelt hatten, um meinem Kampf zuzusehen, setzten mir nach. Da man mich, verfolgt von dieser ganzen Meute, die hinter meinen Fersen heulte, für einen Dieb halten konnte, mußte ich umdrehen, um sie in die Flucht zu schlagen, was mich immerhin Zeit kostete. Unterdessen war der Reiter verschwunden. Ich machte mich an seine Verfolgung, habe mich erkundigt, nachgefragt und sein Pferd beschrieben, aber ach, vergebens, niemand hatte ihn gesehen. Nach langem Sträuben entschloß ich mich endlich herzukommen."

„Nach langem Sträuben", wiederholte die Herzogin, „wie reizend!"

„Hören Sie, liebe Freundin", sagte Coconnas und ließ sich nachlässig in den Sessel zurückfallen, „Sie wollen mir schon wieder wegen des armen La Môle zusetzen, aber Sie haben unrecht, denn schließlich, sehen Sie, die Freundschaft ... ich wünschte, ich hätte den Geist oder die Bildung meines armen Freundes, dann würde ich einen Vergleich finden, der Sie dazu brächte, meine Gedanken nachzuempfinden. Sehen Sie, die Freundschaft ist ein Stern, während die Liebe ... die Liebe ... gut, ich bleibe bei dem Vergleich ... die Liebe nur eine Kerze ist. Jetzt werden Sie sagen, es gibt verschiedene Sorten ...«

»Liebe?«

»Nein, Kerzen, und darunter solche, die man besonders gern hat, zum Beispiel die rosige – nehmen wir die rosige, sie ist die prächtigste; aber mag sie noch so rosig sein, die Kerze brennt herunter, während der Stern immer glänzt. Jetzt werden Sie mir antworten, wenn die Kerze heruntergebrannt ist, kann man eine neue in den Leuchter stecken.«

»Monsieur de Coconnas, Sie sind ein Fant!«

»Schon gut!«

»Monsieur de Coconnas, Sie sind ein Flegel.«

»Schon gut, schon gut.«

»Monsieur de Coconnas, Sie sind ein Schlingel!«

»Und ich, Madame, sage Ihnen, daß Sie mich La Môles Verlust dreimal mehr beklagen lassen.«

»Sie lieben mich nicht mehr.«

»Im Gegenteil, Herzogin – davon verstehen Sie nichts –, ich liebe Sie abgöttisch. Aber ich kann Sie gern haben, wertschätzen, ja sogar abgöttisch lieben und doch in müßigen Stunden das Lob meines Freundes singen.«

»Die Zeit, die Sie bei mir verbringen, nennen Sie also müßige Stunden?«

»Was wollen Sie! Der arme La Môle geht mir nicht aus dem Sinn.«

»Er gilt Ihnen mehr als ich, das ist empörend! Hannibal, ich verabscheue Sie! Haben Sie den Mut und erklären Sie mir freiheraus, daß er Ihnen mehr gilt als ich. Und ich sage Ihnen, Hannibal, wenn Ihnen etwas auf der Welt mehr gilt als ich ...«

»Henriette, schönste aller Herzoginnen! Zu Ihrer eigenen Beruhigung rate ich Ihnen, mir keine indiskreten Fragen zu stellen. Ich liebe Sie mehr als alle Frauen, aber La Môle liebe ich mehr als alle Menschen.«

»Gut geantwortet«, rief plötzlich eine fremde Stimme.

Vor der breiten Türfüllung, die in die dicke Mauer zurückglitt und die Verbindung zwischen den beiden Zimmern herstellte, hob sich der Damastvorhang und zeigte La Môle in der Tür wie ein schönes Porträt von Tizian in seinem goldenen Rahmen.

„La Môle!" rief Coconnas, Marguerite nicht beachtend und ohne ihr für die Überraschung, die sie ihm bereitet hatte, zu danken. „La Môle, mein lieber La Môle!"

Damit stürzte er sich in die Arme seines Freundes, wobei er den Sessel, auf dem er gesessen, und den Tisch, der ihm im Weg stand, umstieß.

La Môle umarmte ihn herzlich, bat jedoch gleichzeitig die Herzogin von Nevers: „Verzeihen Sie mir, Madame, wenn mein Name mitunter Ihre bezaubernde Gemeinschaft störte, es lag bestimmt nicht an mir", fügte er mit einem Blick unaussprechlicher Zärtlichkeit auf Marguerite hinzu, „daß ich nicht früher zu Ihnen kam."

„Du siehst, Henriette", sagte nun Marguerite, „ich habe Wort gehalten: Da ist er."

„Dann habe ich also mein Glück nur den inbrünstigen Bitten der Frau Herzogin zu verdanken?" fragte La Môle.

„Ja, nur ihren Bitten", bestätigte Marguerite.

Dann drehte sie sich zu La Môle um und fuhr fort: „La Môle, ich erlaube Ihnen, kein Wort von alledem zu glauben."

Unterdessen hatte Coconnas seinen Freund zehnmal ans Herz gedrückt, war zwanzigmal um ihn herumgewandert und hatte ihm einen Leuchter vors Gesicht gehalten, um ihn in aller Ruhe zu betrachten; jetzt kniete er vor Marguerite nieder und küßte den Saum ihres Kleides.

„Vortrefflich", rief die Herzogin von Nevers, „jetzt werden Sie mich erträglich finden."

„Kotzbombenelement!" rief Coconnas. „Ich werde Sie wie immer anbetungswürdig finden, nur werde ich es Ihnen jetzt aus vollem Herzen sagen, und ich wünschte, ich hätte dreißig Polen, Sarmaten und andere Barbaren aus dem Norden hier, um sie bekennen zu lassen, daß Sie die Königin unter den Schönen sind."

„Sachte, Coconnas, sachte", sagte La Môle, „und Madame Marguerite ...?"

„Ich nehme nichts zurück", rief Coconnas in dem drolligen Ton, den niemand so traf wie er, „Madame Henriette ist die Königin unter den Schönen, und Madame Marguerite ist die Schöne unter den Königinnen."

Aber was er auch sagte oder tat – überströmend vor Glück, seinen lieben La Môle wiedergefunden zu haben, hatte der Piemonteser nur Augen für ihn.

„Kommen Sie, meine schöne Königin", sagte Madame de Nevers, „wir wollen gehen und diese vortrefflichen Freunde eine Stunde miteinander plaudern lassen; sie haben sich tausend Dinge zu erzählen, die zu unserer Unterhaltung nicht passen würden. Das ist hart für uns, aber ich sage Ihnen, es ist das einzige Mittel, Herrn Hannibals Gesundheit wiederherzustellen. Tun Sie mir deshalb den Gefallen, meine Königin, da ich dumm genug bin, diesen garstigen Kopf, wie sein Freund La Môle sagt, zu lieben."

Marguerite flüsterte La Môle, der so überglücklich war, seine Freundin wiederzusehen, daß er von Herzen gewünscht hätte, Coconnas' Zuneigung zu ihm wäre weniger groß gewesen, ein paar Worte ins Ohr. Unterdessen versuchte Coconnas mit feierlichen Versicherungen ein offenes Lächeln und ein süßes Wort auf Henriettes Lippen zu zaubern, was ihm auch leicht gelang. Dann gingen die beiden Frauen ins Nebenzimmer, wo das Abendessen bereitstand.

Die beiden Freunde blieben allein.

Das erste, wonach Coconnas seinen Freund fragte, waren verständlicherweise alle Einzelheiten des verhängnisvollen Abends, der ihn das Leben kosten sollte. Je weiter La Môle in seinem Bericht vorankam, um so heftiger zitterte der Piemonteser, der in dieser Hinsicht, wie man weiß, sonst nicht so leicht zu rühren war, an allen Gliedern.

„Und warum hast du nicht, statt im Land umherzuziehen und mich derartig zu beunruhigen, Zuflucht bei unserm Herrn gesucht?" fragte er. „Der Herzog, der dich beschützte, hätte dich auch versteckt. Ich hätte dich in der Nähe gehabt, und meine geheuchelte Trauer hätte die Tröpfe am Hof nicht weniger getäuscht."

„Bei unserm Herrn?" wiederholte La Môle mit leiser Stimme. „Bei dem Herzog von Alençon?"

„Ja, nach dem, was er mir sagte, muß ich glauben, daß du ihm das Leben verdankst."

„Mein Leben verdanke ich dem König von Navarra", erwiderte La Môle.

„Oh", rief Coconnas, „weißt du das genau?"

„Daran ist nicht zu zweifeln."

„Der Gute! Ein trefflicher König! Aber was hat dann der Herzog von Alençon dabei gemacht?"

„Er hielt die Schnur, um mich zu erdrosseln."

„Kotzbombenelement!" rief Coconnas. „Bist du auch ganz sicher, La Môle? Wie, dieser bleichnasige Prinz, dieser Bastardmops, dieser Jämmerling wollte meinen Freund erdrosseln? Kotzbombenelement! Morgen werde ich ihm sagen, was ich davon halte."

„Bist du verrückt?"

„Es ist wahr, er würde wieder anfangen … Aber einerlei, das kann nicht so hingenommen werden."

„Aber, aber, Coconnas, beruhige dich und vergiß bitte nicht, daß es gleich halb zwölf schlagen wird und daß du heute abend Dienst hast."

„Ich kümmer mich viel um seinen Dienst! Soll er warten! Mein Dienst! Ich einem Mann dienen, der die Schnur gehalten hat! … Das ist doch wohl nicht dein Ernst! … Nein! … Es ist von der Vorsehung bestimmt, daß ich dich finden sollte, um dich nicht mehr zu verlassen. Ich bleibe hier."

„Aber überlege doch, Unglücksmensch, du bist nicht betrunken."

„Gott sei Dank nicht; wenn ich es wäre, würde ich Feuer an den Louvre legen."

„Sei vernünftig, Hannibal!" bat La Môle. „Geh zurück. Der Dienst ist heilig."

„Kommst du mit?"

„Unmöglich."

„Denkt man denn immer noch daran, dich umzubringen?"

„Ich glaube nicht. Ich bin zu bedeutungslos, als daß man ein Komplott gegen mich aufrechterhalten, einen Entschluß verfolgen würde. Es war nur eine augenblickliche Laune, als sie mich umbringen wollten, weiter nichts, die Fürstlichkeiten waren an dem Abend gerade in Stimmung ..."

„Und was machst du?"

„Ich? Ich schweife umher, gehe spazieren."

„Gut, dann werde ich mit dir zusammen spazierengehen und mit dir zusammen umherschweifen. Das ist nicht übel. Und wenn du angegriffen wirst, werden wir zwei sein und ihnen eine Nuß zu knacken geben. Ach, der soll mir nur kommen, dein Insekt von Herzog! Ich werde ihn wie einen Schmetterling an die Wand spießen!"

„Aber bitte ihn wenigstens um Urlaub!"

„Ja, um endgültigen."

„Dann sage ihm, daß du ihn verläßt."

„Das ist nur recht und billig. Einverstanden. Ich werde ihm schreiben."

„Schreiben? Einem Prinzen von Geblüt? Das ziemt sich nicht, Coconnas!"

„Von Geblüt? Ja, vom Blut meines Freundes. Paß auf", rief Coconnas und rollte seine großen traurigen Augen, „paß auf, wie ich mich über die Etikette lustig mache!"

Nun, dachte La Môle, in einigen Tagen wird er weder einen Prinzen noch sonst jemand nötig haben, denn wenn er mit uns kommen will, werden wir ihn mitnehmen.

Coconnas nahm also eine Feder, da sein Freund keine weiteren Einwände laut werden ließ, und komponierte ohne Stocken folgendes Stück Beredsamkeit:

„Monseigneur,
  in den Autoren der Antike bewandert, sollten Hoheit die rührende Geschichte von Orest und Pylades kennen, der beiden durch ihr Unglück und ihre Freundschaft berühmten Helden. Mein Freund La Môle ist

nicht weniger unglücklich als Orest, und ich bin ihm nicht weniger zugetan als Pylades. Er hat momentan wichtige Geschäfte zu erledigen, die meine Hilfe erfordern; und so kann ich mich unmöglich von ihm trennen. Daher nehme ich ohne Euer Hoheit Zustimmung Urlaub, weil mich nichts davon abbringen kann, sein Schicksal zu teilen, wohin es mich auch führen sollte. Das erwähne ich, um Euer Hoheit klarzumachen, wie groß die Macht ist, die mich aus Ihrem Dienst reißt, dessen Verzeihung zu erlangen ich hoffe, weshalb ich mich weiterhin mit Hochachtung

> Monseigneur
> Euer Königlichen Hoheit
> demütigsten und gehorsamsten
> Hannibal Graf de Coconnas,
> unzertrennlichen Freund des
> Monsieur de La Môle
> zu nennen wage.«

Nachdem er dies Meisterstück vollbracht hatte, las Coconnas es mit lauter Stimme La Môle vor, der nur mit den Achseln zuckte.

»Was sagst du dazu?« fragte Coconnas, der die Bewegung nicht gesehen hatte oder zumindest so tat, als hätte er sie nicht gesehen.

»Ich sage«, erwiderte La Môle, »daß der Herzog von Alençon über uns spotten wird.«

»Über uns?«

»Ja, über uns beide zusammen.«

»Das scheint mir immer noch besser, als uns einzeln zu erdrosseln.«

»Ach was«, lachte La Môle, »das eine wird vielleicht das andere nicht ausschalten.«

»Um so schlimmer, aber komme, was kommen mag, morgen früh schicke ich ihm den Brief. Wo werden wir schlafen, wenn wir hier weggehen?«

»Bei Meister La Hurière. Du weißt schon, in dem kleinen Zimmer, wo du mich erdolchen wolltest, als wir noch nicht Orest und Pylades waren.«

„Gut, dann soll unser Wirt den Brief in den Louvre bringen."

Die Tür wurde geöffnet.

„Nun", fragten die beiden Damen, „wie geht es Pylades und Orest?"

„Kotzbombenelement, Madame!" erwiderte Coconnas. „Pylades und Orest sterben vor Hunger und vor Liebe."

Und wirklich war es Meister La Hurière, der am nächsten Morgen um neun Uhr das ehrerbietige Sendschreiben des Herrn Hannibal de Coconnas in den Louvre brachte.

45

Orthon

Nach der Weigerung des Herzogs von Alençon, die wieder alles und sogar seine Existenz in Frage stellte, war Henri wenn möglich noch besser Freund mit dem Prinzen geworden als vorher.

Katharina schloß aus dieser innigen Freundschaft, daß sich die beiden Prinzen nicht nur verstanden, sondern noch immer zusammen konspirierten. Sie fragte Marguerite, aber Marguerite war eine ihrer würdige Tochter; die Königin von Navarra, deren größtes Talent darin bestand, heikle Erklärungen zu vermeiden, paßte bei den Fragen ihrer Mutter so gut auf, daß sie Katharina in größerer Verlegenheit als vorher zurückließ, nachdem sie alle beantwortet hatte.

Die Florentinerin konnte sich daher von nichts anderem leiten lassen als ihrer Ränkesucht, die sie aus Toscana, dem intrigantesten kleinen Staat jener Epoche, mitgebracht hatte, und dem Haß, den sie am französischen Hofe geschöpft hatte, der zur damaligen Zeit die einander feindlichsten Interessen und Meinungen in sich faßte.

Zunächst erkannte sie, daß die Stärke des Béarners zum Teil auf seinem Bündnis mit dem Herzog von Alençon beruhte, und beschloß, ihn zu isolieren.

Sobald sie diesen Entschluß gefaßt hatte, umkreiste sie ihren jüngsten Sohn mit der Geduld und dem Geschick eines Fischers, der sein Netz weit um den Fisch ausgeworfen hat und es nun unmerklich anzieht, bis die Beute von allen Seiten eingeschlossen ist.

Herzog Franz spürte ihre wachsende liebevolle Sorge und kam seiner Mutter einen Schritt entgegen. Henri dagegen stellte sich blind, überwachte jedoch seinen Verbündeten mehr als zuvor. Jeder war darauf gefaßt, daß etwas geschehen würde.

Und während sie auf dies für die einen unumgängliche, für die anderen wahrscheinliche Ereignis warteten, trat eines Morgens, als die Sonne rosig aufgegangen war und die laue Wärme und den Wohlgeruch träufelte, die einen schönen Tag verhießen, ein bleicher Mann, auf seinen Stock gestützt und mit unsicherem Schritt, aus einem hinter dem Arsenal gelegenen kleinen Haus und machte sich auf den Weg durch die Rue du Petit-Muse.

Nachdem er den Spazierweg genommen hatte, der sich wie am Rand einer sumpfigen Wiese um die Gräben der Bastille wand, ließ er beim Tor Saint-Antoine den Wall zur Linken und begab sich in den Garten der Armbrustschützen, dessen Wächter ihn mit vielen Verneigungen begrüßte.

Dieser Garten, der, wie schon der Name sagt, einer besonderen Vereinigung, den Armbrustschützen, gehörte, war zur Stunde leer. Aber zufällig anwesenden Spaziergängern wäre der bleiche Mann allen Interesses wert gewesen, denn sein spitzgezogener Schnurrbart und sein Schritt, der, wenn auch jetzt durch sein Leiden verlangsamt, immer noch etwas Militärisches hatte, verrieten hinreichend, daß es sich um einen kürzlich verwundeten Offizier handelte, der seine Körperkräfte durch mäßige Bewegung auf die Probe stellte und seine Lebenskraft an der Sonne erneuerte.

Doch sonderbar! Als sich der Mantel öffnete, den dieser anscheinend außer Gefecht gesetzte Mann trotz der zunehmenden Wärme trug, ließ er zwei lange Pistolen sehen, die an Silbergehenken von seinem Gürtel herabhin-

gen, einen langen, im Gürtel steckenden Dolch und, um
das lebende Arsenal vollständig zu machen, ein breites
Schwert, das er nicht imstande schien zu führen, so riesig
war es, und dessen Scheide gegen die dünnen, zittrigen
Beine schlug. Und um seinen Vorsichtsmaßnahmen die
Krone aufzusetzen, warf der Spaziergänger, obwohl weit
und breit mutterseelenallein, bei jedem Schritt einen forschenden Blick in die Runde, um jede Biegung der Allee,
jeden Busch und jeden Graben zu untersuchen.

So drang der Mann weiter in den Garten vor und erreichte unbehelligt eine kleine Laube mit Ausblick zu den
Wällen, von denen sie durch eine doppelte Einfriedung,
eine dichte Hecke und einen kleinen Graben getrennt
war. Dort streckte er sich auf eine Rasenbank in Reichweite eines Tisches, auf den ihm der Wächter des Unternehmens, der sein Pförtneramt mit der Fertigkeit eines
Kochs vereinte, wenig später eine Herzstärkung stellte.

Ungefähr zehn Minuten hatte der Kranke dort gesessen
und mehrere Male die Fayencetasse, deren Inhalt er in
kleinen Schlucken genoß, an den Mund geführt, als plötzlich durch die interessante Blässe seines Gesichts ein erschreckender Ausdruck brach. Aus der Richtung von
Croix-Faubin, auf dem kleinen Pfad, der inzwischen zur
Rue de Naples wurde, hatte er einen Reiter in weitem
Mantel kommen sehen, der jetzt neben der Festung hielt
und wartete.

Nicht mehr als fünf Minuten waren darüber vergangen,
und der Mann mit dem bleichen Gesicht, in dem der Leser vielleicht schon Maurevert wiedererkannte, hatte
kaum Zeit gehabt, sich von der Aufregung zu erholen, in
die ihn der Reiter versetzte, als sich ein junger Mensch in
engem Pagenwams auf dem Weg von der Rue des Fossés-
Saint-Nicolas näherte und zu dem Reiter gesellte.

In seiner Blätterlaube verborgen, konnte Maurevert alles sehen und sogar mühelos hören; und wenn ich jetzt
sage, daß es sich bei dem Reiter um de Mouy und dem
jungen Menschen in dem engen Wams um Orthon handelte, so wird niemand zweifeln, daß er Augen und Ohren spitzte.

Beide sahen sich zuerst scharf und aufmerksam nach allen Seiten um; Maurevert hielt den Atem an.

„Sie können sprechen, lieber Herr", sagte Orthon, der jünger und daher vertrauensvoller war, „niemand sieht und hört uns."

„Gut", entgegnete de Mouy, „du wirst zu Madame de Sauves gehen und ihr dies Billett geben, wenn sie im Zimmer ist; sollte das nicht der Fall sein, steckst du es hinter den Spiegel, wo der König gewöhnlich seine Nachrichten hinterläßt, und wartest im Louvre. Wenn du Antwort bekommst, bringst du sie, du weißt schon wohin; erhältst du keine, wirst du mich abends, mit einer Blunderbüchse bewaffnet, dort aufsuchen, wo ich dir gesagt habe und woher ich komme."

„Gut", antwortete Orthon, „ich weiß."

„Ich lasse dich jetzt allein, denn ich habe heute noch viel zu tun. Du brauchst dich nicht zu überschlagen, das ist nicht nötig, nur mußt du im Louvre sein, ehe *er* dort ist, und ich glaube, *er* läßt sich heute über die Falkenjagd belehren. Geh und zeig dich ohne Scheu. Du bist wiederhergestellt und möchtest Madame de Sauves für die während deiner Genesung erwiesene Freundlichkeit danken. Geh, mein Junge!"

Maurevert lauschte mit starren Augen und gesträubtem Haar, Schweißtropfen bedeckten seine Stirn. Seine erste Regung war, eine Pistole aus dem Gehenk zu ziehen und auf de Mouy anzulegen; aber als einmal durch eine Bewegung de Mouys Mantel verschoben wurde, hatte er darunter einen starken, gediegenen Panzer bemerkt. Die Kugel würde wahrscheinlich an dem Panzer abprallen, oder wenn sie traf, dann eine Stelle des Körpers, wo sie keine tödliche Verwundung verursachte. Außerdem überlegte er, daß der lebenskräftige und gut bewaffnete de Mouy leichtes Spiel haben würde mit ihm, der noch an seinen Wunden litt, und mit einem Seufzer steckte er die bereits gegen den Hugenotten erhobene Pistole zurück.

„Ein rechtes Unglück", murmelte er, „daß ich ihn hier nicht niedermachen kann, wo ich keinen andern Zeugen als diesen Spitzbuben habe, dem mein zweiter Schuß gut bekommen würde!"

Jetzt aber fiel Maurevert das Billett ein, das Orthon Madame de Sauves geben sollte, und er überlegte, ob es nicht vielleicht wichtiger sein könnte als selbst das Leben des Hugenottenführers.

„Heute morgen entgehst du mir noch", brummte er, „sei's drum! Begib dich unbeschadet fort; aber morgen bin ich an der Reihe, und sollte ich dir bis in die Hölle folgen, aus der du gekommen bist, um mir den Garaus zu machen, wenn ich dich nicht umbringe."

In diesem Augenblick zog de Mouy den Mantel übers Gesicht und entfernte sich rasch in Richtung der Temple-Sümpfe. Orthon wandte sich nach den Gräben, die ihn zum Flußufer führten.

Energischer und geschwinder, als man ihm zugetraut hätte, stand Maurevert auf, ging nach Hause in die Rue de la Cerisaie, ließ ein Pferd satteln und galoppierte ungeachtet seiner körperlichen Schwäche und obwohl er Gefahr lief, daß seine Wunden wieder aufbrachen, die Rue Saint-Antoine hinunter, erreichte den Quai und drang in den Louvre.

Fünf Minuten, nachdem er unterm Portal verschwunden war, wußte Katharina alles, was geschehen war, und Maurevert erhielt tausend Taler, die sie ihm seinerzeit für die Festnahme des Königs von Navarra versprochen hatte.

„Ich sollte mich doch sehr täuschen", sagte Katharina, „wenn nicht dieser de Mouy der dunkle Fleck ist, den René im Horoskop des verwünschten Béarners gefunden hat."

Eine Viertelstunde nach Maurevert betrat Orthon den Louvre; er ließ sich ohne Scheu sehen, wie ihm de Mouy geraten hatte, und begab sich zu den Gemächern der Madame de Sauves, nachdem er mit mehreren Leuten im Palast gesprochen hatte.

Er fand jedoch nur Dariole, denn Katharina hatte Madame de Sauves rufen lassen, damit sie ein paar wichtige Briefe abschreibe, und vor fünf Minuten hatte sie das Zimmer verlassen.

„Gut", sagte Orthon, „dann werde ich warten."

Da er im Haus bekannt war, nahm er sich die Freiheit, ins Schlafzimmer der Baronin einzudringen, und nachdem er sich vergewissert hatte, daß er allein war, steckte er das Billett hinter den Spiegel.

Im selben Augenblick, als er die Hand vom Spiegel zurückzog, trat Katharina ein.

Orthon wurde blaß, denn ihm schien, als hätte der schnelle, durchdringende Blick der Königin zuerst dem Spiegel gegolten.

„Was machst du da, Kleiner?" fragte Katharina. „Suchst du Madame de Sauves?"

„Ja, Madame, ich habe sie lange nicht gesehen und versäumt, mich bei ihr zu bedanken – ich fürchte, sie wird mich für undankbar halten."

„Du hast also die liebe Charlotte sehr gern?"

„Von ganzem Herzen, Madame."

„Und du bist treu, wie man sagt?"

„Euer Majestät werden das ganz natürlich finden, wenn Euer Majestät erfahren, wie sich Madame de Sauves um mich kümmerte, was mir als einem geringen Diener gar nicht zukam."

„Bei welcher Gelegenheit hat sie sich um dich gekümmert?" fragte Katharina, als wüßte sie nicht, was dem jungen Mann zugestoßen war.

„Als ich verletzt wurde, Madame."

„Armes Kind!" rief Katharina aus. „Du wurdest verletzt?"

„Ja, Madame."

„Wann denn?"

„An dem Abend, als der König von Navarra verhaftet werden sollte. Ich hatte solche Angst, als ich die Soldaten sah, daß ich schrie und rief; da schlug mir einer von ihnen auf den Kopf, und ich verlor das Bewußtsein."

„Armer Junge! Aber jetzt bist du wieder gesund?"

„Ja, Madame."

„So gesund, daß du den König von Navarra suchst, um den Dienst bei ihm wiederaufzunehmen?"

„Nein, Madame. Als der König von Navarra erfuhr,

daß ich gewagt habe, mich den Befehlen Euer Majestät zu widersetzen, hat er mich ohne Erbarmen fortgejagt."

„Wirklich?" rief Katharina interessiert. „Nun, ich werde mich der Sache annehmen. Aber wenn du auf Madame de Sauves wartest, dann wartest du umsonst, sie hat unten in meinem Arbeitszimmer zu tun."

Und da Katharina glaubte, Orthon hätte vielleicht noch nicht Zeit gehabt, das Billett hinter den Spiegel zu stecken, trat sie in Madame de Sauves Ankleidezimmer, um dem jungen Mann freie Hand zu lassen.

Als sich Orthon, beunruhigt über das unerwartete Erscheinen der Königinmutter, eben noch fragte, ob ihr Erscheinen nicht auf ein Komplott gegen seinen Herrn hindeute, hörte er von unten dreimal kurz an die Decke klopfen – ein Signal, mit dem er selber seinen Herrn im Falle einer Gefahr warnen mußte, wenn sein Herr bei Madame de Sauves war und er über ihn wachte.

Als er die drei Klopfzeichen hörte, fuhr er zusammen, eine geheimnisvolle Offenbarung erleuchtete ihn, und er überlegte, daß diesmal die Warnung ihm selber gelten müsse; daher lief er zu dem Spiegel und zog das Billett heraus, das er dort versteckt hatte.

Durch eine Öffnung im Wandteppich verfolgte Katharina jede Bewegung des Kindes und sah Orthon zum Spiegel stürzen, wußte jedoch nicht, ob er es tat, um das Billett dahinter zu verbergen oder um es wieder an sich zu nehmen.

„Warum geht er denn jetzt nicht?" murmelte die Florentinerin ungeduldig.

Gleich darauf trat sie mit lächelndem Gesicht wieder ins Zimmer.

„Immer noch hier, Kleiner?" fragte sie. „Worauf wartest du noch? Habe ich dir nicht gesagt, daß ich die Sorge für dein kleines Glück in meine Hand nehmen werde? Zweifelst du an meinen Worten?"

„Gott behüte, Madame!" erwiderte Orthon, kniete vor der Königin nieder, küßte den Saum ihres Kleides und ging rasch hinaus.

Im Vorzimmer traf er den Hauptmann der Wache, der

auf Katharina wartete. Dieser Anblick war nicht eben angetan, seinen Verdacht zu zerstreuen, er machte ihn nur noch mißtrauischer.

Sobald Katharina den Türvorhang hinter Orthon herabfallen sah, stürzte sie zu dem Spiegel. Aber vergeblich suchte ihre vor Ungeduld zitternde Hand, sie fand kein Billett.

Und doch war sie sicher, das Kind in der Nähe des Spiegels gesehen zu haben. Also war der Junge hingegangen, um wieder fortzunehmen, und nicht, um zu verstecken. Das Verhängnis gab ihren Gegnern gleiche Stärke. Ein Kind wurde in dem Augenblick, da es gegen sie kämpfte, zum Mann.

Sie drehte alles um und um, schaute und untersuchte – nichts!

„Unglückswurm!" rief sie. „Ich wollte ihm nichts Böses tun; aber er will es so, weil er das Billett entfernt hat. He, Nançay!"

Die bebende Stimme der Königinmutter drang durch den Salon ins Vorzimmer, wo, wie gesagt, der Hauptmann der Wache wartete.

Monsieur de Nançay kam angelaufen.

„Hier bin ich, Madame", sagte er. „Was wünschen Euer Majestät?"

„Waren Sie im Vorzimmer?"

„Ja, Madame."

„Haben Sie einen jungen Mann, ein Kind hinausgehen sehen?"

„Eben diesen Augenblick."

„Er kann noch nicht weit sein?"

„Höchstens auf der halben Treppe."

„Rufen Sie ihn zurück."

„Wie heißt er?"

„Orthon. Wenn er sich weigert, bringen Sie ihn mit Gewalt her. Aber erschrecken Sie ihn nicht, wenn er keinen Widerstand leistet. Ich muß ihn sofort sprechen."

Der Hauptmann eilte hinaus.

Wie er gesagt hatte, war Orthon noch auf der Treppe, denn er stieg langsam hinunter in der Hoffnung, auf der

Treppe oder im Gang den König von Navarra oder Madame de Sauves zu treffen oder zu sehen.

Er hörte seinen Namen rufen und schauderte.

Zuerst wollte er fliehen; aber mit einer Urteilskraft, die weit über sein Alter ging, begriff er, daß eine Flucht alles verderben würde.

Daher blieb er stehen.

„Wer ruft mich?"

„Ich, de Nançay", erwiderte der Hauptmann der Wache, die Treppe hinuntereilend.

„Aber ich habe es eilig", sagte Orthon.

„Im Auftrage Ihrer Majestät der Königinmutter", ergänzte Monsieur de Nançay, als er ihn erreicht hatte.

Das Kind wischte sich den Schweiß von der Stirn und stieg wieder hinauf.

Der Hauptmann folgte ihm.

Zuerst hatte Katharina im Sinne gehabt, den jungen Mann festnehmen, durchsuchen und ihm das Billett, das er gebracht, entreißen zu lassen; dann hatte sie erwogen, ob sie Orthon nicht des Diebstahls beschuldigen sollte, und schon eine Diamantenbrosche vom Putztisch genommen, deren Unterschlagung sie dem Kind zur Last legen wollte; am Ende fiel ihr ein, wie gefährlich dies Mittel war, da es den Verdacht des jungen Mannes erregen und dieser seinen Herrn verständigen könnte, der Mißtrauen schöpfen und ihr in seinem Argwohn keine Angriffsfläche bieten würde.

Natürlich konnte sie den jungen Mann in ein Verlies werfen lassen, aber so geheim die Verhaftung auch vor sich gehen konnte, das Gerücht würde sich im Louvre ausbreiten, und wenn Henri nur ein Wort davon erfuhr, würde er auf der Hut sein.

Dennoch mußte Katharina das Billett haben, denn ein Billett von de Mouy an den König von Navarra, ein mit solcher Vorsicht überbrachtes Billett mußte der Schlüssel zu einer ganzen Verschwörung sein.

Deshalb legte sie die Brosche wieder auf ihren Platz und murmelte: „Nein, nein, das sind Häschermethoden, schlechte Methoden. Aber für ein Billett ... das vielleicht nicht der Mühe wert ist", fuhr sie mit gerunzelter Stirn und so leise fort, daß sie kaum die eigenen Worte hörte. „Ach was, meine Schuld ist es nicht, sondern seine. Warum hat der kleine Schlingel das Billett nicht dort hingetan, wo er es hintun sollte! Ich muß es unbedingt haben."

Orthon trat ein.

Katharinas Gesicht trug zweifellos einen erschreckenden Ausdruck, denn der junge Mann blieb erbleichend auf der Schwelle stehen. Er war noch zu jung, um völlig Herr seiner selbst zu bleiben.

„Madame", sagte er, „Sie haben mir die Ehre erwiesen, mich rufen zu lassen; womit kann ich Euer Majestät dienen?"

Katharinas Gesicht klärte sich auf, als hätte es ein Sonnenstrahl in Licht getaucht.

„Ich habe dich rufen lassen, mein Kind", sagte sie, „weil mir dein Gesicht gefällt, und da ich dir versprach, mich um dein Glück zu kümmern, möchte ich dies Versprechen unverzüglich einlösen. Man beschuldigt uns Königinnen, vergeßlich zu sein. Nicht unser Herz ist es, sondern der von den Ereignissen in Anspruch genommene Geist. Ich dachte eben daran, daß die Könige das Glück der Menschen in ihren Händen halten, und da fielst du mir wieder ein. Komm, mein Kind, folge mir."

Monsieur de Nançay, der den Auftritt ernst nahm, verfolgte Katharinas liebevolle Anwandlung mit großer Verwunderung.

„Kannst du reiten, Kleiner?" fragte Katharina.

„Ja, Madame."

„Dann komm in mein Arbeitszimmer. Ich werde dir eine Botschaft übergeben, die du nach Saint-Germain bringen sollst."

„Zu Befehl, Euer Majestät."

„Lassen Sie ihm ein Pferd satteln, Nançay."

Monsieur de Nançay verschwand.

„Komm, mein Kind", gebot Katharina.

Die Königinmutter stieg in den zweiten Stock hinunter, bog in den Gang, an dem die Gemächer des Königs von Navarra und des Herzogs von Alençon lagen, erreichte die Wendeltreppe, ging noch einen Stock tiefer, öffnete die Tür zu einem rundlaufenden Gang, zu dem niemand außer ihr und dem König einen Schlüssel besaß, ließ Orthon eintreten, folgte ihm und zog hinter sich die Tür zu. Dieser Gang umgab wie ein Wall einen Teil der Gemächer des Königs und der Königinmutter. Er war wie die Galerie der Engelsburg in Rom und der Gang im Pitti-Palast in Florenz ein geschickt angelegter Zufluchtsort im Falle der Gefahr.

Nachdem die Tür geschlossen war, stand Katharina mit dem jungen Mann in dem dunklen Gang.

Sie gingen etwa zwanzig Schritt, Katharina voraus, Orthon hinterdrein.

Plötzlich drehte sich Katharina um, und Orthon sah ihr Gesicht vor sich, dieselben finsteren Züge wie vor zehn Minuten. Ihre runden Katzen- oder Pantheraugen schienen im Dunkeln Feuer zu sprühen.

„Bleib stehen!" befahl sie.

Orthon fühlte einen Schauer über die Schultern laufen, eine Todeskälte, als wäre ein Eismantel vom Gewölbe herabgefallen; der Fußboden glich einem Sargdeckel, und Katharinas spitzer Blick bohrte sich in die Brust des jungen Mannes.

Er trat zurück und drückte sich zitternd an die Mauer.

„Wo ist das Billett, das du dem König von Navarra bringen solltest?"

„Das Billett?" stammelte Orthon.

„Ja, und das du hinter den Spiegel stecken solltest, falls er nicht da wäre?"

„Ich, Madame?" gab Orthon zurück. „Ich weiß nicht, was Sie meinen."

„Das Billett, das dir de Mouy vor einer Stunde hinter dem Garten der Armbrustschützen gab."

„Ich habe kein Billett", erwiderte Orthon, „Euer Majestät müssen sich irren."

„Du lügst", sagte Katharina, „gib das Billett heraus, und ich halte mein Versprechen."

„Was für ein Versprechen, Madame?"

„Ich mache dein Glück."

„Ich habe kein Billett, Madame", wiederholte das Kind.

Katharina knirschte mit den Zähnen und lächelte dann.

„Wenn du es mir gibst", sagte sie, „sollst du tausend Taler haben."

„Ich habe kein Billett, Madame."

„Zweitausend."

„Unmöglich. Da ich's nicht habe, kann ich's Ihnen nicht geben."

„Zehntausend Taler, Orthon."

Orthon sah, wie eine Zornwelle vom Herzen der Königin aufstieg und ihre Stirn überflutete, und überlegte, daß ihm nur noch ein Mittel blieb, seinen Herrn zu retten: das Billett zu verschlingen. Er steckte die Hand in die Tasche. Katharina erriet seine Absicht und hielt seine Hand fest.

„Aber, Kind!" lachte sie. „Gut, du bist treu. Wenn Könige jemand in Dienst nehmen wollen, müssen sie sich vorher vergewissern, ob er ihnen auch im Herzen ergeben ist – das wird jedermann in Ordnung finden. Ich weiß jetzt, woran ich mit dir bin. Hier hast du meine Börse als ersten Lohn. Bring das Billett deinem Herrn und sag ihm, daß du von heute an in meinen Diensten stehst. Geh, du kannst ohne mich durch die Tür hinaus, durch die wir gekommen sind, sie läßt sich von innen öffnen."

Damit drückte Katharina dem völlig verblüfften jungen Mann ihre Börse in die Hand, trat ein paar Schritte vor und legte die Hand gegen die Mauer.

Der junge Mann blieb zögernd stehen. Er konnte nicht glauben, daß die Gefahr, die er über seinem Haupt gefühlt hatte, vorüber sei.

„Was zitterst du?" fragte Katharina. „Habe ich dir nicht gesagt, du kannst ungehindert gehen und dein Glück ist gemacht, wenn du wiederkommen willst?"

„Danke, Madame", sagte Orthon. „Dann lassen Sie mir also Gnade widerfahren?"

„Mehr noch, ich belohne dich; du bist ein guter Bote für Liebesbriefe, ein artiger Liebesbote, nur vergißt du, daß dich dein Herr erwartet."

„Ach, das ist wahr", rief der Junge und eilte zur Tür.

Doch nach kaum drei Schritten schwand der Boden unter seinen Füßen. Er strauchelte, streckte beide Hände vor, stieß einen entsetzlichen Schrei aus und stürzte in das Verlies des Louvre hinab, da Katharina auf die Feder der Falltür gedrückt hatte.

„Weil der Schlingel so hartnäckig war", murmelte Katharina vor sich hin, „muß ich also hundertfünfzig Stufen hinuntersteigen."

Zuerst begab sie sich jedoch in ihr Zimmer, zündete eine Blendlaterne an, ging noch einmal in den Gang und ließ die Feder zurückschnappen, dann öffnete sie die Tür zu einer Wendeltreppe, die sich in die Eingeweide der Erde zu bohren schien, und hastete, vom unstillbaren Durst einer Neugier getrieben, die nur ihrem Haß diente, zu einer Eisentür hinunter, die sich am Grunde des Verlieses vor ihr öffnete.

Hier lag, durch den Fall aus hundert Fuß Höhe zermalmt und zerschmettert, aber noch zuckend, der arme Orthon in seinem Blut. Hinter der dicken Mauer rauschte das Wasser der Seine, das von unten emporsickerte und bis zum Fuß der Treppe anstieg.

Katharina trat in die feuchte, ekelhafte Gruft, die seit ihrem Bestehen Zeuge ähnlicher Abstürze hatte sein müssen, durchsuchte den Körper, nahm den Brief an sich, sah nach, ob es der gewünschte war, stieß den Körper mit dem Fuß zurück und legte den Daumen auf eine Feder; der Boden schwankte, und der von seinem eigenen Gewicht hinabgerissene Körper verschwand in der Richtung zum Fluß.

Nachdem sie die Tür wieder geschlossen hatte, stieg sie hinauf, schloß sich in ihrem Arbeitszimmer ein und las das Billett, das folgenden Inhalt trug:

„Heute abend zehn Uhr, Rue l'Arbre-Sec Wirtshaus ‚Zum Guten Stern'. Wenn Sie kommen, antworten Sie nicht; wenn Sie nicht kommen, sagen Sie dem Überbringer Bescheid. De Mouy de Saint-Phale"

Als sie das Billett las, lag ein Lächeln auf Katharinas Lippen; sie dachte nur an den Sieg, den sie erringen würde, und vergaß darüber, was dieser Sieg gekostet hatte.

Und wer war denn schon Orthon? Ein treues Herz, eine ergebene Seele, ein schönes, junges Kind, weiter nichts.

Nicht einen Augenblick konnte dergleichen die Schale der empfindungslosen Waage neigen, auf der die Geschicke von Königreichen gewogen wurden.

Nachdem sie die Zeilen gelesen hatte, stieg Katharina sofort zu Madame de Sauves hinauf und steckte das Billett hinter den Spiegel.

Als sie wieder hinunterkam, traf sie im Gang auf den Hauptmann der Wache.

„Madame, das Pferd steht bereit, wie Euer Majestät befohlen", meldete Monsieur de Nançay.

„Lieber Baron", entgegnete Katharina, „das Pferd wird nicht mehr gebraucht. Ich habe den Jungen zum Sprechen gebracht, und er ist wirklich zu dumm, als daß ich ihn mit dem Auftrag betrauen könnte, den ich ihm geben wollte. Ich hielt ihn für einen Lakaien, und er ist höchstens ein Pferdeknecht. Iclr habe ihm etwas Geld gegeben und ihn durch das kleine Portal fortgeschickt."

„Aber der Auftrag?" wandte Monsieur de Nançay ein.

„Der Auftrag?" wiederholte Katharina.

„Ja, mit dem er nach Saint-Germain sollte. Wollen Euer Majestät, daß ich ihn selber ausführe, oder soll ich ihn durch einen meiner Leute erledigen lassen?"

„Nein, nein", entgegnete Katharina, „Sie und Ihre Leute werden heute abend anderes zu tun haben."

Mit diesen Worten kehrte Katharina in ihre Gemächer zurück, von ganzem Herzen hoffend, am Abend möchte das Schicksal des verwünschten Königs von Navarra in ihrer Hand liegen.

46

Das Wirtshaus „Zum Guten Stern"

Zwei Stunden nach dem eben berichteten Vorfall, der auf
Katharinas Gesicht nicht die geringste Spur zurückgelassen hatte, kam Madame de Sauves, nachdem sie ihre Arbeit bei der Königin beendet hatte, zurück. Hinter ihr trat
Henri ein, und da er von Dariole wußte, daß Orthon dagewesen sei, ging er schnurstracks zu dem Spiegel und
zog das Billett hervor.

Es hatte, wie gesagt, folgenden Inhalt:

> „Heute abend zehn Uhr, Rue l'Arbre-Sec, Wirtshaus
> ‚Zum Guten Stern'. Wenn Sie kommen, antworten
> Sie nicht; wenn Sie nicht kommen, sagen Sie dem
> Überbringer Bescheid."

Die Zeilen trugen keine Unterschrift.

„Henri wird die Verabredung nicht versäumen", murmelte Katharina, „denn auch wenn er keine Lust haben
sollte, wird er doch keinen Boten mehr finden, der sein
Nein überbringen könnte."

In diesem Punkt hatte sich Katharina nicht geirrt. Henri
fragte nach Orthon, und Dariole erzählte ihm, er sei mit
der Königinmutter hinausgegangen; doch da er das Billett
an seinem Platz gefunden hatte und wußte, daß der arme
Orthon keines Verrats fähig war, beunruhigte er sich
nicht weiter.

Er speiste wie gewöhnlich am Tisch des Königs, der
Henri über die am Morgen bei der Beize begangenen Un-
geschicklichkeiten aufzog. Henri entschuldigte sich damit,
daß er ein Mann der Berge und nicht der Ebene sei, versprach jedoch Karl, die Falknerei gründlich zu studieren.

Katharina war bezaubernd und bat, als sie vom Tisch
aufstanden, Marguerite, ihr den ganzen Abend Gesellschaft zu leisten.

Um acht Uhr begab sich Henri mit zwei Edelleuten
durch das Tor Saint-Honoré, machte einen langen Um-

weg, kehrte durch den Bois zurück, überquerte die Seine bei der Fähre von Nesle und ging zurück bis zur Rue Saint-Jacques, wo er die Edelleute beurlaubte, als hätte er ein Liebesabenteuer vor. An der Ecke der Rue des Mathurins sah er einen Reiter im Mantel und ging auf ihn zu.

„Mantes", sagte der Mann.

„Pau", erwiderte der König.

Sogleich stieg der Mann vom Pferd.

Henri hüllte sich in den Mantel, der über und über mit Schmutz bespritzt war, schwang sich auf das dampfende Pferd, ritt durch die Rue de la Harpe, galoppierte über den Pont Saint-Michel, bog in die Rue Barthélemy, überquerte von neuem den Fluß beim Pont-aux-Meuniers und eilte an den Quais entlang zur Rue l'Arbre-Sec, wo er an Meister La Hurières Tür klopfte.

In dem Gastzimmer, das wir bereits kennen, saß La Môle und schrieb einen langen Liebesbrief an eine Person, die wir ebenfalls kennen.

Coconnas stand bei La Hurière in der Küche, beobachtete sechs Rebhühner, die sich am Spieß drehten, und stritt mit seinem Freund, dem Wirt, wie lange sie braten müßten, ehe sie fein gebrutzelt vom Spieß gezogen werden könnten.

In diesem Augenblick klopfte Henri. Gregor ging öffnen und führte das Pferd in den Stall, während der Reisende eintrat und so geräuschvoll mit den Stiefeln auftrampelte, als wolle er Leben in seine beim langen Ritt eingeschlafenen Füße bringen.

„He, Meister La Hurière", rief La Môle, ohne mit schreiben aufzuhören, „hier ist ein Edelmann, der nach Ihnen verlangt."

La Hurière eilte herbei, musterte Henri von Kopf bis Fuß, und da ihm sein Mantel von grobem Tuch nicht gerade übermäßige Ehrfurcht einflößte, fragte er den König: „Wer sind Sie?"

„Heiliger Bimbam!" rief Henri und zeigte auf La Môle. „Der Herr wird es Ihnen sagen; ich bin ein Edelmann aus der Gascogne, der nach Paris gekommen ist, um sich bei Hofe vorzustellen."

„Was wollen Sie?"

„Ein Zimmer und ein Nachtessen."

„Hm", machte La Hurière, „haben Sie einen Bedienten?"

Das war, wie man weiß, seine übliche Frage.

„Nein", erwiderte Henri, „aber ich denke, ich werde einen anstellen können, wenn ich mein Glück gemacht habe."

„Ich vermiete kein Herrenzimmer ohne Dienerzimmer", sagte La Hurière.

„Auch nicht, wenn ich Ihnen für Ihr Abendessen einen Rosennobel zahle?"

„Ei, Sie sind sehr freigebig, mein Herr!" rief La Hurière und sah Henri mißtrauisch an.

„Nein, aber in der Hoffnung, ich könnte den Abend und die Nacht in Ihrem Wirtshaus verbringen, das mir von einem Landsmann, der hier wohnt, sehr empfohlen wurde, habe ich einen Freund zum Abendessen eingeladen. Haben Sie guten Arboiswein?"

„Ich habe nur Béarner, und etwas Besseres kann man nicht trinken."

„Gut, den bezahle ich extra. Ah, da ist ja mein Gast!"

In der Tat öffnete sich die Tür und ließ einen zweiten Edelmann ein, der einige Jahre älter war als der erste und ein überlanges Rapier an der Seite nachschleppte.

„Sie sind pünktlich, junger Freund!" rief er. „Es ist schön, wenn ein Mann, der zweihundert Meilen gemacht hat, auf die Minute da ist."

„Ist das Ihr Gast?" fragte La Hurière.

„Ja", erwiderte der zuerst Angekommene, während er auf den jungen Mann mit dem Rapier zuging und ihm die Hand drückte, „servieren Sie uns das Abendessen."

„Hier oder in Ihrem Zimmer?"

„Wo Sie wollen."

„Befreien Sie uns von diesen Hugenottengesichtern, Meister", warf La Môle, zu La Hurière gewandt, ein, „Coconnas und ich könnten in ihrer Gegenwart nicht ein Wort über unsere Angelegenheiten sprechen."

„Dann decken Sie im dritten Stock, Zimmer zwei",

sagte La Hurière. „Kommen Sie, meine Herren, kommen Sie!"

Die beiden Gäste folgten Gregor, der mit einem Licht vorausging und ihnen leuchtete. La Môle ließ sie nicht aus den Augen, bis sie verschwunden waren, und als er sich dann umdrehte, sah er Coconnas den Kopf aus der Küche strecken. Zwei starr aufgerissene große Augen und ein offenstehender Mund gaben seinem Gesicht einen bemerkenswerten Ausdruck höchster Verwunderung. La Môle trat zu ihm.

„Kotzbombenelement!" sagte Coconnas. „Hast du gesehen?"

„Was?"

„Die beiden Edelleute."

„Ja, und?"

„Ich möchte schwören; das waren ..."

„Wer?"

„Aber ... der König von Navarra und der Mann im roten Mantel."

„Schwöre, was du willst, aber nicht zu laut."

„Du hast sie also auch erkannt?"

„Natürlich."

„Was wollen sie hier?"

„Irgendwelche Liebeshändel."

„Glaubst du?"

„Bestimmt."

„Mir ist Degengeklirr lieber als solche Liebeshändel, La Môle. Eben wollte ich schwören, aber jetzt wette ich."

„Was willst du wetten?"

„Daß es sich um eine Verschwörung handelt."

„Du bist verrückt!"

„Und ich sage dir ..."

„Jawohl, und ich sage dir, wenn sie konspirieren, so ist das ihre Sache."

„Das ist wahr. Außerdem stehe ich nicht mehr im Dienst des Herzogs von Alençon", gab Coconnas zu, „mögen sie tun, was ihnen gut scheint."

Und da die Rebhühner jetzt anscheinend so durch waren, wie Coconnas sie liebte, rief der Piemonteser, der damit den größtenTeil seinesAbendessens zu bestreiten gedachte, Meister La Hurière zu, er möchte sie vom Spieß ziehen.

Unterdessen richteten sich Henri und de Mouy in ihrem Zimmer ein.

„Haben Sie Orthon gesehen, Sire?" fragte de Mouy, als Gregor den Tisch gedeckt hatte.

„Nein, aber ich habe das Billett bekommen, das er hinter den Spiegel gesteckt hat. Ich vermute, der Junge wird es mit der Angst bekommen haben, daß er gegangen ist, ohne auf mich zu warten, denn als er da war, kam die Königinmutter. Ich habe mir sogar etwas Sorgen gemacht, weil mir Dariole erzählte, die Königinmutter hätte lange mit ihm gesprochen."

„Da ist keine Gefahr, der kleine Schlingel ist gewitzt, und obwohl die Königinmutter ihr Handwerk versteht, hat er ihr bestimmt eine Nuß zu knacken gegeben."

„Und Sie, de Mouy, haben Sie ihn wiedergesehen?" fragte Henri.

„Nein, aber ich werde ihn heute abend sehen; um Mitternacht soll er, mit einer guten Blunderbüchse bewaffnet, zu mir kommen, und dann wird er mir alles erzählen, damit wir auf dem laufenden bleiben."

„Und der Mann an der Ecke der Rue des Mathurins?"

„Welcher Mann?"

„Der Mann, von dem ich das Pferd und den Mantel bekam. Sind Sie seiner sicher?"

„Er ist von ganzem Herzen ergeben. Außerdem kennt er Euer Majestät nicht und weiß nicht, mit wem er es zu tun gehabt hat."

„Dann können wir also in aller Ruhe über unsere Angelegenheiten sprechen?"

„Ohne jeden Zweifel. Übrigens paßt La Môle auf."

„Wunderbar."

„Nun, Sire, was sagt der Herzog von Alençon?"

„Der Herzog von Alençon will nicht mehr gehen, de Mouy, das hat er unmißverständlich ausgedrückt. Die Wahl des Herzogs von Anjou zum König von Polen und die Unpäßlichkeit des Königs haben seine ganzen Pläne umgeworfen."

„Dann hat er also unsern Plan zum Scheitern gebracht?"

„Ja."

„Und er verrät uns?"

„Noch nicht, aber bei der ersten Gelegenheit, die er findet, wird er uns verraten."

„So ein Feigling! Hinterlistiger Bube! Warum hat er nicht auf die Briefe geantwortet, die ich ihm schrieb?"

„Um Beweise zu haben und keine zu geben. Wenn wir warten, ist alles verloren, nicht wahr, de Mouy?"

„Im Gegenteil, Sire, dann ist alles gewonnen. Sie wissen doch, die ganze Partei, außer der Fraktion des Prinzen von Condé, war für Sie und bediente sich des Herzogs, mit dem sie sich anscheinend in Verbindung gesetzt hatte, nur als Schutz. Seit der Feierlichkeit habe ich alles mit Ihnen verbunden und verknüpft. Hundert Männer genügten Ihnen für die Flucht mit dem Herzog von Alençon; jetzt habe ich fünfzehnhundert aufgeboten – in acht Tagen sind sie bereit und stehen gestaffelt auf der Straße nach Pau. So wird es keine Flucht, sondern eine Rückkehr sein. Fünfzehnhundert Männer werden Ihnen genügen, Sire, und mit einer Armee werden Sie sich sicher fühlen, nicht wahr?"

Henri lächelte und schlug ihm auf die Schulter.

„Du weißt, de Mouy", sagte er, „und du bist der einzige, der es weiß, daß der König von Navarra von Natur aus nicht so leicht zu erschrecken ist, wie man glaubt."

„Bei Gott, Sire, das weiß ich, und ich hoffe, in nicht allzu ferner Zeit weiß es ganz Frankreich so gut wie ich. Aber wenn man konspiriert, muß man Erfolg haben. Die erste Bedingung für das Gelingen ist Entschlossenheit, und damit der Entschluß rasch, kühn und einschneidend sei, muß man vom Erfolg überzeugt sein. – An welchen Tagen wird gejagt, Sire?"

„Alle acht oder zehn Tage, Parforcejagd oder Beize."

„Wann war das letztemal?"

„Heute."

„Also wird heute in acht oder zehn Tagen wieder eine Jagd stattfinden?"

„Ohne Zweifel, vielleicht noch früher."

„Hören Sie, anscheinend ist Ruhe eingetreten: Der Herzog von Anjou ist fort und aus dem Sinn. Der König erholt sich Tag für Tag mehr von seiner Krankheit. Die Verfolgungen gegen uns haben nahezu aufgehört. Machen Sie der Königinmutter schöne Augen, machen Sie auch dem Herzog von Alençon schöne Augen; sagen Sie ihm immer wieder, daß Sie nicht ohne ihn gehen wollen, und versuchen Sie, ihn dahin zu bringen, daß er es auch glaubt, was noch schwieriger ist."

„Keine Sorge, er wird es glauben."

„Meinen Sie, daß er soviel Vertrauen zu uns hat?"

„Gott behüte, durchaus nicht; aber er glaubt alles, was ihm die Königin sagt."

„Und die Königin dient uns ohne Falsch?"

„Dafür habe ich Beweise. Außerdem ist sie ehrgeizig, und die Krone von Navarra, die sie noch nicht hat, brennt auf ihrer Stirn."

„Gut, drei Tage vor der Jagd lassen Sie mir sagen, wo sie stattfindet, in Bondy, Saint-Germain oder Rambouillet; fügen Sie hinzu, ob Sie bereit sind, und wenn Herr de La Môle vor Ihnen die Sporen gibt, dann folgen Sie ihm und geben Sie ebenfalls die Sporen. Einmal aus dem Wald heraus, müßte Ihnen die Königinmutter, wenn sie Ihrer habhaft werden wollte, nachsetzen; aber ihre normannischen Pferde werden hoffentlich nur die Hufe unserer Berberrosse und spanischen Pferde sehen."

„Abgemacht, de Mouy."

„Haben Sie Geld, Sire?"

Henri schnitt die Grimasse, die er zeit seines Lebens bei einer solchen Frage zog.

„Nicht viel", antwortete er, „aber ich glaube, Margot hat Geld."

„Ob es Ihnen oder ihr gehört, ist einerlei, nehmen Sie soviel mit, als Sie können."

„Und was wirst du inzwischen tun?"

„Nachdem ich mich mit Euer Majestät Angelegenheiten befaßt habe, und, wie Sie sehen, tatkräftig genug, werden mir Euer Majestät wohl erlauben, mich ein wenig mit meinen eigenen zu beschäftigen?"

„Bitte, de Mouy, aber was für Angelegenheiten sind das?"

„Hören Sie, Sire. Orthon – ein sehr intelligenter Junge, den ich Euer Majestät empfehle – hat mir erzählt, er sei gestern in der Nähe des Arsenals diesem Lumpen Maurevert begegnet, der dank Renés Pflege wiederhergestellt ist und sich wie eine rechte Schlange an der Sonne wärmt."

„Ah, ich verstehe", sagte Henri.

„Sie verstehen? Gut ... Eines Tages werden Sie König sein, Sire, und wenn Sie in ähnlicher Art wie ich Rache zu üben haben, werden Sie es als König tun. Ich bin Soldat und muß meine Rache wie ein Soldat üben. Wenn also all unsere kleinen Angelegenheiten geregelt sind, die diesem Lumpen noch fünf oder sechs Tage Erholung gönnen, werde auch ich einen Gang zumArsenal machen, ihn mit vier wohlgezielten Stichen meines Rapiers an die Rasenbank nageln und Paris weniger schweren Herzens verlassen."

„Bring deine Angelegenheiten in Ordnung, mein Freund", sagte der Béarner. „Bist du übrigens mit La Môle zufrieden?"

„Ein reizender Junge, der Ihnen mit Leib und Seele ergeben ist, Sire, und auf den Sie rechnen können wie auf mich ... Er ist tapfer ..."

„Und vor allem verschwiegen, daher soll er uns nach Navarra folgen, de Mouy, und wenn wir erst dort sind, werden wir sehen, was wir tun können, um ihn zu belohnen."

Kaum hatte Henri mit seinem spöttischen Lächeln diese Worte ausgesprochen, als die Tür aufging oder vielmehr mit einem Knall aufsprang und der Mann, dessen Lob er eben gesungen, bleich und aufgeregt hereinstürzte.

„Schnell, Sire!" rief er. „Schnell, das Haus ist umstellt."

„Umstellt?" gab Henri zurück und erhob sich. „Von wem?"

„Von der Wache des Königs."

„Sieh an!" rief de Mouy und zog die Pistolen aus dem Gürtel. „Offener Kampf, wie mir scheint."

„Ach", verwies ihn La Môle, „als ob es sich um Pistolen und offenen Kampf handelte! Was wollen Sie gegen fünfzig Männer?"

„Er hat recht", bestätigte der König, „und wenn es die Möglichkeit eines Rückzugs gäbe ..."

„Die ist da, ich habe sie selber probiert, und wenn Euer Majestät mir folgen wollen ..."

„Und de Mouy?"

„Monsieur de Mouy kann mitkommen, wenn er will; aber Sie müssen sich sehr beeilen."

Schon dröhnten Schritte auf der Treppe.

„Zu spät", sagte Henri.

„Wenn man sie nur fünf Minuten aufhalten könnte", rief La Môle, „dann könnte ich für den König bürgen."

„Tun Sie das, mein Herr", warf de Mouy ein, „ich übernehme es, sie aufzuhalten. Gehen Sie, Sire, gehen Sie!"

„Aber was wird mit dir?"

„Darum machen Sie sich keine Sorge, Sire, gehen Sie."

Und schon ließ de Mouy den Teller, die Serviette und das Glas des Königs verschwinden, so daß man glauben konnte, er hätte allein am Tisch gesessen.

„Kommen Sie, Sire, kommen Sie doch!" ereiferte sich La Môle, den König am Arm packend, und zog ihn zur Treppe.

„De Mouy! Mein braver de Mouy!" rief Henri aus und reichte dem jungen Mann die Hand.

De Mouy küßte seine Hand, drängte Henri aus dem Zirnmer und schob hinter ihm den Riegel vor die Tür.

„Jetzt verstehe ich", sagte Henri, „er wird sich gefangennehmen lassen, während wir uns retten; aber wer zum Teufel kann uns verraten haben?"

„Weiter, Sire, weiter! Sie kommen, sie kommen!"

In der Tat kroch das Licht der Fackeln die enge Treppe hinauf, während von unten Waffengeklirr zu hören war.

„Schnell, Sire!" drängte La Môle.

Den König im Dunkeln führend, stieg er mit ihm zwei

Stockwerke höher, stieß die Tür eines Zimmers auf, die er mit dem Riegel wieder verschloß, und öffnete das Fenster der Nebenkammer.

„Sire", fragte er, „haben Euer Majestät große Angst, einen Spaziergang über die Dächer zu machen?"

„Ich?" rief Henri. „Geh doch, ein Gemsenjäger!"

„Wenn mir also Euer Majestät folgen wollen, ich kenne den Weg und werde Sie führen."

„Gehen Sie nur", gebot Henri, „ich komme."

La Môle stieg als erster hinaus auf einen breiten, als Dachtraufe dienenden Vorsprung, der in einem von zwei Dächern gebildeten Tal endete; jenseits des Tales befand sich ein Mansardenfenster ohne Scheibe, durch das man in eine unbewohnte Dachstube gelangte.

„Wir sind am Ziel, Sire", sagte La Môle.

„Um so besser", entgegnete Henri und wischte sich die Schweißperlen von der bleichen Stirn.

„Jetzt geht alles von allein", fuhr La Môle fort. „Die Dachstube führt auf eine Treppe, die Treppe endet in einem kleinen Flur, und von dem Flur kommt man auf die Straße. Ich habe diesen Weg schon einmal gemacht, Sire, in einer Nacht, die schrecklich war als diese, aber auf andere Art."

„Also vorwärts!" sagte Henri.

La Môle ließ sich als erster durch die gähnende Fensteröffnung gleiten, erreichte die schlecht verschlossene Tür, stieß sie auf und stand am obersten Absatz einer Wendeltreppe; er gab dem König das Seil in die Hand, das ihr als Geländer diente, und sagte:

„Kommen Sie, Sire."

Mitten auf der Treppe blieb Henri stehen; sie waren vor einem Fenster angekommen, durch das sie den Hof des Wirtshauses „Zum Guten Stern" überblicken konnten. Auf der Treppe sahen sie Soldaten hin und her laufen, die einen mit Schwertern, die anderen mit Fackeln in den Händen.

Plötzlich bemerkte der König von Navarra in einer Gruppe Monsieur de Mouy. Er hatte sein Rapier wieder in die Scheide gesteckt und stieg ruhig hinab.

„Armer Bursche", murmelte Henri, „tapferes, treues Herz!"

„Wahrhaftig, Sire", sagte La Môle, „Euer Majestät werden bemerken, daß sein Gesicht ganz ruhig ist; da, er lacht sogar! Er muß einen trefflichen Streich im Schilde führen, denn Sie wissen, lachen tut er nur selten."

„Und der junge Mann, der mit Ihnen zusammen war?"

„Monsieur de Coconnas?" fragte La Môle zurück.

„Ja, was ist aus Monsieur de Coconnas geworden?"

„Über den mache ich mir keine Sorgen, Sire. Als er die Soldaten sah, hat er mich nur gefragt: ‚Riskieren wir etwas?' – ‚Den Kopf', antwortete ich. –‚Und du wirst dich in Sicherheit bringen?' – ‚Ich hoffe.' – ‚Nun, ich auch', sagte er. Und ich schwöre Ihnen, er wird sich in Sicherheit bringen, Sire. Sollten sie Coconnas doch ergreifen, das heißt, wenn er sich die Gefangennahme überhaupt gefallen läßt, dann bürge ich für ihn."

„Dann ist ja alles in Ordnung", sagte Henri. „Wir wollen versuchen, in den Louvre zu kommen."

„Bei Gott, Sire, nichts leichter als das! Wir hüllen uns in unsere Mäntel und gehen hinaus. Die Straße ist voller Leute, die der Lärm angelockt hat, und man wird uns für Neugierige halten."

In der Tat fanden Henri und La Môle die Tür offen und sahen keine andere Schwierigkeit, hinauszugehen, als die vorbeiflutenden Leute, die die Straße versperrten.

Dennoch glückte es ihnen, durch die Rue d'Averon zu entschlüpfen; aber als sie die Rue des Poulies erreichten, sahen sie die von Hauptmann de Nançay geführten Soldaten mit de Mouy über die Place Saint-Germain-l'Auxerrois kommen.

„Anscheinend wollen sie ihn in den Louvre bringen", bemerkte Henri. „Teufel! Dann werden sie die Tore schließen … Jeden, der hinein will, werden sie nach dem Namen fragen, und wenn sie mich hinter ihm eintreten sehen, werden sie vermuten, ich sei mit ihm zusammen gewesen."

„Gut, Sire", sagte La Môle, „dann kehren Sie auf andere Art als durch das Portal in den Louvre zurück."

„Wie zum Teufel soll ich das anstellen?"

„Haben Euer Majestät nicht das Fenster der Königin von Navarra?"

„Heiliger Strohsack! Sie haben recht, Monsieur de La Môle", sagte Henri. „Daß ich daran nicht gedacht habe! ... Aber wie die Königin verständigen?"

„Oh", sagte La Môle und verneigte sich mit ehrfürchtiger Dankbarkeit, „Euer Majestät verstehen so gut, Steine zu werfen!"

47

De Mouy de Saint-Phale

Diesmal hatte Katharina ihre Vorsichtsmaßnahmen so gut getroffen, daß sie ihrer Sache sicher zu sein glaubte.

Folglich hatte sie gegen zehn Uhr Marguerite fortgeschickt, überzeugt, die Königin von Navarra wüßte nicht, was sich über dem Haupt ihres Gatten zusammenbraute – was im übrigen der Wahrheit entsprach –, und hatte den König aufgesucht und gebeten, er möchte mit seinem Coucher noch warten.

Beunruhigt durch den triumphierenden Ausdruck, der trotz der üblichen Verstellung Katharinas Gesicht aufblühen ließ, fragte Karl seine Mutter, die ihm mit wenigen Worten antwortete: „Ich kann Euer Majestät nur eins sagen: Heute abend werden Sie von Ihren beiden unerbittlichsten Feinden befreit."

Karl zog die Brauen hoch wie ein Mann, der bei sich denkt: Na gut, wir werden sehen. Dann pfiff er seinem großen Windspiel, das zu ihm lief, sich wie eine Schlange auf dem Bauch an ihn heranrekelte und den feinen, klugen Kopf auf das Knie seines Herrn legte und wartete.

Ein paar Minuten später, Katharina hatte ganz Auge und Ohr dagesessen, hörte sie unten im Hof einen Pistolenschuß.

„Was soll der Lärm?" fragte Karl und runzelte die Stirn,

während sich das Windspiel mit einer schroffen Bewegung aufrichtete und die Ohren spitzte.

„Nichts, nur ein Zeichen", antwortete Katharina.

„Und was bedeutet das Zeichen?"

„Daß Ihr einziger und wahrer Feind von jetzt an außerstande ist, Ihnen zu schaden, Sire."

„Wurde einer umgebracht?" fragte Karl und sah seine Mutter mit dem majestätischen Blick an, der zu sagen schien, daß Meuchelmord und Gnade zwei der königlichen Macht anhaftende Attribute seien.

„Nein, Sire, man hat nur zwei verhaftet."

„Immer diese heimlichen Schlingen!" murmelte Karl. „Immer diese Verschwörungen, von denen der König nichts weiß. Teufel auch! Ich bin doch ein großer Junge geworden, Mutter, groß genug, um selber auf mich aufzupassen, und brauche weder Gängelband noch Fallmützchen. Gehen Sie nach Polen zu Ihrem Sohn Henri, wenn Sie regieren wollen. Hier dürfen Sie nicht solch ein Spiel treiben, das sage ich Ihnen!"

„Mein Sohn", erwiderte Katharina, „es ist das letzte Mal, daß ich mich in Ihre Angelegenheiten mische. Aber es ist ein seit langer Zeit begonnenes Unternehmen, und Sie haben mir in dieser Hinsicht so oft unrecht gegeben, daß es mir am Herzen lag, Euer Majestät zu beweisen, wie recht ich habe."

Mehrere Männer betraten den Vorsaal; man hörte, wie sie die Musketen geräuschvoll auf den Boden stellten.

Gleich darauf bat Monsieur de Nançay um die Erlaubnis, vor dem König erscheinen zu dürfen.

„Er soll kommen", sagte Karl rasch.

Monsieur de Nançay trat ein, grüßte den König und wandte sich dann an Katharina: „Madame, Euer Majestät Befehle sind ausgeführt, wir haben ihn ergriffen."

„Wie denn, *ihn*?" rief Katharina in höchster Unruhe. „Dann haben Sie nur einen gefangen?"

„Er war allein, Madame."

„Hat er sich verteidigt?"

„Nein, er speiste ganz ruhig in seinem Zimmer zu

Abend und hat seinen Degen nach der ersten Aufforderung in die Scheide gesteckt."

„Wer ist es?" fragte der König.

„Sie werden sehen", antwortete Katharina. „Lassen Sie den Gefangenen hereinkommen, Monsieur de Nançay."

Fünf Minuten später wurde de Mouy hereingeführt.

„De Mouy!" rief der König. „Was gibt es, mein Herr?"

„Wenn Euer Majestät erlauben", entgegnete de Mouy vollkommen ruhig, „möchte ich Ihnen die Frage zurückgeben, Sire."

„Statt den König mit dergleichen zu belästigen", fiel Katharina ein, „haben Sie wohl die Güte, Monsieur de Mouy, meinem Sohn zu erzählen, wer der Mann war, der sich in der gewissen Nacht im Zimmer des Königs von Navarra befand, der sich in jener Nacht den Befehlen Seiner Majestät wie ein Rebell widersetzte, zwei Wachen umbrachte und Monsieur de Maurevert verwundete?"

„Wirklich", sagte Karl mit krauser Stirn, „sollten Sie den Namen dieses Mannes kennen, Monsieur de Mouy?"

„Ja, Sire, wünschen Euer Majestät ihn zu erfahren?"

„Ich gebe zu, es würde mich freuen."

„Nun, Sire, er heißt de Mouy de Saint-Phale."

„Sie waren es?"

„Jawohl, ich."

Katharina wich, verblüfft über diese Kühnheit, einen Schritt vor dem jungen Mann zurück.

„Und Sie haben gewagt", sagte Karl IX., „den Befehlen des Königs zu trotzen?"

„Erstens, Sire, wußte ich nichts von einem Befehl Euer Majestät, und dann sah ich nur eins, oder vielmehr nur einen Mann, nämlich Monsieur de Maurevert, den Mörder meines Vaters und des Admirals. Mir fiel ein, daß Majestät mir vor eineinhalb Jahren in eben diesem Zimmer, in dem wir uns jetzt befinden, am Abend des vierundzwanzigsten August versprachen, den Mörder zu bestrafen; da seitdem über ernsten Vorfällen viel Zeit verstrichen ist, glaubte ich, der König hätte wider seinen Willen Abstand davon genommen. Und da ich nun Maurevert auf Armeslänge vor mir sah, meinte ich, der Himmel hätte ihn mir geschickt. Das übrige wissen Euer Majestät; ich habe mich auf ihn geworfen wie auf einen Mörder und habe seine Leute wie Banditen behandelt."

Karl sagte kein Wort; seine Freundschaft zu Henri hatte ihn seit einiger Zeit die Dinge unter einem anderen Gesichtswinkel sehen lassen als früher, und mehr als einmal mit Entsetzen.

Die Königinmutter hatte im Hinblick auf die Bartholomäusnacht ihrem Gedächtnis verschiedene Äußerungen ihres Sohnes einverleibt, die Gewissensbissen glichen.

„Aber was wollten Sie denn zu solcher Stunde bei dem König von Navarra?" fragte Katharina.

„Oh, das ist eine sehr lange Geschichte", erwiderte de Mouy, „aber wenn Euer Majestät soviel Geduld aufbringen, sie anzuhören ..."

„Ja", sagte Karl, „sprechen Sie, ich will es."

„Ich gehorche, Sire", entgegnete de Mouy und verneigte sich.

Katharina setzte sich und richtete ihren unruhigen Blick auf den jungen Anführer der Hugenotten.

„Wir hören", sagte Karl. „Hierher, Actäon."

Der Hund nahm wieder den Platz ein, den er innegehabt hatte, ehe der Gefangene hereingeführt wurde.

„Sire", sagte de Mouy, „ich kam zu Seiner Majestät dem König von Navarra als Abgesandter unserer Brüder, Ihrer getreuen Untertanen von der Religion."

Katharina machte Karl IX. ein Zeichen.

„Seien Sie unbesorgt, Mutter", sagte dieser, „ich verliere kein Wort. Fahren Sie fort, Monsieur de Mouy, warum suchten Sie ihn auf?"

„Um dem König von Navarra zu sagen", erklärte de Mouy, „daß er das Vertrauen der hugenottischen Partei verloren habe, als er abschwor; dennoch schuldeten ihm Die von der Religion im Gedenken an seinen Vater, Antoine von Bourbon, und vor allen Dingen im Gedenken an seine Mutter, die beherzte Jeanne d'Albret, deren Name uns teuer bleibt, so viel Ehrerbietung, daß sie ihn bäten, von seinen Rechten auf die Krone von Navarra abzustehen."

„Und was hat er gesagt?" schrie Katharina, die den unerwarteten Schlag trotz aller Selbstbeherrschung nicht ohne diesen Aufschrei entgegennehmen konnte.

„Immerhin scheint mir", warf Karl ein, „als gehöre diese Krone von Navarra, die man ohne meine Erlaubnis über den Köpfen herumschwirren läßt, ein wenig mir."

„Die Hugenotteu, Sire, erkennen mehr als sonst jemand das Prinzip der Lehnsherrlichkeit an, das der König ausstrahlt. Deshalb hoffen sie, Euer Majestät veranlassen zu können, die Krone auf ein ihm teures Haupt zu setzen."

„Hilfe! Auf ein mir teures Haupt?" rief Karl. „Tod und Teufel, von welchem Haupt sprechen Sie, Monsieur? Ich verstehe Sie nicht."

„Vom Haupte des Herzogs von Alençon."

Katharina wurde leichenblaß und verschlang de Mouy mit einem flammenden Blick.

„Und mein Bruder Alençon wußte davon?"

„Ja, Sire."

„Er hat die Krone angenommen?"

„Vorausgesetzt die Billigung Euer Majestät, die er uns einzuholen gebot."

„Sieh an", sagte Karl; „aber es ist tatsächlich eine Krone, die unserm Bruder Alençon wunderbar passen wird. Daß ich nicht daran gedacht habe! Danke, de Mouy! Wenn Sie ähnliche Einfälle haben, werden Sie stets im Louvre willkommen sein."

„Sire, Sie wären seit langem über den ganzen Plan unterrichtet, wenn nicht die unselige Sache mit Maurevert passiert wäre und ich hätte fürchten müssen, bei Euer Majestät in Ungnade gefallen zu sein."

„Ja, aber was hat denn Henri zu dem Plan gesagt?" fragte Katharina.

„Der König von Navarra gibt dem Wunsch seiner Brüder nach, Madame, seine Verzichterklärung liegt vor."

„Dann müssen Sie aber doch die Verzichterklärung erhalten haben?" rief Katharina.

„Allerdings, Madame", erwiderte de Mouy, „und zufällig habe ich sie bei mir, von ihm unterzeichnet und datiert."

„Mit einem der Szene im Louvre vorausliegenden Datum?" fragte Katharina.

„Ja, ich glaube vom Vorabend."

Damit zog Monsieur de Mouy aus der Tasche eine Verzichterklärung zugunsten des Herzogs von Alençon; geschrieben und unterzeichnet von Henri und mit dem erwähnten Datum versehen.

„Wahrhaftig", sagte Karl, „alles ist in bester Ordnung."

„Und was verlangte Henri als Entschädigung für die Verzichterklärung?"

„Nichts, Madame; die Freundschaft König Karls, sagte er, sei ihm eine reiche Entschädigung für den Verlust einer Krone."

Katharina biß sich vor Wut auf die Lippen und rang die schönen Hände.

„Gegen all das ist nichts einzuwenden, de Mouy", fügte der König hinzu.

„Aber wenn zwischen Ihnen und dem König von Navarra schon alles abgemacht war", warf die Königinmutter ein, „was für einen Zweck sollte dann Ihre Zusammenkunft heute abend haben?"

„Eine Zusammenkunft, Madame, mit dem König von Navarra?" wiederholte de Mouy. „Monsieur de Nançay, der mich festgenommen hat, wird es auf seinen Eid nehmen, daß ich allein war. Majestät können ihn rufen."

„Monsieur de Nançay!" rief der König.

Wieder erschien der Hauptmann der Wache.

„Monsieur de Nançay", fragte Katharina rasch, „war Monsieur de Mouy ganz allein in der Herberge ,Zum Guten Stern'?"

„Im Zimmer ja, Madame, in der Herberge nicht."

„Ah", rief Katharina, „und wer war sein Gefährte?"

„Ich weiß nicht, ob er zu Monsieur de Mouy gehörte, Madame, ich weiß nur, daß er durch eine Hintertür entwischt ist, nachdem er zwei Männer meiner Wache zu Boden streckte."

„Natürlich haben Sie den Edelmann erkannt?"

„Ich nicht, aber meine Leute."

„Und wer war es?" fragte Karl IX.

„Graf Hannibal de Coconnas."

„Hannibal de Coconnas?" wiederholte der König düster und nachdenklich. „Der damals in der Bartholomäusnacht ein so schreckliches Blutbad unter den Hugenotten angerichtet hat?"

„Gewiß, Monsieur de Coconnas, Edelmann des Herzogs von Alençon", bestätigte Monsieur de Nançay.

„Das ist gut, das ist ausgezeichnet", sagte Karl IX., „Sie können gehen, Monsieur de Nançay, und nächstes Mal denken Sie vor allem an eins …"

„Ja, Sire?"

„Daß Sie in meinem Dienst stehen und nur mir zu gehorchen haben."

Monsieur de Nançay entfernte sich mit ehrerbietigen Verneigungen rückwärts zur Tür.

De Mouy bedachte Katharina mit einem ironischen Lächeln.

Einen Augenblick lang herrschte Schweigen. Die Königin wickelte die Enden ihrer Gürtelschnur um die Finger. Karl streichelte seinen Hund.

„Aber was haben Sie vor, Monsieur?" begann Karl von neuem. „Wollen Sie Gewalt anwenden?"

„Gegen wen, Sire?"

„Gegen Henri, gegen Franz oder mich."

„Sire, wir haben die Verzichterklärung Ihres Schwagers und die Zustimmung Ihres Bruders, und wie ich bereits die Ehre hatte, Ihnen zu sagen, wollten wir eben um die Genehmigung Euer Majestät nachsuchen, als diese unselige Geschichte im Louvre passierte."

„Nun, Mutter", sagte Karl, „ich sehe in all dem nichts Böses. Sie waren in Ihrem Recht, Monsieur de Mouy, als Sie einen König forderten. Ja, Navarra kann und muß ein eigenes Königreich sein. Mehr noch, dies Königreich scheint mir wie für meinen Bruder Alençon geschaffen, der schon immer so unbändige Lust auf eine Krone hatte, denn seit wir unsere tragen, kann er die Augen nicht davon abwenden. Das einzige, was dieser Thronbesteigung entgegensteht, ist Henriots Anrecht; aber wenn Henriot freiwillig darauf verzichtet …"

„Freiwillig, Sire."

„Dann ist es, wie mir scheint, Gottes Wille! Monsieur de Mouy, Sie können ungehindert zu Ihren Brüdern zurückkehren, die ich strafte ... vielleicht ein wenig hart, aber das ist eine Sache zwischen Gott und mir; und sagen Sie ihnen, wenn sie meinen Bruder Alençon zum König von Navarra wollen, gibt der König von Frankreich ihrem Wunsch nach. Von diesem Augenblick an ist Navarra ein Königreich, und sein Herrscher heißt Franz. Ich brauche nur acht Tage, damit mein Bruder mit all der Pracht und dem Pomp Paris verläßt, die einem König zukommen. – Gehen Sie, Monsieur de Mouy, gehen Sie! ... Monsieur de Nançay, lassen Sie Monsieur de Mouy gehen, er ist frei."

„Sire", sagte de Mouy und trat einen Schritt vor, „erlauben Euer Majestät?"

„Ja", erwiderte der König und reichte dem jungen Hugenotten die Hand.

De Mouy ließ sich auf ein Knie nieder und küßte die Hand des Königs.

„Übrigens", fragte Karl, als er sich wieder erheben wollte, „haben Sie von mir nicht Ihr Recht gegen den Schurken Maurevert gefordert?"

„Ja, Sire."

„Ich weiß nicht, wo er ist, um es Ihnen zu verschaffen, denn er hält sich versteckt; aber wenn Sie ihn treffen, strafen Sie ihn selber, ich ermächtige Sie dazu von ganzem Herzen."

„Sire", rief de Mouy, „es macht mich überglücklich, daß Euer Majestät mir die Entscheidung überlassen; auch ich weiß nicht, wo er ist; aber keine Sorge, ich werde ihn finden."

Nachdem sich de Mouy vor König Karl und der Königin Katharina ehrerbietig verneigt hatte, ging er, ohne daß ihm die Wachen, die ihn hergebracht hatten, ein Hindernis in den Weg legten. Er eilte durch die Gänge, erreichte bald das Portal, und einmal draußen, war es für ihn nur ein Sprung von der Place Saint-Germain-l'Auxerrois zu der Herberge „Zum Guten Stern", wo er sein Pferd fand,

mit dessen Hilfe er drei Stunden nach dem eben beschriebenen Auftritt in Sicherheit hinter den Mauern von Mantes aufatmete.

Katharina schluckte ihre Wut herunter und kehrte in
ihre Gemächer zurück, von wo sie sich auf den Weg zu
Marguerite machte.

Bei ihrer Tochter fand sie Henri im Schlafrock, wie er
sich anscheinend gerade zu Bett begeben wollte.

„Satan", murmelte sie, „hilf einer armen Königin, für
die Gott nichts mehr tun will!"

48

Zwei Häupter für eine Krone

„Bitten Sie den Herzog von Alençon zu mir!" hatte Karl
befohlen, als er seine Mutter verabschiedete.

Monsieur de Nançay, der nach dem Hinweis des Königs bereit war, fortan nur noch ihm zu gehorchen, war
mit einem Satz bei Karls Bruder und übermittelte ihm
den erhaltenen Befehl ohne jede Beschönigung.

Der Herzog von Alençon schauderte; er hatte immer
schon vor Karl gezittert, und seit er als Verschwörer Ursache hatte, sich zu fürchten, mit noch mehr Recht.

Dennoch begab er sich mit wohlbedachtem Eifer zu
seinem Bruder.

Karl stand und pfiff zwischen den Zähnen ein lautes
Halali.

Als er eintrat, sah der Herzog von Alençon in Karls glasigen Augen diesen vom Haß vergifteten Blick, den er so
gut kannte.

„Majestät haben mich rufen lassen. Hier bin ich, Sire",
sagte er. „Was wünschen Euer Majestät von mir?"

„Ich wünsche Ihnen zu sagen, lieber Bruder, daß ich
mich, um die große Freundschaft zu belohnen, die Sie mir
entgegenbringen, entschlossen habe, Ihnen heute zu gewähren, was Sie am meisten ersehnen."

„Mir?"

„Jawohl, Ihnen. Denken Sie einmal nach, wovon Sie seit langem träumen, ohne daß Sie mich darum zu bitten wagten – ich werde es Ihnen schenken."

„Sire", erwiderte Franz, „ich schwöre meinem Bruder, daß ich nichts so sehr wünsche, als daß dem König die Gesundheit erhalten bliebe."

„Dann müssen Sie zufrieden sein, Alençon; die Unpäßlichkeit, an der ich litt, als die Polen kamen, ist vorüber. Dank Henriot bin ich einem wütenden Keiler entgangen, der mir den Bauch aufschlitzen wollte, und ich fühle mich so, daß ich den Gesündesten in meinem Königreich nicht beneiden könnte; Sie dürfen also, ohne ein schlechter Bruder zu sein, etwas anderes wünschen als den Bestand meiner Gesundheit, die vortrefflich ist."

„Einen anderen Wunsch habe ich nicht, Sire."

„Was denn, was denn, Franz", rief Karl, allmählich ungeduldig werdend, „Sie wünschen sich die Krone von Navarra, Sie haben sich mit Henriot und de Mouy verständigt – mit Henri, damit er verzichtet, und mit de Mouy, damit er Ihnen dazu verhilft. Gut, Henriot verzichtet! De Mouy hat mir Ihren Wunsch mitgeteilt, und diese Krone, die Sie so sehnlichst erwünschen …"

„Was?" fragte Alençon mit bebender Stimme.

„Tod und Teufel! Sie gehört Ihnen."

Alençon wurde erschreckend bleich; doch plötzlich floß das Blut, das zum Herzen geströmt war, so daß es schier bersten wollte, wieder zurück und überflutete seine Wangen mit brennender Röte; die Gunst, die ihm der König bezeigte, brachte ihn in diesem Augenblick zur Verzweiflung.

„Sire", erwiderte er in fieberhafter Erregung, die er vergeblich zu unterdrücken suchte, „ich habe es nicht gewünscht und vor allem nichts Ähnliches gefordert."

„Das ist möglich", gab der König zurück, „denn Sie sind sehr verschwiegen, Bruder; aber es wurde gewünscht und wurde für Sie gefordert, Bruder."

„Sire, ich schwöre Ihnen, niemals …"

„Lassen Sie Gott aus dem Spiel."

„Dann wollen Sie mich also ins Exil schicken, Sire?"

550

„Das nennen Sie ein Exil, Franz? Potzwetter, Sie sind aber schwierig ... Was wollten Sie denn Besseres erhoffen?"

Alençon biß sich vor Verzweiflung auf die Lippen.

„Wirklich", fuhr Karl mit trefflich gespielter Einfalt fort, „ich glaubte Sie weniger populär, Franz, und schon gar bei den Hugenotten; aber sie wollen Sie haben, und so muß ich wohl zugeben, daß ich mich geirrt habe. Übrigens könnte ich mir nichts Besseres wünschen, als an der Spitze einer Partei, die uns seit dreißig Jahren bekriegt, einen Mann von mir zu sehen, meinen Bruder, der mich liebt und nicht fähig ist, mich zu verraten. Das wird wie durch Zauberei die Ruhe herstellen, nicht zu rechnen, daß dann in unserer Familie drei Könige sind. Nur wird der arme Henriot dann nichts mehr sein als mein Freund. Aber er ist nicht ehrgeizig, und diesen Titel, nach dem es niemand verlangt, wird er tragen."

„Sie irren sich, Sire, denn ich brenne auf diesen Titel ... Wer hat denn größeres Recht darauf als ich? Henri ist nur durch Heirat Ihr Schwager, ich aber bin Ihr Bruder durch das Blut und vor allem das Herz ... Sire, ich flehe Sie an, behalten Sie mich in Ihrer Nähe."

„Ganz und gar nicht, Franz", entgegnete Karl, „es wäre Ihr Unglück."

„Warum?"

„Aus tausend Gründen."

„Aber bedenken Sie doch, Sire, ob Sie je einen so treuen Gefährten finden könnten wie mich. Seit meiner Kindheit habe ich Euer Majestät niemals verlassen."

„Ich weiß, ich weiß, und manchmal hätte ich Sie sogar lieber weit weg gehabt."

„Was will der König damit sagen?"

„Nichts, nichts ... ich weiß recht gut, was ich sage ... Ach, welch schöne Jagden werden Sie dort unten haben! Wie ich Sie beneide, Franz! Wissen Sie, daß man in diesen verteufelten Gebirgen Bären jagt wie hier Wildschweine? Sie werden die prächtigsten Felle erhalten. Die erjagt man mit dem Dolch; man hört das Tier, reizt es, feuert es an, es kommt auf den Jäger zu, und vier Schritte vor ihm richtet es sich auf den Hintertatzen auf. Und in diesem Augenblick drückt man ihm den Stahl ins Herz, wie es Henri bei der letzten Jagd mit dem Keiler gemacht hat. Es ist gefährlich; aber Sie sind tapfer, Franz, und diese Gefahr wird Ihnen ein wahres Vergnügen sein."

„Euer Majestät vermehren nur noch meinen Kummer, denn ich werde nicht mehr mit Ihnen jagen."

„Donner und Doria! Um so besser!" rief der König. „Zusammen jagen bringt uns kein Glück, weder dem einen noch dem andern."

„Was meinen Majestät damit?"

„Daß Ihnen die gemeinsame Jagd mit mir solche Freude macht und Sie derart aufregt, daß Sie, die Geschicklichkeit in Person, der Sie mit der erstbesten Arkebuse auf hundert Schritt eine Elster treffen, das letzte Mal, als wir zusammen jagten, mit Ihrer Büchse, einer Büchse, die Ihnen vertraut ist, auf zwanzig Schritt einen mächtigen Keiler verfehlten und dagegen das Bein meines besten Pferdes trafen. Sapperlot, Franz, das gibt zu denken!"

„Vergebung, Sire, es war die Aufregung", bat Alençon, der leichenblaß geworden war.

„Ja, ja, die Aufregung", nickte Karl, „das weiß ich wohl, und eben wegen dieser Aufregung, die ich nach ihrem wahren Wert beurteile, sage ich Ihnen: Glauben Sie mir, Franz, es ist besser für uns, wenn wir fern voneinander jagen, vor allem, wenn man solchen Aufregungen erliegt. Denken Sie darüber nach, Bruder, nicht in meiner Gegenwart, denn meine Gegenwart regt Sie auf, das sehe ich, aber wenn Sie allein sind, und dann werden Sie sich eingestehen müssen, daß ich immer und überall bei einer neuen Jagd zu befürchten habe, daß Sie wieder in Aufregung geraten; denn wenn nichts anderes als die Aufregung Ihre Hand hebt, werden Sie statt des Pferdes den Reiter, statt des Tieres den König töten. Potztausend! Eine zu hoch oder zu niedrig gezielte Kugel kann das Gesicht einer Regierung gründlich verändern, ein Beispiel dafür haben wir in unserer Familie. Als Montgomery unsern Vater Henri II. zufällig tötete, vielleicht, weil er aufgeregt war, brachte der Schuß unsern Bruder Franz II. auf den Thron und unsern Vater Henri nach Saint-Denis. Gott braucht so wenig, um so viel zu vollbringen!"

Der Herzog fühlte bei diesem ebenso furchtbaren wie unvermuteten Schlag Schweiß über seine Stirn rieseln. Unmöglich konnte der König seinem Bruder noch deutlicher sagen, daß er alles erraten habe. Karl, der seinen Zorn hinter einem leicht scherzhaften Ton verbarg, war auf diese Weise vielleicht noch schrecklicher, als wenn er die brodelnde Lava seines Hasses, der ihm das Herz verzehrte, ausgestoßen hätte; seine Rachsucht schien mit seinem Groll zu wachsen. Je erbitterter dieser wurde, um so größer wurde sein Durst nach Rache, und zum erstenmal empfand Alençon Gewissensbisse oder vielmehr Bedauern, ein Verbrechen beabsichtigt zu haben, das fehlgeschlagen war.

Er hatte dem Ringen standgehalten, solange er konnte, aber unter diesem letzten Schlag beugte er den Kopf, und Karl sah in seinen Augen die verzehrende Flamme emporzüngeln, die bei weichen Naturen jene Furche gräbt, durch die dann die Tränen stürzen.

Aber Alençon gehörte zu jenen, die nur aus Wut weinen.

Karl wandte seinen Geierblick nicht von ihm ab und saugte dem jungen Mann jede aufkeimende Empfindung aus dem Herzen. Dank dem gründlichen Studium, das er seiner Familie hatte angedeihen lassen, zeigten sich ihm diese Empfindungen so deutlich, als läge das Herz seines Bruders wie ein offenes Buch vor ihm.

So vernichtet, reglos und stumm ließ er ihn eine Weile stehen; dann sagte er mit einer von feindseliger Entschlossenheit getränkten Stimme: „Wir haben Ihnen unsere Entscheidung mitgeteilt, Bruder, unser Beschluß ist unerschütterlich: Sie werden gehen."

Alençon machte eine Bewegung. Karl schien sie nicht zu bemerken und fuhr fort: „Ich will, daß Navarra stolz darauf ist, an seiner Spitze einen Bruder des französischen Königs zu haben. Sie werden Macht, Ehren, kurzum alles haben, was Ihrer Geburt zukommt und was Ihr Bruder Henri gehabt hätte, und wie er", fügte er lächelnd hinzu,

„werden Sie mich aus der Ferne segnen. Aber gleichviel, Segenswünsche kennen keine Entfernung."

„Sire …"

„Nehmen Sie an, oder vielmehr fügen Sie sich! Wenn Sie erst einmal König sind, wird man für Sie eine Frau finden, die eines Prinzen des Königshauses von Frankreich würdig ist. Wer weiß, vielleicht eine, die Ihnen einen anderen Thron einbringt."

„Aber Euer Majestät vergessen Ihren guten Freund Henri", warf der Herzog von Alençon ein.

„Henri? Aber ich sagte Ihnen doch, wenn er den Thron von Navarra nicht will? Wenn er ihn an Sie abtritt? Henri ist ein fröhlicher Bursche und nicht so ein Bleichgesicht wie Sie. Er möchte lachen, sich nach Belieben vergnügen und nicht vertrocknen, wozu wir gekrönten Häupter verdammt sind."

Alençon stieß einen Seufzer aus.

„Also befehlen Euer Majestät", sagte er, „daß ich mich jetzt damit beschäftige …"

„Durchaus nicht, Franz, darum machen Sie sich keine Sorgen, das werde ich alles selber regeln, verlassen Sie sich auf mich wie auf einen guten Bruder. Und jetzt, da alles abgemacht ist, gehen Sie; erzählen Sie Ihren Freunden von unserer Unterhaltung oder auch nicht, ich werde alles veranlassen, damit die Sache bald bekannt wird. Gehen Sie, Franz."

Darauf war nichts mehr zu sagen. Der Herzog verneigte sich und ging mit Zorn im Herzen.

Er brannte darauf, Henri zu sehen, um mit ihm über das Geschehene zu sprechen, doch er fand nur Katharina; in Wirklichkeit fürchtete Henri diese Unterhaltung so sehr, wie die Königinmutter sie suchte.

Als der Herzog Katharina sah, erstickte er seinen Gram und versuchte zu lächeln. Weniger glücklich als Henri von Anjou, suchte er in Katharina nicht die Mutter, sondern einfach eine Verbündete. Deshalb verstellte er sich vor ihr; denn um gute Bündnisse zu schließen, muß man sich gegenseitig ein wenig vormachen.

Selbst die leiseste Spur von Unruhe war aus seinem Gesicht verschwunden, als er Katharina anredete.

„Große Neuigkeiten, Madame", sagte er, „wissen Sie schon davon?"

„Ich weiß, daß es darum geht, einen König aus Ihnen zu machen, Monsieur."

„Mein Bruder ist sehr gütig, Madame."

„Ja, nicht wahr?"

„Und ich bin beinahe versucht zu glauben, daß ich einen Teil meiner Dankbarkeit Ihnen abtragen muß; denn wenn Sie ihm den Rat gaben, mir einen Thron zu schenken, schulde ich Ihnen Dank, obwohl ich gestehen muß, daß es mir Pein verursacht, den König von Navarra zu berauben."

„Mir scheint, Sie haben Henriot sehr gern, mein Sohn?"

„Gewiß, seit einiger Zeit sind wir einander innig verbunden."

„Glauben Sie, daß er Sie ebenso liebt, wie Sie ihn lieben?"

„Ich hoffe, Madame."

„Wie erbaulich ist doch solch eine Freundschaft, noch dazu unter Prinzen! Die Freundschaften am Hofe stehen nicht eben in dem Rufe der Beständigkeit, lieber Franz."

„Bedenken Sie, Mutter, daß wir nicht allein Freunde, sondern fast Brüder sind."

Katharina lächelte ein sonderbares Lächeln.

„Gut", sagte sie, „also gibt es unter Königen Brüder!"

„Was das betrifft, Mutter, so war keiner von uns beiden König, als wir uns so aneinanderschlossen, und sollten es sogar niemals werden – das ist der Grund unserer Zuneigung."

„Ja, aber jetzt haben sich die Dinge gründlich geändert."

„Gründlich geändert?"

„Natürlich. Wer sagt Ihnen denn, daß Sie nicht beide König sein werden?"

Das heftige Zittern und die Röte, die Alençons Stirn überflutete, verrieten Katharina, daß ihn der Schlag ins Herz getroffen hatte.

„Er?" fragte er. „Henriot König? Und von welchem Königreich, Mutter?"

„Von einem der herrlichsten in der ganzen Christenheit, mein Sohn."

„Mutter!" rief Alençon erbleichend. „Was sagen Sie da?"

„Was eine gute Mutter ihrem Sohn sagen muß und woran Sie mehr als einmal gedacht haben, Franz."

„Ich?" gab der Herzog zurück. „Ich habe an nichts gedacht, Madame, das schwöre ich Ihnen."

„Ich möchte es Ihnen gern glauben; denn Ihr Freund, Ihr Bruder Henri, wie Sie ihn nennen, ist hinter seiner scheinbaren Aufrichtigkeit ein sehr geschickter und ungemein schlauer Herr, der seine Geheimnisse besser bewahrt als Sie die Ihren, Franz. Hat er Ihnen zum Beispiel je gesagt, daß de Mouy sein Geschäftsträger war?"

Bei diesen Worten senkte Katharina ihren Blick wie ein Stilett in die Seele ihres Sohnes.

Franz aber besaß nur eine Tugend oder vielmehr nur einen Fehler: die Kunst der Verstellung. Deshalb ertrug er ihren Blick, ohne mit der Wimper zu zucken.

„De Mouy?" rief er überrascht und als wäre dieser Name unter solchen Umständen zum erstenmal gefallen.

„Ja, der Hugenott de Mouy de Saint-Phale, dem es nicht gelang, Monsieur de Maurevert umzubringen und der heimlicherweise Frankreich und die Hauptstadt ständig in den verschiedensten Verkleidungen beunruhigt und eine Armee aufstellt, um Ihren Bruder Henri gegen Ihre Familie zu unterstützen."

Katharina, die nicht wußte, daß ihr Sohn Franz in dieser Hinsicht ebensoviel oder sogar mehr wußte als sie, hatte diese Worte mit erhobener Stimme gesprochen, um sich einen majestätischen Abgang zu verschaffen.

Franz hielt sie zurück.

„Bitte noch ein Wort, Mutter", bat er. „Da Sie geruhen, mich in Ihre Politik einzuweihen, sagen Sie mir auch, wie es Henri mit so schwachen Hilfsmitteln und so wenig bekannt gelingen sollte, einen so ernsthaften Krieg zu führen, daß er unsere Familie beunruhigt?"

„Kindskopf", lächelte die Königin, „dann will ich Ihnen sagen, daß er vielleicht dreißigtausend Männer hat, daß diese dreißigtausend Männer nur auf ein Wort von ihm warten, um sich plötzlich, wie aus der Erde emporgestiegen, zu erheben, und daß diese dreißigtausend Männer Hugenotten sind, bedenken Sie, das heißt die tapfersten Soldaten der Welt. Und außerdem steht er unter einem Schutz, den Sie nicht gewollt oder sich nicht zu verschaffen gewußt haben."

„Unter welchem Schutz?"

„Er hat den König, den König, der ihn liebt und fördert, den König, der aus Eifersucht gegen Ihren Bruder von Polen und aus Ärger über Sie allenthalben nach einem Nachfolger sucht. Nur sehen Sie in Ihrer Blindheit nicht, daß er ihn außerhalb seiner Familie sucht."

„Der König? ... Glauben Sie wirklich, Mutter?"

„Haben Sie denn nicht bemerkt, wie zärtlich er Henriot, seinen Henriot, liebt?"

„Allerdings, Mutter, allerdings."

„Und welchen Lohn er dafür empfängt? Denn derselbe Henriot, der vergißt, daß ihn sein Schwager in der Bartholomäusnacht erschießen wollte, kriecht auf dem Bauch vor ihm wie ein Hund und leckt die Hand, die ihn schlug."

„Ja, ja", murmelte Franz, „das habe ich gesehen; Henri ist sehr demütig gegen meinen Bruder Karl."

„Erfinderisch, ihm in allem zu gefallen."

„Ja, das geht so weit, daß er sich, aus Verdruß über die ewigen Spöttereien des Königs wegen seiner Unwissenheit in der Beize, ernsthaft damit beschäftigen will ... Eben gestern, ja, es war erst gestern, hat er mich um ein paar gute Jagdbücher gebeten."

„Warten Sie", rief Katharina, und ihre Augen glitzerten, als wäre ihr plötzlich ein Gedanke gekommen, „warten Sie ... was haben Sie ihm geantwortet?"

„Ich würde in meiner Bibliothek nachsehen."

„Gut", sagte Katharina, „gut, das Buch muß er haben."

„Ich habe gesucht, Madame, aber nichts gefunden."

„Ich werde etwas finden, jawohl ... Und Sie werden ihm das Buch geben, als käme es von Ihnen."

„Wozu soll das gut sein?"

„Haben Sie Vertrauen zu mir, Alençon?"

„Ja, Mutter."

„Wollen Sie mir in allem blindlings gehorchen, was Henri betrifft, den Sie nicht lieben, was Sie auch immer sagen mögen?"

Alençon lächelte.

„Und den auch ich verabscheue", fuhr Katharina fort.

„Ja, ich werde gehorchen."

„Übermorgen können Sie das Buch holen, ich gebe es Ihnen, und Sie bringen es Henri … und …"

„Und …?"

„Alles andere überlassen Sie Gott, der Vorsehung oder dem Zufall."

Franz kannte seine Mutter gut genug, um zu wissen, daß sie gewöhnlich weder Gott noch der Vorsehung oder dem Zufall die Sorge für ihre Freundschaften oder Feindschaften überließ; aber er hütete sich, noch ein einziges Wort zu sagen, sondern verneigte sich wie ein Mann, der einen Auftrag übernimmt, und entfernte sich.

Was meint sie? überlegte der junge Mann, als er die Treppe hinaufstieg. Ich habe keine Ahnung. Eins allerdings ist mir klar; was sie unternimmt, richtet sich gegen einen gemeinsamen Feind. Stören wir sie also nicht.

Unterdessen hatte Marguerite durch La Môles Vermittlung einen Brief von de Mouy erhalten. Da die beiden erlauchten Verbündeten in der Politik keine Geheimnisse voreinander hatten, entsiegelte sie den Brief und las ihn.

Zweifellos hielt sie den Brief für interessant; denn noch denselben Augenblick schlich Marguerite im Schutz der beginnenden Dämmerung, die an den Mauern des Louvre emporkroch, in den geheimen Gang, stieg die Wendeltreppe hinauf und lief, nachdem sie sich aufmerksam nach allen Seiten umgesehen hatte, flink wie ein Schatten vorwärts und verschwand im Vorzimmer des Königs von Navarra.

Seit Orthon verschwunden war, hielt im Vorzimmer niemand mehr Wache.

Sein Verschwinden, von dem wir nicht mehr gesprochen haben, seit der Leser die Tragödie des armen Orthon miterlebte, hatte Henri große Sorge bereitet. Er hatte sich Madame de Sauves und seiner Frau mitgeteilt, aber weder eine noch die andere war besser unterrichtet als er; allerdings hatte ihm Madame de Sauves ein paar Hinweise geben können, wonach Henri klar erkannte, das arme Kind müsse das Opfer eines Anschlages der Königinmutter geworden sein, woraufhin er und de Mouy im Wirtshaus „Zum Guten Stern" hätten festgenommen werden sollen.

Ein anderer als Henri hätte Schweigen bewahrt, weil er nicht gewagt hätte, ein Wort zu sagen; aber Henri berechnete alles und begriff, daß ihn sein Schweigen verraten würde; denn man verliert nicht so ohne weiteres einen Diener, einen Vertrauten, ohne nach ihm zu forschen und ohne nach ihm zu suchen. Henri forschte also und suchte nach ihm in Gegenwart des Königs und selbst der Königinmutter; alle Welt, angefangen von dem Posten, der vorm Louvreportal patrouillierte, bis zu dem Hauptmann, der im Vorzimmer des Königs Wache hielt, fragte er nach Orthon; aber alle Fragen und alle Schritte waren umsonst, und Henri schien so offensichtlich betrübt über den Vorfall und dem armen Diener, der nicht wieder auftauchte, so zugetan, daß er erklärte, er werde ihn nicht eher ersetzen, als er die Gewißheit erlangt hätte, er sei für immer verschwunden.

Daher war, wie gesagt, das Vorzimmer leer, als Marguerite zu Henri eilte.

So leichten Schritts die Königin eintrat, Henri hatte sie gehört und drehte sich um.

„Sie, Madame?" rief er.

„Ja", erwiderte Marguerite. „Lesen Sie schnell."

Damit reichte sie ihm den geöffneten Brief hin. Er trug folgenden Inhalt:

„Sire, der Augenblick ist gekommen, die geplante Flucht zu verwirklichen. Übermorgen wird eine Beize stattfinden, längs der Seine von Saint-Germain bis Maisons, das heißt in ganzer Länge des Waldes. Obwohl es eine Beize ist, nehmen Sie an der Jagd teil; legen Sie unter Ihrem Anzug ein festes Panzerhemd an, gürten Sie sich mit Ihrem besten Degen und nehmen Sie das schnellste Pferd aus Ihrem Stall.

Gegen Mittag, das heißt, wenn die Jagd ihren Höhepunkt erreicht hat und der König die Falken verfolgt, stehlen Sie sich allein weg, wenn Sie allein gehen, und mit der Königin von Navarra, wenn Ihnen die Königin folgt. Im Lustschlößchen Franz' I., zu dem wir den Schlüssel haben, werden fünfzig der Unsern verborgen sein; niemand wird wissen, daß sie da sind, denn sie werden nachts kommen und die Jalousien schließen. Kommen Sie durch die Veilchenallee, an deren Ende ich Wache halte; zur Rechten der Allee werden auf einer kleinen Lichtung die Herren La Môle und Coconnas mit zwei Handpferden warten. Die frischen Pferde sind als Ersatz für Ihr Pferd und das Ihrer Majestät der Königin von Navarra gedacht, falls diese ermüdet sind.

Adieu, Sire, seien Sie bereit, wir werden es sein."

„Sie werden es sein", sagte Marguerite, womit sie nach sechzehnhundert Jahren dieselben Worte sprach wie Cäsar, ehe er den Rubikon überschritt.

„Gut, Madame", erwiderte Henri, „ich werde Sie nicht Lügen strafen."

„Vorwärts, Sire, seien Sie ein Held, das ist nicht schwierig, Sie haben nur Ihrem Weg zu folgen; und geben Sie mir einen schönen Thron", forderte die Tochter Henris II.

Ein unmerkliches Lächeln legte sich um die feinen Lippen des Béarners. Er küßte Marguerite die Hand und ging als erster hinaus, um zu sehen, ob der Weg frei sei, wobei er den Refrain eines alten Liedes trällerte:

„Wer lieber gegen die Mauer rennt,
siecht nicht das Schloß von innen."

Seine Vorsicht war nicht vom Übel, denn kaum hatte er die Tür seines Schlafgemachs geöffnet, als der Herzog von Alençon seine Vorzimmertür aufmachte; Henri gab Marguerite ein Zeichen und rief mit lauter Stimme: „Ach, Sie sind es, Bruder, seien Sie willkommen."

Das Zeichen ihres Gatten hatte der Königin genug gesagt, sie war in einem Ankleidekabinett verschwunden, vor dessen Tür ein dichter Wandteppich hing.

Der Herzog von Alençon trat ängstlich zögernd ein und sah sich überall um.

„Sind wir allein, Bruder?" fragte er leise.

„Ganz allein. Was gibt es denn? Sie sind ja ganz durcheinander."

„Wir sind entdeckt, Henri."

„Was? Entdeckt?"

„Ja, de Mouy ist verhaftet."

„Das weiß ich."

„Ja, und de Mouy hat dem König alles erzählt."

„Was hat er erzählt?"

„Daß ich den Thron von Navarra haben wollte und konspirierte, um ihn zu bekommen."

„Armer Teufel!" entgegnete Henri. „Da sind Sie also kompromittiert, mein armer Bruder! Wie kommt es aber, daß Sie noch nicht festgenommen sind?"

„Das weiß ich selber nicht, der König hat mich verhöhnt, indem er so tat, als biete er mir selber den Thron von Navarra. Natürlich hat er gehofft, mir ein Geständnis zu entreißen, aber ich habe nichts gesagt."

„Heiliger Strohsack, daran haben Sie gut getan!" rief der Béarner. „Bleiben Sie fest, unser beider Leben hängt davon ab."

„Ja", fuhr Franz fort, „die Sache ist gefährlich, deshalb bin ich zu Ihnen gekommen, Bruder, und möchte Ihren Rat; sagen Sie mir, was soll ich tun, fliehen oder bleiben?"

„Da der König mit Ihnen sprach, haben Sie ihn gesehen?"

„Natürlich."

„Sie hätten in seinen Gedanken lesen sollen! Folgen Sie Ihrer Eingebung."

„Ich würde lieber bleiben", antwortete Franz.

Sosehr er sich auch beherrschte, entfuhr Henri eine Bewegung der Freude, und so unmerklich diese Bewegung war, Franz hatte sie gesehen.

„Dann bleiben Sie eben", sagte Henri.

„Und Sie?"

„Was nicht gar!" rief Henri. „Wenn Sie bleiben, habe ich keine Veranlassung zu gehen. Ich würde nur gehen, um Ihnen zu folgen, aus Ergebenheit, um einen Bruder, den ich liebe, nicht zu verlassen."

„Also Schluß mit all unsern Plänen?" fragte Alençon. „Bei der ersten unglücklichen Wendung geben Sie alles kampflos auf?"

„Ich sehe es nicht als eine unglückliche Wendung an, daß ich hierbleibe", erwiderte Henri, „da ich einen sorglosen Charakter habe, befinde ich mich überall wohl."

„Schon gut", sagte der Herzog von Alençon, „sprechen wir nicht mehr darüber; nur lassen Sie mich wissen, wenn Sie einen neuen Entschluß fassen."

„Potztausend! Das werde ich nicht versäumen, glauben Sie mir!" rief Henri. „Haben wir nicht abgemacht, keine Geheimnisse voreinander zu haben?"

Alençon fragte nicht weiter und entfernte sich mehr als nachdenklich; denn einen Augenblick lang hatte er zu sehen geglaubt, wie sich der Wandteppich zum Ankleidezimmer bewegte.

Und wirklich, kaum hatte Alençon das Zimmer verlassen, als sich der Wandteppich hob.

Marguerite erschien.

„Was halten Sie von diesem Besuch?" fragte Henri.

„Daß es etwas Neues und Wichtiges gibt."

„Und was glauben Sie, kann das sein?"

„Ich weiß es nicht, aber ich werde es wissen."

„Und inzwischen?"

„Inzwischen versäumen Sie nicht, morgen abend zu mir zu kommen."

„Ich werde mich hüten, das zu versäumen, Madame!" entgegnete Henri und küßte seiner Frau galant die Hand.

Mit nicht geringerer Vorsicht, als sie gekommen, kehrte Marguerite in ihre Gemächer zurück.

49

Das Buch über die Jagd

Sechsunddreißig Stunden waren seit dem eben Erzählten vergangen.

Es begann erst zu tagen; aber im Louvre war wie immer, wenn's zur Jagd ging, bereits alles auf den Beinen, als der Herzog von Alençon einer Aufforderung der Königinmutter folgte und sich zu ihr begab.

Die Königinmutter befand sich nicht in ihrem Schlafzimmer, hatte jedoch befohlen, man möchte ihn warten lassen, wenn er käme.

Wenige Augenblicke später erschien sie aus einem Geheimkabinett, das niemand außer ihr betreten durfte und in das sie sich zurückzog, um ihre chemischen Experimente auszuführen.

Als die Königinmutter eintrat, verbreitete sich, ob durch die halbgeöffnete Tür oder in ihren Kleidern hängengeblieben, ein ätzender Geruch, und durch die Türöffnung bemerkte Alençon einen dichten Dunst wie von verbranntem Riechkraut, der als weiße Wolke in dem Laboratorium wogte, aus dem die Königin kam.

Der Herzog konnte einen neugierigen Blick nicht zurückhalten.

»Ja«, erklärte Katharina von Medici, »ich habe alte Urkunden verbrannt, die einen solchen Gestank verbreiteten, daß ich Wacholder ins Kohlenbecken warf, daher der Geruch.«

Alençon verneigte sich.

»Nun«, fragte Katharina, ihre Hände, die mit gelblichroten Flecken verfärbt waren, in den breiten Manschetten ihres Schlafrocks verbergend, »was gibt es Neues seit gestern abend?«

»Nichts, Mutter.«

»Haben Sie Henri gesehen?«

»Ja.«

»Weigert er sich immer noch zu gehen?«

»Durchaus.«

„So ein Betrüger!"

„Was sagen Sie, Madame?"

„Ich sage, daß er gehen wird."

„Glauben Sie?"

„Ganz bestimmt."

„Dann wird er uns entwischen?"

„Ja", erwiderte Katharina.

„Und Sie lassen ihn gehen?"

„Ich lasse ihn nicht nur gehen, sondern ich sage Ihnen, er muß gehen."

„Ich begreife Sie nicht, Mutter."

„Hören Sie gut zu, was ich Ihnen jetzt sage, Franz. Ein sehr geschickter Arzt, der mir das Jagdbuch überlassen hat, das Sie ihm bringen werden, hat mir versichert, daß den König von Navarra die Schwindsucht ereilt hat, eine dieser Krankheiten, die keinen Pardon kennen und gegen die die Wissenschaft keine Hilfe weiß. Sie verstehen, wenn er an einem so grausamen Übel sterben müßte, so wäre es besser, er stürbe weit von uns entfernt als hier am Hofe unter unsern Augen."

„Wirklich", erwiderte der Herzog, „das würde uns zuviel Pein bereiten."

„Besonders Ihrem Bruder Karl", ergänzte Katharina, „während der König Henris Tod als eine Strafe des Himmels ansehen würde, wenn Henri stürbe, nachdem er ihm Ungehorsam bezeigte."

„Sie haben recht, Mutter", sagte Franz voller Bewunderung, „er muß gehen. Aber sind Sie auch ganz sicher, daß er gehen wird?"

„Alles ist gut vorbereitet. Der Treffpunkt ist im Wald von Saint-Germain. Fünfzig Hugenotten sollen ihm bis Fontainebleau als Geleit dienen, wo ihn fünfhundert weitere erwarten."

„Und wird meine Schwester Margot mitgehen?" fragte Alençon mit leichtem Zaudern und sichtlicher Blässe.

„Ja", antwortete Katharina, „das ist abgemacht. Aber wenn Henri erst tot ist, wird Margot als Witwe und frei an den Hof zurückkehren."

„Und Henri wird sterben, Madame, dessen sind Sie ganz sicher?"

„Das beteuerte zumindest der Arzt, von dem ich das bewußte Buch erhielt."

„Und wo ist das Buch, Madame?"

Katharina ging mit langsamen Schritten zu dem geheimnisvollen Kabinett, öffnete die Tür, trat ein und erschien einen Augenblick später mit dem Buch in der Hand.

„Hier ist es", sagte sie.

Alençon betrachtete das Buch, das ihm seine Mutter reichte, mit einer gewissen Furcht.

„Was ist das für ein Buch, Madame?" fragte der Herzog schaudernd.

„Ich habe Ihnen schon gesagt, mein Sohn, es ist ein Werk über die Kunst, Edelfalken, Sperber und Gerfalken aufzuziehen und abzurichten, von einem sehr gelehrten Mann geschrieben, dem Despoten von Lucca, Herrn Castruccio Castracani."

„Und was soll ich damit tun?"

„Sie sollen es Ihrem lieben Freund Henriot bringen, der Sie um dies oder ein ähnliches bat, wie Sie mir sagten, damit er sich in der Wissenschaft der Falknerei unterrichten könne. Da er heute mit dem König auf die Beize geht, wird er nicht versäumen, ein paar Seiten zu lesen, damit er dem König beweisen kann, daß er seinen Ratschlägen folgte und sich belehrte. Es handelt sich nur darum, es ihm selber zu übergeben."

„Das wage ich nicht!" rief Alençon zitternd.

„Warum nicht?" fragte Katharina. „Es ist ein Buch wie jedes andere, nur hat es so lange verschlossen gelegen, daß die Seiten zusammengeklebt sind. Versuchen Sie daher nicht, darin zu lesen, Franz, denn das ist nur möglich, wenn man den Finger anfeuchtet und Blatt für Blatt löst, was viel Zeit in Anspruch nimmt und Mühe kostet."

„So daß nur ein Mann, dessen Verlangen, sich zu unterrichten, sehr groß ist, soviel Zeit aufbringen und die Mühe in Kauf nehmen würde", ergänzte Alençon.

„Ganz recht, mein Sohn, Sie haben verstanden."

„Oh", rief Alençon plötzlich, „da ist er schon im Hof; geben Sie das Buch, Madame! Ich werde mir seine Abwesenheit zunutze machen und es in sein Zimmer tragen, bei seiner Rückkehr wird er es finden."

„Es wäre mir lieber, wenn Sie es ihm selber überreichten, Franz, das wäre sicherer."

„Ich sagte Ihnen schon, das wage ich nicht", wiederholte der Herzog.

„Dann gehen Sie, aber legen Sie es wenigstens an einen Platz, der ins Auge fällt."

„Geöffnet …? Schadet es, wenn es geöffnet ist?"

„Nein."

„Geben Sie also her."

Mit zitternder Hand nahm Alençon das Buch, das ihm Katharina mit fester Hand reichte.

„Nehmen Sie, nehmen Sie ruhig", beschwichtigte ihn Katharina; „es ist keine Gefahr dabei, ich berühre es doch auch; außerdem tragen Sie Handschuhe."

Das schien jedoch Alençon nicht genug der Vorsicht, er hüllte das Buch in seinen Mantel.

„Eilen Sie", drängte Katharina, „eilen Sie, im nächsten Augenblick kann Henri heraufkommen."

„Sie haben recht, Madame, ich gehe."

Wie von Sinnen vor Aufregung wankte der Herzog hinaus.

Wir haben den Leser schon einige Male mit den Gemächern des Königs von Navarra bekannt gemacht und haben verschiedenen Szenen in jenen Räumen beigewohnt – fröhlichen oder schrecklichen, je nachdem, ob der Schutzgeist des zukünftigen Königs von Frankreich lächelte oder drohte.

Doch nie zuvor hatten diese durch Mord blutbefleckten, vom Wein eines Gelages benetzten, von Düften der Liebe geschwängerten Wände wohl ein bleicheres Gesicht gesehen als das des Herzogs von Alençon, als er, sein Buch in der Hand, die Tür zum Schlafzimmer des Königs von Navarra öffnete.

Dennoch befand sich, wie der Herzog erwartet hatte, niemand in diesem Zimmer, der mit neugierigem oder unruhigem Blick hätte fragen können, was er hier zu tun gedenke. Die ersten Morgenstrahlen erhellten den völlig leeren Raum.

An der Wand hing der Degen, den de Mouy Henri zu tragen geraten hatte. Ein paar Glieder eines Panzergürtels lagen auf dem Boden verstreut. Eine rechtschaffen gefüllte Börse und ein kleiner Dolch warteten auf einem Tisch, und im Kamin erkannte man noch ein paar leichte, im Luftzug wehende Aschenfetzen, die dem Herzog von Alençon zusammen mit den anderen Indizien deutlich erzählten, daß der König von Navarra ein Panzerhemd angezogen, von seinem Schatzmeister Geld verlangt und kompromittierende Papiere verbrannt habe.

Meine Mutter hat sich nicht geirrt, dachte Alençon, der Schurke hat mich betrogen.

Diese Überzeugung gab dem jungen Mann zweifellos neue Kraft; denn nachdem er mit seinen Blicken alle Ekken des Zimmers durchforscht hatte, nachdem er die Wandbehänge vor den Türen gehoben, dem vom Hof heraufklingenden Lärm und dem im Zimmer herrschenden tiefen Schweigen gelauscht und aus beidem entnommen hatte, daß niemand daran dachte, ihm nachzuspionieren, zog er das Buch unter seinem Mantel hervor, legte es rasch auf den Tisch, auf dem sich die Börse befand, und lehnte es an ein eichengeschnitztes Pult; dann wich er zurück, streckte den Arm aus und öffnete – die Finger im Handschuh – mit einem Zögern, das seine Furcht verriet, das Buch an einer Stelle, wo sich ein Jagdbild befand.

Nachdem das Buch aufgeschlagen war, trat Alençon rasch zurück, zog seinen Handschuh aus und warf ihn in das noch glühende Kohlenbecken, das die Briefe verschlungen hatte. Das weiche Leder knirschte, wand und streckte sich wie ein sterbendes Reptil und blieb als krauser, schwarzer Rückstand liegen.

Alençon wartete, bis die Flamme den Handschuh völlig verschlungen hatte, dann rollte er den Mantel, in dem er das Buch getragen hatte, zusammen, nahm ihn unter den Arm und kehrte rasch in sein Zimmer zurück.

Als er mit laut klopfendem Herzen eintrat, hörte er

Schritte auf der Wendeltreppe, und da er nicht daran zweifelte, daß sie Henri gehörten, der zurückkam, schloß er schnell seine Tür.

Dann stürzte er ans Fenster, aber von seinem Fenster aus war nur ein Teil des Louvrehofes zu übersehen. Henri war nirgends zu erblicken, und so festigte sich seine Überzeugung, er sei in sein Zimmer zurückgekehrt.

Der Herzog setzte sich, öffnete ein Buch und versuchte zu lesen. Es war eine Geschichte Frankreichs von Pharamund bis Henri II., die er noch einige Tage nach dem ersten Schritt zur Thronbesteigung lieber als etwas anderes gelesen hatte.

Aber heute waren seine Gedanken nicht bei der Sache, das Fieber der Erwartung brannte in seinen Adern. Das Klopfen in seinen Schläfen dröhnte in seinem Hirn, und wie man im Traum oder in hypnotischer Verzückung sieht, schien es Franz, als könne er durch die Mauern sehen; sein Blick drang in Henris Zimmer, trotz des dreifachen Hindernisses, das ihn davon trennte.

Um den schrecklichen Gegenstand zu verjagen, den er vor seinem geistigen Auge zu sehen glaubte, versuchte der Herzog seinen Blick auf etwas anderes als das entsetzliche, vor dem Eichenholzpult bei dem Bild geöffnete Buch zu richten; aber umsonst nahm er, eine nach der anderen, seine Waffen in die Hand, betastete er seine Kleinodien, durchmaß er an die hundertmal denselben Streifen Boden – jede Einzelheit jenes Bildes, das der Herzog doch nur flüchtig gesehen hatte, war ihm im Gedächtnis geblieben. Ein Edelmann zu Pferd, der selber den Dienst eines Falkners versah, den Falken anfeuernd das Federspiel hochwarf und in gestrecktem Galopp durch den Sumpf jagte. Wie mächtig auch der Wille des Herzogs war, die Erinnerung triumphierte über seinen Willen.

Dann war es nicht mehr nur das Buch, das er sah, sondern der König von Navarra, wie er sich dem Buch näherte, das Bild betrachtete, die Seiten umzuwenden versuchte und, aufgehalten durch das Hindernis, das sie ihm entgegensetzten, über das Hindernis triumphierte, indem er den Daumen benetzte und die Seiten auseinanderblätterte.

Und bei diesem Anblick, bei diesem durchaus fiktiven, visionären Anblick taumelte Alençon und mußte sich mit einer Hand auf den Tisch stützen, während er mit der anderen die Augen bedeckte, als zeigten ihm die verhüllten Augen nicht noch besser das Schauspiel, dem er entfliehen wollte.

Dieses Schauspiel bot ihm seine eigene Vorstellung.

Plötzlich sah Alençon, wie Henri über den Hof kam, wie er eine Weile vor den Männern stehenblieb, die zwei Maultiere mit Jagdvorräten beluden, mit nichts Geringerem als seinem Geld und seinen Reisebedürfnissen, und wie er dann, nachdem er ihnen seine Befehle erteilt hatte, den Hof diagonal durchquerte und sichtlich der Eingangstür zustrebte.

Alençon stand unbeweglich. Also war es nicht Henri gewesen, der über die Geheimtreppe heraufgekommen war. Alle Qualen, die er seit einer Viertelstunde fühlte, hatte er umsonst empfunden. Was er beendet oder fast am Ende geglaubt hatte, mußte nun von neuem beginnen.

Alençon öffnete die Tür seines Zimmers, hielt sie fest angelehnt und horchte auf die Tür zum Gang. Diesmal war kein Irrtum möglich – es war Henri. Alençon erkannte seinen Schritt bis zu dem besonderen Geräusch seiner Sporenrädchen.

Die Tür zu Henris Zimmer wurde geöffnet und wieder geschlossen.

Alençon ging zurück und ließ sich in einen Sessel fallen.

Gut, dachte er, jetzt geschieht also folgendes: Er hat den Vorraum und das erste Zimmer durchquert und ist ins Schlafzimmer gelangt, dort wird er mit den Augen seinen Degen gesucht haben, seine Börse, seinen Dolch, und schließlich findet er auf dem Tisch das geöffnete Buch. Was ist das für ein Buch? fragt er sich. Wer hat mir das Buch gebracht?

Er tritt näher, sieht das Bild, das einen seinem Falken zurufenden Reiter darstellt, bekommt Lust zum Lesen und versucht schließlich, die Seiten umzuwenden.

Kalter Schweiß brach Franz aus der Stirn. – Ob er rufen wird? dachte er. Ist es ein sofort wirkendes Gift? Nein,

nein, gewiß nicht, denn meine Mutter hat gesagt, er wird eines langsamen Todes an der Schwindsucht sterben.

Dieser Gedanke beruhigte ihn ein wenig.

So vergingen zehn Minuten, Sekunde für Sekunde, ein Jahrhundert an Todesangst, und jede Sekunde vollendet, was die Einbildung an sinnlosen Schrecken erfindet, eine Welt von Hirngespinsten.

Alençon konnte es nicht mehr ertragen, er stand auf und ging durch sein Vorzimmer, das sich schon mit Edelleuten zu füllen begann. „Guten Morgen, Messieurs", sagte er, „ich gehe zum König."

Und um seine nagende Unruhe abzulenken und vielleicht ein Alibi vorzubereiten, stieg Alençon tatsächlich zu seinem Bruder hinunter. Warum er das tat? Er wußte es nicht ... Was hatte er ihm zu sagen? ... Nichts! Er suchte nicht Karl, sondern floh Henri.

Er ging über die kleine Wendeltreppe und fand die Tür des Königs halb geöffnet.

Die Wachen ließen den Herzog eintreten, ohne ihm Widerstand entgegenzusetzen, denn an Jagdtagen galten weder Etikette noch Instruktionen.

Franz ging nacheinander durch das Vorzimmer, den Salon und das Schlafzimmer, ohne jemand zu begegnen; schließlich fiel ihm ein, Karl werde natürlich in seinem Arbeitszimmer sein, und er stieß die Tür auf, die vom Schlafzimmer in diesen Raum führte.

Karl saß in einem mächtigen Sessel mit schmal zulaufender, geschnitzter Rückenlehne vor einem Tisch und kehrte der Tür, durch die Franz eingetreten war, den Rücken.

Er schien völlig vertieft in eine fesselnde Beschäftigung.

Der Herzog trat auf Zehenspitzen näher; Karl las.

„Bei Gott!" rief er plötzlich aus. „Das ist ein meisterhaftes Buch. Ich habe schon davon gehört, aber nicht geglaubt, daß es in Frankreich existiere."

Alençon spitzte die Ohren und ging noch einen Schritt weiter.

„Verwünschte Blätter!" rief der König und führte den Daumen an die Lippen und dann an das Buch, um die

Seite, die er lesen wollte, von der, die er gelesen hatte, zu trennen. „Man könnte meinen, die Blätter wären zusammengeklebt, um Menschenblicken die Wunder zu verbergen, die sie enthalten."

Alençon machte einen Satz nach vorn.

Das Buch, über dem Karl saß, war das Buch, das er zu Henri gebracht hatte!

Ein dumpfer Schrei entfuhr ihm.

„Ach, Sie, Alençon!" sagte Karl. „Willkommen! Sehen Sie, hier habe ich das schönste Jagdbuch, das je aus der Feder eines Menschen ans Tageslicht kam."

Die erste Regung des Herzogs von Alençon war, seinem Bruder das Buch aus den Händen zu reißen; aber ein teuflischer Gedanke nagelte ihn an seinem Platz fest, ein furchtbares Lächeln glitt um seine leichenblassen Lippen, und wie geblendet legte er die Hand über die Augen.

Allmählich bekam er sich wieder in die Gewalt, rührte sich jedoch weder vor- noch rückwärts.

„Wie kommt dies Buch in die Hände Euer Majestät?" fragte Alençon.

„Ganz einfach. Heute morgen ging ich zu Henri hinauf, um zu sehen, ob er fertig sei; aber er war nicht mehr da, natürlich ist er in den Hundezwingern und Ställen herumgelaufen; statt dessen habe ich diesen Schatz gefunden und mitgenommen, um ihn in aller Ruhe zu lesen."

Wieder führte der König den Daumen an die Lippen und blätterte auf diese Weise eine widerspenstige Seite um.

„Sire", stammelte Alençon mit gesträubten Haaren und von entsetzlicher Angst gepackt, „Sire, ich bin gekommen, um Ihnen zu sagen …"

„Lassen Sie mich dies Kapitel beenden, Franz", entgegnete Karl, „dann können Sie mir sagen, was Sie wollen. Fünfzehn Seiten habe ich noch zu lesen, vielmehr zu verschlingen."

Fünfundzwanzigmal hat er das Gift genommen, dachte Franz. Mein Bruder ist des Todes! Dann dachte er, daß es einen Gott im Himmel gäbe, der vielleicht nicht Zufall hieß.

Mit bebender Hand trocknete er sich den eisigen Schweiß von der Stirn und wartete schweigend, wie ihm sein Bruder befohlen, bis er das Kapitel beendet hatte.

50

Die Beize

Karl las immer noch. In seiner Neugier verschlang er die Seiten, und alle Seiten klebten, wie gesagt, aneinander, mag sein, weil das Buch zu lange der Feuchtigkeit ausgesetzt gewesen war, vielleicht auch aus anderen Gründen.

Mit verstörtem Blick beobachtete Alençon das entsetzliche Schauspiel, dessen Ausgang er allein voraussehen konnte.

„Oh", murmelte er, „was wird hier geschehen! Was? Ich entferne mich, ich gehe ins Exil, ich suche einen imaginären Thron, während Henri bei der ersten Nachricht von Karls Krankheit in irgendeine zwanzig Meilen von Paris gelegene befestigte Stadt zurückkehrt, die vom Zufall geschenkte Beute belauert und mit einem einzigen Schritt in der Hauptstadt sein kann, so daß die Dynastie bereits gewechselt hat, ehe der König von Polen auch nur die Nachricht vom Tod meines Bruders erhält! Unmöglich!"

Diese Gedanken hatten das erste Gefühl unwillkürlichen Grauens gezügelt, das Franz drängte, Karl Einhalt zu gebieten. Noch einmal wollte der Herzog versuchen, das hartnäckige Verhängnis aufzuhalten, das Henri zu beschützen und die Valois zu verfolgen schien.

In einem Augenblick änderte er seinen ganzen Plan in Hinblick auf Henri. Karl, nicht Henri hatte das vergiftete Buch gelesen; Henri sollte gehen, aber verdammt. Da ihn jedoch das Verhängnis noch einmal gerettet hatte, mußte Henri bleiben; denn als Gefangener in Vincennes oder in der Bastille war Henri weniger zu fürchten denn als König von Navarra an der Spitze von dreißigtausend Mann.

Deshalb ließ der Herzog von Alençon Karl das Kapitel beenden und sagte, als der König den Kopf hob: „Ich habe gewartet, wie Euer Majestät befahlen, wenn auch nicht ohne Bedauern, Bruder; denn ich habe Ihnen Dinge von höchster Wichtigkeit zu sagen."

„Ach, zum Teufel!" rief Karl, dessen blasse Wangen nach und nach purpurrot wurden, weil er sich allzu begierig in die Lektüre vertieft hatte oder weil das Gift zu wirken begann. „Zum Teufel, wenn du mir wieder von derselben Sache anfängst! Du wirst gehen, wie der König von Polen gegangen ist. Ich habe mich seiner entledigt, und dich werde ich mir auch vom Halse schaffen, kein Wort mehr davon!"

„Ich wollte mich nicht über meine Abreise mit Ihnen unterhalten, Bruder", sagte Franz, „sondern über die eines anderen. Euer Majestät verwunden mich in meinem tiefsten und zartesten Gefühl, in meiner Ergebenheit als Bruder und meiner Treue als Untertan, und ich möchte Ihnen beweisen, daß ich kein Verräter bin."

„Vorwärts", befahl Karl; er stützte den Ellbogen auf das Buch, schlug die Beine übereinander und sah Alençon an wie ein Mensch, der sich gegen seine Gewohnheiten in Geduld faßt, „vorwärts! Irgendein neues Gerede, eine Beschuldigung am frühen Morgen?"

„Nein, Sire, eine Gewißheit, eine Verschwörung, die ich Ihnen nur aus einem lächerlichen Feingefühl heraus bis heute noch nicht entdeckte."

„Eine Verschwörung?" rief Karl. „Erzählen Sie!"

„Sire", erwiderte Franz, „während Euer Majestät am Fluß und in der Ebene von Vesinet mit den Falken jagen, wird der König von Navarra den Wald von Saint-Germain erreichen, wo ihn eine Schar Freunde erwartet, mit denen er fliehen will."

„Wußte ich's nicht?" sagte Karl. „Wieder so eine feine Verleumdung gegen meinen armen Henriot. Wollen Sie mit ihm brechen?"

„Euer Majestät brauchen nicht lange zu warten, um sich wenigstens zu vergewissern, ob das, was ich Ihnen zu sagen die Ehre hatte, eine Verleumdung ist oder nicht."

„Wirklich?"

„Ja, weil unser Schwager heute abend nicht mehr hier sein wird."

Karl stand auf.

„Hören Sie", sagte er, „ich will noch ein letztes Mal so tun, als glaubte ich Ihren Erfindungen, aber ich warne Sie, Sie und meine Mutter, es ist das letzte Mal."

Dann rief er mit lauter Stimme: „Der König von Navarra soll kommen!"

Ein Mann von der Wache schickte sich bereits an, dem Befehl nachzukommen, als Franz ihn durch ein Zeichen zurückhielt.

„Das ist nicht gut, Bruder", wandte er ein, „auf diese Weise werden Sie nichts erfahren. Henri wird leugnen, ein Zeichen geben, und seine Komplicen sind gewarnt und verschwinden; dann werden Sie meine Mutter und mich nicht allein beschuldigen, Gespensterseher, sondern mehr noch Verleumder zu sein."

„Was verlangen Sie also?"

„Euer Majestät möchten um unserer brüderlichen Verbundenheit willen auf mich hören und um meiner Ergebenheit willen, die Ihre Anerkennung finden wird, nichts überstürzen. Richten Sie es so ein, Sire, daß der wahrhaft Schuldige, der seit zwei Jahren vorhat, Euer Majestät zu verraten, und nur auf den Augenblick wartet, es wirklich zu tun, endlich durch einen unfehlbaren Beweis für schuldig erkannt und bestraft wird, wie er es verdient."

Karl antwortete nicht, er trat an ein Fenster und öffnete es, das Blut stieg ihm zu Kopf.

Schließlich drehte er sich rasch um und sagte: „Was wollen Sie tun? Sprechen Sie, Franz!"

„Sire", antwortete Alençon, „ich werde den Wald von Saint-Germain durch drei Abteilungen leichter Reiterei umstellen lassen, die sich zu einer verabredeten Stunde, sagen wir um elf Uhr, in Marsch setzen und alles zusammentreiben, was sie im Wald in der Nähe des Pavillons Franz' I. finden, den ich wie zufällig als Treffpunkt für das Jagdfrühstück bestimmt habe. Wenn ich dann, dem Schein nach auf der Spur meines Falken, sehe, wie sich

Henri entfernt, gebe ich meinem Pferd die Sporen und komme zum Treffpunkt, wo er mit all seinen Komplicen gefaßt wird."

„Die Idee ist gut", sagte der König, „der Hauptmann der Wache soll kommen."

Alençon zog eine silberne Pfeife hervor, die unter seinem Wams an einer Goldkette hing, und pfiff.

Karl gab dem Hauptmann mit leiser Stimme seine Befehle.

Unterdessen hatte sich sein großes Windspiel Actäon einer Beute bemächtigt und schleppte sie unter tausend mutwilligen Sprüngen durch das ganze Zimmer und zerriß sie mit kräftigen Zähnen.

Karl drehte sich um und stieß einen fürchterlichen Fluch aus. Denn die Beute, die Actäon beschlagnahmt hatte, war das kostbare Jagdbuch, von dem es, wie er wußte, auf der ganzen Welt nur drei Exemplare gab.

Die Strafe entsprach dem Verbrechen; Karl nahm seine Peitsche, und der pfeifende Riemen schlang sich in einer dreifachen Schlinge um das Tier. Actäon heulte auf und verschwand unter einem Tisch, dessen herabhängende Decke ihm Zuflucht gewährte.

Karl hob das Buch auf und sah voller Freude, daß nur ein einziges Blatt fehlte, überdies keine Textseite, sondern nur ein Bild.

Behutsam legte er das Buch in ein Fach des Regals, wo es Actäon nicht erreichen konnte. Alençon beobachtete ihn dabei nicht ohne Sorge. Es wäre ihm lieb gewesen, wenn Karl das Buch, nachdem es seine entsetzliche Mission erfüllt hatte, nicht mehr greifbar gehabt hätte.

Es schlug sechs Uhr.

Zu dieser Stunde sollte der König in den Hof hinuntersteigen, wo sich die reichgeputzten Pferde und die vielen prächtig gekleideten Herren und Damen drängten. Die Jäger hielten auf der Faust die aufgehaubten Falken, einige trugen Hörner an der Schärpe, falls der König, der Beize müde, wie es mitunter geschah, lieber einen Damhirsch oder einen Rehbock jagen wollte.

Der König ging, nachdem er die Tür zu seinem Arbeitszimmer verschlossen hatte. Alençon verfolgte jede seiner Bewegungen mit aufmerksamem Blick und sah, wie er den Schlüssel in die Tasche steckte.

Als der König die Treppe hinunterstieg, blieb er plötzlich stehen und legte die Hand an die Stirn.

Dem Herzog von Alençon zitterten die Beine nicht weniger als dem König.

„Wirklich", stammelte er, „mir scheint, es gibt ein Gewitter."

„Gewitter im Januar?" rief Karl. „Sie sind verrückt! Nein, mir ist nur schwindlig, meine Haut ist trocken, ich bin schwach, weiter nichts."

Und mit leiser Stimme fügte er hinzu: „Sie werden mich noch umbringen mit ihrem Haß und mit ihren Verschwörungen."

Doch als er den Fuß in den Hof setzte, verfehlten die frische Morgenluft, die Rufe der Jäger und die lauten Grüße der hundert Versammelten nicht ihre übliche Wirkung auf ihn.

Er atmete frei und glücklich.

Sein erster Blick suchte Henri.

Henri hielt sich neben Marguerite. Die beiden vortrefflichen Eheleute schienen sich vor lauter Liebe nicht trennen zu können.

Als er Karl bemerkte, ließ Henri sein Pferd steigen und war mit drei Courbetten neben seinem Schwager.

„Ah", sagte Karl, „Sie haben einen Renner wie zur Hirschjagd, Henriot. Dabei wissen Sie doch, daß wir heute auf die Beize gehen."

Dann rief er, ohne die Antwort abzuwarten, mit gerunzelter Stirn und fast drohender Stimme: „Vorwärts, Messieurs, vorwärts! Um neun müssen wir die Jagd erreicht haben!"

Katharina sah aus einem Fenster im Louvre zu. Ein aufgehobener Vorhang zeigte ihr bleiches, verschleiertes Gesicht, die ganz in Schwarz gekleidete Gestalt verschwand im Halbschatten.

Auf Karls Befehl setzte sich die ganze vergoldete, bestickte, parfümierte Schar mit dem König an der Spitze durch die Louvreportale in Bewegung und rollte wie eine Lawine über die Straße von Saint-Germain, mitten durch das Geschrei der Menge, die den sorgenvollen und nachdenklichen jungen König auf seinem weißer als Schnee schimmernden Pferd grüßte.

„Was hat er Ihnen gesagt?" fragte Marguerite Henri.

„Er hat mich zu meinem trefflichen Pferd beglückwünscht."

„Das war alles?"

„Ja."

„Dann weiß er etwas."

„Ich fürchte."

„Seien Sie vorsichtig."

Henris Gesicht erhellte ein feines Lächeln, wie er es oft zeigte und das Marguerite sagen sollte: Keine Sorge, meine Freundin.

Was Katharina betraf, so ließ sie, kaum daß sich der Zug aus dem Louvrehof entfernt hatte, den Vorhang fallen.

Doch war ihr nicht das geringste entgangen: Henris Blässe, sein nervöses Zucken, seine mit leiser Stimme geführten Unterhaltungen mit Marguerite.

Henri war blaß, weil er kein hitziges Gemüt war und weil ihm bei allen Gelegenheiten, wenn sein Leben auf dem Spiel stand, das Blut nicht wie anderen in den Kopf stieg, sondern zum Herzen zurückdrängte.

Er war nervös zusammengefahren, weil die Art, wie ihn Karl begrüßt hatte, so verschieden von seiner sonstigen war und großen Eindruck auf ihn machte.

Und er hatte mit Marguerite gesprochen, weil die Ehegatten, wie wir bereits wissen, hinsichtlich der Politik ein Angriffs-und Verteidigungsbündnis eingegangen waren.

Katharina hatte sich einen anderen Vers darauf gemacht.

„Ich glaube, diesmal erwischt es den lieben Henriot", murmelte sie mit ihrem florentinischen Lächeln.

Und um sicherzugehen, begab sie sich, nachdem sie eine Viertelstunde gewartet hatte, damit die ganze Jagdgesellschaft Zeit hätte, Paris zu verlassen, aus ihrem Zimmer in den Gang, stieg die kleine Wendeltreppe empor und öffnete mit Hilfe ihres Nachschlüssels das Zimmer des Königs von Navarra.

Aber vergeblich suchte sie den ganzen Raum nach dem Buch ab. Vergeblich glitt ihr gieriger Blick von den Tischen zu den Anrichten, von den Anrichten zu den Regalen, von den Regalen zu den Schränken: Nirgendwo entdeckte sie das gesuchte Buch.

Alençon wird es schon weggenommen haben, sagte sie sich, das nenne ich umsichtig.

Und beinahe gewiß, daß ihr Plan diesmal gelingen werde, kehrte sie in ihre Gemächer zurück.

Unterdessen folgte der König seiner Straße nach Saint-Germain, wo er anderthalb Stunden später nach schnellem Ritt ankam; sie waren nicht einmal zu dem alten Schloß hinaufgestiegen, das sich düster und majestätisch aus den über das Gebirge verstreuten Häusern erhob. Gegenüber der noch heutigentags unter diesem Namen bekannten Eiche von Sully sprengten sie über die Holzbrücke. Dann wurden die beflaggten Barken, die der Jagdgesellschaft folgten, herangewinkt, damit der König und die Herren und Damen seines Gefolges bequem über den Fluß kämen. Wie auf ein Zeichen setzte sich die ganze fröhliche, von verschiedenen Interessen beseelte Jugend mit dem König an der Spitze in Bewegung über die herrliche Wiese, die vom waldigen Gipfel von Saint-Germain hinabstieg und plötzlich einem riesigen, in tausend Farben getönten Teppich aus Menschen glich, dessen silberne Franse das Ufer des schäumenden Flusses bildete.

Vor dem auf seinem Schimmel sitzenden König, der seinen Lieblingsfalken auf der Faust hielt, gingen die in grüne Wämser und hohe Stiefel gekleideten Jagddiener, die jetzt mit einem Geschrei wie ein halbes Dutzend Affenpinscher gegen das Schilf schlugen, das den Fluß säumte.

In diesem Augenblick tauchte die bisher hinter Wolken verborgene Sonne plötzlich aus dem dunklen Ozean empor, in dem sie versunken war. Ein Sonnenstrahl warf sein Licht auf all das Gold, all das Geschmeide und die brennenden Augen und verwandelte alles Licht in einen Feuerstrom.

Als hätte er nur auf den Augenblick gewartet, daß ein schöner Sonnenstrahl seine Niederlage beleuchte, erhob sich jetzt mit langgezogenem, klagendem Schrei ein Reiher aus dem Schilf.

„Haw! Haw!" rief Karl, zog seinem Falken die Haube ab und warf ihn dem Flüchtling nach.

„Haw! Haw!" schrien alle, um den Vogel anzufeuern.

Der Falke, geblendet von dem Licht, drehte sich um sich selbst und beschrieb einen Kreis, ohne vorwärts zu kommen oder abzufallen; doch plötzlich bemerkte er den Reiher und flog pfeilschnell auf ihn los.

Während der König seinem Falken die Haube abnahm und dieser sich an das Licht gewöhnte, hatte der Reiher, der als vorsichtiger Vogel die Jagdgehilfen mehr als hundert Fuß tief unter sich gelassen hatte, an Entfernung oder vielmehr Höhe gewonnen. So kam es, daß er bereits mehr als fünfhundert Fuß hoch war, ehe ihn sein Feind bemerkte, und da er in diesen Höhen die für seine mächtigen Flügel nötige Luftströmung fand, stieg er rasch.

„Haw! Haw! Eisenschnabel!" feuerte Karl seinen Falken an. „Zeig uns, daß du Rasse hast. Haw! Haw!"

Als hätte es diesen Ruf gehört, flog das edle Tier wie ein Pfeil davon, diagonal zu der vertikalen Linie, die der Reiher zog, der immer noch stieg, als wolle er im Äther verschwinden.

„Feigling!" schrie Karl, als hätte ihn der Flüchtling hören können, spornte sein Pferd zum Galopp und folgte der Jagd, so weit er nur konnte, mit zurückgeworfenem Kopf, um die beiden Vögel keinen Augenblick aus den Augen zu verlieren. „Feigling, du fliehst! Mein Eisenschnabel ist rassig, warte nur! Warte! Haw! Eisenschnabel! Haw!"

Der Kampf war in der Tat sehenswert; die beiden Vögel kamen einander näher, vielmehr näherte sich der Falke dem Reiher.

Es fragte sich nur, wer bei diesem ersten Angriff die Oberhand behalten würde.

Die Furcht verleiht bessere Flügel als der Mut. Der Falke schoß im Eifer seines Fluges unter dem Bauch des Reihers hindurch, den er von oben hätte angreifen müssen. Der Reiher nahm seine Überlegenheit wahr und versetzte ihm einen Hieb mit seinem langen Schnabel.

Wie von einem Dolchstoß getroffen, drehte sich der Falke betäubt dreimal um sich selbst, und einen Augenblick lang mußte jedermann glauben, er käme herunter. Aber wie sich ein verwundeter Krieger noch schrecklicher wiedererhebt, stieß er einen spitzen, drohenden Schrei aus und nahm die Verfolgung des Reihers von neuem auf.

Der Reiher hatte seinen Vorteil ausgenutzt und war, nachdem er die Richtung gewechselt, zum Wald abgebogen; diesmal versuchte er Raum zu gewinnen und in der Weite statt in der Höhe zu entkommen.

Aber der Falke war ein Tier von edler Rasse, mit dem scharfen Auge des Gerfalken. Er wiederholte dasselbe Manöver, schoß diagonal auf den Reiher los, der zwei, drei verzweifelte Schreie ausstieß und senkrecht emporzusteigen suchte, wie er es bereits das erste Mal gemacht hatte. Nach einigen Sekunden dieses Zweikampfes schienen die beiden Vögel in den Wolken verschwinden zu wollen. Der Reiher war jetzt nicht größer als eine Lerche und der Falke nur noch ein schwarzer Punkt, der im nächsten Augenblick nicht mehr wahrnehmbar sein würde.

Weder Karl noch der Hof folgten den beiden Vögeln weiter. Karl blieb reglos auf seinem Platz, die Augen unverwandt auf den Flüchtling und den Verfolger gerichtet.

„Bravo! Bravo! Eisenschnabel!" schrie er plötzlich. „Sehen Sie, sehen Sie, Messieurs, er ist über ihm! Haw! Haw!"

„Ich muß gestehen, daß ich weder den einen noch den anderen sehe", sagte Henri.

„Ich ebensowenig", bestätigte Marguerite.

„Ja, aber wenn du sie nicht mehr siehst, Henriot, so kannst du sie doch noch hören", warf Karl ein, „wenigstens den Reiher. Hörst du? Hörst du? Er bittet um Gnade!"

Und wirklich drangen klagende Schreie, die nur ein geübtes Ohr vernehmen konnte, vom Himmel zur Erde herab.

„Hör nur, hör!" rief Karl. „Gleich wirst du sie schneller herabkommen sehen, als sie aufgestiegen sind."

Kaum hatte der König diese Worte gesprochen, als die beiden Vögel tatsächlich wieder erschienen. Zuerst nur als zwei schwarze Punkte, aber der Größenunterschied der beiden Punkte verriet deutlich, daß sich der Falke über dem Reiher befand.

„Sieh nur! Da!" schrie Karl. „Eisenschnabel hat ihn."

So in der Gewalt des Raubvogels versuchte der Reiher nicht mehr, sich zu verteidigen. Er fiel rasch unter unaufhörlichen Hieben des Falken, denen er nur durch seine Schreie antwortete, faltete plötzlich seine Flügel zusammen und ließ sich wie ein Stein herabstürzen; aber sein Gegner tat dasselbe, und als der Flüchtling seinen Flug wiederaufnehmen wollte, versetzte er ihm einen letzten tödlichen Schnabelhieb; der Reiher taumelte in einer Spirale zu Boden, und im selben Augenblick, als er die Erde berührte, stürzte sich der Falke mit einem Siegesschrei auf ihn, der den Verzweiflungsschrei des Besiegten übertönte.

„Zum Falken, zum Falken!" schrie Karl und setzte sich in Galopp zu der Stelle, wo die beiden Vögel heruntergekommen waren.

Doch plötzlich riß er sein Reittier zurück, stieß selber einen Schrei aus, ließ den Zügel fallen und krallte eine Hand in die Mähne, während er mit der anderen nach seinem Magen griff, als wolle er seine Eingeweide zerfleischen.

Der Schrei rief die Höflinge herbei.

„Es ist nichts", sagte Karl mit purpurrotem Gesicht und verstörtem Blick, „mir war nur, als stieße mir jemand ein rotglühendes Eisen in den Magen. Vorwärts, es ist nichts."

Und wieder spornte er sein Pferd zum Galopp.

Alençon war bleich geworden.

„Etwas Neues?" fragte Henri Marguerite.

„Ich weiß nicht", erwiderte sie, „aber haben Sie gesehen, mein Bruder war purpurrot."

„Das ist sonst nicht seine Art", bestätigte Henri.

Die Höflinge sahen sich verwundert an und folgten dem König.

Sie kamen an die Stelle, wo die beiden Vögel niedergefallen waren. Der Falke kröpfte das Hirn des Reihers.

Karl sprang vom Pferd, um den Kampf aus nächster Nähe zu sehen. Doch als sein Fuß den Boden berührte, mußte er sich am Sattel festhalten, denn die Erde drehte sich unter ihm. Ein heftiges Schlafbedürfnis überfiel ihn.

„Bruder! Bruder!" rief Marguerite. „Was haben Sie?"

„Es muß dasselbe sein wie bei Porcia, als sie von glühenden Kohlen verzehrt wurde; ich verbrenne, mein Atem ist eine Flamme."

Karl stieß die Luft aus und schien verwundert, kein Feuer von seinen Lippen springen zu sehen.

Unterdessen war der Falke eingefangen und aufgehaubt; alle scharten sich um Karl.

„He, was soll das bedeuten? Beim Leib Christi! Es ist nichts, oder wenn, dann nur die Sonne, die mir den Kopf sprengt und die Augen aussticht. Vorwärts, meine Herren, die Jagd geht weiter. Hier haben wir eine ganze Kette junger Wildenten. Laßt alle Falken los, alle! Donner und Doria! Wir wollen uns amüsieren!"

Sofort wurden fünf, sechs Falken abgehaubt und geworfen; sie stürzten sich auf die Beute, und die ganze Jagdgesellschaft ritt hinter dem König her wieder zum Flußufer hinab.

„Nun, was meinen Sie, Madame?" fragte Henri Marguerite.

„Der Augenblick ist günstig", antwortete Marguerite, „und wenn der König nicht umkehrt, können wir von hier aus leicht den Wald erreichen."

Henri rief den Jagddiener, der den Reiher trug, und während die brausende, goldene Lawine längs der Böschung rollte, die heute eine Terrasse bildet, blieb er zurück, um den leblosen Körper des Besiegten zu untersuchen.

51

Der Pavillon Franz' I.

Die Königsbeize war eine schöne Sache, als die Könige noch Halbgöttern glichen und die Jagd nicht allein ein Zeitvertreib, sondern eine Kunst war.

Dennoch müssen wir das königliche Schauspiel jetzt verlassen, um in einen Teil des Waldes zu dringen, wo wir bald die Akteure der jetzt folgenden Szene treffen werden.

Zur Rechten der Veilchenallee, einem langen Blättergewölbe mit moosigen Schlupfwinkeln, wo unter Lavendel und Heidekraut ein aufgestörter Hase von Zeit zu Zeit die Löffel spitzt und der schweifende Damhirsch das Gehörn hebt, die Nüstern bläht und lauscht, befindet sich weit genug von der Straße, um verborgen zu bleiben, aber nahe genug, um von hier aus die Straße zu übersehen, eine Lichtung.

Hier lagen im Gras zwei Männer auf ihren Reisemänteln, den langen Degen zur Seite und dicht neben sich eine Muskete mit weiter Mündung, die sogenannte Blunderbüchse; von weitem hätten sie in ihrer modischen Kleidung für fröhliche Plauderer des Dekameron gelten können, aus der Nähe jedoch wegen ihrer bedrohlichen Waffen für Waldräuber, wie sie Salvator Rosa hundert Jahre später auf seinen Landschaftsbildern nach der Natur malte.

Einer der beiden hockte, auf ein Knie und eine Hand gestützt, und lauschte wie einer der Hasen oder Hirsche, von denen ich eben sprach.

„Mir scheint", sagte er, „die Jagd ist uns eben besonders nahe gekommen. Ich habe sogar die Schreie der Jäger gehört, mit denen sie die Falken anfeuerten."

„Und jetzt", sagte der andere, der den Ereignissen gelassener entgegenzusehen schien als sein Gefährte, „jetzt höre ich nichts mehr, sie müssen sich wieder entfernt haben … Ich habe dir schon gesagt, das ist ein ausgemacht schlechter Beobachtungsort. Man kann nicht gesehen werden, das ist wahr, aber man sieht auch nichts."

„Teufel auch, lieber Hannibal", erwiderte der erste, „man mußte doch unsere beiden Pferde, die zwei Handpferde und diese beiden Maultiere, die so beladen sind, daß ich nicht weiß, wie sie uns folgen sollen, irgendwo unterbringen. Und ich sehe nur diese alten Buchen und hundertjährigen Eichen, die sich der schwierigen Aufgabe geziemend entledigen konnten. Deshalb kann ich deinen Tadel gegen Monsieur de Mouy keineswegs unterschreiben; denn ich erkenne in allen Vorbereitungen zu diesem Unternehmen, das er leitet, die gründliche Überlegung eines wahren Verschwörers."

„Gut", sagte der zweite Edelmann, in dem der Leser gewiß Coconnas wiedererkannt hat, „gut, jetzt hast du es ausgesprochen, worauf ich gewartet habe. Ich nehme dich beim Wort. Wir konspirieren also?"

„Nein, wir dienen dem König und der Königin."

„Die konspirieren, was für uns auf dasselbe herauskommt."

„Coconnas, ich habe dir gesagt", entgegnete La Môle, „ich zwinge dich durchaus nicht, mir in dies Abenteuer zu folgen, in das mich ein privates Gefühl treibt, das du nicht teilst und nicht teilen kannst."

„Kotzbombenelement! Wer sagt denn, daß du mich zwingst? Im übrigen kenne ich keinen Menschen, der Coconnas zwingen könnte, zu tun, was er nicht will; aber glaubst du, ich ließe dich gehen, ohne dir zu folgen, noch dazu, wenn ich sehe, daß du zum Teufel gehst?"

„Hannibal! Hannibal!" rief La Môle. „Ich glaube, da hinten sehe ich ihren weißen Zelter. Sonderbar, schon bei dem Gedanken an ihre Nähe bekomme ich Herzklopfen."

„Das ist wirklich komisch", gähnte Coconnas, „ich überhaupt nicht."

„Sie war es nicht", sagte La Môle. „Was ist geschehen? Es sollte doch mittags sein."

„Es ist geschehen, daß es noch gar nicht Mittag ist, weiter nichts", entgegnete Coconnas, „mir scheint, wir haben noch Zeit, ein Schläfchen zu machen."

Damit streckte sich Coconnas wie jemand, der seinen Worten die Tat folgen läßt, auf seinem Mantel aus; doch kaum hatte sein Ohr die Erde berührt, als er den Finger hob und La Môle Schweigen gebot.

„Was gibt es?" fragte dieser.

„Still, diesmal höre ich etwas, und ich täusche mich nicht."

„Seltsam, ich habe doch gute Ohren, aber ich höre nichts."

„Du hörst nichts?"

„Nein."

„Nun", sagte Coconnas, während er sich aufrichtete und seine Hand auf La Môles Arm legte, „beobachte den Damhirsch."

„Wo?"

„Dort hinten."

Coconnas deutete mit dem Finger auf das Tier.

„Ja, aber ..."

„Du wirst sehen."

La Môle beobachtete den Hirsch. Den Kopf geneigt, als wolle er äsen, horchte er unbeweglich. Bald darauf hob er die Stirn mit dem prächtigen Geweih, spitzte die Lauscher in jene Richtung, aus der zweifellos ein Geräusch kam, und schoß plötzlich ohne ersichtliche Ursache wie ein Blitz davon.

„Ich glaube, du hast recht", bemerkte La Môle, „der Hirsch flieht."

„Und da er flieht", ergänzte Coconnas, „hat er etwas gehört, was du nicht hörst."

Tatsächlich zitterte im Gras ein dumpfes, kaum wahrnehmbares Geräusch; für weniger geübte Ohren hätte es der Wind sein können, für Reiter waren es galoppierende Pferde in der Ferne.

Sofort war La Môle auf den Füßen.

„Da sind sie", rief er, „flink!"

Coconnas erhob sich ebenfalls, aber viel gemächlicher; die Lebhaftigkeit des Piemontesers schien sich im Herzen La Môles eingenistet zu haben, der dagegen wohl seine Gleichgültigkeit an den Freund abgetreten hatte – weil bei dieser Gelegenheit der eine aus Begeisterung und der andere nur mit Widerwillen handelte.

Bald drang ein gleichförmiges, rhythmisches Geräusch an die Ohren der beiden Freunde; das Wiehern eines Pferdes ließ die Pferde und Maultiere, die zehn Schritt von den beiden Freunden entfernt standen, die Ohren spitzen; in der Allee flog wie ein weißer Nebel eine Frau vorüber, die sich in ihre Richtung wandte, ein sonderbares Zeichen machte und verschwand.

„Die Königin!" riefen beide wie aus einem Mund.

„Was sollte das bedeuten?" fragte Coconnas.

„Sie hat so gemacht", antwortete La Môle, „das bedeutet: Gleich …"

„Sie hat so gemacht", widersprach Coconnas, „und das bedeutet: Verschwindet …"

„Das Zeichen hieß: *Wartet auf mich.*"

„Nein, es hieß: *Rettet euch!*"

„Nun", sagte La Môle, „mag jeder nach seiner Überzeugung handeln. Du verschwindest, ich bleibe."

Coconnas zuckte die Achseln und streckte sich wieder im Grase aus.

Im selben Augenblick kam in umgekehrter Richtung des Weges, den die Königin genommen hatte, durch dieselbe Allee mit verhängten Zügeln ein Trupp Reiter, in dem die beiden Freunde mutige, fast wütende Protestanten erkannten. Ihre Pferde sprangen wie die Heuschrecken, von denen Hiob spricht, bald erschienen, bald verschwanden sie.

„Kotzblitz! Das wird ernst", sagte Coconnas und stand auf. „Begeben wir uns in den Pavillon Franz' I."

„Im Gegenteil!" widersprach La Môle. „Wenn wir entdeckt sind, wird sich die Aufmerksamkeit des Königs zuerst auf den Pavillon richten, weil dort der Treffpunkt für alle ist."

„Diesmal kannst du sogar recht haben", brummte Coconnas.

Kaum hatte er zu Ende gesprochen, als ein Reiter wie der Blitz durch die Bäume schoß, über Gräben, Büsche und andere Hindernisse sprang und die beiden Edelleute erreichte. In jeder Hand hielt er eine Pistole und lenkte sein Pferd bei diesem rasenden Ritt allein durch den Schenkeldruck.

„Monsieur de Mouy!" schrie Coconnas unruhig und jetzt noch flinker als La Môle. „Monsieur de Mouy auf der Flucht! Also: rette sich, wer kann?"

„Schnell, schnell!" rief der Hugenott. „Machen Sie sich fort, alles ist verloren. Ich habe einen Umweg gemacht, um es Ihnen zu sagen. Vorwärts!"

Und als hätte er, um die Worte zu sprechen, seinen Ritt nicht unterbrochen, war er schon weit, ehe er sie beendet und La Môle und Coconnas ihren Sinn völlig begriffen hatten.

„Und die Königin?" rief La Môle.

Doch die Stimme des jungen Mannes verlor sich im Raum, de Mouy war schon zu weit weg, um sie zu hören, und vor allem, um zu antworten.

Coconnas hatte bald einen Entschluß gefaßt. Während La Môle noch reglos stand und mit den Augen verfolgte, wie de Mouy unter den Zweigen verschwand, die sich vor ihm öffneten und hinter ihm schlossen, lief Coconnas zu den Pferden, führte sie heran, sprang auf sein Pferd, warf den Zügel des andern La Môle zu und wollte eben die Sporen geben.

„Los, los!" rief er. „Ich sage dasselbe wie de Mouy; vorwärts! De Mouy ist ein Mann, der das Richtige sagt. Vorwärts, La Môle, vorwärts!"

„Einen Augenblick", entgegnete La Môle, „wir sind mit einer Absicht hergekommen."

„Nicht mit der, uns hängen zu lassen", unterbrach Coconnas, „ich rate dir, keine Zeit zu verlieren. Ich vermute, du wirst dich in Reden ergehen, das Wort Flucht eingehend erläutern, von Horaz sprechen, der seinen Schild fortwarf, und von Epaminondas, der auf seinem Schild zurückgebracht wurde; aber ich sage dir nur eins: Wenn Monsieur de Mouy de Saint-Phale flieht, kann jeder fliehen."

„Monsieur de Mouy de Saint-Phale hat nicht den Auftrag, die Königin Marguerite zu entführen", wandte La Môle ein, „Monsieur de Mouy de Saint-Phale liebt die Königin Marguerite nicht."

„Kotzbombenelement, daran tut er gut, wenn ihn diese

Liebe ähnliche Dummheiten machen ließe, wie ich dich austüfteln sehe. Möchten doch fünfhunderttausend Teufel der Hölle die Liebe entführen, die zwei tapfere Edelleute den Kopf kosten kann! Donner und Doria! wie König Karl sagt, wir konspirieren, mein Lieber, und wenn man schlecht konspiriert, muß man sich gut in Sicherheit bringen. Aufs Pferd, aufs Pferd, La Môle!"

„Rette dich, lieber Freund, ich hindere dich nicht und lege es dir sogar nahe. Dein Leben ist kostbarer als meins. Schütze also dein Leben."

„Du solltest sagen: Coconnas, laß uns zusammen hängen! und nicht: Coconnas, rette dich allein!"

„Pah, lieber Freund", entgegnete La Môle, „der Strick ist für Bauernlümmel, aber nicht für Edelleute wie uns."

„Ich fange an zu glauben", seufzte Coconnas, „daß meine Vorsicht nicht schlecht war."

„Was meinst du?"

„Als ich mir einen Henker zum Freund machte."

„Du redest unheimlich, lieber Coconnas."

„Aber was werden wir jetzt tun?" rief dieser, allmählich ungeduldig.

„Wir werden die Königin suchen."

„Wo?"

„Ich weiß nicht ... Und den König!"

„Wo?"

„Ich weiß nicht ... Aber wir werden sie finden, und wir beide werden zustande bringen, was fünfzig Leute nicht konnten oder wagten."

„Du packst mich bei meiner Eigenliebe, Hyazinth, das ist ein schlechtes Zeichen."

„Wir werden sehen; aufs Pferd und los!"

„Vortrefflich!"

La Môle drehte sich um und griff nach dem Sattelknopf, doch als er den Fuß in den Steigbügel setzte, ließ sich eine gebieterische Stimme hören.

„Halt! Ergeben Sie sich!"

Gleichzeitig kam hinter einer Eiche das Gesicht eines Mannes hervor, dann ein zweites, dann dreißig: Die leichte

Reiterei, die, zu Fußsoldaten degradiert, auf dem Bauch durch das Heidekraut gekrochen war und den Wald durchstöbert hatte.

„Was habe ich dir gesagt!" murmelte Coconnas.

Ein dumpfes Brüllen war La Môles einzige Antwort.

Die Soldaten der leichten Reiterei waren nur noch dreißig Schritt von den beiden Freunden entfernt.

„Nanu?" rief der Piemonteser mit lauter Stimme dem Leutnant zu, während er mit La Môle nur flüsterte. „Was gibt's denn, Messieurs?"

Der Leutnant befahl, auf die beiden Freunde anzulegen.

„Aufs Pferd, La Môle, noch ist es Zeit", raunte Coconnas, „mit einem Satz aufs Pferd, wie ich's dir schon hundertmal gesagt habe, und los!"

Dann wandte er sich wieder an die Reiter.

„Zum Teufel, Messieurs, schießen Sie nicht, Sie könnten Freunde töten."

Dann zu La Môle: „Durch die Bäume trifft man schlecht, sie werden schießen und uns verfehlen."

„Unmöglich", gab La Môle zurück, „wir können Marguerites Pferd und die beiden Maultiere nicht mitnehmen, ihr Pferd und die beiden Maultiere würden sie kompromittieren, während ich durch meine Antworten jeden Verdacht fernhalten könnte. Geh allein, lieber Freund, verschwinde!"

Coconnas zog seinen Degen, hielt ihn in die Luft und rief: „Messieurs, wir ergeben uns ohne Widerstand."

Die Reiter nahmen die Musketen hoch.

„Nur möchte ich zuerst wissen, warum wir uns ergeben müssen?"

„Fragen Sie den König von Navarra."

„Welches Verbrechen haben wir begangen?"

„Der Herzog von Alençon wird es Ihnen sagen."

Coconnas und La Môle sahen sich an: Der Name ihres Feindes, in einem solchen Augenblick genannt, war wenig angetan, sie zu beruhigen.

Dennoch widersetzten sie sich nicht. Coconnas wurde aufgefordert, vom Pferd zu steigen, was er wortlos tat. Dann wurden sie von den Soldaten der leichten Reiterei in die Mitte genommen und zum Pavillon Franz' I. geführt.

„Wolltest du nicht den Pavillon Franz' I. sehen?" sagte Coconnas zu La Môle, als er durch die Bäume die Mauern eines reizenden gotischen Bauwerks bemerkte. „Mir scheint, du wirst ihn sehen."

La Môle antwortete nicht und hielt nur Coconnas' Hand.

Zur Seite des bezaubernden, unter Ludwig XII. erbauten Lustschlößchens, das unter dem Namen Pavillon Franz' I. bekannt war, weil dieser dort seine Jagddessen abzuhalten pflegte, befand sich eine für die Treiber errichtete Hütte, die wie ein Maulwurfshügel im reifenden Erntefeld unter den Musketen, Hellebarden und blitzenden Degen verschwand.

In diese Hütte waren die Gefangenen geführt worden.

Um die vor allem für unsere beiden Freunde reichlich nebelhafte Lage zu klären, wollen wir zunächst berichten, was geschehen war.

Die protestantischen Edelleute hatten sich, wie verabredet, im Pavillon Franz' I. versammelt, zu dem sich de Mouy den Schlüssel verschafft hatte.

Herren des Waldes, die sie sich zumindest glaubten, hatten sie hier und dort Wachen aufgestellt, die die Soldaten der leichten Reiterei, indem sie sich roter statt der weißen Schärpen bedienten – eine Maßnahme, die dem erfinderischen Eifer des Monsieur de Nançay entsprach –, ohne einen Schwertstreich allein durch die mächtige Überraschung abführen konnten.

Dann hatte die leichte Reiterei ihre Treibjagd fortgesetzt und den Pavillon umzingelt; doch de Mouy, der den König am Ende der Veilchenallee erwartete, hatte die roten Schärpen verstohlen heranschleichen sehen, und von diesem Augenblick an waren ihm die roten Schärpen verdächtig erschienen. Er hatte sich ins Dickicht geworfen, um nicht gesehen zu werden, und bemerkt, wie sich der weite Kreis, den Wald durchkämmend, verengerte und schließlich den Treffpunkt einschloß.

Außerdem hatte er zu gleicher Zeit am Ende des Hauptweges die weißen Federbüsche der Königswache auftauchen und ihre Arkebusen blitzen sehen. Und endlich hatte er auch den König erkannt und, von der entgegengesetzten Seite kommend, den König von Navarra bemerkt.

Da hatte er mit seinem Hut ein Kreuz in die Luft geschlagen, das verabredete Zeichen, daß alles verloren sei.

Als der König das Zeichen sah, kehrte er sofort um und verschwand.

De Mouy drückte seinem Pferd die beiden großen Sporen in die Flanken und ergriff die Flucht, nicht ohne La Môle und Coconnas die bereits erwähnte Warnung zuzurufen.

Der König, dem Henris und Marguerites Abwesenheit bereits aufgefallen war, ritt in Begleitung des Herzogs von Alençon zum Pavillon, wo er beide in der Jagdhütte zu finden meinte, in die er alle einzuschließen befohlen hatte, die sich nicht allein im Pavillon, sondern im Wald befanden.

Alençon, ganz Vertrauen, galoppierte neben dem König, den die stechenden Schmerzen in schlechte Laune versetzten. Zwei- oder dreimal verlor er beinahe das Bewußtsein, und einmal hatte er erbrochen, bis das Blut kam.

„Vorwärts, vorwärts!" rief der König, als sie angelangt waren. „Beeilen wir uns, ich möchte schnell in den Louvre zurück! Holt mir alle diese Spitzköpfe aus dem Bau, heute ist Sankt Blasius, der Vetter von Sankt Bartholomäus."

Die Worte des Königs brachten den ganzen Ameisenhaufen von Piken und Arkebusen in Bewegung, und die im Wald oder im Lustschlößchen gefangengenommenen Hugenotten wurden einer nach dem andern mit Gewalt aus der Hütte geholt.

Der König von Navarra, Marguerite und de Mouy waren nicht darunter.

„Nun", fragte der König, „wo ist Henri, wo ist Margot? Die haben Sie mir versprochen, Alençon, und Donner und Doria! man soll sie finden."

„Den König und die Königin von Navarra haben wir nicht gesehen, Sire", erklärte Monsieur de Nançay.

„Aber da sind sie ja!" rief Madame de Nevers.

Tatsächlich erschienen in diesem Augenblick am äußersten Ende eines Weges, der zum Fluß hinunterführte, Henri und Marguerite, beide so ruhig, als hätte sich nichts ereignet, beide den Falken auf der Faust und so liebevoll und geschickt aneinandergedrängt, daß sich ihre galoppierenden Pferde, nicht weniger innig als sie, mit den Nasen zu liebkosen schienen.

Da ließ der wütende Alençon die Gegend durchstöbern, und unter ihrer Efeulaube wurden La Môle und Coconnas gefunden.

Auch sie traten, brüderlich umschlungen, in den Kreis, den die Wachen bildeten. Nur hatten sie sich, da sie nicht von königlichem Geblüt waren, keinen so guten Anschein zu geben vermocht wie Henri und Marguerite: La Môle war zu blaß und Coconnas zu rot im Gesicht.

52

Die Nachforschungen

Das Schauspiel, das die beiden jungen Leute verblüffte, als sie in den Kreis traten, gehörte zu jenen, die man nie vergißt, wenn man sie auch nur ein einziges Mal und einen einzigen Augenblick lang sieht.

Karl IX. hatte alle in der Jagdhütte eingeschlossenen Edelleute von seinen Wachen herausziehen und an sich vorbeimarschieren lassen.

Er und Alençon verfolgten jede Bewegung mit gierigem Blick, in der Frwartung, auch den König von Navarra herauskommen zu sehen.

Ihre Erwartung wurde jedoch enttäuscht.

Damit nicht genug, mußten sie wissen, was aus den beiden geworden war.

Als sie am Ende des Weges die beiden jungen Eheleute auftauchen sahen, wurde Alençon blaß, und Karl fühlte sein Herz weit werden, denn insgeheim hatte er gewünscht, alles, wozu ihn sein Bruder gezwungen hatte, möchte auf ihn zurückfallen.

„Er wird uns wieder entwischen", murmelte Franz.

In diesem Augenblick wurde der König von so starken, heftigen Leibschmerzen gepackt, daß er den Zügel losließ, sich mit beiden Händen die Seiten hielt und wie wahnsinnig schrie.

Henri eilte auf ihn zu, aber als er die zweihundert Schritt hinter sich hatte, die ihn von seinem Bruder trennten, war Karl inzwischen wieder zu sich gekommen.

„Woher kommen Sie, Monsieur?" fragte der König mit einer Strenge, die Marguerite ins Herz traf.

„Aber … von der Jagd, Bruder", erwiderte Henri.

„Gejagt wurde am Flußufer, nicht im Wald."

„Als wir zurückblieben, um den Reiher zu sehen, setzte mein Falke einem Fasan nach, Sire."

„Wo ist der Fasan?"

„Hier, ein schöner Hahn, nicht wahr?"

Damit reichte er Karl mit dem unschuldigsten Gesicht den purpur, blau und gold gefärbten Vogel.

„So, aber warum haben Sie sich nicht wieder zu uns gesellt, nachdem Sie den Fasan hatten?" fragte Karl.

„Weil er nach dem Park geflogen war, Sire, und als wir zum Flußufer hinunterkamen, sahen wir Sie eine halbe Meile vor uns schon zum Wald reiten; da sind wir Ihnen nachgaloppiert, denn da uns Majestät zur Jagd eingeladen hatten, wollten wir Sie nicht verlieren."

„Und diese Edelleute, waren die auch alle eingeladen?" fragte Karl.

„Welche Edelleute?" gab Henri zurück und warf einen forschenden Blick um sich.

„Na, Ihre Hugenotten!" rief Karl. „Wenn sie eingeladen waren, so auf keinen Fall von mir."

„Nein, Sire", erwiderte Henri, „aber vielleicht vom Herzog von Alençon."

„Von Alençon? Was?"

„Von mir?" empörte sich der Herzog.

„Aber ja, Bruder", sagte Karl, „haben Sie nicht gestern

verkündet, daß Sie König von Navarra sein werden? Nun, diese Hugenotten, die Sie zum König verlangten, sind gekommen, um Ihnen zu danken, weil Sie die Krone annahmen, und dem König, weil er sie Ihnen gab. Ist es nicht so, Messieurs?"

„Ja! Ja!" riefen zwanzig Stimmen. „Es lebe der Herzog von Alençon! Es lebe König Karl!"

„Ich bin nicht der König der Hugenotten", widersprach Franz, bleich vor Zorn, und mit einem heimlichen Blick auf Karl fügte er hinzu: „Und hoffe, es niemals zu sein."

„Einerlei", sagte Karl, „Sie werden verstehen, Henri, daß ich das alles sonderbar finde."

„Sire", entgegnete der König von Navarra fest, „Gott verzeih mir, man könnte meinen, ich würde verhört."

„Und was würden Sie antworten, wenn ich Ihnen sagte, so ist es?"

„Daß ich König bin wie Sie, Sire", erwiderte Henri stolz, „denn nicht die Krone, sondern die Geburt macht die Königswürde aus, und daß ich meinem Bruder und Freund, aber niemals meinem Richter antworten würde."

„Dennoch würde ich gern einmal in meinem Leben wissen, woran ich mich zu halten habe", brummte Karl.

„Monsieur de Mouy soll kommen", rief Alençon, „und dann werden Sie es wissen. Monsieur de Mouy muß festgenommen sein."

„Ist unter den Gefangenen Monsieur de Mouy?" fragte der König.

Henri fühlte Unruhe und wechselte einen kurzen Blick mit Marguerite.

Niemand antwortete.

„Monsieur de Mouy ist nicht unter den Gefangenen", erklärte schließlich Monsieur de Nançay, „ein paar von unsern Leuten glauben ihn gesehen zu haben, können es aber nicht mit Bestimmtheit sagen."

Alençon murmelte einen lästerlichen Fluch.

„Da", sagte Marguerite und zeigte auf La Môle und Coconnas, die der Unterhaltung zugehört hatten und auf deren Intelligenz sie sich verlassen zu können glaubte,

„hier sind zwei Edelleute des Herzogs von Alençon, Sire, fragen Sie die, sie werden Ihnen antworten."

Der Herzog fühlte den Hieb.

„Ich habe sie ebendeshalb festnehmen lassen, um zu beweisen, daß sie nicht in meinen Diensten stehen", sagte der Herzog.

Der König sah die beiden Freunde an und fuhr zusammen, als er La Môle erkannte.

„Wieder dieser Provenzale!" rief er.

Coconnas verneigte sich höflich.

„Was taten Sie, als Sie festgenommen wurden?" fragte der König.

„Sire, wir plauderten über den Krieg und über die Liebe."

„Zu Pferd? Bis an die Zähne bewaffnet? Fluchtbereit?"

„Durchaus nicht, Sire", widersprach Coconnas, „Eure Majestät sind schlecht unterrichtet. Wir lagen im Schatten einer Buche ... *Sub tegmine fagi.*

„Ach, Sie lagen im Schatten einer Buche?"

„Und wir hätten sogar fliehen können, wenn wir der Meinung gewesen wären, wir hätten uns auf irgendwelche Art den Zorn Euer Majestät zugezogen. – Hören Sie, Messieurs, bei Ihrem Soldatenwort", rief Coconnas und drehte sich zu den Reitern um, „glauben Sie, daß wir entwischen konnten, wenn wir es gewollt hätten?"

„Tatsache ist", bestätigte der Leutnant, „daß die Herren auch nicht die geringste Bewegung zur Flucht machten."

„Weil sie ihre Pferde nicht dabei hatten", warf der Herzog von Alençon ein.

„Ich bitte ergebenst um Verzeihung, Monseigneur", entgegnete Coconnas, „aber meins hatte ich zwischen den Beinen, und mein Freund, Graf Lerac de La Môle, hielt seins am Zügel."

„Ist das wahr, Messieurs?" fragte der König.

„Es ist wahr, Sire", antwortete der Leutnant, „als Monsieur de Coconnas uns bemerkte, ist er sogar abgesessen."

Coconnas verzog das Gesicht zu einem Grinsen, das besagte: Da sehen Sie es, Sire!

„Aber diese Handpferde und Maultiere und diese Truhen, mit denen sie beladen sind?" fragte Franz.

„Sind wir Stallknechte?" gab Coconnas zurück. „Lassen Sie den Pferdeburschen suchen, der sie bewachte."

„Er ist nicht da", rief der Herzog wütend.

„Er wird Angst bekommen und sich in Sicherheit gebracht haben", meinte Coconnas, „von einem Bauernlümmel kann man nicht die Gelassenheit eines Edelmanns verlangen."

„Immer dasselbe System", stieß der Herzog von Alençon zähneknirschend heraus. „Glücklicherweise habe ich Sie schon davon unterrichtet, Sire, daß diese Herren seit einigen Tagen nicht mehr bei mir sind."

„Was?" rief Coconnas. „Sollte ich das Unglück haben, nicht mehr in Euer Hoheit Diensten zu stehen?"

„Zum Henker, Herr, das wissen Sie besser als jeder andere, nachdem Sie mir in einem reichlich unverschämten Brief, den ich gottlob behalten habe und zufällig bei mir trage, Ihre Entlassung einreichten."

„Oh", machte Coconnas, „ich hoffte, Euer Hoheit hätten mir einen Brief verziehen, den ich in der ersten Rage meiner schlechten Laune schrieb, nachdem ich erfahren hatte, daß Euer Hoheit in einem Gang des Louvre meinen Freund La Môle erdrosseln wollten."

„Was sagt er da?" unterbrach der König.

„Ich hatte Euer Hoheit allein geglaubt", ergänzte La Môle unbefangen. „Aber seit ich weiß, daß drei weitere Personen ..."

„Still!" befahl Karl. „Wir sind hinreichend unterrichtet. – Henri", sagte er dann zu dem König von Navarra, „Ihr Wort, daß Sie nicht fliehen?"

„Das gebe ich Euer Majestät."

„Kehren Sie mit Monsieur de Nançay nach Paris zurück und beziehen Sie Arrest in Ihrem Zimmer. – Sie, Messieurs", fuhr er dann, zu den beiden Edelleuten gewandt, fort, „übergeben Ihre Degen!"

La Môle sah Marguerite an. Sie lächelte. Sogleich übergab La Môle dem Hauptmann, der ihm am nächsten stand, seinen Degen.

Coconnas tat dasselbe.

„Hat man Monsieur de Mouy gefunden?" fragte der König.

„Nein, Sire", antwortete Nançay, „entweder war er nicht im Wald, oder er hat sich gerettet."

„Um so schlimmer", sagte der König. „Kehren wir zurück. Mir ist kalt, ich bin wie geblendet."

„Das ist gewiß der Zorn, Sire", meinte Franz.

„Vielleicht. Mir verschwimmt alles vor den Augen. Wo sind denn die Gefangenen? Ich sehe nichts mehr. Ist es denn schon Nacht? Oh, Barmherzigkeit, ich verbrenne! ... Zu Hilfe! Zu Hilfe!"

Der unglückliche König ließ den Zügel fahren, breitete die Arme aus, fiel zurück und wurde von den Höflingen aufgefangen, die, erschrocken über diesen zweiten Anfall, herbeieilten.

Franz stand abseits und trocknete sich den Schweiß von der Stirn; er allein kannte die Ursache des Übels, das seinen Bruder peinigte.

Von der anderen Seite beobachtete der König von Navarra, bereits unter Nançays Bewachung, den Auftritt mit wachsendem Erstaunen.

„Sieh einer an", flüsterte er mit dieser erstaunlichen Intuition, die ihn für Augenblicke zum Erleuchteten machte, „wie, wenn ich die Verhinderung meiner Flucht nun als Glück ansehen müßte?"

Er sah zu Margot hinüber, deren große, verwundert aufgerissene Augen von ihm zum König und vom König zu ihm wanderten.

Diesmal hatte der König das Bewußtsein verloren. Er wurde auf eine rasch herbeigeholte Tragbahre gelegt und mit einem Mantel bedeckt, den ein Höfling von den Schultern nahm, dann machte sich das Geleit gemächlich auf den Weg nach Paris, der am Morgen muntere Verschwörer und einen fröhlichen König gesehen hatte und jetzt einen todgeweihten König und gefangene Rebellen zurückkehren sah.

Marguerite, die bei alledem weder ihre Bewegungsfreiheit noch ihre Unbefangenheit verloren hatte, gab ihrem Gatten ein letztes verständnisinniges Zeichen und ritt dann so dicht an La Môle vorüber, daß er zwei griechische Worte auffing: *„Me deide"* – „fürchte nichts."

„Was hat sie gesagt?" fragte Coconnas.

„Ich soll nichts fürchten", antwortete La Môle.

„Um so schlimmer", murmelte der Piemonteser, „um so schlimmer, also steht es nicht gut um uns. Jedesmal, wenn mir das als Ermutigung zugerufen wurde, bekam ich von irgendwoher eine Kugel, einen Degenhieb in den Leib oder einen Blumentopf auf den Kopf. Fürchte nichts, sei es auf hebräisch, griechisch, lateinisch oder französisch, bedeutet für mich immer: Aufgepaßt!"

„Vorwärts, Messieurs!" befahl der Leutnant der leichten Reiterei.

„Ohne Zudringlichkeit, Monsieur", fragte Coconnas, „wohin führt man uns?"

„Ich glaube, nach Vincennes", erwiderte der Leutnant.

„Ich möchte lieber woanders hin", sagte Coconnas, „aber schließlich kann man nicht immer dorthin, wohin man will."

Unterwegs war der König aus seiner Bewußtlosigkeit erwacht und wieder ein wenig zu Kräften gekommen. In Nanterre hatte er sogar sein Pferd besteigen wollen, woran er jedoch gehindert wurde.

„Schickt nach Meister Ambroise Paré", befahl Karl, als sie den Louvre erreichten.

Er stieg von der Tragbahre, ging, auf Tavannes' Arm gestützt, die Treppe hinauf und erreichte sein Zimmer, in das er jedermann zu folgen verbot.

Keinem entging, wie ernst er war; unterwegs hatte er, tief in Gedanken versunken, an niemand das Wort gerichtet und sich weder mit der Verschwörung noch den Verschwörern weiter abgegeben. Offensichtlich beschäftigte ihn nur noch seine Krankheit – die so plötzlich und so heftig aufgetretene, sonderbare Krankheit, die ähnliche Symptome zeigte wie die Krankheit seines Bruders Franz' II. einige Zeit vor dessen Tod.

Daher erstaunte niemand das für alle, außer Meister Paré, erlassene Verbot, die Gemächer des Königs zu betreten. Jedermann kannte die Menschenfeindlichkeit des Königs als Grundzug seines Charakters.

Karl trat in sein Schlafzimmer, setzte sich auf ein Ruhebett und stützte den Kopf in die Kissen; da Meister Ambroise Paré noch nicht da war und sich vielleicht verspäten würde, fiel ihm ein, die Zeit auszunutzen. Daher klatschte er in die Hände; gleich darauf erschien ein Posten.

„Sagen Sie dem König von Navarra, ich will ihn sprechen", befahl Karl.

Der Mann verneigte sich und ging, um den Befehl auszuführen.

Karl ließ den Kopf zurücksinken, eine entsetzliche Schwere im Kopf ließ ihm kaum die Kraft, seine Gedanken aneinanderzufügen; eine Blutwolke wogte vor seinen Augen, sein Mund war wie ausgedörrt, und ohne seinen Durst löschen zu können, hatte er bereits eine ganze Karaffe mit Wasser geleert.

Das Öffnen der Tür weckte ihn aus seiner Schlaftrunkenheit. Gefolgt von Monsieur de Nançay, der jedoch im Vorzimmer blieb, erschien Henri.

Der König von Navarra wartete, bis sich die Tür hinter ihm geschlossen hatte. Dann trat er näher.

„Sire", sagte er, „Sie haben mich rufen lassen, hier bin ich."

Beim Klang dieser Stimme fuhr der König auf und streckte mechanisch die Hand aus.

„Sire", wandte Henri ein, beide Hände an den Seiten herabhängen lassend, „Euer Majestät vergessen, daß ich nicht mehr Ihr Bruder, sondern Ihr Gefangener bin."

„Ach ja, das ist wahr", sagte Karl, „danke, daß Sie mich daran erinnert haben. Außerdem fällt mir dabei Ihr Versprechen ein, mir offen zu antworten, sobald wir unter vier Augen sind."

„Ich bin bereit, mein Versprechen zu halten. Fragen Sie, Sire."

Der König schüttete ein wenig kaltes Wasser in die Hand und führte seine Hand an die Stirn.

„Ist etwas Wahres an der Anschuldigung des Herzogs von Alençon? Antworten Sie, Henri."

„Nur zur Hälfte: Das heißt, der Herzog von Alençon wollte fliehen, und ich sollte ihn begleiten."

„Und warum wollten Sie ihn begleiten?" fragte Karl. „Sind Sie unzufrieden mit mir, Henri?"

„Nein, Sire, ganz im Gegenteil; ich kann mit Euer Majestät nur zufrieden sein, und Gott, der in den Herzen liest, erkennt in meinem die tiefe Zuneigung, die ich meinem Bruder und König entgegenbringe."

„Es scheint mir nicht eben natürlich, Menschen, die man liebt und von denen man geliebt wird, zu fliehen", bemerkte Karl.

„Daher floh ich auch nicht jene, die mich lieben", entgegnete Henri, „sondern die, die mich verabscheuen. Erlauben mir Euer Majestät, ganz offen zu sprechen?"

„Sprechen Sie, Monsieur."

„Die mich hier verabscheuen, Sire, sind der Herzog von Alençon und die Königinmutter."

„Gegen den Herrn von Alençon sage ich nichts", meinte Karl, „aber die Königinmutter überschüttet Sie mit Aufmerksamkeiten."

„Und ebendeshalb mißtraue ich ihr, Sire. Ich wurde ganz schön dahin gebracht, zu mißtrauen!"

„Ihr?"

„Ihr oder denen ihrer Umgebung. Wie Sie wissen, Sire, ist das Unglück der Könige nicht, zu schlecht, sondern zu gut bedient zu werden."

„Erklären Sie das, Sie haben sich verpflichtet, mir alles zu sagen."

„Euer Majestät sehen, daß ich meine Pflicht erfülle."

„Also weiter!"

„Euer Majestät lieben mich, sagten Sie?"

„Das heißt, vor Ihrem Verrat, Henriot."

„Nehmen Sie einmal an, Sie liebten mich noch, Sire."

„Meinetwegen!"

„Wenn Sie mich lieben, müßten Sie doch wünschen, ich bliebe am Leben, nicht wahr?"

„Ich wäre verzweifelt gewesen, wenn dich ein Unglück betroffen hätte."

„Nun, Sire, zweimal ist Euer Majestät diese Verzweiflung erspart geblieben."

„Wie?"

„Ja, denn zweimal hat mir allein die Vorsehung das Leben gerettet. Allerdings trug die Vorsehung das zweite Mal Euer Majestät Züge."

„Und wie offenbarte sie sich das erste Mal?"

„In einem Mann, der sehr verwundert wäre, sich in solcher Verbindung zu wissen: Es war René. Ja, Sie, Sire, haben mich vor dem Stahl gerettet."

Karl runzelte die Brauen, denn er dachte an jene Nacht, als er Henriot in die Rue des Barres geführt hatte.

„Und René?" fragte er.

„René hat mich vor dem Gift gerettet."

„Potztausend! Du hast aber Glück, Henriot!" rief der König und versuchte ein Lächeln, das der lebhafte Schmerz zu einem nervösen Zucken der Mundwinkel quälte. „Das ist doch sonst nicht seine Art."

„Zwei Wunder haben mich also gerettet, Sire. Ein Wunder der Reue von seiten des Florentiners und ein Wunder Ihrer Güte. Aber ich muß Euer Majestät gestehen, ich habe Angst, der Himmel möchte im Wundertun ermüden; und eingedenk des alten Sprichwortes: Hilf dir selbst, so hilft dir Gott! wollte ich daher fliehen."

„Warum hast du mir das nicht früher erzählt, Henri?"

„Wenn ich Ihnen all das gestern erzählt hätte, wäre ich ein Denunziant gewesen."

„Und heute?"

„Heute liegt die Sache anders, ich bin beschuldigt und verteidige mich."

„Bist du des ersten Versuches sicher, Henriot?"

„Ebenso sicher wie des zweiten."

„Man hat also versucht, dich zu vergiften?"

„Man hat es versucht."

„Womit?"

„Mit einer Lippenpaste."

„Wie will man denn jemand mit einer Lippenpaste vergiften?"

„Ei, was denn, Sire, fragen Sie doch René; man kann auch sehr gut mit Handschuhen vergiften ..."

Karl zog die Stirn kraus, doch nach und nach glättete sich sein Gesicht.

„Ja, ja", sagte er, als spräche er zu sich selbst, „es liegt in der Natur der Geschöpfe, den Tod zu fliehen. Warum kann die Intelligenz nicht den Instinkt unterstützen?"

„Sind Euer Majestät zufrieden mit meiner Aufrichtigkeit?" fragte Henri. „Und glauben Sie mir, daß ich Ihnen alles gesagt habe?"

„Ja, Henriot, ja, du bist ein braver Bursche. Du meinst also, die dir übelwollen, sind nicht müde geworden und könnten neue Versuche unternehmen?"

„Sire, jeden Abend staune ich, mich noch am Leben zu finden."

„Siehst du, Henriot, weil sie wissen, daß ich dich liebe, wollen sie dich umbringen. Aber sei ohne Sorge, sie sollen für ihre böse Absicht bestraft werden. Inzwischen bist du frei."

„Frei, Paris zu verlassen, Sire?" fragte der König.

„Aber nein, du weißt, daß ich mich unmöglich von dir trennen kann. Pech und Schwefel! Ich brauche jemand, der mich liebt!"

„Gut, Sire, wenn mich Euer Majestät in der Nähe behalten, wollen Sie mir aber bitte eine Gnade erweisen ..."

„Welche?"

„Daß Sie mich nie mehr Freund nennen, sondern als Gefangenen behandeln."

„Wie, als Gefangenen?"

„Ja. Sehen denn Euer Majestät nicht, daß mich gerade Ihre Freundschaft vernichtet?"

„Meine Feindschaft ist dir also lieber?"

„Eine scheinbare Feindschaft, Sire. Diese Feindschaft wird mich retten, denn wenn man mich in Ungnade glaubt, wird man es weniger eilig haben, mich tot zu sehen."

„Henriot", sagte Karl, „ich kenne deine Wünsche nicht und weiß nicht, wohin sie zielen; aber ich wäre sehr erstaunt, wenn sie sich nicht erfüllten und du dein gestecktes Ziel verfehltest."

„Ich kann mich also auf die Strenge des Königs verlassen?"

„Ja."

„Dann bin ich beruhigt. – Und was befehlen Euer Majestät jetzt?"

„Geh in dein Zimmer zurück, Henriot. Ich fühle mich leidend, ich will noch nach meinen Hunden sehen und mich dann zu Bett legen."

„Sire", bat Henri, „Euer Majestät sollten einen Arzt kommen lassen, Ihre heutige Unpäßlichkeit ist vielleicht ernster, als Sie glauben."

„Ich habe Meister Ambroise Paré benachrichtigen lassen, Henriot."

„Dann kann ich einigermaßen beruhigt gehen."

„Meiner Seel", rief der König aus, „ich glaube, du bist der einzige in meiner ganzen Familie, der mich wirklich liebt."

„Ist das Ihre wahre Meinung, Sire?"

„Mein Wort als Edelmann!"

„Dann übergeben Sie mich Monsieur de Nançay als einen Mann, dem Ihr Zorn höchstens noch einen Monat läßt; das ist das Mittel, wie ich Sie noch sehr lange lieben kann."

„Monsieur de Nançay!" rief Karl.

Der Hauptmann der Wache trat ein.

„Ich übergebe Ihnen hiermit den größten Verbrecher des Königreiches", erklärte der König, „Sie stehen mir mit Ihrem Kopf für ihn."

Betroffenen Gesichts ging Henri hinter Monsieur de Nançay hinaus.

53

Actäon

Karl blieb allein zurück und wunderte sich, daß keiner seiner beiden Getreuen aufgetaucht war, weder die Amme Madeleine noch sein Windspiel Actäon.

Die Amme wird bei einem Hugenotten ihrer Bekanntschaft Psalmen singen, sagte er sich, und Actäon schmollt mir gewiß noch wegen des Peitschenhiebes, den ich ihm morgens versetzt habe.

So nahm er eine Kerze und ging in das Zimmer seiner Amme. Die Amme war nicht da. Aus Madeleines Zimmer führte, wie man sich erinnert, eine Tür in sein Arbeitszimmer. Dieser Tür näherte er sich.

Doch auf dem Weg packte ihn wieder und ebenso unvermutet ein Anfall wie auf der Jagd. Ihm war, als durchwühle ein rotglühendes Eisen seine Eingeweide. Unstillbarer Durst verzehrte ihn, und als er auf einem Tisch eine Tasse Milch stehen sah, stürzte er sie auf einen Zug hinunter und fühlte sich ein wenig ruhiger.

Dann nahm er die abgestellte Kerze wieder auf und trat in sein Arbeitszimmer.

Zu seiner großen Verwunderung lief ihm Actäon nicht entgegen. Hatte man ihn eingeschlossen? Aber dann würde er spüren, daß sein Herr von der Jagd zurück war, und heulen.

Karl rief und pfiff, aber niemand erschien.

Er ging vier Schritte weiter, und als das Licht der Kerze in die Zimmerecke fiel, bemerkte er dort eine reglos auf dem Boden ausgestreckte Masse.

„Holla, Actäon, holla!" rief Karl.

Er pfiff noch einmal, aber der Hund rührte sich nicht.

Karl lief hin und betastete ihn; das arme Tier war steif und kalt. Aus dem schmerzverzerrten Rachen waren ein paar Tropfen Galle gefallen, mit schaumigem, blutigem Speichel vermischt.

Der Hund hatte im Zimmer ein Barett seines Herrn gefunden und im Sterben den Kopf auf den leblosen Gegenstand gelegt, der ihm den Freund verkörperte.

Bei diesem Anblick, der ihn die eigenen Schmerzen vergessen ließ und ihm seine ganze Tatkraft zurückgab, kochte heißer Zorn in Karls Adern; er wollte schreien, doch, an ihre Größe gekettet, haben Könige nicht die Freiheit jedes anderen Menschen, sich zum Nutzen ihrer Leidenschaft oder ihrer Verteidigung von der ersten Regung leiten zu lassen. Karl überlegte, daß Verrat dahinterstecken müsse, und schwieg.

Er kniete sich neben seinen Hund und prüfte den starren Körper mit erfahrenem Blick. Die Augen waren glasig, die Zunge hing rot und mit Eiterbeulen übersät. Eine sonderbare Krankheit; Karl schauderte. Er zog die Handschuhe, die er abgestreift und in den Gürtel gesteckt hatte, wieder an, hob die blasse Lippe des Hundes, um sich die Zähne anzusehen, und bemerkte in den Zwischenräumen ein paar weiße Fetzen, die an den spitzen Hakenzähnen hängengeblieben waren.

Er löste die Fetzen und sah, daß es Papierfetzen waren. An den Stellen, wo sich das Papier befunden hatte, war die Geschwulst heftiger, das Zahnfleisch aufgetrieben und die Haut wie von Vitriol zerfressen.

Karl ließ einen aufmerksamen Blick umherschweifen. Auf dem Teppich lagen zwei, drei ähnliche Stückchen Papier wie die, von denen er den Hund befreit hatte. Eins davon, größer als die anderen, zeigte noch Spuren eines Holzschnittes.

Karl sträubten sich die Haare, er erkannte ein Bruchstück des Bildes, das einen Herrn bei der Beize darstellte und das Actäon aus seinem Jagdbuch gerissen hatte.

„Ach", sagte er, und das Blut wich aus seinem Gesicht, „das Buch war vergiftet."

Plötzlich raffte er seine Erinnerung zusammen. „Tausend Teufel! Und jede Seite habe ich mit dem Finger berührt, von jeder Seite habe ich den Finger an den Mund geführt, um ihn zu benetzen. Diese Ohnmachtsanfälle, die Schmerzen, das Erbrechen … Ich bin des Todes!"

Das Gewicht dieses entsetzlichen Gedankens lähmte ihn eine Weile.

Dann stürzte er mit dumpfem Brüllen zur Tür seines Arbeitszimmers.

„Meister René!" rief er. „Der Florentiner Meister René! Jemand soll zum Pont Saint-Michel jagen und ihn herbringen, in zehn Minuten muß er dasein. Einer von euch soll sich aufs Pferd werfen und ein Handpferd mitnehmen, damit er früher hier ist. Wenn Meister Ambroise Paré kommt, soll er warten."

Ein Posten lief, um den gegebenen Befehl auszuführen.

„Oh", murmelte Karl, „und sollte ich die ganze Welt auf die Folter bringen, ich werde erfahren, wer Henriot das Buch gegeben hat."

Schweiß auf der Stirn, mit verkrampften Händen und keuchender Brust, stand Karl, die Augen starr auf den Kadaver seines Hundes gerichtet.

Zehn Minuten später klopfte der Florentiner schüchtern und nicht ohne Unruhe an die Tür des Königs. Manchen Gewissen erscheint der Himmel niemals rein.

„Treten Sie ein", rief Karl.

Der Parfümeur erschien. Karl trat ihm mit gebieterischem Gesicht und aufgeworfenen Lippen entgegen.

„Euer Majestät haben mich rufen lassen", sagte René, am ganzen Leibe zitternd.

„Ja, Sie sind doch ein erfahrener Chemiker, nicht wahr?"

„Sire ..."

„Und Sie wissen auch nicht weniger als die geschicktesten Ärzte?"

„Euer Majestät übertreiben."

„Nein, meine Mutter hat es mir gesagt. Außerdem habe ich Vertrauen zu Ihnen und möchte lieber Sie als jeden anderen konsultieren. Da", fuhr er fort und enthüllte den Kadaver des Hundes, „sehen Sie sich bitte an, was das Tier zwischen den Zähnen hat, und sagen Sie mir, woran es gestorben ist."

Während sich René, die Kerze in der Hand, bis zum Boden herabbeugte, ebensosehr, um seine Aufregung zu verbergen, wie um dem König zu gehorchen, blieb Karl neben ihm stehen und wartete, ohne ihn aus den Augen zu lassen, mit leicht verständlicher Ungeduld auf das Wort, das sein Todesspruch oder Rettungspfand sein sollte.

René zog eine Art Skalpell aus der Tasche, öffnete es, löste die noch am Gaumen des Windspiels hängenden Papierfetzen und prüfte lange und aufmerksam Galle und Blut, die aus jedem Riß getreten waren.

„Sire", sagte er zitternd, „das sind sehr betrübliche Symptome."

Karl fühlte einen eisigen Schauer durch seine Adern laufen und ins Herz dringen.

„Ja", bemerkte er, „der Hund ist vergiftet worden, nicht wahr?"

„Ich fürchte, Sire."

„Und mit welcherart Gift?"

„Ich nehme an, mit einem mineralischen."

„Könnten Sie sich die Gewißheit verschaffen, daß er wirklich vergiftet wurde?"

„Natürlich, indem ich den Magen öffne und prüfe."

„Öffnen Sie ihn, ich will keinen Zweifel lassen."

„Man müßte jemand rufen, der mir dabei hilft."

„Ich werde Ihnen helfen", bestimmte Karl.

„Sie, Sire?"

„Ja. Und welche Symptome werden wir finden, wenn er vergiftet ist?"

„Hitzblattern und eine Art Pflanzenbildung im Magen."

„Ans Werk!" befahl Karl.

Mit einem einzigen Schnitt des Skalpells öffnete René die Brust des Windspiels und legte sie mit beiden Händen frei, während Karl, ein Knie am Boden, mit verkrampfter, zitternder Hand leuchtete.

„Sehen Sie, Sire", sagte René, „hier sind deutliche Spuren. Die Hitzblattern, die ich schon erwähnte, und die blutgefärbten Adern, die wie Wurzeln einer Pflanze aussehen – ich bezeichnete sie als Pflanzenbildung. Ich habe gefunden, was ich suchte."

„Also wurde der Hund vergiftet?"

„Ja, Sire."

„Mit einem mineralischen Gift?"

„Aller Wahrscheinlichkeit nach."

„Und was würde ein Mensch erleiden, der aus Versehen dasselbe Gift genommen hat?"

„Heftige Kopfschmerzen, ein inwendiges Brennen, als hätte er glühende Kohlen verschlungen, Leibschmerzen und Erbrechen."

„Hätte er Durst?" fragte Karl.

„Unstillbaren Durst."

„So ist es, so ist es", murmelte der König.

„Sire, ich suche vergeblich nach dem Sinn dieser Fragen."

„Warum danach suchen? Sie brauchen ihn nicht zu wissen. Antworten Sie auf meine Fragen, weiter nichts."

„Ich höre, Euer Majestät."

„Welches Gegengift muß man bei einem Menschen anwenden, der dieselbe Substanz zu sich genommen hat wie mein Hund?"

René überlegte einen Augenblick.

„Es gibt mehrere Mineralgifte", sagte er schließlich, „ehe ich antworte, würde ich gern wissen, um welches es sich handelt. Haben Euer Majestät irgendeine Vorstellung, auf welche Art Ihr Hund vergiftet wurde?"

„Ja", antwortete Karl, „er hat ein Blatt aus einem Buch gefressen."

„Ein Blatt aus einem Buch?"

„Ja."

„Haben Euer Majestät das Buch?"

„Hier ist es", sagte Karl, nahm das Jagdbuch aus dem Regal, wohin er es gelegt hatte, und zeigte es René.

René fuhr überrascht auf, was dem König nicht entging.

„Aus diesem Buch hat er eine Seite gefressen?" stammelte René.

„Ganz recht." Karl zeigte ihm die zerrissene Seite.

„Erlauben Sie, daß ich noch eine herausreiße, Sire?"

„Bitte."

René entfernte ein Blatt und näherte es der Kerze. Das Papier fing Feuer, ein Geruch nach Zwiebeln verbreitete sich im Zimmer.

„Er wurde mit einer Arsenikmixtur vergiftet", erklärte er.

„Sind Sie ganz sicher?"

„Als hätte ich sie selber hergestellt."

„Und das Gegengift …?"

René schüttelte den Kopf.

„Wie", fragte Karl mit rauher Stimme, „Sie kennen keine Arznei?"

„Das beste und wirksamste ist Eiweiß in Milch geschlagen, aber …"

„Aber ... was?"

„Es muß gleich eingenommen werden, sonst ..."

„Sonst?"

„Sire, es ist ein schreckliches Gift", wiederholte René.

„Dennoch tötet es nicht sofort", wandte Karl ein.

„Nein, aber es tötet sicher, einerlei, wie lange sich das Sterben hinzieht, und mitunter ist sogar das Berechnung."

Karl stützte sich auf den Marmortisch.

„Noch eins", sagte er und legte die Hand auf Renés Schulter, „kennen Sie dies Buch?"

„Ich, Sire?" rief René und wurde blaß.

„Ja, Sie; als Sie es erblickten, haben Sie sich verraten."

„Sire, ich schwöre Ihnen ..."

„René", unterbrach ihn Karl, „hören Sie gut zu: Sie haben die Königin von Navarra mit Handschuhen vergiftet, Sie haben den Prinzen von Porcian mit dem Rauch einer Lampe vergiftet, Sie haben versucht, den Prinzen von Condé mit einem duftenden Apfel zu vergiften. René, wenn Sie mir nicht sagen, wem das Buch gehörte, werde ich Ihnen mit einer rotglühenden Zange Fetzen für Fetzen die Haut abziehen lassen."

Der Florentiner sah, daß mit dem Zorn Karls IX. nicht zu spaßen war, und entschloß sich, sein Heil in verwegener Kühnheit zu suchen.

„Und wenn ich die Wahrheit sage, Sire, wer garantiert mir dafür, daß ich nicht noch grausamer bestraft werde, als wenn ich schweige?"

„Ich."

„Ihr königliches Wort darauf?"

„Mein Ehrenwort, Sie werden Ihr Leben behalten", sagte der König.

„Nun denn, das Buch gehört mir", antwortete René.

„Ihnen?" rief Karl zurückweichend und sah den Giftmischer mit verstörtem Blick an.

„Ja."

„Und wie ist es aus Ihren Händen gelangt?"

„Ihre Majestät die Königinmutter hat es mitgenommen."

„Die Königinmutter!" rief Karl.

„Ja."

„Aber in welcher Absicht?"

„Ich glaube, sie wollte es dem König von Navarra zukommen lassen, der den Herzog von Alençon um ein Buch dieser Art gebeten hatte, um die Beize zu studieren."

„Ja, das ist es!" rief Karl. „Ich glaube es aufs Wort. Das Buch befand sich tatsächlich bei Henriot. Es gibt ein Verhängnis, und ich erleide es."

Plötzlich wurde Karl von heftigem, bellendem Husten gepackt, dem neue Leibschmerzen folgten. Er stieß erstickte Schreie aus und ließ sich in seinen Sessel zurückfallen.

„Was haben Sie, Sire?" fragte René erschrocken.

„Nichts", erwiderte Karl, „nur Durst, geben Sie mir zu trinken."

René füllte ein Glas mit Wasser und reichte es mit zitternder Hand Karl, der es auf einen Zug leerte.

„Und jetzt", gebot Karl, während er eine Feder nahm und sie in ein Tintenfaß tauchte, „schreiben Sie in dies Buch."

„Was soll ich schreiben?"

„Was ich Ihnen jetzt diktieren werde: ‚Dies Handbuch der Beize erhielt die Königinmutter Katharina von Medici von mir.'"

René nahm die Feder und schrieb.

„Und jetzt unterschreiben Sie."

Der Florentiner unterschrieb.

„Sie haben mir das Leben versprochen", sagte der Parfümeur.

„Was mich betrifft, so werde ich mein Wort halten."

„Aber die Königinmutter?" wandte René ein.

„Das geht mich nichts an", sagte Karl, „wenn Sie angegriffen werden, dann verteidigen Sie sich."

„Sire, darf ich Frankreich verlassen, wenn ich mein Leben für bedroht halte?"

„Darauf werde ich Ihnen in fünfzehn Tagen antworten."

„Und bis dahin …?"

Karl krauste die Stirn und legte den Finger auf die blut-
leeren Lippen.

„Keine Sorge, Sire."

Nur allzu glücklich, so leichten Kaufes davongekom-
men zu sein, verneigte sich der Florentiner und ging.

Hinter ihm erschien die Amme in der Tür.

„Was gibt es, Charlot?" fragte sie.

„Ich bin im Tau spazierengegangen, und das ist mir
schlecht bekommen, Amme."

„Wirklich, du bist ganz blaß, Charlot."

„Weil ich mich sehr schwach fühle. Reiche mir den
Arm, Amme, ich will zu Bett."

Die Amme eilte zu ihm. Karl stützte sich auf sie und
begab sich in sein Schlafgemach.

„Ich werde allein zu Bett gehen", sagte Karl.

„Und wenn Meister Ambroise Paré kommt?"

„Dann wirst du ihm sagen, es geht mir besser, und ich
brauche ihn nicht mehr."

„Aber was wirst du einnehmen?"

„Oh, eine ganz einfache Medizin", antwortete Karl,
„Eiweiß in Milch geschlagen. Übrigens, Amme", fuhr er
fort, „der arme Actäon ist tot. Man muß ihn morgen
früh in einer Ecke des Louvregartens begraben. Er war
einer meiner besten Freunde … Ich werde ihm ein
Grabmal setzen lassen … wenn ich noch soviel Zeit
habe."

54

Der Bois de Vincennes

Auf Befehl Karls IX. wurde Henri noch am selben
Abend zum Bois de Vincennes abgeführt, wie zu jener
Zeit das berühmte Schloß hieß, von dem heute nur noch
Überreste stehen, ein Riesenfragment, das gleichwohl ge-
nügt, um eine Vorstellung seiner vergangenen Größe zu
vermitteln.

Henri machte die Reise in einer Sänfte. Zu jeder Seite marschierten vier Gardisten. Monsieur de Nançay, der Befehlsträger, der Henri die Tore des schützenden Gefängnisses öffnen sollte, führte den Zug.

Am Ausfalltor des Schloßturmes hielten sie an. Monsieur de Nançay saß ab, öffnete das mit einem Vorhängeschloß versicherte Portal und bat den König ehrerbietig, auszusteigen.

Henri gehorchte ohne ein Wort. Jeder Aufenthaltsort erschien ihm sicherer als der Louvre, und zehn Türen, die sich hinter ihm schlossen, standen zugleich zwischen ihm und Katharina von Medici.

Zwischen zwei Soldaten überquerte der königliche Gefangene die Zugbrücke und ging durch drei Türen unterhalb des Schloßturmes und drei Türen unterhalb der Treppe, dann stieg er, immer hinter Monsieur de Nançay, ein Stockwerk hoch. Dort sagte der Hauptmann der Wache, als er sah, daß Henri weiter hinauf wollte: „Bleiben Sie, Monseigneur.“

„Du liebe Güte!“ sagte Henri und machte halt. „Anscheinend soll mir die Ehre des ersten Stockwerkes erwiesen werden.“

„Sire“, antwortete Monsieur de Nançay, „Sie werden als gekröntes Haupt behandelt.“

Teufel, Teufel! dachte Henri. Zwei oder drei Stockwerke höher hätten mich nicht erniedrigt. Dort wäre ich besser aufgehoben; sie müssen etwas ahnen.

„Wollen Euer Majestät folgen?“ fragte Monsieur de Nançay.

„Heiliger Strohsack!“ gab der König von Navarra zurück. „Sie wissen sehr wohl, Monsieur, daß es sich durchaus nicht darum handelt, was ich will oder nicht will, sondern was mein Bruder Karl befiehlt. Befiehlt er, daß ich Ihnen folge?“

„Ja, Sire.“

„Gut, dann folge ich Ihnen, Monsieur.“

Sie kamen in einen Gang, an dessen äußerstem Ende eine öde Halle mit dunklen Wänden lag, die so recht schaurig aussah.

Henri warf einen Blick um sich, der nicht frei von Unruhe war.

„Wo sind wir?" fragte er.

„Wir kommen hier durch die Folterkammer, Monseigneur."

„Ah", machte der König und sah sich noch aufmerksamer um.

In diesem Raum gab es von allem etwas: Henkelkrüge und Bänke für die Wasserfolter, Keile und Hämmer für die spanischen Stiefel, außerdem ringsum Steinsitze für die Unglücklichen, die auf die Folter warteten, und darüber, an den Sitzen selber und am Fuß der Bänke Eisenringe, die nach keinem anderen Maß als dem der Folterkunst in die Mauer eingelassen waren. Aber die Lage der Ringe in nächster Nähe der Sitze verriet hinreichend, daß sie auf die Glieder der dort Niederhockenden warteten.

Henri setzte seinen Weg fort, ohne etwas zu sagen, verlor jedoch keine Einzelheit dieser abscheulichen Vorrichtung, die gewissermaßen die Geschichte des Schmerzes an die Wände schrieb.

Während Henri so aufmerksam um sich blickte, achtete er nicht auf den Boden zu seinen Füßen und stolperte.

„Nanu", fragte er, „was ist denn das?"

Er zeigte auf eine Rinne in den feuchten Steinplatten.

„Die Traufe, Sire."

„Also regnet es hier?"

„Ja, Sire, Blut."

„Sehr gut", bemerkte Henri. „Kommen wir jetzt bald in mein Zimmer?"

„Wir sind schon da, Monseigneur", antwortete ein Schatten, der sich im Dunkel abzeichnete und, je näher sie ihm kamen, sichtbarer und mit den Händen greifbar wurde.

Henri, der die Stimme wiederzuerkennen glaubte, trat ein paar Schritte auf ihn zu und erkannte das Gesicht.

„Sieh da, Beaulieu!" rief er aus. „Was zum Teufel machen Sie hier?"

„Ich bin zum Gouverneur der Festung Vincennes ernannt worden, Sire."

„Nun, lieber Freund, Ihr Antritt macht Ihnen Ehre; einen König zum Gefangenen haben, ist nicht schlecht."

„Vergebung, Sire", entgegnete Beaulieu, „aber vor Ihnen habe ich bereits zwei Edelleute in Empfang genommen."

„Wen? Oh, Verzeihung, das ist vielleicht eine Zudringlichkeit. Wenn es so ist, nehmen wir an, ich hätte nichts gesagt."

„Es ist kein Geheimnis, Monseigneur. Es handelt sich um die Messieurs de La Môle und de Coconnas."

„Richtig, ich habe gesehen, wie die armen Edelleute festgenommen wurden. Wie ertragen sie ihr Unglück?"

„Ganz verschieden, der eine ist fröhlich, der andere traurig; der eine singt, der andere seufzt."

„Welcher seufzt?"

„Monsieur de La Môle, Sire."

„Meiner Treu", sagte Henri, „den Seufzenden verstehe ich wirklich besser als den, der singt. Nach allem, was ich davon sehe, ist das Gefängnis nicht eben eine sehr lustige Angelegenheit. In welchem Stockwerk sind sie untergebracht?"

„Ganz oben, im vierten."

Henri seufzte auf. Im vierten wäre er selber gern gewesen.

„Vorwärts, Herr de Beaulieu", sagte Henri, „zeigen Sie mir freundlicherweise mein Zimmer, ich möchte schnell an Ort und Stelle sein, weil mich der Tag ermüdet hat."

„Hier ist es, Monseigneur", erwiderte Beaulieu und zeigte auf eine offene Tür.

„Nummer zwei", las Henri, „warum nicht Nummer eins?"

„Weil Nummer eins reserviert ist, Monseigneur."

„Dann erwarten Sie anscheinend einen Gefangenen von noch höherem Adel?"

„Ich habe nicht gesagt, daß es für einen Gefangenen reserviert ist, Monseigneur."

„Für wen denn sonst?"

„Bestehen Sie bitte nicht darauf, Monseigneur; ich wäre

gezwungen, Ihnen den schuldigen Gehorsam zu verweigern, indem ich schweige."

„Das ist etwas anderes", sagte Henri.

Er wurde noch nachdenklicher, diese Nummer eins beunruhigte ihn sichtlich.

Im übrigen bewahrte der Gouverneur seine anfängliche Höflichkeit. Unter tausend schönen Reden führte er Henri in sein Zimmer, entschuldigte sich immer wieder wegen des Mangels an Bequemlichkeiten, ließ zwei Soldaten an der Tür Posten fassen und ging hinaus.

„Jetzt wollen wir zu den anderen gehen", sagte er dann zu dem Kerkermeister.

Der Kerkermeister ging voraus. Sie nahmen denselben Weg zurück, den sie gekommen waren, durchquerten die Folterkammer und den Gang bis zur Treppe, dann folgte Monsieur de Beaulieu seinem Führer drei Stockwerke hinauf.

Als sie die drei Stockwerke hinter sich hatten und sich nun im vierten befanden, öffnete der Kerkermeister nacheinander drei Türen, deren jede mit zwei Schlössern und drei mächtigen Riegeln versperrt war.

Kaum war er an der dritten, als eine fröhliche Stimme rief: „Kotzbombenelement, öffnen Sie doch! Wenn auch nur, um etwas Luft hereinzulassen. Euer Backofen ist so heiß, daß man hier erstickt."

Und Coconnas, den der Leser natürlich schon an seinem Lieblingsfluch erkannt hat, sprang zur Tür.

„Einen Augenblick, Monsieur", sagte der Kerkermeister, „ich komme nicht, um Sie herauszulassen, sondern um den Herrn Gouverneur einzulassen."

„Den Herrn Gouverneur?" rief Coconnas. „Was will er?"

„Sie besuchen."

„Das ist viel Ehre", antwortete Coconnas, „der Herr Gouverneur sei mir willkommen."

Monsieur de Beaulieu trat ein, und unter der eisigen Höflichkeit, wie sie Gouverneuren von Festungen, Kerkermeistern und Henkern eigen ist, schwand alsbald Coconnas' freundliches Lächeln.

„Haben Sie Geld, Monsieur?" fragte er den Gefangenen.

„Ich?" rief Coconnas. „Nicht einen Taler!"

„Schmuckstücke?"

„Ich besitze einen Ring."

„Erlauben Sie, daß ich Sie durchsuche?"

„Kotzbombenelement!" rief Coconnas, rot vor Zorn. „Eine schöne Auffassung vom Aufenthalt im Gefängnis und von mir!"

„Für den Dienst am König muß man alles erdulden."

„Stehen die ehrlichen Leute, die auf dem Pont-Neuf plündern, wie Sie im Dienste des Königs?" fragte der Piemonteser. „Kotzbombenelement, ich war sehr ungerecht, Monsieur, denn bislang habe ich sie für Diebe gehalten."

„Ich empfehle mich, Monsieur", entgegnete Beaulieu. „Kerkermeister, schließen Sie den Herrn ein."

Der Gouverneur ging und nahm Coconnas' Ring mit, einen wunderschönen Smaragd, den ihm Madame de Nevers geschenkt hatte, damit er die Farbe ihrer Augen nicht vergäße.

„Jetzt zu dem andern", befahl der Gouverneur im Hinausgehen.

Sie kamen durch ein leeres Zimmer, und das Spiel der drei Türen, sechs Schlösser und neun Riegel begann von neuem.

Als sich die letzte Tür öffnete, drang nichts als ein Seufzer ans Ohr der Besucher.

Dieser Raum sah noch düsterer aus als der andere, aus dem Monsieur de Beaulieu eben kam. Vier lange, schmale Schießscharten, die sich nach außen zu verengten, gaben dem trübseligen Aufenthaltsort nur schwaches Licht. Überdies verhinderten sehr kunstgerecht kreuzweis davor angebrachte Eisenstäbe, die den Blick immer wieder mit einer undurchsichtigen Linie aufhielten, daß der Gefangene durch die Schießscharten den Himmel sehen konnte. Aus jeder Ecke des Raumes liefen Spitzbogen und vereinigten sich in der Mitte der Decke, wo sie sich wie eine Rosette entfalteten.

La Môle saß in einer Ecke und blieb trotz des Besuches und der Besucher sitzen, als hätte er nichts gehört.

Der Gouverneur machte auf der Schwelle halt und betrachtete einen Augenblick den Gefangenen, der reglos, den Kopf in den Händen, am Boden hockte.

„Guten Abend, Monsieur de La Môle", sagte Beaulieu. Der junge Mann hob langsam den Kopf.

„Guten Abend, Monsieur", antwortete er.

„Ich will Sie durchsuchen", fuhr der Gouverneur fort.

„Das ist nicht nötig", entgegnete La Môle, „ich gebe Ihnen alles, was ich besitze."

„Und was besitzen Sie?"

„Ungefähr dreihundert Taler, diese Schmuckstücke und Ringe."

„Geben Sie her, Monsieur", sagte der Gouverneur.

„Hier."

La Môle drehte seine Taschen um, streifte die Ringe von den Fingern und löste die Agraffe von seinem Hut.

„Weiter haben Sie nichts?"

„Nicht daß ich wüßte."

„Und was hängt an der Seidenschnur um Ihren Hals?" fragte der Gouverneur.

„Das ist kein Schmuckstück, sondern eine Reliquie, Monsieur."

„Geben Sie her."

„Sie übertreiben!"

„Ich habe Befehl, Ihnen nur die Kleidung zu lassen, und eine Reliquie ist kein Kleidungsstück."

La Môle machte eine zornige Bewegung, die bei ihm, der eine so schmerzliche Ruhe und Würde zeigte, noch erschreckender wirkte als bei Leuten, bei denen man an heftige Gefühlsäußerungen gewöhnt ist. Aber sofort faßte er sich wieder.

„Gut, Monsieur", sagte er, „Sie sollen haben, was Sie wünschen."

Darauf wandte er sich ab, wie um näher ans Licht zu treten, und nahm die erwähnte Reliquie vom Hals, die nichts anderes war als ein Medaillon mit einem Porträt, das er herausholte und an die Lippen führte. Nachdem er es mehrmals geküßt hatte, tat er, als gleite es ihm aus den Fingern, setzte mit einer raschen Bewegung den Stiefelabsatz darauf und zertrat es in tausend Stücke.

„Monsieur!" rief der Gouverneur.

Dann beugte er sich nieder, um zu sehen, ob er den unbekannten Gegenstand, dessen ihn La Môle berauben wollte, nicht noch vor der Zerstörung retten könne; aber die Miniatur war buchstäblich zu Staub zermalmt.

„Der König wollte das Kleinod haben", sagte La Môle, „aber er hat kein Recht auf das Porträt, das es enthielt. Hier ist das Medaillon, Sie können es nehmen."

„Monsieur", entrüstete sich Beaulieu, „ich werde mich beim König beschweren."

Ohne ein einziges Abschiedswort an den Gefangenen entfernte er sich so wütend, daß er dem Kerkermeister die Sorge für die Türen überließ und sich versagte, darüber zu wachen, wie sie geschlossen wurden.

Der Kerkermeister ging ein paar Schritte hinter ihm her, aber als er Monsieur de Beaulieu schon die ersten Stufen der Treppe hinuntersteigen sah, drehte er sich um und sagte: „Wahrhaftig, Monsieur, ich habe gut daran getan, als ich Ihnen nahelegte, mir sofort die hundert Taler zu geben, damit ich Sie mit Ihrem Gefährten sprechen lasse; denn wenn Sie mir das Geld nicht gegeben hätten, wäre es jetzt mit den andern dreihundert Talern im Besitz des Gouverneurs, und mein Gewissen würde mir nicht erlauben, etwas für Sie zu tun; doch ich bin im voraus bezahlt und habe Ihnen versprochen, daß Sie Ihren Kameraden sehen können ... Kommen Sie ... ein ehrlicher Mann steht zu seinem Wort ... Nur reden Sie, wenn es möglich ist, ebenso meinetwegen wie Ihretwegen, nicht über Politik."

La Môle ging und stand bald darauf Coconnas gegenüber, der die Steinplatten am Fußboden mit seinen Schritten ausmaß.

Die beiden Freunde fielen sich in die Arme.

Der Kerkermeister tat, als trockne er seine Augenwinkel, und ging hinaus, um aufzupassen, daß niemand die Gefangenen – oder vielmehr ihn selber – überraschte.

„Da bist du!" rief Coconnas. „Hat dir dieser abscheuliche Gouverneur auch einen Besuch abgestattet?"

„Genau wie dir, nehme ich an."

„Und dir alles abgenommen?"

„Wie dir."

„Oh, ich hatte nicht mehr viel; einen Ring von Henriette, weiter nichts."

„Und Bargeld?"

„Alles, was ich an Geld noch besaß, habe ich dem braven Kerkermeister gegeben, damit er uns diese Zusammenkunft verschaffte."

„Dann nimmt er anscheinend aus zwei Händen", sagte La Môle.

„Du hast ihn auch bezahlt?"

„Ich habe ihm hundert Taler gegeben."

„Um so besser, wenn unser Kerkermeister ein Schurke ist!"

„Natürlich, mit Geld werden wir alles tun können, was wir wollen, und es besteht Hoffnung, daß es uns an Geld nicht fehlen wird."

„Aber jetzt etwas anderes, verstehst du eigentlich, was mit uns geschieht?"

„Vollkommen ... Wir sind verraten worden."

„Von diesem erbärmlichen Herzog von Alençon. Ich hatte schon recht, als ich ihm den Hals umdrehen wollte."

„Glaubst du, daß unsere Angelegenheit ernst steht?"

„Ich fürchte."

„Dann müssen wir uns auch auf die ... die Folter gefaßt machen?"

„Ich kann dir nicht verhehlen, daß auch ich bereits daran gedacht habe."

„Was wirst du sagen, wenn es dazu kommt?"

„Und du?"

„Ich werde schweigen", antwortete La Môle mit fiebriger Röte.

„Du willst schweigen?" rief Coconnas.

„Ja, wenn ich die Kraft habe."

„Nun, wenn man mir diese Infamie antut", entgegnete

Coconnas, „dann werde ich sehr viel sagen, darauf kannst du dich verlassen!"

„Aber was?" fragte La Môle rasch.

„Keine Sorge, nur lauter Sachen, die dem Herzog von Alençon eine ganze Weile den Schlaf rauben werden."

La Môle wollte antworten, als der Kerkermeister, der zweifellos ein Geräusch gehört hatte, angelaufen kam, ihn in sein Zimmer zurückstieß und die Tür hinter beiden verschloß.

55

Die Wachsfigur

Seit acht Tagen war Karl ans Bett gefesselt mit einem schleichenden Fieber, das von Zeit zu Zeit durch heftige, beinahe epileptische Anfälle unterbrochen wurde. Während dieser Anfälle stieß er mitunter ein Gebrüll aus, das die Wachposten im Vorzimmer mit Entsetzen hörten und die Echos des alten Louvre, seit einiger Zeit durch so viele unheimliche Geräusche geweckt, aus der Tiefe wiederholten. Wenn die Anfälle vorüber waren, ließ er sich, todmatt vor Schwäche, mit erloschenen Augen und einem Schweigen, das Verachtung und zugleich Schrecken enthielt, in die Arme seiner Amme gleiten.

Zu sagen, daß Katharina von Medici und der Herzog von Alençon jeder für sich und ohne sich ihre Empfindungen mitzuteilen, denn Mutter und Sohn flohen sich eher, als sie einander suchten, am Grunde ihres Herzens schaurige Gedanken bewegten, hieße das abscheuliche Gewimmel malen, das man auf dem Boden eines Vipernnestes kribbeln sieht.

Henri saß in seinem Zimmer hinter Schloß und Riegel, und auf seinen eigenen, gegen Karl geäußerten Wunsch hatte niemand Erlaubnis erhalten, ihn zu besuchen, nicht einmal Marguerite. Das war in aller Augen die vollkommene Ungnade. Katharina und Alençon atmeten auf, weil sie ihn verloren glaubten, und

Henri aß und trank unbesorgter, da er sich vergessen wähnte.

Niemand bei Hofe ahnte die Ursache der Krankheit des Königs. Meister Ambroise Paré und sein Kollege Mazille hatten auf eine Entzündung des Magens erkannt und täuschten sich nur über die Ursache der Folgen. Sie hatten daher eine lindernde Diät verschrieben, die den von René empfohlenen sonderbaren Trank, den Karl dreimal am Tag als einzige Nahrung aus den Händen seiner Amme nahm, nur unterstützen konnte.

La Môle und Coconnas saßen in strengster Haft in Vincennes.

Marguerite und Madame de Nevers hatten zehn Versuche unternommen, um sie zu sehen oder ihnen wenigstens ein Billett zukommen zu lassen, aber ohne Erfolg.

Eines Morgens, inmitten des ewigen Wechsels zwischen Wohl- und Schlechtbefinden, fühlte sich Karl ein wenig besser und wünschte, man möchte den ganzen Hofstaat eintreten lassen, der sich wie gewöhnlich, obwohl kein Lever mehr stattfand, jeden Morgen zu diesem Zweck einfand. Die Türen wurden geöffnet, und jedermann erkannte an der Blässe seiner Wangen, an der gelblichen Färbung seiner Elfenbeinstirn, dem fiebrigen Leuchten der hohlen, von dunklen Rändern umschatteten Augen, welch schreckliche Verheerungen die unbekannte Krankheit in dem jungen Monarchen angerichtet hatte.

Das königliche Gemach war bald voller neugieriger und teilnehmender Höflinge.

Katharina, Alençon und Marguerite erfuhren, daß der König empfing.

In geringem Abstand traten sie nacheinander ein, Katharina ruhig, Alençon lächelnd und Marguerite niedergedrückt.

Katharina setzte sich ans Kopfende des Bettes, ohne den Blick zu beachten, mit dem ihr Sohn sie maß.

Der Herzog von Alençon nahm seinen Platz am Fußende ein und blieb stehen.

Marguerite stützte sich auf einen Tisch, und als sie die

bleiche Stirn, das abgemagerte Gesicht und die eingefallenen Augen ihres Bruders sah, konnte sie weder einen Seufzer noch eine Träne zurückhalten.

Karl, dem nichts entging, sah die Träne und hörte den Seufzer und gab Marguerite ein fast unmerkliches Zeichen mit dem Kopf.

So schwach das Zeichen war, es erhellte das Gesicht der armen Königin von Navarra, der Henri aus Mangel an Zeit nichts hatte sagen können oder vielleicht wollen.

Sie fürchtete für ihren Gatten und zitterte um ihren Liebhaber.

Für sich selber fürchtete sie nichts, sie kannte La Môle viel zu gut und wußte, daß sie sich auf ihn verlassen konnte.

„Nun, lieber Sohn", fragte Katharina, „wie befinden Sie sich?"

„Besser, Mutter, etwas besser."

„Was sagen Ihre Ärzte?"

„Meine Ärzte? Ach, die sind große Doktoren, Mutter", erwiderte Karl und brach in Gelächter aus, „ich muß gestehen, es bereitet mir ein köstliches Vergnügen, sie über meine Krankheit reden zu hören. Gib mir zu trinken, Amme!"

Die Amme brachte Karl eine Tasse mit seiner üblichen Arznei.

„Was haben sie Ihnen zum Einnehmen verschrieben, mein Sohn?"

„Ach, Madame, wer kennt sich darin aus, was sie zubereiten!" antwortete der König und goß rasch seinen Trank hinunter.

„Was meinem Bruder fehlt, ist nur, daß er wieder aufstehen und in die Sonne gehen kann", bemerkte Franz, „die Jagd, die er so überaus liebt, würde ihm guttun."

„Ja", entgegnete Karl mit einem Lächeln, dessen Ausdruck der Herzog unmöglich enträtseln konnte, „doch die letzte hat mich so krank gemacht."

Karl hatte die letzten Worte in einem so sonderbaren Ton gesprochen, daß die Unterhaltung, in die sich die anderen nicht einen Augenblick gemischt hatten, stockte. Dann bewegte er leicht den Kopf.

Die Höflinge verstanden, daß der Empfang beendet sei, und zogen sich einer nach dem andern zurück.

Alençon war im Begriff, sich seinem Bruder zu nähern, aber ein inneres Gefühl hielt ihn zurück. Er grüßte und ging hinaus.

Marguerite warf sich über die abgemagerte Hand, die ihr der Bruder reichte, drückte und küßte sie und ging ebenfalls.

„Gute Margot!" murmelte Karl.

Katharina blieb allein auf ihrem Platz am Kopfende des Bettes. Als sich Karl unter vier Augen mit ihr fand, warf er sich mit demselben Gefühl des Entsetzens zurück, wie man vor einer Schlange zurückweicht.

Durch Renés Geständnisse und vielleicht mehr noch durch das Schweigen und Grübeln belehrt, hegte Karl keinerlei Zweifel mehr. Er wußte genau, wem und welchem Umstand er seinen Tod zuzuschreiben hatte.

Als sich Katharina über das Bett beugte und eine Hand nach ihrem Sohn ausstreckte, die kalt war wie ihr Blick, schauderte Karl und bekam Angst.

„Sie bleiben, Madame?" fragte er.

„Ja, mein Sohn", erwiderte Katharina, „ich habe Wichtiges mit Ihnen zu besprechen."

„Reden Sie, Madame", befahl Karl und wich noch weiter zurück.

„Sire", begann die Königin, „ich habe Sie eben sagen hören, Ihre Ärzte seien große Doktoren …"

„Das kann ich nur wiederholen, Madame."

„Und doch, was haben sie getan, seit Sie krank sind?"

„Nichts, das ist wahr … Aber wenn Sie gehört hätten, was sie sagten … Wahrhaftig, Madame, man möchte schon krank sein, um nur solch weise Diskussionen mit anhören zu dürfen."

„Hören Sie, mein Sohn, soll ich Ihnen etwas sagen?"

„Sprechen Sie, Mutter."

„Nun, ich vermute, all diese großen Doktoren wissen rein nichts über Ihre Krankheit!"

„Tatsächlich, Madame?"

„Sie sehen nur das Resultat, nicht die Ursache."

„Das ist möglich", bemerkte Karl, der nicht begriff, worauf seine Mutter hinauswollte.

„So daß sie statt des Übels die Symptome behandeln."

„Meiner Seel!" entgegnete Karl verwundert. „Ich glaube, Sie haben recht, Mutter."

„Nun, mein Sohn", fuhr Katharina fort, „da es weder meinem Herzen noch dem Wohl des Staates gefällt, Sie so lange Zeit krank zu sehen, weil es Ihnen am Ende der Kraft ermangeln könnte, Ihre Schmerzen zu ertragen, habe ich die weisesten Doktoren versammelt."

„Doktoren der medizinischen Kunst, Madame?"

„Nein, einer tiefgründigeren Kunst, der Kunst, die nicht allein erlaubt, in den Körpern zu lesen, sondern die auch in den Herzen zu lesen vermag."

„Eine schöne Kunst, Madame!" rief Karl. „Eine Kunst, in der man mit Recht keine Könige unterrichtet! Ihre Nachforschungen haben ein Resultat gezeitigt?" fragte er.

„Ja."

„Welches?"

„Das erhoffte. Ich bringe Euer Majestät die Arznei, die Sie an Leib und Seele heilen soll."

Karl fröstelte. Er glaubte, seine Mutter hätte vielleicht gefunden, er lebe immer noch zu lange, und sich daher entschlossen, wissentlich zu vollenden, was sie unwissentlich begonnen.

„Wo ist diese Arznei?" fragte Karl, indem er sich auf den Ellbogen stützte und seine Mutter ansah.

„Sie liegt in dem Übel selbst", erwiderte Katharina.

„Aber wo ist das Übel?"

„Hören Sie mich an, mein Sohn", sagte Katharina. „Haben Sie schon einmal gehört, daß geheime Feinde Rache üben, indem sie das Opfer aus der Ferne ermorden?"

„Durch den Stahl oder durch Gift?" fragte Karl, ohne das unbewegliche Gesicht seiner Mutter auch nur einen Augenblick aus den Augen zu lassen.

„Nein, durch Mittel, die viel sicherer und viel schrecklicher sind", erwiderte Katharina.

„Erklären Sie sich."

„Mein Sohn", fragte die Florentinerin, „glauben Sie an die Praktiken der Kabbala und der Magie?"

Karl unterdrückte ein Lächeln der Verachtung und Ungläubigkeit.

„Gewiß", antwortete er.

„Gut", sagte Katharina rasch, „von daher kommen Ihre Leiden. Ein Feind Euer Majestät, der nicht gewagt hat, Sie offen anzugreifen, hat im Dunkeln konspiriert. Er hat gegen die Person Euer Majestät eine Verschwörung ausgeheckt, die um soviel schrecklicher ist, da er keine Komplicen hat und da die geheimnisvollen Fäden dieser Konspiration ungreifbar sind."

„Nein!" rief Karl, empört über soviel Verschlagenheit.

„Denken Sie nach, mein Sohn", beharrte Katharina, „erinnern Sie sich an gewisse Fluchtpläne, die dem Mörder Straflosigkeit sichern sollten?"

„Dem Mörder?" wiederholte Karl. „Dem Mörder? Sagen Sie Mutter, dann hat man also versucht, mich umzubringen?"

Unter halbgeschlossenen Lidern rollte Katharina heuchlerisch ihre schillernden Augen.

„Ja, mein Sohn, Sie ahnen es vielleicht; ich aber habe die Gewißheit erlangt."

„Nie ahnte ich, was Sie mir da sagen", widersprach der König bitter. „Und wie hat man versucht, mich umzubringen? Das möchte ich brennend gern wissen."

„Durch die Magie, mein Sohn."

„Das müssen Sie mir erklären, Madame", gebot Karl, durch seinen Widerwillen abermals in die Rolle des scharfen Beobachters gedrängt.

„Wenn es diesem Verschwörer, den ich noch nennen werde – und dessen Name Euer Majestät bereits am Grunde Ihres Herzens genannt haben –, geglückt wäre, zu entkommen, nachdem er alle Maßnahmen getroffen hatte und des Erfolges sicher war, könnte vielleicht nichts die Ursache der Leiden Euer Majestät klären, aber glücklicherweise wachte Ihr Bruder über Sie, Sire."

„Welcher Bruder?" fragte Karl.

„Ihr Bruder Alençon.“

„Ach, wirklich, ich vergesse immer, daß ich einen Bruder habe“, murmelte Karl und lachte bitter. „Und Sie sagen also, Madame ...“

„Daß er glücklicherweise die greifbare Seite der Verschwörung gegen Euer Majestät aufgedeckt hat. Doch während er, ein unerfahrenes Kind, nach den Spuren eines gewöhnlichen Komplotts, nach den Beweisen für die Flucht des jungen Mannes suchte, forschte ich nach den Beweisen für eine viel wichtigere Unternehmung, da ich die geistige Tragweite des Schuldigen kenne.“

„Man könnte meinen, Sie hätten den König von Navarra im Sinn, Mutter“, entgegnete Karl, der sehen wollte, wie weit ihre florentinische Verstellung ging.

Katharina schlug heuchlerisch die Augen nieder.

„Ich habe ihn, wie mir scheint, eben wegen der erwähnten Eskapade festnehmen und nach Vincennes bringen lassen“,fuhr der König fort, „sollte er noch schuldiger sein, als ich ahnte?“

„Fühlen Sie das verzehrende Fieber?“ fragte Katharina.

„Gewiß, Madame“, antwortete Karl und zog seine Stirn kraus.

„Fühlen Sie die Hitze, die Ihnen das Herz und die Eingeweide verbrennt?“

„Ja, Madame“, sagte Karl, immer düsterer werdend.

„Die stechenden Kopfschmerzen, die von den Augen ausgehen und wie Pfeile ins Hirn dringen?“

„Ja, ja, Madame, oh, das alles fühle ich sehr gut! Sie wissen mein Übel sehr gut zu beschreiben!“

„Nun, das alles ist ganz einfach“, sagte die Florentinerin,„sehen Sie her ...“

Damit holte sie unter ihrem Mantel einen Gegenstand hervor, den sie dem König hinhielt.

Es war eine kaum sechs Zoll große Figur aus gelblichem Wachs in einem Gewand, das mit goldenen Sternen geschmückt war, ebenfalls aus Wachs, wie die ganze Figur, und einem Königsmantel aus demselben Material.

„Was ist mit der kleinen Figur?“ fragte Karl.

„Sehen Sie, was sie auf dem Kopf trägt?" gab Katharina zurück.

„Eine Krone", erwiderte Karl.

„Und im Herzen?"

„Eine Nadel."

„Nun, Sire, erkennen Sie sich?"

„Mich?"

„Ja, Sie, mit Ihrer Krone und Ihrem Mantel?"

„Wer hat die Figur gemacht?" fragte Karl, den diese ganze Komödie zu ermüden begann. „Natürlich der König von Navarra?"

„Nein, Sire."

„Nein? ... Dann verstehe ich gar nichts mehr."

„Ich sage *nein*", entgegnete Katharina, „weil Euer Majestät auf den genauen Tatsachen bestehen könnten. Ich hätte *ja* gesagt, wenn Euer Majestät die Frage anders gestellt hätten."

Karl antwortete nicht. Er versuchte, hinter die Gedanken dieser finsteren Seele zu kommen, die sich stets wieder vor ihm verschloß, wenn er schon glaubte, in ihr lesen zu können.

„Sire", fuhr Katharina fort, „dank der Tüchtigkeit Ihres Generalprokurators Laguesle wurde diese Figur in der Wohnung jenes Mannes gefunden, der am Tag der Beize ein Handpferd für den König von Navarra bereithielt."

„Bei Monsieur de La Môle?" fragte Karl.

„Ja. Werfen Sie bitte noch einen Blick auf diese Stahlnadel, die das Herz durchbohrt! Sehen Sie, welcher Buchstabe auf dem kleinen Papierstreifen steht, den sie trägt?"

„Ich lese ein M", sagte Karl.

„Das bedeutet Mors, es ist die magische Formel, Sire. Der Erfinder schreibt sein Gelübde auf die Wunde, die er schlägt. Wenn er Sie mit Wahnsinn hätte schlagen wollen wie der Herzog von Bretagne König Karl VI., hätte er die Nadel in den Kopf gestochen und statt des M ein W geschrieben."

„Sie meinen also, Madame, es ist Monsieur de La Môle, der mir nach dem Leben trachtet?" forschte Karl IX.

„Ja, wie der Dolch nach dem Herzen trachtet; aber hinter dem Dolch ist ein Arm, der ihn stößt."

„Das ist nun die Ursache des Übels, das mich gepackt hat! Und an dem Tag, wo der Zauber gebrochen ist, wird die Krankheit schwinden? Aber wie soll man das anstellen?" fragte Karl. „Sie, liebe Mutter, wissen es, Sie haben sich Ihr Leben lang damit beschäftigt, ich dagegen weiß nichts von Kabbala und Magie."

„Der Tod des Erfinders bricht den Zauber, das ist alles. Am selben Tag, da der Zauber vernichtet ist, wird das Übel enden", sagte Katharina.

„Wirklich?" rief Karl mit verwundertem Gesicht.

„Wie, das wissen Sie nicht?"

„Je nun, ich bin kein Zauberkünstler", entgegnete der König.

„Aber jetzt sind Euer Majestät überzeugt, nicht wahr?" fragte Katharina.

„Völlig."

„Und die Überzeugung wird die Besorgnis vertreiben?"

„Völlig."

„Das sagen Sie nicht nur aus Gefälligkeit?"

„Nein, Mutter, aus ganzem Herzen."

Katharinas Gesicht glättete sich.

„Gott sei gelobt!" rief sie aus, als hätte sie je an Gott geglaubt.

„Ja, Gott sei gelobt!" wiederholte Karl spöttisch. „Ich weiß jetzt ebenso wie Sie, wem ich meinen augenblicklichen Zustand verdanke und wen ich daher zu strafen habe."

„Und wir werden …"

„Monsieur de La Môle strafen, denn sagten Sie nicht, er sei der Schuldige?"

„Ich habe gesagt, er sei das Instrument."

„Nun", bestimmte Karl, „zuerst Monsieur de La Môle, das ist das Wichtigste. Die Anfälle, an denen ich leide, können in unserer Umgebung gefährliche Vermutungen entstehen lassen. Es ist unumgänglich, daß Licht werde und der Schein des Lichtes die Wahrheit enthülle."

„Monsieur de La Môle also …?"

„Paßt mir als Schuldiger wunderbar, er ist mir willkommen. Fangen wir zuerst bei ihm an, und wenn es einen Komplicen gibt, wird er reden."

„Ja", murmelte Katharina, „und wenn er nicht redet, wird man ihn zum Reden bringen. Dafür haben wir unfehlbare Mittel."

Aufstehend fügte sie mit lauter Stimme hinzu: „Erlauben Sie also, Sire, daß ich den Befehl gebe?"

„Ich wünsche es, Madame", erwiderte Karl, „und je eher, um so besser."

Katharina drückte die Hand ihres Sohnes, ohne zu verstehen, warum diese Hand bei der Berührung so heftig zuckte, und ging hinaus, ohne das krampfhafte Lachen des Königs und den dumpfen, schrecklichen Fluch zu hören, der dem Lachen folgte.

Der König fragte sich, ob es nicht äußerst gefährlich sei, diese Frau, die in einigen Stunden vielleicht so viel anrichten würde, daß es keine Abhilfe mehr gäbe, so einfach gehen zu lassen.

Doch als er den Türvorhang hinter Katharina niederfallen sah, hörte er ein leichtes Geräusch hinter sich, und als er sich umdrehte, erblickte er Marguerite, wie sie den Wandteppich vor dem zu seiner Amme führenden Gang hob.

Marguerite, deren Blässe, verstörte Augen und beengte Brust die heftigste Aufregung verrieten.

„Sire, Sire!" rief Marguerite und stürzte zum Bett ihres Bruders. „Sie wissen sehr gut, daß sie lügt!"

„Wer, sie?" fragte Karl.

„Hören Sie, Karl, gewiß ist es schrecklich, seine Mutter zu beschuldigen, aber ich habe geahnt, daß sie bei Ihnen bleiben würde, um sie weiter zu verfolgen. Aber bei meinem Leben, bei Ihrem Leben, bei unser beider Seelen, ich sage Ihnen, sie lügt!"

„Sie verfolgen? … Wen verfolgt sie?"

Beide sprachen unwillkürlich leise, als hätten sie Furcht, ihre eigenen Stimmen zu hören.

„Zunächst Henri, Ihren Henriot, der Sie liebt, der Ihnen treuer ergeben ist als irgend jemand auf der ganzen Welt."

„Meinst du, Margot?" fragte Karl.

„Ich weiß es ganz gewiß, Sire."

„Ja, ich auch", sagte Karl.

„Aber wenn Sie es wissen, Bruder", bohrte Marguerite verwundert, „warum haben Sie ihn dann festnehmen und nach Vincennes bringen lassen?"

„Weil er mich selber darum bat."

„Er hat Sie darum gebeten, Sire?"

„Ja, Henriot hat sonderbare Gedanken. Vielleicht irrt er sich, vielleicht hat er recht; eine seiner Ideen war, er sei in meiner Ungnade sicherer als in meiner Gunst, fern von mir sicherer als in meiner Nähe, in Vincennes sicherer als im Louvre."

„Ich verstehe", sagte Marguerite, „und jetzt ist er also in Sicherheit?"

„Je nun, so sehr, wie ein Mann nur sein kann, für den Beaulieu mit seinem Kopf haftet."

„Für Henri danke ich Ihnen, Bruder. Aber …"

„Was soll das Aber?" fragte Karl.

„Es gibt da noch jemand, Sire, für den mich zu interessieren ich vielleicht kein Recht habe, der mich aber trotzdem interessiert."

„Wer ist das?"

„Sire, ersparen Sie es mir … Ich würde kaum wagen, ihn meinem Bruder zu nennen, und meinem König wage ich schon gar nicht, seinen Namen zu sagen."

„Es ist Monsieur de La Môle, nicht wahr?" fragte Karl.

„Ach", fuhr Marguerite fort, „Sie wollten ihn einmal töten, Sire, und nur wie durch ein Wunder ist er Ihrer königlichen Rache entgangen."

„Und das, Marguerite, als er nur eines einzigen Verbrechens schuldig war; jetzt hingegen, da er zwei begangen hat …"

„Sire, des zweiten ist er nicht schuldig."

„Aber hast du nicht gehört, was unsere gute Mutter sagte, arme Margot?" beharrte Karl.

„Karl, ich habe Ihnen schon gesagt, sie lügt", entgegnete Marguerite noch leiser als zuvor.

„Sie wissen vielleicht nicht, daß man bei Monsieur de La Môle eine Wachsfigur gefunden hat?"

„Doch, mein Bruder, ich weiß es."

„Daß der Figur mit einer Nadel durchs Herz gestochen wurde und daß die Nadel einen kleinen Wimpel mit dem Buchstaben M trägt?"

„Auch das weiß ich."

„Daß die Figur einen Königsmantel um die Schultern und eine Königskrone auf dem Kopf hat?"

„All das weiß ich."

„Und was haben Sie dazu zu sagen?"

„Die kleine Figur, die einen Königsmantel um die Schultern und eine Königskrone auf dem Kopf trägt, stellt eine Frau, nicht einen Mann dar."

„Pah!" machte Karl. „Und was bedeutet die Nadel im Herzen?"

„Es war ein Zauber, um die Frau verliebt zu machen, keine Hexerei, um einen Mann zu töten."

„Aber der Buchstabe M?"

„Bedeutet nicht: *Mors*, wie die Königin sagte."

„Was denn sonst?" fragte Karl.

„Er bedeutet ... er bedeutet den Namen der Frau, die Herr de La Môle liebt."

„Und wie heißt diese Frau?"

„Diese Frau heißt *Marguerite*, Bruder", sagte die Königin von Navarra; sie fiel vor dem Bett des Königs auf die Knie nieder, nahm seine Hand in ihre beiden Hände und neigte ihr in Tränen gebadetes Gesicht darüber.

„Still, Schwester!" befahl Karl und warf unter gerunzelten Brauen einen funkelnden Blick um sich. „Denn so wie Sie horchten, könnte man jetzt auch Sie belauschen."

„Das ist mir einerlei!" rief Marguerite und hob den Kopf. „Und sollte mich die ganze Welt belauschen! Vor der ganzen Welt würde ich erklären, daß es schändlich ist, die Liebe eines Edelmannes zu mißbrauchen, um seinen Ruf mit einem Mordverdacht zu beflecken."

„Margot, wenn ich dir nun sagte, ich weiß ebensogut wie du, daß er es nicht gewesen ist?"

„Bruder!"

„Wenn ich dir sagte, daß Monsieur de La Môle unschuldig ist?"

„Sie wissen es?"

„Wenn ich dir weiter sagte, daß ich den wahren Schuldigen kenne!"

„Den wahren Schuldigen?" wiederholte Marguerite. „Aber dann gibt es also ein begangenes Verbrechen?"

„Ja, wissentlich oder unwissentlich ist ein Verbrechen begangen worden."

„An wem?"

„An mir."

„Unmöglich."

„Unmöglich? ... Sieh mich an, Margot."

Die junge Frau blickte ihren Bruder an und schauderte, als sie ihn so bleich sah.

„Margot, ich habe keine drei Monate mehr zu leben", sagte Karl.

„Sie, lieber Bruder? Du, Karl?" rief sie.

„Margot, ich bin vergiftet worden."

Marguerite stieß einen Schrei aus.

„Schweig also", sagte Karl, „man soll glauben, ich stürbe durch Hexerei."

„Und Sie kennen den Schuldigen?"

„Ich kenne ihn."

„La Môle ist es nicht, haben Sie gesagt?"

„Nein, er nicht."

„Und gewiß noch weniger Henri. – Großer Gott! Sollte es ..."

„Wer?"

„... mein Bruder ... Alençon sein ...?" murmelte Marguerite.

„Vielleicht."

„Oder ... oder ..." Marguerite senkte ihre Stimme, als wäre sie selber erschrocken über das, was sie sagen wollte. „Oder ... unsere Mutter?"

Karl schwieg.

Marguerite sah ihn an und las in sein⸗m Blick, was sie suchte; immer noch auf den Knien, taumelte sie halb gegen einen Sessel.

„Oh, mein Gott! Mein Gott!" flüsterte sie. „Das ist unmöglich!"

„Unmöglich?" wiederholte Karl mit einem Lachen, das ihr durch Mark und Bein ging. „Zu dumm, daß René nicht hier ist, er würde dir meine Geschichte erzählen."

„René?"

„Ja. Er würde dir zum Beispiel erzählen, daß eine Frau, der er nichts zu verweigern wagt, ein in seiner Bibliothek vergrabenes Jagdbuch von ihm forderte; daß über jede Seite des Buches ein starkes Gift ausgegossen wurde; daß dies für einen anderen, ich weiß nicht für wen, bestimmte Gift durch eine Laune des Zufalls oder als Strafe des Himmels einen zersetzte, für den es nicht gedacht war. Aber René ist nicht da, und wenn du das Buch sehen willst, es ist dort, in meinem Arbeitszimmer; von der Hand des Florentiners geschrieben wirst du lesen, daß er dies Buch, das in seinen Blättern den Tod für mindestens zwanzig Leute enthält, eigenhändig seiner Landsmännin übergeben hat."

„Schweig, Karl, schweig!" bat jetzt Marguerite.

„Du siehst also, daß man glauben muß, ich sei durch Hexerei gestorben."

„Aber das ist gegen jedes Recht, das ist abscheulich! Gnade! Gnade! Sie wissen doch, daß er unschuldig ist."

„Ja, ich weiß es, aber man muß ihn für schuldig halten. Erdulde den Tod deines Liebhabers; das ist wenig, um die Ehre des Hauses Frankreich zu retten. Ich erleide den Tod, damit das Geheimnis mit mir stirbt."

Marguerite wandte den Kopf ab, da sie wohl begriff, daß zur Rettung La Môles vom König nichts zu erwarten war, und entfernte sich weinend, ohne andere Hoffnung als auf ihre eigenen Hilfsmittel.

Unterdessen verlor Katharina, wie sie Karl gesagt hatte, keine Minute und schrieb an den Generalprokurator Laguesle einen Brief, der uns bis aufs letzte Wort erhalten geblieben ist und ein blutiges Licht auf die Angelegenheit wirft.

„Herr Generalprokurator, heute abend erhielt ich die Gewißheit, daß La Môle die Freveltat begangen hat. In seiner Wohnung in Paris wurden viele nicht ungefährliche Dinge wie Bücher und Papiere gefunden. Ich bitte Sie, den Ersten Präsidenten zu rufen und ihn schnellstens über die Angelegenheit mit der Wachsfigur zu unterrichten, die durchs Herz gestochen wurde, das heißt durch das Herz des Königs.

Katharina“

56

Die unsichtbaren Schutzschilde

Am folgenden Morgen, nachdem Katharina den Brief geschrieben hatte, kam der Gouverneur zu Coconnas, und zwar mit einem ungemein achtunggebietenden Aufgebot, das aus zwei Hellebardieren und vier Schwarzröcken bestand.

Coconnas wurde aufgefordert, in einen Raum hinunterzukommen, wo ihn der Prokurator Laguesle und zwei Richter erwarteten, um ihn nach Katharinas Anweisungen zu befragen.

Während der acht im Gefängnis verbrachten Tage hatte Coconnas viel nachgedacht, nicht zu rechnen, daß er jeden Tag – dank der Fürsorge des Kerkermeisters, der ihnen, ohne vorher etwas zu sagen, diese Überraschung bereitet hatte, die sie aller Wahrscheinlichkeit nach nicht allein seiner Menschenfreundlichkeit schuldeten – für wenige Minuten mit La Môle zusammen war und mit ihm abgesprochen hatte, wie sie sich verhalten wollten und daß sie standhaft leugnen würden; daher war er jetzt überzeugt, daß sich mit ein wenig Geschicklichkeit seine Sache zum besten wenden werde; denn sie waren nicht stärker belastet als die anderen. Henri und Marguerite hatten keinen Fluchtversuch unternommen, daher konnten sie sich also in einer Angelegenheit, deren vornehmlich Schuldige frei herumliefen, nicht bloßgestellt haben. Coconnas wußte nicht, daß Henri ebenfalls im Schloß untergebracht war, und sein Kerkermeister hatte ihm in seiner Gefälligkeit verraten, daß schützende Hände über sein Haupt gebreitet waren, die er bei sich seine *unsichtbaren Schutzschilde* nannte.

Bis jetzt hatte die Befragung den Plänen des Königs von Navarra gegolten, den Fluchtplänen und dem Anteil, den die beiden Freunde angeblich an der Flucht hatten. Bei jeder Befragung hatte Coconnas in einer mehr als unbestimmten und äußerst gewandten Art geantwortet; auch jetzt schickte er sich an, auf dieselbe Weise zu antworten, und hatte schon all seine kleinen Entgegnungen bereit, als er plötzlich merkte, daß die Befragung den Gegenstand gewechselt hatte. Es handelte sich jetzt um einen oder mehrere Besuche bei René und um eine oder mehrere auf La Môles Verlangen hergestellte Wachsfiguren.

So vorbereitet Coconnas war, glaubte er zu spüren, daß die Anschuldigung viel an Heftigkeit verlor, da es sich nicht mehr um einen Verrat am König, sondern nur noch um eine Nachbildung der Königin handelte, zumal diese Figur überdies nur acht oder zehn Zoll hoch war.

Deshalb antwortete er fröhlich, seit langer Zeit spielten weder er noch sein Freund mit Puppen, und bemerkte mit Vergnügen, daß seine Antworten einige Male den Vorzug genossen, bei den Richtern ein Lächeln hervorzurufen.

Noch keiner hat in Verse gefaßt: *Ich habe gelacht, ich bin entwaffnet;* aber in Prosa wurde es schon sehr oft gesagt. Coconnas glaubte, seine Richter zur Hälfte entwaffnet zu haben, weil sie gelächelt hatten.

Als seine Befragung zu Ende war, stieg er singend und so geräuschvoll in sein Zimmer hinauf, daß La Môle aus all dem Lärm die glücklichsten Folgerungen ziehen mußte.

Jetzt wurde er heruntergeholt. La Môle sah ebenso verwundert wie Coconnas die Anschuldigung ihren ersten

Weg verlassen und einen neuen einschlagen. Er wurde über seine Besuche bei René befragt und antwortete, er sei nur ein einziges Mal bei dem Florentiner gewesen. Er wurde gefragt, ob er ihm bei dieser Gelegenheit nicht befohlen habe, eine Wachsfigur zu machen, und antwortete, René habe ihm die bereits fertige Figur gezeigt. Er wurde gefragt, ob die Figur nicht einen Mann darstelle, und antwortete, nein, sie stelle eine Frau dar. Er wurde gefragt, ob der Zauber nicht den Zweck habe, diesen Mann zu töten, und antwortete, der Zauber habe den Zweck, in der besagten Frau Liebe zu erwecken.

Diese Fragen wurden um und um gedreht und auf hunderterlei verschiedene Weise gestellt; aber auf alle Fragen, wie sie ihm auch vorgelegt wurden, hatte La Môle immer nur dieselben Antworten.

Die Richter sahen sich mit einer gewissen Unschlüssigkeit an, da sie angesichts solcher Arglosigkeit nicht recht wußten, was sie sagen oder tun sollten, als dem Generalprokurator ein Billett gebracht wurde, das der Schwierigkeit ein Ende machte.

»Wenn der Angeklagte leugnet, greifen Sie zur Folter.
K.«

Der Prokurator steckte das Billett in die Tasche, lächelte La Môle zu und entließ ihn höflich. La Môle kehrte fast ebenso beruhigt, wenn nicht beinahe ebenso fröhlich wie Coconnas in seinen Kerker zurück.

»Ich glaube, alles geht gut«, sagte er.

Eine Stunde später hörte er Schritte und bemerkte unter der Tür ein Stück Papier, ohne allerdings zu sehen, wer es hineinschob. Überzeugt, die Nachricht komme aller Wahrscheinlichkeit nach von dem Kerkermeister, nahm er das Billett auf.

Doch als er näher hinsah, wurde sein Herz von Hoffnung erfüllt, die sich schmerzhaft fühlbar machte wie eine Enttäuschung; vielleicht kam die Nachricht von Marguerite, von der er seit seiner Gefangennahme noch keine Zeile erhalten hatte. Zitternd hielt er das Papier in der

Hand und meinte, vor Freude sterben zu sollen, als er die Handschrift erkannte.

„Mut! Ich wache!" hieß es in dem Billett.

„Wenn sie wacht", rief La Môle und bedeckte das Papier, das die teure Hand berührt hatte, mit vielen Küssen, „wenn sie wacht, bin ich gerettet!"

Damit der Leser begreift, wie La Môle das Billett verstand und sich zu Coconnas' Glauben bekehrte, den der Piemonteser den Glauben an seine unsichtbaren Schutzschilde nannte, müssen wir ihn in das kleine Haus und das Zimmer führen, in dem noch so viele Bilder eines berauschenden Glücks, kaum verwehte Düfte und süße Erinnerungen lebten, die inzwischen bangen Ängsten Platz gemacht hatten und das Herz einer halb in die Samtkissen zurückgeworfenen Frau peinigten.

„Königin sein, stark, jung, reich und schön sein und leiden, was ich leide!" rief die Frau aus. „Das ist unmöglich!"

Die Erregung trieb sie hoch, sie stand auf, ging umher, blieb plötzlich stehen, drückte die brennende Stirn gegen den eiskalten Marmor, hob das bleiche, tränenüberströmte Gesicht, rang wehklagend die Hände und fiel dann wie zerbrochen in einen Sessel.

Plötzlich hob sich der Vorhang, der die Wohnung in der Rue Cloche-Percée von der Wohnung in der Rue Tizon trennte, ein seidenweiches Wehen streifte über den Parkettfußboden, und die Herzogin von Nevers erschien.

„Da bist du!" rief Marguerite. „Mit welcher Ungeduld habe ich dich erwartet! Was für Nachrichten bringst du?"

„Schlechte, schlechte, meine arme Freundin. Katharina treibt die Untersuchung voran und hat sich höchst persönlich nach Vincennes begeben."

„Und René?"

„Wurde festgenommen."

„Ehe du mit ihm sprechen konntest?"

„Ja."

„Und unsere Gefangenen?"

„Von ihnen habe ich Nachricht."

„Durch den Kerkermeister?"

„Ja, wieder durch ihn."

„Nun und?"

„Sie kommen jeden Tag zusammen. Vorgestern wurden sie durchsucht. La Môle hat lieber dein Bild zertreten als es ausgeliefert."

„Lieber La Môle!"

„Hannibal hat den Inquisitoren ins Gesicht gelacht."

„Trefflicher Hannibal! Aber danach?"

„Heute morgen wurden sie über die Flucht des Königs und die Aufstandspläne in Navarra befragt, aber sie haben nichts gesagt."

„Ich wußte, sie würden schweigen; aber ihr Schweigen tötet sie ebenso gewiß wie alle Aussagen."

„Ja, doch wir werden sie retten."

„Du hast über unser Eingreifen nachgedacht?"

„Seit gestern habe ich mich mit nichts anderem beschäftigt."

„Ja, und?"

„Ich bin mit Beaulieu zu Rande gekommen. Ach, liebe Königin, welch schwieriger, habsüchtiger Mann! Es wird das Leben eines Mannes und dreihunderttausend Taler kosten."

„Du sagst, er sei schwierig und habsüchtig ... Dennoch verlangt er nur das Leben eines Mannes und dreihunderttausend Taler ... Das ist fast umsonst!"

„Fast umsonst? ... Dreihunderttausend Taler? ... Aber deine und meine Juwelen zusammengenommen werden nicht ausreichen!"

„Daran soll es nicht liegen! Der König von Navarra wird bezahlen, der Herzog von Alençon wird bezahlen, mein Bruder Karl wird bezahlen, oder ..."

„Geh, du redest wie eine Verrückte. Ich habe diese dreihunderttausend Taler."

„Du?"

„Ja."

„Aber wie hast du sie dir verschafft?"

„Ach, nur so!"

„Ist es ein Geheimnis?"

„Für jeden außer dir."

„Oh, mein Gott!" rief Marguerite, unter Tränen lächelnd. „Hast du sie am Ende gestohlen?"

„Urteile selbst."

„Laß mich hören."

„Erinnerst du dich an diesen scheußlichen Nantouillet?"

„Den reichen Kauz und Wucherer?"

„Wenn du ihn so nennen willst ..."

„Was ist mit ihm?"

„Eines Tages, als er eine blonde Frau mit grünen Augen vorübergehen sah, die als Schmuck drei Rubine trug, einen über der Stirn, die beiden anderen an den Schläfen, was ihr sehr gut stand, rief dieser reiche Kauz, dieser Wucherer, ohne zu wissen, daß die Frau eine Herzogin war: ,Für drei Küsse auf die Stellen, wo die drei Rubine sind, würde ich dort drei Diamanten, jeden zu hunderttausend Taler, aufblühen lassen!'"

„Henriette!"

„Ja, meine Liebe, die Diamanten sind ,aufgeblüht' und verkauft."

„Oh, Henriette, Henriette!" murmelte Marguerite.

„Da siehst du", rief die Herzogin mit einer gewissen treuherzigen und zugleich erhabenen Schamlosigkeit, die sowohl dem Zeitalter wie der Frau eignete, „da siehst du, wie ich Hannibal liebe!"

„Wahrhaftig", lächelte Marguerite errötend, „du liebst ihn sehr, du liebst ihn sogar zu sehr."

Dennoch drückte sie ihr die Hand.

„Dank diesen drei Diamanten sind die dreihunderttausend Taler und der Mann bereit", fuhr Henriette fort.

„Der Mann? Welcher Mann?"

„Der Mann, der sich töten läßt. Du vergißt, daß dabei ein Mann umgebracht werden muß!"

„Und diesen Mann hast du gefunden?"

„Jawohl."

„Zum selben Preis?" fragte Marguerite lächelnd.

„Zum selben Preis hätte ich tausend gefunden", entgegnete Henriette. „Nein, nein, es ging schon für fünfhundert Taler."

„Für fünfhundert Taler hast du einen Mann gefunden, der damit einverstanden ist, sich umbringen zu lassen?"

„Was willst du, man muß leben."

„Liebe Freundin, ich verstehe dich nicht mehr. Komm, sprich deutlich, in unserer Lage verbrauchen wir zu viel Zeit, wenn wir Rätsel raten."

„Hör zu: Der Kerkermeister, der La Môle und Coconnas bewacht, ist ein alter Soldat und weiß, daß es sich nur um eine Verwundung handelt; er will uns helfen, unsere Freunde zu retten, aber nicht seine Stellung verlieren. Ein richtig geführter Dolchstoß, und die Sache ist in Ordnung; wir belohnen ihn, und der Staat wird ihm eine Entschädigung zukommen lassen. Auf diese Art wird der brave Mann aus zwei Händen empfangen und die Fabel vom Pelikan erneuern."

„Aber ein Dolchstoß …", wandte Marguerite ein.

„Keine Sorge, das wird Hannibal erledigen."

„Dann allerdings", lachte Marguerite. „Er hat La Môle drei Dolchstöße und drei Degenhiebe versetzt, und La Môle ist noch nicht tot; es besteht also Grund zur Hoffnung."

„Boshaftes Geschöpf! Du verdientest, daß ich es dabei bewenden ließe."

„Nein, nein, im Gegenteil, ich bitte dich, sag mir auch alles übrige! Wie werden wir sie retten?"

„Nun, die Geschichte sieht so aus: Die Kapelle ist der einzige Ort im Schloß, wohin Frauen dürfen, die keine Gefangenen sind. Wir werden uns hinter dem Altar verbergen, und unter dem Altartuch werden sie zwei Dolche finden. Die Tür zur Sakristei wird offenstehen; Coconnas stürzt sich auf den Kerkermeister, der fällt und wie tot liegenbleibt; dann erscheinen wir und werfen unsern Freunden einen Mantel um die Schultern; durch die kleine Tür der Sakristei entfliehen wir mit ihnen, und da wir das Losungswort haben, werden wir ohne weiteres hinaus können."

„Und wenn wir draußen sind?"

„An der Tür warten zwei Pferde, unsere Freunde sitzen auf, verlassen Frankreich und erreichen Lothringen, von wo sie ab und an unerkannt zurückkehren."

„Ach, du gibst mir das Leben wieder", seufzte Marguerite. „So werden wir sie also retten?"

„Dafür könnte ich beinahe einstehen."

„Und bald?"

„Je nun, in drei, vier Tagen, Beaulieu wird uns benachrichtigen."

„Aber wenn man dich in der Nähe von Vincennes
sieht? Das könnte unserm Plan schaden."

„Wie soll man mich denn erkennen? Ich gehe als Nonne
mit einer Haube, die nicht einmal meine Nasenspitze sehen läßt."

„Wir können nicht zu vorsichtig sein."

„Das weiß ich, Kotzbombenelement! – wie der arme
Hannibal sagen würde."

„Und was hast du über den König von Navarra erfahren?"

„Natürlich habe ich nach ihm gefragt."

„Ja, und?"

„Es scheint, er ist noch nie so fröhlich gewesen; er lacht,
singt, hält eine gute Tafel und verlangt nur, gut bewacht
zu werden."

„Er hat recht. Und meine Mutter?"

„Ich habe dir schon gesagt, sie treibt den Prozeß so
rasch voran, wie sie nur kann."

„Ja, aber was uns betrifft, ahnt sie nichts?"

„Wie sollte sie etwas ahnen? Alle, die in das Geheimnis eingeweiht sind, haben ein Interesse daran, es zu
bewahren. Ach, ich habe erfahren, daß sie den Richtern
in Paris sagen ließ, sie möchten sich bereit halten."

„Also rasch gehandelt, Henriette. Wenn unsere armen
Gefangenen den Kerker wechseln, fängt alles wieder von
vorn an."

„Nur getrost, ich wünsche ebenso brennend wie du, sie
draußen zu sehen."

„Ja, das weiß ich, und tausend, tausend Dank für alles,
was du in dieser Hinsicht getan hast."

„Adieu, Marguerite! Ich setze mich wieder in Bewegung."

„Beaulieus bist du sicher?"

„Ich hoffe."

„Und des Kerkermeisters?"

„Er hat es versprochen."

„Der Pferde?"

„Es werden die besten aus dem Stall des Herzogs von Nevers sein."

„Ich bewundere dich, Henriette." Marguerite schlang die Arme um den Hals der Freundin, und dann trennten sich die beiden Frauen, nachdem sie einander versprochen hatten, sich morgen und alle anderen Tage zur selben Stunde und am selben Ort wiederzusehen.

Diese beiden bezaubernden und ergebenen Geschöpfe waren es also, die Coconnas nicht ganz zu Unrecht seine unsichtbaren Schutzschilde nannte.

57

Die Richter

„Nun, mein braver Freund", sagte Coconnas zu La Môle, als die beiden Gefährten nach der Befragung, die zum erstenmal die Wachsfigur behandelte, zusammensaßen, „mir scheint, alles geht wie am Schnürchen, und wir werden nicht mehr lange brauchen, um von diesen Richtern befreit zu sein – eine Diagnose, die jemandes Befreiung von seinen Ärzten durchaus entgegengesetzt ist; denn der Arzt verläßt den Kranken, wenn er ihn nicht mehr retten kann; wenn dagegen der Richter den Angeklagten verläßt, dann hat er die Hoffnung aufgegeben, ihn einen Kopf kürzer zu machen."

„Ja", sagte La Môle, „mir scheint sogar, als müßte ich an der Höflichkeit und Gefälligkeit der Kerkermeister und der Nachgiebigkeit der Türen unsere edlen Freundinnen erkennen; wen ich nicht wiedererkenne, ist allerdings Monsieur de Beaulieu, zumindest nicht nach dem, was ich von ihm hörte."

„Ich erkenne ihn sehr gut", entgegnete Coconnas, „nur wird es teuer sein; aber was liegt daran! Die eine ist eine Fürstin, die andere eine Königin, beide sind reich, und niemals könnten sie besseren Gebrauch von ihrem Geld machen. Jetzt wollen wir aber noch einmal unsere Lektion durchnehmen: Wir werden in die Kapelle geführt, wo wir unter Bewachung unseres Kerkermeisters bleiben; an dem bezeichneten Ort finden wir für jeden einen Dolch, ich mache unserm Posten ein Loch in den Bauch …"

„Oh, nicht in den Bauch, du wirst ihn um die fünfhundert Taler betrügen; lieber in den Arm."

„Ach was, in den Arm, das wäre das Ende des armen lieben Mannes! Sie würden sehen, daß er sich gefällig erwiesen hat, und so wäre es auch mein Verderb. Nein, nein, in die rechte Seite, haargenau an den Rippen entlang; das ist ein harmloser Stich, der jedoch den Anschein der Wahrheit erweckt."

„Wie du willst, und weiter …"

„Dann verbarrikadierst du die große Tür mit Bänken, während unsere beiden Fürstinnen aus ihrem Versteck hinter dem Altar hervorkommen und Henriette die kleine Tür öffnet. Meiner Treu, heute liebe ich Henriette, sie hätte mir schon untreu werden müssen, ehe ich wieder so von ihr eingenommen gewesen wäre."

„Und dann", ergänzte La Môle mit einer bebenden Stimme, deren Laute wie Musik von seinen Lippen kamen, „dann erreichen wir den Wald. Ein Kuß wird uns fröhlich und stark machen. Hannibal, siehst du uns nicht schon, über unsere flinken Pferde gebeugt, mit etwas bedrücktem Herzen dahinjagen? Die Furcht ist keine so schlechte Sache. Die Furcht unter freiem Himmel, wenn man, den guten Degen blankgezogen zur Seite, den Renner mit Sporen und Hurrarufen anfeuert, wenn das Pferd bei jedem Hurra springt und fliegt."

„Ja", sagte Coconnas, „aber was hältst du von der Furcht zwischen vier Mauern, La Môle? Ich kann davon ein Lied singen, denn ähnliches habe ich empfunden. Als sich Beaulieus bleifarbenes Gesicht zum erstenmal in mein Zimmer schob, als hinter ihm im Schatten die Partisanen blitzten und das unheimliche Geräusch von Eisen gegen Eisen aufklang. Gleich mußte ich an den Herzog von Alençon denken, Ehrenwort, und erwartete, sein abscheuliches Gesicht zwischen den beiden Schurkenschädeln der Hellebardiere erscheinen zu sehen. Ich hatte mich getäuscht, das war mein einziger Trost, aber nicht vergessen, in der kommenden Nacht habe ich davon geträumt."

„Sie haben alles bedacht", sagte La Môle, der lächelnd seinen eigenen Gedanken folgte und den Freund auf den Exkursionen seines Geistes in das Land der Phantasie allein ließ, „sogar,wohin wir uns zurückziehen sollen. Also nach Lothringen geht es, lieber Freund. Ich wäre wahrhaftig lieber nach Navarra gegangen, denn dort wäre ich in ihrer Nähe; aber Navarra ist zu weit, da ist Nancy besser; übrigens haben wir dann nur achtzig Meilen bis Paris. Weißt du, Hannibal, daß ich einen Kummer mitnehme?"

„Aber nein! ... Warum nicht gar! All dergleichen lasse ich hier zurück."

„Doch, es bekümmert mich, daß wir unsern braven Gefängniswärter nicht mitnehmen können und ihn statt dessen ..."

„Er würde nicht wollen", gab Coconnas zurück, „er würde zu viel daran verlieren: Denk doch, fünfhundert Taler von uns und eine Belohnung von der Statthalterei, vielleicht sogar eine Beförderung; wie glücklich wird der Bursche leben, wenn ich ihn umgebracht habe! ... Aber was hast du?"

„Nichts! Mir kam nur ein Gedanke in den Sinn."

„Kein lustiger, wie mir scheint, denn du bist erschreckend bleich geworden."

„Ich habe mich gefragt, warum wir in die Kapelle geführt werden."

„Um uns die Osterbeichte abzunehmen", meinte Coconnas. „Es scheint an der Zeit zu sein."

„Aber in die Kapelle werden doch nur die zum Tode Verurteilten oder die Gefolterten geführt", wandte La Môle ein.

„Oh", machte Coconnas und wurde jetzt ebenfalls etwas blaß, „das verdient Aufmerksamkeit. Fragen wir doch einmal den braven Mann, dem ich gleich den Bauch aufschlitzen soll. Schließer, he, Freund!"

„Der Herr haben gerufen?" fragte der Kerkermeister, der auf den ersten Stufen der Treppe Wache hielt.

„Ja, komm herein."

„Da bin ich."

„Es ist doch abgemacht, daß die Kapelle der Ort ist, von wo wir uns retten sollen, nicht wahr?"

„Still, still!" entfuhr es dem Schließer, der sich entsetzt umsah.

„Keine Sorge, niemand hört uns."

„Ja, mein Herr, aus der Kapelle."

„Man wird uns also in die Kapelle führen?"

„Natürlich, das ist so Brauch."

„Brauch?"

„Ja, nach dem Todesurteil wird dem Verurteilten erlaubt, die Nacht in der Kapelle zuzubringen."

Coconnas und La Môle schauderten und sahen sich im selben Augenblick an.

„Sie glauben also, wir werden zum Tode verurteilt?"

„Natürlich ... Sie nicht auch?"

„Wir?" fragte La Môle.

„Gewiß ... Wenn Sie es nicht glaubten, hätten Sie doch nicht alles für Ihre Flucht vorbereitet."

„Was er da sagt, hat natürlich etwas für sich", meinte Coconnas zu La Môle.

„Ja ... und weiter sehe ich, zumindest jetzt, daß wir anscheinend ein gewagtes Spiel spielen."

„Und ich erst!" warf der Kerkermeister ein. „Meinen Sie, ich riskiere nichts? ... Wenn sich der Herr in der Erregung des Augenblicks nur um wenig irrte ...!"

„Kotzbombenelement! Ich wünschte, ich wäre an deiner Stelle", sagte Coconnas langsam, „und hätte nur mit dieser Hand und keinem andern Stahl als dem zu tun, der dich treffen wird."

„Zum Tode verurteilt!" murmelte La Môle. „Unmöglich!"

645

„Unmöglich?" wiederholte der Kerkermeister unbefangen. „Warum denn?"

„Still!" befahl Coconnas. „Ich glaube, unten wird eine Tür geöffnet."

„Tatsächlich", bestätigte der Kerkermeister rasch, „herein mit Ihnen, Messieurs! Gehen Sie!"

„Wann, meinen Sie, wird der Urteilsspruch verkündet?" fragte La Môle.

„Spätestens morgen. Aber seien Sie unbesorgt; wer es erfahren soll, wird es erfahren."

„Dann wollen wir uns noch einmal umarmen und diesen Mauern Lebewohl sagen."

Die beiden Freunde umarmten sich und kehrten jeder in seinen Kerker zurück, La Môle seufzend und Coconnas halblaut vor sich hin singend.

Bis gegen sieben Uhr abends ereignete sich nichts Neues. Finster und regnerisch fiel die Nacht über den Schloßturm von Vincennes, eine wie zur Flucht geschaffene Nacht. Coconnas erhielt seine Abendmahlzeit, die er mit gewohntem Appetit verspeiste, wobei er die ganze Zeit an das Vergnügen dachte, von diesem Regen, der die Mauern peitschte, durchnäßt zu werden; schon machte er sich unter dem dumpfen, eintönigen Murmeln des Windes zum Schlaf bereit, als ihm schien, der Wind, dem er ab und an etwas schwermütig lauschte, ein Gefühl, das er vor seiner Haft nicht gekannt hatte, pfiffe sonderbarer als sonst unter den Türen hindurch und brause wütender im Ofen als gewöhnlich. Das war immer so, wenn ein Kerker im oberen Stockwerk oder vor allem der gegenüberliegende geöffnet wurde. Dies Geräusch sagte Hannibal stets das Kommen des Kerkermeisters voraus, da es verriet, daß er La Môles Zimmer verlassen hatte. Diesmal jedoch wartete Coconnas vergeblich mit aufgestütztem Ellbogen und gespitztem Ohr. Die Zeit verrann, aber niemand kam.

„Sonderbar", murmelte Coconnas, „La Môles Tür wurde geöffnet, und zu mir kommt keiner. Hat La Môle gerufen? Sollte er krank sein? Was hat das zu bedeuten?"

Einem Gefangenen gibt alles und jedes Grund zu Verdacht und Unruhe wie andrerseits auch zu Freude und Hoffnung.

Eine halbe Stunde verging, eine ganze und noch eine halbe.

Coconnas begann vor Ärger einzuschlummern, als ihn das Quietschen des Türriegels hochjagte.

Ist die Stunde gekommen und werden wir in die Kapelle geführt, ohne verurteilt zu sein? Kotzbombenelement! Welch ein Vergnügen, in solcher Nacht zu fliehen, vorausgesetzt, daß die Pferde nicht völlig blind sind; denn es ist finster wie in einer Backröhre!

Er schickte sich an, den Schließer gut gelaunt zu fragen, als er diesen den Finger auf die Lippen legen und seine großen, sehr beredten Augen rollen sah.

Hinter dem Kerkermeister wurden Geräusche laut und bewegten sich Schatten.

Coconnas unterschied in der Finsternis zwei Sturmhauben, auf die eine rauchende Kerze Goldflitter warf.

„Oh", fragte er mit halber Stimme, „was soll der unheimliche Aufzug? Wohin gehen wir?"

Der Kerkermeister antwortete nur mit einem Seufzer, der wie ein Stöhnen herauskam.

„Kotzbombenelement!" murmelte Coconnas. „Ein verteufeltes Dasein! Immer diese Extreme, niemals festen Boden unter den Füßen; mal schnattert man in hundert Fuß tiefem Wasser, mal schwebt man in den Wolken, aber nie bewegt man sich in der Mitte. – Wohin gehen wir?"

„Folgen Sie den Hellebardieren, mein Herr", befahl einer, der mit der Zunge anstieß, woran Coconnas erkannte, daß die Soldaten, die er schon gesehen hatte, von einem Gerichtsdiener begleitet waren.

„Und wo ist Monsieur de La Môle?" fragte der Piemonteser. „Was geschieht mit ihm?"

„Folgen Sie den Hellebardieren", wiederholte die lispelnde Stimme im selben Ton.

Man mußte gehorchen. Also verließ Coconnas den Kerker und sah jetzt auch den schwarzen Mann, dessen Stimme ihm schon so unangenehm gewesen war. Er war ein kleiner, buckliger Gerichtsschreiber, der zweifellos zum Talar gegriffen hatte, damit niemand seine krummen Beine sah.

Langsam stieg er die Wendeltreppe hinab. Im ersten Stock machten die Wachen halt.

„Das war ein schönes Stück abwärts", murmelte Coconnas, „aber noch nicht genug."

Die Tür öffnete sich. Coconnas hatte Luchsaugen und die Nase eines Spürhundes, er witterte Richter und sah im Dunkeln die Umrisse eines Mannes mit nackten Armen, dessen Anblick ihm Schweiß auf die Stirn trieb. Dennoch zeigte er eine unbekümmert lächelnde Miene, neigte den Kopf zur Linken, wie es der Kodex der Vornehmheit zu jener Zeit vorschrieb, und trat, die Hand auf die Hüfte gestützt, in den Raum.

Ein Vorhang wurde vor ihm aufgehoben, und Coconnas sah nun wirklich Richter und Gerichtsschreiber.

Einige Schritte von den Richtern und Gerichtsschreibern entfernt saß La Môle auf einer Bank.

Coconnas wurde vor ein Tribunal geführt. Als er vor seinen Richtern stand, machte Coconnas halt, grüßte La Môle mit einer Kopfbewegung und einem Lächeln und wartete.

„Wie heißen Sie, Monsieur?" fragte ihn der Vorsitzende.

„Marc-Hannibal de Coconnas", erwiderte der Edelmann mit vollendetem Anstand, „Graf von Montpantier, Chenaux und anderen Orten; ich nehme an, Sie kennen unsere Titel."

„Wo sind Sie geboren?"

„In Saint-Colomban bei Suze."

„Wie alt?"

„Siebenundzwanzig Jahre und drei Monate."

„Gut", sagte der Vorsitzende.

„Mir scheint, das gefällt ihm", murmelte Coconnas.

„Und jetzt folgendes", begann der Vorsitzende nach kurzem Schweigen, das dem Gerichtsdiener Zeit gab, die Antworten des Angeklagten niederzuschreiben, „warum haben Sie den Dienst beim Herzog von Alençon verlassen?"

„Um wieder mit Monsieur de La Môle zusammen zu sein, mit meinem Freund, der ihn genau wie ich, nur einige Tage früher, verließ."

„Was taten Sie auf der Jagd, wo Sie festgenommen wurden?"

„Was denn ... ich habe gejagt", erwiderte Coconnas.

„Der König nahm ebenfalls an der Jagd teil und hat dort die ersten Anzeichen des Übels verspürt, an dem er noch leidet."

„Was das betrifft, so hielt ich mich nicht in der Nähe des Königs auf und kann darüber nichts sagen. Ich wußte nicht einmal, daß ihn irgendein Übel gepackt hatte."

Die Richter sahen sich mit ungläubigem Lächeln an.

„Ah, das wußten Sie nicht?" fragte der Vorsitzende.

„Nein, Monsieur, und ich bin ärgerlich darüber. Mag der König von Frankreich auch nicht mein König sein, so hege ich doch viel Sympathie für ihn."

„Wirklich?"

„Ehrenwort! Das gilt allerdings nicht für seinen Bruder, den Herzog von Alençon. Was diesen betrifft, muß ich gestehen ..."

„Es handelt sich hier nicht um den Herzog von Alençon, Monsieur, sondern um Seine Majestät."

„Gut, ich habe Ihnen schon gesagt, daß ich sein ganz ergebener Diener bin", erwiderte Coconnas, wobei er bewundernswert gleichgültig mit den Armen schlenkerte.

„Wenn Sie in der Tat sein Diener sind, wie Sie vorgeben, Monsieur, dann werden Sie uns wohl auch sagen, was Sie über eine gewisse Zauberfigur wissen?"

„Na schön, mir scheint, wir wollen wieder über die Sache mit der Figur reden."

„Ja, Monsieur, mißfällt Ihnen das?"

„Durchaus nicht, im Gegenteil, das ist mir viel lieber. Also los!"

„Warum befand sich diese Figur bei Monsieur de La Môle?"

„Die Figur bei Monsieur de La Môle? Bei René wollten Sie wohl sagen."

„Sie geben also zu, daß sie existiert?"

„Gewiß doch, wenn man sie mir zeigt."

„Da ist sie. Ist es die Ihnen bekannte?"

„Jawohl."

„Schreiber", befahl der Vorsitzende, „schreiben Sie: Der Angeklagte erkennt die Figur als jene, die er bei Monsieur de La Môle gesehen hat."

„Aber nein, nein", rief Coconnas, „bringen Sie nichts durcheinander: die ich bei René gesehen habe!"

„Bei René, sei's drum! An welchem Tag?"

„An dem einzigen Tag, da Monsieur de La Môle und ich dort waren."

„Sie gestehen also, mit Monsieur de La Môle bei René gewesen zu sein?"

„Hören Sie mal, habe ich das je verheimlicht?"

„Schreiber, schreiben Sie: Der Angeklagte gesteht, bei René gewesen zu sein, um Beschwörungen anzustellen."

„Holla! Sachte, sachte, Herr Vorsitzender. Mäßigen Sie Ihre Begeisterung, wenn ich bitten darf; davon habe ich kein Wort gesagt."

„Sie leugnen also, bei René gewesen zu sein, um Beschwörungen anzustellen?"

„Ich leugne es. Die Beschwörung ergab sich zufällig, war aber nicht vorsätzlich."

„Aber sie hat stattgefunden?"

„Ich kann nicht leugnen, daß etwas Zauberähnliches veranstaltet wurde."

„Schreiber, schreiben Sie: Der Angeklagte gesteht, daß es sich bei René um einen Zauber gegen das Leben des Königs handelte."

„Was? Gegen das Leben des Königs? Das ist eine infame Lüge. Niemals wurden Zaubereien gegen das Leben des Königs gemacht."

„Da sehen Sie es, Messieurs", warf La Môle ein.

„Still!" rief der Vorsitzende und wandte sich wieder dem Schreiber zu. „Gegen das Leben des Königs", wiederholte er. „Haben Sie?"

„Aber nein, nein", rief Coconnas. „Übrigens soll die Figur nicht einen Mann, sondern eine Frau darstellen."

„Was habe ich Ihnen gesagt, Messieurs?" rief La Môle.

„Monsieur de La Môle", rügte der Vorsitzende, „antworten Sie, wenn Sie gefragt werden, und unterbrechen Sie nicht die Befragung anderer. – Sie behaupten also, dies sei eine Frau?"

„Natürlich behaupte ich das."

„Warum hat sie dann eine Krone auf und einen Königsmantel um?"

„Bei Gott!" rief Coconnas. „Das ist ganz einfach, weil sie …"

La Môle stand auf und legte einen Finger auf den Mund.

„Richtig", sagte Coconnas, „was wollte ich doch eben sagen, als die Herren darauf hinwiesen …"

„Sie bestehen also darauf, diese Figur sei die Nachbildung einer Frau?"

„Gewiß, darauf bestehe ich."

„Und Sie weigern sich zu sagen, wer diese Frau ist?"

„Eine Frau aus meiner Heimat", sagte La Môle, „ich liebte sie und wollte bei ihr Gegenliebe finden."

„Sie sind nicht gefragt, Monsieur de La Môle", berief ihn der Vorsitzende, „schweigen Sie also, oder man wird Sie knebeln."

„Knebeln?" wiederholte Coconnas. „Was sagen Sie da, Herr Schwarzrock? Meinen Freund, einen Edelmann, knebeln? Warum nicht gar!"

„Führt René herein!" befahl der Generalprokurator Laguesle.

„Ja, führt nur immer René herein", stimmte Coconnas zu, „dann werden wir ja sehen, wer hier recht hat, ihr drei oder wir beide."

Bleich, gealtert und für die beiden Freunde fast unkenntlich, trat René ein, gebeugt unter der Last des Verbrechens, das er begehen würde, wie auch unter der Last derer, die er begangen hatte.

„Meister René", fragte der Richter, „erkennen Sie die beiden hier anwesenden Angeklagten?"

„Ja, Monsieur", erwiderte René mit einer Stimme, die seine Aufregung verriet.

„Wo haben Sie die beiden Angeklagten gesehen?"

„An verschiedenen Orten, und namentlich bei mir."

„Wie oft waren sie bei Ihnen?"

„Ein einziges Mal."

Bei Renés Worten begann sich Coconnas' Gesicht zu entspannen. La Môle dagegen blieb ernst, als hätte er eine düstere Vorahnung.

„Was führte sie zu Ihnen?"

René schien einen Augenblick zu zögern.

„Sie wollten mir eine Wachsfigur in Auftrag geben", antwortete er.

„Verzeihung, Meister René", fiel Coconnas ein, „da ist Ihnen ein kleiner Irrtum unterlaufen."

„Schweigen Sie!" fuhr ihn der Vorsitzende an und wandte sich wieder an René: „Stellt diese Figur einen Mann oder eine Frau dar?"

„Einen Mann", antwortete René.

Wie von einem elektrischen Schlag getroffen, sprang Coconnas auf.

„Einen Mann?" rief er.

„Einen Mann", wiederholte René, doch mit so schwacher Stimme, daß kaum der Vorsitzende ihn verstehen konnte.

„Warum trägt diese Figur eines Mannes einen Mantel um die Schultern und eine Krone auf dem Kopf?"

„Weil die Figur einen König darstellt."

„Infamer Lügner!" schrie Coconnas außer sich.

„Sei still, Coconnas, sei still", unterbrach ihn La Môle, „laß den Mann reden; jeder besitzt die Freiheit, seine Seele zu verderben."

„Aber nicht die Leiber anderer, Kotzbombenelement!"

„Was bedeutet diese Stahlnadel im Herzen der Figur, mit dem Buchstaben M auf dem kleinen Wimpel?"

„Die Nadel soll einen Degen oder Dolch vorstellen; der Buchstabe M bedeutet Mors."

Coconnas schien René erwürgen zu wollen, aber vier Mann von der Wache hielten ihn zurück.

„Es ist gut", schloß der Prokurator Laguesle, „das Tribunal ist ausreichend unterrichtet. Führen Sie die Gefangenen in die Wartezimmer zurück."

„Unmöglich kann man solche Beschuldigungen mit anhören, ohne zu protestieren!" schrie Coconnas.

„Protestieren Sie, Monsieur, niemand hindert Sie. Wache, Sie haben den Befehl gehört."

Die Wachen bemächtigten sich der beiden Angeklagten und führten sie hinaus, La Môle durch eine Tür, Coconnas durch die andere.

Dann machte der Prokurator jenem Mann, den Coconnas im Finstern bemerkt hatte, ein Zeichen und sagte: „Gehen Sie nicht fort, Meister, Sie werden heute nacht noch gebraucht."

„Mit welchem soll ich anfangen, Monsieur?" fragte der Mann und nahm ehrerbietig die Mütze ab.

„Mit dem da", bestimmte der Vorsitzende und zeigte auf La Môle, von dem nur noch ein Schatten zwischen zwei Posten zu sehen war; dann trat er zu René, der immer noch an derselben Stelle stand und davor zitterte, daß nun auch er wieder in sein Gefängnis abgeführt werde, und sagte: „Gut, Monsieur, machen Sie sich keine Sorgen, die Königin und der König werden erfahren, daß wir Ihnen verdanken, die Wahrheit erkannt zu haben."

Doch statt René die Kraft wiederzugeben, schien ihn dies Versprechen völlig niederzuschmettern; seine Antwort war ein tiefer Seufzer.

58

Die spanischen Stiefel

Als Coconnas in seinem neuen Kerker hinter verschlossener Tür sich selbst überlassen war und nicht mehr aufrechterhalten wurde durch den Kampf gegen die Richter und seinen Zorn gegen René, gab er sich trübseligen Überlegungen hin.

„Mir scheint, es nimmt eine Wendung zum Schlimmsten", sagte er sich, „langsam wird es Zeit, ein wenig in die Kapelle zu gehen. Ich pfeife auf die Todesurteile, denn unbestreitbar sind sie zur Stunde beschäftigt, uns zum Tode zu verurteilen. Und erst recht pfeife ich auf Todesurteile, die in einer Festung unter Ausschluß der Öffentlichkeit vor so abscheulichen Gesichtern wie denen meiner Umgebung ausgesprochen werden. Sie wollen uns also allen Ernstes einen Kopf kürzer machen, hm, na ja … Ich muß noch einmal wiederholen, es wird langsam Zeit, in die Kapelle zu gehen."

Diesen mit halber Stimme gesprochenen Worten folgte Schweigen, und das Schweigen wurde durch einen dumpfen, halb erstickten, schauerlichen Schrei unterbrochen, der nichts Menschliches hatte; der Schrei schien die dichte Mauer zu durchdringen und von den Eisengittern zu schwingen.

Unwillkürlich schauderte es Coconnas; dabei war er ein so wackerer Mann, daß seine Tapferkeit dem Instinkt wilder Tiere glich; ohne sich zu rühren, blieb er stehen, wo er den jammervollen Schrei vernommen hatte, noch im Zweifel, ob ein Menschengeschöpf solcher Klage mächtig sei, und geneigt, sie für das Stöhnen des Windes in den Bäumen oder für eins der tausend Geräusche der Nacht zu nehmen, die von zwei unbekannten Welten, zwischen denen sich unsere Erde dreht, zu steigen oder zu fallen scheinen; dann erreichte ihn ein zweiter Schrei, noch schmerzlicher, unergründlicher und herzergreifender als der erste, und diesmal unterschied Coconnas nicht allein den Jammer einer menschlichen Stimme, sondern glaubte sogar La Môles Stimme zu erkennen.

Da vergaß der Piemonteser, daß ihn zwei Türen, drei Gitter und eine zwölf Fuß dicke Mauer hielten; er warf sich, wie um sie einzudrücken und dem Opfer zu Hilfe zu eilen, mit seinem ganzen Gewicht gegen die Wand und schrie: „Wird da jemand erwürgt?" – Aber er prallte nur gegen die Mauer, an die er nicht gedacht hatte, und fiel, von dem Schlag zerschunden, gegen eine Steinbank, auf die er niedersank.

Das war alles.

„Oh, sie bringen ihn um", murmelte er, „das ist abscheulich, aber hier kann man sich ja nicht verteidigen ... Nichts, keine Waffen."

Er streckte die Hände nach allen Seiten aus.

„Ah, dieser Eisenring", rief er, „den werde ich herausreißen, und dann wehe dem, der in meine Nähe kommt!"

Coconnas stand auf, packte den Eisenring und lockerte ihn beim ersten Anreißen so weit, daß er ihn nach zwei ähnlichen Versuchen heraushaben mußte.

Doch plötzlich öffnete sich die Tür, und das Licht zweier Fackeln fiel in den Kerker.

„Kommen Sie", befahl die lispelnde Stimme, die ihm bereits vor Stunden so außerordentlich mißfallen und die, wie ihm schien, drei Stockwerke weiter unten nicht eben an den Reizen gewonnen hatte, die ihr fehlten, „kommen Sie, mein Herr, der Gerichtshof erwartet Sie."

„Gut", sagte Coconnas und ließ von seinem Ring ab, „ich soll mein Urteil hören, nicht wahr?"

„Ja, Monsieur."

„Oh, ich atme auf, gehen wir", sagte er.

Er folgte dem Gerichtsdiener, der mit seinem abgezirkelten Schritt, den schwarzen Stab in der Hand, vor ihm herging.

Ungeachtet der Zufriedenheit, die er mit seiner ersten Regung bezeugt hatte, warf Coconnas im Gehen unruhige Blicke nach rechts und nach links, vor sich und hinter sich.

„Nirgendwo sehe ich meinen ehrlichen Kerkermeister", murmelte er, „ich muß gestehen, daß er mir irgendwie fehlt."

Sie kamen in den Saal, den die Richter verlassen hatten und in dem nur noch ein Mann stand, den Coconnas als den Generalprokurator wiedererkannte, an den er im Laufe der Befragung mehrere Male und stets mit einer leicht erkennbaren Wut das Wort gerichtet hatte.

Er war es, dem Katharina, bald schriftlich, bald persönlich, den Prozeß besonders ans Herz gelegt hatte.

Ein beiseite geschobener Vorhang gestattete einen Blick

in den Hintergrund des Raumes, der sich, nur stellen-
weise erleuchtet, in den Tiefen der Finsternis verlor und
einen so entsetzlichen Anblick bot, daß Coconnas seine
Beine schwach werden fühlte und aufschrie: „Oh, mein
Gott!"

Nicht von ungefähr hatte Coconnas diesen Schreckens-
schrei ausgestoßen.

Der Anblick war in der Tat schaurig genug. Der während der Befragung durch den Vorhang verborgene und
jetzt freigelegte Raum glich dem Vorhof zur Hölle.

Im ersten Teil erblickte Coconnas eine Folterbank mit
Seilen, Blöcken und anderem Zubehör. Weiter hinten
flackerte ein Kohlenbecken, das ein rötliches Licht über
alle Gegenstände in der Nähe warf und die Umrisse jener,
die sich zwischen Coconnas und dem Becken befanden,
verschärfte. An einer der Säulen, die das Gewölbe trugen,
lehnte reglos wie eine Statue ein Mann mit einem Strick in
der Hand. Man hätte meinen können, er wäre aus demselben Stein wie die Säule. An den Mauern hingen zwischen
eisernen Ringen über Sandsteinbänken Ketten und blink-
ten Klingen.

„Oh", murmelte Coconnas, „die Folterkammer in voller Vorbereitung und nur noch auf das Opfer wartend!
Was bedeutet das?"

„Auf die Knie, Marc-Hannibal Coconnas", befahl eine
Stimme, bei deren Klang der Edelmann den Kopf hochwarf, „auf die Knie, um das Urteil zu hören, das über Sie
gefällt wurde!"

Eine Aufforderung, gegen die sich Hannibals Persön-
lichkeit instinktiv auflehnte.

Doch als er sich anschickte, zurückzuschlagen, drückten ihm zwei Männer so unerwartet und mit solchem Gewicht die Schultern herunter, daß er auf die Knie fiel.

Die Stimme fuhr fort:

„Von dem im Schloßturm von Vincennes tagenden Gerichtshof wurde das Urteil gefällt gegen Marc-Hannibal
de Coconnas, angeklagt und überführt des Majestätsver-
brechens, des Giftmordversuches, der Zauberei und Magie gegen die Person des Königs, des Verbrechens der

Konspiration gegen die Sicherheit des Staates, wie auch der durch verderbliche Ratschläge erfolgten Verführung eines Prinzen von Geblüt zur Rebellion ...“

Zu jeder Anschuldigung hatte Coconnas im Takt den Kopf geschüttelt wie ein ungehorsamer Schüler.

Der Richter fuhr fort:

„Demgemäß wird besagter Marc-Hannibal de Coconnas aus dem Gefängnis zur Place Saint-Jean-en-Gréve gebracht und dort enthauptet; seine Güter werden konfisziert, seine Hochwälder auf sechs Fuß Höhe geschlagen, seine Schlösser zerstört, und auf freiem Feld wird ein Pfosten errichtet mit einer Kupfertafel, die das Verbrechen und die Bestrafung anzeigt ...“

„Was meinen Kopf betrifft“, entgegnete Coconnas, „so glaube ich wohl, daß man ihn abschlagen wird, denn er befindet sich in Frankreich und sogar ungemein in Gefahr. Was aber meine Hochwälder und Schlösser betrifft, so wette ich, daß alle Sägen und Hacken des allerchristlichsten Königreiches ihnen nichts anhaben werden.“

„Still!“ befahl der Richter und sprach weiter: „Überdies wird besagter Coconnas ...“

„Wie?“ unterbrach Coconnas. „Nach der Enthauptung wollt ihr mir auch noch etwas antun? Oh, das scheint mir aber sehr streng.“

„Nein, Monsieur“, sagte der Richter, „vorher ...“

Dann wiederholte er: „Überdies wird besagter Coconnas vor der Vollstreckung des Urteils der außerordentlichen peinlichen Befragung unterworfen, den zehn Keilen ...“

Coconnas sprang hoch und blitzte den Richter mit einem funkelnden Blick an.

„Aber warum nur?“ schrie er, keines anderen Wortes mächtig als dieser einfältigen Äußerung, um die Fülle der Gedanken auszudrücken, die ihm durch den Sinn schossen.

In der Tat kam für Coconnas die Folter einer völligen Vernichtung seiner Hoffnungen gleich; erst nach der Folter würde er in die Kapelle geführt werden, und unter der Folter starb manch einer, um so sicherer, je tapferer und stärker er war, denn für diese galt ein Geständnis als Feigheit, und solange man nicht gestand, wurde die Folter weitergeführt, und nicht allein weitergeführt, sondern mit doppelter Gewalt angewandt.

Der Richter verzichtete darauf, Coconnas zu antworten, denn die weitere Verlesung des Urteils antwortete für ihn; also fuhr er fort:

„Um ihn zu nötigen, daß er seine Komplicen, Verschwörungen und Machenschaften in allen Einzelheiten gesteht."

„Kotzbombenelement!" schrie Coconnas. „Das nenne ich eine Infamie, und mehr als Infamie, das nenne ich Feigheit!"

Gewohnt an die Zornesausbrüche der Opfer, die das stete Leiden in Tränen verwandelte, behielt der unempfindliche Richter sein steinernes Gesicht.

Coconnas wurde an Füßen und Schultern gepackt, zurückgeworfen, fortgetragen, niedergelegt und auf die Folterbank geschnallt, ehe er überhaupt erkennen konnte, wer ihm auf diese Weise Gewalt antat.

„Ihr Elenden!" heulte er und brachte in einem Wutanfall Lager und Gerüste so sehr ins Wanken, daß sogar die Folterwerkzeuge herunterfielen. „Ihr Elenden! Foltert mich, brecht mir die Knochen, reißt mich in Stücke, ihr werdet nichts erfahren, das schwöre ich euch! Glaubt ihr, mit Holz- und Eisenstücken könnt ihr einen Edelmann meines Namens zum Reden bringen? Vorwärts, ich pfeife auf euch!"

„Schreiber, halten Sie sich bereit", gebot der Richter.

„Ja, halt dich bereit!" heulte Coconnas. „Und wenn du alles schreibst, was ich euch, ihr infamen Henker, sage, dann wirst du genug Arbeit haben. Schreib nur, schreib!"

„Wollen Sie aussagen?" fragte der Richter mit derselben ruhigen Stimme.

„Nein, kein Wort, gehen Sie zum Teufel!"

„Während der Vorbereitungen werden Sie sich das noch überlegen, Monsieur. Los, Meister, legen Sie dem Monsieur die Stiefel an."

Bei diesen Worten löste sich der Mann, der bis jetzt, die Stricke in der Hand, reglos dagestanden hatte, von der

Säule und näherte sich mit langsamen Schritten Coconnas, der sich ihm zukehrte, um ihm eine Fratze zu schneiden.

Es war Meister Caboche, der Henker der Gerichtsbarkeit von Paris.

Schmerzliches Erstaunen malte sich auf den Zügen Coconnas', der, statt zu schreien und unruhig zu werden, unbeweglich liegenblieb und das Gesicht des vergessenen Freundes, das in einem solchen Augenblick wieder vor ihm auftauchte, nicht aus den Augen lassen konnte.

Caboche legte ihm, ohne mit der Wimper zu zucken und als hätte er Coconnas nie zuvor und an anderem Ort als auf der Folterbank gesehen, die beiden Bretter zwischen die Beine und fügte von außen zwei andere, ganz ähnliche hinzu, dann verschnürte er das Ganze mit dem Strick, den er in der Hand hielt. Das waren die sogenannten spanischen Stiefel.

Für die einfache Befragung wurden sechs Keile zwischen die beiden Bretter getrieben, die dann auseinanderklafften und das Fleisch zermalmten.

Für die außerordentliche Befragung wurden zehn Keile eingetrieben, und dann zermalmten die Bretter nicht allein das Fleisch, sondern zersplitterten auch die Knochen.

Nachdem dergestalt alles vorbereitet war, setzte Meister Caboche den Keil zwischen die beiden Bretter; dann blickte er, den Hammer in der Hand, auf ein Knie gestützt, den Richter an.

„Wollen Sie sprechen?" fragte dieser.

„Nein", antwortete Coconnas entschlossen, obwohl er fühlte, wie ihm der Schweiß von der Stirn perlte und wie sich ihm die Haare sträubten.

„Dann vorwärts!" befahl der Richter. „Den ersten Keil der einfachen."

Caboche hob den Arm mit dem schweren Hammer und ließ einen fürchterlichen Schlag auf den Keil niedersausen, der einen matten Ton gab.

Die Folterbank bebte in den Fugen.

Doch der erste Keil, der sonst schon die Entschlossensten zum Stöhnen brachte, entlockte Coconnas keine Klage.

Mehr noch, der einzige Ausdruck, dessen sein Gesicht fähig schien, war unaussprechliches Erstaunen. Mit höchst verwunderten Augen starrte er Caboche an, der sich mit erhobenem Arm, halb zu dem Richter gekehrt, anschickte, den Schlag mit doppelter Kraft zu wiederholen.

„Was beabsichtigten Sie, als Sie sich im Wald versteckten?" fragte der Richter.

„Uns im Schatten zu lagern", antwortete Coconnas.

„Vorwärts!" befahl der Richter.

Caboche führte einen zweiten Schlag, der klang wie der erste.

Doch sowenig wie beim ersten verzog Coconnas auch nur im geringsten die Miene, und seine Augen hingen mit demselben Ausdruck am Gesicht des Henkers.

Der Richter runzelte die Stirn.

„Der ist ein recht hartgesottener Christ", brummte er, „ist der Keil bis ans Ende eingetrieben, Meister?"

Caboche beugte sich nieder, wie um nachzusehen, und flüsterte dabei Coconnas zu: „Aber so schreien Sie doch, Unseliger!"

Dann richtete er sich wieder auf und antwortete: „Bis ans Ende, Monsieur."

„Den zweiten Keil der einfachen", sagte der Richter kalt.

Die wenigen Worte Caboches erklärten Coconnas alles. Der ehrliche Henker wollte *seinem Freund* den größten Dienst leisten, den ein Henker einem Edelmann erweisen kann.

Er ersparte ihm mehr als den Schmerz, er ersparte ihm die Schande, Geständnisse zu machen, indem er ihm, statt der Keile aus Eichenholz, elastische Lederkeile zwischen die Beine trieb, die nur an der Oberfläche aus Holz waren. Überdies ließ er ihm alle Kraft, dem Blutgerüst die Stirn zu bieten.

„Lieber, braver Caboche", raunte Coconnas zurück, „sei ganz ruhig, meinetwegen. Wenn du möchtest, schreie ich, und wenn du nicht zufrieden bist, dann bist du überhaupt schwer zu befriedigen."

Unterdessen hatte Caboche die Spitze eines noch größeren Keiles zwischen die beiden Bretter gesetzt.

„Schlag zu!" sagte der Richter.

Und Caboche schlug zu, als sollte er mit einem einzigen Schlag den Schloßturm von Vincennes zerstören.

„Ach! Hu! Huaah!" schrie Coconnas in allen Tonarten. „Potz Blitz und Höllenfeuer, Sie zerbrechen mir die Knochen, nehmen Sie sich doch in acht!"

„Ah", lächelte der Richter, „die zweite wirkt; es hätte mich sonst auch sehr gewundert."

Coconnas keuchte wie ein Blasebalg.

„Noch einmal, was taten Sie im Wald?" fragte der Richter.

„Zum Henker, das sagte ich schon; ich habe frische Luft geschöpft!"

„Schlag zu!" befahl der Richter.

„Gestehen Sie", flüsterte ihm Caboche ins Ohr.

„Was?"

„Einerlei, nur irgend etwas."

Dann führte er den zweiten, nicht weniger heftigen Schlag.

Coconnas glaubte, er müsse ersticken, so schrie er.

„Oh, olala!" rief er. „Was wollen Sie wissen, Herr Richter, auf wessen Befehl ich im Wald war?"

„Ja, mein Herr."

„Auf Befehl des Herzogs von Alençon."

„Schreiben Sie", sagte der Richter.

„Wenn ich ein Verbrechen beging, als ich dem König von Navarra eine Falle stellte", fuhr Coconnas fort, „so war ich doch nur ein Werkzeug, Herr Richter, und gehorchte meinem Herrn."

Der Gerichtsschreiber begann zu schreiben.

„Du Bleichgesicht hast mich denunziert", murmelte der Gefolterte, „warte nur, warte!"

Und dann erzählte er: den Besuch des Herzogs von Alençon beim König von Navarra, die Unterhaltungen zwischen de Mouy und Alençon, die Geschichte des roten Mantels und alles übrige, nicht ohne von Zeit zu Zeit bei der Erinnerung daran loszubrüllen und nicht ohne von Zeit zu Zeit durch einen Hammerschlag ermuntert zu werden.

Schließlich gab er so genaue, so wahrheitsgetreue, unbestreitbare und entsetzliche Auskünfte über den Herzog von Alençon und wußte sich so gut zu stellen, als hätten ihm nichts als die heftigen Schmerzen diese Aussagen entreißen können; schnitt Fratzen, brüllte und jammerte so natürlich und in so vielen verschiedenen Tonarten, daß der Richter am Ende selber erschrak, solch kompromittierende Einzelheiten über einen Prinzen des königlichen Hauses von Frankreich schwarz auf weiß niedergelegt zu haben.

„Ei, das lasse ich mir gefallen!" meinte Caboche. „Hier haben wir einen Edelmann, dem man nicht alles erst zweimal sagen muß und der dem Gerichtsschreiber Maßarbeit liefert. Herrjemine! Was wäre das geworden, wenn ich statt der Lederkeile solche aus Holz genommen hätte."

Daher wurde Coconnas mit dem letzten Keil der außerordentlichen Befragung verschont, aber immerhin hatte er mit neun anderen zu tun gehabt, die völlig ausgereicht hätten, seine Beine zu Mus zu zerquetschen. Der Richter strich vor Coconnas seine Milde heraus, die er ihm auf Grund seiner Geständnisse hatte angedeihen lassen, und entfernte sich.

Das Opfer blieb mit Caboche allein.

„Nun", fragte ihn der Henker, „wie geht es uns, mein Herr?"

„Guter Freund, braver Freund, lieber Caboche!" erwiderte Coconnas. „Sei gewiß, daß ich dir für das, was du an mir getan hast, mein Leben lang dankbar sein werde!"

„Potztausend! Sie haben recht, Monsieur, denn wenn man wüßte, was ich für Sie getan habe, dann würde ich Ihren Platz auf der Folterbank einnehmen, und mit mir würde man nicht so behutsam umgehen, wie ich mit Ihnen umgegangen bin."

„Aber wie bist du nur auf diese sinnige Idee gekommen …?"

„Ganz einfach", antwortete Caboche, während er Coconnas' Beine mit blutigen Tüchern umwickelte, „ich hatte erfahren, daß Sie festgenommen waren und daß Ihnen der Prozeß gemacht werden sollte, außerdem, daß die Königin Katharina Ihren Tod wollte; und da ich vermutete, man werde Sie auf die Folter schicken, habe ich meine Vorsichtsmaßnahmen getroffen."

„Ungeachtet der Gefahr?"

„Monsieur", sagte Caboche, „Sie sind der einzige Edelmann, der mir seine Hand reichte, und man hat ein Gedächtnis und ein Herz, wenn man auch Henker ist, oder vielleicht eben weil man ein Henker ist. Morgen werden Sie erleben, wie sauber ich meine Arbeit verrichte."

„Morgen?" fragte Coconnas.

„Natürlich, morgen."

„Welche Arbeit?"

Caboche sah Coconnas verblüfft an.

„Welche Arbeit, fragen Sie? Haben Sie denn das Urteil vergessen?"

„Ach ja, das Urteil", sagte Coconnas, „das hatte ich ganz vergessen."

In Wirklichkeit hatte Coconnas es nicht vergessen, aber nicht mehr daran gedacht.

Er dachte nur an die Kapelle, an das unter dem Altartuch versteckte Messer, an Henriette und die Königin, die Tür zur Sakristei und die beiden am Waldessaum wartenden Pferde; er dachte an die Freiheit, an den Ritt unter freiem Himmel und die Sicherheit jenseits der Grenzen von Frankreich.

„Jetzt müssen wir Sie möglichst geschickt von der Folterbank auf die Tragbahre legen", sagte Caboche. „Vergessen Sie nicht, daß Sie für jedermann, auch für meine Gehilfen, zerschmetterte Beine haben und daß Ihnen jede Bewegung einen Schrei entlockt."

„Ahua!" brüllte Coconnas schon beim Anblick der beiden Gehilfen, die mit der Tragbahre herankamen.

„Genug, genug! Ein wenig Mut!" redete ihm Caboche zu. „Wenn Sie jetzt schon schreien, was werden Sie erst nachher sagen!"

„Lieber Caboche", bat Coconnas, „ich flehe Sie an, lassen Sie mich nicht von Ihren ehrenwerten Helfershelfern anfassen; denn vielleicht haben sie nicht eine so leichte Hand wie Sie."

„Stellt die Tragbahre neben die Folterbank", befahl Meister Caboche.

Die beiden Gehilfen gehorchten. Meister Caboche nahm Coconnas wie ein Kind in die Arme und legte ihn auf die Tragbahre, doch trotz aller Vorsichtsmaßnahmen schrie Coconnas wie am Spieß.

Nun erschien auch der brave Kerkermeister mit einer Laterne. „Zur Kapelle", sagte er.

Die Träger setzten sich in Bewegung, nachdem Coconnas zum zweitenmal Meister Caboche die Hand gedrückt hatte.

Der erste Händedruck hatte dem Piemonteser übergenug eingebracht, als daß er sich jetzt geziert hätte.

59

Die Kapelle

Der traurige Zug bewegte sich in tiefem Schweigen vom Schloßturm über die beiden Zugbrücken und den großen Schloßhof zur Kapelle, in deren Fenstern ein bleiches Licht die fahlen Gesichter der Apostel in ihren roten Gewändern färbte.

Coconnas atmete in gierigen Zügen die regenschwangere Nachtluft, suchte vergeblich die tiefe Dunkelheit zu durchdringen und beglückwünschte sich zu diesen Umständen, die seiner und seines Gefährten Flucht günstig waren.

Er mußte seinen ganzen Willen, seine Vorsicht und Selbstbeherrschung aufbieten, um nicht von der Tragbahre zu springen, als er, in der Kapelle angelangt, drei Schritte vom Altar entfernt, im Hohen Chor etwas Regloses in einem langen weißen Mantel am Boden liegen sah.

Es war La Môle.

Die beiden Soldaten, die die Tragbahre begleitet hatten, waren draußen an der Tür geblieben.

„Da uns die höchste Gnade zuteil wird, noch einmal zusammen zu sein", sagte Coconnas mit scheinbar kraftloser Stimme, „tragen Sie mich zu meinem Freund."

Die Träger hatten keine gegenteilige Anweisung und daher keine Bedenken, Coconnas' Verlangen nachzukommen.

La Môle war finster und bleich, sein Kopf lehnte an der Marmorwand, und seine schweißnassen schwarzen Haare, die seinem Gesicht eine matte Elfenbeinblässe gaben, schienen sich immer noch zu sträuben und nicht in ihre natürliche Lage zurückfallen zu können.

Auf ein Zeichen des Schließers entfernten sich die beiden Gehilfen, um den Priester zu holen, nach dem Coconnas verlangte.

Das war das verabredete Signal.

Coconnas schickte ihnen einen bangen Blick nach; aber er war nicht der einzige, der sie mit brennenden Augen verfolgte.

Kaum waren sie verschwunden, als zwei Frauen hinter dem Altar hervorstürzten und mit aufschwirrender Freude, die ihnen vorauseilte und die Luft wie ein warmes Windesrauschen vor dem Gewitter bewegten, in den Hohen Chor einfielen.

Marguerite lief auf La Môle zu und nahm ihn in die Arme.

La Môle stieß einen entsetzlichen Schrei aus, so wie ihn Coconnas schon von seinem Kerker aus hatte schreien hören, was ihn beinahe verrückt gemacht hatte.

„Mein Gott! Was ist mit La Môle?" rief Marguerite und wich vor Entsetzen zurück.

La Môle stöhnte und legte beide Hände über die Augen, wie um Marguerite nicht zu sehen.

Sein Schweigen und diese Bewegung machten Marguerite noch mehr Angst als der Schmerzensschrei.

„Was hast du?" fragte sie. „Oh, du bist ganz voll Blut."

Coconnas, der zum Altar geeilt war, den Dolch an sich

genommen hatte und schon Henriette umschlungen hielt, drehte sich um.

„Steh auf", bat Marguerite, „steh auf, ich flehe dich an! Du siehst, der Augenblick ist gekommen."

Ein erschreckend trauriges Lächeln, das kaum mehr einem Lächeln ähnelte, glitt über La Môles bleiche Lippen.

„Liebste Königin!" antwortete der junge Mann. „Sie haben die Rechnung ohne Katharina gemacht und daher nicht an ein Verbrechen gedacht. Ich wurde gefoltert, sie haben mir die Knochen zerschlagen, mein ganzer Körper ist eine einzige Wunde, und die Bewegung, die ich jetzt mache, um meine Lippen auf Ihre Stirn zu drücken, verursacht mir schlimmere Schmerzen als der Tod."

Leichenblaß vor Anstrengung drückte La Môle einen Kuß auf die Stirn der Königin.

„Gefoltert?" schrie Coconnas. „Aber ich wurde auch gefoltert! Hat denn der Henker für dich nicht dasselbe getan wie für mich?" Und er erzählte, was sich zugetragen hatte.

„Ach", seufzte La Môle, „das erklärt alles: Du hast ihm damals, als wir ihn besuchten, die Hand gereicht, während ich vergaß, daß alle Menschen Brüder sind, und den Hochmütigen spielte. Gott sei bedankt, er straft mich für meinen Hochmut."

La Môle faltete die Hände.

Coconnas und die beiden Frauen wechselten einen Blick unaussprechlichen Entsetzens.

„Vorwärts, vorwärts", rief der Kerkermeister, der schon an der Tür gewesen war, um zu horchen, und nun zurückkam, „vorwärts, es ist keine Zeit zu verlieren, lieber Monsieur de Coconnas, her mit dem Dolchstoß, richten Sie mich zu wie ein rechter Edelmann, denn bald werden sie dasein."

Marguerite kniete bei La Môle wie eine marmorne Grabfigur neben dem Bild des Toten.

„Nur Mut, Freund!" drängte Coconnas. „Ich bin stark, ich werde dich tragen und auf dein Pferd setzen oder sogar auf meins nehmen, wenn du dich nicht allein im Sattel halten kannst; aber jetzt laß uns eilen! Du hast gehört, was der brave Mann sagt, es geht um das Leben."

„Ja, das ist wahr, es geht um dein Leben", sagte La Môle. Und mit einer übermenschlichen, einer erhabenen Anstrengung versuchte er aufzustehen.

Hannibal griff ihm unter die Arme und hielt ihn. La Môle hatte die ganze Zeit nur dumpf brüllende Laute ausgestoßen, doch als ihn Coconnas jetzt losließ, um zu dem Kerkermeister zu gehen, und der Gefolterte nur noch von den Armen der beiden Frauen gehalten wurde, knickten ihm die Beine weg, er fiel, ungeachtet aller Mühe der weinenden Marguerite, in sich zusammen, und der herzzerreißende Schrei, den er nicht unterdrücken konnte, erfüllte die Kapelle mit einem schaurigen Echo, das noch lange unter den Gewölben schwang.

„Da sehen Sie es, meine Königin", sagte La Môle in einem Ton der Verzweiflung, „lassen Sie mich allein! Noch ein letztes Lebewohl, und dann lassen Sie mich allein! Ich habe nichts gesagt, Marguerite, Ihr Geheimnis ist in meiner Liebe verschlossen geblieben und wird mit mir sterben. Adieu, meine Königin, adieu …"

Marguerite, selber mehr tot als lebendig, schlang die Arme um das geliebte Haupt und drückte einen beinahe frommen Kuß auf die Lippen.

„Du, Hannibal", fuhr La Môle fort, „dem die Schmerzen erspart blieben, der noch jung ist und leben kann, du sollst fliehen, mein Freund, gib mir diesen letzten Trost, dich in Freiheit zu wissen."

„Die Zeit drängt", rief der Kerkermeister, „los doch, beeilen Sie sich."

Henriette versuchte Hannibal sanft fortzuziehen; Marguerite, mit aufgelösten Haaren und tränenüberströmten Augen, auf den Knien vor La Môle, glich einer Magdalena.

„Flieh, Hannibal", wiederholte La Môle, „flieh, gib unsern Feinden nicht das köstliche Schauspiel vom Tod zweier Unschuldiger."

Coconnas schob Henriette, die ihn zur Tür zog, sacht

von sich und sagte mit einer feierlichen Handbewegung, die ihn majestätisch erhöhte: „Madame, geben Sie dem Mann zuerst die versprochenen fünfhundert Taler."

„Hier sind sie", sagte Henriette.

Dann wandte er sich zu La Môle und schüttelte traurig den Kopf.

„Nun zu dir, guter La Môle", sagte er, „du beleidigst mich, wenn du nur einen Augenblick glaubst, ich könnte dich verlassen. Habe ich nicht geschworen, mit dir zu leben und zu sterben? Aber du hast so viel zu leiden, armer Freund, daß ich dir verzeihe."

Entschlossen legte er sich neben seinen Freund, beugte sich über ihn und hauchte einen Kuß auf seine Stirn.

Dann zog er sacht, sacht wie eine Mutter ihr Kind, den Kopf des Freundes an sich und bettete ihn an seine Brust.

Marguerite stand in düsterem Sinnen. Sie hatte den Dolch aufgehoben, der Coconnas aus den Händen gefallen war.

„O meine Königin", sagte La Môle, der ihre Gedanken erriet, und streckte die Arme nach ihr aus, „o meine Königin! Vergessen Sie nicht, daß ich sterbe, um unsere Liebe vom geringsten Verdacht zu befreien!"

„Aber was kann ich denn für dich tun, wenn ich nicht einmal mit dir sterben kann?" rief Marguerite verzweifelt aus.

„Du kannst mir den Tod versüßen", antwortete La Môle, „daß er mir mit lächelndem Gesicht entgegentritt."

Marguerite hob die gefalteten Hände, als wollte sie ihn bitten zu sprechen.

„Du erinnerst dich jenes Abends, Marguerite, als du mir zum Ersatz für mein Leben, das ich dir damals bot und heute schenke, ein heiliges Versprechen gabst?"

Marguerite zitterte.

„Du erinnerst dich", sagte La Môle, „denn du schauderst."

„Ja, ja, ich erinnere mich", rief Marguerite, „und bei meiner Seele, Hyazinth, ich werde mein Versprechen halten."

Dabei streckte sie ihre Hand nach dem Altar aus, wie

um Gott ein zweites Mal zum Zeugen ihres Schwurs anzurufen.

La Môles Gesicht klärte sich auf, als hätte sich das Gewölbe der Kapelle geöffnet und ein Strahl vom Himmel
wäre auf ihn niedergefallen.

„Sie kommen, sie kommen", rief der Kerkermeister.

Marguerite schrie auf und stürzte zu La Môle, doch die
Furcht, seine Schmerzen zu verdoppeln, hielt die Bebende zurück.

Henriette küßte Coconnas und sagte: „Ich verstehe
dich, Hannibal, und ich bin stolz auf dich. Ich weiß sehr
wohl, daß du aus Hochherzigkeit in den Tod gehst, aber
auch um dieser Hochherzigkeit willen liebe ich dich. Vor
Gott werde ich dich in alle Ewigkeit mehr als alles auf der
Welt lieben, und was Marguerite geschworen hat, für La
Môle zu tun, schwöre ich dir gleichfalls zu, wenn ich
auch nicht weiß, was es ist."

Damit streckte sie die Hand nach Marguerite aus.

„Das ist sehr gut gesprochen, ich danke dir", sagte Coconnas.

„Eine letzte Gnade, ehe Sie mich verlassen, meine Königin", bat La Môle. „Geben Sie mir ein Andenken, das
ich küssen kann, wenn ich aufs Schafott steige."

„O ja", rief Marguerite, „da!"

Und sie riß eine kleine goldene Reliquie vom Hals, die
an einer Kette aus demselben Metall hing.

„Da", sagte sie, „es ist eine geweihte Reliquie, die ich
seit meiner Kindheit trage; meine Mutter hat sie mir um
den Hals gelegt, als ich noch ganz klein war und als sie
mich noch liebte; sie stammt von unserm Onkel, Papst
Clemens, ich habe sie immer getragen. Da, nimm sie."

La Môle nahm sie und küßte sie gierig.

„Sie sind an der Tür", rief der Kerkermeister, „fliehen
Sie, meine Damen, fliehen Sie!"

Die beiden Frauen eilten hinter den Altar und waren
verschwunden. Im selben Augenblick trat der Priester
ein.

60

Place Saint-Jean-en-Grève

Sieben Uhr morgens; auf den Plätzen, in den Straßen und an den Quais wartete eine lärmende Menge.

Um zehn Uhr war ein Karren, derselbe, auf dem die beiden Freunde damals nach ihrem Duell bewußtlos in den Louvre zurückgebracht wurden, von Vincennes abgefahren und durchquerte jetzt langsam die Rue Saint-Antoine; und seinen Weg säumten so dichtgedrängt, daß sie einander fast zerquetschten, Neugierige, die mit ihren starren Augen und gefrorenen Mündern leblosen Steinbildern glichen.

Heute bot die Königinmutter dem Volk von Paris in der Tat ein herzzerreißendes Schauspiel.

In dem Karren, der sich langsam durch die Straßen bewegte, lagen aneinandergelehnt auf ein paar Strohhalmen zwei junge Leute mit bloßem Kopf und von oben bis unten schwarz gekleidet.

Coconnas hielt den Freund auf den Knien, so daß La Môles Kopf mit unstet umherirrendem Blick über die Wände des Karrens herausragte.

Unterdessen schob und drängte sich die Menge, reckte sich auf Zehenspitzen, kletterte auf Ecksteine und klammerte sich an Unebenheiten in den Mauern, um mit gierigen Augen auch den letzten Winkel des Wagens zu durchdringen, und schien erst zufrieden, wenn sie mit ihren Blicken jede Stelle der beiden Menschenleiber abgetastet hatte, die dem Leiden entkamen, um der Vernichtung anheimzufallen.

Es wurde gesagt, La Môle gehe in den Tod, ohne auch nur eine der Taten gestanden zu haben, deren er beschuldigt wurde; Coconnas dagegen, behauptete man, hätte die Schmerzen nicht ertragen können und alles zugegeben.

Daher schrie es von allen Seiten: „Seht, seht den Rotkopf! Der hat geredet, der hat alles gesagt, der Feigling ist schuld am Tod des andern. Der andere ist ein ganz Tapferer und hat nichts gestanden."

Die beiden jungen Leute hörten den Lärm, der eine die Lobreden, der andere die Verwünschungen, die ihren Trauerzug begleiteten, und während La Môle dem Freund die Hände drückte, leuchtete erhabene Verachtung aus dem Gesicht des Piemontesers, der von dem unsauberen Karren wie von der Höhe eines Triumphwagens auf die stumpfsinnige Menge herabsah.

Das Unglück hatte sein himmlisches Werk getan, es hatte Coconnas' Gesicht geadelt, wie der Tod seine Seele in den göttlichen Stand erheben würde.

„Sind wir bald da?" fragte La Môle. „Ich kann nicht mehr, Freund, ich glaube, mir schwinden die Sinne."

„Warte, warte, La Môle, gleich kommen wir an der Rue Tizon und der Rue Cloche-Percée vorüber, gib ein wenig acht."

„Ach, heb mich auf, damit ich noch einmal auf das Haus der Seligkeit blicken kann."

Coconnas streckte die Hand aus und tippte an die Schulter des Henkers, der vor ihnen auf dem Karren saß und das Pferd lenkte.

„Meister", sagte er, „Sie würden uns einen Dienst erweisen, wenn Sie einen Augenblick an der Rue Tizon hielten."

Caboche nickte und hielt an, als sie die Rue Tizon erreicht hatten.

La Môle nahm alle Kraft zusammen und richtete sich, von Coconnas unterstützt, auf; sein Blick war von Tränen verschleiert, als er zu dem kleinen, stumm und fest wie ein Grab verschlossenen Haus hinübersah, ein Seufzer entfloh seiner Brust, und mit leiser Stimme sagte er: „Lebt wohl, Jugend, Liebe und Leben!" Dann ließ er den Kopf auf die Brust sinken.

„Nur Mut!" sagte Coconnas. „Vielleicht werden wir alles da oben wiederfinden."

„Meinst du?" murmelte La Môle.

„Ich glaube es, weil mir's der Priester gesagt hat und vor allem, weil ich es hoffe. Aber fall nicht in Ohnmacht, Freund! Die Elenden, die uns beobachten, würden über uns lachen."

Caboche hörte die letzten Worte, und während er mit einer Hand sein Pferd antrieb, reichte er Coconnas, ohne daß jemand etwas sehen konnte, in der anderen einen kleinen, mit einem so starken Ableitungsmittel getränkten Schwamm, daß sich La Môle, nachdem er tief eingeatmet und seine Schläfen damit gerieben hatte, erfrischt und wiederbelebt fühlte.

„Ah", sagte La Môle, „ich bin wie neugeboren."

Dann küßte er die Reliquie, die an der goldenen Kette um seinen Hals hing.

Als sie an den Quai kamen und um das unter Henri II. erbaute, reizende kleine Gebäude gefahren waren, sahen sie hoch über allen Köpfen wie ein nacktes, blutiges Dach das Blutgerüst aufragen.

„Lieber Freund", bat La Môle, „ich würde gern als erster sterben."

Wieder legte Coconnas seine Hand auf die Schulter des Henkers.

„Was gibt es, Monsieur?" fragte dieser und drehte sich um.

„Guter Mann", sagte Coconnas, „du wirst mir einen Gefallen tun, nicht wahr? Das hast du mir wenigstens zugesagt."

„Ja, und dabei bleibe ich."

„Mein Freund hat mehr gelitten als ich und ist daher weniger bei Kräften …"

„Ja, und?"

„Er sagt, es würde ihm zuviel Schmerz bereiten, mich sterben zu sehen. Wenn ich als erster sterben müßte, wäre außerdem niemand da, ihn aufs Blutgerüst zu tragen."

„Schon gut, schon gut", gab Caboche zurück und wischte mit dem Handrücken eine Träne ab, „seien Sie getrost, es wird geschehen, wie Sie wünschen."

„Und mit einem Hieb, nicht wahr?" fügte der Piemonteser leise hinzu.

„Mit einem einzigen."

„Das ist gut … Und wenn Sie sich korrigieren müssen, tun Sie es bei mir."

Der Karren hielt, sie waren angekommen. Coconnas setzte seinen Hut auf.

Ein Raunen wie das Rauschen des Meeres drang an La Môles Ohr. Er wollte aufstehen, hatte aber nicht die Kraft dazu, Caboche und Coconnas mußten ihn unter den Armen stützen.

Der Platz war wie mit Köpfen gepflastert, die Stufen zum Rathaus glichen einem Amphitheater voller Zuschauer. Aus jedem Fenster schoben sich aufgeregte Gesichter, deren Augen zu funkeln schienen.

Beim Anblick des schönen jungen Mannes, der sich auf seinen zermalmten Beinen nicht halten konnte und so übermenschlich anstrengte, selber auf das Blutgerüst zu steigen, erhob sich ein ungeheures Geschrei wie eine einzige Klage. Die Männer brüllten, die Frauen stöhnten vor Jammer.

„Er war einer der Feinsten am Hof", sagten die Männer, „er sollte nicht auf der Saint-Jean-en-Grève, sondern auf der Préaux-Clercs sterben!"

„Wie schön er ist! Wie bleich!" riefen die Frauen. „Das ist der, der nicht geredet hat."

„Freund, ich kann mich nicht mehr auf den Beinen halten! Trage mich!" bat La Môle.

„Warte", sagte Coconnas.

Er gab dem Henker ein Zeichen, beiseite zu treten, beugte sich über La Môle, nahm ihn wie ein Kind auf die Arme und stieg mit seiner Last, ohne zu schwanken, die Treppe zum Blutgerüst empor, wo er La Môle unterm tosenden Geschrei und Beifallklatschen der Menge niederstellte.

Coconnas zog seinen Hut und grüßte.

Dann warf er den Hut neben sich auf das Blutgerüst.

„Schau dich um", bat La Môle, „kannst du sie nicht irgendwo sehen?"

Coconnas warf langsam einen Blick über den ganzen Platz und blieb an einem Punkt hängen; ohne die Augen abzuwenden, streckte er die Hand nach der Schulter seines Freundes aus.

„Sieh dorthin", sagte er, „zu dem Fenster in dem kleinen Turm."

Und mit der anderen Hand zeigte er La Môle das kleine Bauwerk, das heute noch als ein Überrest vergangener Jahrhunderte zwischen der Rue de la Vannerie und der Rue du Mouton steht.

Nicht unmittelbar am Fenster, sondern ein wenig weiter hinten, standen dort, eng aneinandergeschmiegt, zwei Frauen in Schwarz.

„Ach", seufzte La Môle, „ich fürchtete nur, ich müßte in den Tod gehen, ohne sie noch einmal zu sehen. Jetzt habe ich sie gesehen, jetzt kann ich sterben."

Die Augen begierig auf das kleine Fenster gerichtet, führte er die Reliquie an den Mund und bedeckte sie mit Küssen.

Coconnas grüßte die beiden Frauen mit all dem Anstand, den er in einem Salon gezeigt hätte.

Als Antwort ließen sie ihre tränenfeuchten Taschentücher wehen.

Nun tippte Caboche mit dem Finger auf Coconnas' Schulter und gab ihm mit den Augen einen Wink.

„Ja, ja", sagte der Piemonteser.

Dann wandte er sich zu La Môle: „Umarme mich, und stirb gut. Es wird nicht schwer sein, Freund, denn du bist sehr tapfer."

„Gut sterben ist für mich kein Verdienst", antwortete La Môle, „ich leide so sehr!"

Der Priester näherte sich und hielt La Môle ein Kruzifix hin, der jedoch lächelnd auf die Reliquie in seiner Hand deutete.

„Einerlei", sagte der Priester, „bitten Sie Ihn, der erlitten hat, was Sie erleiden werden, dennoch um Kraft."

La Môle küßte die Füße des Christusbildes.

„Die Nonnen des Benediktinerklosters der Heiligen Jungfrau mögen für mich beten", sagte er.

„Eil dich, La Môle", drängte Coconnas, „dein Anblick bereitet mir solche Pein, daß mir ganz schwach wird!"

„Ich bin bereit", sagte La Môle.

„Können Sie den Kopf geradehalten?" fragte Caboche, der mit gezücktem Schwert hinter dem knienden La Môle stand.

„Ich hoffe", antwortete La Môle.

„Dann wird alles gut gehen."

„Aber vergessen Sie nicht, worum ich Sie gebeten habe", mahnte La Môle, „diese Reliquie wird Ihnen die Türen öffnen."

„Seien Sie ganz ruhig. Aber versuchen Sie, den Kopf ein wenig geradezuhalten."

La Môle streckte den Hals und blickte zu dem kleinen Turm: „Leb wohl, Marguerite", sagte er, „sei gese…"

Weiter kam er nicht. Mit einem einzigen Hieb seines schnellen, blitzfunkelnden Schwertes schlug ihm Caboche den Kopf ab, der Coconnas vor die Füße rollte.

Der Leib streckte sich sacht, als wolle er sich zum Schlaf niederlegen.

Ein ungeheurer Schrei aus tausend Kehlen sprang auf; Coconnas meinte unter den Frauenstimmen einen besonders schmerzlichen gehört zu haben.

„Danke, lieber Freund", sagte Coconnas und reichte dem Henker zum drittenmal die Hand.

„Mein Sohn", fragte der Priester, „haben Sie Gott nichts anzuvertrauen?"

„Wirklich nicht, mein Vater", erwiderte der Piemonteser, „alles, was ich ihm zu sagen hatte, habe ich Ihnen schon gestern gesagt." Dann drehte er sich zu Caboche um.

„Vorwärts, Henker, mein letzter Freund", sagte er, „noch diesen einen Dienst."

Ehe er niederkniete, ließ er einen so ruhigen und so heiteren Blick über die Menge gleiten, daß ein Murmeln der Bewunderung sein Ohr liebkoste und ihn vor Stolz lächeln ließ. Dann drückte er den Kopf seines Freundes an sich, küßte die bläulichen Lippen, warf noch einen Blick zum Turm hinüber und kniete nieder, immer noch den geliebten Kopf zwischen den Händen.

„Komm", sagte er.

Kaum hatte er das Wort vollendet, als Caboche schon sein Werk getan hatte. Ein krampfhaftes Zittern lief durch den Leib des trefflichen Mannes.

„Es war Zeit, daß es ein Ende nahm", murmelte der Henker, „armes Kind!"

Und behutsam zog er aus La Môles verkrampften Händen die goldene Reliquie und warf seinen Mantel über die traurigen Überreste, die der Karren zu ihm bringen sollte. Das Schauspiel war zu Ende, die Menge zerstreute sich.

61

Der Prangerturm

Die Nacht fiel über die Stadt, in der noch die Unruhe der Vollstreckung dieser Todesstrafe nachzitterte, deren Einzelheiten von Mund zu Mund liefen und in jedem Haus die fröhliche Stunde des Familienabendessens verdüsterten.

Unterdessen ging es in dem hell erleuchteten Louvre, ganz im Gegensatz zu der stillen, traurigen Stadt, lärmend und fröhlich her. Im Palast wurde ein großes Fest gefeiert. Ein Fest auf Wunsch Karls IX., das er für den Abend desselben Tages angeordnet hatte, in dessen Frühe das Todesurteil vollzogen werden sollte.

Tags zuvor hatte die Königin von Navarra Befehl erhalten, daran teilzunehmen, und da sie hoffte, La Môle und Coconnas würden sich in der Nacht retten können, und vom Erfolg ihrer für die Rettung getroffenen Maßnahmen überzeugt war, hatte sie ihrem Bruder geantwortet, sie werde seinem Verlangen nachkommen.

Doch seit sie nach den Ereignissen in der Kapelle jede Hoffnung verloren, seit sie – in einer Anwandlung von Pietät – um dieser Liebe willen, der größten und tiefsten, die sie je in ihrem Leben empfunden, bei der Hinrichtung gewesen war, hatte sie sich geschworen, daß weder Bitten noch Drohungen sie veranlassen könnten, am selben Tag, da sie ein so schauriges Fest auf dem Grève-Platz gesehen hatte, einem fröhlichen Fest im Louvre beizuwohnen.

König Karl IX. hatte an diesem Tag einen neuen Beweis seiner Willensstärke gegeben, die vielleicht niemand so weit trieb wie er: Seit fünfzehn Tagen ans Bett gefesselt, schwach wie ein Todkranker und leichenblaß, stand er gegen fünf Uhr auf und kleidete sich in seine schönsten Gewänder. Allerdings muß zugegeben werden, daß er während seiner Toilette dreimal das Bewußtsein verlor.

Gegen acht Uhr erkundigte er sich, was mit seiner Schwester sei, und fragte, ob jemand sie gesehen habe oder wüßte, was sie täte. Doch von niemand erhielt er Antwort; denn die Königin war gegen elf Uhr in ihre Gemächer zurückgekehrt, hatte sich eingeschlossen und ausdrücklich jeden Besuch verboten.

Aber für Karl gab es keine verschlossenen Türen. Auf Monsieur de Nançays Arm gestützt, begab er sich zu der Königin von Navarra und trat ohne Anmeldung durch die Geheimtür.

Wenn er auch auf einen traurigen Anblick gefaßt war und sein Herz vorbereitet hatte – was er sah, war noch viel bejammernswerter, als er geglaubt hatte.

Marguerite lag wie tot auf einem Ruhelager, den Kopf in den Kissen vergraben; sie weinte nicht und betete nicht, sondern röchelte seit ihrer Rückkehr wie eine Sterbende.

In der anderen Ecke des Zimmers lag Henriette de Nevers, diese unerschrockene Frau, bewußtlos auf einem Teppich. Als sie vom Grève-Platz zurückgekommen war, hatten sie wie Marguerite die Kräfte verlassen, und nun lief die arme Gillonne von einer zur andern und wagte nicht, ein Wort des Trostes an sie zu richten.

In den kritischen Augenblicken nach einem großen Unglück geizt man mit seinem Schmerz wie mit einem Schatz und ist versucht, jeden, der uns auch nur ein wenig davon ablenken will, für einen Feind zu halten.

Karl IX. ließ Nançay im Gang stehen, stieß die Tür auf und trat bleich und zitternd ein.

Keine der beiden Frauen hatte ihn bemerkt. Nur Gillonne, die eben Henriette Hilfe leistete, richtete sich aus ihrer knienden Stellung auf und blickte den König entsetzt an.

Auf eine Handbewegung des Königs stand sie auf, machte ihren Knicks und ging hinaus.

Karl trat zu Marguerite, sah sie einen Augenblick

schweigend an und sagte dann in einem Ton, dessen man seine rauhe Stimme nicht fähig geglaubt hätte: „Margot, Schwester!"

Die junge Frau fuhr zusammen und richtete sich auf.

„Majestät!" sagte sie.

„Genug, Schwester, nur Mut!"

Marguerite hob die Augen gen Himmel.

„Ich weiß", sagte Karl, „aber hör mich an."

Die Königin von Navarra gab ihm durch ein Zeichen zu verstehen, daß sie ihm zuhöre.

„Du hast mir versprochen, an dem Ball teilzunehmen", sagte Karl.

„Ich?" rief Marguerite.

„Ja, und weil du es versprochen hast, erwartet man dich und wäre sehr verwundert, wenn du dich jetzt nicht sehen ließest."

„Entschuldigen Sie mich, Bruder", bat Marguerite, „Sie sehen doch, ich fühle mich leidend."

„Nehmen Sie sich zusammen."

Marguerite schien einen Augenblick im Begriff, sich ein Herz zu fassen, sank jedoch mutlos in die Kissen zurück.

„Nein, nein, ich komme nicht!" rief sie.

Karl nahm ihre Hand, setzte sich auf das Ruhelager und begann: „Ich weiß, du hast einen Freund verloren, Margot; aber sieh mich an, habe ich nicht alle meine Freunde verloren und mehr noch, meine Mutter? Du durftest immer weinen, wie du jetzt weinst; ich aber war in den Augenblicken meiner schlimmsten Schmerzen stets gezwungen zu lächeln. Du leidest, aber sieh mich an, ich sterbe. Mut, Margot! Um unserer Ehre willen verlange ich es, Schwester. Wie ein Kreuz der Todesängste tragen wir den Ruf unseres Hauses, und wir tragen es wie Jesus Christus zum Kalvarienberg, und wenn wir wie er auf dem Weg straucheln, erheben wir uns beherzt und gefaßt wie er."

„Oh, mein Gott, mein Gott!" rief Marguerite.

„Ja", sagte Karl, als Antwort auf ihre Gedanken, „ja, das Opfer ist hart, Schwester, aber jeder bringt das seine, die einen ihrer Ehre, die andern ihrem Leben. Glaubst du denn, mit meinen fünfundzwanzig Jahren und dem schönsten Thron der Welt täte es mir nicht leid zu sterben? Sieh mich an ... meine Augen, meine Haut und meine Lippen sind die eines Sterbenden, das ist wahr, aber mein Lächeln ... Könnte nicht mein Lächeln glauben machen, daß ich noch hoffe? Und dennoch werde ich in acht Tagen oder höchstens einem Monat sterben, und du wirst mich beweinen, Schwester, wie den, der heute gestorben ist."

„Bruder!" rief Margot und warf die Arme um Karls Hals.

„Kleiden Sie sich an, liebe Marguerite", sagte der König, „verbergen Sie Ihre Blässe und erscheinen Sie auf dem Ball. Ich habe Befehl gegeben, Ihnen neue Edelsteine und Putz zu bringen, die Ihrer Schönheit würdig sind."

„Ach, Diamanten und Kleider", rief Marguerite, „was kümmert mich das jetzt!"

„Das Leben ist lang, Marguerite", entgegnete Karl lächelnd, „für dich wenigstens."

„Niemals, niemals!"

„Denk an eins, Schwester: Mitunter ehrt man die Toten am besten, indem man das Leid erstickt oder vielmehr verbirgt."

„Gut, Sire", antwortete Marguerite fröstelnd, „ich werde kommen."

Eine Träne, die alsbald von seinen ausgedörrten Lidern aufgesogen wurde, netzte Karls Augen.

Er verneigte sich vor seiner Schwester, küßte sie auf die Stirn und blieb einen Augenblick vor Henriette stehen, die weder etwas gehört noch gesehen hatte. „Arme Frau!"

Dann ging er still hinaus.

Hinter dem König traten mehrere Pagen mit Truhen und Schmuckkästen ein.

Marguerite bedeutete ihnen durch eine Handbewegung, alles auf den Boden zu stellen.

Die Pagen gingen. Nur Gillonne blieb.

„Leg alles zurecht, daß ich mich ankleiden kann, Gillonne", befahl Marguerite.

Das junge Mädchen sah seine Herrin mit verwundertem Blick an.

„Ja", fuhr Marguerite in einem Ton unbeschreiblicher Bitterkeit fort, „ja, ich werde mich ankleiden und zum Ball gehen … Man erwartet mich dort. Beeile dich also. Der Tag rundet sich: Heute morgen das Fest auf der Place Saint-Jean-en-Grève, heute abend das Fest im Louvre."

„Und die Frau Herzogin?" fragte Gillonne.

„Ach, die ist glücklich, sie kann hier liegenbleiben, weinen und ungestört leiden. Sie ist keine Tochter eines Königs, keine Frau eines Königs, keine Schwester eines Königs. Sie ist keine Königin. Hilf mir beim Anziehen, Gillonne."

Das junge Mädchen gehorchte. Die Geschmeide waren herrlich, das Gewand prächtig. Nie war Marguerite so schön gewesen. Sie betrachtete sich in einem Spiegel.

„Mein Bruder hat gewiß recht", sagte sie, „welch ein jämmerliches Etwas ist die menschliche Kreatur."

In diesem Augenblick kam Gillonne zurück.

„Madame", sagte sie, „ein Mann ist draußen und fragt nach Ihnen."

„Nach mir?"

„Ja."

„Und wer ist dieser Mann?"

„Ich weiß nicht, aber er sieht so schrecklich aus, daß einem allein schon sein Anblick einen Schauer über den Rücken jagt."

„Frag ihn nach seinem Namen", befahl Marguerite, und alle Farbe wich aus ihrem Gesicht.

Gillonne ging hinaus und kam ein paar Sekunden später wieder.

„Er will mir seinen Namen nicht sagen, Madame, aber er hat mich gebeten, Ihnen dies zu bringen."

Damit gab sie Marguerite die Reliquie, die Marguerite am Abend zuvor La Môle geschenkt hatte.

„Oh, laß ihn eintreten!" rief die Königin rasch und wurde noch bleicher und eisiger.

Ein schwerer Schritt erschütterte den Parkettboden. Das Echo, empört, solchen Lärm wiedergeben zu müssen, grollte unter der Deckentäfelung, dann erschien ein Mann auf der Schwelle.

„Sie?" fragte die Königin.

„Ja, den Sie eines Tages bei Montfaucon trafen, Madame, und der in seinem Karren zwei verwundete Edelleute in den Louvre brachte."

„Ja, ja, ich erkenne Sie, Sie sind Meister Caboche."

„Der Henker der Gerichtsbarkeit von Paris, Madame."

Das waren die ersten Worte, die Henriette von all dem vernommen hatte, was seit einer Stunde in ihrer Nähe gesprochen wurde. Sie nahm die Hände von dem bleichen Gesicht und sah den Henker mit ihren Smaragdaugen an, aus denen zwei Blitze zu flammen schienen.

„Und Sie kommen …?" fragte Marguerite zitternd.

„Um Sie an das Versprechen zu erinnern, das Sie dem jüngeren der beiden Edelleute gegeben haben, dem, der mir auftrug, Ihnen diese Reliquie zu bringen. Sie erinnern sich, Madame?"

„Ja, ach ja", rief die Königin, „und niemals wird einem edleren Schatten edlere Genugtuung widerfahren; aber wo ist *er*?"

„Mitsamt dem Körper bei mir."

„Bei Ihnen? Warum haben Sie ihn nicht hergebracht?"

„Man hätte mich vielleicht am Portal des Louvre angehalten, man hätte mich zwingen können, den Mantel aufzuheben, und was hätte man gesagt, wenn darunter ein Kopf gewesen wäre?"

„Gut, behalten Sie ihn bei sich, ich werde ihn morgen holen."

„Morgen, Madame, ist es vielleicht zu spät", wandte Meister Caboche ein.

„Warum?"

„Weil mir die Königinmutter befohlen hat, die Köpfe der beiden ersten Enthaupteten für ihre kabbalistischen Experimente zurückzubehalten."

„Welche Schändung! Die Häupter unserer Geliebten! Henriette", rief Marguerite und lief zu ihrer Freundin, die so rasch aufgestanden war, als hätte eine Feder sie auf die Beine gebracht, „Henriette, mein Engel, hörst du, was dieser Mann sagt?"

„Ja. Was können wir tun?"

„Wir müssen mitgehen."

Henriette stieß den Schmerzensschrei der Unglücklichen aus, die wieder zum Leben erwachen: „Ach, mir war so wohl, ich war schon beinahe tot."

Unterdessen hatte Marguerite einen Samtmantel um ihre nackten Schultern geworfen.

„Komm, komm", drängte sie, „wir werden sie noch einmal sehen."

Sie ließ alle Türen schließen und befahl eine Sänfte vor die kleine Geheimtür, dann faßte sie Henriette unter und stieg mit ihr die Geheimtreppe hinab, nachdem sie Caboche bedeutet hatte, ihnen zu folgen.

Unten an der Tür wartete die Sänfte und vor dem Portal Caboches Gehilfe mit einer Laterne.

Marguerites Träger waren vertrauenswürdige Männer, stumm, taub und verläßlicher als Lasttiere.

Die Sänfte hinter Meister Caboche und seinem Gehilfen mit der Laterne hatte einen Weg von kaum zehn Minuten gemacht, als sie schon wieder hielt.

Der Henker öffnete die Tür, während der Gehilfe vorauslief.

Marguerite kam heraus und half der Herzogin von Nevers beim Aussteigen. Beide verband derselbe große Schmerz, aber der feinnervige Organismus Marguerites erwies sich als der stärkere.

Wie ein mürrischer, ungestalter Riese ragte vor den beiden Frauen der Prangerturm auf, ein rötliches Licht aus den Augenlöchern der beiden Schießscharten im Dach strahlend.

Der Gehilfe erschien an der Tür.

„Sie können eintreten, meine Damen", sagte Caboche, „im Turm schläft alles."

Im selben Augenblick erlosch das Licht in den beiden Schießscharten.

Die Frauen gingen, dicht aneinandergedrängt, unter einer kleinen Spitzbogentür hindurch und strauchelten im

Finstern über den feuchten, rauhen Boden. Am Ende eines gewundenen Ganges bemerkten sie ein Licht, dem sie, von dem gräßlichen Herrn und Meister dieser Behausung geführt, zustrebten. Hinter ihnen schloß sich die Tür.

Caboche leuchtete ihnen mit einem Wachslicht in einen niedrigen, verräucherten Raum.

In der Mitte stand ein Tisch mit den Resten einer Abendmahlzeit und drei Gedecken, zweifellos für den Henker, seine Frau und seinen Hauptgehilfen.

An der augenfälligsten Stelle der Wand hing eine mit dem königlichen Siegel versehene Urkunde: Das königliche Galgenpatent.

In einer Ecke lehnte ein breites Schwert mit langem Griff: Das Flammenschwert der Gerechtigkeit.

Hier und da waren ein paar roh gemalte Bilder, Heilige unter den Qualen aller nur erdenklichen Marter, zu sehen.

Caboche verneigte sich fast bis zur Erde.

„Euer Majestät werden mir verzeihen", sagte er, „daß ich wagte, in den Louvre einzudringen und Sie hierherzuführen. Aber es war der ausdrückliche letzte Wille dieses Edelmannes ..."

„Sie haben gut daran getan, Meister, sehr gut", unterbrach ihn Marguerite, „hier etwas als Lohn für Ihren Eifer."

Caboche blickte traurig auf die mit Gold gefüllte Börse, die Marguerite auf den Tisch gelegt hatte.

„Gold! Immer nur Gold!" murmelte er. „Ach, Madame, wenn ich um den Preis des Goldes das Blut wiedergeben könnte, das ich heute vergießen mußte!"

„Meister", bemerkte Marguerite nach einem schmerzlichen Zögern und blickte um sich, „wir müssen wohl noch weitergehen, hier sehe ich nichts!"

„Nein, Madame, hier sind sie nicht; aber es ist ein trauriger Anblick, und wenn ich Ihnen den ersparen könnte, indem ich Ihnen unter dem Mantel verborgen bringe, was Sie suchen ..."

Marguerite und Henriette sahen sich an.

„Nein", entschied Marguerite, die im Blick ihrer Freundin denselben Entschluß gelesen hatte, „nein, zeigen Sie uns den Weg, wir werden Ihnen folgen."

Caboche nahm die Kerze und öffnete eine Eichentür; dahinter lag eine Treppe mit mehreren Stufen, die sich in die Erde zu bohren schien. Ein Luftzug wehte herein, von der Kerze sprühten Funken, und ein ekelhafter Geruch nach Schimmel und Blut schlug den beiden Fürstinnen ins Gesicht.

Henriette stützte sich, bleich wie ein Alabasterbild, auf den Arm der Freundin, taumelte aber schon bei der ersten Stufe.

„Oh, ich kann nicht", stöhnte sie.

„Wenn man wahrhaft liebt, Henriette", entgegnete die Königin, „muß man bis in den Tod hinein lieben."

Es war ein entsetzlicher und zugleich rührender Anblick, den diese beiden in Jugend, Schönheit und Pracht strahlenden Frauen boten, wie sie sich unter dem niedrigen Kreidegewölbe bückten und die Schwächere sich an die Stärkere lehnte, während sich die Stärkere auf den Arm des Henkers stützte.

So erreichten sie die letzte Stufe.

Im Hintergrund des Grabgewölbes lagen unter einem großen schwarzen Wolltuch zwei menschliche Gestalten.

Caboche hob eine Ecke des Tuches, hielt seine Kerze dicht heran und sagte: „Sehen Sie, Frau Königin."

Seite an Seite, beide in schwarzen Anzügen, lagen sie da in der erschreckenden Symmetrie des Todes. Die geneigten und wieder an den Leib gebrachten Köpfe schienen nur durch einen rötlichen Kreis in der Mitte des Halses abgetrennt zu sein. Der Tod hatte ihre Hände nicht voneinander gelöst, denn, sei es durch Zufall oder dank einer frommen Aufmerksamkeit des Henkers, La Môles rechte Hand ruhte in der linken seines Freundes. Unter La Môles Wimpern lag noch ein Blick voller Liebe, während Coconnas ein Lächeln der Verachtung in den Augen zurückbehalten hatte.

Marguerite kniete nieder und hob mit ihren von Edelsteinen funkelnden Händen behutsam diesen Kopf auf, den sie so sehr geliebt hatte.

Die Herzogin von Nevers dagegen lehnte an der Mauer und konnte die Augen nicht von dem bleichen Antlitz losreißen, auf dem sie so viele Male Freude und Liebe gesucht hatte.

„La Môle! Lieber La Môle!" murmelte Marguerite.

„Hannibal! Hannibal!" rief die Herzogin von Nevers. „So schön, so stolz, so tapfer, du antwortest mir nicht mehr …!"

Eine Tränenflut entströmte ihren Augen. Diese im Glück so hochmütige, unerschrockene und übermütige Frau, die den Skeptizismus bis zum äußersten Zweifel trieb und die Leidenschaft bis zur Grausamkeit – diese Frau hatte nie an den Tod gedacht.

Marguerite gab ihr ein Beispiel.

In einen perlengestickten und mit den feinsten Essenzen parfümierten Beutel hüllte sie La Môles Kopf, der jetzt, in all dem Samt und Gold noch schöner aussah und dem eine besondere Behandlung, wie sie zu jener Zeit beim Einbalsamieren der Könige angewandt wurde, die Schönheit bewahren sollte.

Auch Henriette trat jetzt näher und nahm Coconnas' Kopf unter ihren Mantel.

Mehr unter dem Schmerz als unter ihrer Last gebeugt, stiegen sie nach einem letzten Blick auf die sterbliche Hülle der Geliebten, die sie in dem finsteren Schlupfwinkel gemeiner Verbrecher der Barmherzigkeit des Henkers überließen, die Treppe hinauf.

„Fürchten Sie nichts, Madame", sagte Caboche, der ihren Blick verstand, „die beiden Edelleute sollen eingesargt und in heiliger Erde begraben werden, das schwöre ich Ihnen."

„Und davon wirst du ihnen Messen lesen lassen", bat Henriette und löste von ihrem Hals ein wunderbares Rubingeschmeide, das sie dem Henker gab.

Wie sie hinausgegangen waren, kehrten sie in den Louvre zurück. Am Portal gab sich die Königin zu erkennen, dann stieg sie die Geheimtreppe zu ihrem Zimmer hinauf, verbarg die traurige Reliquie in dem Kabinett neben ihrem Schlafzimmer, das von nun an ein Betzimmer sein sollte, und ließ Henriette im Schutze ihres Zimmers zurück. Bleicher und schöner denn je betrat sie gegen zehn Uhr den großen Ballsaal, den wir bereits zweieinhalb Jahre zuvor, zu Anfang des ersten Kapitels unserer Geschichte, kennengelernt haben.

Aller Augen waren auf sie gerichtet, und mit einer stolzen und beinahe fröhlichen Miene hielt sie den Blicken stand.

Denn treu und gewissenhaft hatte sie den letzten Schwur ihres Freundes erfüllt.

Karl kam, als er sie sah, schwankend durch die goldene Flut, die ihn umgab, auf sie zu.

„Ich danke Ihnen, Schwester", begrüßte er sie mit lauter Stimme.

Leise fügte er hinzu: „Nehmen Sie sich in acht! Sie haben einen Blutfleck am Arm…"

„Ach, was liegt daran, Sire, wenn ich ein Lächeln auf den Lippen habe!" entgegnete Marguerite.

62

Der Blutschweiß

Einige Tage nach dieser eben geschilderten entsetzlichen Szene, das heißt am 30. Mai 1574, als sich der ganze Hof in Vincennes befand, drang plötzlich ein Riesenaufruhr aus dem Zimmer des Königs, der im Verlauf des Ballabends, den er für den Todestag der beiden jungen Leute befohlen, einen schweren Rückfall erlitten und auf Geheiß der Ärzte das Land mit seiner reineren Luft aufgesucht hatte.

Es war gegen acht Uhr früh.

Im Vorzimmer unterhielt sich temperamentvoll eine kleine Gruppe von Höflingen, als plötzlich dieser Schrei aufsprang und auf der Schwelle, die Augen in Tränen gebadet, Karls Amme erschien und mit einer verzweifelten Stimme rief: „Zu Hilfe dem König!"

„Geht es Seiner Majestät schlechter?" fragte Hauptmann de Nançay, den der König, wie wir erfuhren, aller Botmäßigkeit gegen die Königin Katharina entbunden und für sich gewonnen hatte.

„Oh, wieviel Blut! Wieviel Blut!" rief die Amme. „Die Ärzte! Ruft die Ärzte!"

Mazille und Ambroise Paré wechselten sich bei dem erlauchten Kranken ab, und Ambroise Paré, der heute bei Karl wachen sollte, hatte, als er den König einschlummern sah, die Gelegenheit benutzt und sich für einige Augenblicke entfernt.

Inzwischen hatte der König einen überaus heftigen Schweißausbruch gehabt, und da er an einer Erschlaffung der Kapillargefäße litt und diese Erschlaffung zu einem Bluterguß durch die Haut führte, hatte er Blut geschwitzt und dadurch die Amme erschreckt, die sich nicht an das sonderbare Phänomen gewöhnen konnte und ihm als Protestantin wieder und wieder einreden wollte, es sei das in der Bartholomäusnacht vergossene Blut der Hugenotten, das sein Blut heische.

Die Höflinge zerstoben in alle Richtungen, der Arzt konnte nicht weit sein, sie mußten ihn irgendwo treffen. So leerte sich das Vorzimmer, denn alle wünschten ihren Eifer zu zeigen, indem sie den verlangten Arzt herbeiholten.

Bald darauf öffnete sich eine Tür, und Katharina erschien. Rasch durchquerte sie das Vorzimmer und trat ebenso rasch in das Zimmer ihres Sohnes.

Karl lag mit aufgerissenen Augen und keuchender Brust auf seinem Bett, über seinen ganzen Körper lief dieser rote Schweiß; seine gespreizte Hand, die über den Bettrand hing, trug an jeder Fingerspitze einen flüssigen Rubin.

Es war ein grausiges Bild.

Dennoch hatte sich Karl beim Geräusch der Schritte, die er als die seiner Mutter erkannte, aufgerichtet.

„Verzeihung, Madame", sagte er und sah seine Mutter an, „ich möchte gern in Frieden sterben."

„Sterben, mein Sohn?" wiederholte Katharina. „Wegen

einer vorübergehenden Krise dieses garstigen Übels? Wollen Sie denn ganz und gar verzweifeln?"

„Ich sage Ihnen, Madame, ich fühle, wie meine Seele entweicht. Ich sage Ihnen, Madame, ich fühle den Tod kommen. Kreuzschockschwerenot! ... Ich fühle, was ich fühle, und ich weiß, was ich sage."

„Sire", entgegnete die Königin, „die Einbildung ist Ihre schwerste Krankheit; seit der Todesstrafe, die diese beiden Zauberer, diese beiden Mörder La Môle und Coconnas so wohlverdient erlitten, müssen sich Ihre physischen Leiden verringert haben. Nur das innere Übel dauert noch an, und wenn ich nur zehn Minuten mit Ihnen allein sprechen könnte, würde ich Ihnen beweisen ..."

„Amme", rief Karl, „bewache die Tür und laß niemand eintreten, die Königin Katharina von Medici will mit ihrem heißgeliebten Sohn Karl IX. sprechen."

Die Amme gehorchte.

„Zur Sache", fuhr Karl fort, „diese Unterhaltung mußte heute oder an irgendeinem Tag stattfinden, und besser heute als morgen. Außerdem wird es morgen vielleicht schon zu spät sein. Nur soll noch ein dritter an unserer Unterhaltung teilnehmen."

„Warum?"

„Weil, ich wiederhole es Ihnen, weil der Tod unterwegs ist", erwiderte Karl mit erschreckender Feierlichkeit, „weil er im nächsten Augenblick wie Sie ins Zimmer treten kann, bleich und stumm und ohne sich vorher anmelden zu lassen. Und da ich heute nacht meine persönlichen Angelegenheiten geordnet habe, ist es jetzt an der Zeit, die des Königreiches in Ordnung zu bringen."

„Und wer ist die Person, die Sie zu sehen wünschen?" fragte Katharina.

„Mein Bruder, Madame. Lassen Sie ihn rufen."

„Sire", sagte die Königin, „ich sehe mit Wohlgefallen, daß diese Anschuldigungen, die mehr durch den Haß diktiert als dem Schmerz erpreßt waren, aus Ihren Gedanken verschwunden sind und bald auch aus Ihrem Herzen schwinden werden. – Amme!" rief Katharina. „Amme!"

Die gute Frau, die draußen Wache hielt, öffnete die Tür.

„Amme", sagte Katharina, „auf Befehl meines Sohnes: Wenn Monsieur de Nançay kommt, sagen Sie ihm, er soll den Herzog von Alençon holen."

Karl hielt die Amme, die sich bereits anschickte zu gehorchen, mit einer Handbewegung zurück.

„Meinen Bruder, sagte ich, Madame", wiederholte Karl.

Katharinas Augen weiteten sich wie die einer Tigerin, die in Wut gerät. Doch Karl hob gebieterisch die Hand.

„Ich will mit meinem Bruder Henri sprechen", sagte er. „Ich habe keinen Bruder außer Henri, weder den, der dort unten König ist, noch den, der hier gefangensitzt. Henri soll meinen letzten Willen hören."

„Glauben Sie", schrie die Florentinerin mit einer angesichts der gewaltigen Willenskraft ihres Sohnes ungewöhnlichen Kühnheit, so weit trieb sie der Haß gegen den Béarner zur Aufgabe ihrer üblichen Verstellung, „wenn Sie dem Grab so nahe sind, wie Sie sagen, ich würde irgend jemand, zudem noch einem Fremden, mein Recht abtreten, Ihnen in Ihrer letzten Stunde beizustehen, mein Recht als Königin, mein Recht als Mutter?"

„Noch bin ich König, Madame", gab Karl zurück, „noch befehle ich, Madame; ich sage, ich will mit meinem Bruder Henri sprechen, und Sie rufen nicht den Hauptmann meiner Wache? … Tausend Teufel! Ich habe noch genug Kraft, ihn selber zu holen."

Dabei machte er eine Bewegung, wie um aus dem Bett zu springen, wobei er einen Körper entblößte, der dem Leib Christi nach der Geißelung glich.

„Sire", rief Katharina, ihn zurückhaltend, „Sie beleidigen uns, Sie vergessen Schimpf und Schmach gegen unsere Familie, Sie schmähen unser Blut; nur ein Sohn des Königshauses von Frankreich darf neben dem Totenbett eines Königs von Frankreich knien. Und was mich betrifft, so ist mein Platz durch die Gesetze der Natur und der Etikette bestimmt; ich bleibe also."

„Und unter welchem Namen bleiben Sie, Madame?" fragte Karl IX.

„Als Ihre Mutter."

„Sie sind nicht mehr meine Mutter, Madame, wie der Herzog von Alençon nicht mehr mein Bruder ist."

„Sie phantasieren, Monsieur", sagte Katharina, „seit wann ist die Frau, die das Leben gibt, nicht mehr die Mutter dessen, der es empfängt?"

„Von dem Augenblick an, Madame, da diese entartete Mutter nimmt, was sie gab", erwiderte Karl und trocknete den blutigen Schaum von seinen Lippen.

„Was wollen Sie damit sagen, Karl? Ich verstehe Sie nicht", murmelte Katharina und sah ihren Sohn mit verwundert aufgerissenen Augen an.

„Sie werden mich verstehen, Madame."

Karl suchte unter seinem Kopfkissen und zog einen kleinen silbernen Schlüssel hervor.

„Nehmen Sie diesen Schlüssel, Madame, und öffnen Sie meine Reisetruhe, sie enthält gewisse Papiere, die für mich sprechen werden."

Er deutete auf eine prächtig geschnitzte Truhe mit einem Schloß aus Silber wie der Schlüssel, die den augenfälligsten Platz im Zimmer einnahm.

Unter dem Druck der äußersten Haltung, die Karl gegen sie zeigte, gehorchte Katharina; mit langsamen Schritten ging sie zu der Truhe, öffnete sie und senkte ihren Blick ins Innere; plötzlich wich sie zurück, als hätte sie im Schoß der Truhe ein schlafendes Reptil gesehen.

„Nun", fragte Karl, der seine Mutter nicht aus den Augen ließ, „was gibt es denn für Sie Erschreckendes in der Truhe, Madame?"

„Nichts", antwortete Katharina.

„Dann greifen Sie nur hinein, Madame, und holen Sie das Buch heraus; es muß doch ein Buch darin sein, nicht wahr?" fügte er mit diesem fahlen Lächeln hinzu, das bei ihm noch schrecklicher wirkte als bei anderen eine Drohung.

„Ja", stammelte Katharina.

„Ein Buch über die Jagd?"

„Ja."

„Nehmen Sie es, und bringen Sie es her."

Ungeachtet ihrer Dreistigkeit wurde Katharina blaß

und zitterte an allen Gliedern, als sie die Hand ins Innere der Truhe streckte.

„Verhängnis!" murmelte sie, das Buch herausholend.

„Gut", sagte Karl. „Und nun hören Sie mir zu: Dies Buch über die Jagd ... Ich war wie von Sinnen ... Ich liebte die Jagd, ich liebte sie über alles ... Ich habe zuviel in diesem Jagdbuch gelesen, verstehen Sie, Madame?"

Katharina stöhnte dumpf auf.

„Das war ein Fehler", fuhr Karl fort. „Verbrennen Sie es, Madame! Es ist nicht nötig, daß die Fehler von Königen bekannt werden!"

Katharina trat zu dem lodernd brennenden Kaminfeuer und ließ das Buch mitten auf den Rost fallen; aufrecht, unbeweglich und stumm blieb sie davor stehen und sah mit starrem Blick in die bläulichen Flammen, die die vergifteten Blätter verzehrten.

Je länger das Buch brannte, um so stärker verbreitete sich ein intensiver Knoblauchgeruch im Zimmer.

Bald war es zu Asche zerfallen.

„Und jetzt rufen Sie meinen Bruder, Madame!" befahl Karl mit unwiderstehlicher Majestät.

Betäubt und zerrissen von vielerlei Empfindungen, die ihr tiefgründiger Scharfsinn nicht zu deuten und ihre fast übermenschliche Kraft nicht zu bekämpfen vermochte, trat Katharina einen Schritt vor und wollte sprechen.

Die Mutter fühlte Gewissensbisse, die Königin Schrekken, die Giftmischerin das Wiederaufleben ihres Hasses.

Das letzte Gefühl beherrschte alle anderen.

„Verwünscht sei er", rief sie, hinauseilend, „er triumphiert, er erreicht sein Ziel, ja, verwünscht, verwünscht sei er!"

„Sie haben gehört, meinen Bruder, meinen Bruder Henri", rief Karl seiner Mutter nach, „meinen Bruder Henri, mit dem ich unverzüglich über die Regentschaft sprechen will."

Nachdem Katharina das Zimmer verlassen hatte, trat gleich darauf von der entgegengesetzten Seite Meister Ambroise Paré ein und blieb auf der Schwelle stehen, um den lauchartigen Geruch im Zimmer zu schnuppern. „Wer hat denn hier Arsenik verbrannt?" fragte er.

„Ich!" erwiderte Karl.

63

Der Söller des Schloßturms von Vincennes

Unterdessen spazierte Henri von Navarra allein und nachdenklich auf dem Söller des Schloßturms umher; er wußte den Hof im Schloß, hundert Schritt von ihm entfernt, und sein scharfer Blick erriet hinter seinen Mauern den todkranken Karl.

Der Tag war aus Himmelblau und Gold gemacht: Ein breiter Sonnenstrahl gleißte über der fernen Ebene und badete die Baumwipfel des Waldes, die sich stolz über den Reichtum ihres ersten Blätterkleides reckten, in einer goldenen Flut. Die grauen Steine des Schloßturmes schienen die milde Himmelswärme einzusaugen, und in den Mauerritzen boten Goldlackblüten, deren Samen der Ostwind gebracht hatte, ihre roten und gelben Samtgesichter den Küssen einer lauen Brise.

Aber Henris Blick ruhte weder auf der grünenden Ebene noch auf dem goldüberglänzten Schnee der Gipfel: Sein Blick überflog die dazwischenliegenden Räume und richtete sich glühend vor Ehrgeiz auf die Hauptstadt von Frankreich, die eines Tages die Hauptstadt der Welt sein sollte.

„Paris", flüsterte der König von Navarra, „da ist Paris! Und Paris bedeutet Freude, Triumph, Ruhm, Macht und Glück; Paris, wo der Louvre ist, und der Louvre, in dem der Thron steht; und wenn man bedenkt, daß mich nur eins von diesem heißersehnten Paris trennt, die Steine, die von meinen Füßen getreten werden und mich zugleich mit meinem Feind einschließen."

Als er seine Augen von Paris nach Vincennes zurückwandte, bemerkte er zur Linken in einem Tal unterm Flor blühender Mandelbäume einen Mann, auf dessen Küraß ein Sonnenstrahl spielte, ein Flammenpünktchen, das bei jeder Bewegung des Mannes flirrte.

Der Mann saß auf einem feurigen Roß und hielt ein zweites am Zügel, das nicht weniger ungeduldig schien.

Der König von Navarra blickte zu dem Reiter hinüber und sah, wie er den Degen aus der Scheide zog, sein Taschentuch auf die Spitze hängte und das Taschentuch wie ein Signal wehen ließ.

Gleichzeitig wurde auf dem gegenüberliegenden Hügel ein ähnliches Signal gegeben, und dann flatterte rings um das Schloß ein ganzer Gürtel von Taschentüchern.

Das waren de Mouy und seine Hugenotten, die sich versammelt hatten und zur Verteidigung oder zum Angriff bereit hielten, weil sie wußten, daß der König im Sterben lag, und fürchteten, man werde etwas gegen Henri unternehmen.

Henri wandte seinen Blick wieder dem Reiter zu, den er als ersten bemerkt hatte; er beugte sich über die Balustrade, bedeckte die Augen mit der Hand, damit ihn die Sonnenstrahlen nicht blendeten, und erkannte den jungen Hugenotten.

„De Mouy!" schrie er, als hätte ihn dieser hören können.

Und in seiner Freude, sich rings von Freunden umgeben zu sehen, schwenkte er den Hut und ließ seine Schärpe wehen.

All die weißen Wimpel flatterten von neuem und überaus lebhaft in unverkennbarem Jubel.

„Ach, sie erwarten mich", sagte Henri, „und ich kann nicht zu ihnen gelangen ... Warum habe ich's nicht getan, als ich es vielleicht noch konnte! ... Jetzt habe ich zu lange gezögert."

Er drückte seine Verzweiflung durch eine Handbewegung aus, die de Mouy mit einem Zeichen beantwortete, das sagen sollte, *ich werde warten*.

Plötzlich hörte Henri Schritte auf der Steintreppe und zog sich rasch zurück. Die Hugenotten begriffen die Ursache seines Rückzuges. Die Degen wurden wieder in die Scheide gesteckt, und die Taschentücher verschwanden.

Henri sah eine Frau die Treppe heraufkommen, deren

keuchender Atem verriet, wie schnell sie gegangen war, und erkannte, nicht ohne das geheime Entsetzen, das er stets bei ihrem Anblick empfand, Katharina von Medici.

Hinter ihr erschienen zwei Posten, die auf dem obersten Treppenabsatz stehenblieben.

„Sieh einer an!" murmelte Henri. „Es muß etwas Neues und Ernstes geben, wenn mich die Königinmutter auf dem Söller des Schloßturmes von Vincennes sucht."

Katharina setzte sich, um Atem zu holen, auf eine Steinbank unter den Schießscharten.

Henri trat ihr entgegen und fragte mit seinem gewinnendsten Lächeln: „Sollte ich es sein, den Sie suchen, meine gute Mutter?"

„Ja, Monsieur", antwortete Katharina, „ich wollte Ihnen einen letzten Beweis meiner Zuneigung geben. Wir gehen einem bedeutenden Augenblick entgegen; der König stirbt und will Sie sprechen."

„Mich?" fragte Henri, vor Freude erbebend.

„Ja. Man hat ihm erzählt, wie ich ganz gewiß glaube, daß Sie nicht allein dem Thron von Navarra nachtrauern, sondern überdies nach dem Thron von Frankreich streben."

„Oh."

„Ich weiß wohl, daß es nicht so ist; aber er glaubt es, und zweifellos will er Ihnen mit der gewünschten Unterredung eine Falle stellen."

„Wirklich?"

„Ja. Ehe er stirbt, möchte er wissen, was er von Ihnen zu befürchten oder zu erhoffen hat, und von Ihrer Antwort auf seine Angebote, beachten Sie das, werden seine letzten Befehle abhängen, das heißt für Sie Tod oder Leben."

„Aber was sollte er mir anbieten?"

„Was weiß ich! Wahrscheinlich Unmögliches."

„Haben Sie keine Vermutung, meine Mutter?"

„Nein, aber ich könnte mir zum Beispiel denken ..."
Katharina hielt inne.

„Was?"

„Da er Sie der ehrgeizigen Absichten, von denen ihm

erzählt wurde, fähig glaubt, könnte ich mir vorstellen, daß er aus Ihrem eigenen Mund Beweise für diesen Ehrgeiz hören will. Nehmen Sie einmal an, er stellte Sie auf die Probe, wie einst die Schuldigen auf die Probe gestellt wurden, um ohne Folter ein Geständnis herauszufordern; nehmen Sie an", fuhr Katharina fort, ohne die Augen von Henri zu lassen, „er schlägt Ihnen eine Statthalterschaft vor oder sogar die Regentschaft."

Unaussprechliche Freude erfüllte Henris bedrängtes Herz; aber er fühlte den Streich, und seine starke und zugleich geschmeidige Seele bäumte sich unter dem Angriff.

„Mir?" wiederholte er. „Das wäre eine zu grobe Falle! Mir die Regentschaft, wenn Sie noch da sind und mein Bruder Alençon?"

Katharina kniff die Lippen zusammen, um ihre Befriedigung zu verbergen.

„Dann werden Sie also auf die Regentschaft verzichten?" fragte sie rasch.

Der König ist tot, dachte Henri, und sie ist es, die mich in eine Falle lockt.

„Zuerst muß ich den König von Frankreich hören", antwortete er, „denn wie Sie selber sagten, Madame, ist alles, worüber wir sprachen, nur eine Annahme."

„Natürlich", bestätigte Katharina, „aber Sie können einstweilen schon für Ihre Absichten bürgen."

„Aber mein Gott!" rief Henri in aller Unschuld. „Da ich keine Ansprüche besitze, habe ich auch keine Absichten."

„Das ist keine Antwort", beharrte Katharina, die fühlte, wie die Zeit drängte, und sich von ihrem Zorn hinreißen ließ, „gleichgültig wie, aber entscheiden Sie sich!"

„Hypothesen können mir keine Entscheidung abnötigen, Madame, ein positiver Entschluß ist eine so schwierige und überdies schwerwiegende Sache, daß man die Tatsachen abwarten muß."

„Hören Sie, Monsieur", drängte Katharina, „es ist keine Zeit zu verlieren, und wir vertun sie mit unnützem Gerede und spitzfindigen Verdrehungen. Lassen Sie uns das Spiel als König und Königin beenden. Wenn Sie die Regentschaft annehmen, sind Sie des Todes."

Der König lebt, dachte Henri.

Dann sagte er mit lauter Stimme und großer Entschlossenheit: „Madame, das Leben der Menschen und der Könige liegt in Gottes Hand; Er wird mir mit Rat zur Seite stehen. Man sage also Seiner Majestät, ich sei bereit, vor ihm zu erscheinen."

„Überlegen Sie, Monsieur."

„Seit zwei Jahren werde ich verfolgt, seit einem Monat bin ich Gefangener", entgegnete Henri ernst, „ich habe Zeit zum Überlegen gehabt, Madame, und ich habe überlegt. Besitzen Sie also die Güte und gehen Sie zum König hinunter mit dem Bescheid, daß ich Ihnen folge. Diese beiden Braven", fügte Henri hinzu und zeigte auf die beiden Soldaten, „werden aufpassen, daß ich nicht entkomme. Übrigens ist es auch gar nicht meine Absicht."

Henri hatte so energisch gesprochen, daß Katharina einsehen mußte, wie wenig all ihre Versuche, in welche Form sie auch gekleidet waren, über ihn vermochten; rasch eilte sie hinunter.

Sobald sie verschwunden war, lief Henri zur Brüstung und gab de Mouy ein Zeichen, das besagen sollte: Kommen Sie her, und halten Sie sich auf alle Fälle bereit.

De Mouy, der abgesessen war, schwang sich in den Sattel und galoppierte mit dem Handpferd zu einer Stelle, die in doppelter Reichweite der Musketen des Schloßturmes lag.

Henri dankte ihm mit einer Handbewegung und stieg hinab.

Auf dem ersten Treppenabsatz fand er zwei Soldaten auf ihn warten.

Ein Doppelposten Schweizer und leichte Reiterei bewachte den Eingang zum Hof, und er mußte durch ein doppeltes Spalier Partisanen, um ins Schloß zu gelangen und wieder herauszukommen.

Katharina wartete auf ihn.

Sie bedeutete den beiden Soldaten, die Henri folgten, beiseite zu treten, und legte die Hand auf seinen Arm.

„Dieser Hof hat zwei Tore", sagte sie, „an dem, das Sie hinter den Gemächern des Königs sehen, erwarten Sie, wenn Sie die Regentschaft verweigern, ein gutes Pferd und die Freiheit; an dem anderen, das Sie eben passiert haben, wenn Sie Ihrem Ehrgeiz folgen … Was sagen Sie?"

„Ich sage, wenn mich der König zum Regenten ernennt, Madame, werde ich den Soldaten Befehle geben, nicht Sie. Ich sage, wenn ich nachts aus dem Schloß gehe, werden sich all diese Piken, Hellebarden und Musketen vor mir senken."

„Du Narr!" raunte Katharina außer sich. „Glaub mir, du solltest mit Katharina nicht dieses furchtbare Spiel um Leben und Tod spielen."

„Warum nicht?" fragte Henri und sah Katharina fest an. „Warum nicht mit Ihnen wie mit jemand anderem, da ich bis jetzt gewonnen habe."

„Gehen Sie also zum König hinauf, Monsieur, da Sie weder glauben noch hören wollen", entgegnete Katharina und deutete mit einer Hand auf die Treppe, während die andere mit einem der beiden vergifteten Dolche spielte, die sie in dem berühmten schwarzen Lederfutteral trug.

„Gehen Sie voraus, Madame", sagte Henri. „Solange ich noch nicht Regent bin, gebührt Ihnen die Ehre des Vortritts."

Katharina, die all ihre Absichten erraten sah, gab den Kampf auf und ging als erste.

64

Die Regentschaft

Der König begann ungeduldig zu werden. Er hatte Monsieur de Nançay in sein Zimmer rufen lassen und ihm eben befohlen, Henri zu suchen, als dieser erschien.

Als er seinen Schwager auf der Schwelle sah, stieß Karl einen Freudenschrei aus, während Henri erschrocken stehenblieb, da er Karl als lebenden Leichnam erblickte.

Die beiden Ärzte, die zu seinen Seiten standen, entfernten sich; der Priester, der den unglücklichen Herrscher auf ein christliches Ende vorbereitet hatte, zog sich ebenfalls zurück.

Karl IX. war nicht beliebt, dennoch wurde in den Vorzimmern viel geweint. Wenn Könige sterben, wie sie auch immer gewesen sein mögen, gibt es immer Leute, die etwas verlieren und fürchten, dies Etwas unter dem Nachfolger nicht wiederzufinden.

Diese Trauer, das Weinen, Katharinas Worte und das unheimliche und zugleich majestätische Gepränge der letzten Augenblicke eines Königs, schließlich auch der Anblick des Königs selbst, von einer Krankheit gepackt, die sich seit dieser Zeit fortgepflanzt hatte, die jedoch für die damalige Wissenschaft ohne Beispiel war, machten auf das noch junge und daher empfängliche Gemüt Henris einen so furchtbaren Eindruck, daß er gegen seinen Entschluß, Karl nicht noch mehr über seinen Zustand zu beunruhigen, nicht ein Gefühl des Entsetzens unterdrücken konnte, das sich in seinen Zügen malte, als er diesen von Blut triefenden Todkranken erblickte.

Karl verzog den Mund zu einem traurigen Lächeln. Sterbenden entgeht nichts von den Eindrücken jener, die sie umgeben.

„Kommen Sie her, Henriot", sagte er mit so sanfter Stimme, wie sie Henri nie zuvor von ihm gehört hatte, und streckte seinem Schwager die Hand hin. „Kommen Sie her, denn es hat mir weh getan, Sie nicht zu sehen; ich habe Sie mein Leben lang recht gequält, armer Freund, und mitunter, glauben Sie mir, das mache ich mir jetzt zum Vorwurf, habe ich denen, die Sie peinigten, die Hand geliehen; aber ein König ist nicht Herr der Ereignisse, und mein Leben lang hatte ich – abgesehen von meinem Bruder Anjou, meinem Bruder Alençon und meiner Mutter Katharina – eine lästige Bürde zu tragen, die heute, da mich der Tod anrührt, von mir genommen ist: die Staatsraison."

„Sire", stammelte Henri, „ich erinnere mich nur an die Liebe, die ich stets für meinen Bruder hegte, und an die Achtung, die ich meinem König entgegenbrachte."

„Ja, ja, du hast recht", sagte Karl, „und ich bin dir dankbar für deine Worte, Henriot, denn in Wahrheit hast du unter meiner Regierung viel gelitten, nicht zu rechnen, daß deine arme Mutter unter meiner Regierung starb. Aber du hast gewiß gesehen, wie oft ich gedrängt wurde. Manchmal habe ich widerstanden, aber manchmal war ich es leid und habe nachgegeben. Aber du hast es selber gesagt, sprechen wir nicht mehr über die Vergangenheit, jetzt drängt mich die Gegenwart und schreckt mich die Zukunft."

Bei diesen Worten verbarg der arme König sein leichenfahles Gesicht in den abgemagerten Händen.

Nach einer Weile schüttelte er die Stirn, wie um die düsteren Gedanken zu verjagen, und rechts und links rieselte blutiger Tau herab.

„Der Staat muß erhalten werden", fuhr er, zu Henri geneigt, mit leiser Stimme fort, „man muß verhindern, daß er Fanatikern oder Frauen in die Hände fällt."

Diese Worte wurden, wie gesagt, kaum hörbar ausgesprochen, dennoch glaubte Henri hinter dem Bett einen dumpfen Zornesausruf zu hören.

Vielleicht erlaubte eine ohne Karls Wissen in der Wand angebrachte Öffnung Katharina, diese letzte Unterredung zu belauschen.

„Frauen?" wiederholte der König von Navarra, um eine Erklärung herauszufordern.

„Ja, Henri", antwortete Karl, „meine Mutter will die Regentschaft, bis mein Bruder aus Polen zurückkommt. Aber höre, was ich dir sage, er wird nicht kommen."

„Was? Er wird nicht kommen?" rief Henri, und sein Herz hämmerte vor Freude.

„Nein, er wird nicht kommen", erklärte Karl, „seine Untertanen werden ihn nicht gehen lassen."

„Aber glauben Sie nicht, Bruder, daß ihm die Königinmutter nicht schon vorher geschrieben hat?" fragte Henri.

„Allerdings, aber Nançay hat den Kurier bei Château-Thierry abgefaßt und mir den Brief gebracht, darin heißt es, daß ich sterben werde. Aber auch ich habe nach Warschau geschrieben, und mein Brief wird bestimmt ankommen, und sie werden meinen Bruder überwachen. Aller Wahrscheinlichkeit nach wird also der Thron herrenlos sein, Henri."

Ein zweites, noch fühlbareres Erschauern war im Alkoven zu vernehmen.

Bestimmt ist sie da, sagte sich Henri, sie lauscht und wartet!

Karl hörte nichts.

„Nun", fuhr er fort, „ich sterbe ohne einen männlichen Erben."

Hier hielt er inne, ein lieber Gedanke schien sein Gesicht aufzuklären, er legte dem König von Navarra die Hand auf die Schulter.

„Ach, erinnerst du dich an das arme kleine Kind, Henriot", fragte er, „das ich dir eines Abends zeigte, wie es in seiner Seidenwiege schlief und von einem Engel bewacht wurde? Ach, Henriot, sie werden es mir umbringen!"

„O Sire", rief Henri, und seine Augen füllten sich mit Tränen, „ich schwöre Ihnen bei Gott, daß ich Tag und Nacht über sein Leben wachen werde. Sie brauchen nur zu befehlen, mein König."

„Danke, Henriot, danke", antwortete der König überströmend herzlich, was durchaus nicht in seiner Natur lag, aber den Umständen entsprach. „Ich nehme dein Anerbieten an. Mach keinen König aus ihm – gottlob ist er nicht für den Thron geboren –, aber einen glücklichen Menschen. Ich hinterlasse ihm ein unabhängiges Vermögen, möge er den Adel seiner Mutter, den Adel des Herzens erben. Vielleicht wäre es besser für ihn, wenn man ihn der Kirche weihte, dort würde er weniger Furcht atmen. Oh, mir scheint, ich könnte, wenn nicht glücklich, so doch wenigstens ruhig sterben, wenn mich die Liebkosungen des Kindes und das süße Gesicht der Mutter trösteten!"

„Können Sie nicht beide kommen lassen, Sire?"

„Unglücklicher, sie würden hier nicht mehr herauskommen. So geht es den Königen, Henriot, sie können weder leben noch sterben, wie es ihnen gefällt. Aber dein Versprechen beruhigt mich schon."

Henri überlegte.

„Ja, natürlich, mein König, ich habe es versprochen, aber werde ich es auch halten können?"

„Was willst du damit sagen?"

„Werde ich nicht selber verfolgt und bedroht werden wie das Kind, sogar noch mehr? Denn ich bin ein Mann, und der Knabe nur ein Kind."

„Du irrst", entgegnete Karl, „wenn ich tot bin, wirst du stark und mächtig sein, und das hier gibt dir die Stärke und die Macht."

Bei diesen Worten zog der Todkranke eine Urkunde unter seinem Kopfkissen hervor.

„Da", sagte er.

Henri überflog das mit dem königlichen Siegel versehene Blatt.

„Mir die Regentschaft, Sire!" rief er, und die Freude trieb ihm das Blut aus den Wangen.

„Ja, dir die Regentschaft, bis der Herzog von Anjou zurückkommt, und da der Herzog von Anjou aller Wahrscheinlichkeit nach nicht zurückkehren wird, gibt dir dieses Papier nicht die Regentschaft, sondern den Thron."

„Mir den Thron!" flüsterte Henri.

„Ja", sagte Karl, „dir, dem einzig Würdigen und überdies einzig Fähigen, diese ausschweifenden Galane und gefallenen Mädchen zu beherrschen, die von Blut und Tränen leben. Mein Bruder Alençon ist ein Verräter, er wird jeden verraten. Laß ihn im Schloßturm, in den ich ihn eingesperrt habe. Meine Mutter würde dich umbringen, verweise sie außer Landes. Mein Bruder Anjou wird in drei, vier Monaten oder vielleicht in einem Jahr Warschau verlassen und dir die Macht streitig machen wollen; gib ihm die Antwort mit einer päpstlichen Bulle. Ich habe durch meinen Gesandten, den Herzog von Nevers, über diese Angelegenheit verhandelt, und du wirst die Bulle unverzüglich erhalten."

„Oh, mein König!"

„Fürchte nur eins, Henri, den Bürgerkrieg. Aber wenn du bekehrt bleibst, wirst du ihn vermeiden, denn die Hugenottenpartei hat nur Bestand, wenn du dich an ihre Spitze setzt; der Prinz von Condé hat nicht die Kraft, gegen dich zu kämpfen. Frankreich ist ein Land mit gemäßigtem Klima, Henri, und daher ein katholisches Land. Der König von Frankreich muß ein König der Katholiken und nicht ein König der Hugenotten sein, denn der König von Frankreich muß der König der Majorität sein. Man sagt, ich hätte Gewissensbisse wegen der Bartholomäusnacht – Bedenken, ja, Gewissensbisse nicht. Man sagt, ich müsse das Blut der Hugenotten aus allen Poren wiedergeben. Aber ich weiß, was ich ausschwitze: Arsenik, nicht Blut!"

„Sire, was sagen Sie da?"

„Nichts. Wenn mein Tod gerächt werden muß, Henriot, soll er nur durch Gott gerächt werden. Sprechen wir nur noch davon, um die daraus folgenden Ereignisse zu bedenken. Ich hinterlasse dir ein gutes Parlament und eine erprobte Armee. Stütze dich auf das Parlament und auf die Armee, um deinen einzigen Feinden zu widerstehen: meiner Mutter und dem Herzog von Alençon."

In diesem Augenblick hörten sie unten in der Halle dumpfen Waffenlärm und militärische Kommandos.

„Ich bin des Todes", murmelte Henri.

„Du hast Angst, du zögerst", sagte Karl unruhig.

„Ich? Nein, Sire, ich habe keine Angst und zögere nicht", entgegnete Henri, „ich nehme an."

Karl drückte ihm die Hand. Und da jetzt die Amme mit einem Trank kam, den sie im Nebenzimmer bereitet hatte, ohne der Tatsache Aufmerksamkeit zu schenken, daß sich drei Schritt von ihr entfernt das Schicksal Frankreichs entschied, sagte Karl: „Ruf meine Mutter, gute Amme, und sage auch, man soll den Herzog von Alençon holen."

65

Der König ist tot: Es lebe der König!

Wenige Minuten später kamen Katharina und der Herzog von Alençon, beide fahl vor Entsetzen und zitternd vor Wut. Wie Henri vermutet hatte, wußte Katharina alles und hatte es in wenigen Worten Franz erzählt. Sie traten ein paar Schritte vor und blieben dann abwartend stehen.

Henri stand am Kopfende von Karls Bett.

Der König tat ihnen seinen Willen kund.

„Madame", sagte er zu seiner Mutter, „wenn ich einen Sohn hätte, würden Sie Regentin sein, und wenn Sie nicht wären, erhielte der König von Polen die Regentschaft oder andernfalls mein Bruder Franz; aber ich habe keinen Sohn, und nach mir gehört der Thron meinem Bruder, dem Herzog von Anjou, der jedoch nicht hier ist. Wenn er eines Tages kommt und den Thron für sich beansprucht, soll er an seinem Platz keinen Mann finden, der ihm seine Rechte durch beinahe gleiche Rechte streitig machen und das Königreich Erbfolgekriegen aussetzen könnte. Daher bestimme ich nicht Sie zur Regentin, Madame, denn Sie hätten zwischen zwei Söhnen zu wählen, was für ein Mutterherz schmerzlich ist. Deshalb habe ich auch nicht meinen Bruder Franz gewählt, denn mein Bruder Franz könnte zu seinem älteren Bruder sagen: ‚Sie besaßen einen Thron, warum haben Sie ihn verlassen?' Nein, ich wählte einen Regenten, der die Krone als anvertrautes Gut empfängt und sie in den Händen bewahrt, nicht auf dem Kopf. Grüßen Sie diesen Regenten, Madame, grüßen Sie ihn, Bruder, dieser Regent ist der König von Navarra!"

Und mit einer höchst gebieterischen Geste grüßte er selber Henri.

Katharina und Alençon machten eine Bewegung, die etwa die Mitte hielt zwischen heftigem Schauder und einem Gruß.

„Monseigneur Regent", sagte Karl zu dem König von Navarra, „hier ist die Urkunde, die Ihnen bis zur Rückkehr des Königs von Polen Befehlsgewalt über die Armee, die Schlüssel zur Schatzkammer und das gesetzliche Recht und die Macht eines Königs verleiht."

Katharina verschlang Henri mit den Blicken, Franz fühlte ein solches Zittern in den Beinen, daß er sich kaum aufrecht halten konnte, aber die Schwäche des einen und die Festigkeit der anderen verrieten Henri, statt ihn zu beruhigen, die unmittelbar drohende Gefahr.

Dessenungeachtet nahm er alle Kraft zusammen, um seiner Furcht Herr zu werden, empfing die Rolle aus den Händen des Königs und richtete, zu seiner ganzen Höhe emporgereckt, einen Blick auf Katharina und Franz, der sagen wollte: Hütet euch, ich bin euer Gebieter!

Katharina verstand diesen Blick.

„Nein, nein, niemals", antwortete sie, „niemals wird mein Geschlecht den Kopf beugen unter der Herrschaft eines fremden Geschlechts; niemals wird ein Bourbon in Frankreich regieren, solange es noch einen Valois gibt."

„Nehmen Sie sich in acht, Mutter!" rief Karl IX. und richtete sich, erschreckender denn je, in seinem Bett mit den roten Vorhängen auf. „Nehmen Sie sich in acht! Noch bin ich König, nicht mehr lange, das weiß ich; aber man braucht auch nicht lange, um einen Befehl zu geben, man braucht nicht lange, um Mörder und Giftmischer zu bestrafen!"

„Wenn Sie es wagen, erlassen Sie diesen Befehl! Ich werde meine Befehle geben. Kommen Sie, Franz, kommen Sie!"

Damit ging sie rasch hinaus und zog den Herzog von Alençon mit sich.

„Nançay!" schrie Karl. „Nançay, her zu mir! Ich befehle es, ich wünsche es, Nançay, verhaften Sie meine Mutter, verhaften Sie meinen Bruder, verhaften Sie …"

Ein Blutsturz schnitt Karl in dem Augenblick das Wort ab, als der Hauptmann der Wache die Tür öffnete; erstickt röchelnd lag der König in seinem Bett.

Nançay hatte nur seinen Namen vernommen, die folgenden Befehle waren mit weniger verständlicher Stimme gesprochen und daher auf die Entfernung nicht mehr deutlich zu hören gewesen.

„Bewachen Sie die Tür", sagte Henri, „und lassen Sie niemand eintreten."

Nançay grüßte und ging hinaus.

Henri ließ seine Augen über den leblosen Körper gleiten, den man schon für tot hätte halten können, wenn nicht ein leichter Atem den Schaum um seine Lippen bewegt hätte.

Lange Zeit betrachtete er ihn, dann sagte er: „Das ist ein bedeutender Augenblick! Regieren oder leben?"

Im selben Augenblick hob sich der Vorhang des Alkovens, dahinter erschien ein bleicher Kopf, und eine Stimme schwang sich in das tödliche Schweigen des Königsgemachs. „Leben!" sagte die Stimme.

„René!" rief Henri.

„Ja, Sire."

„Deine Weissagung war also falsch, ich werde nicht König sein?" fragte Henri.

„Sie werden es sein, Sire, aber die Stunde ist noch nicht gekommen."

„Woher weißt du das? Sprich, damit ich erkenne, ob ich dir glauben darf."

„Hören Sie."

„Ich höre."

„Beugen Sie sich nieder."

Henri beugte sich über Karl. René tat dasselbe von der anderen Seite. Nur die Bettbreite trennte sie voneinander, und selbst dieser Zwischenraum wurde durch ihre Bewegung noch verringert.

Zwischen ihnen lag, immer noch stumm und reglos, der Leib des sterbenden Königs.

„Hören Sie", sagte René, „die Königinmutter hat mich hierhergestellt, um Sie zu vernichten; aber ich möchte lieber Ihnen dienen, denn ich habe Vertrauen zu Ihrem Horoskop; in dem Dienst an Ihnen sehe ich für Körper und Seele gleichermaßen meinen Vorteil."

„Hat dir auch das die Königinmutter befohlen, mir zu sagen?" fragte Henri voller Zweifel und Ängste.

„Nein, nein", entgegnete René, „aber hören Sie ein Geheimnis."

Er beugte sich noch weiter vor. Henri tat dasselbe, so daß sich ihre Köpfe beinahe berührten.

Diese Unterhaltung über dem Körper eines sterbenden Königs hatte etwas so Schauriges, daß sich die Haare des abergläubischen Florentiners sträubten und Henris Gesicht in Schweiß gebadet war.

„Hören Sie ein Geheimnis", wiederholte René, „ein Geheimnis, das niemand als ich kennt und das ich Ihnen enthüllen will, wenn Sie bei diesem Sterbenden schwören, mir den Tod Ihrer Mutter zu verzeihen."

„Das habe ich Ihnen schon einmal versprochen", sagte Henri, und sein Gesicht verdüsterte sich.

„Versprochen, aber nicht geschworen", wandte René ein und richtete sich ein wenig auf.

„Ich schwöre es", sagte Henri und streckte die rechte Hand über den Kopf des Königs.

„Gut, Sire", sagte der Florentiner rasch, „der König von Polen kommt!"

„Nein", widersprach Henri, „der Kurier wurde auf König Karls Befehl angehalten."

„König Karl hat nur den einen auf der Straße von Château-Thierry abgefaßt; aber die Königinmutter hat in ihrer Voraussicht drei auf drei verschiedenen Straßen geschickt."

„Wehe mir!" rief Henri aus.

„Heute morgen ist ein Bote von Warschau gekommen. Der König folgt ihm ungehindert, denn in Warschau weiß noch niemand von der Krankheit des Königs. Der Bote ist Henri von Anjou nur ein paar Stunden voraus."

„Oh, wenn ich nur acht Tage hätte!" sagte Henri.

„Ja, aber Sie haben keine acht Tage. Hören Sie das Klirren der Waffen, die vorbereitet werden?"

„Ja."

„Das geschieht Ihretwegen. Sie werden Sie hier im Zimmer des Königs umbringen."

„Der König ist noch nicht tot."

René sah Karl aufmerksam an.

„In zehn Minuten wird er es sein. Sie haben also noch zehn Minuten zu leben, vielleicht noch weniger."

„Was soll ich tun?"

„Fliehen, ohne eine Minute, ohne eine Sekunde zu verlieren."

„Aber wo hinaus? Wenn sie im Vorzimmer warten, werden sie mich töten, sobald ich herauskomme."

„Hören Sie, ich riskiere alles für Sie, vergessen Sie es nie."

„Keine Sorge!"

„Folgen Sie mir durch diesen geheimen Gang, ich werde Sie zum Ausfalltor bringen. Um Ihnen Zeit zu geben, werde ich dann der Königinmutter sagen, Sie kämen herunter; man wird glauben, Sie hätten den geheimen Gang entdeckt und zur Flucht benutzt. Kommen Sie, kommen Sie!"

Henri beugte sich über Karl und küßte ihn auf die Stirn.

„Adieu, mein Bruder", sagte er, „ich werde nicht vergessen, daß dein letzter Wunsch war, mich als Nachfolger zu sehen. Ich werde nicht vergessen, daß mich dein letzter Wille zum König machte. Stirb in Frieden. Im Namen unserer Brüder vergebe ich dir das vergossene Blut."

„Schnell! Schnell!" drängte René. „Er kommt zu sich, fliehen Sie, ehe er die Augen wieder öffnet. Fliehen Sie!"

„Amme!" murmelte Karl. „Amme!"

Henri nahm den dem sterbenden König jetzt nutzlos gewordenen Degen von der Seite, nahm die Urkunde, die ihn zum Regenten machte, und steckte sie in sein Wams, küßte Karl ein letztes Mal auf die Stirn und eilte um das Bett herum durch die Öffnung in der Wand, die sich hinter ihm schloß.

„Amme!" rief der König mit lauterer Stimme. „Amme!"

Die gute Frau kam angelaufen.

„Nun, was gibt es, mein Charlot?" fragte sie.

„Amme", sagte der König mit aufgerissenen Lidern und in der grausigen Gewißheit des Todes geweiteten Augen, „es muß etwas geschehen sein, während ich schlief: Ich sehe ein großes Licht, ich sehe Gott unsern Herrn, ich sehe unsern Herrn Jesus Christus, ich sehe die gebenedeite Jungfrau Maria. Sie bitten ihn, sie beten für mich:

Der Allmächtige verzeiht mir ... Er ruft mich ... Mein Gott! Mein Gott! Nimm mich in deine Barmherzigkeit auf ... Vergiß, mein Gott, daß ich König war, denn ich komme ohne Zepter und ohne Krone zu dir ... Vergiß, mein Gott, die Verbrechen des Königs und gedenke nur der Leiden des Menschen ... Mein Gott! Hier bin ich."

Karl, der sich bei diesen Worten nach und nach aufgerichtet hatte, wie um seiner Stimme, die Gott anrief, zu folgen, stieß einen Seufzer aus und fiel reglos und kalt in die Arme seiner Amme.

Unterdessen, während sich die von Katharina befehligten Soldaten auf dem Gang postierten, durch den, wie alle wußten, Henri kommen mußte, lief dieser, von René geführt, durch den geheimen Gang, erreichte das Ausfalltor, sprang auf das wartende Pferd und jagte mit verhängten Zügeln nach jener Richtung, wo er de Mouy wußte.

Beim Getrappel des Pferdes, dessen Galopp vom Pflaster widerhallte, drehten sich einige Posten um und schrien: „Er flieht! Er flieht!"

„Wer?" fragte die Königinmutter und eilte zu einem Fenster.

„Der König Henri, der König von Navarra", gaben die Posten zurück.

„Feuert!" schrie Katharina. „Feuert auf ihn!"

Die Posten taten wie befohlen, aber Henri hatte sich schon zu weit entfernt.

„Er flieht", rief die Königinmutter, „also ist er besiegt."

„Er flieht", murmelte der Herzog von Alençon, „also bin ich König."

Doch im selben Augenblick, Franz und seine Mutter standen noch am Fenster, dröhnte die Zugbrücke unter Pferdegetrappel, und ein junger Mann, dem Waffenlärm und verworrenes Getöse vorausflogen, galoppierte, den Hut in der Hand, auf den Hof und rief: „Frankreich!" Vier Edelleute, wie er mit Schweiß, Staub und Schaum bedeckt, folgten ihm.

„Mein Sohn!" rief Katharina und streckte die weit ausgebreiteten Arme zum Fenster hinaus.

„Mutter!" rief der junge Mann und sprang vom Pferde.

„Mein Bruder Anjou", schrie Franz erschrocken auf und wich zurück.

„Ist es zu spät?" fragte Henri von Anjou seine Mutter.

„Im Gegenteil, eben zur rechten Zeit; Gottes Hand hätte dich zu keinem passenderen Augenblick herführen können! Sieh und höre!"

Wirklich trat jetzt Monsieur de Nançay, der Hauptmann der Wache, auf den Balkon des Königsgemachs.

Aller Blicke wandten sich ihm zu.

Er zerbrach einen Stab in zwei Teile und rief, die beiden Stücke mit ausgestreckten Armen vor sich haltend: „König Karl IX. ist tot! König Karl IX. ist tot! König Karl IX. ist tot!"

Dann ließ er die beiden Stücke fallen.

„Es lebe König Henri III. !" rief Katharina und bekreuzigte sich in frommer Dankbarkeit. „Es lebe König Henri III. !"

Alle Stimmen, außer der des Herzogs von Alençon, antworteten dem Ruf.

„Sie hat mit mir gespielt", stöhnte Franz und zerfleischte seine Brust mit den Fingernägeln.

„Ich habe gewonnen", rief Katharina, „der abscheuliche Béarner wird nicht regieren!"

66

Epilog

Ein Jahr war seit dem Tode König Karls IX. und dem Regierungsantritt seines Nachfolgers vergangen.

König Henri III. regierte glücklich von Gottes und seiner Mutter Katharina Gnaden und hatte eine schöne Wallfahrt zu Ehren der Muttergottes nach Cléry gemacht. Er war mit seiner Frau, der Königin, und dem ganzen Hof zu Fuß hingezogen.

König Henri III. konnte sich diesen Zeitvertreib leisten; denn keine ernsthafte Sorge quälte ihn. Der König von Navarra befand sich in Navarra, wohin er sich so lange gesehnt hatte, und war, wie man sagte, stark beschäftigt mit einem schönen Mädchen aus dem Geschlecht der Montmorency, der Fosseuse. Marguerite war bei ihm und blieb traurig und düster, nur in den schönen Bergen fand sie, wenn auch keine Ablenkung, so doch eine Linderung der beiden großen Schmerzen des Lebens: Fremde und Tod.

Paris war sehr ruhig, und die Königinmutter, die wahre Regentin, seit ihr geliebter Sohn Henri König war, nahm ihren Aufenthaltsort bald im Louvre, bald im Schloß Soissons, das an der Stelle aufragte, wo heute der Kornspeicher steht, und von dem nur noch eine zierliche Säule bis auf den heutigen Tag übriggeblieben ist.

Eines Abends war sie mit René zusammen, von dessen kleinen Verrätereien sie nichts wußte und den sie wegen des falschen Zeugnisses gegen Coconnas und La Môle wieder in Gnaden aufgenommen hatte, und studierte die Gestirne, als ihr gemeldet wurde, in ihrem Betzimmer warte ein Mann, der ihr etwas von höchster Wichtigkeit mitzuteilen habe.

Sie eilte hin und fand Monsieur de Maurevert.

„Er ist hier", rief der ehemalige Hauptmann der Petardiere, ohne Katharina soviel Zeit zu lassen, daß sie, wie es die königliche Etikette vorschrieb, zuerst das Wort an ihn richten konnte.

„Welcher Er?" fragte Katharina.

„Wer denn, Madame, wenn nicht der König von Navarra?"

„Hier?" rief Katharina. „Er, Henri, hier …? Und was will der Unvorsichtige?"

„Wenn man dem Anschein Glauben schenken will, besucht er Madame de Sauves, weiter nichts. Wenn man der Wahrscheinlichkeit glauben will, konspiriert er gegen den König."

„Woher wissen Sie, daß er hier ist?"

„Ich habe ihn gestern in ein Haus treten sehen, und einen Augenblick später kam Madame de Sauves."

„Sind Sie sicher, daß er es war?"

„Ich habe gewartet, bis er herauskam, das heißt einen

Teil der Nacht. Gegen drei Uhr machte sich das Liebespaar auf den Rückweg. Der König brachte Madame de Sauves bis zum Louvreportal; dank dem Pförtner, der zweifellos in ihren Diensten steht, ging sie in aller Ruhe hinein, und der König kehrte, ein kleines Lied singend und so leichtfüßig zurück, als befände er sich in seinen Bergen."

„Wohin ging er?"

„In die Rue l'Arbre-Sec, in das Wirtshaus ‚Zum Guten Stern', zu demselben Herbergswirt, bei dem die beiden Hexenmeister wohnten, die Euer Majestät im vorigen Jahr hinrichten ließ."

„Warum sind Sie mit dieser Nachricht nicht eher gekommen?"

„Weil ich meiner Sache noch nicht ganz sicher war."

„Und jetzt?"

„Jetzt weiß ich es genau."

„Du hast ihn gesehen?"

„Ja. Ich habe mich bei einem Weinhändler gegenüber auf die Lauer gelegt, ich sah ihn in dasselbe Haus wie am Abend zuvor gehen, und als sich Madame de Sauves verspätete, beging er die Unvorsichtigkeit, sich an einem Fenster im ersten Stock zu zeigen; diesmal konnte ich nicht mehr zweifeln. Übrigens kam auch einen Augenblick später Madame de Sauves."

„Und du meinst, sie werden wie in der vergangenen Nacht bis drei Uhr morgens bleiben?"

„Das ist wahrscheinlich."

„Wo steht das Haus?"

„In der Nähe des Croix-des-Petits-Champs, nach Saint-Honoré zu."

„Gut", sagte Katharina, „kennt Madame de Sauves Ihre Handschrift?"

„Nein."

„Dann setzen Sie sich und schreiben Sie."

Maurevert gehorchte und nahm eine Feder. „Ich bin bereit, Madame", sagte er.

Katharina diktierte:

„Während der Baron de Sauves seinen Dienst im Louvre versieht, vergnügt sich die Baronin in einem Haus bei Croix-des-Petits-Champs, Saint-Honoré, mit einem Galan; der Baron de Sauves wird das Haus an einem auf die Mauer gemalten roten Kreuz erkennen."

„Was weiter?" fragte Maurevert.

„Schreiben Sie den Brief noch einmal ab", befahl Katharina.

Maurevert gehorchte ohne Widerspruch.

„Und jetzt lassen Sie einen dieser Briefe durch einen verläßlichen Mann dem Baron de Sauves zustellen", fuhr die Königin fort, „den anderen soll er im Louvre auf irgendeinem Gang fallen lassen."

„Ich verstehe nicht", sagte Maurevert.

Katharina zuckte die Achseln.

„Sie verstehen nicht, daß sich ein Ehemann ärgert, wenn er solch einen Brief erhält?"

„Aber mir scheint, zur Zeit des Königs von Navarra hat er sich nicht geärgert, Madame."

„Wer bei einem König ein Auge zudrückt, wird vielleicht bei einem simplen Galan nicht ganz so großzügig sein. Außerdem, falls er sich nicht ärgern sollte, werden Sie sich für ihn ärgern."

„Ich?"

„Natürlich. Sie nehmen vier oder wenn nötig sechs Männer, maskieren sich, treten die Tür ein, als wären Sie ein Abgesandter des Barons, überraschen das Liebespaar bei seinem Tête-à-tête und schlagen ihn im Namen des Königs; am nächsten Morgen wird im Louvre das auf dem Gang verlorene Billett von einer barmherzigen Seele gefunden, die es rundgehen läßt zum Beweis, daß sich der Ehemann gerächt hat. Zufällig war der Galan der König von Navarra, aber wer konnte das vermuten, da ihn jeder in Pau glaubte?"

Maurevert sah Katharina bewundernd an, verneigte sich und ging.

Zur selben Zeit, als Maurevert Schloß Soissons verließ,

betrat Madame de Sauves das kleine Haus am Croix-des-Petits-Champs.

Henri erwartete sie an der halbgeöffneten Tür.

Als er sie auf der Treppe erblickte, fragte er: „Ist Ihnen niemand gefolgt?"

„Aber nein", antwortete Charlotte, „nicht daß ich wüßte."

„Ich glaube doch", beharrte Henri, „und nicht allein heute nacht, sondern heute abend wieder."

„O mein Gott!" rief Charlotte. „Sie erschrecken mich, Sire! Wenn sich die liebenswerte Erinnerung an eine alte Freundin für Sie zum Schlimmen kehren sollte, wäre ich untröstlich."

„Seien Sie unbesorgt, liebe Freundin", entgegnete der Béarner, „draußen im Dunkeln wachen drei Degen über uns."

„Drei sind sehr wenig, Sire."

„Genug, wenn diese Degen de Mouy, Saucourt und Bartholomäus heißen."

„De Mouy ist also mitgekommen?"

„Natürlich."

„Er hat gewagt, in die Hauptstadt zurückzukehren? Dann hat er wie Sie eine arme Frau, die ihn wie närrisch liebt?"

„Nein, aber einen Feind, dem er den Tod geschworen hat. Nur der Haß, meine Liebe, ist imstande, ebensolche Dummheiten zu begehen wie die Liebe."

„Danke, Sire."

„Oh", rief Henri, „das bezieht sich nicht auf gegenwärtige, sondern auf vergangene und künftige Torheiten. Aber darüber wollen wir nicht reden, wir haben keine Zeit zu verlieren."

„Sie wollen wieder zurück?"

„Noch heute nacht."

„Dann haben Sie die Angelegenheiten, derentwegen Sie nach Paris gekommen sind, erledigt?"

„Ich bin nur Ihretwegen zurückgekommen."

„Aufschneider!"

„Heiliger Strohsack! Es ist die reinste Wahrheit, liebe

Freundin, aber lassen wir das! Ich habe nur noch zwei oder drei Stunden zum Glücklichsein und dann eine ewige Trennung."

„Ach, Sire", sagte Madame de Sauves, „es gibt nichts Ewiges außer meiner Liebe."

Henri hatte gesagt, er habe zum Reden keine Zeit, deshalb antwortete er nicht, sondern glaubte ihr oder tat als eingefleischter Skeptiker zumindest so, als glaube er.

Draußen hielten sich, wie der König von Navarra gesagt hatte, de Mouy und seine beiden Gefährten in der Nähe des Hauses versteckt. Es war abgemacht, daß Henri das kleine Haus statt um drei Uhr bereits um Mitternacht verlassen sollte, dann wollten sie wie am Vorabend Madame de Sauves in den Louvre zurückbringen und sich in die Rue de la Cerisaie zu Maureverts Wohnung begeben.

Erst im Laufe des Tages hatte de Mouy endlich genaue Kenntnis des Hauses erhalten, das sein Feind bewohnte.

Seit nahezu einer Stunde warteten sie in ihrem Versteck, als sie einen Mann, dem fünf weitere in geringem Abstand folgten, auf die Tür des kleinen Hauses zukommen und verschiedene Schlüssel ausprobieren sahen.

De Mouy sprang hinter einem benachbarten Torbogen hervor und auf den Mann zu.

„Einen Augenblick", rief er und packte ihn am Arm, „dort wird nicht eingetreten."

Der Mann sprang zurück, und dabei fiel sein Hut zur Erde.

„De Mouy de Saint-Phale!" schrie er.

„Maurevert!" brüllte der Hugenott und zog seinen Degen. „Dich habe ich gesucht, und du läufst mir direkt in die Arme! Vielen Dank!"

Doch über seinem Zorn vergaß er nicht Henri; er drehte sich zu dem Fenster um und pfiff, wie die Béarner Hirten pfeifen.

„Das wird genügen", sagte er zu Saucourt. „Und jetzt zu dir, Mörder!"

Damit stürzte er auf Maurevert los.

Dieser hatte Zeit gehabt, eine Pistole aus dem Gürtel zu ziehen.

„Diesmal bist du des Todes!" rief der Königsmörder und zielte auf den jungen Mann.

Der Schuß ging los. Doch de Mouy warf sich zur Seite, und die Kugel sauste an ihm vorbei, ohne ihn auch nur zu streifen.

„Jetzt bin ich an der Reihe", schrie der junge Mann und führte einen so heftigen Degenstich gegen Maurevert, daß die scharfe Spitze durch den Ledergürtel drang und sich ins Fleisch bohrte.

Der Mörder stieß ein wildes Gebrüll aus, das so grauenhaften Schmerz verriet, daß ihn die Häscher in seiner Begleitung zu Tode getroffen glaubten und erschrocken nach der Rue Saint-Honoré flüchteten.

Maurevert war keineswegs tapfer. Als er sich von seinen Leuten verlassen und einem Widersacher wie de Mouy gegenübersah, versuchte auch er, die Flucht zu ergreifen, und rettete sich in dieselbe Richtung wie die andern mit dem lauten Schrei: „Zu Hilfe!"

Von ihrem Eifer mitgerissen, verfolgten de Mouy, Saucourt und Bartholomäus die Flüchtenden.

Als sie in die Rue de Grenelle kamen, die sie eingeschlagen hatten, um ihnen den Weg abzuschneiden, öffnete sich ein Fenster im ersten Stock, und ein Mann sprang auf die vom Regen erfrischte Straße hinunter.

Es war Henri.

De Mouys Pfiff hatte ihm gesagt, daß Gefahr drohe, und der Pistolenschuß hatte ihm verraten, daß die Gefahr ernst sein müsse; deshalb kam er seinen Freunden zu Hilfe.

Hitzig und energisch setzte er ihnen, den Degen in der Hand, nach.

Ein Schrei gab ihm die Richtung an: Er kam von dem Schlagbaum bei Sergens. Das war Maurevert, der sich von de Mouy bedrängt fühlte und ein zweites Mal seine vor Entsetzen geflohenen Männer zu Hilfe rief.

Er mußte sich umdrehen, wenn er nicht Gefahr laufen wollte, von hinten erdolcht zu werden. Er tat es und geriet an den Stahl seines Feindes, doch fast im selben Augenblick versetzte jener ihm selber einen so geschickt geführten Hieb, daß de Mouys Schärpe durchtrennt wurde. De Mouy parierte sofort. Wieder drang der Degen in den Körper, den er schon einmal verwundet hatte, und aus der doppelten Wunde sprang ein doppelter Blutstrahl.

„Jetzt kommt's darauf an!" schrie Henri, der herankam. „Drauflos! Drauflos, de Mouy!"

De Mouy brauchte nicht erst angefeuert zu werden. Von neuem drang er auf Maurevert ein, aber dieser wartete nicht mehr auf ihn. Die linke Hand auf der Wunde, lief er verzweifelt davon.

„Töte ihn, schnell! Töte ihn!" rief der König. „Da, seine Soldaten bleiben stehen; die Verzweiflung der Feigen ist nichts gegen die Tapferen."

Maurevert, dessen Lungen zu platzen schienen, dessen Atem keuchend ging und dem bei jedem Atemzug das Blut aus den Poren drang, fiel plötzlich erschöpft zu Boden, erhob sich jedoch sogleich wieder, drehte sich auf einem Knie um und hielt de Mouy die Spitze seines Degens entgegen.

„Freunde! Freunde!" schrie Maurevert. „Es sind nur zwei. Feuert, feuert auf sie!"

In der Tat waren bei der Verfolgung der beiden Häscher, die durch die Rue des Poulies gelaufen waren, Saucourt und Bartholomäus abseits geraten, und der König und de Mouy sahen sich zu zweit vier Männern gegenüber.

„Feuert!" heulte Maurevert, und wirklich brachte einer der Soldaten seine Blunderbüchse in Anschlag.

„Ja, aber vorher stirb, Verräter, stirb, Elender, stirb verdammt wie ein Mörder!" rief de Mouy.

Und indem er mit einer Hand Maureverts scharfen Degen packte, stieß er mit der andern seinen eigenen bis zum Heft in die Brust seines Feindes, und das mit solcher Kraft, daß er ihn an den Boden nagelte.

„Gib acht! Gib acht!" rief Henri.

De Mouy sprang rückwärts und ließ seinen Degen in Maureverts Leib stecken, denn ein Soldat legte auf ihn an und wollte ihn aus nächster Nähe töten.

Doch im selben Augenblick stieß Henri dem Soldaten

seinen Degen in den Leib, so daß dieser mit einem Schrei neben Maurevert fiel.

Die beiden anderen ergriffen die Flucht.

„Komm, de Mouy, komm!" schrie Henri. „Verlieren wir keinen Augenblick; wenn wir erkannt werden, ist es um uns geschehen."

„Warten Sie, Sire, glauben Sie denn, ich will meinen Degen in diesem elenden Schuft lassen?"

Damit näherte er sich dem am Boden liegenden Maurevert, der scheinbar reglos lag; doch als de Mouy die Hand nach dem Griff seines Degens ausstreckte, der tatsächlich noch in Maureverts Leib steckte, hob dieser die Arkebuse, die der Soldat im Fallen losgelassen hatte, und drückte mitten auf de Mouys Brust ab.

Der junge Mann fiel, ehe er auch nur aufschreien konnte. Er war sofort tot.

Henri stürzte sich auf Maurevert; doch der Mörder war wieder zurückgefallen, und Henris Degen durchbohrte nur noch einen Leichnam.

Er mußte fliehen; der Lärm hatte eine Menge Leute angelockt, und die Nachtwache konnte kommen. Henri suchte unter den Neugierigen ein bekanntes Gesicht und schrie plötzlich auf vor Freude. Er hatte Meister La Hurière erkannt.

Da sich die ganze Szene am Fuß des Croix de Trahoir abgespielt hatte, das heißt gegenüber der Rue l'Arbre-Sec, hatte unser alter Bekannter, dessen Laune seit dem Tod La Môles und Coconnas', seiner beiden Lieblingsgäste, natürlicherweise verdüstert und besonders trübselig geworden war, seine Pfannen und Kasserollen verlassen, als er eben das Abendessen für den König von Navarra vorbereitete, und war herbeigelaufen.

„Lieber La Hurière, sorgen Sie für de Mouy, obwohl ich fürchte, es ist nichts mehr zu machen. Tragen Sie ihn in Ihr Haus, und wenn er noch lebt, sparen Sie an nichts, hier ist meine Börse. Was den anderen betrifft, so lassen Sie ihn in der Gosse liegen und wie einen Hund verfaulen."

„Und Sie?" fragte La Hurière.

„Ich muß nur noch jemand Lebewohl sagen. Ich laufe und bin in zehn Minuten bei Ihnen. Halten Sie meine Pferde bereit."

Damit begann Henri in Richtung des kleinen Hauses bei Croix-des-Petits-Champs zu laufen; aber kaum hatte er die Rue de Grenelle hinter sich gelassen, als er entsetzt stehenblieb.

Ein Menschenhaufe drängte sich vor der Tür.

„Was gibt es in dem Haus", fragte Henri, „was ist geschehen?"

„Oh", erwiderte der, an den er seine Frage gerichtet hatte, „ein großes Unglück, mein Herr. Eine schöne junge Frau ist von ihrem Mann erdolcht worden, man hatte ihm ein Billett geschickt und ihn benachrichtigt, daß seine Frau mit einem Liebhaber dort wäre."

„Und der Ehemann?" rief Henri.

„Ist geflüchtet."

„Und die Frau?"

„Sie ist noch drin."

„Tot?"

„Noch nicht, aber gottlob verdient sie es kaum besser."

„Oh", rief Henri, „ich bin verflucht!"

Damit stürzte er ins Haus.

Das Zimmer war voller Leute, und all diese Leute standen um ein Bett, auf dem die arme, durch zwei Dolchstöße verletzte Charlotte lag.

Zwei Jahre lang hatte ihr Mann seine Eifersucht gegen Henri verborgen, aber diese Gelegenheit benutzt, um sich an ihr zu rächen.

„Charlotte! Charlotte!" rief Henri und drängte sich durch die Menge und fiel vor dem Bett auf die Knie.

Charlotte öffnete ihre schönen, schon vom Tod verschleierten Augen, stieß einen Schrei aus, so daß ihre beiden Wunden aufs neue zu bluten begannen, und versuchte sich unter größter Anstrengung aufzurichten: „Ich wußte, daß ich nicht sterben könnte, ohne ihn wiederzusehen", sagte sie.

Und als hätte sie wirklich nur auf den Augenblick gewartet, um Henri diese Seele zu schenken, die er so geliebt hatte, drückte sie ihre Lippen auf die Stirn des Königs von Navarra und flüsterte ein letztes Mal: „Ich liebe dich." Dann fiel sie tot zurück.

Henri konnte nicht lange bleiben, wenn er nicht sein Ende heraufbeschwören wollte. Er zog seinen Dolch, schnitt eine Locke von den schönen blonden Haaren, die er so oft aufgelöst hatte, um ihre Länge zu bewundern, und ging weinend durch das Schluchzen der anderen hinaus, die nicht ahnten, welch ein großes Unglück sie beweinten.

„Freund, Liebe", rief Henri bestürzt, „alles verläßt mich, alles geht von mir, alles stirbt mir!"

„Ja, Sire", flüsterte ein Mann, der sich aus der Gruppe Neugieriger vor dem kleinen Haus gelöst hatte und ihm gefolgt war, „aber den Thron werden Sie haben."

„René!" rief Henri.

„Ja, Sire, René, der über Sie wacht: Der Elende hat im Sterben Ihren Namen genannt, man weiß, daß Sie in Paris sind, die Häscher suchen nach Ihnen, fliehen Sie!"

„Und du sagst, ich werde König sein, René! Ein Flüchtling!"

„Sehen Sie dorthin, Sire", entgegnete der Florentiner und zeigte dem König einen Stern, der sich strahlend aus dem Vorhang einer schwarzen Wolke löste, „nicht ich bin es, der das sagt, sondern er."

Henri seufzte auf und verschwand in der Dunkelheit.

Inhalt

1. Das Latein des Monsieur de Guise   11
2. Das Zimmer der Königin von Navarra   27
3. Ein König und Poet   41
4. Der Abend des 24. August 1572   56
5. Über den Louvre im besonderen und die Tugend im allgemeinen   66
6. Die bezahlte Schuld   78
7. Die Nacht des 24. August 1572   91
8. Die Opfer   109
9. Die Mörder   122
10. Tod, Messe oder Bastille   139
11. Der Weißdorn auf dem Gottesacker der Unschuldigen   154
12. Ein vertrauliches Gespräch   168
13. Schlüssel, die zu allen Türen passen   177
14. Die zweite Hochzeitsnacht   190
15. Frauenwille ist Gotteswille   200
16. Der Leichnam eines Feindes riecht immer gut   217
17. Ein Kollege des Meisters Ambroise Paré   231
18. Gespenster   240
19. Das Haus des Parfümeurs der Königinmutter, des Meisters René   251
20. Die schwarzen Hühner   265
21. Das Zimmer der Madame de Sauves   273
22. Sire, Sie werden König sein   284
23. Ein Neubekehrter   290
24. Die Rue Tizon und die Rue Cloche-Percée   306
25. Der kirschrote Mantel   320
26. Margarita   332
27. Die Hand Gottes   340

28. Der Brief aus Rom 347
29. Der Aufbruch zur Jagd 354
30. Maurevert 361
31. Die Parforcejagd 367
32. Brüderliche Beziehung 377
33. König Karl IX. zeigt sich dankbar 386
34. Gott lenkt 394
35. Die Nacht der Könige 407
36. Anagramme 417
37. Wieder im Louvre 424
38. Die Gürtelschnur der Königinmutter 436
39. Rachepläne 447
40. Die Atriden 463
41. Das Horoskop 476
42. Vertrauliche Mitteilungen 484
43. Die Gesandten 497
44. Orest und Pylades 505
45. Orthon 516
46. Das Wirtshaus „Zum Guten Stern" 530
47. De Mouy de Saint-Phale 541
48. Zwei Häupter für eine Krone 549
49. Das Buch über die Jagd 563
50. Die Beize 572
51. Der Pavillon Franz' I. 583
52. Die Nachforschungen 592
53. Actäon 603
54. Der Bois de Vincennes 611
55. Die Wachsfigur 620
56. Die unsichtbaren Schutzschilde 634
57. Die Richter 642
58. Die spanischen Stiefel 653
59. Die Kapelle 664
60. Place Saint-Jean-en-Grève 670
61. Der Prangerturm 676
62. Der Blutschweiß 686
63. Der Söller des Schloßturms von Vincennes 692
64. Die Regentschaft 697
65. Der König ist tot: Es lebe der König! 703
66. Epilog 709

Susan Kay

Die bisher ungeschriebene Lebensgeschichte des
»Phantoms der Oper«. »Ein gründlich recherchierter und
packend geschriebener Roman, der einen magischen
Schleier aus Realität und Phantasie webt.«

NORDDEUTSCHER RUNDFUNK

01/8724

Wilhelm Heyne Verlag
München

Faszinierende Frauen

Die neuen Stars in Hollywood

32/170

Außerdem lieferbar:

Adolf Heinzlmeier
Kim Basinger
Ihre Filme – ihr Leben
32/177

Robert Fischer
Jodie Foster
Hollywoods Wunderkind
32/179

Eric Shangai
Madonna
32/156

Meinolf Zurhorst
Julia Roberts
»Pretty Woman«
32/168

Andrea Thain
Meryl Streep
32/109

Wilhelm Heyne Verlag
München

Erzähler der Weltliteratur

Literarische Lesebücher, die herausragende Erzählungen bedeutender Schriftsteller in repräsentativer Auswahl vereinen.

Günther Fetzer (Hrsg.)
Deutsche Erzähler des
20. Jahrhunderts
01/8707

Günther Fetzer (Hrsg.)
Europäische Erzähler des
20. Jahrhunderts
01/8708

Günther Fetzer (Hrsg.)
Amerikanische Erzähler des
20. Jahrhunderts
01/8709

Wilhelm Heyne Verlag
München

Menschen, die die Welt bewegten

»Was will man uns noch mit dem Schicksal! – Politik ist das Schicksal.«   Napoleon zu Goethe

Erich Eyck
Bismarck und das Deutsche Reich
12/9

Ivan Cloulas
Die Borgias
Biographie einer Familiendynastie
12/226

Michael Grant
Caesar
Genie – Eroberer – Diktator
12/35

G. P. Gooch
Friedrich der Große
Preußens legendärer König
12/12

André Castelot
Heinrich IV.
König von Frankreich und Navarra
12/214

Franz Herre
Ludwig II.
Bayerns Märchenkönig – Wahrheit und Legende
12/206

Marcel Brion
Die Medici
Eine Florentiner Familie
12/20

Vincent Cronin
Napoleon
Krieger und Staatsmann
12/100

Wilhelm Heyne Verlag
München

Katherine Neville

Gleich ihr erstes Buch, »Das Montglane-Spiel«, wurde ein Weltbestseller. Katherine Nevilles Romane sind »kühn, originell und aufregend...« PUBLISHERS WEEKLY

Außerdem erschienen:

Das Risiko
01/8840

01/8793

Wilhelm Heyne Verlag
München